일제강점기 동시 연구

일제강점기 동시 연구

초판 발행 2023년 03월 05일

지 은 이 진선희
펴 낸 이 박찬익

펴 낸 곳 ㈜박이정출판사
주   소 경기도 하남시 조정대로45 미사센텀비즈 8층 F827호
전   화 031)792-1195   **팩   스** 02)928-4683
이 메 일 pijbook@naver.com   **홈페이지** www.pjbook.com
등   록 2014년 8월 22일 제2020-000029호

I S B N 979-11-5848-862-8(93810)
책   값 24,000원

일제강점기 동시 연구

진선희 지음

목차

머리말

　오랫동안 동시의 독자를 연구하였다. 문학교육 전공자로서 문학을 학습하는 독자의 감상 과정에 주목해 왔다. 초등교사 시절 학생들과 함께 동시를 읽고 대화를 나눌 때부터 학습자의 경험과 흥미와 이해력에 맞는 동시를 찾고 알맞은 방법으로 제공하기 위한 동시 읽기를 해왔었다.

　교육대학 국어교육과로 자리를 옮기고부터는 동시 자체를 더 연구하고 싶었다. 늘 작품에 대한 독서와 공부가 더 필요하다고 느껴오던 터였다. 오래된 동시, 최근 동시 가리지 말고 본격적으로 읽어가며 정리해 보자고 마음먹었지만 바쁜 일정에 밀려 쉽게 실행되지는 않았다.

　일제강점기 동시부터 살펴보려고 시작했을 때 자료를 어디서 어떻게 구해야 하는지부터 막막했다. 마침 아동 잡지 영인본인 한국아동문학총서가 발간되어 꼼꼼히 읽으며 정리하기 시작했다. 지난 10여 년간 한편으로 문학교육 관련 논문을 써 가며, 다른 한편으로는 흐린 영인본으로 아동 잡지 수록 동시를 읽자니 공부는 느리게만 진행되었다. 아동 잡지 수록 동시를 읽고 정리한 논문을 가까스로 한두 해에 한 편 정도 발표할 수 있었다.

　이 책은 그동안 쓴 논문들 가운데에서 일제강점기에 발행된 잡지 수록 동시에 대한 논문만을 모아 보완한 것이다. 학회지에 발표할 당시 지면 부족으로 동시 작품을 많이 수록하지 못했기에 그 부분을 보완하여 더 많은 동시를 수록하였다. 발표 당시 부족했던 논리나 기술 등을 보완하였지만 여전히 보완하지 못한 부분도 많다. 이를테면《어린이》수록 동시에 대한 논문을 발표한 이후에 장정희 박사가《어린이》잡지 여러 권을 새롭게 발굴하였는데 그 부분을 보완하지는 못하였다.

이 책이 일제강점기 동시 작품을 찾아 공부하고 싶은 대학원생이나 초중등 교사들에게 도움을 줄 수는 있기를 바란다. 근대적 아동문학으로서 동시가 어떤 이름과 모습으로 어떤 마음을 담아서 지어졌고 읽혔는지 어떻게 변화되었는지 구체적 작품을 읽어가며 찬찬히 살펴볼 수 있도록 정리하였다. 또한 어디서 어떻게 자료를 찾을지 어떤 작품을 어떻게 읽고 정리해야 할지, 무엇을 더 연구할지 논의할 때 조금이나마 도움이 되기를 바란다.

1부는 1910년대 동시를 살폈다. 아동문학의 서정 장르에 대한 명칭조차 불분명하던 시기의 동시 - 여기서 '동시'는 아동문학의 서정 장르 전체를 칭하는 용어로 사용한다.-를 살피기 위해 우리나라 최초의 아동 신문인《붉은 져고리》를 선택하였다. 아동 잡지《아이들 보이》가 더 있었긴 하지만 권혁준(2012)의 연구에서 수록 동시의 변별적 특징이 크지 않음을 확인하였다. 당시 문화계의 큰 역할을 담당했던〈신문관〉을 중심으로 사회문화적 상황을 정리하고《붉은 져고리》수록 동시만을 살폈다.

2부는 동요 황금기인 1920~30년대에 가장 대표적 아동 잡지인《어린이》,《신소년》,《별나라》를 중심으로 1923년에서 1935년까지의 동시를 탐색하였다.《어린이》는 1923년부터 1934년에 발간된 전체 자료 중 보성사에서 영인한 자료 전체를 연구 대상으로 하였고,《신소년》,《별나라》는 그 성격을 분명히 드러내는 1930년대 수록 동시를 중심으로 탐색하였다.

3부는 일제의 압제가 극에 달한 시기인 일제 강점 말기의 동시를 정리하였다. 대부분의 아동 잡지가 폐간된 상황 속에서 잡지 발간을 지속하였던 《소년》과 《아희생활》에 수록된 동시를 대상으로 하였다. 일제의 수탈과 착취 속에서 우리말 사용을 금하던 시기의 동시를 살핌으로써 현대 동시에 이르기까지의 변화 과정을 탐색하고자 하였다.

종종 고함치듯 큰소리로 이름을 불러 아동문학 공부 좀 하라는 격려를 표현하셨던 고 이재철 선생님께 게으르게나마 공부했노라고 말씀 올릴 수 있게 되어 다행이다. 문학교육과 아동문학을 함께 공부하도록 늘 격려해주신 신헌재 스승님께도 과제를 조금 하였다는 보고를 드리며 감사 인사 올린다. 바쁜 가운데 함께 격려하며 공부를 이끌어주는 초등문학교육연구회 선후배들에게 감사드린다. 무엇보다도 어려운 가운데 출판을 허락하신 박이정의 박찬익 사장님께 깊이 감사드린다. 꼼꼼하게 편집해준 심지혜 선생님과 편집진에게도 감사드린다.

2023년 3월

진선희

1910년대 아동 신문
《붉은 져고리》와 동시

1부

1910년대 아동 신문《붉은 져고리》와 동시

1910년대 발행된 아동 신문·잡지로 신문관에서 발행된《붉은 져고리》
(1913. 1~1913. 7.),《아이들보이》(1913. 9~1914. 8.),《새별》(1913. 9~1915. 1.)이 대표적
이다.《새별》은 비교적 긴 기간 발간되었으나 남아있는 자료가 적어 전모
를 파악하기가 어렵고, 그 독자가 중등 이상이었다(박영기, 2012; 89-121)는 점
에서 연구 대상에서 제외하였다.《아이들 보이》는《붉은 져고리》의 폐간에
이어 발행된 잡지로 연속성이 큰 잡지이다. 7.5조 정형률의 동시가 여러 편
수록되어 있고 옛이야기 등이 율문의 형태로 제시되고 있기에(권혁준, 2012;
5-60) 1910년대 동시의 특징을 위해 함께 살폈다면 더 좋았을 터이다. 하지
만《붉은 져고리》수록 동시와 변별되는 특별한 점은 없는 것으로 보고 여
기서는 가장 먼저 발간된《붉은 져고리》만을 탐색하였다.

이재철(1978)의『한국현대아동문학사』에서는 현대아동문학의 태동기를
《소년》이 창간된 1908년으로 잡아《붉은 져고리》,《아이들 보이》,《새별》
은 근대적 아동문학을 형성하기 위한 과도기적 성격으로 보았다. 이후《붉
은 져고리》만을 대상으로 본격적 탐색을 시도한 논의로 조은숙(2003)은

《붉은 져고리》의 지면 배치와 구성을 중심으로 텍스트 전반의 특징을 정리하였는데, 1910년대 최초의 아동 신문으로서 그 가치를 인식하고 탐색하기 시작한 논의이다. 또 강정구·김종회(2011)는 근대적 교육의 주객 분화와 아동의 발견이라는 관점에서 아동 신문 《붉은 져고리》를 탐색하였다. 근대적 교육의 주체와 객체의 문제와 객체로서 아동의 발견을 논의한다는 점에서 그 의의가 있지만, 아동문학의 형성 문제를 본격적으로 다루지는 않았다.

한국의 근대 아동문학 형성 과정을 연구하면서 《붉은 져고리》를 탐색한 논의가 여러 편 있다. 박숙경(2007), 정혜원(2008), 구인서(2008)의 논의가 대표적이다. 박숙경(2007)은 신문관의 여러 소년용 잡지가 한국 근대 아동문학에 끼친 영향을 살피기 위해 《붉은 져고리》를 간략히 살피고, 이 신문이 최초로 어린이 독자층을 형성하였다는 점에 그 의의를 부여하고 있다. 정혜원(2008) 또한 1910년대 아동 매체의 아동문학사적 의의를 고찰하는 과정에서 《붉은 져고리》를 검토하고 《붉은 져고리》야말로 아동을 대상으로 한 최초의 아동 매체라는 점에 의의를 부여하였다. 구인서(2008)는 1910년대 아이들 독서물에 대한 연구로서 주로 신문관에서 발행한 정기 간행물을 검토하면서 《붉은 져고리》의 서지사항을 정리하였다. 그는 우리의 아동과 아동문학 개념이 일본을 통해 급격히 '따라잡기' 식으로 정립되다 보니, 1910년대 독서물 또한 '번역'을 통해 급하게 구성되었다는 결론을 제시하면서 근대적 아동의 정착 과정에서 가지는 독서사적 의의를 제시하고 있다. 조은숙(2009)에서는 '아동문학'에서 '아동'이라는 변별점을 중심으로 그 형성 과정을 역사적 조건, 개념 형성, 매체 환경과 독서 특성까지 광범위하게 고찰하였다. 1910년대 정기 간행물들은 '아동문학의 개념이 등장하기 이전의 아동을 위한 글쓰기'를 보여준다는 점에서 그 중요성을 강조하고 있다.

이상의 선행 연구들이 가지는 의의가 큼에도 공통적인 문제점은 철저하게 아동 혹은 아동문학을 '근대화는 곧 서구화'라는 관점으로 바라보고 기술하고 있다는 점과 잡지나 신문에 수록된 전체적인 특성을 전체적·개괄적으로 설명하고 있다는 점이다.

물론 우리나라의 근대화 이행 과정에서 일본을 통한 서구의 영향이 크다는 점을 인정하지 않을 수 없다. 그러나 그와 다른 관점으로 근대적 아동과 아동문학의 형성 과정을 탐색해보는 것 또한 필요하고 중요하다. 그렇게 함으로써 보다 균형 잡힌 시각의 한국 아동문학사 인식이 가능할 것이기 때문이다. 아울러 전체적이고 개괄적인 연구와 함께 장르별로 세분화된 논의도 이어져야 할 것이다. 아동문학의 여러 장르는 각각의 특색에 따라 근대적 특성을 보인 경로나 과정에서 아동 문학으로서 공통점과 장르별 차이점이 있기에 더 세분화된 논의를 진행해야 할 시점이다.

1910년대의 '동요'는 특별한 주목을 요한다. 왜냐하면 이어지는 1920년대가 바로 '동요의 황금기'이기 때문이다. 1920년대에 본격화된 우리나라 근대적 아동문학의 선구 자리를 '동요'가 차지하고 있다. 1920년대 동요의 황금기를 이끈 1910년대 동요의 특징을 보다 세심하게 살피는 일이 필요하다.

여기서는 최초의 아동 신문인《붉은 져고리》의 전반적인 특성을 정리하고, 특별히 각호의 서두에 수록된 율문을 집중적으로 조명해보고자 한다. 이를 위해 1910년대를 전후한 당시 우리나라의 역사·사회문화적 특성, 당시의 아동과 아동문화에 대해 검토한다. 이를 바탕으로 기존 연구 성과와 대비하며《붉은 져고리》의 전반적인 편집 특성과 수록된 동시의 특성을 집중적으로 조명한다.

I. 1910년대 '아동'과 아동문화

1876년 개항 후 서양 세력이 물밀듯이 들어 온 후 1894년에 봉기한 동학 도의 혁명은 조선이 안고 있던 정치 사회 문화적 문제가 총체적으로 발산 된 사건이었다. 동학은 서세동점(西勢東漸)의 역사적 물결에 대한 자생적 해 결 방안을 제시하고자 했다. 그것은 인간을 하늘로 보고 오직 인간을 통해 모든 문제를 해결할 수 있다고 믿었다. 추악한 일본과 손을 잡은 정부군에 의해 참혹하게 탄압을 받았고, 일본과 손을 잡은 조선 정부도 결국은 일 본에 의해 붕괴되고 말았다. 러일전쟁에서 일본이 승리한 뒤 1905년에 을 사늑약으로 외교권이 박탈되고, 1910년 강제 합병으로 대한민국의 국권이 완전히 박탈되었다. 유불선의 교리를 통합한 동학의 교리는 후일 방정환 등 아동문학 및 아동문화 운동 선구자들의 활동 방향을 제시하였다는 점 에서 결코 한순간에 완전히 억압될 수는 없었다.

한편 일제에 대한 항거는 을사늑약 이후 전국적으로 불타올랐다. 항거 의 핵심은 교육을 통한 것이었는데, 이를 '교육 구국 운동'이라고 부른다. 민족 지도자들은 학교 한 개를 설립하는 것을 독립에 한 발짝 다가가는 길 이라고 생각하여 전국에 걸쳐 5,000여 개의 사립학교를 설립하였다. 당시 서당의 수나 서당에 다니는 학생 수도 급속하게 증가하였다. 이 또한 일제 통치에 대한 민족적 항거였다. 당시 조선의 문맹률로 비교해 보더라도 문 식 능력 차원에서 당시 제국주의의 선봉에 있던 영국에 비해 결코 낮은 수 준이 아니었다. 성인 남녀 중 한글을 이해하고 쓸 수 있는 비율이 20%를 상회하였다. 서북학회와 교남흥학회 등 학회와 잡지를 통한 애국 계몽 운 동이 가능했던 것도 이를 토대로 한 것이었다.

도산 안창호(1878~1938)는 미국에 유학하고 돌아온 직후인 1907년에 신민회라는 비밀 결사 조직을 결성하고 활동하였다. 신민회의 목적은 국민에게 민족의식과 독립사상을 고취할 것, 동지를 발견하고 단합하여 국민운동의 역량을 축적할 것, 교육기관을 각지에 설치하여 청소년의 교육을 진흥시킬 것, 각종 상공업 기관을 만들어 단체의 재정과 국민의 부력을 증진할 것 등이었다(조용만, 1964: 삼중당, 91). 신민회에서 평양, 경성, 대구에 세운 태극서관은 서적을 발행하고 보급하는 것이 목적이었는데, 당시 '책사도 학교다. 책은 교사다. 책사는 더 무서운 학교요 책은 더 무서운 교사다.'라는 생각으로 각종 서적과 정기 간행물을 출판할 계획이었다. 청년학우회(靑年學友會)도 계획하였는데, 후일 최남선이 도산의 영향을 받았고, 《소년》지가 청년학우회보를 함께 발행하였다는 점을 기억할 필요가 있다.

우리나라의 근대적 아동문학 형성기는 일반적으로 1920년대로 본다. 좀더 구체적으로는 1923년 방정환이 창간한 《어린이》를 근간으로 한 활동을 중심으로 본격적인 근대적 아동문학이 자리 잡은 것으로 본다. 1910년대에는 아직 아동이 탄생 혹은 발견되지 못한 시기, 아동문화에 대한 고려가 거의 없는 시기라고 보는 경우가 많다. 청소년 중심이긴 하지만 《소년》(1908. 11. 1~1911. 5. 15)이 발간되었고, 이어서 《붉은 져고리》, (1913. 1. 1~1913. 6. 1), 《아이들 보이》(1913. 9~1914. 8), 《새별》(1913. 9~1915. 1) 등의 잡지와 신문이 창간되고 보급되었던 점은 획기적인 일이었다. 1910년대는 1920년대에 비해 '아동'이라는 인식이 낮았고 아동문학 장르의 분화조차도 제대로 이루어지지 않은 상태였다.

여기서 논의하고자 하는 것은 '근대'와 '아동'의 개념에 대해 반성적 고찰이 필요하다는 점이다. 그간의 대부분 논의가 '근대'와 '아동'의 개념 규정에서 '연속성'보다는 '차별성'에 지나치게 치우친 경향을 보여주기 때문이다. '차별성'에 초점을 맞추다 보니 '근대화=서구화'로 보고, '아동'은 그 시기에 '탄생' 혹은 '발견'한 것으로만 간주한다. 이러한 논리는 서구의 논의[1]를 우리나라에 그대로 이식하여 펼친 것에 불과하다. 서구의 경우는 전근대와 근대가 극명하게 구별이 되고 아동이 탄생 혹은 발견되는 것이 분명하지만, 우리나라도 과연 그러한지는 더 세심하게 검토할 필요가 있다.

우리나라도 오늘날과 같은 아동 개념을 갖게 된 것은 근대 이후의 일임을 인정하지 않을 수 없다. 그렇지만 우리나라에서 아동을 근대 이후 발견 혹은 탄생된 개념으로만 보는 것은 서구의 그것과 상당히 다른 역사적 배경을 가졌음을 고려하지 못한 일이다. 우리나라는 아동의 개념[2] 혹은 아동에 대한 인식 면에서 서구와 다른 역사적 배경을 갖고 있다. 이를테면 서구에는 전근대기에 아동을 위한 전문 교육기관이 전혀 존재하지 않았다는 점을 대표적으로 꼽을 수 있다. 하물며 아동용 교재는 생각할 수조차 없는 것이었다. 우리나라에는 조선 시대만 하더라도 전국적으로 광범위한 아동용 교육기관인 '서당'이 존재하여 중인 계급 이상의 자녀를 대상으로 집단적 교육과정을 설계하여 실행하였다. 뿐만아니라 '동몽선습'과 '격몽요결'을 비롯한 수백 종의 아동용 교재가 발간되었다. 이러한 상황이나 역사적 배경에 대한 세심한 고찰 없이 '아동에 대한 사랑은 있었으나 아동 개인을 독립된 특성을 가진 존재로 보지 않았으며 그저 작은 어른으로 인식하였다.'라며 아동에 대한 근대적 형태의 담화 형성 과정을 부정적으로 단정하는 것은 우리나라의 아동이나 아동문학 논의에서 연속성을 상실하는 결과를 초래하게 된다.

---

1) 대체로 필립 아리에스의 논의(1973)에 따르는 경우가 많다. 문지영 역(필립 아리에스, 2003), 『아동의 탄생』, 새물결.

2) '아동'이 누구를 지칭하는 것인지에 대해서는 다양한 의견이 있다. 여기서는 일반적인 '어린아이'의 의미를 중심으로 다양한 의미역을 모두 포괄하는 의미로 사용한다. 연구자는 독자로서 아동의 의미를 크게 세 가지로 나누어 고찰한 바 있다. 진선희(2011), 「아동문학의 독자 특성에 따른 문학교육 내용 위계화 방향(1)-독자군별 경향을 중심으로」, 『국어교육학연구』 제41집, 국어교육학회, 84-85쪽 참조.

유교적 전통이 아동을 제대로 의식하지 못하도록 하였다는 논의도 있다. 특히 율곡이 아이들과 학문을 시작하는 이들을 위해 펴낸 <격몽요결(擊蒙要訣)>에서 '격몽'의 의미가 '어둠을 물리치는 중요한 가르침'으로 해석된다거나, 조선 시대에 계몽을 통해 군자가 되도록 하였다(최기숙, 2006; 21)는 등 기존 논의의 대부분이 이러한 관점을 취하고 있다.

조선 시대에는 아이들을 어둡고 혼몽한 존재로 계몽의 대상으로 삼았다는 논의는 지극히 단편적인 해석에 불과하다. 실제로 유학에서 추구하는 공부의 목적은 '어린아이의 마음으로 돌아가는 것(復其初)'이라고 한다(정재걸, 2005; 35-57). 정재걸은 『논어』의 첫 구절인 '學而時習之 不亦悅乎'와 『대학』의 첫구절인 明明德의 주석에서 주자는 學이란 본받는자(效)라는 뜻이며 그 본받음의 목적은 그 시초를 회복함(復其初)이라고 하였다. 복기초는 맹자의 赤子之心에서 비롯된 것으로 적자지심은 어린아이의 마음을 의미한다. 맹자는 대인이란 적자의 마음을 잃지 않은 자(大人者 不失基赤子之心者也)라고 했다.

그렇다면 '격몽요결'의 '격몽'의 의미가 '어린아이의 어리석음을 깨우침'의 의미만으로 해석되어서는 곤란하다. 실제 '격몽'은 주역의 산수몽山水夢괘에서 비롯된 말로 산수몽괘는 전통적 아동교육을 상징하는 대표적인 괘인데, 성인 교육의 출발이라고 한다. 여기서 '몽'은 어린아이로 어둡다는 뜻인데 반드시 부정적인 의미가 아니다. 어린아이의 어두움은 사물에 대한 분별심이 없기 때문인데, 유교적 교육에서 길러 주고자 하는 것은 어린아이에게 분별심을 키워주는 것이 아니라 오히려 어린아이 상태를 회복하여 주는 것이었다. 또한 격몽擊蒙에 대한 해석도 보다 풍부하고 실제적 의미를 찾기 위해서는 주역의 몽괘 효사에서 발몽發蒙, 포몽包夢, 곤몽困夢, 동몽童蒙, 격몽擊蒙 등의 배움의 단계 중 한 가지로 다른 단계와 더불어 해석되어야 한다. 發蒙은 전통교육의 강제성과 자발성, 包夢은 전통교육의 수용성, 困夢은 목표 도달 직전의 단계에서 학습자가 어려움을 극복할 수 있도록 돕는 것, 童蒙은 복기초의 경지, 즉 스승의 경지에 도달한 경우인데 이는 완전한 학생임을 의미하는 것, 그리고 격몽은 老醜를 경계하는 교육 등으로 성인(聖人) 교육의 과정을 설명한다(정재걸, 2008; 141-172).

　단순히 유교적 전통 때문에 어린아이를 계몽의 대상으로만 보았다는 해석은 성급한 판단이다. 실제로 1920년대 소파 방정환(1899-1931)과 함께 아동 해방운동을 실천한 소춘 김기전은 전통 사회의 아동관을 성리학의 말폐로 보고 강력하게 비판하였다. 이러한 비판이 전혀 근거 없다고 볼 수 없지만, 그렇다고 조선 시대의 아동들이 김기전의 주장대로 그리 비참한 존재는 아니었다고 보는 관점도 있다. 오히려 성리학의 말폐로 인해서가 아니라 성리학의 특징상 아동은 매우 소중한 존재였다고 말한다. 즉 성리학에서 자식이란 부모의 몸의 일부이며 동시에 조상의 생명을 잇는 존재이기에 조상을 추모하고 받드는 역할을 담당하였다는 이유로 조선시대의 부모들은 아이를 낳고 기르는 데 있어 매우 세심한 주의를 기울였다. 어질고 총명한 자식을 얻기 위해서는 먼저 부부의 신체적 조건을 구비하기 위한 노력이 중요하였다. 아이를 잉태하기 위한 노력도 다양하게 이루어졌으며 잉태한 후에는 산부가 지켜야 할 여러 금기 사항이 제시되었다. 해산 후에도 아이의 목욕이나 이름 짓기, 질병 치료에 다양한 노력이 이루어졌다.

　어쨌든 방정환이나 김기전의 아동관이 전통적 아동관에 비해 더욱 적극적으로 아동을 존중하고 있는 것이 사실이다. 이것 또한 서구화에 의한 것이기보다는 천도교의 종지인 인내천(人乃天) 사상에서 비롯된 것으로 봄이 마땅하다. 정재걸(2001; 245)은 서구의 '아동 중심'과 구별되는 우리의 '아동 존중'을 설명하면서 천도교나 성리학의 아동관과 존 듀이의 아동관을 대비하였다. '인간과 인간의 관계뿐만 아니라 인간과 자연, 인간과 사회의 관계를 고려한다면 성리학과 천도교의 거리는 오히려 천도교와 존 듀이의 거리보다 가깝다고 말한다. 천도교를 유불도의 합일이라고 하듯이 인내천 사상은 결국 성리학의 천인합일설과 크게 다른 것이 아니라고 볼 수 있고, 천도교의 아동관 또한 맹자의 적자관(赤子觀)과 크게 다르지 않다(정재걸, 2001; 246)고 말한다.

한 가지 더 깊이 생각해 볼 점은, 1910년대에 근대적 아동이나 아동문화 의식이 불명료함에도 다양한 신문과 잡지가 발행될 수 있었던 것이 단순하고 자연적인 아동관의 변화와 발전에 따른 것인가 하는 문제이다. 아동에 대해 눈과 시선을 돌리고 그들을 내세워 소통하고 그들에게 힘을 실어주며 관심을 집중하지 않을 수 없는 역사적 상황이 있었기 때문일 것이다. 이는 단언컨대 일제 강점과 억압에 따른 성인 활동과 성인문화의 위축과 더불어 우리 민족의 생사에 대한 위기의식이 도화선이 되었다.

1910년을 전후한 당시의 역사적 상황은 잡지나 신문 등에서 일제의 검열과 압제가 어느 때보다도 심각하였다. 언론과 문화 매체는 자유로운 활동이 어려웠고 표면적으로 일제가 공식적으로 내놓는 것 이외에는 폐간과 정간을 일삼던 시기였다. 이러한 시기에 아동용 신문이나 잡지는 일제의 그물망을 피하기에 비교적 수월한 매체였다고 볼 수 있다. 뿐만아니라 당시의 '읽기'의 특성을 고려하면, 오늘날의 신문 잡지 매체와 달리 가족이나 동네 혹은 학교에서 집단으로 모여 읽었으며, 문자를 읽는 것이 아니라 '읽어주기' 문화가 우세하였다는 점 또한 아동용 신문이나 잡지 등 아동문화의 확대를 도모하게 한 요소가 된다. 읽어주기 문화는 우리 방각본 읽어주기 문화와 관련이 있다. 6전 소설 등을 마을의 여러 사람이 모여 앉아 글을 아는 사람이 읽어주는 것을 듣고 즐겼다. 이는 아동문화에도 마찬가지 현상으로 볼 수 있는데, 1920년대 방정환이 동화구연운동으로 이어갔다(조은숙. 2009). 즉 표면적으로 아동용 매체이지만 실제 독자는 성인까지 염두에 두고 만들 수 있다. 이는 오늘날 아동문학의 양가성에 대한 인식과는 다소 차이가 있으면서 절실하고도 훨씬 직접적이고 강력한 것이라고 할 수 있다. 이는 당시 아동의 문맹률을 고려해보아도 확인할 수 있다.

1910년대 아동 신문《붉은 져고리》는 신문관에서 발행되었다. <신문관>은 육당(六堂) 최남선(崔南善, 1890-1957)이 1908년에 설립한 근대적 출판사이다. 단순한 출판사를 넘어 문예와 학술의 아카데미를 지향한 최초의 종합 문화기관으로서 역할을 담당하였다고 한다. 육당은 여러 면에서 우리 문화의 근대화에 앞장선 인물로 그에 대한 이해는 1910년대와 <신문관> 이해의 기본이 된다.

최남선은 1890년 서울의 중인 집안에서 태어났다. 1894년 동학 난이 발발한 이듬해인 1895년부터 글방 공부를 시작하였는데, 형 창선과 함께 여러 서당을 전전하며 공부를 하였다. 1899년 즈음에는 '춘향전' 등 이야기책을 탐독하였고, 관수동 중국책사에서 중국소설을 구독하였으며 제중원에서《황성신문》,《독립신문》등을 빌어 읽고 시사 논문을 쓰기 시작하였다. 12세에 황성신문에 '대한흥국책(大韓興國策)'이라는 글을 투고하였으나 몰서 되었고, 15세 되던 1904년에는 동경부립제일중학교로 유학하였으나 3개월 만에 퇴학하고 귀국한다. 십육 세 되던 1905년에는 황성신문에 투고한 글로 인하여 필화를 입어 1개월간 구류(拘留)되었고, 그해 을사늑약이 체결되자 수일간 두문불출하기도 하였다. 17세 되던 해 3월에 다시 동경으로 유학을 가서 지리역사과에 입학하여 대한유학생회보를 편집하였으나 다시 3개월 만에 한국인학생총사퇴 대열에 끼어 퇴학한다. 이때 벽초와 춘원 등과 교유하게 된다.

육당의 학업에 관한 이러한 정보에서 우리가 알 수 있는 점은 그가 일본을 통한 서구 문물의 유입 등 서구화에만 몰입한 것이 아니라는 점이다. 그는 서당에서 공부를 시작하였고, 여러 가지 잡지와 신문과 소설 등 독서에 심취하였다. 일본에 유학을 갔지만 본격적으로 학교 공부를 한 것은 수개월에 불과하다. 그는 일본에 유학하러 가서 일본의 인쇄술이나 잡지 등에 관심을 가지고 수영사에서 인쇄 기구를 구입하여 귀국하였다. 1907년 자신의 집을 개조하여 출판사와 인쇄소를 만들었고 '신문관'의 명패를 걸었다.[3] 1908년 19세의 나이로 월간잡지 《소년》을 창간한다.

그는 도산 안창호가 설립한 '청년학우회'의 설립(1907년) 위원이 되어 각지를 순회하며 강연을 하여 소년 명사로 이름을 떨치기도 하였다. 도산의 영향을 받아 광문회를 설립(1910년)하는 등 힘을 잃은 국권을 회복하기 위하여 국민을 계몽하고 교육하는 것의 소중함을 인식하고 실천하였다. 특히 그는 번역 사업뿐만 아니라 우리나라 고문헌을 보존하고 고 문화를 선양하는 것이 국권을 회복하는 데에 매우 중요한 것임을 인식하였다[4]. <조선어 사전>을 편찬하였고, 춘향전, 옥루몽, 서유기, 사씨남정기, 홍부놀부전, 심청전, 장화홍련전, 조웅전 같은 민중들의 이야기를 모아 외설적인 부분을 순화하여 '육전소설'이라고 불리는 책을 출판하여 대중에게 읽을거리를 제공하였다.

최남선의 이러한 활동의 한 가운데에 <신문관>이 있었다. 신문관은 출판과 문화의 복합체로서 잡지를 출간하고 다양하고 광범위한 분야의 고전 문헌의 수집과 번역서를 간행하였다. 청년학우회나 조선광문회의 문화 기

---

3) 조용만(1964: 485)에는 1907년 신문관을 연 것으로 되어 있고, 박진영(2010: 706)에는 1908년 여름 한성 남부 사정도 59통 5호에 간판을 걸었던 것으로 기록되어 있다.

4) 광문회 제1기 간행 개정서들은 주로 동국통감, 동사강목, 삼국사기 등 역사류, 택리지, 산수경 등 지리 풍토류, 동언해 훈몽자회 등 어운류, 문학류, 병사류, 경제류, 교훈류, 전집류 등 다양한 고전들이었다. 조용만(1964), 앞의 책, 112쪽.

획 활동을 실행하는 기관이었다. 당시 문화계의 핵심 기관으로서 사회문화적 책임감과 사명감에 충실하였고, 개인의 이익에 편중됨 없이 신용을 지키는 문화적 선도 기관이었던 셈이다.

당시 최남선의 주도하였던 <신문관>에서 1908년에서 1910년대에 발간한 아동 잡지 및 신문은 모두 다섯 종이다. 제일 먼저 발행된 잡지인 《소년》은 1908년 11월 1일 창간되어 1911년 5월 15일에 통권 4권 2호, 23호(그 중 22호는 압수됨)로 종간되었다. 근대적 잡지의 시초로 국판 최하 44면에서 최고 158면의 월간지였다.

한일 강제 합병으로 일제에 의해 《소년》이 폐간 당하고 1913년 1월 1일부터 최초의 아동 신문인 《붉은 져고리》를 매월 1일과 15일 2회에 발행하였다. 이후 1911년 6월 1일까지 11호를 내었고 총독부의 명으로 폐간되었다. 《붉은 져고리》는 매회 4.6배판 8면[5]으로 구성하여 발간하였다. 《붉은 져고리》가 폐간된 그 해인 1913년 9월에 새로운 아동 잡지인 《아이들 보이》를 발간하였는데, 1914년 8월까지 통권 12호가 나왔다. 이와 동시인 1913년 9월에 《새별》도 발간되었는데, 1915년 1월까지 총 16호가 발간되었다.(이재철, 1978; 50-55)

최남선의 이러한 행적과 <신문관>의 특성은 여러 잡지의 발행 목적이나 내용을 이해하는 데에 긴요하다. 특히 일제의 억압으로 인쇄 매체들이 표현의 자유를 잃고 있었던 상황 속에서 표면적으로 드러낼 수 없었던 취지와 의도를 읽어낼 수 있는 중요한 단서가 된다. 《붉은 져고리》에 수록된 동시를 이해하는 데에도 바탕이 될 것이다.

----

5) 이재철(1978)에서는 총 18면, 12호를 발행한 것으로 되어있으나 이는 8면의 오기로 판단된다. 12호 논란이 있으나 <아이들보이>에 제시된 '녜전 《붉은져고리》보시던이게 엿줌'이라는 란에는 '《붉은 져고리》는 지난 六월 十五일치 곳 데 十三호부터 내지 못하게 되엿습는듸' 라는 구절이 나온다. 이로 인한 오해가 발생한 것으로 보인다. 발행 날짜별로 계산하면 6월 15일치는 13호가 아니라 12호가 맞다.

II.《붉은 져고리》에 담긴 동시

1.《붉은 져고리》 개관

가. 판형과 발간 기간

《붉은 져고리》는 1913년 1월 1일 창간호를 발간하였다. 판형은 4·6배판으로 추정[6]되고, 매호 각 8면으로 구성되었다. 이후 매월 2회(1일, 15일) 발간하다가 1913년 6월 1일 제11호 발간 후 같은 해 6월 15일자부터 발간하지 못하였다. 선행 연구나 기록에서 11호 혹은 12호 발간 등 혼돈을 보이고 있는데, 이는 신문을 꼼꼼히 따져가며 읽지 않고 내린 연구 결과라 판단된다. 그 근거는《아이들 보이》에 기록된 다음 내용이다. 매월 2회 발간하였으므로 확연하게 11호를 발행하였음을 알 수 있다.

《붉은 져고리》는 지난 六월 十五일치 곳 데十三호부터 내지 못하게 되엿습는듸
맞당히 곳 …(생략)…[7] (밑줄 인용자 강조)

《붉은 져고리》가 매월 2회 발간되었고 6월 1일 자까지 발행되었다는 것을 알 수 있다. 그렇다면 모두 합산하여도 제11호를 발간하였다. 6월 15일 치는 제12호인데, 제13호로 잘못 기록한 것으로 판단하는 것이 알맞겠다. 1913년 6월 1일 자로 발간된《붉은 져고리》에는 명확하게 제1년 제11호('第一年 第拾壹號')로 기록되어 있음을 확인할 수 있다.

---

6) 저자는 영인본을 보고 연구하였기에 실제 신문을 보지 못하였다. 다만 이재철(1978: 50)에 '4·6배판 18면'으로 설명하고 있는데 이는 8면의 오기로 판단된다.

7) 《아이들보이》 데 일 호 '녜전《붉은 져고리》보시던이게 엿줌' 내용의 일부, 원종찬 편(2010), 『한국아동문학총서1』, 역락, 93쪽.

나. 발간 목적 및 취지

《붉은 져고리》의 발간 목적이나 취지는 당시의 역사·사회문화적 상황에 비추어 이중적 탐색이 필요하다. 우선 본지에 제시하고 있는 표면적 발간 목적과 취지를 검토할 수 있다. 또 당시 일제의 억압과 검열에 따라 잡지나 신문이 폐간되거나 정간되는 일이 많았으므로 표면적으로 드러내지 못하는 목적과 취지를 추정할 수 있을 것이다.

텍스트 내에 뚜렷하게 표방하고 있는 발간 목적 및 취지는 신문의 제호를 수식하고 있는 말, 홍보를 위해 발간 목적과 취지를 드러내고 있는 제4호 부록의 내용, 그리고 '엿줍는 말슴'의 내용으로 확인할 수 있다.

<신문 제호의 수식어>
창간호-제3호: '공부거리와 놀이감의 화수분 붉은 져고리'
제3호-제11호: '아희들이 반드시보아야홀 신문[8] 붉은 져고리' (굵은 글씨 인용자 강조)

《붉은 져고리》의 창간호부터 제3호까지의 제호를 수식하는 말에서는 발간 목적이 아동을 교육하는 데 도움이 되는 신문임을 표방하고 있다. 아동을 공부시키는 내용이며 아동이 놀이를 할 수 있는 내용으로 구성되어 있음을 압축적으로 표현하고 있다. 또 제3호에서 제11호의 제호를 수식하는 말에서는 '아이들이' 보는 것임을 강조하고 있다. 이는 성인용이 아니라 아동용임을 강력하게 표방하고 있는 셈인데, '공부거리와 놀이감의 화수분'이라는 수식어를 굳이 바꾸어 표기할 만큼 '아이들이' 꼭 보아야 한다는 점을 강조하고 있다. '공부거리와 놀이감'이라는 말로도 충분하지 않아서 아이들이 보아야 함을 제호와 함께 제시하여 강조하여야 할 필요가 있었

---

8) 《붉은 져고리》가 신문인지 잡지인지 다소간의 논란이 있다. 오늘날의 신문과는 그 형태나 역할이 차이가 있기 때문이다. 본지에 '신문'임을 표방하기 때문에 신문으로 보는 것이 알맞다.

던 것 같다.

《붉은 져고리》의 제4호에서는 2면으로 구성된 부록을 따로 만들어 신문을 홍보하고 있다. 그 가운데서 발간 목적이나 취지를 드러낸 부분을 살펴보면 다음과 같다.

<신문 홍보 내용: 제4호 부록>
부록 1면 헤드라인: '感受力 訓練의 好資料滿紙', '趣味性養成의 大關鍵在此'
부록 2면 헤드라인: '百方의 兒童은 愛讀ᄒ시오', '千方의 父兄은 守護ᄒ시오'
이 신문 내는 의사: …(생략)… 그런듸 **공부란것은 집안에서 식히는것쑨 아니오 학교에서 식히는것만 아니라 이 두군듸밧게도 매우 요긴ᄒ고 즁대ᄒ것이 잇스니 곳 신문이나잡지 갓흔것이외다** …(생략)… 참으로 아ᄃ님을 사랑ᄒ며 그럼으로 공부를 잘 식히는 문명ᄒ 나라에는 정도와 셩미를 마쳐 내는 신문이 여러 가지 잇셔 크게 공부를 돕는듸 오직 우리 세샹에는 거긔 뎍당ᄒ 긔관이 오늘날까지 업슴으로 아모리 아ᄃ님을 잘 가르치는듸 애쓰시는이라도 …(생략)… **우리가 긔약ᄒ는 바는 온갖 학문에 유효ᄒ것과 뎍셩에 필요ᄒ일을 아못조록 즈미아 질거움 가온듸 너허주어서 행실을 바로잡고 의사를 늘게ᄒ며 아울너 착보고 리치 궁리ᄒ는 버릇도 안치며 말만들고 글짓는 법도 알녀려ᄒ노니** 이은 아마 온 쳔하 부형되신이가 골고로 그 즈제에게 더ᄒᄒ야 바라시는 …(생략)… (밑줄은 인용자 강조)

홍보지의 헤드라인에는 아이들의 '감수력'을 훈련하고 '취미성' 기르기 위해서 좋은 신문임을 표방하면서 '백방의 아이들'이 반드시 즐겨 읽어야 하고 '천방의 부모들'이 이를 지켜보라는 점을 강조하고 있다. 반드시 아이들뿐만 아니라 부모가 함께 지켜보아야 함을 강조한다. 또한 학교 공부와 가정교육 외에 신문이나 잡지 같은 것이 우리에게만 없다는 점을 강조하여 우리나라가 다른 나라의 교육에 비해 뒤떨어진 점을 인식하게 하고 우리 교육에 애쓰기 위해 신문과 잡지를 읽어 줄 것을 요망한다. 이어 재미와 즐거움 가운데 행실과 생각을 크게 하고 이치를 궁리하는 습관을 길러 주며 말과 글을 잘 쓸 수 있도록 하여야겠다는 점을 신문의 발간 목적 및 취지로 제시하고 있다.

신문에 표면적으로 드러내고 있지는 않으나 신문관의 다른 신문이나 최남선의 행적, 그리고 당시의 역사·사회문화적 정황을 통해 《붉은 져고리》발간의 이면적 목적이나 취지는 쉽게 추정할 수 있다. 1910년 한일 강제 합병 후에 《소년》이 강제로 폐간되면서 최남선이 《소년》에서 추구하던 발간취지를 더 이상 구현할 수 없게 되었다[9]. 그리하여 일제의 눈을 피하면서그 취지를 이어나갈 것으로 우선 아동 신문인 《붉은 져고리》를 간행하게된 것을 알 수 있다. 아동 신문이라는 점을 이용하면서라도 《소년》에서 추구하던 취지나 목적을 잃지 않아야 했을 뿐 아니라 더 어린 아동의 교육과놀이를 통하여 더 근본적이고 장기적인 안목으로 뜻을 이루고자 하였다고판단된다. 《소년》의 발간 취지는 잡지가 발간될 때마다 달라지는 표지나'소년시언'란 등에서 알 수 있다. 가장 뚜렷하게 드러나는 부분을 살펴보면다음과 같다.

今에 我 帝國은 우리 少年의 智力을 資하여 我國歷史에 大光彩를 添하고 世界文化에 大貢獻을 爲코저 하나니 그 任은 重하고 그責은 大한지라.
本誌는 此責任을 克當할만한 活動的 進取的 發明的 大國民을 養成하기 爲하여 出來한 明星이다. 新大韓의 少年은 須臾라도 可離치못할지라 - 《소년》 제2년 제1권
(융희3년 1월1일)의 표지(밑줄은 인용자 강조)

《소년》은 소년을 계몽하여 국력을 기르고 세계 문화에 공헌하고자 하는 취지 가지고 있었다. 나라를 잃고 잡지가 폐간되자 이런 발간 취지는 겉

---

9) 1910년 이후 대부분의 신문·잡지는 폐간되었고, 강제 병합 이후 1912년까지 최남선은 실질적인 문필활동을 거의 중단했다는 사실은 국망의 충격이 얼마나 크나큰 것이었는지 잘 보여 준다. 권보드래 외(2007), 『《소년》과 《청춘》의 창·잡지를 통해 본 근대 초기의 일상성』, 이화여자대학교출판부, 13쪽.

으로는 드러낼 수 없게 되었다. 그리하여《붉은 져고리》발간에는 단순하게 아동의 '공부거리와 놀이감', '감수력 훈련', '취미성 양성'으로만 표현한 것으로 보인다. 실제로는《소년》의 발간 취지였던 우리의 2세 교육을 통해 우리나라 역사에 '대광채'를 빛내고 세계 문화에 크게 공헌하고자 하는 역할을 담당코자 하였을 것이다.

다. 《붉은 져고리》의 내용

《붉은 져고리》제4호의 부록에 '이 신문에 내는 것이 무엇인가'라는 제목으로 신문의 내용을 설명한 부분은 다음과 같다.

> 주미잇고 교훈되는 이약이
> 힝실배홈에 유죠훈 말슴
> 지식을 늘니는딕 요긴훈 일
> 의사 늘고 소견 터질 작란감
> 동서양 유명훈 사람의 힝적
> 맛 잇고 뜻 잇는 시와 노래
> 본보기 될만훈 그림과 글
> 이 밧게 모든 공부와 힝실에 유죠훈 것을 쉬운 글로 쓰고 졍훈 그림으로 보엿스니
> 어느것이 요긴훈 것이 아니으릿가

《붉은 져고리》에는 아동에게 재미있고 교훈이 담긴 이야기가 가장 많은 지면을 차지하고 있다. 과학지식(것모리)과 한샘(최남선)이 쓴 훈화(배우쳐 들일 말슴), 위인전기, 재미있고 생각을 키우는 놀이(의사보기), 그림 놀이(그림죠 그림, 한삿 그림) 등 놀이, 유머(우숨 거리)와 만화(다음 엇지), 그림(그림 공부 도움) 등으로 구성되었다. 또한 신문의 첫 면은 공통으로 인사와 더불어 시(詩)를 제시하고 있는데, 제6호만은 이야기로 시작하고 있다. 대체로 아동들의 흥

미와 재미를 위하여 이야기와 시를 전면에 배치하고 훈화와 과학지식은 중간 부분에, 그리고 신문의 후반부에 숫자 놀이, 그림 놀이 등으로 구성되어 있다. 신문의 내용이 대부분 이야기와 놀이 중심의 흥미 위주로 구성되었는데, 육당은 《소년》에서부터 계몽과 더불어 흥미성을 극대화하려는 전략(권보르래 외, 2007; 11)을 가지고 있었다고 한다. 더 어린 아동을 대상으로 하는 신문이고 일제의 억압을 피하는 것을 위해서도 직설적인 것 보다는 흥미성을 강화한 이야기 중심의 구성이 필요했을 것이다.

<표 I -1> 《붉은 져고리》의 호별 목차

창간호	2호	3호
1913. 1. 1.	1913. 1. 15.	1913. 2. 1.
인사 엿줍는 말슴	엿줍는 말슴	엿줍는 말슴
* 은진미륵	바둑이	눈 구경
바보 온달이	바보 온달이	세 가지 시험
싸님의 간곳	쌔우쳐 들일 말슴	- 솔거의 ㅅ굼
줄넘기기(그림)	○ 버릇의 힘(한샘)	그림 공부 도움
다음 엇지	다음 엇지	○ 차돌이 집안사람(1)
쌔우쳐 들일 말슴	한꼿 그림	쌔우쳐 들일 말슴
○혼자 잇슬 째 조심(한샘)	네 아오동생	○ 밋븜(한샘)
한꼿 그림	그림즈 그림	한꼿 그림
일홈 난 이	일홈 난 이	우지 보전이
- 아이삭 늬우톤	-나폴레온 보나파르	(백지)
우슴 거리	뱅글뱅글	일홈난 이
것 모리(一)	것 모리(二)	- 윌리암 쉐익쓰피어
○ 물법	○주머니 쥐	것 모리(三)
의사보기	우슴 거리	○비단 새
一 ㅅ족 부치기	○뒤편은 벽	우슴 거리
二 ㅅ족 마치기	○파리잡이	○약은 씌
三 ㅅ족 마치기	○동갑	갈팡 질팡
四 뛰어나올 수 업는 둥그런 줄	의ㅅ 보기	의ㅅ 보기
五 석냥갑이 늘어노키	九 밤눈 어둔-	의ㅅ 보기 지난번 풀이
六 석냥갑이 늘어노키(2)	의ㅅ 보기 지난번 풀이	
七 석냥갑이 늘어노키(3)		
八 석냥갑이 늘어노키(4)		
* 다음호 예고		

일제강점기 동시 연구

4호	5호	6호
1913. 2. 15.	1913. 3. 1.	1913. 3. 15.
엿줍는 말슴	쏘범이	세 가지 시험(三)
우리오누(잔별)	세 가지 시험(三)	- 솔거의 꿈
세 가지 시험(二)	- 솔거의 꿈	그림 공부 도움
- 솔거의 꿈	세 아희의 뒤삿	○ 차돌이 집 짐승
한삿 그림	깨우쳐 들일 말슷	다음 엇지
그림 공부 도움	○힘을 오로지홈(한샘)	깨우쳐 들일 말슴
○ 차돌이 집안사람(2)	어미 종달새와 색기 종달새	○마음을 바로 먹음(한샘)
(백지)	양의 가죽을 쓴 이리	토끼와 개고리
깨우쳐 들일 말슴	일홈 난 이	여호와 이리
○날램	- 김시습(金時習)	것 모리(六)
다음 엇지	것 모리(五)	○코코 나무
갈팡 질팡	○티익	의사 보기
남성이와 독수리	의수 보기	(一三) 자미 잇는 집안 식구
여호와 닭		(一四)
우슴 거리	의사보기 지난번 풀이	(一五) 얌전이 가진 돈
일홈난 이		한삿 그림
- 정몽란(鄭夢蘭)		
(백지)		
부록		
이 신문 내는 의사		
이 신문에 내는 것이 무엇인가		
이 신문의 유죠흔 것을 엇더케		
알가		
이 신문을 보랴면 엇더케 할는지		
신문 갑슨 얼만가		
이 신문은 무슨 즈미가 잇는가		
이 신문은 뉘것인가		

7호	8호	9호
1913. 4. 1.	1913. 4. 15.	1913. 5. 1.
첫 봄	봄새 흔흔 허물	* 봄이 한참이로다
말굽 가는 곳(一)	말굽가는 곳(一)	말굽가는 곳(三)
그림 공부 도움	깨우쳐 들일 말슴	깨우쳐 들일 말슴
○ 차돌이 집 방안 세간	○남의 잘못(한샘)	○고지식(한샘)
깨우쳐 들일 말슴	다음 엇지	그림 공부 도움
○나만 깨삿 흐ㅂ시다(한샘)	매와 농군	○ 차돌이 집 마루 세간
다음 엇지	나르는 배와 틀	밧고아 패

7호	8호	9호
숫 장수와 쌀대장이	우슴 거리	다음 엇지
락타	○물좀 쏨어	나르는 재 쓰는 까닭
도음 될 이약이	것 보리(八)	구두쇠
○주저넘은 아희가	○락타	**일흠 난 이**
○겸손흠이 복	**의사 보기**	-벤자민 프랑클린
우슴 거리	(一七) 열다섯으로 벌리는 수	**것 모리(九)**
○불 켜면 밤	(一八)여순다섯으로 벌리는 수	○코뿔소
○동갑 되겠다	**의사보기 지난번 풀이**	(엿줌)
일흠 난 이		
- 조지 워싱톤		
것모리 (七)		
○부림 사슴		
의사 보기		
(一六) 올케 난온 법		
의사보기 지난번 풀이		
한ㅅ긋 그림 지난번 풀이		

10호	11호
1913. 5. 15.	1913. 6. 1.
고든 마음의 갑흠	**잔디 밧**
말굼가는 곳(四)	**말굼가는 곳(五)**
녯사람이 룡 올나간다 흐든 것이 무엇인가	**쌔우쳐 들일 말슴**
쌔우쳐 들일 말슴	○거짓과 참(한샘)
○쌔를 앗김(한샘)	**말과 ㅅ즈**
남의 나 알아내는 수	**개미와 맷둑이**
한머니와 종 아희	**가막이와 공작**
여호와 토끼	**ㅅ즈 가죽 쓴 나귀**
개와 여물통	**글즈 어듸 노힌 것 알아내는 수**
일흠 난 이	**다음 엇지**
- 아브라함, 링컨	**쟝긔 낸이가 님검님 쏭싸인 이약이**
우슴 거리	**우슴 거리**
○참을성	○어적게 배
○그림 그쌔	○눈 나롯
(백지)	**것 모리(十一)**
	○면보 나무
	의사 보기
	의사보기 지난번 풀이

라. 장르와 작가에 대한 인식

《붉은 져고리》에서 확인할 수 있는 아동문학 장르에 대한 인식은 매우 거칠고 투박하다. 수록된 글의 제목은 있으나 글의 장르나 특징은 내용이나 글의 형식으로 미루어 판단할 뿐 장르 명칭을 거의 드러내어 쓰지 않았다. '이약이'라는 어휘가 쓰이고 있는데 이는 서사 작품으로서 옛이야기나 번역된 이야기 등을 의미한다. '말솜'이라는 용어는 훈화를 기록한 주장 혹은 설득하는 글, 사설로 분류될 수 있는 최남선의 글에만 사용하였다. 위인들의 이야기인 전기문은 '힝적'이라는 표현을 사용하고, 율격을 가진 글은 '시와 노래'라고 지칭하고 있다. 그런데 '이약이', '말솜'은 실제 신문의 이야기 제목이나 코너 제목으로 사용되었지만, '힝적', '시'라는 용어는 홍보하는 부록에만 제시되었을 뿐 신문 텍스트 내의 글 제목이나 코너 명칭으로는 사용되지 않았다.

신문에 수록된 전체 내용을 몇 가지로 분류하고 있는데, 문학과 비문학을 모두 포함하여 도표화하면 다음과 같다.

<표 I -2> 《붉은 져고리》내용 분류

(1) 주미잇고 교훈되는 이약이	바보 온달이(1-2), 따님의 간곳, 세 가지 시험(1-3) - 솔거의 쇱, 말굽 가는 곳(1-5)), 도음 될 이약이 ○주저님은 아희가 ○겸손흠이 복, 세 아희의 뒤씃, 어미 종달새와 색기 종달새, 양의 가죽을 쓴 이리, 토끼와 개고리, 여호와 이리, 매와 농군, 갈팡 질팡, 남성이와 독수리, 여호와 닭, 숫 장수와 ㅅ발대장이 락타, 네 아오동생, 한머니와 종 아희, 여호와 토끼, 개와 여물통, 말과 ㅅㅈ, 개미와 멧둑이, 가막이와 공작, ㅅㅈ 가죽 쓴 나귀, 쟝긔 낸이가 님검님 똥싸인 이약이, 구두쇠, 밧고아 패
(2) 힝실배홈에 유죠흔 말솜	깨우쳐 들일 말솜 ○혼자 잇슬 째 조심, ○ 버릇의 힘, ○ 밋븜, ○날램, ○힘을 오로지흠, ○마음을 바로 먹음, ○나만 째씃 흡시다 ○남의 잘못, ○고지식 ○째를 앗김 ○거짓과 참
(3) 지식을 늘니는더 요긴흔 일	것 모리 ○ 물범, ○주머니 쥐, ○비단 새, ○티익, ○코코 나무, ○부림 사슴, ○락타, ○코뿔소, ○면보 나무 나르는 배와 틀, 나르는 재 쓰는 싸닭, 넷사람이 룡 올나간다 ㅎ든 것이 무엇인가

(4) 의사 늘고 소견 터질 작란감	의사보기 一 쪽 부치기, 二 쪽 마치기, 三 쪽 마치기, 四 뛰어나올 수 업눈 둥그런 줄, 五 석냥갑이 늘어노키, 六 석냥갑이 늘어노키(2), 七 석냥갑이 늘어노키(3), 八 석냥갑이 늘어노키(4), 九 밤눈 어둔, (一三) 자미 잇눈 집안 식구(一四), (一五) 얌전이 가진 돈, (一六) 올케 난온 법, (一七) 열다섯으로 빌리눈 수, (一八)여순다섯으로 빌리눈 수 글즈 어듸 노힌 것 알아내눈 수 남의 나 알아내눈 수 우슴 거리 ○뒤편은 벽, ○파리잡이, ○동갑, ○약은 스괴, ○불 켜면 밤, ○동갑 되겟다, ○참을성, ○그림 그쌔, ○물좀 쑬어, ○어적게 배, ○눈 나룻
(5) 동서양 유명훈 사람의 힝적	일훔 난 이 - 아이삭 뉘우톤, -나폴레온 보나파르, - 윌리암 쉐익쓰피어, - 정몽란(鄭夢蘭), - 김시습(金時習), - 조지 워싱톤, -벤자민 프랑클린, - 아브라함, 링컨
(6) 맛 잇고 쏫 잇눈 시와 노래	* 은진미륵, 바둑이, 눈 구경, 우리오누(잔별), 쏘범이, 첫 봄, 봄새 흔흔 허물, * 봄이 한참이로다, 고든 마음의 갑흠, 잔디 밧
(7) 본보기 될만훈 그림과 글	줄넘기기(그림), 한못 그림 다음 엇지 그림즈 그림 그림 공부 도움 ○ 차돌이 집안사람(1)○ 차돌이 집안사람(2), ○ 차돌이 집 짐승, ○ 차돌이 집 방안 세간, ○ 차돌이 집 마루 세간
(8) 이 밧게 모든 공부와 힝실에 유죠훈 것을 쉬운 글로 쓰고 졍훈 그림으로 보엿스니	인사 엿줍눈 말슴 엿줍눈 말슴 의사보기 지난번 풀이 한ㅅ굿 그림 지난번 풀이 이 신문 내는 의사, 이 신문에 내는 것이 무엇인가, 이 신문의 유죠훈 것을 엇더케 알가, 이 신문을 보랴면 엇더케 할눈지, 신문 갑슨 얼만가, 이 신문은 무슨 주미가 잇눈가, 이 신문은 뉘것인가

신문에 실린 글은 작가나 장르에 대한 안내가 거의 없다. '깨우쳐드릴 말씀' 난에만 '(한샘)'이라고 표시하여 최남선이 쓴 글임을 명확히 하고 있다. 그 내용은 독자가 읽고 깨닫기를 바라는 훈화 형태의 주장 혹은 설득하는 글이다. 주로 '용기', '믿음', '시간 절약' 등 내용 주제를 제목으로 제시하며 쓴 글이다. 그 외의 글에는 작가가 표시되지 않았다. 대부분 최남선이 혼자서 만들었으므로[10] 직접 쓴 글이라고 한다. 글의 내용은 대부분 번역한 것

---

10) 김여제는 편집과 교정을 주로 도왔다고 한다.

일제강점기 동시 연구

이거나 전래 동화, 사물이나 생물에 대해 설명하는 글 등인데 신문의 지면에 맞게 축약하거나 재구성한 것이라 거의 창작에 가깝다.

놀이나 그림 등도 출처나 작가를 밝히지는 않았다. 그렇지만 그림의 귀퉁이에 달아 놓은 수결로 작가를 찾아볼 수 있다. 신문에 제시된 그림을 자세히 보면 심전(心田) 안중식(1861~1919)과 소림(小琳) 조석진(1853~1920)의 수결(手決)이 보인다. 이들은 당시 전통 미술을 계승하여 서화미술회에서 활동하던 유명한 화가들이었다. 그림에 그려진 수결의 모양이 서로 다른 몇 가지가 있는 것으로 보아《붉은 져고리》의 그림은 한 사람이 그린 것이 아니라 서화미술회를 중심으로 하는 유명 작가 여러 명이 참여하여 그린 것으로 보인다.

2. 동시의 특징

《붉은 져고리》에 수록된 시가는 모두 10편이다. 10편 모두 신문의 첫 면에 수록되어 있다. 정확한 장르 명칭을 사용하지는 않았으나 정형성을 가진 율문의 형태로 제시되었다.

가. 장르 명칭과 율격

《붉은 져고리》에 수록된 시가는 모두 노래 가사로 제시되었다. 신문에 제시된 시가의 말미에 '곡됴는 普通敎育唱歌集 -'에 맞추라는 안내가 있어 노래 가사라는 것을 알 수 있다. 그런 의미에서 제시된 7.5조의 시가는 어린이를 위한 노래, 즉 '동요'로 불릴 수 있겠다.《소년》에서 여러 가지 율문에 대하여 '詩', '창가', '國風', '시조', '산문시' 등의 장르 명칭을 사용하였던 것에 비하면[11], 《붉은 져고리》에서는 '동요', 혹은 '노래 가사'라는 용어도 사용하지 않고 있다는 점이 특기할 만하다. 이는 장르에 대한 인식이 불분명하였다기보다는 아동용 신문이기에 장르 명칭 자체를 중요하게 안내할 필요를 느끼지 않았다고 보는 것이 합당하다.

《붉은 져고리》 내에서 '동요'라는 지칭을 한 번도 쓰고 있지 않지만, 이재철(1978)에서는 '童謠'로 지칭하고 있다. 그리고 본격적인 아동문학으로서 《소년》에 게재된 신체시나 창가와 다르다는 점을 강조하고 있다. 《소년》에 수록된 창가와 어떻게 다른지는 구체적으로 설명하고 있지 않고, 다만 한자나 고투(古套)가 없고 그 내용이 본격적인 아동 독자를 대상으로 하였다(이재철, 1978; 51)는 점을 들고 있다.

율격 면에서 《붉은 져고리》에 실린 시가가 《소년》에 제시된 시가들과 다른 점은 7.5조의 정형률을 더 엄격하게 지키고 있다는 점이다. 실제 《소년》의 도입부에 실린 시가들은 창간호에 실린 '해에게서 소년에게'를 비롯하여 내재율의 시가 혹은 '산문시'로 불리는 시들도 여러 편 있다. 그렇지만 '詩'로 지칭된 것들 중에서도 정형률이 많이 있고, 번역시 조차도 7.5조에 맞춘 것도 있다. 정형률의 시들은 대부분 7.5조를 근간으로 하고 있긴 하지만 매우 다양하게 변형되어 있어서 율격이 일정하지는 않다. 이는 《붉은 져고리》에 실린 시가들이 모두 악보에 맞추어 노래로 불릴 것을 전제로

----

11) 《소년》 제2년 제3권 53쪽(1909년)에는 '童謠'라는 용어를, 2년 5권 49쪽에는 '童話'라는 용어를 사용하고 있다. '童謠'는 <少年通信>이라는 코너에서 '童謠 (한성지방 弄兒詞)'라고 하며 최정흠이란 사람이 보내온 것을 수록하고 있다. 일부를 그대로 옮기면 다음과 같다.
(基一) 同謀야, 同謀야, 나무가세, 배앎하 못가겟네! 무슨 배? 자라배!, 무슨자라?업자라! …(생략)…
(基二) 저건너, 저건너, 잇는게 무언구? 말목(물미난 목쟁이)! 밀목은, 세이냐? 세이면,할아비니! 할아비는, 등곱은이!, 등곱으면, 길마까치! 길마까치면, 네궁기나! 네궁기면, 올시루니! …(생략)…
(基三) 통골 通道 슈이 通鑑初券을 達通을하야가지고 한모통이를 돌아오느라니싼 …(생략)… 絶통하야 大聲통곡을 하얏다더라.
'동화'는 '꽃에 관한 동화'라고 하면서 '하우쏘온' 원작의 '何故로 꽃이 通一年 피지 안나뇨'라는 번역물을 싣고 있다.

34   일제강점기 동시 연구

한 노래 가사였기 때문에 더욱 규칙적인 음수율을 지키지 않을 수 없었던 것으로 판단된다. 《소년》에서도 목차에 '唱歌'라고 표시되어 있는 경우는 7.5조나 4.4.5조의 음수율을 정확히 지키고 있다. 대체로 노래가사에 붙인 곡조가 있는 경우에는 음수율을 잘 지킨 것을 알 수 있다.

<표 I -3> 《소년》 수록 시가의 운율('넷사람은이런詩를씨쳤소'란에 수록된 시는 제외함)

순	권	제목	운율	원작
1	창간호	海에게서 少年에게(詩)	자유시	
		黑驅子의 노리	4.4조	
		가을 쯧(六公)	4.4.5조	
2	1년 2권	소년대한(少年大韓)(詩)	3.4.5조	
		천만길 깁흔바다(詩)	3.4조	
		우리의 運動場(詩)	7.5조 변형	
		벌봉(詩)	7.5조	
		경부선철도가 1절	**7.5조**	
		아메리카(아메리카합중국국가)		America-Samuel F. Smith
		한양가 1절	**7.5조**	
3	2년 1권	신대한소년(新大韓少年)	5.7, 3.4.5, 변형	
		밥버레(詩)	3.4.3	
4	2년 2권	大國民의 氣魄	7.5조	Progress
5	2년 3권	靑年의 所願(詩)	7.5조	'A spiration of Yauth' James Montgomery
6	2년 4권	舊作三篇(詩)-公六	7.5조 변형	
		平壤牧丹峯歌	4.4조	
7	2년 5권	꼿두고(詩)-公六	3.4(4.4)조 변형	'꽃'에 관한 동화
		씌의 江畔의 방아슌	7.5조	The Miller of the Dee -Charles Makay
8	2년 6권	막은 물(詩)-公六	3.3.4조	
		勞作(西詩譯)	7.5조	Labor - Caroline F. Orne
		농부가(詩)	7.5조	

순	권	제목	운율	원작
9	2년 7권	우리님(詩) - 公六	4.3조	
10	2년 8권	三面環海國(詩)	4.4조	
11	2년 9권	대한소년행(大韓少年行)		
12	2년10권 (11월)	黑驢子노리		
		가난배(詩)		
		태백범(詩)	8.5조	
		단군절(11월 1일) 노래가사	4.4.5	
13	3년 1권	아브라함, 린커언-公六	7.5조	
14	3년 2권	태백산시집-일본 동경에서 公六 태백산가(1)	7.5조 변형 (4.3.5)	도산선생앞헤 올녀
		태백산가(2)	5.4.4.3	
		太白山賦		
		太白山의 四時		
		태백산과 우리	3.4.5	
15	3년 3권	쓰거운 피(詩)	자유시	
		싸이론의 海賊歌	7.5조	번역
		우리 英雄(詩-孤舟)	자유시	
16	3년 4권 (4월)	나라를 떠나난 슯흠(詩)	자유시	
		태백을 이별함(詩)	자유시	
		봄마지(公六)	3.4조 변형	
17	3년 5권	花神을 贊頌하노라고(詩)	자유시	
		正말 建設者(譯詩)	자유시	The Builders, 엘늬옷
		들구경(唱歌)	**4.4.5**	
		태백에		시조
		쏘 皇靈		
18	3년 6권	썩긴 솔나무(詩)-公六	자유시	
		大洋		ᄉ바이론 원작, ○浪 번역
19	3년 7권	**녀름의 自然(唱歌)**	**7.5조**	
		녀름ᄉ구름(詩)	자유시	

순	권	제목	운율	원작
20	3년 8권	천주당의 층층대(詩)	자유시	
		國風 2수	3.4 (4.4) 조	시조
		祖上을 爲해(唱歌)	7.5조	
		국풍 여러 수		
		사랑	산문시	譯詩 아도레에 네모애푸스키이
21	3년 9권	톨쓰토이선생을 곡함-최남선	4.4.5조	
		크리쓰마쓰(詩)	8.5	
		청천강	국풍	시조
		除夕	7.5조	譯詩 테늬슨
22	4년 2권	주정으로 지내난 이세상에를-	7.5조	

나. 내용 표현 및 주제

《붉은 져고리》에 수록된 동요의 내용 및 표현에서 가장 큰 특징은 아동의 일상생활과 관련된 쉬운 단어나 흉내내는 말 등을 시어로 사용하고 있다는 점이다. 특히 한자어는 거의 찾아볼 수 없고, 대화체 언어를 구사한 동요[12]도 몇 편 있다.

우리집에아희는 우리뿐인데
누님은아홉살에 나는닐곱살
둘이다보통학교 일년급에를
봄부터비롯ᄒ야 다니옵니다

아춤이면ᄒ야닐어나서는
낫씻고밥먹은뒤 칙싸가지고

---

12) 여기서 '동요'란 '어린이가 부를 노래의 가사'로서 아동문학의 시가 장르 중 한 가지를 의미한다.

넘언집동무ᄒ고 걸음마초아
학교를바라보고 밧비감닉다

이저것그날과정 다배호고서
쌩쌩쌩하학종이 울게되면은
ᄯ또다시억개겻고 니약이ᄒ고
노래도부르면서 돌아옵닉다

안으로서어마님 마조나오사
ᄭᅳ을안고입마초아 반기십닉다
얼만큼숨돌니면 비걸녜들고
번갈아방마루를 쓸고칩닉다

그려고겨눔으로 다름박질히
문밧게마당으로 노라나가서
수수대말을타고 쉬기도ᄒ고
풀각시숨박곡질 깃비놀다가

(…생략…)

밤들어두어른게 인ᄉ엿줍고
훗훗ᄒ니불속에 단잠듭닉다
이러케우리오누 하로지냄은
온전히질거음과 우슴입닉다

　　　　　　　　　- <우리오누(잔별)> 일부, 《붉은 져고리》 제4호, 1913.02.15.

우리집바둑이는 어엿브지오
아츰마다학교에 가는ᄯᅢ되면
문밧게대령힛다 압장나서서
경둥둥동구까지 쮜어나와요

　　　　　　　　　　　　　　일제강점기 동시 연구

우리집바둑이는 어엿브지오
왼체로서오랴면 소리만나도
어느덧압헤와서 쇠리를치며
깃븜으로남먼저 마자줍니다

야드를흔털이며 날신흔허리
모양도곱거니와 말도잘들어
공일마다다리고 들에나가서
왼하로시달녀도 실타안히요

보는이는아모도 어엿브대요
동무들도부러워 안는이업서
바둑이는쏘업는 졍든벗이니
언제든지위흐고 사랑합니다

　　　　　　　- <바둑이> 전문, 《붉은 져고리》 제2호, 1913.01.15.

건넌골쏘범이는 가난흐야서
하로에죽두씨도 어렵습니다
아버지어머니는 속이상흐야
한번은마조안자 슯히웁데다

이째에쏘범이가 칙보를 씨고
학교로서돌아와 졀흐옵니다
그애는지금겨오 열한살인디
보통학교삼년급첫자립니다

『아버님어머님은 왜우십닛가
오늘본시험에도 빅뎜입니다
아츰에배부르게 먹고갓더니

아직도 시장ᄒ지 아니ᄒᆡᆫ다
모레는방학이니 방학되거든
나제는 김도매고 소도먹이고
밤에는 색기ᄭᅩ고 신도삼아서
살님에보태리니 걱정맙시오

- <또벙이> 전문, 《붉은 져고리》 제5호, 1913.03.01.

왼세상에 힌옷을 닙히려ᄒ야
쏘다져오ᄂᆞᆫ눈을 바라보면서
일남이네세오누 마조안자서
제각금늣긴바를 말ᄒ옵ᄂᆡ다

『싹ᄒ여라찬눈은 저리 퍼붓고
바람조차이러틋 매웁게부니
가난ᄒᆞᆫ이고생이 엇덜가』ᄒ며
마ᄋᆞᆷ어진갑슌이 근심ᄒᆡᆫ다

『검은구름속에서 힌눈이웁과
어즈럽게셜어져 가즈런ᄒ게
싸혀지ᄂᆞᆫ리치를 배오리라』ᄂᆞᆫ
공부에일심ᄒᆞᄂᆞᆫ 지남이외다

활발ᄒ일남이ᄂᆞᆫ 손벽치면서
『만히만히오소서 에그조하라
눈사람도만들고 편쌈도ᄒᆞ고
한참동안질거이 논다』ᄒᆡᆫ다

- <눈 구경> 전문, 《붉은 져고리》 제3호, 1913.02.01.

위에 제시한 네 편의 시에서만 보아도 사용되고 있는 시어들이 아동의 생활과 밀접한 쉬운 언어로 이루어져 있음을 알 수 있다. '수숫대 말', '풀각시', '숨바꼭질' 등 아동의 일상 놀이 말이 시어로 쓰이고, 한자 말은 거의 없긴 한 데, '보통학교'나 '하학', '대령' 등 매우 쉽고 일상적이며 우리말로 정착한 한자 어휘도 있다. 또 <우리오누>의 '땡땡땡', '훗훗한', <바둑이>의 '껑둥둥', '야드를 한' 등 소리나 모양을 흉내 내는 말을 사용한 노래 가사는 동요로서의 특징을 더욱 잘 드러내 준다.

《붉은 져고리》 수록 시가에서 대화체를 표시하는 큰따옴표-대신에『』표로 표시-를 사용하였다는 점도 특기할 만하다.《소년》의 창가에서는 찾아볼 수 없는 것이다. <쏘범이>에서 쏘범이가 부모님께 하는 말, <눈 구경>에서 등장인물인 갑순이, 재남이, 일남이가 각각 눈구경을 하며 하는 말에도 큰 따옴표-대신에『』표-를 넣어서 쓰고 있다. 이 또한《소년》에 수록된 창가나 시가에서 찾아보기 어려운 변화이다.

아동을 위한 노래이기에 시적화자가 성인보다는 아동인 경우가 더 많다. 실제로《붉은 져고리》에 수록된 동요의 시적화자는 대체로 어린 아동이거나 사물이기도 하다. 아동들이 소리 내어 부르는 노래 가사의 시적화자는 아동인 경우가 대체로 자연스럽다. 이는 수록 동요의 작가 - 모두 육당 최남선이 작사한 것으로 보인다. - 가 '동요 의식'을 뚜렷하게 가지고 있었음을 드러낸다.

> 나좀보오내키는 쉰다섯자오
> 아모든지쳐다보면까마오리다
> 나치쓰난구름은 허리를감고
> 놉히나난새라도 눈압헤뵈오
>
> 셰상에생겨난지 이제쳔년에

텨연ᄒ게가만히 안자잇스되
보러오ᄂ손님이 늘잇습니다

발구르면쌍이라도 ᄭᅥ질듯ᄒ고
손만들면별이라도쌀것갓지요
내억개에오르면 저하놀우도
넘기다보일ᄂ지 모르옵니다

사랑ᄒᄂ동무야 어서자라서
소견이며몸ᄭᅵ 커다라커든
머시나갓가오나 차자오시오
억개동문ᄒ리다 목말태리다

- <은진미록[13]> 전문, 《붉은 져고리》 창간호, 1913.01.01.

마나님 마나님 내말드러보
한가지 봄빗을 ᄃᆡ에가져다
잘못이라ᄒᆯ수가 업지오마ᄂ

한가지ᄭᅥ금으로 즈믄알죽고
산것을 ᄭᅵ짐으로 말라버리니
나무엔모ᄭᅵ이오 임자에덜님
다시생각ᄒ시어 그리마시오

동무야 동무야 내말듯기라
눈인듯펄펄나는 저한나비를
이리저리쪼치며 잡으려ᄒᆷ도
사랑ᄒᄂ쯧에서 나아옴이나

---

13) 이 동요에는 제목이 없다. 연구자가 첫 소절로 제목을 삼았다.

네가나비몸이오 나비가너로
향내맛고고흔곳 차차들째에
길을막고못살게 굴면엇더랴
이생각좀ᄒᆞ여서 그리마러라

- <봄새 흔흔 허물> 전문, 《붉은 져고리》 제8호, 1913.04.15.

<은진미륵>의 시적화자는 미륵불상이다. 미륵불상이 아동들에게 자신을 소개하며 찾아오면 함께 놀아줄 것을 이야기하고 있다. <우리오누>, <바둑이>도 시적 화자는 어린아이임이 분명하게 드러난다. '누나는 아홉 살 나는 일곱 살' 혹은 '아침마다 학교에 가는 때 되면' 등의 구절에서 시적 화자가 보통학교 초급반 아이임이 드러난다. <또범이>는 화자가 분명하게 드러나지는 않는다. 그렇지만 시 전반적으로 대화체를 활용하여 화자의 목소리보다는 11살 또범이의 목소리가 더 많이 들린다. <봄새 흔한 허물>도 시적화자가 어린아이이다. '마나님'과 '동무'에게 하는 말투는 어린아이 목소리를 가지고 있다. 물론 수록된 모든 동요가 다 시적 화자를 어린아이로 분명하게 드러내고 있지는 않다. 그래도 《소년》의 창가에서 거의 찾아볼 수 없는 어린 아동의 목소리를 분명히 들을 수 있다는 점에서 '동요'로서의 특징을 뚜렷하게 드러내고 있다. 이는 작가가 아동용 신문인 《붉은 져고리》의 도입 면에 수록할 시가를 창작하면서 독자인 아동을 적극적으로 의식하였음을 드러낸다. 그리하여 일반 대중 다수를 위한 시가가 아니라 독자인 '아동'의 삶과 특성을 강하게 의식하면서 노랫말을 지었다.

《붉은 져고리》에 수록된 10편의 동요가 드러내는 내용은 대체로 아동의 일상생활에 대한 동요, 아동에게 들려주고 싶은 이야기를 노랫말로 정형화한 것, 겨울을 몰아내는 봄의 기운을 묘사하고 노래하는 것 등으로 구성되어 있다.

아이들의 하루 일과나 일상생활을 가장 잘 묘사한 것이 <우리오누>, <바둑이>, <쏘범이>이다. <우리오누>에서는 아홉 살과 일곱 살 오누이가 함께 1학년 보통학교에 다니면서 아침에 동무들과 함께 가는 등굣길과 하굣길 그리고 집에 돌아와서의 풍경과 하는 일들을 잘 묘사하고 있다. 특히 아이들이 집에 돌아와 청소를 하고 난 후 달음박질로 뛰어 놀러 나가 수숫대 말을 타고 숨바꼭질을 하며 놀다가 저녁이면 부모님의 가르침을 받고 잠드는 모습을 잘 드러내어 보여준다. <우리오누>에 나오는 오누이의 하루가 즐거움과 웃음으로 가득 차 있는 반면, <쏘범이>는 가난하여 생활이 어려운 가운데에서도 반듯한 모습을 드러내 보여준다. <바둑이>는 집에서 기르는 강아지의 재롱과 그에 대한 아이들 사랑의 시선을 잘 묘사하고 있다. 동요 속에 담긴 아이들의 일상은 1910년 당시의 보편적인 모습이기도 하고 또 삶에 대한 아이들의 소망을 담은 것이기도 하다. 이를테면 <우리 오누>처럼 오누이가 나이 차이가 있어도 보통학교 같은 반에 다니거나, 하루의 일과에 대한 정보 등은 보편적인 당시 아동의 모습일 것이다. <쏘범이>에서는 보편적인 가난과 더불어 아이들이 그 가난을 극복하기를 소망하는 모습이 담겨있다. 모든 아이들이 동요 속의 또범이처럼 어른스럽고 미덥기만 하지는 않았을 것이다.

아이들에게 들려주고 싶은 재미있는 이야기를 율문으로 제시한 동요도 있다. <고든 마음의 갑흠>은 '금도끼 은도끼' 이야기를 동요로 만들어 제시한 것이다.

건넌말리싱원이 나무갓다가
잘못ᄒ야독긔를 물에써러쳐
먹고사ᄂ밋쳔을 업시ᄒ고서
엇지홀줄몰나서 울고잇ᄂ듸

검님게서물로서 소사나오셔
이ᄉ졍드르시고 들어가더니
얼마잇다금독긔 들고나오셔
이것이네것이냐 무르십늬다

리싱원이가만히 들여다보고
그것이아니외다 바로살외니
검님게서고개를 쓰덕이시고
이번에는은독긔 내다뵈시며

그러면이것이냐 무르시거늘
바른디로그것도 아니라ᄒ매
세 번재검님게서 물로들어가
쇠독긔를내어다 돌녀주시며

오오너의그러틋 고든마음씨
내깁히늣겻노라 칭찬ᄒ시고
은독긔금독긔를 샹급삼아서
싱원의손에쥐어 주셨습늬다

욕심몹시사나운 압집한아비
이약이를듯고서 춤이흘너서
담날아츰일죽이 물가로가서
일부러가진독긔 물에쳐너코

엉엉울며설웁게 안져잇스니
과연금세검님이 쩌나오시어
눈이부신금독긔 내뵈시는걸
허겁제신ᄒ야서 두손내밀며

올습늬다그것이 제것이외다
ᄒᆞ는말도미쳐다 ᄒᆞ지못ᄒᆞ야
검님게서낫가득 셩을내시고
이게과연네거냐 참말그러냐

속속ᄭᅡ지환ᄒᆞ게 삷히는나를
속이라든허물로 벌닙으라고
ᄯᅥ러친쇠독긔도 아니주시고
ᄭᅮ지람만통통히 ᄒᆞ셧습늬다

잘가지못됨의밋 거짓한아오
온갓착ᄒᆞᆷ ᄲᅮ리는 바름이외다
밋븐사람큰사람 되려는우리
마음일곳기부터 힘쓰웁시다

- <고든 마음의 갑흠> 전문, 《붉은 져고리》 제10호, 1913.05.15.

이솝이야기는 근대 초기 잡지에 많이 활용되었다. 육당의 《소년》에도 이솝이야기가 실려 있다. 육당은 이솝이야기가 세계 각국 소학교 교육서에 활용되는 것으로 이 책의 혜택을 우리 아동에게도 전하고 싶었다. 이미 을미년에 우리 학부에서 편찬한 '심상소학'에도 실려 있었는데 쉬운 말로 깊은 뜻을 찾아볼 수 있어 유익하다고 판단하였다[14]. 그런데 아동용 신문인

---

14) 《소년》 창간호, 24쪽에는 이솝이야기에 대한 다음과 같은 안내가 있다.

이 이약은 寓語家로 古今에 그 짝이업난 이솝의 述한것이라. 世界上에 이와갓히 愛讀者를 만히 가딘冊은 聖書밧게는 또 업다하난바니 乙未年頃에 우리 學部에서 編行한 「尋常小學」에도 이 글을 引用한곳이 만커니와 世界各國小學校育書에 此書의 惠澤을 닙디아니한 者 업난 바라 新文館編輯局에서 其一部를 翻譯하야 「再男伊工夫冊」中 一卷으로 不遠에 發行도 하거니와 此에는 每券四五節式 抄譯하고 겻헤 有名한 內外敎育家의 解說을 부티노니 낡난사람은 그 妙한 構想도 보려니와 神通한 寓意도 玩味하야 엇고 쉬운말가운데 깁고어려운 理致가 잇음을 타다 處身行事에 有助하도록하기를 바라노라.

《붉은 져고리》에서는 이솝이야기가 동요의 형식으로 만들어져 실려 있다는 점이 특이하다. 육당은 아이들의 행실에 교훈을 주는 이야기를 노래로 지어 보급하고 싶었다. 그는 아이들뿐만 아니라 성인의 세계에서도 노래의 힘이 얼마나 큰지 알고 있었기에 '경부선철도가', '한양가' 등을 지어 보급하였다[15]. 아동용 신문에 제시하는 동요에서도 교훈을 주는 이야기, 지혜문학이라 불리는 이솝이야기를 동요로 바꾸어 보급하려는 그의 마음을 읽을 수 있다. 특히 노래 가사는 재미있으면서도 기억하기 쉽고 널리 퍼뜨리기도 쉬웠기에 그 영향력이 지대하다. 그러한 점을 충분히 인식하고 아동의 교육이나 계몽에 유익할 것으로 판단되는 이솝이야기를 노래로 만들어 신문에 수록한 것이다.

이렇듯 이야기를 노래로 들려주는 것은 이후 이야기를 노래 가사나 시로 창작하는 경향을 보여주고 있는데, 1920년대를 지나 1930년대 후반 윤석중이 《소년》에 게재하였던 '애기노래'[16], 1950년대의 백석의 동화시[17], 1960년대 동시단의 동화시 창작 운동[18]과 연속성이 있는 것으로 보인다.

계절에 맞춰 때마침 1913년 봄에 발간되는 《붉은 져고리》의 전면에는 봄을 노래하는 동요가 여러 편 있다. 특히 어둠과 그늘과 눈과 바람을 뚫고 풀이 자라나도록 용기를 북돋우는 밝고 환한 동요이다.

---

15) 《소년》에 제시된 번역시 중에는 외국의 시를 7.5조에 맞추어 번역한 것도 있다.

16) 윤석중은 1930년대 후반 《소년》에 '애기노래'라는 장르 명칭으로 〈할멈과 도야지〉, 〈말안들은 개고리〉를 실었다.

17) 진선희(2021), 「백석의 동화시와 마르샤크의 동화시 비교 연구-웃음의 미학을 중심으로」, 〈새국어교육〉 127호, 한국국어교육학회, 669-702쪽. 참조.

18) 진선희(2022), 「정상묵 동시 연구-1960년대 동시의 지향을 중심으로」, 〈한국아동문학연구〉 43호, 한국아동문학학회, 195-250쪽. 참조.

봄이한참이로다 이철임자의
버들우에쇠꼬리 숲사이에꽃
기긴향내차리고 바람을 보내
손으로나비불러 잔채베풀세

왼쳐로서션물이 하도만토다
싸뜻홀사날시는 해게서오고
조리졸졸노래는 새암이내고
바람은나무시겨 춤을춰노나

먼저온님검나비 봄에 취호야
흥에겨워큰날개 한껏펴고서
우로번듯웃바람 알에로번 듯
알에바람차면서 춤을 추는디

한아둘씩세네씩 깃을 만닛고
예저긔서온나비 다모여든다
무서울사범나비 압장을서고
홀란호 얼럭나비 뒷달앗고나

쌔끗홀사힌나비 눈이부시고
산듯호다빨갱이 졍신나는디
동트듯고을시고 분홍나비라

귀엽고나노랑이 보라쏘야기
퍼렁이자지검양 주황연두남
사이사이씨어서 어리숭덜숭
꼿이더욱고으냐 나비더호냐

그늘가장은윽코 틈가장넓고

일제강점기 동시 연구

꼿가장만히피고 내가장조흔
이마당을 맛나매 어우러져서
철가는줄모르고 번득이며춤

모래밧에돌비늘 반작어리듯
가을날에가랑입 나비써듯이
바람에챈그몸의간들어거림/

내슈염네슈염을 것걸어노코
이리한번돌 자 후루르르를
네다리내다리를 마조쏘아서
저리한번쮜 자 푸두드드득

꼿아너는방그시 웃기만히라
이쌤저쌤대고서 입마쳐주고
새아너는쇠쇼롱 울기만히라
그가락을마쳐서 춤추어준다

- <봄이 한참이로다>[19] 전문, 《붉은 져고리》 제9호, 1913.05.01.

　　<봄이 한참이로다>에서 따뜻한 봄날을 맞아 온갖 나비들이 봄에 취해 다양한 몸짓으로 춤을 추는 춤 잔치를 감각적으로 묘사하고 있다. '후루르르', '푸두드드득' 등 나비의 춤사위를 흉내내는 표현이 다양하게 쓰이고, '가랑잎 날 듯' '반짝거리듯' 화려하게 간들거리며 날아오르는 나비의 춤을 표현한 동요이다. 5월의 봄날을 환하게 표현한 것이면서 어둡고 힘든 시국 속의 아이들이나마 밝고 환하게 자라나 주기를 소망하는 마음을 드러내는 노래이기도 하다.

---

19) 제목이 제시되지 않았다. 연구자가 첫 구절을 제목으로 사용한다.

실제로 계절을 노래하면서도 어둡고 힘든 시국의 아이들과 성인들에게 희망을 품도록 격려하는 함축적 의미가 비교적 더 잘 드러나는 동요도 있다.

봄빗이 오도다 그늘진골에
싸힌눈 녹이고 언쌍풀어서
치위밋헤업드린 약흔무리를
살녀일이키랴고 그오시도다

풀은수레타시고 풀은채들고
모진바람쏫치며 그오실쌔에
소리잇서왼셰게 흔들니노나
다 닐어나거라 살라흐시네

뫼야내야쌔어라 움죽이어라
새온작만흐아서 봄비음흐고
온새를다려다가 고은목으로
깃븜을노래흐야 듯게흐여라

숨은놈은구무로 들안진놈은
깃으로셔나와서 다가치가세
한걸음한걸음식 갓가히오는
봄빗을마지흐라 긴들밧그로

- <첫봄> 전문, 《붉은 저고리》 제7호, 1913.04.01.

붉고히고누르게 란만히피어
온갖맵시부리고 아양피던쏫
하로밤비바람에 다써러지니
푸른빗이이셰샹 차지흡니다
가지마다촘촘히 부튼나무닙

바람에덩실덩실 엉덩춤추고
볏밭에소근소근 속살거림이
낫낫치푸른새빗 자랑이로디

질펀한벌판가득 가지런ᄒ야
보기에고읍기도 잔디밧푸름
눕고안고쮜기에 다합당ᄒ야
쓰기에긴ᄒ기도 잔디밧푸름

맑은내드린버들 그늘것ᄒ야
검은암소황여소 석거맨속에
메잉메잉송아지 우는잔듸밧
무싁으로그러서 보암즉ᄒ고

넘는해지는볏을 담뿍안고서
가벼히맨도리ᄒ 어린 학싱이
내기로풀버레을 줍는잔듸밧
샤진으로박아서 둘만ᄒᆸ늬다

한나절일ᄒ고나 느른한몸을
고마울사가만히 뉘어주는쌔
원하로길을와서 앏흔다리를
다정홀사현안히 쉬여주는곳

어지러운쓸허고 씨름ᄒ던눈
깃비흠에푸른빗 령한약이오
모처럼들밧게온 손님에게는
놀이터되는 잔듸 공이크외다

줄기줄기틈틈이 달빗이들고

닙새닙새잇마다 바람이시쳐
참으로그윽홈이 서린경치야
무슨말이그참을 다ㅎ오릿가

기립시다동무야 소리크게히
깃븜의빗푸름을 기리웁시다
질김의터잔듸밧 기리웁시다
여름님검대궐의 푸른잔듸밧

- <잔디 밧> 전문, 《붉은 져고리》 제11호, 1913. 06. 01.

<첫 봄>과 <잔디 밧>은 봄과 초여름의 정감을 잘 드러내어 준다. 정형률이긴 하지만 그 안에 묘사된 장면이 생생하고 감각적이며 계절의 정감을 잘 느낄 수 있게 표현하고 있다. <첫 봄>에서 봄은 '언 땅에 엎드린', '약한 무리'를 '살려 일으키려고' 온다. 이 표현은 참으로 간절한 소망의 마음을 담고 있다. 나라를 잃고 엎드러진 우리 민족은 바로 '약한 무리'이기 때문이다. '깨어나라', '일어나라', '살라 하시네', '움직이라' 등의 표현과 '한 걸음 한 걸음 가까이 오는 봄빛을 맞으라'는 준엄하고도 간절한 소망을 담은 주술문으로 느껴지기도 한다.

<잔디밭> 또한 '꽃'의 시절이 가고 '푸른 잎'의 시절이 왔음을 노래하고 있다. 이 또한 유월의 신록을 노래하는 듯 하지만 함축적 의미로 다양하게 해석될 수 있다. 질곡의 시대를 살아가는 민족에게 화려하던 '꽃'의 시대가 '하룻밤 비바람에' 다 떨어질 수 있다는 점이다. 일제의 억압이 하룻밤 비바람에 지는 꽃처럼 지고 나면 잎의 시대가 도래할 것을 희구하는 노래로 볼 수도 있다. 육당이 지은 동요의 내용이나 표현은 감각적이고 생생하며 시적이다. 당시의 시대적 상황을 반영하여 본다면 강한 주술성을 가지고 있다고 볼 수 있다. '기립시다 동무야 소리 크게 해/기쁨의 빛 푸름을 기리

옵시다.'에서 이러한 주술적·선동적 의미나 의도가 더욱 잘 드러난다. 우리나라에서 동요의 주술성은 '서동요'에서 이미 실현된 바 있다.

이처럼 1910년대 《붉은 져고리》에 실린 동요들은 어려운 삶 속에서도 끈질기게 되살아나려는 소망과 힘이 잘 드러난다. 특히 표면과 이면적 해석을 고려한다면 이러한 주술성이 강한 민족적 소망의 노래는 아동뿐만 아니라 성인의 노래일 수 있었다. 표면적으로 아동들을 대상으로 하는 교육과 계몽의 역할을 앞세우고 있기에 더욱 아동용의 특성이 잘 드러나지만, 나라와 시국을 걱정하는 민족의 염원을 쉽고 강렬한 본원적 동심의 언어로 노래한다는 점에서 성인 속에 내재된 아동을 염두에 두지 않을 수 없었을 것이다. 한편 1910년대 동요의 이런 특징은 1920년대의 감상적이고 우울한 동요가 많아지는 것과는 대조되는 경향이다. 이러한 차이에 대한 보다 세심한 검토가 필요하다.

이상으로 1910년대 우리나라 최초의 아동을 위한 신문인 《붉은 져고리》에 수록된 동요를 고찰하여 그 특성을 파악함으로써 근대적 아동문학의 형성기에 특히 동요 장르의 형성 과정으로서 1910년대 동요의 특성을 고찰하였다.

1910년대를 전후한 우리나라의 역사·사회문화적 배경과 아울러 아동 신문 《붉은 져고리》에 수록된 동요를 고찰한 바 다음과 같은 몇 가지 특성을 탐색할 수 있었다. 1910년대의 아동 신문인 《붉은 져고리》는 표면적으로 '아동'을 독자로 선언하고 있다. 하지만, 그 '아동'의 의미역은 전통적으로 수립되어온 아동 개념 및 담론과 서구적 담론의 영향이 복합적으로 구성된 것임을 알 수 있다.

《붉은 져고리》에 수록된 10편의 동요는 당시 노래 가사의 형태 및 역할,

그리고 내용을 잘 드러내고 있다. 수록 동요는 모두 정형률을 엄격하게 지키거나 시적화자를 아동으로 하는 경우가 뚜렷하였다. 이는 《소년》에 등장하는 창가들과 형태 면에서 유사하면서도 아동용 노래 가사로서의 특징을 더욱 잘 보여주는 부분이다. 그 내용 면에서 당시 아동의 생활상을 쉽고 일상적인 우리말로 표현하고 있으며 이솝우화를 노래 가사로 만든 동화시 계열의 시가로서 그 특징이 드러난다.

이들 동요의 내용 해석 차원에서 볼 때, 그 형태나 내용은 '아동용'이 분명하면서도 내포하고 있는 독자로서 아동의 개념이 더 넓어진 것이라고 볼 수 있다. 민족의 삶에 대한 소망을 담은 아이들 노래는 아동의 노래이면서 성인의 노래이고 민족의 노래이기에 이때 '아동'은 복합적이고 다중적 의미로 볼 수 있다.

1920~30년대
아동 잡지와 동시

2부

1920~30년대 아동 잡지와 동시

아동문학사에서 1920~30년대는 동요 황금기로 불린다. 일제강점기 억압과 속박 속에서 아동문학은 한국 문학의 발전을 선도하였다. 1919년 삼일 운동 이후 일제의 문화정치 표방과 더불어 여러 잡지가 우후죽순 발간된다. 이때 아동 잡지도 다양하게 발간되는데, 그 가운데 가장 대표적인 아동 잡지인 《어린이》, 《신소년》, 《별나라》에 수록된 동시를 살펴본다. 이세 잡지는 일제강점기인 1920~30년대 동시에 담긴 동심을 살피는 데는 부족함이 없는 대표성을 지닌다.

I.《어린이》에 담긴 동시

1923년 3월부터 출간된 《어린이》는 우리나라 아동문학사에서 매우 중요한 의미를 지닌 잡지이다. 우리나라의 근대적 아동문학이 본격적으로 이루어지는 시기에 출간된 점에서 그러하고, 일제강점기에 출간된 여러 잡지나 신문이 짧은 기간 발행되다가 폐간된 데 반해 비교적 긴 시간 동안 압도적인 판매 부수를 유지하며 정기적으로 출간된 어린이 잡지라는 점에서 그러하다. 당시 아동문학의 특성을 엿볼 수 있는 자료이기도 하고, 그즈음에서 오늘날에까지 이어지는 아동문학의 변천 과정을 살피는 데에도 주목해야 할 자료이다.

1920년대에 《어린이》와 더불어 본격화된 우리나라 근대적 아동문학의 선구 자리를 '동요'라는 장르가 차지하고 있다. 특히 아동문학의 서정 장르에 해당하는 '동시'[1] 연구를 위해서는 《어린이》에 수록된 동요를 꼼꼼히 살피지 않을 수 없다. 근대적 의미의 아동문학 장르로서 동시는 애초에 동요에서 비롯되었다고 생각하는 것이 일반적이고, 동요와 동시를 다른 것이 아니라고 보는 입장도 그것을 분리하여 생각하는 입장[2]만큼이나 보편적이다.

전래동요와, 근대 아동문학의 효시로 보기도 하는 1908년 《소년》에 수록된 최남선의 '해에게서 소년에게'와, 1910년대 《붉은 져고리》, 《아이들보이》, 《새별》 등의 신문 잡지들에 수록된 동시와의 관련성 등 동시사(童詩史) 연구에서 빠뜨릴 수 없는 자료가 바로 《어린이》에 수록된 동시이다. 더욱

---

1) 여기서는 '동시'라는 용어를 아동문학의 서정 장르 전체를 대표하는 명칭으로도 사용한다. 동요와 대립되는 동시 개념과 동요를 포함하는 동시의 개념을 모두 인정하는 셈이다. 그리하여 이 책에서 문맥에 따라 동요와 대립되는 개념의 동시, 동요를 포함하는 개념의 동시를 모두 사용하기로 한다.

2) 박영기(2009)에서는 동시와 동요를 대립되는 개념으로만 논의를 진행하지만, 결과적으로 동요와 동시의 관계 설정이나 용어 문제를 해결하지 못한 채로 논의를 마감하고 있다.

이 근대적 아동문학으로서 동요 및 동시 장르 형성과 변천의 과정을 가장 핵심적으로 보여줄 수 있는 잡지이기에 그 중요성이 크다고 본다.

아동문학 장르 전반의 연구가 그러하듯이《어린이》에 수록된 동시에 대한 깊이 있는 연구는 그리 많지 않다. 주로 '동요'로 지칭되었기에 음악 연구자들의 논의[3]가 다수 있으며, 한일 아동문학 비교사적 관점의 논의[4]나 소년운동사적 관점 및 아동문학 형성 과정 연구의 관점[5]에서의《어린이》를 다루는 연구가 대다수이다. 최근 아동문학계에서 1910년대와 1920년대를 중심으로 하는 근대 아동문학을 연구한 박사학위 논문들이 발표되고 있다. 그 가운데 상당수가《어린이》를 다루고는 있지만, 대체로 전체적이고 개괄적인 논의에 그치고 있다. 그러한 개괄적 연구의 토대 위에서 잡지에 수록된 작품의 장르별·시기별로 세분화·체계화된 논의로 깊이와 세밀함이 더해진 논의가 이어져야 할 것이다.

일제강점기 동요·동시에 대한 연구로는 원종찬(2011), 박영기(2009), 김종헌(2008)의 논의가 대표적이다. 원종찬(2011)의 논의는 주로 1920~30년대 동요와 동시의 관계, 1930년대에 동시·동요 논쟁에 대한 자세한 안내와 '동요 황금기'에 대한 의문을 제기하고 있다. 이는 한국 아동문학사에서 동요와 동시의 중요한 사적 흐름을 거시적으로 파악하는 논의로 한국의 동시 장르 형성 과정을 밝히는 데에 소중한 가치가 있는 논의이다. 하지만, 그의

---

3) 음악학에서 접근한《어린이》논의의 대표적인 것으로는, 전송배(2011), 「아동잡지《어린이》와《赤い鳥》동요의 비교와《어린이》동요의 전개 양상」, 중앙대학교대학원 음악학과 박사학위논문. 이성동(2009), 「1910년~1945년 동요 변천 경향 연구」, 한국교원대학교대학원 석사학위논문. 등이 대표적이다.

4) 전송배(2011)가 대표적이다.

5) 이정석(1993), 『《어린이》지에 나타난 아동문학 양상 연구』, 전남대학교대학원 석사학위논문. 남진원(1995), 「《어린이》지에 나타난 동요의 변화 과정에 관한 연구」, 관동대학교대학원석사학위논문, 원종찬(2008), '한국아동문학 형성 과정 연구 -《소년》(1908)에서《어린이》까지-', <동북아문화연구> 제15집, 동북아시아문화학회, 73-97., 박지영(2006), '1920년대 근대 창작 동요의 발흥과 장르 정착 과정-《어린이》수록 동요를 중심으로', <상허학보>, 상허학회, 229-259. 등이 있다.

논의가 주장을 뒷받침하기 위한 미시적이고 세세한 자료 정리를 포함하는 서지학적 연구를 바탕으로 하고 있지 않다는 점에서 여전히 논란의 와중에 있다. 박영기(2009) 역시 일제강점기 동요와 동시의 장르명을 집중적으로 다루고 있긴 하지만, 여러 가지 잡지를 오가며 거시적으로 논의하고 있어 주장에 대한 서지학적 자료 정리는 부족하다. 또 원종찬(2011)과 박영기(2009)는 우리나라 동요의 개념을 '참요'로 단정하고 있어서 개념 논의에서부터 논란의 여지가 있다.[6] 김종헌(2008) 또한 논의의 방식은 매우 거시적이어서 논의에 필요한 미시적이고 서지학적 연구의 보완이 필요하다.

우리나라 아동문학의 여러 하위 장르는 각각의 특색에 따라 전통적 요소의 계승 및 근대적 특성을 드러내 보인 경로나 과정에서 공통점과 차이점이 있다. 아동문학의 하위 장르인 동요와 동시, 동화, 동극 등 장르별 형성과 변천 및 상호작용에 대한 고찰이 필요한 시점이다. 특히 각 장르별 발전 과정 연구에서 작은 단위의 자료 정리를 바탕으로 하는 세밀한 논의에는 아직 이르지 못한 상태이다. 그동안 아동문학 연구 성과의 부족은 연구를 더욱 어렵게 하는 요인이다. 그리하여 연구 방법 면에서도 거시적이고 개괄적인 흐름을 중심으로 주장을 제기하는 방식에 치우칠 수밖에 없다.

여기서는 아동문화 및 아동문학의 형성 과정 연구의 일환으로 일제강점기에 발행되었던 여러 잡지 가운데 본격적 근대 아동 잡지인 《어린이》의

---

6) 동요는 전통적으로 아이들이 부른 노래를 의미한다고 본다. 동요를 '讖謠'로 보는 관점(한영란, 2004)은 '동요'라는 용어가 아니라 문헌에 기록으로 전해지는 '몇몇 동요'가 지닌 내용에 대한 연구라는 점에서 그것을 확대해석하여 동요의 내용 전반이나 '동요'라는 용어에 그대로 적용하는 것은 잘못된 논리이다. 동요는 민요와 마찬가지로 기록된 내용보다 구비문학적 특성이 더 강하기 때문이다. 참요적 내용을 아이들의 노래에 실어 활용한 것은 동요의 일부일 뿐이기에, 동요 그 자체는 그 내용상 참요의 성격을 띨 수도 있으나 그렇지 않을 수도 있다. 이러한 여러 이유로 동요를 참요로 직결하는 것은 큰 오류라고 본다. 수많은 전래동요가 참요적 성격이 아니라 생활 속의 놀이나 유희와 일 등의 내용을 담고 있으며 오늘날까지 전해져 오고 있음을 상기하면 동요는 '아이들의 삶과 정서 바탕으로 한 아이들이 부르고 즐기는 노래'이며 참요적 성격을 가진 몇몇 작품이 존재하는 것으로 봄이 온당하다. 그런데도 동요에 대한 주요 연구자들이 동요를 참요로 단정하고 논의를 펼치는 점은 매우 안타까운 일이 아닐 수 없다.

발간 배경 및 수록 동시[7]를 정리하여 탐색해보고자 한다.

1절에서는 《어린이》가 창간된 1920년대를 전후한 당시 우리나라의 역사·사회문화적 특성, 초기 《어린이》의 실질적 편집자였던 방정환의 아동문화 활동 및 그 의미, 1920년대 《어린이》를 비롯한 '잡지의 시대'에 우후죽순처럼 발간되었던 잡지들과 당시 잡지 발간의 취지와 정황을 살펴보기로 한다. 이를 바탕으로 《어린이》에 수록된 동시의 세부 장르명을 실증적으로 정리하고 고찰하면서 동요와 동시라는 용어의 관계 및 변화 과정을 논의한다. 2절에서는 해방 전 1923년부터 1934년까지의 《어린이》에 기획 수록된 동시 작품, 즉 기성작가의 작품을 중심으로 그 내용 특성을 살피기로 한다. 3절에서는 《어린이》의 독자투고란에 수록된 작품에 초점을 맞추어 그 특징을 알아본다.

1. 장르 용어 및 작가와 독자

가. 《어린이》 출간 배경

《어린이》는 1923년 3월에 개간되어 1934년에 폐간되었다가, 해방 후 1948년에 복간되어 1949년까지 출간된 잡지이다. 이 잡지의 출간 배경을 살피기 위하여 1920년대의 사회문화적 상황을 아동 및 아동문화 활동을 중심으로 살펴보기로 한다.

대한제국은 1905년 을사늑약으로 외교권을 잃고, 1910년 일본에 의한 강제 합병으로 국권을 박탈당한 후에 전국 곳곳은 일제에 대한 항거 운동

---

7) 본 논문에서는 '동시'라는 용어를 맥락에 따라 두 가지 의미 중 하나로 사용한다. 우선, 문학 장르론에 입각하여 볼 때, 아동문학의 서정 장르를 통칭하는 의미로 사용한다. 그러니까 동요와 동시를 포함하여 소년시, 이야기시, 동화시, 전래동요와 창작동요 등의 개념을 통괄하는 명칭으로 동시라는 용어를 사용하기로 한다. 두 번째 의미는 연구 내용의 기술 맥락에 따라서는 동요와 대립되는 개념의 '동시'로 사용하기도 한다.

으로 불타올랐다. 특히 '교육구국운동'으로 불리는 교육열은 전국에 수많은 학교와 서당을 건립하도록 하였다. 민족 지도자들은 학교 설립 자체를 독립을 향해 다가가는 일로 여겨 전국적으로 5,000여 개의 사립학교를 설립하였고, 서당의 수도 급속도로 늘어났으며 서당에 다니는 학생 수도 크게 증가하였다(김정의, 1999; 34). 또 강제 해산당한 대한제국의 군인들은 서당을 열었고, 서양의 신지식을 공부한 청년들은 지역의 소년들에게 시국을 제대로 바라볼 수 있도록 공부한 내용을 전달하느라 바빴다(최명표, 2011; 14).

1919년 기미독립만세운동을 주도한 천도교단은 일제의 탄압[8]에도 굳건하게 여러 방면에서 문화운동을 전개하였다. 특히 천도교 중심의 소년운동은 매우 활발한 성과를 보였다. 특히 교육 부문에 투자를 확대하고 식민지에서 교육과 농촌 계몽의 필요성을 주장하며 실천해 나갔다. 천도교[9]는 자체적으로 유학생을 파견하는 등 육영 사업에 앞장섰다. 1923년 3월 일본에서 강영호, 손진태, 고한승, 정순철, 조준기, 진장섭, 정병기 등이 만나 소년운동의 결사체를 발족하기로 합의하며 주요 활동 방향으로 동화와 동요 운동을 추진할 것 등을 결의한다. 이에 따라 동화와 동요 운동 전개의 일환으로 《어린이》를 발간하였고 동화회를 개최하였다. 이후 4월에 '색동회'라는 이름을 내걸었고, 출범 당시 회원은 손진태, 윤극영, 정순철, 방정환, 고한승, 진장섭, 조재호, 정병기 등이었다. 이들은 국내 천도교 청년회의 개벽사에서 일하던 김기전과 박달성에게 도움을 청하였다(최명표, 2011; 36).

1919년 독립만세 운동을 계기로 일본은 문화정치를 표방하였다. 그에 따라 조선어 잡지와 신문의 발간이 가능해졌다. 물론 일본의 의도는 지하

---

8) 기미독립만세운동 이후 교주를 위시한 민족대표로 참가한 15명이 구속되었고, 자금을 압수당하고, 교인이 살상되고 교회가 소실되는 등 압박을 받았다. 최명표(2011), 전게서 참조.

9) 갑오동학농민혁명 이후 교단의 세력 변동을 겪어오던 동학은 1905년 12월 명칭을 동학에서 천도교로 바꾸었다.

조직으로 숨겨지는 언론을 표면화하고자 함이었다. 1920년대를 '잡지의 시대'라고 칭할 만큼 수많은 잡지와 신문이 발행되었는데, 그만큼 일본의 검열 체제도 강경하여 정간과 압수는 비일비재하였으며 폐간되고 다른 이름으로 다시 발간되는 잡지도 많았다.

1920년 《개벽》을 출간하여 출판 활동의 기틀을 마련한 개벽사는 천도교단의 출판사로 1919년 발기회 이후 여러 잡지를 발간하였던 출판사이다. 하지만 천도교단의 잡지이기보다는 대중성을 띤 잡지를 발간하였으며, 1920-26년동안 《개벽》의 압수처분이 40회가 넘었음에도 꾸준히 발간함으로써 독자와의 신뢰를 탄탄히 하였다. 지사와 분사를 전국 및 해외로 설립하여 안정된 판로를 마련하였다.[10] 그리하여 개벽사는 1920년대 잡지 시장에서 독점적 지위를 획득하였다.

....

10) 당시 개벽사의 유통망은 류석환(2006; 9)에서 그 대강을 파악할 수 있다.

〔표〕개벽사 유통망 현황

		1921.08.~1922	1923~1926	1927~1930	1931~1935	합계
국내	경기도	지사(2)분사(3)	지사(1)	지사(1)분사(2)	지사(9)분사(1)	지사(13)분사(6)
	함경도	지사(1)	지사(6)분사(12)	지사(10)분사(9)	지사(13)분사(2)	지사(30)분사(23)
	평안도	지사(3)	지사(3)분사(18)	지사(10)분사(5)	지사(20)분사(6)	지사(36)분사(29)
	황해도	지사(1)	지사(1)분사(3)	지사(5)분사(3)	지사(7)	지사(14)분사(6)
	강원도	-	지사(4)분사(4)	지사(1)분사(3)	지사(2)분사(3)	지사(7)분사(10)
	충청도	-	지사(3)분사(8)	지사(5)분사(1)	지사(6)	지사(12)분사(3)
	전라도	지사(2)	지사(9)분사(6)	지사(5)분사(5)	지사(17)분사(2)	지사(33)분사(13)
	경상도	지사(2)	지사(11)분사(6)	지사(4)분사(8)	지사(12)분사(1)	지사(29)분사(15)
국외	중국	-	지사(3)분사(8)	지사(2)	지사(9)	지사(14)분사(8)
	일본	-	지사(2)	지사(2)	지사(5)분사(1)	지사(9)분사(1)
합계		지사(11)분사(3)	지사(43)분사(59)	지사(43)분사(36)	지사(100)분사(16)	지사(197)분사(114)

당시 출간하던 잡지 중에서 《개벽》과 더불어 《어린이》는 개벽사 최대의 잡지였다. 천도교단은 《개벽》, 《어린이》 외에도 《부인》(1922. 6. 창간), 《신여성》(1923. 9. 창간), 《조선농민》(1925.12.창간), 《학생》(1929. 3.창간), 《농민》(1930. 5. 창간) 등 잡지를 발행하여 출판문화 운동을 전개하였다. 《어린이》는 천도교 소년회와 조선소년협회의 기관지 구실을 겸하였는데, 당시 전국 각지에 있던 천도교 소년회 지역 분소 및 《개벽》의 유통망을 이용하여 빠르게 보급·확산되었다. 《어린이》 제24호는 3판을 찍은 것이 매진되는데, 이는 조선에서 처음 있는 일이며 1930년 개벽사 창립 10주년에 발행한 잡지 부수를 밝히는 과정에서 《어린이》는 평균 3만 부 정도씩 발행되었음(박현수, 2005; 261-296)을 밝혔다. 《어린이》는 《아이생활》, 《별나라》, 《신소년》과 더불어 4대 아동 잡지로 불리었다. 일제강점기인 1910년대~40년대 아동문학 관련 주요 잡지 발행 상황은 다음과 같다.

잡지	발행 기간
《少年》	1908. 11. ~1911. 5. (신문관 발행)
《붉은저고리》	1913. 1~1913. 7. (신문관 발행)
《아이들보이》	1913. 9~1914. 8. (신문관 발행)
《새별》	1913. 9~1915. 1 (신문관 발행)
《청춘》	1914. 10~1918. 9. (신문관 발행)
《개벽》	1920. 6 ~1926. 8, 1934. 11~1935. 4(개벽사 발행)
《어린이》	1923. 3 ~1934. (개벽사 발행)
《신소년》	1923. 10. 3~1934. (신소년사 발행)
《새벗》	1925. 11. 01~ 1933. 3.
《아이생활》	1926. 3. 10~1944. 4.1(아이생활사)
《별나라》	1926. 6 ~ 1935. 2 (별나라사 발행)
《학생》	1929. 3 ~ 1930. 11 (개벽사 발행)
《소년》	1937. 4. ~ 1940. (조선일보사 발행)

나. 《어린이》 수록 동시의 장르 용어 검토

본 연구는 발간된 《어린이》의 전체 자료를 대상으로 하지는 못하였다. 2013년 현재 남아있는 자료인 영인본(1976, 보성사)을 활용하였다. 《어린이》에 수록된 아동문학 작품 가운데 동시, 즉 서정 장르의 작품에 한정하여 검토하였다. 보성사 판 《어린이》 영인본에 수록된 동시는 총 477편이다. 전체 작품 가운데 독자투고란에 실리는 등 확실하게 독자 투고 작품으로 판단되는 동시는 총 218편이다. 그 외 잡지 편집진의 기획에 의한 기성작가의 작품으로 추정되는 작품은 총 259편이다. 다음 <표 I -1>은 본 연구에서 대상으로 한 《어린이》 수록 동시의 편수를 정리한 것이다.

<표 I -1> 본 연구의 대상이 된 《어린이》 수록 동시 작품 수[11]

| 시기 | 해방 전(1923. 3. ~ 1934. 2.) | | 해방 후 (1948. 5. ~ 1949. 12.) | 계 |
	1923-29	1930-34		
독자 투고 작품	82	43	93편	218편
	125편			
기성작가 작품	85	133	41편	259편
	218편			
계	167	176	134편	477편
	343편			

《어린이》에서는 문학 작품을 게재하면서 비교적 뚜렷하게 장르 명칭을 밝혀 적었다. 이는 1910년대 《붉은 져고리》에서는 장르명을 거의 찾아볼 수 없었던 것과 대조되는 부분이다. 《어린이》에서 사용되는 서정 장르 명칭은 대부분 '동요' 혹은 '童謠'로 제시하고 있다. 때에 따라서 '新童謠', '신

---

11) 1976년 보성사 발행 영인본 《어린이》는 출간된 모든 책을 담고 있지 않다. 또 몇몇 잡지는 찢어진 부분이 있는 그대로 영인 되어서, 이 통계표 상의 작품 수는 실제 발간된 모든 《어린이》에 실린 작품 총 편수와 차이가 있다. 본 연구에서는 아동문학의 운문 작품을 모두 '동시'로 지정하였다. 실제 《어린이》에는 '동요'라는 장르명을 제시하는 경우가 많고, 장르명을 제시하지 않거나, '동시', '소년시' 등으로 지정하는 경우도 있었는데, 이를 모두 포괄하는 용어로 '동시'라는 용어를 사용하고자 한다.

작동요', '유년동요', '신곡보', '새곡보', '童謠遊戲' 라는 용어를 쓰고 있으며, 4권 1호(1926. 1. 1)에 실린 손진태의 '옵바는 인제는 돌아오서요'라는 작품에서 '童詩'라는 명칭을 처음으로 사용하고 있다[12]. 장르명을 좀 더 면밀하게 살피면, '동시', '우화시', '소년시'와 대비되던 '동요'라는 용어의 의미가 보다 뚜렷하게 드러난다.

《어린이》의 독자투고란에 게재된 동시 가운데 일제강점기에 발간된 《어린이》에 수록된 동시는 대부분 '동요'로 지칭된다. 그때는 '입선동요', '讀者特輯童謠', '讀者 童謠' 등의 코너 명칭 아래에 투고된 동요를 게재하였기에 뚜렷하게 동요 장르임을 확인할 수 있다. 하지만 해방 이후 발간된 《어린이》에서는 장르명을 명확히 알기가 어렵다. 왜냐하면 '애독자 동요', '독자차지', '언니오빠차지', '우리차지' 라는 코너명으로 독자 투고 작품을 게재하고 있기 때문이다.

독자투고란 외에 편집진이 제시한 동시에는 대부분 '동요'라고 명기되어 있거나 간혹 장르명이 없는 경우도 있다. 특이하게 '동시' 혹은 '童詩', '寓話詩', '少年詩'라고 명기한 작품이 있는데, '동요'가 아닌 다른 장르 명칭으로 표시하고 있는 작품은 모두 22편이다.

<표 I-2> 《어린이》에 '동요'가 아닌 '童詩', 혹은 '少年詩'로 명기된 작품 목록

순	수록권호	발행년월일	장르명	제목	저자	비고
1	4권 1호	26. 1. 1.	童詩	옵바는 인제는 돌아오서요	색동會 孫晋泰	
2	4년12월호	26. 12. 15	童詩	가을쑴(童詩)	한정동	
3	"	"	"	廢學(童詩)	한정동	
4	5권 3호	27. 3. 1	童詩	江村의 봄	한명동	

12) 우리 아동문학史에서 '동시'라는 용어를 처음 사용한 작품은 《금성》 창간호(1923.11)에 실린 백기만의 '청개구리'이다. 원종찬(2011), 박영기(2009) 참조. 하지만, 이들의 거시적 논의에서는 잡지에 어떤 형태로 '동시'라는 용어를 사용하고 있는지 구체적으로 밝히고 있지는 않다.

순	수록권호	발행년월일	장르명	제목	저자	비고
5	8권 5호	30. 5. 20	寓話詩	혹쑬리이야기	秦川 李璟魯	동화극을 노래로, 21세 학생
6	9권 11호	31. 12. 20	少年詩	누의들은 왜? -녀직공들에게-	李東珪	
7	10권 5호	32. 5.	少年詩	ㅎㅎ쌜니물너가라 -朝鮮의少年은부르짓는다	鄭興弼	
8	〃	〃	少年詩	못할 것은?	李相寅	
9	〃	〃	〃	언니어-	黃順元	
10	〃	〃	〃	맘썻! 하자!	許宗	
11	10권6호 (통권97)	32. 6. 20	童詩	아버지손을보고	金大鳳	1932
12	〃	〃	少年詩	호미를쥐고	鄭仁赫	
13	〃	〃	少年詩	황혼	全佑漢	1932.6
14	10권 8호 (통권99)	〃	少年詩	해와 싸우는 우리들	鄭大爲	
15	10권 8호 (통권99)	32. 8. 20	童詩	내동무	鄭仁赫	
16	10권 9호 (통권100)	32. 9. 20	少年詩	땅파는노래	鄭大爲	
17	10권 9호 (통권100)	32. 9. 20	童詩	세식구	車七善	
18	11권 5호 (통권108)	33. 5. 20	동시	언니의 언니	尹石重	동시집 「잃어버린 당기」에서
19	〃	〃	동시	먼지	尹石重	
20	〃	〃	〃	자물쇠	尹石重	
21	제125호 7.8월호	48. 8. 5	동시	성묘	이원수	
22	136호 10월호	49. 10. 1	少年詩	고향은 천릿 길	이원수	

<표 I -2>에서 보듯, 《어린이》 내에서는 1926년 1월 손진태의 '옵바는 인제는 돌아오서요'를 게재하면서 처음으로 '童詩'라는 장르 명칭을 사용하고 있다. 실제 아래에서 보는 것과 같이 그의 작품은 일반적으로 '동요'로

제시되던 다른 작품과는 현격히 다른 율격을 가지고 있다.

옵바 인제는 돌아오서요

- 童詩 -

색동會 孫晋泰

옵바 당신의 계시는나라는 엇던곳임닛가 녯이약이에 잇는 고초나라가 거긔임닛
가―
고초만큼한 쇼맹이들이 붉은 옷을입고 돌아단이는?
만일그럿타면 저도한번거긔로 놀너가고십습니다마는

안이겟습니다 어머니말삼을 들어보닛가
그나라사람들은 모다 검은옷을 입는다지오?
그러면 거긔가 아마 할머니의말삼하시는 어떤나라이겟습니다
몸에는 즘생갓치 싯엇엇케 털난사람들이 사는
그리고 우리나라의 해와달을 도적해가고저하는
모질고미운 불개들이 만히사는 그나라이겟습니다그려

옵바 그리고 그나라는 매우 추운곳이라지오
그러면 그곳사람들은 모다 즘생의 가죽을 입엇겟지요―
그림책에잇는 그것들과갓치― 또즘생들을 잡어먹겟지요?
옵바 왜그러케 무서운나라로 가섯습닛가?

인제는 거긔잇지말고 집으로 돌아오세요
나는 이러케 어머니의 무릅우애 누엇슬째마다
아모 외로움도 걱정도 업습니다마는
다맛 옵바생각까닭에 눈물이 흘너내림니다!

옵바 인제는 고만집으로 돌아오세요
그래서 나하고함씌 녯날과 갓치

압산에올너 굿도썩고 바다에나가 조개도 캡시다
도랑이잇거든 안꼬건느며 매가 괴로울째에는 입도 맛추어주시오
옵바 정말인제는 고만돌아오세요
옵바업시는 아모래도 못살것갓습니다 옵바!

손진태가 쓴 시는 당시 유행하던 7·5조 혹은 4·4조 중심의 정형률을 갖춘 '동요'라는 이름의 작품들과 매우 다른 내재율의 형태를 갖추고 있다. 정형률에 다 담을 수 없는 내용과 정서를 담고 있기에 정형률의 동요와는 다른 이름의 장르가 필요하였을 것임을 쉽게 추측하게 한다.[13] 한정동이 1926년 12월에 '동시'로 명명한 작품은 손진태의 것과는 상당히 다른 모습이다.

가을꿈(童詩)

한정동 作

山넘고바다건너
멀고먼나라
밤마다가다마는
그린꿈나라

山길에 落葉동무
서리차다고
바슬바슬울어서

---

13) 박영기(2009)에 따르면 1923년 《금성》에서 최초로 동시라는 용어를 사용한 백기만의 <靑개고리>는 다음과 같다. 이 작품 또한 정형률을 지키고 있지는 않아서 같은 추측을 할 수 있게 한다.

靑개고리는 장마째에운다. 장마째에 슬푸게운다. 장마째에목이앞흐도록운다.
靑개고리는 不孝한 子息이였다. 어머니의식히시는말슴을한번도들어본적이업섯다.
어머니개고리가 「오날은山에가서놀아라」하면, 청개고리는 반다시물에가서놀앗섯다. 쏘 「물가에 가서 놀아라」하면 긔에 긔어히山으로만것섯느니라. -중략- (이것은 우리의 엇던 지방에 전해오는 아이들 이약이를 詩로 쓴것이외다.)

숨은깨지고

바다엔물결동무
바람칩다고
찰삭찰삭울어서
숨은샘니다

廢學(童詩)

푸른풀베면요
손에옴나니
새파란향내

색기를쇠면요
손에남나니
새밝안상처

그리고언제나
눈에뵈나니
서당글동무

(한정동 作)

　'가을숨'과 '廢學'이라는 제목 옆에 '童詩'라는 장르명을 괄호 안에 넣어
제시하고 있다. 그만큼 동시임을 강조하고 싶은 작가의 의도를 읽을 수 있
다. 그런데 이 두 작품은 한정동이 '동요'로 제시하던 다른 작품들과 율격
면에서 큰 차이가 없다. 한정동은 그 이전까지 《어린이》에 7·5조 동요 작품
을 많이 싣고 있고, 이후에도 다수의 작품을 '동요'라는 이름으로 싣는다.
이때부터 '동요'와 '동시'의 용어 대립이 조금씩 발생하고 있음을 알 수 있
다. 정확하지는 않으나 한정동이 동시로 제시한 이 두 편의 작품은 아직 작

곡자에 의해 작곡되지 않았거나, '폐학'에서 보는 것처럼 7·5조의 율격을 다소 파격하였음을 의미할 수도 있다. 또는 한정동이 '동시'라는 용어를 처음 알게 된 이후, 그동안 '동요'라고 제시하였던 작품들도 실상은 '동시'로 부름이 마땅하다고 여기고 그렇게 지칭하고 싶었는지도 모른다. 어쨌든 이 즈음에 '동요'와 '동시'라는 용어는 대립의 국면을 처음으로 맞게 된 것이 아닌가 판단된다. 이는 1930년대 초 동요·동시 논쟁[14]을 일으키는 씨앗을 배태하게 된 것이다.

이후 한정동은 1927년에 다시 '童詩' '강촌의 봄'을 발표한다.

童詩

江村의 봄

아즈랑아즈랑
아즈랑이타는동리
갯가의동리
거긔서는 기럭이도
날굿합듸다

언덕에는
낡근옷을버서바리고
새엄들이쌔고하고
눈을씻는데
강변에는
새파란갈순들이
쌰족쌰족나옵듸다

---

14) 원종찬(2011; 84)에 따르면, 1930년 1월 1일부터 1930년 7월 사이에 신고송, 이병기, 윤복진, 송완순, 양우정 등의 작가들이 조선일보와 중외일보 등을 통해 동시와 동요의 개념에 대한 논쟁을 담은 글을 게재하였다.

넷주인뵈옵시다
인사하듯이
갓온제비물을채는데
차는물을 살살것어주나니
春風입듸다

-(한뎡동)- 5권 3호, 1927년 3월, 18-19쪽

한정동은 '강촌의 봄'에서도 7·5조의 틀을 완전히 벗어나는 작품을 쓰지 못하였으나, 군데군데 틀을 벗어나려는 노력이 엿보인다. 한정동의 작품에서 보이는 이러한 노력은 당시 '동요'와 '동시'라는 용어의 대립을 정형률과 내재율의 차이에서 찾으려고 의도한 것으로 판단할 수 있다.

이후 1930년대에 발간된 《어린이》 수록 동시에는 '동요', '童詩' 외에도 '소년시', '우화시'라는 용어가 나타난다. 우화시는 이경로(李璟魯)라는 21세 학생이 《어린이》 창간호에 실렸던 동화극을 노래로 고쳐 쓴 것'이라는 설명이 부기 되어 있다. 《어린이》 제8권 5호의 차례에는 '話詩'로 소개된다. 시가 실린 38쪽에는 '寓話詩「혹쑤리 이야기」'라고 제목이 제시된다.

우화시 '혹부리 영감'은 7·5조 창가 형태를 그대로 띠고 있어서 1910년대 《붉은 져고리》에 수록된 다수의 작품이 이솝이야기 등 이야기를 율문으로 만들어 제시한 형태와 크게 다르지 않다. '우화시'라는 용어는 작품의 내용상 우화를 바탕으로 형식을 정형적 율문으로 가진 작품을 지칭한 것으로 판단이 된다. 이는 후일 백석의 동화시나 오늘날의 이야기시 등으로 이어지는 것으로 볼 수 있다.

'少年詩'라는 용어는 1931년 12월에 발간된 《어린이》 9권 11호 49면에 처음으로 나타난다. 이동규(李東珪)의 '누의들은 왜? -여직공들에게-'라는 작품에 '소년시'라는 장르 명칭을 기록하고 있다.

일제강점기 동시 연구

少年詩

누의들은왜? -녀직공들에게-

李東珪

누의들은 왜?

분을바르고 눈썹을 그리고
비단옷을입고 쎗죽구두를신고
부잣집색씨들의 뒤를싸르려애씁니까

손가방을들고 양산을휘두르고
유행을싸라가고 몸치장을힘쓰고
모던썰 영양들을 흉내내려애씁니까

누의들은 왜?
건방지고주착엄는 그마음을버리고
아니쏩고 드러운 그태도를곳치고
노동자의참된길을 차즈려애쓰지안습니까

수만흔직장의 동무들을잇글고
새로운압날의 사명을 깨닷고
다인들의참된행복을위하야 애쓰지안습니까?

　　이동규의 '누의들은 왜?'에서 보이는 것처럼 소년시의 율격은 정형률에서 많이 벗어나 있다. 내용으로 보아도 1926년대 이후 식민지인 우리 사회에 지배적이던 사회주의 사상의 영향을 물씬 풍기는 내용이다.[15] 당시 유행하던 동요의 정형률에서 벗어나야 할 뿐만 아니라, '어린이' 그러니까 동

---

15) 1925년 1월부터 개벽사는 박영희를 학예부 주임으로 기용하여 개벽사의 출판물을 책임지게 하였다. 당시 개벽사의 의지도 그러하지만 독자들에 의해서도 개벽사의 모든 잡지는 식민지인의 민족정서를 자극하는 방향으로 구성되었다. 여기는 《어린이》도 예외일 수가 없었다. 류석환(2006, 50-51) 논문 참조.

심적 내용을 벗어난 작품을 '소년시'로 불렀다고 판단이 된다. 1931년 이후 소년시로 명기한 것만도 9편이다. 이 9편은 모두 정형률을 벗어나 내용 면에서 사회문화적 참여 의식이 더 강해진 것이 특징이다. 이는 《어린이》 수록 동시가 정형적 형태를 띤 '동요'만으로는 당시 사회에서 그 역할을 다할 수 없는 시기가 도래하였음을 의미하기도 한다.

물론 이러한 점은 《어린이》의 독자층 문제와도 연관된다. 당시 《어린이》는 창간 당시 천도교 소년회 회원의 자격 연령인 16세 이하를 대상으로 발간된 것이었다. 편집진은 그 최초의 독자들이 점차 성장해 감에 따라 《어린이》의 대상 독자층도 함께 성장하는 것으로 하였다. 이는 매우 특이한 편집 방향인데, 1929년 1월 20일에 발간된 《어린이》 제62호에는 방정환의 '새해 두 말씀'이 실려 있다. 그 가운데 다음과 같은 진술이 있다.

> 《어린이》는 7년 전에 사귀인 정든 동무들을 싸러 서 가티 크고 가티 자라온 까닭에 새로 싸러오는 어린 동무에게는 좀 어려워젓슴니다. 새로 싸러오는 동무들이 지금 《어린이》를 싸러오기에 넘어 힘이드러서 벅차게 되엿슴니다. 여러분! 여러분! 우리는 될수잇는대로뒤를 도라보아 저뒤에 새로 싸러오는 동무들의 손목을 잡고 가티나아가십시다.

당시의 식민지 사회문화적 여건에 따른 것으로 보인다. 그중 하나로 개벽사가 1925년 8월 《개벽》의 발행 정지 처분 이후 《어린이》에 역량을 집중하였다는 점을 주목하여야 한다. 《어린이》라는 아동 잡지의 특성상 이데올로기적 경향이 명시적으로 드러나지 않을 수 있어, 상대적으로 당시 일본의 혹독한 검열을 어느 정도 피할 수 있다는 이점이 있었기[16] 때문이다. '소년시'라는 용어로 제시된 동시들은 모두 이러한 독자층의 문제를 잘 드러

---

16) 류석환(2006), 앞의 논문, 52.

내고 있다. 아동 잡지의 독자이지만, 아동이 아닌 청소년 및 성인 독자층이 실제로 많았다.

48-49면

언니여-

黃順元

빈 주먹을 들어 큰 뜻과 싸우겟다고 언니가 이곳을 써나시든 그날밤-
정거장 개찰구(改札口)압새서 힘잇게 잡엇든 쓰거운 손의 맥박(脈搏)!
말업시 번늣 거리든 두 눈알의 힘!
『프렛트홈』에 썩고잇는 전등불 미트로 것든 뒷모양!
아 곳감은 눈압헤 다시 나타나는구려.

언니!
지금은 검은 연긔속에 뭇치여
희든 당신의 얼골은 얼마나 써머 짓스며 물렁물렁하든 두 팔목은 어써케나 구더 젓서요?

(五行略)

언니- 어린 이동생은
봄비 나리는 이란 밤도
『가시마(貨間)』한구석에서 괴로움과 싸울 언니를 생각해도
훔븨는 벽에는 로동복이 걸려 잇고
몬지 안는 책상에는 변도곽이 노여잇서
쓰라린 침묵에 헤매일 언니를……아,
언니를.

그러나 그러나 언니여!
이동생은 조금도 락심치 안어요 비명(悲鳴)을 내지 안어요!
그것은 언니의 나렷든 주먹이 무릅을 치고 니러날쌔
『삶』에 굼주린 무리를 살길로 인도할 것을 꼭 알고 밋고 잇기 째문이야요

지금 이어린동생은 언니를 향하여 웨치나니 더한층 의지(意志)가 굿세소서
굿세소서

- 一九三二年·四月·東京게신 申형님께

맘껏! 하자!

許宗

움켜라! 움켜라! 아듬어라!
싸헛던 흰눈이 쓰신볏에 녹아지노니!
누나야! 이째까지 움크린 두팔을벌여!
봄의 긔운을 아담스러히 안어라!

씁어라! 쯔더라! 강아리에 담어라!
포롯포롯한 새풀이 쌍우에솟노니
누나야! 그생긔 잇난 우리의 희망!
봄의 향긔를 정성드려 들어라!

들어라! 들어라! 귀기우러라!
움돗는 가지에 새옷닙고 웃걸거리며
도라오는 봄을 마지하는아름다운 새소리를!
우리도 가치 강아리씨고 저소리에발마추어보자!

마서라! 마서라! 호흡하여라!
동남에서 명주치마가치 불어오는
저! 자유롭고 살들스럽은 바람을!
우리도 가치 이바람에 노래보내자!

보아라! 보아라! 낫을들어라!
광휘잇게 그리고 깃븜이넘치는
봄의 얼골- 저태양을!
누나야 저비츨 이집에 둘으자!

76   일제강점기 동시 연구

'소년시'라는 장르명으로 제시된 시들은 《어린이》에 수록되었으나 동심을 바탕으로 한 동시는 아니다. 오히려 당시 성인층이 일제의 검열로 식민지 정서를 함께 자유롭게 나눌 수 있는 공간의 부족에 따라 《어린이》를 통해 부족한 소통의 장을 마련하고자 한 현상이라고 봄이 더 온당하다. 물론 이 시기 이러한 사회문화적 분위기가 동심조차도 지배하고 있는 것이 사실이긴 하다. 이는 독자투고란의 작품을 검토하는 과정에서 더 소상하게 밝힐 예정이다.

《어린이》에서 동시라는 용어가 다시 쓰인 것은 1932년 9월 20일에 발간한 《어린이》 10권 9호에서다. 차칠선의 '세식구'라는 작품에 동시라는 장르명이 기록되어 있다. 차칠선의 작품은 소년시와는 달리 매우 쉬운 말로 당시 어린이들의 생활상을 그리고 있다. 당시 동요의 내용과 크게 다르지 않으면서도 정형률을 다소 벗어났고 생생하게 묘사하고 있다는 점에서 작품성이 돋보인다.

童詩

세식구

車七善

조밥 반그릇을
귀떠러진 상에노코
어머니……
나……
내동생……
한번씩! 떠먹으니
빈 사발이네
찬물을 한그릇씩!
꿀떡꿀떡 마시고

어머니는 이웃집에
일하러가시고
나는 괭이메고 밭파러가며
내동생은 일본집에
애기 뵈기 가누나

　이후 1933년 5월 20일에 발간된《어린이》11권 5호에 실린 윤석중의 작품을 동시라는 용어로 지칭하고 있다. 그해 4월 13일 윤석중은 '尹石重童詩集第一 잃어버린 댕기'를 출간한다. 그 동시집에 실린 '언니의 언니', '먼지', '자물쇠' 세 편의 동시를 '동시집『잃어버린 댕기』에서'라고 명기하여《어린이》11권 5호에 게재한다. 『잃어버린 댕기』 동시집의 표지와 속지를 넘기면, 제일 먼저 나오는 것은 윤석중의 시에 홍난파가 작곡한 '잃어버린 댕기' 노래의 악보와 가사이다. 이어서 차례가 나오고 네 개의 장으로 구분된 것 중 뒤 두 장은 번역시와 우화시를 포함하고 있다. 이때 윤석중이 사용한 '童詩'라는 용어는 동요의 노래 가사와 다르지 않다. 동요의 노래 가사이면서 노래가 될 수 있는 번역시나 우화시까지 모두 포함하여 '동시'라고 부르고 있다.

　《어린이》에 '동요'의 노랫말과 악보가 함께 게재된 경우는 모두 11곡이다. 독자 투고 작품에는 악보가 없으며, 기성작가가 제시하는 작품 중 일부에만 악보를 제시하고 있다. 작곡자를 밝힌 경우도 많지는 않은데, 총 482편 중 33편에만 작곡자를 밝히고 있다. <표 I -3>에서 보는 바와 같이 동요의 지은이를 밝히면서 노랫말을 지은 것에 대해서는 대부분 '作謠', '謠', '詩'라는 용어를 사용하였으며, 노래의 멜로디를 지은 것은 '作曲' 혹은 '作歌', '曲'이라는 용어를 사용하였다.

<표 I -3> 《어린이》 수록 동요에 명기된 작요 및 작곡자 명단

순	수록권호	발행년월일	장르	제목	지은이	비고
1	2권 1호	24. 1. 2	동요	설날	윤극영 작요작곡	
2	2권 2호	24. 2. 14		(제목 없음)	작곡 윤극영, 작사 버들쇠	
3	2권 2호	24. 2. 14	동요	설날(동요)		악보
4	2권 3호	24. 3. 4		짜막잡기	작요 박팔양, 작곡 윤극영	
5	2권 2호	24. 2. 14		(제목 없음)	작요 김기전, 작곡 정현철	
6	2권 5호	24. 5. 10	동요	봄	윤형모(12세)윤극영씨 작곡	
7	2권 9호	24. 9. 1	童謠	가을밤	무명	악보
8	2권 11호	24. 11. 1	新童謠	반달	尹克榮作歌作曲	
9	3권 6호	25. 6. 1	동요	눈 (眼)	조광걸 요, 윤극영 곡	
10	3권 8호	25. 8. 1	동요	두룸이	한정동 요, 윤극영 곡	악보
11	4권 1호	26. 1. 1.	童謠	눈	金麗水 謠, 尹克榮 曲	
12	"	"	동요	천사의 노래(동요)	秦長燮 謠, 정寅燮 曲	
13	4권 4호	26. 4. 1	동요	봄편지	作謠 徐德出, 作曲 尹克榮	악보
14	5권 2호	27. 2. 1	동요	옥토씨	作歌 作曲 尹克榮	
15	5권 4호	27. 4. 1.	新童謠	우리집꽃밧		악보
16	5권 7호	27. 10. 1	신작곡 동요	새떼	尹克榮 詩曲	
17	6권 2호	28. 3. 20	신동요	닭알	윤극영, 유도순	표지내면
18	7권 4호 (통권65)	29. 5. 20	童謠	봄	韓晶東 謠, 鄭順哲 曲	
19	7권 7호 (통권68)	29. 8. 20	동요	단풍닙	尹石重 謠 獨孤擬 曲	
20	7권 8호 (통권69)	29. 10. 20	동요	늙은잠자리 "갈닙피리"에서	방정환 선생 요 정순철 선생 곡	
21	7권 9호 (통권70)	29. 12. 20	동요	굽써러진나막신	윤석중 요, 윤극영 곡	
22	8권 7호 (통권77)	30. 8. 20	新作童 謠曲	눈	方定煥 謠, 鄭順哲 曲	악보
23	"	"	"	바닷가	尹石重 謠, 尹克榮 曲	
24	"	"	"	골목대장	申孤松 謠 洪蘭坡 曲	악보
25	8권10호 (통권80)	30. 12. 20	童謠遊 戲	새쩨가나간다	尹克榮 謠曲 金丞濟 付	
26	9권 2호 (통권82)	31.	동요	쌀앙조히 파랑조히	尹福鎭 謠 ○곡	악보

순	수록권호	발행년월일	장르	제목	지은이	비고
27	11권2호 (통권)	1933. 2. 20	童謠	옛이야기	尹福鎭 謠, 鄭淳哲 曲	
28	"	"	童謠	옛이야기	金水鄕 謠, 鄭淳哲 曲	
29	11권 5호 (통권108)	1933. 5. 20		어미새	作謠者未詳, 鄭淳哲 曲	
30	12권 1호 (통권116)	34. 1. 20	신곡보	기러기글씨	尹石重 作謠, 尹克榮 作曲	악보 계수나무 童謠曲譜
31	12권2호 (통권117)	34. 2. 20	새곡보	한개 두개 세개	尹石重 作謠, 尹克榮 作曲	악보 계수나무 동요곡보-
32	124호 6월호	48. 6. 5		바람	윤석중 요, 윤극영 곡	
33	127호 10월호	48. 10. 5		꼬마장갑	박영종 요, 윤극영 곡	
34	127호 10월호	48. 10. 5		꼬마장갑	박영종 요, 윤극영 곡	
35	128호 11월호	48. 11. 5		가을	강순형 요, 윤극영 곡	
36	129호 12월호	48. 12. 5		눈과 당나귀	박영종 요, 윤극영 곡	악보

<표 I -3>에서 알 수 있는 것은 당시 '동요'라는 용어가 가지고 있던 의미
역이다. 즉 '동요'는 아이들이 부르거나 읊조리는 노래를 의미하는 용어로
쓰였지만, 그 노래의 가사와 멜로디가 대립하는 상황에서는 '謠'와 '曲'으
로 구분하였다. '요'는 '詩'와 대체되어 쓰이기도 했으므로 당시의 '동요'는
노래 가사의 의미와 더불어 멜로디를 가진 노래를 지칭하는 두 가지 의미
를 다 가졌음을 알 수 있다.

《어린이》에서 사용되고 있는 '동요'의 의미는 노래의 가사라는 의미가
더 컸음을 알 수 있다. 당시는 '동시'라는 용어가 널리 보편적으로 사용되
지는 않았던 터이기에 더더욱 '동요'라는 용어의 의미에는 '노래'와 더불어
'노래 가사'를 지칭하는 의미가 클 수밖에 없다. 특히 오늘날에 사용되는

'동요'라는 용어의 의미와 비교하면, 당시 '동요'라는 용어의 의미에는 노래 가사라는 의미가 더 큰 비중을 차지한다. 오늘날에는 '동요'라는 용어가 '동시'와 대립하여 쓰이기 때문에 '노래가사'의 의미보다는 '노래'의 의미를 훨씬 더 크게 가지고 있다.

물론 당시에도 '동요'는 노래와 노래 가사의 두 가지 의미를 다 가지고 있었던 것으로 판단된다. 하지만 당시에는 '동시'라는 어휘가 널리 쓰이지 않았던 시기이기에 '동요'라는 용어가 '노래 가사', 즉 詩의 의미를 오늘날에 비하여 더 크게 지니고 있었음이 분명하다. 1927년 10월에 출간된 《어린이》 5권 7호에는 신작곡동요 '새때'를 제시하면서 '尹克榮 詩曲'이라고 소개하고 있다. 이는 당시의 '요'의 의미가 노래 가사, 즉 詩의 의미를 갖고 있었음의 보여주는 증거이다.

이렇듯 동요와 동시의 개념은 쉽게 단순하게 분리되거나 구별될 수 없는 정도로 역사적으로 복잡한 의미역 다툼을 해왔다. 동요와 동시라는 용어에 대한 1930년대 작가들의 동요·동시 논쟁에서 주고받은 말을 통해서도 그 심각성을 어느 정도 짐작할 수 있다. 당시에는 작가들조차도 동시의 개념을 달리 인식하고 있어 혼란이 많았으며, 동시와 동요의 구분 사용에 대한 찬반 및 구분 기준을 놓고 논쟁이 거칠었음을 알 수 있다.[17] 그렇지만, 두드러지게 드러나는 논자들의 개념 논쟁에 대한 이해와 더불어 실제로 각 작품에 어떤 용어가 사용되었는지를 일일이 확인하고 고증하는 일은 각 시대 용어가 갖는 의미역의 차이를 확인하는 데에 더 적실할 것이라고 본다.

1920년대 당시 '동요'의 의미는 오늘날에 이르는 과정에서 '동시'와 대립

---

17) 원종찬(2011: 80-89)에 따라, 1930년대 몇몇 작가들의 동요, 동시 용어에 대한 생각을 간략히 정리하면 다음과 같다.

이병기, 윤복진- 동요가 동시이므로 동시라는 용어를 쓸 필요가 없다.

신고송- 동요와 동시는 율격의 차이로 구분하여야 한다.

송완순- 동요와 동시를 동일시하고 오히려 '소년시'를 구분하여야 한다.

하게 되면서 '멜로디를 가진 노래'라는 의미가 점점 더 커지게 되었다. 당시 《어린이》에 제시된 '동요'라는 용어의 의미는 노래 '가사'의 의미에 더 주목하고 있는 것으로 판단된다. 그러므로 오늘날의 용어로 보자면 아동문학의 서정 장르의 대표 명칭으로서 '동시'의 의미역 안에 포함된다.

'동요'라는 용어의 이러한 복잡한 역사성 때문에 오늘날 '동시'라는 용어는 상당히 복잡한 의미역을 갖게 되었고, 아직도 여러 가지 혼란을 유발하기도 한다. '동시'는 아동문학의 서정 장르를 대표하는 용어로 서사 장르와 대립하는 상황에서는 아동문학의 운문 장르를 대표하는 용어이다. 또 동요와 대립하는 상황에서는 아동문학의 서정 장르 중에서 작곡자가 지어준 멜로디를 갖고 있지 않은 작품을 지칭하는 용어로 쓰이기도 한다. 한 편에서는 문학성을 들어 동시와 동요를 구분하기도 한다. 이러한 혼란은 '동요', '동시'라는 말이 그 시대적 특징에 따른 언어의 장 속에서 차지하는 의미역이 다르고, 그것이 사회문화와 함께 변화 과정을 거쳐왔음에도 그것을 제대로 반영하지 못한 채로 무분별하게 사용하고 있기 때문으로 판단된다.

다. 《어린이》 수록 동시의 작가와 독자

1923년부터 1929년까지 《어린이》에 수록된 동시의 작가는 버들쇠(유지영, 1896~1947), 정순철(1901~납북), 고한승(1902~1950), 윤극영(1903~1988), 박팔양(금려수, 1905~1988), 김기전(1894~1948), 소파, 방정환(잔물[18], 1899~1931), 한정동(1894~1976), 손진태(1900~미상), 진장섭(金星, 1904~미상), 서덕출(1906~1940), 정지용(1920~1950), 유도순(1904~1938), 장효섭, 윤석중(1911~2003) 등이다. 처음에

---

18) 소파는 여러 가지 필명을 가지고 있다. ㅈㅎ생, ㅅㅎ생, 소파, 잔물, SP생, 에스피생, 목성, CWP, CW생, 북극성, 몽중인, 몽견초, 쌍S생, SS생, 삼산인, 선서서인, 운정雲庭, 길동무, 파영波影, 은파리, 깔깔박사, 직이영감, 잠수부, 견초 등이 있다. 이외에도 허삼봉, 금파리, 너덧물, 신갑초 등도 방정환의 필명으로 짐작된다. 조성운(2012), 『소년운동을 민족운동으로 승화시킨 방정환』, 역사공간, 174.

는 소파 방정환을 비롯한 정순철, 진장섭, 고한승, 유지영, 윤극영 등 색동회와 천도교소년회 회원의 작품이 수록되었지만, 점차 동시 작가 층이 넓어졌으며 독자 투고 동시도 많이 수록하게 되었다.

창간호 편집인은 '김옥빈(金玉斌)'으로 되어 있으나 실제로 방정환이 일본에서 거의 모든 내용을 편집하여 보낸 것으로 알려져 있다. 방정환은 천도교 청년회 도쿄 지회를 창립하기 위한 목적과 도요대학에 입학하여 공부하기 위한 목적으로 일본에 갔다. 방정환은 도요대학 문화학과에서 일 년간 공부하다 자퇴하였고, 《개벽》의 도쿄 특파원으로 활동하기도 하였으며, '극예술협회', '색동회' 등 여러 인맥을 형성하며 활동을 하다가, 1923년 9월에 귀국하였다(조성운, 2012; 56-58).《어린이》는 방정환이 1931년 사망하기 전까지는 전력하여 만든 것으로 알려져 있다.

1925년 《어린이》 독자투고란에 작품을 투고한 서덕출, 윤석중, 윤복진(金水鄉·金貴環, 1907~1991), 1926년에 투고한 이원수(1911~1981) 등은 독자 작품 투고에서 시작하여 이후에는 작가로 작품을 실었다. 서덕출은 1925년 독자투고란에 '봉선화'를 투고하였는데, 1926년에는 독자투고란이 아닌 편집진 기획 작품으로 '봄편지'를 실었고, 1933년에는 '들로나가자'를 실었다. 윤석중은 1925년 독자투고란에 '옷둑이'를 실은 독자였는데, 1928년에 '집보는 아기', 1929년에는 '단풍닙', '굽써러진 나막신', 1930년에 '바닷가', '두고두고별르든날', 1931년에 '못가세요 선생님', 1933년에 '종달새와 금붕어', '언니의 언니', '먼지', '자물쇠', 1934년에 '기러기글씨', '한개 두 개 세 개' 등 거의 매년 한두 편 이상의 작품을 실었다. 윤복진도 1925~26년에 독자투고란에 '별싸러가세', '종달새', '바닷가에서'를 투고한 독자였으나, 1930년대에는 작가로서 '긔차가달어오네', '빨강조히 파랑조히', '옛이야기' 등을 실었다. 이원수도 1926~27년에 독자투고란에 '고향의봄', '가을밤',

'섣달그믐밤', '비누풍선'을 투고하였는데, 이후 1930년에 '잘가거라', '보리
방아씨으며', '敎門박게서', '낙엽'을, 1931년에는 '슬픈리별-소파선생님을
잃고', '장터가는 날'을 게재하는 등 48년 복간 이후에도 활발하게 작품을
실었다.

《어린이》 작가 가운데 독자투고란에 작품을 내지 않고 필진으로 들어와
가장 많은 작품을 실은 작가는 한정동이다. 그는 1925년 '두룸이', '고향생
각'으로부터 1926년 '바람', '할미꽃', '제비', '갈닙피리', '수양버들', '秋夕',
'가을숨', '廢學', 1927년 '톡기' 외 2편, 1928년 '설날아츰'외 1편, 29년 '설
님'외 3편, 30년에 '범나뷔'외 3편, 31년에 '제석날' 외 5편으로 1934년 폐간
전까지 30편의 동시를 수록하여 가장 많은 작품을 수록한 작가이다.

<표 I -4> 1920년대《어린이》 수록 동시의 기성작가 및 작품 명단

발간년도	수록 동시 작가(기성작가)
1923년	버들쇠(봄이오면), 정순철(兄弟별), 김용희(나븨), 秦金星(黃金城), 고한승(엄마업는참새(모작)), 무명(파랑새, 달, 우는 갈맥이), (청도여행동요- 김윤영), (마산여행동요- 김금동)
1924년	윤극영(설날), 尹克榮(반달), 버들쇠(제목 없음), 박팔양(까막잡기), 김기전(제목 없음), 윤형모(봄), 小波(귓드람이 소리), 잔물(늙은 잠자리), 三山生(첫눈), 무명(나무납배, 가을밤)
1925년	한정동(두룸이, 고향생각), 조광걸(눈(眼)), 무명(쇠쏘리, 잘가거라! 다섯살아)
1926년	孫晋泰(옵바는 인제는 돌아오서요), 金麗水(눈), 秦長燮(천사의 노래), 무명(눈오는 새벽, 녀름 비), 韓晶東(바람, 할미꼿, 제비, 갈닙피리, 수양버들, 秋夕, 가을숨, 廢學), 徐德出(봄편지), 잔물(산ㅅ길), 지용(산에서온 새, 쪼각빗)
1927년	韓晶東(톡기, 江村의 봄, 기다림), 尹克榮(옥토씨, 새떼), 무명(봄!, 우리집곷밧)
1928년	方定煥 編(어린이의 노래), 韓昌東19)(설날아츰, 반달), 李求(겨울밤), 劉道順(닭알, 조희배, 개똥벌네), 徐夕波(눈쓰는 가을), 理河潤 譯(쭘노래, 파리에서온黑人種), 尹石重(「집보는아기」 노래), 張孝燮(木啄鳥)
1929년	韓晶東(설님, 이른봄, 봄, 봄노리), 李求(눈오시는밤, 넷날넷적 한녕감), 張孝燮(닥근콩고소-고소, 바람, 청개고리, 반듸불, 녀름밤, 늙은배사공), 푸른소(봄나드리), 義州 물내(쭘밤), (조선자랑가), 尹石重(단풍닙, 굽ㅅ더러진나막신), 李貞求(시골밤, 가을밤), 방정환(늙은잠자리), 許三峯(길떠나는 제비)

19) 6권1호(1928. 1.24)에 韓昌東으로 표기 되어 있다. 韓晶東의 오기로 보인다.

일제강점기 동시 연구

1923~25년까지《어린이》에 동시를 게재한 주요 기성작가는 색동회 회원이나 개벽사 편집진이 대부분이었다. 방정환이 소파, 잔물, 삼산생 등의 이름으로 여러 편의 작품을 싣고 있다. 버들쇠는 유지영의 필명인데, 후일 개벽사에서 간행하는《부인》의 주요 필진으로 활동하게 되는 이다. 「동요 짓는 법」을《어린이》에 발표하기도 하였다. 정순철은 색동회 창립 회원으로 주로 작곡가로 활동하였으며, 박팔양은 김려수라는 필명을 사용하기도 하였는데 1924년 동아일보 신춘문예에 시가 당선되어 등단했다.(최명표, 2011; 170-171). 김기전은 천도교 청년당에서 활동하였으며《개벽》의 주필을 지냈다. 한정동은 1925년 당시 동아일보 신춘문예에 '따오기'가 당선되어 작가 생활을 시작하였다.

1926~29년까지《어린이》에 동시를 게재한 주요 기성작가는 방정환, 한정동, 진장섭, 윤극영, 김려수(박팔양) 등 기존의 작가와 새롭게 등장한 작가 군으로 나누어 볼 수 있다. 손진태는 일본 유학파로 색동회 창립 회원이었으며, 유도순은 1925년《조선문단》에 등단한 작가로《어린이》에도 동요를 게재하고 있다. 윤석중과 서덕출은 1925년에는《어린이》독자투고란에 동요를 게재하였다가 이후 기성작가로 동시를 게재하게 된 경우이다.

《어린이》는 1923년 3월 1권 1호에서부터 독자들에게 동요를 투고할 것을 강력히 권유하고 있다. 특히 '꾸미느라 애쓰지 말고 솔직하고 충실하게' 써 줄 것을 강조하고 있다. 또 '童謠'라는 장르 용어를 씀으로써《어린이》에 수록된 독자의 작품은 모두 '동요' 장르에 한정된다.

독자의 동요가 수록된 것은 그 해가 마감되는 1923년 12월에 나온 1권
11호에 와서이다. 이때 실린 두 편의 기행 동요는 독자 투고 동요로 볼 수
있다. 이 두 작품도 정확하게 독자 투고 동요라는 안내가 없이 게재되어 있
어 확실하지는 않다. 1924년 1월에 발간된 2권 1호에 제목이 없는 5편의 동
요가 서울 계동, 평남 용강, 경남 창영, 전남 해남에 사는 이들의 이름으로
수록되어 있다. 이 또한 독자의 투고 작품으로 판단되지만, 잡지 내에 확실
하게 독자투고란이라는 안내를 하지는 않았다. 작은 글씨로 '사회자'가 '이
번에는 각 시골 童謠競唱인데 어느 시골 동요가 자미잇는지 조용히 들어
보아주시기 바랍니다'(2권 1호(1924.1. 2), 31면.) 라고 안내하는 글이 있다.

2권 2호(1924. 2. 14)부터는 독자의 투고 동요는 '동요(입선)', '당선동요', '입
선동요', '讀者作品蘭'이라고 명기함으로써 명확하게 확인이 된다. 1924년
부터 1934년 폐간될 때까지 독자 투고 동요는 모두 125편이다. 1924년부
터 1927년까지는 독자 투고 동요가 게재되었으나, 1928년부터 1930년까
지는 독자 투고 동요가 한 편도 확인되지 않는다. 1931년부터 다시 '讀者
特輯童謠'란이 마련되고 동요를 싣고 있다.

<표 I-5> 1920년대 《어린이》의 독자 투고 동시 작가 및 작품 명단

발간년도	독자 명 (독자 투고 작품)
1924년	서울계동김옥순, 평남용강 이길록, 경남창영 하청원, 경북영덕 권일선, 전남해남 이규연, 마산부오동동97 박정용/이상 작품 세목 없음, 고문규(서울바람), 평장학교 조덕현(연긔), 가회동38 조병현(비), 수원 차복실(번들피리), 사립공옥학교 변이현(눈 먼 닭), 東隱(비), 매동공보 제3 김용진(허쟁이), 공보교내 오판석(언니편지), 권정윤(청개고리), 창녕 내서면 현용( )(달을 타고), 무명(신록)
1925년	울산 서덕출(봄편지), 아산 홍진유(봄), 경성 천정철(팔려가는 소), 수원북문내 최영애(쇠부랑 할머니), 京城연긴동 윤석중(옷둑이), 송무익(배사공), 안주 이학린(시내), 화성학원 윤--(두견새), 경성 一생(쇠소리), 고양 임동혁(참새), 울산 서덕출(봉선화), 平壤孤兒院 崔得善(기럭이), 大邱 尹福鎭(별짜러가세), 安國洞 千正鐵(가을아침), 水原 崔順愛(음바생각), 京城 千正鐵 <쌩아>, 大邱 申孤松 <우톄통>, 仁川 裵宗煥 <자전거>, 中國南京 長信聖 <달님>, 元山二普 李貞求 <나는 가요>, 海州 金相鎬 <저녁>, 安州 崔昌化 <수레>, 沙里院 崔應祥 <저녁종>, 光化門通 金惠淑 <굴독>
1926년	全州完山頂332 金鳳斗 <나무납배>, 兵( ) 秋帆 <江나리배>, 馬山 李元壽 <고향의 봄>, 元山 朴英鎬 <곱등이>, 安( ) 孫龍準 <허재비>, 安州 張永實 <삼>, 大邱 尹福鎭 <종달새>, 崔京化 <봄>, 京城 銀月 <봄비>, 平壤 黃世冠 <현모자>, 大邱 가나리아 會 <다리우에서>, 無名 <벽국새>, 大邱 尹福鎭 <바닷가에서>, 秦川 鮮于萬年 <두루마기>, 元山 崔永吉 <눈물> 松禾 張重煥 <어린플>, 東萊 姜仲圭 <어머니 생각>, 元山 李敬石 <녀름>, 大邱 尹福鎭 <각씨님(人形)>, 江東 金長蓮 <잠자리>, 梅浦 柳在德 <해바라기>, 京城 成奭勳 <별>, 大邱 廉沃 <쑥금새>, 馬山 李元壽 <가을밤>
1927	京城 千正鐵(시골길), 江東 金長連(달팡이), 등대社 白合花(무명초), 東幕 任東燸(송사리), 水原 崔順愛(가을), 兵營 黃德出(저녁한울), 元山 李東鎬(방게), 馬山 李元壽(섣달금음밤), 蔚山 申孤松(진달네), 무명 <봄소리>, 平壤 崔英銀(갈님배), 京城 池壽龍(마차), 北靑 金秉德(짠나라), 馬山 李元壽(비누풍선), 高揚 高永直(시냇물), 退潮 金德煥(바람), 黃州 承成實(해당화)

1925~27년의 독자투고란에 동요를 게재한 독자 가운데는 서덕출, 윤석중, 윤복진, 이원수 외에도 천정철, 최순애, 신고송(1907~미상) 등 오늘날까지 유명한 작가와 이정구(1911~1976) 시인과 박영호(1911~미상) 극작가의 이름이 보인다. 서덕출, 윤석중, 윤복진, 이원수, 이정구는 1920년대에는《어린이》애독자로서 독자투고란에 동요를 게재하지만, 이후 1930년대에는 《어린이》에 수록되는 동시의 주요 작가로 활동하게 된다. 그 외에도 우리에게 널리 알려진 '오빠 생각'의 최순애, '쨍아'의 천정철 등의 이름과 작품이 독자투고란에 있다. 이들의 작품은 독자 투고 작품이지만 오늘날까지

알려진 명작들이다. 1930년대 《어린이》에는 오늘날 널리 알려진 주요 아동문학 작가의 동시를 비롯하여 133편을 수록하고 있다. 거기에 비하면 독자투고란에 게재된 동요의 수는 43편으로 많이 줄어들었다.

<표Ⅰ-6> 1930년대 《어린이》 동시 수록 기성작가 및 작품 명단

발간년도	수록 동시(기성 작가 작품)
1930년	劉道順(봄마지), 韓晶東(범나뷔, 여름밤, 햇쌀지겟네, 기다림), 鄭寅燮(봄노래), 李求(에졸아, 가을피리), 嚴興燮(진달내), 廉根守(초가을), 方定煥(눈), 허삼봉(바람, 엄마품), 尹石重(바닷가, 두고두고별르든날, 申孤松(골목대장), 金麗水(가을), 尹福鎮(긔차가달어오네), 李元壽(잘가거라, 보리방아ㅅ지으며, 敎門박게서, 낙엽), 許文日(기와한장), 거울꼿(野火), 朴宋(도토리), 金雪崗(눈서방님과 고드름각씨), 尹克榮(새ㅅ데가나간다), 알수 없음(호박영감 물너가-, 하로에 멧번이나), 秦川 李璟魯(혹쑤리이야기), 元山 李貞求(감자밧헤서), 馬山 李元壽(그림자, 그네), 京城 池壽龍(달팽이), 京城 崔仁俊(비오는 저녁), 晉州 蘇瑢?(봄바다), 全州 睦一信(느진봄)
1931년	韓晶東(제석날, 고향 그리워, 별당가, 쇠아리, 의조흔동무), 金承壽(눈온아츰, 비오는날), 尹福鎮(쌁앙조히 파랑조히), 朱耀翰(六月), 劉道順(六月과 新綠), 李貞求(해변의 봄), 無名草(잠자는 나븨), 朴露兒(쌀내하는색씨), 許三峯(첫녀름, 우리집), 尹石重(못가세요 선생님), 이원수(슬프리별-소파선생님을 일코, 장타가는 날), 許文日(뒷집령감), 朱向斗(夜學노래, 풀ㅅ대장), 李東珪(누의들은 왜?-녀직공들에게), 李在文(흠장난), 金泉 裵珝鎮(비닭이), 寧邊 楊浚華(오동나무), 車七善(벗섬나르며), 尹三鳳(얼골)
1932년	무명(가는 봄), 鄭興弼(쌀니물너가라-朝鮮의少年은부르짓는다-), 董涉(보기조쿠나), 車南星(어린일꾼), 韓百坤(새벽, 야학교퇴학생), 白(야학가는길), 金鋒(개밥), 李相寅(못할 것은?), 黃順元(언니여-), 許宗(맘ㅅ것! 하자!), 許三峯(제비한쌍), 大鳳(아버지손을보고), 주향두(섯득이, 가방), 鄭仁赫(호미들쿠고, 내동무), 李求(제비), 壤近而(농촌소년의 노래), 全植(호매소리), 鄭英祚(보리타작), 全佑漢(황혼), 失名氏(형남이주신집행이), 定州 李東林(장날(市日)), 定州 金承增(그애와나), 江東 李浩淳(勇士), 李華龍(헌모자), 鄭淳哲(面長나리), 梁佳彬『(새로진집』), 鄭大爲(나의 방맹이들, 해와 싸우는 우리들, 농촌의 하로, 땅파는노래), 間島 朴仁守(야학가는구나, 李允燮(쌀밥실어), 金聖壽(젊은사공), 沈董涉(부자애들), 丁淳哲(여름밤), 載寧 朴宗煥(김매러간날), 全人(일꾼의 노래), 車七善(少年漁夫, 세식구), 梁佳彬(밀물), 盧榮根(바위), 千宗浩(아리랑고개), 任元鎬(새벽나무), 金昌文(집신삼기), 鄭潤熹(개아미), 李鐘淳(사공의노래), 李潛敎(빨내할머니, 빤짝·빤짝!)
1933년	尹福鎮(옛이야기), 金水鄕(옛이야기), 李求(외따로운집), 尹石重(종달새와금붕어[20], 언니의 언니, 먼지, 자물쇠), 作謠者未詳(어미새), 徐德出(들로나가자) 어린이날 노래
1934년	尹石重 (기러기글씨, 한개 두개 세 개), 朱耀翰(아모도), 韓晶東(눈온아침, 겨울밤), 吳章煥(바다, 기럭이, 수염)

----

20) Laurence Alma-Tadema

일제강점기 동시 연구

1930년대에《어린이》수록 동요의 기성작가로 색동회 창립 회원이었던 방정환, 정인섭, 윤극영 등의 이름이 보이고, 윤석중, 신고송, 서덕출, 이정구 등 독자투고란 출신 작가들도 보인다. 또 정지용, 주요한, 황순원, 오장환 등 성인 문학의 유명한 작가들의 이름도 보인다.

1930년대《어린이》에 독자투고란에 수록된 동시 작가 명단에도 오늘날까지 널리 알려진 작가의 이름이 보인다. 강소천, 권오순 등은 후일까지 아동문학에 크게 기여한 작가이다.

<표 I -7> 1930년대《어린이》의 연도별 독자 투고 동시 작가 및 작품 명단

발간년도	독자 명(독자 투고 작품)
1931년	金春岡<각씨들아>, 堤川 張東植<어린이노래>, 龍井 朴貴松<가을저녁>, 元山 崔錫崇<고등소리>, 天安 尹在昌<가는 해>
1932년	朴魯春<나무꾼>, <鄭仁赫고무신>, 金承河<참얶네>, 金仁○<앉은뱅이대장>, 韓赤奉<봄이오면은>, 姜龍律<이상한노래>, 宋鐵利<나오너라!>, 文箕列<북소리날때>, 金琳培<아러야한다>, 金光攝<오늘도>, 任元鎬<쉴새업시일하는몸>, 沈東燮<날만새면>
1933년	桂樹<겨울밤>, 京城 任元浩<눈>, 嶺美 金利源<밝은달>, 함흥 姜小泉<울엄마젓>, 義州 崔一化<버들개지>, 全州高山 裵先權<졸업날>, 金萬祚<하라버지노래> 仁川 高鎬奉<붉은연필>, 通川 崔榮祚<편지왓서요>, 海州 權五順<새일군><울언니처럼> 韓赤奉<눈(雪)>
1934년	金亨軾<줄넘기>, 廉承翰<바지>, 高鎬奉<눈>, 朴炳元<전신대>, 韓寅炫<아가아가><겨울바람이>, 洪淳元<고등><뜬다>, 高鎬泰<빨간일골>, 金相翊<달님>, 李亨祿<봄왓다고>, 朴炳元<설매><바람>, 金英俊<찬바람>

해방 후 1948년에 다시 복간된《어린이》에 수록된 동시의 작가들은 윤석중, 이원수 윤극영 등 해방 전 주요 작가들과 현동염, 어효선(1925~2004), 박영종(목월, 1916~1978), 박은종(화목, 1924~2005) 등이 보인다. 이때는 성인 작가의 작품보다 독자 투고 작품의 수가 훨씬 많았다.

특이한 점은 독자투고란을 '우리 차지'와 '언니오빠 차지'로 분리하여 중등학생 독자의 투고도 싣고 있다는 점이다. 이는 1920년대 독자 투고 동요를 제시할 때 주로 거주지를 중심으로 소개하던 터라 연령이나 학령을 짐작하기 어려웠던 것과 대조적이다. 그렇지만 《어린이》 창간 이후 1940년대에 이르기까지 주요 독자층의 연령이 오늘날 어린이의 연령에 맞추어져 있었던 것이 아님을 짐작할 수 있다. 창간 당시에는 천도교 소년부의 활동 연령을 16세 이하 소년소녀로 제한하였는데(최명표, 2012; 49), 《어린이》의 독자 연령층도 이에 준하는 것으로 볼 수 있다. 1930년대에 나온 《어린이》 8권 10호와 9권 11호에는 '동요유희', '유년동요'라는 장르 명을 제시한 경우도 있는 것을 보면, 《어린이》의 독자층은 유년에서부터 초중등 이상이며, 간접적으로 유아들에게도 읽어줄 수 있도록 하여 독자층의 연령 폭은 상당히 넓었음을 알 수 있다.

이상으로 1920년대 우리나라 아동을 위한 본격적인 잡지인 《어린이》에 수록된 동시의 세부 장르 명칭을 자료 분석을 바탕으로 정리하고 고찰하였다. 특히 동요와 동시라는 용어가 1920-30년대에 갖는 의미역과 그 변화 및 오늘날 갖는 의미역을 대비하여 고찰하였다. 동시라는 용어가 아직 일반화되지 않았던 당시 '동요'의 의미는 오늘날 '동시'의 개념을 포괄하는 정도로 어린이를 위한 시 혹은 노래 가사의 의미를 더 많이 가지고 있었다. 이후 점차로 동시와 동요를 구분하여 사용하면서 동요의 의미역은 노래와 정형률의 의미를 더 많이 가지는 방향으로 의미의 변화를 일으킨 것으로 볼 수 있다. 각 시대별 상황에 따른 동요와 동시의 의미역에 대한 이해가 없이 두 용어를 사용함으로써 오늘날까지 아동문학의 서정 장르 용어 사용의 혼란이 야기되고 있다.

《어린이》의 주요 작가와 독자투고란의 독자를 정리하여 살핌으로써 당시 잡지의 구독층 및 작가와 독자의 관계를 살펴보았다. 《어린이》는 애초에 천도교 소년단의 활동지 성격을 겸하였으며, 색동회의 동화회에 참석할 수 있는 연령인 16세 미만의 연령대에 맞추어져 발행되었으나 시간이 갈수록 사회문화적 여건상 독자의 성장과 더불어 독자층의 연령도 넓어질 수밖에 없는 모습을 띠고 있다. 작가 또한 색동회 회원 중심에서 독자의 참여와 더불어 점차 새로운 작가를 포괄하고 있음을 확인할 수 있었다.

2. 기성작가 동시

해방 전 1923년부터 1934년까지의 기획 동시 작품, 즉 기성작가의 작품을 중심으로 그 내용 특성을 살피기로 한다. 논의의 대상이 되는 동시는 《어린이》에 독자 투고작으로 명기된 동시를 제외하고 기획으로 실린 기성작가의 동시 총 218편이다. '기성작가'의 작품으로 명명하는 것은 사실상 작가와 독자군의 뚜렷한 분리가 이루어지지 않은 당시 상황을 고려하면 적절하지 않을 수 있다. 하지만 논의의 편의상 《어린이》 편집진이 '입선동요', '讀者特輯童謠', '讀者童謠' 등 코너명을 들어 독자 작품임을 구별하였던 작품을 '독자 투고 작품'으로 본다. 그 이외의 작품을 '기성작가 작품'으로 명명하기로 한다.

동시의 내용 특성을 살핀다는 의미는 형식과 분리되지 않는 내용, 즉 형식과 일체를 이룬 대상을 내용의 각도에서 살핀다는 점에서 어려움이 있다. 뿐만 아니라 동시의 여러 가지 형식적 요소와의 결합으로 드러난 이미지, 화자의 목소리, 정서, 표면적·이면적 의미 등을 고루 살피지 않을 수 없다는 점에서 여러 가지 난점이 있다. 더욱이 시의 장르적 특성상 다의성과 애매성 때문에 독자에 따라 다양하게 의미를 구성할 수 있음도 내용 분류상의 논란 소지를 마련한다. 그렇긴 하지만 특정 시기에 발표된 동시를 읽으며 두드러진 내용 특성에 촉각을 세우고 살펴보는 방법이 갖는 이점이 있다. 연구 대상 잡지의 목적의식을 비롯하여 무엇보다 이념적 내용을 앞세운 역사적 특수 시기이기도 하기에 더욱 그러하다.[21]

가. 연도별 수록 동시의 제목을 통한 내용 개관

연구 대상 동시 총 편수는 218편[22]의 제목을 개관함으로써 제목에 드러나는 내용적 암시를 개괄적으로 살펴보았다. 《어린이》 수록 동시의 제목만을 일별하여도 엿볼 수 있는 내용은 계절과 기후, 동식물 등에 의탁하여 마음과 정서를 표현한 동시가 많다는 점이다. 그 외에도 고향이나 가족, 일상생활에서 만나는 이웃 친지 및 주변 사물이나 학교생활 등을 제목으로 삼고 있는 동시가 많다는 점도 알 수 있다. 이는 시이면서도 동시로서 갖는 특수성에 기인한 것으로 작가가 자신의 정서를 계절이나 기후와 주변 생활을 중심으로 그려내고 표현할 수밖에 없기 때문이다.

<표 I-8> 1920년대와 1930년대 초반 《어린이》 수록 동시의 제목

	1923-1929년	1930년-1934년
계절과 기후	이른봄, 봄이 오면, 봄, 봄편지, 강촌의 봄, 봄, 설날, 봄나드리, 봄 봄노리, 봄밤, 녀름비, 녀름밤, 가을밤, 바람, 눈쓰는 가을, 가을밤, 추석, 가을꿈, 첫눈, 눈, 눈오는 새벽, 설날아츰, 겨울밤, 설님, 눈오시는 밤, 바람	봄마지, 봄노래, 진달내, 봄바다, 느진봄, 가는봄, 해변의봄, 첫녀름, 여름밤, 여름밤, 유월, 유월과신록, 초가을, 가을, 낙엽, 눈, 눈서방님과고드름각씨, 눈온아츰, 눈온아침, 겨울밤, 새벽, 비오는 저녁, 바람, 비오는날, 황혼, 어린이날노래, 제석날

---

21) 물론 이념은 내용 뿐 아니라 적절한 형식을 취하게 된다는 점에서 형식에 대한 논의의 중요성을 인정하지만, 우선 언어적 논의의 편의상 내용을 중심으로 논의를 전개하고자 한다.

22) 번안으로 의심을 받는 작품이나 외국의 번역물 한두 편도 구별 없이 목록에 포함하였다. 그 이유는 본 논의에서는 창작 혹은 번안이나 번역인지 여부보다는 그 내용이 당시 《어린이》에 기획되어 실리고 독자에게 소통된 점에 주안점을 두고 있기 때문이다.

	1923-1929년	1930년-1934년
동식물	파랑새, 나븨, 엄마업는참새, 우는 갈맥이, 짜치야-, 나무닙배, 귓드람이소리, 늙은잠자리, 두룸이, 쇠소리, 두룸이, 제비, 갈닙피리, 수양버들, 할미스곳, 산에서 온 새, 톡기, 옥토씨, 새떼, 갯둥벌네, 닭알, 목탁조, 청개고리, 반듸불, 늙은잠자리, 길떠나는제비, 단풍닙, 닥근콩 고소고소	굴네버슨말, 범나뷔, 예쫄아, 달팽이, 새쩨가나간다, 비닭이, 개아미, 종달새와 금붕어, 기럭이, 어미새, 제비한쌍, 도토리, 새벽나무, 오동나무, 쏘아리, 제비, 잠자는나븨, 풀ㅅ대장
고향과 가족	형제별, 고향생각, 우리집 쏫밧, 집보는 아기, 시골밤, 산ㅅ길	엄마품, 우리집, 아버지손을보고, 고향그리워, 세식구
생활과 이웃 사람들	늙은 배사공	젊은사공, 못가세요선생님, 뒷집령감, 의조흔동무), 면장나리, 부자애들, 해와싸우는우리들, 내동무, 소년어부, 빨내할머니, 사공의노래, 언니의언니, 골목대장, 쌀내하는색씨, 언니여, 그애와 나, 勇士, 장터가는날, 장날, 하로에 몇 번이나, 얼골, 썻득이, 누의들은 왜?
노동·일	짜막잡기	감자밧헤서, 어린일꾼, 호미를 쥐고, 볏섬 나르며, 보리타작, 김매러간날, 일꾼의노래, 농촌의하로, 맘ㅅ것! 하자!, 들로나가자, 호매소리, 농촌소년의노래, 집신삼기, 땅파는노래, 보리방아씨으며, 흙장난
사물	반달, 달, 쏘각빗, 반달, 조희배, 굽써러진 나막신, 눈 眼, 고드름	그림자, 그네, 기와한장, 긔차가달어오네, 개밥, 먼지, 자물쇠, 외따로운집, ㅅ밝앙조히파랑조히, 가방, 헌모자, 새로진집, 나의방맹이들, 바위, 형님이주신집행이, 수염, 野火, 별당간23), 쌀밥실어
이별과 기다림	기다림, 옵바는 인제는 돌아오서요, 잘가거라! 열다섯살아	잘가거라, 슬픈리별, 기다림
학교나 야학	폐학	야학노래, 교문박게서, 야학가는길, 야학교퇴학생, 기러기글씨, 야학가는구나
여행	청도여행동요, 마산여행동요	-
바다와 물	-	밀물, 바다, 바닷가
이야기	넷날넷적 한녕감, 조선자랑가	혹뿌리이야기, 옛이야기
기타	황금성, 천사의 노래, 어린이의 노래	아리랑고개, 한 개 두 개 세 개, 빤짝·빤짝!, 두고두고별르든날, 쌀니물너가라조선의소년은부르짖는다, 햇쌀지겠네, 보기조쿠나, 못할 것은

23) 별똥

<표Ⅱ-8>에서 보는 것과 같이, 제목만으로도 개괄적으로 그 내용의 몇 가지 면을 엿볼 수 있다. 명사형 제목 외에도 수식어를 갖춘 어구형 제목과 문장형 제목이 혼재하기 때문에 엄격하게 나누기 어려운 점이 있지만, 제목에 가장 명확하게 드러나는 의미를 중심으로 구분하여 보면, 계절이나 기후 및 동식물의 이름으로 지은 제목이 가장 많다. 가족이나 친지, 고향을 생각하게 하는 제목도 다수 있다. 이는 큰 범주에서는 일반적으로 어느 시기의 동시에서나 볼 수 있는 점이다.

당시의 사회문화적 상황과 연관 지으며 1920년대와 1930년대의 동시 제목에서 현격한 차이를 보이는 부분을 주시할 필요가 있다. 계절과 기후 및 동식물에 의탁하여 마음을 표현한 동시가 많은 점은 두 시기에 모두 드러나는 특징이나, 1930년대의 동시에는 노동 현장이나 일과 이웃이나 친지 등 사람을 제목으로 드러내어 표현한 경우가 현저하게 많은 점이 1920년대와는 달라진 점이다.

이러한 점은 1920년대와 달라진 1930년대의 사회문화적 상황이나 삶의 분위기를 짐작해 볼 수 있게 한다. 이는 1931년 만주사변을 일으킨 일제가 1920년대에 비하여 노동 착취 등 조선에 대한 압제와 수탈을 강화하였으며, 그에 대한 식민지인의 정서가 당시의 동심을 담은 아동문학 작품에까지 드러나고 있음을 확인하게 한다. 1930년대 초반 아동문학계에 영향을 준 프롤레타리아 아동문학론이 《어린이》 필진에게도 강한 영향을 주었음도 분명하다. 신고송, 한백곤, 염근수, 이동규, 엄흥섭 등 카프 계열 아동문학가의 작품이 여러 편 실려 있는 것으로 보아 1930년대 《어린이》 필진의 변화에 따른 것으로 볼 수 있다. 이러한 여러 가지 배경을 중요하게 바라보아야 한다. 한 시대의 문학 작품은 그 시대의 두드러진 문학론이나 문예운동에 의하여 크게 영향을 받는 것이 사실이지만, 오직 그것에만 기대어 한

시대의 문학을 판단하는 도식성 또한 주의할 일이기 때문이다.

나. 동시의 내용

연구 대상 동시에서 읽어 낼 수 있는 내용 특성을 요약하여 말하면 상실의 형상화, 저항의 형상화, 희망의 형상화이다. 상실의 형상화는 그 하위 범주로 애상적 눈물 이미지, 기다림과 그리움의 정서, 빼앗김과 이별의 정서, 혼란과 암울함의 토로, 궁핍과 가난으로 나뉘었다. 저항의 형상화는 고통 극복의 이미지, 분노와 비판의 목소리로 구분되었으며, 희망의 형상화는 자연의 풍광에 비추어 표현되는 희망, 일상생활의 구체성으로 드러내는 민족적 생명력으로 구분되었다.

사실 상실과 저항과 희망의 개념적 의미는 명확하지만, 동시에서 읽어낼 수 있는 의미로서 이들 세 가지는 도식적으로 분류될 수 없으며 서로 혼융되어 있다고 봄이 온당하다. 상실을 말함으로써 저항을 드러낼 수 있고, 저항하는 목소리 이면에는 희망에의 욕구가 깔려있기 때문이다.

1) 상실의 형상화

가) 애상적 눈물 이미지

《어린이》에 실린 작품들 가운데 쉽게 눈에 띄는 것은 상실로 인한 고통을 눈물 이미지로 형상화하는 동시이다. 특히 1923년 창간 이후 1929년까지는 이러한 작품들이 더 많다. 1930년대에도 없지는 않으나, 1920년대에는 <형제별>, <黃金城>, <우는 갈맥이>, <까치야 까치야>, <두룸이(당옥이)>, <天使의 노래>, <할미꽃>, <산에서온새>, <가을숨>,<톡기>, <눈쓰는 가을>, <눈오시는밤>, <청개고리> 등 많은 동시의 곳곳에서 애상적 상실의 고통과 눈물 이미지를 드러내고 있다.

나라 잃은 아픔을 눈물 이미지로 그려내고 있는 동시를 찬찬히 살펴보면, 1923년에서 1929년까지의 작품 중에는 하염없는 슬픔과 망연자실한 좌절을 드러내는 눈물 이미지가 압도적이다. 대부분의 동시에서 가까운 피붙이나 보호자인 형제와 엄마를 잃은 슬픔과 고통의 정서가 확인된다.

① 날저므는하늘에/별이삼형데/싼작싼작정답게/지내데니//윈일인지별하나/보이지안코/남은별이둘이서/눈물흘리네

<兄弟별> 정순철, 제8호 전조선소년지도자대회기념호, 1924년 8월

② 둥근달 밝은 밤에 바닷가에는/엄마를차즈려고 우는 물새가/남쪽나라 먼고향 그리울때에/느러진 날개까지 저저잇고나//밤에우는물새의 슬픈신세는/엄마를차즈려고 바다를건너/달빛밝은 나라에 헤매다니며/엄마엄마 부르는 적은갈맥이

<우는 갈맥이> 제2권 제10호, 1924년 11월

③ 보일듯이보일 듯이 뵈이도안는/당옥당옥당옥소래 처량한소래/써나가면가는 곳이 어데이더뇨?/내어머님가신나라 해돗는나라//잡힐듯이잡힐듯이 잡히지안는/당옥당옥당옥소래 구슮흔소래/나라가면가는곳이 어데이더뇨?/내어머님가신나라 달돗는나라//약한듯이강한 듯이 쏘연한 듯이/당옥당옥당옥소래 적막한소래/흘너가면가는곳이 어데이더뇨?/내어머님가신나라 별돗는나라//나도나도소래소래 너가를진대/달나라로해나라로 쏘 별나라로/휠휠활활써다니며 꿈에만보고/말못하던어머님의 귀나울닐걸

<두룸이(당옥이)> 한정동, 제3권 제5호, 1925년 5월

④ 달나라톡기님은/추어뵙니다/서리찬계수나무/눈마즌아래/밤마다쉬지안코/언제나홀로//가리속톡기님은/더워뵙니다/폭신폭신흰솜을/몸에진이고/양지에해바라기/언제나혼자/바룩이는귀에도/소름이가득

<톡기> 한정동, 제5권제1호, 1927년 1월

①~④ 동시들은 모두 다 상실의 아픔과 슬픔을 눈물 이미지에 담아 형상화하고 있다. ①은 어린 형제들 가운데 한 형제를 잃고 눈물을 흘리고 있는 모습이고, ② 엄마를 잃고 헤매는 갈매기를 그리고 있다. ③도 따오기의 슬픈 소리에 실어 다시는 볼 수 없는 엄마를 그리며 눈물을 흘리고 있다. 엄마나 형제는 삶을 지탱하는 가장 중요한 보호자나 피붙이이기에 이를 잃은 슬픔은 시적 화자를 망연자실하게 하고 있다. ④에서 보이듯이 이런 깊은 슬픔의 눈물은 나라를 잃은 이들이 세상의 모든 만물들을 눈물에 젖은 눈으로 바라보고 있음을 엿볼 수 있다. 시적 화자의 눈물은 하늘에 돋은 달 속의 토끼마저 외롭고 쓸쓸한 눈물 이미지로 그려내고 있다. 이들 동시들은 삶에 대한 아주 작은 희망도 찾아볼 수 없을 정도의 극한 슬픔을 눈물 이미지를 통해 표현하고 있다.

애상적이고 슬픔에 젖은 눈물 노래만을 불렀던 것은 아니다. 아픔을 추스르고 일어서려는 노력을 미미하게나마 엿보이는 동시들도 있다.

⑤ 아기야 우리아기 우지마러라/곷흔저도 봄이오면 쏘다시핀다네/나븨동모 새-동모 붉은봉오리/쑤리속에 고히고히 자고잇다네//아기야 웃으면서 선물바다라/금방울 은방울이 춤을춘다네/명주갓흔 내나래에 네 눈물싯고/구슬갓흔 목소리로 노래불너라//아기야 우리아기 설어마러라/기다리든 새해가 도라왓다네/자나 쌔나 내가삼에 고히안겨서/곷봉오리 피도록 노래부르자

<천사의 노래> 진장섭, 제4권 1호, 1926년 1월

⑥ 새삼나무 싹이 튼 담우에/산에서 온 새가 울음운다//산엣 새는 파랑치마 입고/산엣 새는 쌀강모자 쓰고//눈에 아른아른 보고 지고/발 벗고 간 우의 보고지고//짜순 봄날 이른 아츰부터/산에서 온 새가 울음운다

<산에서온새> 지용, 제4권 10호, 1926년 11월

⑦ 새하얏케 밤새도록/눈오시는밤/아랫목 이불속에/꿈을싸엇소.//불상한 참새 하나/발발 썰면서/눈우에 뒹구르며/내일홈 불너요.//나는 얼는 일어나/참새안어 다/은방울을 채워주고/자장가 불넛소.//먼동니 닭소리에/놀나쌔보니/새벽달이 절반이나/창에 들엇소.

<눈오시는밤> 리구, 제7권 제1호, 1929년 1월

⑧ 청개고리 쌀쌀쌀/비가와서요/내갈길못간다구/설게울어요.//가기는가련만두/ 바람이불어/오늘해로못간다구/설게울어요

<청개고리> 의주 장효섭, 제7권 제5호, 1929년 6월

⑤~⑧도 눈물의 이미지를 담고 있으나 상실의 고통과 슬픔을 달래고 추스르고자 하는 시적 화자의 마음을 엿볼 수 있다. ⑤는 울고 있는 아기를 안고 달래는 노래이다. '꽂흔저도 봄이오면 쏘다시핀다네' 하며 눈물을 흘리며 노래를 부르자고 달래고 어르는 모습에서 슬픔과 눈물에서 빠져 나오고자 하는 노력이 보인다. ⑥에서도 여전히 '울음'을 울고 있지만, 새삼 나무 '싹'과 산에서 '온' 새의 이미지와 따뜻한 '봄날 아츰'의 이미지가 울음과 겹쳐있음으로 하여 절망적 노래이기만 한 것은 아니다. 봄에 내 곁으로 온 산 새와 함께 울음을 운다는 것으로 절망에서 조금은 빠져나온 노래로 보인다. ⑦도 불쌍한 참새의 비명에 '자장가'를 불러 주고 '닭소리'와 '새벽달'의 이미지는 깊은 절망에서 깨어나기를 소망하는 간절한 마음을 드러내고 있다. ⑧도 갈길 못가 우는 청개구리가 '가기는 가련만두' 설게 운다고 함으로써 눈물 속에서도 헤어날 길에 대한 미미한 믿음을 드러낸다.

한편 1930~1934년의 《어린이》 수록 동시에 드러나는 고통과 눈물 이미지는 1920년대에 비하여 그 작품 편수가 줄어들었다. 한 치 앞도 내다볼 수 없이 다급한 깊은 절망의 눈물을 흘린 후에 그 슬픔과 쓸쓸함을 이기려

　　　　　　　　　　　　　　　일제강점기 동시 연구

애쓰는 마른 눈물의 이미지를 보인다.

⑨ 보리밧혜 종달새 노래부르니/달내캐든 누나가 한울을보네/어대서 오라는지 보이지안코/노랑나뷔한마리 날느고잇네.//뒤산에서 쇠소리 봄노래하니/나무하든 내동생 한숨을쉬네/진달내 꽃방마니 만들어쥐고/푸른무덤 두다리며 울음을우네.//동생아 누나하고 나븨를 짜라/강넘어 버들가지 썩그러가자/피리불며 쇠방마니 두다려보면/봄물에 아늘아늘 어머니보네

<봄노래> 정인섭, 제8권 제4호, 1930년 4월

⑩ 하눌에서 오는눈은어머님편지/그리우든사정이 한이 업서서/압바문안 누나안부 눈물의 소식/길고길고 한이업시 길드랍니다//겨울밤에오는 눈은 어머님 소식/혼자누은 들창이 바삭바삭/잘자느냐 잘크느냐 뭇는소리에/잠못자고 내다보면 눈물남니다

<눈> 방정환, 제8권 제7호, 1930년 8월

⑪ 금년도 막음간다/섭섭단말가/힌눈꼿 내귀미테/눈물지우네//가난한 몸이라서/썩치는소리/소리소리 섧다고/우는지몰나

<제석날> 한정동, 제9권 제2호, 1931년

⑫ 보름만에 한번씩 먼길사십리/읍내장에 심부름 가는날이면/휘파람 불며불며 남산뒷길에/압바무듬 지나갈제 눈물남니다//저녁길이 느저도 읍내공장에/실뽑는 우리누나 맛나보고요/잘가거라 소리를 생각하면서/혼자오는 달밤길은 쓸쓸합니다

<장터가는날> 이원수, 제9권 제7호, 1931년 8월

⑬ 눈물은/바다물처럼/짜구나.//바다는/누가 울은/눈물인가.

<바다> 오장환, 제12권 제2호, 1934년 2월

⑨에서 엄마의 무덤가에서 우는 울음은 참으로 절망적이지만, 봄이 와서 버들가지를 꺾고 꽃방망이를 두드리는 행동을 하며 '봄물에 아늘아늘 어머니 보네'라고 함으로써 절망 속에서도 어머니를 그려볼 수 있음을 드러냄으로써 궁색하게나마 위안과 희망을 찾으려 애쓰고 있다. ⑩의 내용도 여전히 엄마를 잃고 그리워하고 있지만, 차가운 눈을 엄마가 보내오는 소식으로 여기며 그 상실의 아픔과 슬픔을 견디는 이미지로 그려진다. ⑪, ⑫, ⑬ 동시도 여전히 고통과 눈물 속에 있지만, 일상의 삶을 지탱하며 견디는 가운데 흘리는 눈물이다. 온전히 눈물 속에 망연자실하여 삶을 놓아버린 눈물 이미지는 아니다.

나) 빼앗김과 이별

국권을 빼앗긴 시기인 1920년대와 1930년대의 《어린이》 수록 동시의 내용 특징 중에는 그들이 빼앗긴 것 혹은 잃어버린 것과 그 상실의 정황에 주목하여 그것을 시적으로 형상화하고자 하는 점이 잘 드러난다. 어린이를 독자로 하는 동시라 해도 그 시대의 삶과 정서를 그대로 담아내지 않을 수 없기에, 1920년대 나라 잃은 백성으로서의 삶을 텅 빈 것과 빼앗긴 것으로 형상화하여 상실감을 그려내었다.

① 어적게 씌워논 나무닙배는/구즌비가오는대 어대로갓나/물가의 비저즌 풀숩새에는/조희쪽 흰듯이 잇슬뿐일세//어적게 버레손님 태워건늬던/새파란 나무닙 적은나룻배/돗대와 배ㅅ몸은 어대로가고/연못에는 비방울 소래뿐일세

<나무닙배> 제2권 제6호, 1924년 6월

② 엄마업는작은새를 엇지할가요/뒷동산풀밧헤다 혼자둘가요/아니아니 그것은 외롭습니다//엄마업는작은새를 엇지할가요/푸른하날구름속에 날녀보낼가/아니

아니 그것은 외롭습니다.//엄마업는 작은새를 엇지할가요/좁고좁은장속에다 느어둘가요/아니아니 그것은 슮흐겟지요//엄마업는불상한 작은참새는/꼿밧속 수정궁 양털방석/그우에 고히누여 잠을재우면/사랑하는 엄마새가 차저옵니다

<엄마업는참새(模作)> 고한승, 제8호 전조선소년지도자대회기념호, 1924년 8월

③ 안댁에서 사오라신 찌게수미를/길에오다 솔개에게 쌧겻습니다/굽써러진 나막신신고 쏘랑을 넘다/덩어리째 솔개에게 쌧겻습니다

<굽써러진나막신> 윤석중, 제7권 제9호, 1929년 12월

④ 귓드람이 귓드르르 가느단소리/달-님도 치워서 파랏습니다//울밋헤 과꼿이 네밤만자면/눈오는 겨울이 차저온다고//귓드람이 귓드르르 가느단소리/달밤에 오동닙이 써러짐니다

<귓드람이소리> 소파, 제2권 제10호, 1924년 10월

⑤ 오늘이 금음날 눈오는밤에/올일년 일기를 나리닑으니/깃브기도하면서 섥기도하다/어린나희쏘하나 업서지는밤/하얏케오는눈도 말이업고나/아-아잘가거라 눈길우으로/내평생다시못올 열다섯살아

<잘가거라! 열다섯살아> 제3권 12호, 1925년 12월

①에서는 '나뭇잎 배'가 사라진 궂은 비 오는 빈 연못의 쓸쓸함을 그려냄으로써 상실감을 표현하고 있다. ②에서는 엄마 잃은 작은 새를 어떻게 하여야 할지 걱정하면서 엄마 새가 돌아오기를 바라고 있다. ③에서는 심부름으로 사오던 찌개거리를 솔개에게 빼앗기고 굽이 떨어진 나막신을 신은 것으로 나라 잃은 상실의 마음을 비유적으로 그리고 있다. 이렇게 잃어버리고 빼앗긴 상실감은 ④에서는 하늘에 떠 있는 달마저 추워 떨고 잎이 지고 차가운 눈 오는 겨울이 임박한 힘겨운 심정으로 형상화되고 있다. ⑤는

새 나이에 대한 희망이 아니라 나이가 없어진다고 표현한다. 이는 이 추위와 눈길에서 지내는 깜깜한 그믐밤 같은 마음을 시적으로 그려내었다.

1930년대의《어린이》에 수록된 동시에는 여러 가지 이유로 헤어지고 떠나가는 이별의 정황을 구체적으로 그리고 있다.

⑥ 감자밧헤 김을배다 호미를놋코/옵바 혼자 저혼자 어대로 갓나//가을하날 해는지고 날이저물어/강낭닙헤 버레들만 울고우는데//저녁먹을 선감자는 한짐 싸놋코/옵바혼자 날두고 어데로갓나//먼산에선 한발되는 숫굿는연긔/도갓집 뒷산길이 어둬오는데//밤들고 산길이 뵈지안는데/등넘어 큰집으로 나드리갓다//가지에서 가지로 새가한마리/철업는 뭇버레도 밤을아는데

<감자밧헤서> 이정구, 제8권 제5호, 1930년 5월

⑦ 북잽이달팽이가 전쟁에가요/둥글둥글큰북을 등에다지고/색싸만북방맹이 머리에매고/싸홈터로쌈터로 발을 맛친다//익이고오란말이 귀에저저서/고개를넘다가는 뒤도라본다/산밋헤적은집에 불이써젓네/눈물이 뚝- 쑥- 북을울닌다

<달팽이> 지수룡, 제8권 제5호, 1930년 5월

⑧ 壽男아/順아야/자-ㄹ 가거라//압바싸라 북간도/가는동무야//멀-니 가다가다/도라도 보고/「잘잇거라-」 손짓하며/우는 順아야!//이제가면 언제오나/눈물이 나서//아른아른 고개길도/안보이누나//쌕 국새 슬피우는/산길 넘어서/壽男아/順아야/잘- 가거라

<잘가거라> 이원수, 제8권 7호, 1930년 8월

⑨ 가을에부는 피리는/눈물피리래/그러길내 기럭이는/북쪽나라로/엄마삿기다리고/울며가지요//가을에부는 피리는/한숨피리래/그러길내 이집저집/봇다리지고/강을건너 먼나라/이사가지요

<가을피리> 이구, 제8권 9호, 1930년 11월

⑩ 학교마루 구석에 걸린헌모자/쒜매이고 쏘쒜맨 써러진모자/학교동무 다도라
간 어둔밤에는/북간도간 옛주인 오즉그릴가//착한동무 수남이 산길십리에/아츰
마다 쩔면서 학교오드니/월사금이 업서 쫏겨갓다오/이 모자 그냥둔체 쫏겨갓다
오//학교마루 구석에 쓸쓸한모자/보름이 지나도록 걸닌헌모자/그임자 수남이는
압바짜라서/울머울머 간도로 집써낫다오

<헌모자> 이화용, 제10권 제7호, 1932년 6월

⑥~⑩에서 보듯이 당시 동시의 내용에서 일본의 압제를 이기지 못해 나
라를 떠나는 사람들, 강제 징용에 끌려가며 이별의 눈물을 흘리는 정황과
그 마음이 구체적으로 드러난다. ⑥은 집안을 돌보아야 할 사람이 떠나가
고 난 후 남은 아녀자들의 삶에 드리운 두려움과 걱정스러움이 잘 드러난
다. ⑦은 달팽이로 비유하여 표현하고 있지만, 독립운동이나 만주사변 등
의 전쟁과 관련하여 가족 간의 생이별 장면이 생생하다. ⑧, ⑨, ⑩도 당시
일본의 학정을 견디지 못해 쫓기듯 나라를 떠나 북간도로 가는 이웃과 동
무들과의 이별의 아픔이 잘 드러낸다.

그 외에 소파 방정환의 죽음을 애도하며 쓴 <못가세요선생님>(윤석중, 제
9권 제7호, 1931. 8), <슬픈리별 소파선생을 일코>(이원수, 제9권 제7호, 1931. 8) 등
이 있다.

다) 혼란과 암울함의 이미지

1920년대의 동시에는 그야말로 모든 것을 잃고 어디로 갈지 알 수 없어
길을 찾아 헤매는 혼란과 암울함의 이미지를 담고 있는 동시가 많다. 이들
암울한 이미지의 동시에는 망망대해에서 갈 곳을 잃고 헤매는 마음을 형
상화하고 있다. 이 동시들은 애상적 슬픔이 존재하지만 표면적으로 눈물
의 이미지를 드러내지 않는다는 점에서 '애상적 눈물 이미지'와 구별되며

특히 갈 길을 찾지 못한 혼돈과 헤맴의 이미지를 강하게 드러내고 있다는 점에서 특징이 있다.

> ① 푸른한울 은하물 하얀쪽배엔/계수나무 한나무 톡긔한머리/돗대도 아니달고 삿대도업시/가기도 잘도간다 西쪽나라로//은하물을 건너서 구름나라로/구름나라 지나선 어대로가나/멀리서 반짝반짝 빗초이는 것/샛-별 燈臺란다 길을 차저라
>
> <반달> 윤극영, 제2권 제11호, 1924년 11월

> ② 수수나무 마나님 조흔 마나님/오늘저녁 하로만 재워주시오/아니아니 안돼요 무서워서요/당신눈이 무서워 못재웁니다/잠잘곳이 업서서 늙은잠자리/바지랑째 갈퀴에 혼자안저서/치운바람 슯허서 한숨쉴째에/감나무 마른닙이 썰어집니다
>
> <늙은 잠자리> 잔물, 제2권 제12호, 1924년 12월

> ③ 아닌밤문싸리는/그것누구가/집닐흔아해들이/집을찾는가/엄마업는아해가/엄마찾는가/동무닐흔아해가/동무찾는가/갈바몰나헤매는/재넘이바람//뒷동산나무숩헤/불도안켜고/어머니는 흑흑흑/늣기여울고/네집근처락엽들/모혀안저서/어데든갓치가자/기다리누나/갈바몰나헤매는/재넘이바람
>
> <바람> 韓晶東, 제4권 3호, 1926년 3월

> ④ 길가에써러진 쏘각빗하나/어느색시머리에 곳쳣든걸가/길가는 사람이 발로찰째에/넷날임자색씨가 그리웁겟지//비나리고 바람부는 구진날에는/색시의 경대가 그리웁겟지/집을닐코 이리저리 헤매다니는/쏘각빗의 신세는 가여웁고나
>
> <쏘각빗> 지용, 제4권 제10호, 1926년 11월

> ⑤ 먼길온배사공/검은수염은/갈메기털빗이/부럽은지요/뱃간삼십년에/야속하게도/하나도남지안코/세여버렷네/대패밥벙거지는/오늘까지도/낡발한머리에/씨워잇는대/살업는팔목엔/맥이풀니여/갈길은 멀건만/배질은늦네
>
> <늙은배사공> 장효섭, 제7권 제5호, 1929년 6월

⑥ 버선깁는 아가씨 착한아가씨/어서어서 이문좀 열어주세요/서리발이치워서 쏭쏭언손을/애기자는 요밋헤 녹혀가게요//가을달이 밝건만 갈속이업서/들창문을 흔드는 단풍닙하나/엄마압바 다여인 가연몸이니/자장자장 하로밤 재워보내요

<단풍닙> 윤석중, 제7권 제7호, 1929년 8월

①은 동요로 널리 불려왔는데, 돗대도 삿대도 없이 바다를 헤매며 길을 찾는 안타까운 마음을 드러내고 있다. ②는 늙어 기운이 없는 잠자리가 잠잘 곳이 없어 헤매는 모습이며, ③은 집 잃고 엄마 잃고 동무 잃은 낙엽같이 이리저리 날리며 헤매는 바람 같은 심정을 형상화하고 있다. ④는 길가에 버려져 이리저리 채이고 밟히는 조각 빗과 같이 정처 없는 신세를 그리고 있고 ⑤도 먼 길을 달려와 힘이 빠진 늙은 뱃사공의 맥이 빠진 늦은 배질에 비유하며 마음을 표현하고 있다. ⑥ 부모를 잃고 찬바람에 떠는 단풍잎으로 길 잃은 심정을 형상화하고 있다. 그 외에도 <개쏭벌네>(유도순, 제6권, 제5호, 1928. 9) 등이 더 있다.

1930년대에도 1920년대에 비하면 작품 편수는 줄었으나, 버려진 채 길을 잃고 찾아 헤매는 심정을 동시에 담고 있다. 바닷가에 버려진 짚신이나 가을 하늘을 날아가는 기러기에 마음을 담아 비교적 호흡이 느려지긴 하였으나 외롭고 어두운 마음으로 길을 찾아 헤맨다. 그 내용은 1920년대와 그리 다르지 않다.

① 씌약볏 나리쬐는 모래밧 우엔/웃통벗고 낮잠자는 집신짝하나/대낮의 바닷가는 한가도해요//고기잡이 도라간 발자욱 보고/옛임자 꿈을수는 헌모자 하나/대낮의 바닷가는 고요도해요//바닷물에 글씨쓰는 물새한마리/사공업시 써단이는 조각배하나/대낮의 바닷가는 심심도해요

<바닷가> 윤석중, 제8권 제7호, 1930년 8월

①은 고요하고 쓸쓸한 바닷가 모래밭에 버려진 짚신 한 짝과 헌 모자, 사공도 없이 이리저리 떠다니는 조각배의 심정으로 힘을 잃은 마음을 표현하였고, ②는 쓸쓸한 가을밤에 엄마 잃은 기러기가 엄마를 부르며 찾아 날아가는 모습을, ③은 별도 달도 없는 깜깜한 밤중에 촛불도 없이 어디로 어떻게 가야 할지 모르는 기러기를 그리며 혼돈과 찾아 헤맴의 이미지를 드러내고 있다.

라) 기다림과 그리움

상실과 이별의 안타까운 삶의 정황은 기다림과 그리움의 이미지로 드러난다. 기다림이나 그리움의 정서에 주목하여 시적으로 형상화한 동시들이 많은 것도 1920~30년대 《어린이》 수록 동시의 내용적 특성 중 하나이다. 이들 동시는 상실의 고통을 안고 있지만 노골적으로 눈물을 형상화하고 있지 않다는 점에서 애상적 눈물 이미지와 구별된다. 주로 멀리 떠난 이를 기다리는 마음을 주목하여 표현하고, 가족을 떠나와 외지를 떠돌며 따뜻한 고향을 그리워하는 마음을 그리고 있기에 그리 희망찬 내용은 아니다.

1920년대의 <봄이오면>, <고향생각>, <옵바 인제는 돌아오서요>, <갈

닢피리>, <秋夕>, <기다림>, <집보는아기>, <설님!>, <가을밤> 등이 여기에 속하고, 1930년대 작품에는 <그림자>, <그네>, <비오는저녁>, <기와한장>, <긔차가 달어오네>, <기다림>, <고향그리워>, <비오는날>, <황혼>, <어미새>가 기다림과 그리움의 정서를 주로 담고 있다.

　1923년에서 1929년의 《어린이》에 실린 그리움과 기다림의 대상은 봄과 가족과 고향이다. 창간호에 실린 버들쇠(유지영)의 동시 <봄이 오면>은 가장 대표적인 기다림과 그리움의 이미지를 드러내는 동시이다. 일반적으로 시에서 '봄'은 어려움을 겪고 있는 모든 상황을 이겨내고 맞이하는 기다림의 대상을 비유적으로 표현하는 시어로 쓰이곤 한다.

> ① 나는나는 봄이오면/버들가지 꺽거다가/피리내여 입애물고/파덱파덱 재미스러//나는나는 봄이오면/진달래와 개나리로/금강산을 쑤며노코/솟곱작난 재미스러//나는나는 봄이오면/오색나븨 춤을추고/노랑새가 날아와서쇠꼴쇠꼴 재미스러
>
> <봄이오면> 버들쇠, 제1권 1호, 1923년 3월

　①은 버들가지와 진달래 개나리 피고 나비와 노랑새가 날아오는 봄이 오면 피리 불고 춤을 추며 금강산을 꾸며놓고 소꿉장난을 하는 모습을 상상하며 그 즐거움을 노래한다. 아직 봄이 오지 않았으나 봄을 기다리며 그 날의 기쁨을 노래하고 있다. 《어린이》 창간은 민족의 해방을 기다리는 마음으로 이루어졌으므로 창간호의 마음과 의미를 잘 드러내는 동시이다.

> ② 青山浦어구/살구꼿복송아꼿/피는 동리에/오막사리 草家한채/故鄕집이 그리워요/참 그리워요/서늘한달밤/욱어진갈밧사이/창포못가에/어미오리색기오리/머리머리마주대고/꿈만꾸지요//차알삭찰싹/찰싹이는 물결에/반작이나니/숲가룬듯銀가룬 듯/오리오리머리들을//달이빗쳐요//青山浦어구/매찰베고개숙은/黃

林벌판에/오막사리草家한채/故鄕집이그리워요/참그리워요

<고향생각> 한정동, 제3권 제10호, 1925년 10월

③ 가을밤 닙지는밤/귓드람이밤/하늘엔 별도만타/등불도만타//산너머 고향에
는/우리누나밤/남포불 켜고안저/보선깁는밤//가을밤 외로운밤/나그네의밤/강
낭대 우수수/바람도분다//강건너 공장에는/우리언니밤/쇠소리 기계소리/잠못자
는 밤

<가을밤> 이정구, 제7권 제8호, 1929년 10월

②와 ③은 고향을 떠나 뿔뿔이 흩어진 나그네가 고향을 그리워하는 노
래이다. ②는 청산포 어귀의 동네와 못가와 벌판의 풍광을 묘사하며 고향
에 대한 그리움을 표현하고 있고, ③은 고향을 떠나와 맞이하는 쓸쓸한 가
을날, 고향에서 보선을 깁고 있을 누나와 또 다른 공장에서 기계 소리를
들으며 일하는 언니를 그리워하며 외로움을 달래고 있는 노래이다.

④ 옵바 당신의 계시는나라는 엇던곳임닛가 넷이약이에 잇는 고초나라가 거긔임
닛가-/고초만큼한 쇠맹이들이 붉은 옷을입고 돌아단이는?/만일그럿타면 저도한
번거리로 놀너가고십습니다마는//안이겟습니다 어머니말삼을 들어보닛가/그나라
사람들은 모다 검은옷을 입는다지오?/그러면 거긔가 아마 할머니의말삼하시는 어
덕나라이겟습니다/몸에는 즘생갓치 싯쩟엇케 털난사람들이 사는/그리고 우리나
라의 해와달을 도적해가고저하는/모질고미운 불개들이 만히사는 그나라이겟슴
니다그려 (-중략-)//도랑이잇거든 안쇼건느며 매가 괴로울쌔에는 입도 맛추어주시
오/옵바 정말인제는 고만돌아오세요/옵바업시는 아모래도 못살것갓습니다 옵바!

<옵바 인제는 돌아오서요> 손진태, 1926년 1월

⑤ 혼자서노를내니/갑갑하여서/갈닙으로피리를/부러보앗소//보이얀한울에는/
종달새들이/봄날이조와라고/노래불러요//내가부는피리는/갈닙의피리/어듸어듸

까지나/들니울싸요//어머니가신나라/멀고먼나라/거긔까지들닌다면/조흘텐데요

<갈닙피리> 한정동, 제4권 제5호, 1926년 5월

⑥ 왠지몰나 새설이/기달니워서/문턱에 올나서서/발등을썻소/보일 듯 보일듯만/안탑가워서/엄마 엄마 새설님은/언제오나요/넷적부터 룡님은/거즛업나니/하루잇틀사흘만/자고나라고/그러치만 하루가/수태기러서/행여나고 문턱에/또올나본다

<기다림> 한정동, 제5권 제8호, 1927년 12월

⑦ 아버지는 나귀타고 장에가시고/할머니는 건너마을 아젓씨댁에//고초먹고 맴맴/담배먹고 맴맴//할머니가 돌썩바다 머리에이고/소볼소볼 산골길로 오실째까지/고초먹고 맴맴/담배먹고 맴맴//아버지가 옷감써서 나귀에실고/쌀랑쌀랑 고개넘어 오실째까지/고초먹고 맴맴/담배먹고 맴맴

<집보는아기> 윤석중, 제6권 제7호, 1928년 12월

④는 여러 가지 이유로 이국땅으로 갈 수밖에 없었던 오빠를 걱정하며어서 돌아오라는 노래이다. 당시에는 국내에서 찾을 수 없었던 희망을 찾아 이국으로 떠나는 이들이 많았다. 구국의 열망으로 머나먼 외국으로 나가 고생을 하던 이들을 그리는 노래이다. ⑤는 봄이 와 갈잎으로 만든 피리를 불며 어머니 가신 나라에 들리기를 바라고 있다. 당시의 갑갑한 삶을 벗어나 자유를 찾고자 하는 마음이 잘 드러나 있으며 자신이 부는 피리 소리가 멀리 들리어 머나먼 나라에 가신 어머니를 만날 수 있을 소통이 이루어지기를 바라는 마음이 담겨있다. 한정동은 제4권 9호에도 이와 유사한 내용으로 <추석>이라는 동시를 발표하였다. ⑥도 시적화자가 현재의 시공간 속에 살지 못하고 새로운 시공간을 안타깝게 기다리는 노래이다. '새 설님'은 시적 화자가 원하는 시공간이 도래하는 날을 의미한다. 자신의 '지금 여

기'를 들여다보는 것이 아니라 밖으로 나가는 문턱에 올라서서 발등을 곧 추세우며 새로운 날을 기다리는 안타까운 마음이 잘 드러나 있다. ⑦ 또한 집을 떠나신 아버지와 할머니를 기다리는 노래이다. 아버지와 할머니가 돌아오시는 모습을 그리고 그리며 기다리는 현재는 보호자가 부재한 상황이다. 그저 '고초먹고 맴맴 담배먹고 맴맴'으로 단순하고 불투명하게 표현하고 있다.

1920년대의 그리움이나 기다림의 동시는 어머니, 아버지와 할머니, 누나와 오빠 등 가족을 중심으로 하여 고향과 새로운 날을 기다리고 그리워하는 모습이 대다수이다. 이에 비해 1930년대에는 기다리는 이나 그리워하는 이의 정황이 동시 속에 더 다양하고 생생하게 그려진다.

⑧ 그림자 그림자- 내그림자야/밤이면 외론동모 내그림자야/등불이 갈바람에 흔들니는밤/쓸쓸이 너도너도 일을하고나//버선깁는 그림자 나의그림자/우수수 락엽소리 언니그리워/千리길 서울에서 베짜실언니/오실날을 손쏩으며 기다립니다.

　　　　　　　　　　　　　　　　　　<그림자> 이원수, 제8권 제5호, 1930년 5월

⑨ 밧헤엄마 점심을 날너다주고/혼자혼자 숨새길 도라오다가/아카시아 그늘에 그네쒸여요//한번쒸여 가지끗헤 마을이뵈고/두 번쒸여 반짝반짝 바다가뵈고/세번쒸여 먼밧골에 엄마뵈여요//저녁해가 잠들째면 엄마가혼자/그네달닌 적은길노 도라올테니/한들한들 그네타고 기다린대요.

　　　　　　　　　　　　　　　　　　　　<그네> 이원수, 제8권 제5호, 1930년 5월

⑩ 오늘두비가와서 날이저물고/쓸압헤봉선화만 쓸쓸히질째//오십리장터가신 우리어머니/어데서 비멋기만 기다리실가//울도안튼독뒤에 개고리도요/색기가그립든지 쒸여가는//쏘이얀-압산에 비소리줄줄/廣海坪푸른들도 어두웁니다.

　　　　　　　　　　　　　　　　　　<비오는저녁> 최인준, 제8권 제5호, 1930년 5월

⑪ 보리밧 둥너머로/긔차가 달어오네/길다란 연긔몰고/붕붕붕 달어오네/실푸는 순이아가/돈더터 도라오나/밧갈든 순이엄마/긔차를 바라보네

<긔차가 달어오네> 윤복진, 제8권 7호, 1930년 8월

⑫ 어머니!/지금은 황혼입니다./먼하눌에 붉은노을 고요히 빛나고/저녁안개 고요히 마실(村)을 싸고돕니다./소모리 풍경소리 고요히 산을 울리건만/장에가신 아버지는 웨 아니오실까요?//어머니!/지금은 황혼입니다./해저믄 하눌에 날아드는 잘새들도/달ㅅ빛 숨어드는 복음자리 찾건마는//밤에간 누님은 웨 아니 올까요?/산에간 형님은 웨 아니 올까요?//어머니!/지금은 황혼입니다./은행나무 밑에서 휘파람불며/도라오는 그들을 기다릴까요?/초생ㅅ달 떠오르는 언덕에 안저/풀피리 불며 불며 마지할까요?

<황혼> 전우한, 제10권 제7호, 1932년 6월

⑬ 성터에서 집어온/기와한장을/뒤처보니 우묵우묵/손가락두개/옛날사람 손사욱이/백혀잇서요/손싯흐로 그자욱을/더듬으면요/옛날사람손가락에/스치는듯해/면옛날이 그리워서/눈물이나요//오랜옛적 한-옛적/성싸흘째에/기와굽든 할아버지/굵은 손가락/만지면 만질수록/그리워저요

<기와한장> 허문일, 제8권 6호, 1930년 7월

우선 기다리는 주체의 정황이 시에 잘 묘사되어 있다. 1920년대의 동시와 비교하면 기다리는 자의 마음이나 떠난 자의 마음이 시적으로 더 잘 형상화되었다. ⑧에서 기다림의 주체는 외로움에 자기 그림자를 벗 삼고 언니 볼 날을 손꼽고 있으며, ⑨에서도 혼자 그네를 타며 일을 나간 엄마가 마치고 돌아오기를 기다리는 어린아이의 심정을 그리고 있다. ⑩은 모두 떠난 자와 남은 자가 서로를 기다리는 정황을 날 저물고 비오는 저녁의 쓸쓸함을 중심으로 묘사하고 있다. ⑪은 돈을 벌기 위해 떠난 딸을 기다리는 순이 엄마의 마음을 밭 너머 달려오는 기차를 바라보는 형상으로 그리고

있다. ⑫에서도 온 가족이 뿔뿔이 흩어진 가운데 아버지와 누나, 형을 기다리는 황혼의 서글픔과 그들이 돌아올 때 어떻게 맞이할지를 애써 상상하며 위로 삼는 정황이 잘 드러난다. ⑬은 지난 옛날을 그리워한다는 점에서 희망을 찾기 어려운 안타까움이 보인다. 다 부서진 기왓장에서 기와를 굽던 손길을 그리워하는 일은 회복이 불가능하다는 점에서 더더욱 안타까운 그리움이다.

마) 궁핍과 가난 이미지

일제강점기 《어린이》 수록 동시에는 당시 어린이의 삶이 잘 드러난다. 특히 나라 잃은 백성이 겪는 어려움에서 파생된 가난을 구체적으로 형상화하고 있다. 1920년대보다 1930년대의 동시에서 훨씬 더 많은 동시가 가난한 삶을 형상화하고 있다. 1923년부터 1929년까지 수록된 동시 중에서 가난을 중점적으로 드러낸 시는 한정동의 제4권 12월호에 실린 <폐학>이 유일하다. 그에 비해 1930년부터 1934년까지는 수십 편의 동시가 그 시대가 겪어낸 궁핍과 가난의 고통을 담고 있다.

이는 실제 삶이 더 어려워진 것과 더불어 1930년대에 와서 아동문학 문단에 본격적으로 영향을 주기 시작한 프롤레타리아 문예 운동의 영향일 것으로 판단이 된다. 1930년대에 들어 더욱더 노골화된 일제의 압제로 인한 삶의 피폐함이 이러한 궁핍과 가난을 동시로 표현하지 않을 수 없도록 하였다.

① 푸른풀베면요/손에옴나니/새파란향내//색기를쏘면요/손에남나니/새밝안상처//그리고언제나/눈에뵈나니/서당글동무

<폐학> 한정동, 제4권 12월호, 1926년 12월

①은 학교를 다니지 못하는 아이가 풀을 베고 새끼를 꼬며 일을 하면서도 서당에서 공부하던 친구들을 잊지 못하고 있는 모습을 그리고 있다.

1930년대 동시에는 1920년대보다 수량 면에서 더 많은 동시가 가난을 담아내고 있다. 뿐만 아니라 그 시대 어린이가 가난 속에서 겪은 고통의 구체적인 모습을 시적으로 잘 형상화하여 담아냈다.

② 철쭉미테 좁은길에/아해 둘이서/연긔쏩고가는 긔차/바라고 섯네//하나는 지게지고/헌옷을 닙고/하나는 팔을 씨고/신발도 벗고//아버지 일본보낸/형젠가 보다/어머니 풀파러다/사는가 보다//하로에 멧번이나/저 긔차 보고/아버지 오실날을/바란 다 드냐

<하로에멧번이나> 이십삼세 현직 학교선생[24], 제8권 제5호, 1930년 5월

③ 우리집은 가난뱅이/농사군의집/여름내내 쌈흘니며/기음매고도/겨울에는 쌀이업서/굼주리는집//우리집은 산골동리/작은초가집/긴긴낮엔 할머니가/혼자직히고/밤에는 다섯식구/모혀자는집//우리집은 찌그러진/오막사리집/내가내가 얼는커서/어룬이되여/거드라케 훌륭하게/다시지을집.

<우리집> 許三峯, 제9권 제5호, 1931년

④ 조밥 반그릇을/귀떠러진 상에노코/어머니……/나……/내동생……/한번씩! 떠먹으니/빈 사발이네/찬물을 한그릇씩!/꿀떡꿀떡 마시고/어머니는 이웃집에/일하러가시고/나는 광이메고 밭파러가며/내동생은 일본집에/애기 뵈기 가누나

<세식구> 차칠선, 제10권 제8호, 1932년 8월

⑤ 찬바람 하네바람/불다머젓소/그러나 밖에달은/치울걸이오//이불을 뒤쓰고서/자다나서도/발끝이 싸늘싸늘/치위온다고//아직도 옷을짓는/어머님보고/불

---

24) 낙장이 되어 저자의 이름을 알 수 없음. '동인'이라고만 표시되어 있어 앞장에 누구의 시가 있는지 알 수가 없음.

때라고 발버둥/치군합니다.//그러면 어머님이/하시는말슴/『삭전받아 솔사야/불을땐다』구

<겨울밤> 한정동, 제12권 제2호, 1934년 2월

②는 아버지를 일본에 보낸 형제가 지게를 지고 헌 옷을 입고 신발도 신지 못한 채 기찻길 옆에서 아버지를 기다리고 있는 모습을 형상화함으로써 그 시대 가난한 아이들을 시각적으로 이미지화하였다. ③, ④도 가난한 집안의 굶주림을 온 식구가 찬물을 마시고 흩어져 일하러 나가는 모습으로 구체화한다. ⑤는 이들이 차가운 바람 앞에서 벌벌 떨며 발버둥 치는 모습을 그린다. 그 외에도 이 시대의 가난한 삶의 모습을 그린 동시로 <빨내할머니>(이영교, 제10권 제8호, 1932. 8), <외따로운집>(이구, 제11권 제2호, 1933. 2), <빤짝·빤짝!>(이영교, 제10권 제8호, 1932. 8) 등이 더 있다.

이들 가난한 아이들의 삶은 먹고 입지 못하는 어려움에서 그치지 않고, 여러 가지 노동에 시달리며 살아야 하기에 더욱 힘겹다. 그 힘겨움 속에서 지쳐가다가 막연하게 분노를 터뜨리고, 그 분노의 힘으로 견디며 살아가고 있는 모습을 동시에서도 찾아볼 수 있다.

⑥ -누이-/옵바야 오늘밤엔/나무닙들이/엇저자고 이다지도/쏘다저오나/외짜른 우리집에/밤이깁도록/들창을 쑤다려서/일못하겟네//-옵바/복순아 가을밤에/지는닙들은/가난한 우리들의/은인이란다/아침이면 언제나/락엽긁어서/추운저녁 썰지안케/불째지안늬//-男妹함께-/가을밤에 우수수/지는닙들은/우리남매 위하는/고마운닙들/밤늦도록 회사의/『봉지』를짓는/바람찬 창박게는/달도 밝고나

<낙엽> 이원수, 제8권 제9호, 1930년 11월

⑦ 아버지들 쿵쿵쿵! 배골으며 쿵쿵쿵!/땅을파던 헌광이 반들반들 단광이/졸업장을 탄손에 대신쥐인 동무들/이른새벽 앞들로 일을러 나간다.//아버지들 쿵쿵쿵

땀흘리며 쿵쿵쿵!/파던발을 쿵쿵쿵! 씩씩하게 팔때에/동튼다고 꼬꼬요! 아침닭이
꼬꼬요!/아침해가 둥둥둥 발근해가 퍼진다.

<어린일꾼> 차남성, 제10권 제5호, 1932년 5월

⑧ 동녘하눌 붉으스레 먼동이틀 때/광이메고 수건쓰고 목다리신고/이슬나린 논
둑길노 느러서가는/우리들은 땅파는 농촌의 소년//동녘하눌 붉으스레 새벽고할
때/꽁보리밥 보재기에 싸질머지고/고개고개 산골길로 느러서가는/우리들은 나
무하는 농촌의소년//해뜨기전 이른새벽 자진닭울 때/노닥노닥 기운옷을 몸에글
치고/나무지고 읍내장에 팔러나가는/우리들은 나무파는 농촌의소년/해뜨기전
이른새벽 먼동이틀 때/집프래기 웃단님을 질끈동이고/똥장군을 짊어지고 들로나
가는/우리들은 똥주무는 농촌의소년

<새벽> 한백곤, 제10권 제5호, 1932년 5월

⑨ 고개고개 보리고개넘기가/어렵다더니만/보리고개넘어도 배곺은고개는/넘을
길없네/새벽아츰 나물죽한그릇에/배채우고/해지두록 뙤약볕에서/김(기심)을매려
니/엥야- 엥야- 허리만/착착 꼽으라진다.//세상에 이설음 저설음해야/배곺은설음
에서 더한것없네/밧녚으로다라나는 /저 기차안에 /양복쟁이싱글벙글 /비웃으며
내다보지말아/엥야- 엥야- 느이따원 /몇시간안에 숨이막힐나

<농촌소년의 노래> 양근이, 제10권 제7호, 1632년 6월

⑩ 이른아침 먼동이/훤이틀때면/뚜-하고 우렁차게/울리는 고동/쿨-쿨- 잠자는/
우리큰형님/나무비러 오라는/목제소고동

<고동> 홍형원, 제12권 제2호, 1934년 2월

⑥~⑩에서 그려진 것은 모두 1930년대 가난한 조선 아이들의 노동 장면
이다. 가난을 이기려고 봉지를 짓고, 아침부터 탄광에서 땅을 파고 농사를
짓고 나무를 하며 똥을 주무르고 배고픔을 참으며 뙤약볕에서 김을 매고

목재소로 가야 하는 현실을 그리고 있다. 특히 ⑦, ⑧, ⑨에서 힘든 노동의 현실 속에서 힘들고 어려움을 토로할 수조차도 없이 스스로를 몰아가며 기운을 북돋워야 하고, '양복쟁이'에게 분노하는 힘으로 자신을 세워야 하는 안타까운 현실이 여실히 드러난다. 이 외에도 <보리방아씨으며>(이원수, 제8권 제7호, 1930.8), <소년어부>(차칠선, 제10권 제7호, 1932.6), <보리타작>(정영조·한백곤, 제10권 제7호, 1632.6) 등이 더 있다.

이렇게 1920~30년대 아이들의 가난과 노동은 그들을 굶주리고 헐벗게 하며 학업을 포기하게 한다. 아이들은 학교에 가지 못하고 일을 할 수밖에 없어서 야학에 다니는 것으로 가난과 맞서지만 결국 야학에도 다니지 못하게 된다.

> ⑪ 상학종은첫는데/어쩌케할가/집으로도라갈가/들어가볼가//월사금이업서서/학교문밧게/나혼자섯노라니/눈물만나네.//집으로도라가면/우리어머니/쫏겨온 날붙들고/또울겟고나/오늘도산에올나/일본언니쌔/공책찌저슬흔마음/편지나 쓸가.
>
> <교문박게서> 이원수, 제8권 제8호, 1930년 9월

> ⑫ 옷밥에 굶주린 동무야/눈조차 머러서 산다나/나제 못가는 학교를/한탄만 하면 뭐하나//(후렴)나제 못배우는 동무야/가난에 쫓긴 동무야/밤에 맛나서 배우자/쓰거운 손목을 흔드자//낫가락 허리에 쮀차고/지게 목발 쌔리며/낫학교 못가는 신세를/노래만 하면 엇저나//석유 궤쌱 책상에/호롱 등불 싸므락/무쇠 가튼 정성에/열려 간다 이눈을
>
> <야학노래> 주향두, 제9권 제11號, 1931년 12월

> ⑬ 노동독본 노동산술 공책연필을/해여진- 보재기에 싸매가지고/호롱불이 깜박이는 야학당으로/어둠속을 헤매며- 달녀갑니다//야학당의 종소리- 들니여온다/이집저집 사방에서 동무나온다/한동무가 열동무 되어가지고/어둠속을 헤매며 야

학갑니다.

<야학가는길> 백곤, 제10권 제5호, 1932년 5월

⑭ 야학교의 퇴학생늘어만가네/기름-갑 이십전-낼돈이업서/울면서 울면서작고나
가네/가난에도 가난을 거듭한동무//야학교의 퇴학생 늘어만가네/연필하나 책한
권 살돈이업서/풀긔업는 얼골을 폭수구리고/울면서- 울면서 작고나가네

<야학교퇴학생> 한백곤, 제10권 제7호, 1632년 6월

⑪~⑭는 모두 1920-30년대 가난한 아이들의 학업에 관한 동시다. ⑪은
월사금을 내지 못해 교문 밖에서 서성이며 학업을 포기할 수밖에 없는 형
편을 그리고 있다. 그래서 가는 곳이 ⑫, ⑬에서 형상화된 것처럼 야학이
다. 가난과 노동으로 지친 몸을 이끌고 야학으로 가는 것은 짙은 어둠을
몰아내고 싶기 때문이다. 그러나 ⑭에서 보듯이 야학교조차도 제대로 다
닐 수 없어 퇴학생이 늘어가는 현실이 시적으로 형상화되었다. 이 외에도
<의조흔동무>(한정동, 제9권 제11號, 1931. 12), <야학가는구나>(간도 박인수, 제10권
제7호, 1632.6) 등이 더 있다.

한편 가난과 노동으로 헐벗은 가운데서도 힘을 내고 견디는 모습을 담
은 동시가 있다. 이런 동시들은 대부분 가난한 자들이 스스로와 서로를 위
로하며 자신을 더욱 강하게 다그치는 노래들이다. 결국은 가난하지 않은
자들을 이겨내고자 하는 분노와 적개심까지도 그들이 살아가는 힘으로 삼
아야 했음을 알 수 있다.

⑮ 첨하끝에집지은 제비한쌍은/웃한벌도없는 가난뱅이죠/웃한벌도없어도 걱정
않하고/들락날락즐겁게 노래합니다//첨하끝에집지은 제비한쌍은/쌀한톨도없는
가난뱅이죠/쌀한톨도없어도 걱정않하고/아들딸곱게곱게 길너냅니다//첨하끝에
집지은 제비한쌍은/동전한푼없는 가난뱅이죠/동전한푼없어도 걱정않하고/제가

벌어저먹고 잘도살지요//아버지어머니 걱정마세요/우리도제비처럼 살아봅시다/
높은한울넓은땅 맘대로날며/우리일해우리먹고 살아봅시다

<제비한쌍> 허삼봉, 제10권 제6호, 1932년 6월

⑯ 풀 풀 풀ㅅ대장/나물먹고 풀ㅅ대장/한데 모히는 우리동무/긔운이 난다 풀 풀/
네손내손 모혀쥐고/쌜눅이대가리오두둑/쌜 쌜 쌜눅이/과자먹고 쌜눅이/설사만
하는 쌜눅이/어리바리 쌜 쌜/뒷간까지도 못가서/개대가리다 쎄르륵

<풀ㅅ대장> 주향두, 제9권 제11號, 1931년 12월

⑰ 나는야이것네 두 번거더이것네/검고도거치른 보리밥먹고도/쌀밥만잘먹은 호
쎄난이것네/씨름해이것네 싸홈해이것네//<후렴>보리밥이대장/쌀밥이반편이/보
리밥먹어라/쌀밥은치여라//나는야이제는 쌀밥은실코나/두 번지는그밥 난참말로
실어/이기는보리밥 그밥이조하라/어머니보리밥 만히담아주세요

<쌀밥실어> 이윤섭, 제10권 제7호, 1632년 6월

⑱ 코고는 소리만 들려오는밤/몬지만 자욱히 이러나는방에/가난한 동무들이 모
혀안저서/집신을 만히삼기 내기합네요//부자집 아이들은 잠만자지만/집신삼는
우리들은 졸지도안코/집신을 부지런히 만들어서/좁은방에 하나둘 싸노홉네다.

<집신삼기> 김창문, 제10권 제8호, 1932년 8월

⑮에서 ⑱까지의 동시는 가난하고 헐벗었으나 힘이 넘친다. 그 힘은 가
족을 생각하는 마음과 가난하지 않은 자에 대한 분노와 적개심에서 비롯
된다. ⑮ <제비한쌍>에서 가난뱅이 제비 가족이 잘살아가듯 우리 가족도
열심히 일해 잘 살아갈 수 있다는 위로와 힘을 표현하고 있다. 우리 가족
이 잘살아가는 것이 자연의 순리임을 믿고 싶은 간절한 마음이 드러난다.
⑯은 풀만 먹는 우리 동무는 힘이 나고, 과자를 먹는 아이들은 설사를 한
다며 놀리는 노래이고, ⑰, ⑱에서도 쌀밥을 못 먹고 보리밥만 먹어도 부

일제강점기 동시 연구

잣집 아이들보다 더 힘이 세어 그들을 이기고 가난한 아이들끼리 힘을 모아 성실하게 살아가는 모습으로 형상화한다. 가난이 힘들어도 그것을 이겨나가도록 격려하고 기운을 북돋우는 노래이다.

<보리타작>(정영조·한백곤, 제10권 제7호, 1632. 6), <그애와나>(정주 김승증, 제10권 제7호, 1632.6) 등이 더 있다.

2) 저항의 형상화

가) 고통 극복의 이미지

1920년대와 1930년대 《어린이》에 수록된 동시가 모두 눈물과 비탄에 젖어 있었던 것만은 아니다. 1920년대에는 힘들고 고통스러운 삶 가운데에서 스스로 힘을 내어 극복하고자 노래하며 서로서로 힘을 실어주기 위해 간절한 소망과 염원을 담은 내용이 많다. 1930년대 동시에는 고통의 원인을 다양한 각도에서 탐색하며, 적극적이고 구체적으로 저항하는 마음이 담겼다. 이러한 고통 극복의 동시는 어린 아동의 삶과 세계관을 반영한 것도 있으나 성인의 관점에서 불리어진 노래도 있다.

고통과 어려움을 극복하기 위한 간절한 염원의 마음을 표현하는 동시들이다.

① 달을매어 달을매어/턴괴옥당 달을매어/심지업는 불을켜서/턴하만국에 달어노니/일말국이 밝엇도다/호병풍이 스리거던/저불실이 뉘잇스리/턴대산의 만구름아/너안ㅅ고 누가쓸고

<달>, 제1권 2호, 1923년 4월

② 一. 나븨야 나븨야 너어대/즐거웁게 춤을추며 씌여가느냐/네모양 볼째에 내마음깃브다//二. 나븨야 나븨야 너어대/향방업시 고단한줄 모르고가나/어엽븐 꼿

차저 네나래쉬여라//三. 나븨야 나븨야 어대로/쉬지안쇼 즐겁게 나라가느냐/나하고 동행해 너가는곳가자//四. 나븨야 나븨야 너가는/백화란만 향내나는 쏫세상으로/즐거운 쏫노리 나하고가하자//五. 나븨야 나븨야 네 살림/자유롭고 평화로운 순결한 세상/나하고 함께가 지내기원이다

<나븨> 김용희, 제8호 전조선소년지도자대회기념호, 1923년 8월

③ 련못가에 새로핀/버들닙을싸서요/우표한장 붓처서/강남으로보내면/작년에간 제비가/푸른편지보고요/됴선봄이 그리워/다시차저옵니다

<봄편지> 서덕출, 제4권제4호, 1926년 4월

④ 하로일을 맛치고 집에 도라와/저녁먹고 大門(대문)닷칠 째가되면은/사다리 질머지고 석냥을들고/집집의 長明燈에 불을켜놋코/다름질 하여가는 사람이잇소//銀行家로 일홈난 우리아버진/재조썻 마음대로 돈을 모겟지/언니는 바라는 文學家되고/누나는 音樂家 성공하겟지//아-나는 이담에 크게자라서/내일을 내맘으로 定케되거던/그-렷타 이몸은 저이와갓치/거리에서 거리로 도라다니며/집집의 長明燈에 불을켜리라//그리고 아모리 구차한집도/밝도록 환-하게 불켜주리라/그리하면 거리가 더 밝어저서/모도가 다-갓치 幸福되리라//거리에서 거리로 씃을 니여서/점점점 山속으로 드러가면서/寂寞한 貧村에도 불켜주리라/그리하면 이世上이 더욱 밝겟지//여보시요거긔가는 불켜는이여/고닯흔 그길을 설허마시오/외로히 가시는 불켜는이여/이몸은 당신의 동무입니다

<어린이의 노래> 방정환, 제6권 제1호, 1928년 1월

⑤ 옹긋 쫑긋 모아안자/화로불을 쬐나니/낡은 풍지 쑤르릉/칼 바람이 세치네//소리 업시 오시는눈/열치 열자 싸여라/우리 옥동 고슬고슬/엄마 품에 잠든다//아가 아가 쉼쉬어라/옥 가마에 은방울/쌀낭 쌀낭 뫼고가자/고개 고개 넘어서/하얀 돌에 하얀 집/주인 님을 차자가/구들 목에 누어서/겨울 밤을 새우자

<겨울밤> 제6권 제1호, 1928년 1월

⑥ 갑시다 봄나드리/아즈랑이타고요/비탈길 쇼불쇼불/넘어갑시다.//한아름꼿다 지꼿/실냉이꼿섞거서/꼿묵금 꼿방석을/틀어가지고/갑시다 봄나드리/언덕넘어 비탈길/달내가 머리풀은 다북솔압혜/새파란 잔디돗고/개나리꼿욱어진/큰누나 무덤으로/차저갑시다

<봄나드리> 푸른소, 제7권 제3호, 1929년 3월

⑦ 반듸불이반짝반짝/등불을잡고/밤새도록 무엇그리/찾고잇는가//나는엄마가 신나라/차저가는몸/길못차져여기서 /울고섯는몸//반듸불아네일그리/급하잔커 든/내갈길조금만/발켜주람아

<반듸불> 의주 장효섭, 제7권 제5호, 1929년 6월

⑧ 아기들아 너의는 어대가느냐/새하연 양초들을 손에다들고/오늘도 함박눈이 쏘다지시니/새벽의 산골작이 나무다리가/밋그러워 다니기 위태할텐데//어머님 저의는 가겟습니다/새하연 이초에 불을키여서/이뒷山 골작이 깁흔 골작에/눈속 에 썰고잇는 적은새들의 /보금자릴 녹여주려 가겟습니다

<눈오는 새벽>, 제4권 제2호, 1926년 2월

　②는 나비처럼 가볍게 즐거이 날아서 평화와 즐거움이 가득한 세상으로 가기를 원하는 노래이다. 나라 잃고 어렵게 살아가던 이들이 슬픔과 비탄 에만 잠겨 있을 수 없어 그것을 극복하기를 간절히 염원하고 기도하는 마 음이 반복적 부름의 형식 속에 담겼다. ③은 연못가에 새로 핀 버들잎에 조 선 봄이 그리워 다시 찾아올 제비를 기다리는 마음을 담았다. 조선의 봄을 되찾고픈 마음이 간절하다. ④는 어린이를 '불 켜는 이'로 지칭하면서 집집 의 어두움을 밝혀줄 이에게 고달픈 길에서 힘을 내라고 하는 내용이다. ⑤, ⑥, ⑦, ⑧도 길을 잃고 갈 곳을 몰라 헤매는 내용이 아니다. 눈 오는 추운 밤 고개를 넘어 주인집을 찾아가고, 온갖 꽃을 꺾어서 큰누나의 무덤을 찾

아가며, 엄마 가신 나라를 찾아갈 길을 밝힐 반딧불이를 부르는 노래이다. 그리하여 ⑧에서 눈 오는 새벽 양초를 들고 미끄러운 길을 가는 어린 아기들을 보호하러 가겠다는 노래가 나왔다.

이 외에도 한정동의 <강촌의 봄>(제5권 제3호, 1927. 3), <봄>(제7권 제4호, 1929.5), <봄노리>(제7권 제4호, 1929. 5), <수양버들>(제4권 제6호, 1926. 06), <설날 아츰>(제6권 제1호, 1928. 1), 유도순의 <조희배>(제6권 제3,4호, 1928. 7)가 더 있다.

어두움을 헤쳐나가고자 힘을 북돋우는 노래는 1930-1934년에도 비교적 많이 수록되었다. 한정동의 <굴네버슨말>(제8권 제2호, 1930. 2), <범나뷔>(제8권 제4호, 1930. 4), <여름밤>(8권 제6호, 1930. 7), <햇쌀지겟네>(제8권 제7호, 1930. 8), 유도순의 <봄마지>(제8권 제4호, 1930. 4), 엄흥섭의 <진달내>(제8권 제4호, 1930. 4), 거울곷의 <야화>(제8권 제10호, 1930. 12), 박송의 <도토리>(제8권 제10호, 1930. 12), 윤복진의 <쌁앙조히 파랑조히>(제9권 제2호, 1931), 주요한의 <유월>(제9권 제5호, 1931)등이 여기에 해당한다.

한편 1930년대《어린이》에 실린 동시에는 1920년대에는 잘 눈에 띄지 않던 강한 저항 의식이 드러난다. 저항 의식은 같은 고통을 당하는 약자끼리 서로 힘을 모으는 노래, 서로서로 격려하며 마음을 다지는 노래, 저항의 상징이나 도구로 상대를 공격하고자 하는 선동의 노래 등이다.

⑨ 쏭 쏭 뭉처라/어 서 뭉처라//뒷 집 새앗씨/댕 기 쌔젓다//용 용 저색씨/아 까 놀녓지//올 치 저색씨/어 서 쌔리자//쏭 쏭 뭉처라/어 서 뭉처라//솔 밧 산직이/아싸쌔렷지/홱 홱 싸리로/작 고 쌔렷지//올 치 산직이/저 놈 쌔리자//훌 훌 부러라/어서 녹혀라//뒷집 새앗씨/숨어 바릴나//쏭 쏭 뭉처라/어서 쌔리자/솔 밧 산직이/노 처 버릴나

<눈온아츰> 김승수, 제9권 제2호, 1931년

⑩ 빈 주먹을 들어 큰 솟과 싸우겟다고 언니가 이곳을 써나시든 그날밤-/정거장 개찰구(改札口)압헤서 힘잇게 잡엇든 쓰거운 손의 맥박(脈搏)!/말업시 번늣 거리든 두 눈알의 힘!/『프렛트홈』에 썰고잇는 전등불 미트로 것든 뒷모양!/아 쏙감은 눈 압헤 다시 나타나는구려.//언니!/지금은 검은 연긔속에 뭇치여/희든 당신의 얼골은 얼마나 써머 짓스며 물렁물렁하든 두 팔목은 어쩌케나 구더 젓서요?/ (五行略) /언니- 어린 이동생은/봄비 나리는 이란 밤도/『가시마(貨間)』한구석에서 괴로움과 싸울 언니를 생각해도/흙븨는 벽에는 로동복이 걸려 잇고/몬지 안는 책상에는 변도곽이 노여잇서/쓰라린 침묵에 헤매일 언니를……아, /언니를.//그러나 그러나 언니여!/이동생은 조금도 락심치 안어요 비명(悲鳴)을 내지 안어요!/그것은 언니의 나렷든 주먹이 무릅을 치고 니러날ㅅ代/『삶』에 굼주린 무리를 살길로 인도할 것을 쏙 알고 밋고 잇기 째문이야요!/지금 이어린동생은 언니를 향하여 웨치나니 더 한층 의지(意志)가 굿세소서/굿세소서

<언니여-> 황순원, 제10권 5호, 1932년 5월

---

⑪ 1. 싸쏫한 오날은 새○○데/쌀장사 엿장사 다모여오오/기제진 농부는 호미사구요/둥지인 노파는 엿을삼니다//2. 분주한 오날은 새장날인데/책장사 엿장사 다 오며오오/젊은이 녀편네 책을사구요/갓을쓴 녕감님 약을삼니다//3.기나긴 오날은 새장날인데/학생과 청년이 다모여오오/난쟁이 순사가 경계하여도/파리한 걸인들 몽켜단이네

<장날(市日)> 이동림, 제10권 제7호, 1932년 6월

---

⑫ 아버지!/갈갈히 씨저저 타실거리는 손바닥과/군대 군대비지밥처름 멍든손가락을/멀-거니 처다보는 이아들은/써거운 눈물이 빙빙 쏘다짐니다//억세인 색기로 큰짐을 묵거서/이쪽 저쪽 음기고 밝아노흐랴면/힘으로 더밀고 몸으로 바다내야 할테니/약한 아버지의 가여운꼴이/가슴속에 치밀고 나오니까요.//아버지!/당신의 손바닥이 그와갓치 씨저질째는/날마다 흘린쌈이 얼나마 되엿스며/당신의 손바닥이 그와갓치 멍들제는/째므로 흘린피가 얼나마 되엿슴니까//쌈방울이 늘어가면 늘수록 골병도 크실것이며/피방울이 만허지면 만허질수록 가슴에 괴롬도 늘으실테니/밤마다 알는그소리가 새로 고막에살아오는듯하며/날마다괴로워하는

모양이 눈에 나타납니다//아버지!/목석이 안인 이 아들은/「삶은 싸홈이란」크나큰 가르침을/쉬임업시 말업는곳에서 이러서이다//그러므로 이아들은 삶을위하야 싸호리다/피과 쌈으로서요

<아버지손을보고> 김대봉, 제10권 제6호, 1932년 6월

⑬ 호미!/날카랍다 달코달아 이곳은/최는해에 더욱 빛낸다/이것은 앞선이의 남겨논 우리게 준 선물일다/우리들은판다/그 파든 땅을/앞선이의 어굴함을 풀기위하야……/앞선이의 하든일을 일우기위하야……

<호미를쥐고> 정인혁, 제10권 제7호, 1932년 6월

⑭ 형님!/형님이주신 집행이/이집행이를 나는 잘 바닷습니다/이집행이를 들고 인재부터는/兄님이 다못가신 그길을 나는 것겠습니다/그리고 형님이 목적하신 그곳까지/꼭당도 하겠습니다.//형님!/형님이주신 집행이/이집행이는/길가애 가시넝출도 다거더버리고/兄님이 가시든 그길을 니여가럽니다/그리하야/구름 속에서 니를 갈든 망령들이/통쾌 하게 웃도록 하겠습니다//형님!/형님이주신 집행이/이집행이를 굿굿이 집고/山넘고 내넘고/똑바로 앞흘보고 가겟습니다//형님!/형님이주신 집행이/이집행이를 /범과 만나면 총으로 쏘고/도적을 만나면 칼도삼아서/험한길/兄님이가시든 그길로/똑바로 가겟습니다/아- 형심이주신 집행이/이집행이.

<형님이주신집행이> 실명씨, 제10권 제7호, 1932년 6월

⑮ 사랑스런 언니!/옥주하고 놀면 하이얀 밥강정도 준대요/그리고 과자도 어떤때는 주곤한대요/부자집 그 옥주와 놀면……/그럼 나도 그애와놀아 먹고시픈것들을/어더먹을까요?/그러치만 언니!//고 양등므른 옥주와는 놀고싶지안어요/나는……/고혼옷에 맛나는밥을먹고 밴들밴들하는 옥주와는……/제자랑만하는 쌀안얼골에 샛듯샛듯하는옥주와는……/그러면 언니-/쉬쉬스럼한옷에 제끼의 밥도잘 못먹는/나와가튼이와 억개를가치하겟서요/봄이오면 나물캐려 여름이면 젓먹이려/가을이면 이삭주려 바타에로내동무들과 가치 단지지안흘까요/언니 사랑스런 언니-/그리고 겨울에는 까막눈깨치려 야학에 다니겟서요/이것을 지금쓰는것도/

⑨는 어린아이들의 눈싸움을 묘사하고 있다. 놀리거나 때린 색시와 산지기를 때리기 위해 눈을 꽁꽁 뭉치는 모습이 그동안 《어린이》에 실린 시들에 비하면 매우 호전적이다. 싸움을 소재로 하고 있고 상대에 대한 적개심이 강한 것도 어려운 삶에서 우러나온 저항 의식의 상징적 표현으로 읽힌다. ⑩은 매우 직설적이다. 굶주린 이들을 위한 큰 뜻을 위해 싸우러 나간 언니에게 어린 동생이 보내는 글이다. 일제강점기의 독립 투사들에게 보내는 편지로 읽힌다. ⑪은 장날에 여럿이 모여 힘을 합쳐 일본 '난쟁이 순사'에게 항거하는 내용이다. 난쟁이 순사로 표현함으로써 의도적으로 상대를 폄훼하여 독자의 쾌감을 유발한다. ⑫는 아버지의 피 흘리는 손을 보며 적대감을 드러내며 그 마음을 그리고 있다. 이 또한 일제의 학정에 항거하는 내용이다. ⑬과 ⑭는 호미와 지팡이를 저항의 도구로 그리고 있다. ⑮는 어린이 시적화자의 목소리를 통해 어린아이들도 당시의 시대적 어려움에 저항하고 있는 모습을 표현하고 있다.

그 외에도 정대위의 <나의 방맹이들>(제10권 제7호, 1932.6), <농촌의 하로>(제10권 8호, 1932.8), <땅파는노래>(제10권 8호, 1932.8), 허종의 <맘썻! 하자!>(제10권 5호, 1932. 5), 김성수의 <젊은사공>(제10권 제7호, 1932.6), 정홍필의 <쌀니물너가라-조선의 소년은부르짓는다->(제10권 5호, 1932. 5), 이호순의 <용사>(제10권 제7호, 1932.6), 양가빈의 <새로진집>(제10권 제7호, 1932.6), <밀물>(제10권 8호, 1932.8), 전인의 <일꾼의 노래>(제10권 8호, 1932.8), 노영근의 <바위>(제10권 8호, 1932.8), 현중초의 <아리랑고개>(제10권 8호, 1932.8), 정윤희의 <개아미>(제10권 8호, 1932.8), 이종형의 <사공의노래>(제10권 8호, 1932.8), 서덕출의 <들로나가자>(제11권 제 5호, 1933. 5), 주요한의 <아모도>(제12권 제1호, 1934.1), 홍형원의 <뜬다>(제12권 제2호, 1934.2), 이형록의 <봄왔다고>(제12권 제2호, 1934.2) 등에서 일제의 학정이나 가난과 고통에 저항하여 서로 힘을 합쳐 무엇인가 행동을 함으로써 극복하고자 하는 내용을 담고 있다.

나) 분노와 비판의 목소리

《어린이》에 수록된 동시 가운데에는 고통의 원인을 성찰하고 분노의 정서를 이미지화하며 비판의 목소리를 형상화한 것도 많다. 여기에 해당하는 1920년대의 동시는 <녀름비>(제4권 제7호, 1926. 7)와 <옥토끼>(윤극영, 제5권 제2호, 1927. 2), <눈>(제4권 1호, 1926. 1) 등이다. <녀름비>는 나의 꽃밭을 허물고 연못의 금잉어를 잡는다고 나쁜 비라고 표현하고 있고, <옥토끼>는 흰 눈 속에서 지나간 봄철을 꿈꾸고 있는 옥토기를 비판하고 있다. 이들 작품에서는 비유적으로 표현함으로써 직접적으로 상대를 욕하지는 않는다.

1930년대의 동시에는 이러한 분노의 정서와 비판의 목소리를 노골적 욕설이나 놀림으로 드러내는 동시가 훨씬 더 많이 수록되었다. 훨씬 더 노골적인 분노를 담고 있으며 상대의 횡포에 대한 구체적인 고발 내용을 그리고 있기도 하다.

① 배불쑥이 뒷집령감/팔자가조와/남은모다 쌈흘니며/일할째에도/서늘한 툇마루에/한가히누어/우리속에 되지처럼/낮잠만자지//배불쑥이 뒷집령감/돈이만아서/남은모다 쌀이업서/굶주릴째도/맛난음식 가지가지/잔쑥먹고서/우리속에 되지처럼/살이쎗지오//열두남는 일쑨들을/맛날째마다/우레가티 호통치며/싹증을 하고/농사군을 맛나서/빗바들째엔 /번개가티 무섭게/호령을하지

<뒷집령감> 허문일, 제9권 제7호, 1931.8

② 1.부자아씨 얼골은 여호의얼골/요리조리 날마다 변하는얼골/붉은연지 하얀분 뒤범벅해도/하로에도 열 번씩 독살피여요//2.가난한이 얼골은 식컴은얼골/염치업는 햇볏이 검졔한얼골/들에나가 김매든 가난한 아씨/그얼골엔 우슴이 가득찻서요

<얼골> 윤삼봉, 제9권 제11호, 1931. 12

③ 양복에다 시게차고/뽐을 내는 놈/어정어정 비틀길로/거러 가다가/쭈루루- 흙탕우에/밋그러젓지/얼시구나 네꼴이/보기 좋구나.//아츰거리 책보끼고/학교 가는놈/지게진 우리보고/욕을 하다가/따구하나 맞보고/엉엉 울지요/얼시구나 네꼴이/보기 좋구나.

<보기조쿠나> 동섭, 제10권 5호, 1932. 5

④ 시근밥을 변또에싸 지게에걸고/나무하려 동내앞을 거러나오다/학교가는 부자애들 맛낫습니다//저녀석은 학비못내 퇴학햇단다/저들끼리 머라머라 키키우스며/저것봐라 손짓하며 처다봅니다//웃둑서서 드르니까 분이납니다/녀석들아 학비못내 퇴학한 것을/숭볼일이 뭐야 우슬일이 뭐야

<부자애들> 심동섭, 제10권 제8호, 1932. 8

⑤ 소탄 놈도 썻득/말탄 놈도 썻득/안락의자에 빗슥이잣버진/공자주대가리 썻득/일하는제동무골려서 팔어먹는/감독놈목아지 썻득

<썻득이> 주향두, 제10권 제 7호, 1932.6

⑥ 세상에못할것은?/학교에고쓰가이라네/여러분선생님들은/이것을시켜노코는 또저것을?/그러면매조지못하고저것을하면/정신이흐리다고꾸중만줘요//세상에 못할 것은?/학교에고쓰까이라네/여러분선생님들은/일년이다못되여서/펑펑다들 날어나신다우/그러면저나라로가진안치만/마음은살난코 눈물은 쇠재재!

<못할것은?> 이상인, 제10권 5호, 1932. 5

⑦ (1)스데씨를 휘저으며 네활개치고/면장나리 길거르며 하옵는말슴/길치어라 나

무순아 보기흉하다/경례해라 학생들아 —모르/심술궂고 거만하기 이럿습니다//
⑵동리야학 샛친이는 면장이라지/올겨울도 야학교를 못열게하면/면장나리 쑹쑹
보를 땀내주자고/동무들과 산에올나 의논하얏소

<면장나리> 정형철, 제10권 제7호, 1932.6

①~④는 '부자'에 대해 분노하는 마음이다. ①에서 부잣집 영감이 '돼지'
같이 살이 쪄서 호령을 한다고 비꼰다. ②에서는 부잣집 아씨의 얼굴은 분
칠을 했으나 독살스럽고 가난한 집 아씨는 웃음이 가득하다며 분노를 표
출한다. ③, ④에서도 부잣집 애들을 놀리고 있지만, 가난한 삶 속에서 노
동을 해야 하는 모습을 그대로 드러내었다. ⑤, ⑥, ⑦도 감독이나 학교의
교사, 면장 등 일제 앞잡이의 횡포를 고발하면서 그에 대한 분노의 감정을
내용으로 담고 있다. 이들 가진 자에 대한 분노 표출의 동시는 대체로 계
급주의 아동문학의 영향을 직접적으로 받은 작품으로 판단된다.

⑧ 누의들은 왜?//분을바르고 눈썹을 그리고/비단옷을입고 샛죽구두를신고/부
잣집색씨들의 뒤를싸르려애씁니까//손가방을들고 양산을휘두르고/유행을싸라
가고 몸치장을힘쓰고/모던ㅅ걸 영양들을 흉내내려애씁니까/누의들은 왜?/건방
지고주착엄는 그마음을버리고/아니쏩고 드러운 그태도를곳치고/노동자의참된
길을 차즈려애쓰지안습니까 //수만흔직장의 동무들을잇글고/새로운압날의 사명
을 깨닷고/다인들의참된행복을위하야 애쓰지안습니까?

<누의들은왜?-녀직공들에게-> 이동규, 제9권 제11호, 1931.12

⑨ 새쌀앗케 성난해가 눈살을펴면서/하늘우흐로 달녀들 때/우리들은 이글이글
타올으는 땅덩일/맨발로 힘잇게밟고 일을시작한다.//불끈불끈 튀어난 팔뚝들의
살사이론/새ㅅ맑은 땅방울이 소리치며 손등으로 호미자루로 호미날로/밭고랑으
로 흘러나린다./해는 밭고랑탄 우리들의 잔등에/쉬지않코 활을쏘고잇다./소낵이
라도 내리면 우리들의 잔등은/비의총알마당이 된다./아무리해 그놈이 수엄는 화
살을 손대도/우리들의잔등은 구든쇠썽이/꿈쩍못한다.//우리들의 불타는 눈알은/

> 결코결코 샘물넢버들나무아래는/향하지도 안는다./『이놈아 얼마나 뛰엿느냐』/
> 우리들은 해를 주먹질하면서/해를 쫏는다.//우리들의 맘속에서 붓는불은/해보다
> 더 뜨거웁고 더 붉다/그러니까 해도 우리를 무서워한다.//해는 뒷산에 숨어버리
> 고/저녁놀이 손목들을 힘잇게잡고/노래하며 춤추며 하로의일을마친다.
>
> <해와 싸우는 우리들> 정대위, 제10권 제8호, 1932. 8

한편 ⑧은 분노의 대상이 상대가 아니라 고통 속의 자신들을 향하고 있다는 점에서 주목을 요하는 동시이다. 공장에 다니는 여직공들에게 보내는 메시지로 행복한 삶을 추구하지 않고 외모를 치장하고 '모던 걸'을 흉내내는 모습을 비판하고 있다. ⑨는 그동안 부자와 면장이나 감독으로 지칭되던 분노의 대상은 '해'가 되었다는 점에서 일본을 향한 분노일 수 있음이 잘 드러낸다.

바로 이러한 부분에서 당시 계급주의 아동문학이 가진 자를 비판하고 무산자의 고통을 드러내는 작품을 발표한 것은 민족주의의 목소리를 교묘하게 숨겨 표현하는 역할을 하게 된다. 일제에 의한 잡지에 대한 검열이 심하던 사정을 감안한다면 '해'로 표현한 것은 일본의 욱일승천기의 문양을 떠오르게 한다는 점에서 대단히 과감한 표현이다. 시적 표현에서 일반적으로 해는 희망과 삶의 밝음을 상징하는 경우가 대부분이지만, 이 시에서 '해'의 의미는 분노와 싸움의 대상으로 표현되고 있다는 점에서 계급주의 동시 속의 부자나 가진 자가 곧 '해'임을 독자들이 감지할 수 있다.

그 외에도 박종환의 <김매러간날>(제10권 제8호, 1932. 8), 임원호의 <새벽나무>(제10권 제8호, 1932. 8), 한정동의 <별당가>(제9권 제7호, 1931.8), 무명초의 <잠자는 나븨>(제9권 제5호, 1931), 주향두의 <가방>(제10권 제8호, 1932. 8) 등에서도 당시 고통스러운 삶 속에서 표출하는 분노와 고발의 메시지와 정서를 느낄 수 있다.

3) 희망의 형상화

가) 자연의 풍광에 비추어 내는 희망

1920~30년대 일제의 압제 속에서도 자연의 아름다운 정경을 있는 그대로 형상화한 동시도 많다. 담담한 듯 자연을 노래한 동시는 그것을 바라보는 독자의 삶과 시선에 따라 그 의미가 다양하게 비춰질 수 있다. 표면적으로는 자연을 노래하고 있지만, 자연을 바라보는 시적화자의 시선이나 눈빛에서 실제 삶의 감정을 드러내어 보이고 있기 때문이다. 자연을 노래한 동시를 몇 가지로 나누어 살펴본다.

> ① 심술쟁이 바람이/나뭇가지 흰눈을/이리 푸-/저리 확-
>
> <바람> 박병원, 제12권 제2호, 1934년 2월

> ② 찬바람이 부르릉/문풍지를 뜯고슨/위 잉 소리치며/다라납니다.//찬바람이 왕왕/성이나서요/나무하고 싸우고/다라납니다.
>
> <찬바람> 금영준, 제12권 제2호, 1934년 2월

①과 ②는 표면적으로는 일제에 대한 고발이나 저항의 의미를 노골적으로 드러내고 있지는 않지만, 보기에 따라서는 강한 고발이나 저항의 의미로 볼 수가 있다. ①은 일제의 억압이나 횡포를 고발하는 것으로, ②는 일본에 대한 조선인의 저항과 분노의 표현으로 읽힐 수 있기 때문이다. 자연을 노래하면서도 시적 의미를 독자가 처한 상황이나 생각에 따라서 시대상과 비추어 다양하게 읽어낼 수 있도록 한 작품이다.

이러한 자연의 경경을 노래한 동시는 대부분 표면적으로는 희망적 시선을 드러내고 있다. 1923~29년까지의 작품 중에는 봄과 새와 꽃으로 희망을 노래한 동시가 많다.

③ 1.쌋듯하고 쌋듯한 봄이오면요/이쪽저쪽 동산에 꼿이핌니다/개나리와 진달내 얼골내놋코/방싯방싯 우스며 손짓합니다//2.오랑나븨 흰나븨 이리저리로/꼿밧흘요 춤추며 도라다닙니다/압흔다리 쉬려고 꼿에가안저/봄바람에 불나려 꿈을 쑴니다

<봄> 윤극영, 제2권 제4호, 1924년 4월

④ 우리집꼿밧은/적기는하지만/사시사철각가지/곳이피지요//봄철에는진달내/녀름에는봉선화/가을에는코스머스/갓추피고요//서리오는겨울은/쓸쓸야하지만/내년봄기다리는/낙(樂)이잇지요//우리집꼿밧은/싀집간언니가/정드려두고간/선물이야요

<우리집꼿밧>, 제5권 제6호, 1927년 7월

⑤ 새쎼가나간다 새쎼가 나간다 물너겨라/하나둘셋 새쎼가 나오셨다 새쎼가 나오셨다/구경할 사람 오너라 풀밧헤서 싹싹궁/모래밧헤서싹싹궁 물을 건너 산을 넘어/들로나가 쑤루루 비리비리 종종종/비리비리 종종종 종달쇠꼴산새들이/나가신다 길치어라

<새쎼> 윤극영, 제5권 제7호, 1927년 10월

⑥ 군데군데 남은 눈 해뜩이건만/반짝이는 햇볕에 따스한 맛은/어제 그제 극 그제 오늘도 그냥/종달이가 뜰만한 봄날씨로다//해바른 신너동리 머들동에는 /보아하니 양지도 움직이는데/버들동 새에 오는 낮닭의 소리/이렇게 한가하게 봄날이로다

<이른봄> 한정동, 제7권 제2호, 1929년 2월

③~⑥은 봄과 새와 꽃핀 정경으로 희망을 노래하고 있다. ③은 '봄이 오면'이라는 조건을 표현하고 있어 현재는 봄이 아닌 상태이나, 봄이 오면 꽃이 피고 나비 날고 꿈을 꾸는 따뜻함을 맞을 것이라는 희망을 그리고 있다. ④우리 집 꽃밭의 사시사철 즐거움을 노래한다. 그 가운데 눈에 띄는

대목은 서리 오는 겨울이라도 봄을 기다리는 낙이 있음을 노래하고 있는 부분이다. ⑤는 새떼의 장엄한 걸음이 힘차게 느껴진다. 하지만 이들이 노래하는 희망 속에는 현재의 어려움과 고난이 자연스럽게 겹쳐져 떠오른다. 고통 속이 아니라면 이런 희망을 노래할 필요가 없기 때문이다. 이 어려움을 뚫고 나아가고자 하는 기상이 담겼다. ⑥은 아직도 눈이 남은 겨울이지만 마음은 벌써 봄을 노래하고 있다. 이들은 모두 자연의 정경을 그대로 형상화하고 있지만, 그와 동시에 당시 사회문화적 배경 속에서는 희망의 의미로 읽힐 수 있었다.

1930년대에도 자연의 풍광에 희망을 비추어 형상화해낸 작품들이 있다. 1920년대에 비하면 훨씬 더 자연의 아름다움을 담담히 노래하고 있는 듯하다. 이것은 두 가지로 해석할 수 있는데, 일제의 압제가 강화되어 더욱 희망이 절실하였거나, 일제의 잡지 검열이 강화되어 시적 표현의 자유가 억압되었기 때문으로도 볼 수 있다. 이들 동시도 잘 살펴보면 독자의 처지나 여건에 따라 다양한 의미로 읽어낼 수 있다.

⑦ 봄바람이아장아장 사라지구요/햇볕치누엿누엿 느저가는 봄/압산골노봄님이 써러지구요/풀닙히다복다복 첫녀름마중/숲속으로녀름이차저옵니다

<느진봄> 목일신, 제8권 제5호, 1930년 5월

⑧ 바다가에 배를씌고 봄구경가오/물가운데 섬을차저 봄구경가오//거울가티 맑은물에 노를잠그고/섬가운데 곱게피인 꼿차저가오//봄햇볕은 짜듯하고 바람은 자고/봄노리가 흥겨워서 노래를 하조//봄하늘엔 뭉게뭉게 구름이일고/풀피리를 불며불며 봄구경가오

<해변의 봄> 이정구, 제9권 제5호, 1931년

⑨ 앵두앵두 물오르고/연계쌍쌍 살찌누나/보리대가 이삭패니/쌕국이가 우름우네//윗다먹고 밧건느니/나리꼿이 내에펏네/풀닙밟고 산오르면/그늘그늘 욱어젓네//매암이는 언제우나/선들바람 부러오니/그늘향긔 그윽하야/여름날도 더위업네

<六月과 新綠> 유도순, 제9권 제5호, 1931년

⑩ 밤새 오든 구즌비 개인아츰에/샛파란 여름하늘 시언도한데/제비한쌍 바줄에 나란히안저/재글재글 노래를 불러본다오/포푸라선 강가로 제비쌍쌍이/풀향긔에 취하야 떠다니다가/수양버들 가지에 올나안저서/한들한들 그네를 뒤여본다오

<제비> 이구, 제10권 제7호, 1932년 6월

⑦은 봄이 가고 여름이 오는 계절과 기운의 변화를 노래하면서 '봄님이 써러지구요', '녀름이 차저옵니다'라는 구절 속에 다양한 의미를 함축하고 있다. 계절이 성하고 쇠하는 자연스러운 변화 속에 담긴 염원을 읽어 낼 수 있기 때문이다. 기운이 성하면 반드시 쇠하고 쇠한 것도 언젠가 성할 수 있다는 자연의 이치를 떠오르게 한다. ⑧은 봄을 '구경가오' 꽃을 '차저가오'라는 구절에서 평범한 봄 구경과 마음으로 희망을 찾아가는 것을 모두 느낄 수 있다. ⑨ 또한 여름 신록의 기운찬 풍광을 보며 그늘에서 맑은 향기를 맡으며 생명의 기운을 북돋우는 모습을 형상화하고 있어서 강한 생명력과 열정을 보여준다. ⑩은 제비가 나란히 노래하고 있는 즐거움 모습인데, '밤새 오든 구즌비 개인아츰에'라는 구절은 독자로 하여금 긴긴 밤을 지나서 맑은 아침에 맞이할 희망에 부풀 수 있도록 한다.

그 외에도 1920년대의 <첫눈>(삼산생, 제2권 제12호, 1924. 12), <제비>(한정동, 제4권 제5호, 1926. 5), <쇠스리>(제3권 제7호, 1925. 7), <木啄鳥>(장효섭, 제6권 제7호, 1928. 12). <봄밤>(의주 물새, 제7권 제4호, 1929. 5) 등의 작품이 여기에 속한다. 그리고 1930년대의 <첫녀름>(허삼봉, 제9권 제5호, 1931), <초가을>(염근수, 제8권 제

7호, 1930. 8), <솔아리>(한정동, 제9권 8호, 1931. 9), <눈온아침>(한정동, 제12권 제1호, 1934.1), <달님>(김상익, 제12권 제2호, 1934.2), <봄바다>(소용수, 제8권 제5호, 1930. 5) 등이 더 있다.

나) 일상의 구체성에 스며있는 민족적 생명력

1923~1934년은 일제의 압제에 힘겨운 시기이기에 우리 민족의 정서가 문학 작품 속에 솔직하게 표현되기도 힘든 상황이었다. 《어린이》도 검열을 피하느라 몇 행을 삭제하고 싣거나 감정을 자유롭게 토로하는 시들을 싣지 못하기도 하였다.

이러한 정황 속에서 어린 아동의 일상적 정서나 놀이, 우리 민족 고유의 생활 모습 등을 형상화함으로써 간접적으로 우리 민족의 생명력을 투영하고자 한 동시들이 보인다. 이 동시들은 표면적으로 사회문화적으로 억압되던 삶을 거의 드러내지도 부각하지도 못한다. 시적 화자의 시선을 일상적 삶의 구체적 모습에 지나치게 가까이 가져가 그 모습만을 그려냄으로써 오히려 사회문화적 특수성을 의식하지 못한 것으로 보이기도 한다. 하지만 이 동시들이 그려낸 민족의 일상 삶의 구체성이 고스란히 우리 민족의 생명력을 간직한 모습으로 드러난다. 그것을 동시로 형상화하였다는 점에서 일제의 억압에도 여전히 건재한 민족 정서의 또 다른 한 가지 모습으로 담을 수 있었다.

① 1. 까치까치설날은 어적세구요/우리우리설날은 오늘이애료/곱고고흔댕기도 내가들이고/새로사온 구두도 내가신어요//2. 우리언니저고리 노랑저고리/우리동생저고리 색동저고리/아버지어머니도 호사내시고/우리들에절밧씨 조와허서요//3. 우리집뒷들에다 널을놋코서/상듸리고잣싸고 호도싸면서/언니허고정답세 널-쮜기가/나는나는조와요 참말조화요//4. 무서웟든 아버지 순해지고요/우리우

리내동생 울지안어요/이집져집윷소래 널쮜난소래/나난나난설날이 참말조와요

<설날> 윤극영, 제2권 제1호, 1924년 1월

② 正月두대보름날/村에갓더니/그동리아해들이 독기별너서/달간데게수나무/찍는다구요/서틀게도달까지/반을찍엇네//아니아니그것은/한우님의활/쌍쏭쌍쏭 토씨를/쏘랴든 것이/토끼는쮜고쮜고/화살은업고/해나가서내버린/角활이란다//아니아니그것은 /織女의얼겟/칠월에도칠석날/하루박게는/一年이죄다가도/속절업다고/단장안코버려둔/銀얼겟이다

<반달> 한정동, 제6권 제1호, 1928년 1월

③ 고드름 고드름 수정고드름/고드름 싸다가 발을 역거서/각씨방 영창에 달어노아요 ㅇ //각씨님 각씨님 안령하십쇼/아침엔 햇님이 문안오시고/밤에는 달님이 놀너오시네 ㅇ //고드름 고드름 녹지말어요/각씨님 방안에 바람들면은/손시려 발시려 갑긔드실라 ㅇ

<고드름> 버들쇠, 제2권 제2호, 1924년 2월

④ 1.눈감기고 팔벌녀/이리저리 찾난다/라라라라 라라라/이리겨리 찾난다//2.손벽치고 놀니며/요리조리 피한다/라라라라 라라라/요리조리 피한다//3.웃지마라 잡힌다/(아무소리 마러라)/라라라라 라라라/(아무소리 마러라)//4. 애기장님 이장님/날 잡으면 용허지/라라라라 라라라/납잡으면 용허지//5.올타됏다 잡혓다/뒤퉁바리 잡혓다/라라라라 라라라/뒤퉁바리 잡혓다

<까막잡기> 박팔양, 제2권 제3호, 1924년 3월

⑤ 닥근콩 고소 고소/냠냠냠/쟝님대감 명재야/요걸못삽어/닥근콩 고소 고소/박아지썩썩/죠리로 일는 일는//썩썩썩/닥근콩 고소 고소/냠냠냠/멍텅구리 함팽팽이/요걸못삽어

<닥근콩고소-고소> 장효섭, 제7권 제2호, 1929년 2월

⑥ 어머니날보고/수지람마소/웃고름씬 것이/그리죄되오/이래뵈도골목에선/힘이세다고/골목대장 골목대장/불러줍니다.

<골목대장> 신고송, 제8권 제7호, 1930년 8월

⑦ 난 밤낮 울 언니 입고난/헌톨뱅이 찌께기 옷만 입는답니다./아, 이, 죄끼두 그러쵸,/아, 이, 바지두 그러죠./그리구, 이 책두 언니 다 배구난 책이죠./이 모자두 언니가, 적어 못쓰게된 모자죠.//어떠케 언니의 언니가 될 순 없나요?

<언니의 언니> 윤석중, 제11권 제5호, 1933년 5월

⑧ 벽장에두 쇠를 채구,/다락에두 쇠를 채구./쌀뒤주에두 쇠를 채구,/나뭇광에두 쇠를 채구./강아지목에두 쇠를 채구,/비둘기장에두 쇠를 채구.//그럼, 밥그릇엔 웨 안채나요?/애기목엔 웨 안채나요?

<자물쇠> 윤석중, 제11권 제5호, 1933년 5월

⑨ 쌀내하는 저색씨 쌀간손봐요/싀집갈째 입을치마 물들엿다오//발긋발긋 울밧게 살구꽃피면/고개넘어 총각한테 싀집간다오//『신랑가마 쏭가마 쌜쌜쏭가마/색씨가마 꼿가마 알숭달숭꼿가마』//졸졸졸 시냇물 너도놀니다/입븐손 익기속에 숨어바렷네.

<쌀내하는색씨> 박로아, 제9권 제5호, 1931년

⑩ 한개 한개 머이 한 개/-하라버지 쌈지속에 부싯돌이 한 개/두 개 두개 머이 두 개/- 갓난애기 웃을때 앞닛발이 두 개/세개 세개 머이 세 개/- 아빠 화내실 때 주름살이 세 개

<한개 두개 세 개> 윤석중, 제12권 제2호, 1934년 2월

⑪ 내동생이/설매 맨들어 타고서/서울구경가자고/졸라댐니다.

<설매> 박병원, 제12권 제2호, 1934년 2월

①과 ②는 우리 민족의 설날과 대보름날 풍속을 어린아이의 시선으로 그려냄으로써 일제강점기에도 면면히 이어졌을 우리 명절과 정서를 담아 내고 있다. ③~⑪은 당시 어린아이들의 일상적 정서와 놀이를 잘 형상화 한 동시이다. ③~⑧은 어린아이들의 놀이 모습과 생활을 시적으로 형상화 하였는데, 일제 압박 속에서의 민족 정서를 엿볼 수 있도록 교묘하게 이중 적 의미를 보이기도 한다. ③에서 각씨님 방에 들어올까 걱정이 되는 '바람' 에 대한 의미 해석은 열려있다. 바람의 의미는 읽는 상황에 따라 부르주아 가 될 수도 있고 일제가 될 수도 있다. ④에서 다 같이 즐겁게 따돌리고 있 는 술래가 '애기장님 이장님'이다. 당시 일제 앞잡이 노릇을 하던 '이장'의 역할을 쉽게 연상하게 한다. 아이들이 부르는 노래에 이런 내용이 담겨있 는 것은 노래의 주술성을 기대하는 염원의 마음을 드러낸 것이다.

⑤에 등장하는 놀림의 대상인 '장님대감'도 그와 같은 맥락이며, ⑥도 힘 을 길러 골목대장이 된 어린아이를 통해 표현하는 의미가 넓다. ⑦, ⑧에 담긴 불만은 어린아이들의 목소리로 들리긴 하지만 또 다른 사회적 비판 정신으로 해석될 여지가 있다. ⑨, ⑩, ⑪은 어린아이들의 순진한 목소리와 모습이 뚜렷하게 들리며, 민족의 삶의 구체성이 잘 드러나기도 한다.

일제강점기 우리 민족의 삶 가운데 특히 농사꾼과 가족의 삶이 구체적 으로 잘 드러나는 동시가 있다. 어린아이의 목소리로 읊조리는 동시이지만 그 안에 가족의 일상, 노동, 부모와 자식의 관계 등이 시적으로 형상화되 어 있다.

⑫ 저논에서 김꾼들 소리하누나/목청조케 흥이나서 잘도부른다/호호매 호호매// 우리들도 호매소리 부르잣구나/소리하며 김매면 쉽게 맨단다/호호매 호호매//얼 른얼른 매진다 힘도안든다/작구작구 매진다 김빨리맨다/호호매 호호매

<호매소리> 전식, 제10권 제7호, 1932년 6월

⑬ 마당까에 모여앉어 집일하는밤/주고받는 이야기에 자미나는 밤/별님들이 깜박이며 나려다보네//(차간삼행부득이략)/동무하나 힘찬노래 시작하면은/마실 아 떠나가라 소리높여서/희망에찬 앞날을 노래하지요

<여름밤> 정순철, 제10권 제8호, 1932. 8

⑭ 버선깁는 우리엄마 졸라졸라-서/옛이야기 한마듸만 해달냇드니/저긔저긔 아랫마을 살구나무집/우름쟁이 못난애기 우리귀분이//물네젓는 할머니를 졸라졸라-서/옛이야기 한마듸만 해달냇드니/옛날옛적 성은고가 이름은분이/그래저래 그래저래 고분이라나

<옛이야기> 윤복진, 제11권 제2호, 1933. 2

⑮ 엄마엄마 우리엄마/녯말하나 안하랴오/『전에녯적 한녕감/나도나도 먹엇서/아츰부터 헤여서/밤 까지 다못헤고/잠 자고 꿈 쑤니/고만고만 이저버려/다시 쏘 하낫 둘/몃달몃해 헤다나니/아이들은 어른되고/어른들은 쇼부장//엄마엄마 맛나오/쏘한가지 더하소/『전에 쏘 한녕감은/수염도 길구길어/한자두자 쟁여서/여러백날 쟁엿단다/산과가티 싸힌 수염/솜 솜히 쌀아서/백두산에 올나가/이리저리 쑤리니/그날그쌔 그해부터/저런눈이 오더란다』

<녯날녯적 한녕감> 리구, 제7권 제1호, 1929. 1

⑫는 밭을 매면서 부르는 노래로 밭이랑에서 목청껏 노래하며 김매는 일꾼들의 모습이 보인다. 불필요한 잡초를 캐내는 '김'을 맨다는 의미는 또 다른 목소리로 들릴 수도 있다. 김이 무엇을 의미하는가를 독자가 상상하기에 따라 다를 수 있다. ⑬은 중간의 3행이 '부득이 생략'되었다. 이유를 알 수 없지만 검열과 무관하지 않을 것이다. 여기서도 가족이 모여 이야기를 나누며 일을 하는 장면과 희망의 노래를 부르는 장면이 겹쳐 떠오른다. ⑭, ⑮는 엄마와 이웃집 할머니에게 듣는 옛이야기를 통해 어린아이와의 대화 장면이 정겹다. 그 내용 속에 담긴 의미 또한 민족 전승의 정서를 담

고 있다는 점에서 단순하지 않게 볼 수도 있다.

그 외에도 <빨간얼골>(고호태, 제12권 제2호, 1934.2), <기러기글씨>(윤석중, 제12권 제1호, 1934.1), <녀름밤>(장효섭, 제7권 5호, 1929. 6), <바람>(장효섭, 제7권 제2호, 1929. 2), <두고두고 별르든날>(윤석동, 제8권 제7호, 1930. 8), <먼지>(윤석중, 제11권 제5호, 1933.5), <눈>(조광걸, 제3권 제6호, 1925. 6), <산ㅅ길>(잔물, 제4권 제9호, 1926.09), <수염>(오장환, 제12권 제2호, 1934.2), <예졸아>(이구, 제8권 제4호, 1930. 4), <엄마품>(허삼봉, 제8권 제10호, 1930. 12), <바람>(허삼봉 제8권 제10호, 1930. 12), <「혹쌕리이야기」>(이경로, 제8권 제5호, 1930. 5) 등의 동시가 여기에 속한다.

이상에서 《어린이》 수록 동시의 내용을 살펴보았다. 제목 탐색에서 확인한 내용 특성은 자연과 계절 및 동식물에 의탁하여 삶과 정서를 표현하고자 한 점에서 여느 시기와 다르지 않으나, 1920년대에서 1930년대로 갈수록 일제의 노동 착취와 압박의 강도를 짐작하게 하는 노동과 일에 대한 제목을 가진 동시가 많아져 당시의 사회문화적 특성이 반영되고 있음을 확인할 수 있다.

동시 각 편의 내용 분석을 통해 확인한 것은 당시 시대적, 사회문화적 특수성을 반영하며, 우리 민족의 삶과 정서를 '상실'과 '저항'과 '희망'의 세 가지 큰 범주로 담아내고 있다는 점이다. 주로 상실을 형상화하는 동시에서는 고통과 아픔의 눈물 이미지, 빼앗김과 이별의 상실감, 혼돈과 암울함의 정서, 기다림과 그리움의 정서, 궁핍과 가난의 모습을 그 내용을 하고 있음을 확인하였다. 주로 저항을 형상화하는 동시에서는 고통 극복의 이미지, 압제와 가진 자에 대한 비판과 고발, 그리고 자성의 목소리와 염원을 그 내용으로 담고 있었다. 주로 희망을 형상화하려는 동시에서는 저항과 고통을 애매하게 감추고 애써 자연의 풍광과 일상을 담담하게 그려냄으로써 희망과 생명력을 담아내고 있다.

3. 독자 투고 동시

일제강점기에 가장 많은 독자를 확보하고 가장 오랜 시간 발행된 대표적 아동 잡지인 《어린이》의 독자투고란에 수록된 작품에 초점을 맞추어 살펴본다. 독자투고란에 수록된 동시의 내용 및 형식적 특성을 기성작가의 동시와 비교하여 탐색함으로써 당시 《어린이》 독자의 동시에 대한 인식을 가늠하고, 기성작가 동시와의 영향 관계를 중심으로 살펴본다.

이 연구의 대상은 《어린이》의 영인본(보성사, 1976)에 수록된 독자 투고 동시 작품에 한정한다. 《어린이》 발간 첫해에는 독자투고란이 없다. 1924년에 독자투고란이 마련되었기에, 여기서는 독자투고란에 게재된 동시만을 '독자 투고' 작품으로 명명하기로 한다. 물론 독자투고란이 없을 때도 독자 투고 동시로 판단되는 작품이 있다. 이를테면, 《어린이》 2권 1호에 실린 작품 가운데 동시 제목은 없이 '서울 계동 김옥순', '평남 용강 이길목', '경북 영덕 권일선', '경남 창영 하청원', '전남 해남 이규연'의 동시로 제시한 것은 독자의 투고 동시로 판단된다. 여기서는 분명하게 독자 투고 작품으로 확인이 되는 '독자투고란'에 게재된 동시만을 대상으로 하며, 1920~30년대 《어린이》 독자의 투고 동시 작품을 연구하는 데에 초점을 둔다. 그리하여 처음으로 독자투고란이 마련된 제2권 2호(1924. 2. 14 발행)부터 강제 폐간되기 이전 12권 2호(1934. 2. 20 발행)까지 독자투고란에 실린 총 121편의 동시 특성을 분석한다.

1923년~1934년 같은 시기에 발행된 《어린이》에 수록된 독자 투고 동시는 121편이다. 기성작가의 동시는 총 218편에 비하면 그 절반 정도이다. 연도별 독자 투고 동시의 내용을 귀납적으로 분류하여 살펴본 결과 고통과 설움의 형상화, 기다림과 희망의 노래, 저항과 비판의 목소리, 일상과 자연을 노래한 동시의 네 가지 유형으로 분류할 수 있었다. 독자 투고 동시의 형식적 특성은 거의 대부분이 7·5조와 4·4조의 정형률이다. 간혹 파격을 보이는 동시를 중심으로 형식적 특성을 언급하기로 한다.

<표 I-9> 《어린이》 독자 투고 동시의 내용 분포(1923-1934)

<■: 일상 속 자연, ○: 고통과 설움, ●: 저항과 비판, △: 기다림과 희망>

년	수록권호	동시 제목(투고자)		편수
1924	2권 2호	△허잽이(매동공보 제3 김용진), ○겨울바람(고문규), ○연긔(평창학교 조덕현), ○비(가회동38 조병현)	4	12
	2권 5호	○번들피리(수원 차복실), ○눈 먼 닭(사립공옥학교 변이현), △비(東隱)	3	
	2권 7호	제목없음(마산부오동동97 박정용), 언니편지(공보교내 오판석), ●청개고리(권정윤), 달을 타고(창녕 내서면 현용( )), ■신록(무명)	5	
1925	3권 4호	△봄편지(울산 서덕출), △봄(아산 홍진유), ○팔려가는 소(경성 천정철), ■소부랑 할머니(수원북문내 최영애), ●옷둑이(京城연건동 윤석중)	5	24
	3권 7호	●배사공(송무익), ■시내(안주 이학린), △두견새(화성학원 윤--), ○쇠소리(경성 -생)	4	
	3권 9호	■참새(고양 임동혁), △봉선화(울산 서덕출), ○기럭이(平壤孤兒院 崔得善), △별짜러가세(大邱 尹福鎭), ○가을아짐(安國洞 千正鐵)	5	
	3권 11호	△옴바생각(水原 崔順愛), ■ㅅ쟁아(京城 千正鐵), ■우테통(大邱 申孤松), ■자전거(仁川 裵宗煥), ○달님(中國南京 長信聖)	5	
	3권 12호	△나는 가요(元山二普 李貞求), ●저녁(海州 金相鎬), ■수레(安州 崔昌化), ○저녁종(沙里院 崔應祥), ○굴둑(光化門通 金惠淑)	5	
1926	4권 2호	△나무닙배(全州完山頂332 金龍斗), ○江나리배(兵( ) 秋帆)	2	24
	4권 4호	△고향의 봄(馬山 李元壽), ●곱등이(元山 朴英鎬), ■허재비(安( ) 孫龍準), ○꿈(安州 張永實), ○종달새(大邱 尹福鎭)	5	
	4권 5호	■봄(崔京化), ○봄비(京城 銀月), ○헌모자(平壤 黃世冠), △다리우에서(大邱 가나라아 會), ○벅국새(無名)	5	
	4권 6호	■바닷가에서(大邱 尹福鎭), ■두루마기(秦川 鮮于萬年), △눈물(元山 崔永峀), △어린플(松禾 張重煥)	4	

년	수록권호	동시 제목(투고자)	편수	
1926	4권 7호	○어머니 생각(東萊 姜仲圭), △녀름(元山 李敬石), △각씨님(人形)(大邱 尹福鎭), ■잠자리(江東 金長蓮)	4	24
	4권 9호	■해바라기(梅浦 柳在德), △별(京城 成爽勳), △쑥금새(大邱 廉沃), △가을밤(馬山 李元壽)	4	
1927	5권 1호	△시골길(京城 千正鐵), ■달팡이(江東 金長連), △무명초(등대社 白合花), ■송사리(東幕 任東爀), ■가을(水原 崔順愛), ■저녁한울(兵營 黃德出), ■방게(元山 李東鎬), △섣달금음밤(馬山 李元壽)	8	17
	5권 4호	■진달네(蔚山 申孤松), ■봄소리, ■갈닙배(平壤 崔英銀), ■마차(京城 池壽龍)	4	
	5권 6호	■짠나라(北靑 金秉德), 비누풍선(馬山 李元壽), ■시냇물(高揚 高永直), △바람(退潮 金德煥), ○해당화(黃州 承成實)	5	
1931	9권 11호 (통권91)	●각씨들아(金春岡), ●어린이노래(堤川 張東植), ●가을저녁(龍井 朴貴松), ●고등소리(元山 崔錫崇), ■가는 해(天安 尹在昌)	5	5
1932	10권5호	△나무꾼(朴魯春), ○고무신(鄭仁赫), ●참엇네(金承河), ●앉은뱅이대장(金仁○), ●봄이오면은(韓赤奉), ●이상한노래(姜龍律), ●나오너라!(宋鐵利), ●북소리날 때(文箕列), ●아려야한다(金琳培), ●오늘도(金光攝), ●실새업시일하는몸(任元鎬), ●날만새면(沈東燮)	12	12
1933	11권2호	■겨울밤(桂樹), ○눈(京城 任元浩), ○밝은달(嶺美 金利源)	3	13
	11권 5호 통권108	■울엄마젓(함흥 姜小泉), ■버들개지(義州 崔一化), ■졸업날(全州高山 裵先權), ●나는요(全州高山 裵先權), ■하라버지노래(金萬祚), ■붉은연필(仁川 高鎬奉), ●편지왓서요(通川 崔榮祚), △새일굿(海州 權五順), ■울언니처럼(海州 權五順), ■눈(雪)(─ 韓赤奉)	10	
1934	12권 1호 통권116	■줄넘기(金亨軾), ■바지(廉承翰), ■눈(高鎬奉), 전신대(朴炳元), ●아가아가(韓寅炫), ○겨울바람이(同人-韓寅炫)	6	14
	12권2호 통권117	●고동(洪淳元), △뜬다(同人-洪淳元), ■빨간얼골(高鎬泰), ■달님(金相翊), ●봄왓다고(李亨祿), ■실매(朴炳元), ●바람(同人-朴炳元), ○찬바람(金英俊)	8	
총 계			121	121

<표Ⅰ-9>에서 보듯이 독자 투고 동시 전체 121편 가운데 42편이 일상생활과 자연을 노래한다. 계급주의 아동문학의 영향으로 저항과 비판의 내용을 담은 동시는 1931년과 1932년에 집중적으로 보이다가 1933년부터는 급격히 줄어든다. 물론 그 이전에도 '청개고리', '배사공', '곱등이' 등이 있다. 이는 기성작가 동시에서와 같은 경향이다. 기성작가의 동시에서도 고

통 극복을 위한 염원과 저항 의식을 담은 동시는 1920년대 초중반에 몇 편 있긴 했지만 1930년대 초에 집중적으로 저항 의식을 담아내고 있었다. 이는 기성작가의 동시와 독자 투고 동시의 내용적 영향 관계가 《어린이》라는 매체의 구독을 통해서 형성된 점을 보여주고 있다. 물론 같은 시대를 살아가는 작가와 독자 공동의 사회문화적 맥락에 의해서도 형성되는 등 결과적으로 복합적일 수밖에 없음을 의미하기도 한다.

가. 고통과 설움의 형상화

고통과 설움을 형상화한 동시는 전체 121편 가운데 26편이다. 주로 1920년대 후반에 투고된 독자 동시에서 찾아볼 수 있다. 이는 《어린이》에 게재된 기성작가의 동시 경향과도 크게 다르지 않다.

기성작가의 동시에서도 애상적 눈물 이미지, 빼앗김과 이별의 상실감, 혼란과 암울함의 마음을 담고 있다는 점이 이 시기 동시의 특징 중 하나였다. 특히 1923년에서 1929년까지의 동시들은 하염없는 슬픔과 망연자실한 좌절을 드러내는 눈물 이미지가 압도적으로 많으며, 1930년대에는 1920년대에 비하여 고통과 눈물 이미지의 동시는 편수가 줄어들었다.

<표 I-10> 고통과 설움의 형상화 동시의 연도별 작품명 및 편수

게재 연도	작품명	수
1924년	겨울바람(高文圭), 연긔(平昌學校 曹德賢), 개야개야 짓지마라[25] (馬山府午東洞 九七 朴正用), 비 (嘉會洞三八 趙炳顯), 번들피리(水原 車福實), 눈 먼 닭(私立攻玉學校 邊利鉉)	6
1925년	팔려가는소(京城 千正鐵), 달님(中國南京 長信聖), 쇠소리(京城 ○○ 生), 기럭이(平壤孤兒院 崔得善), 가을아침(安國洞 千正鐵), 저녁종(沙里院 崔應祥), 굴둑(光化門通 金惠淑)	7

25) 제목이 없어 첫 구절로 표시함.

게재 연도	작품명	수
1926년	종달새(大邱 尹福善), 봄비(京城 銀月), 헌모자(平壤 黃世冠), 江나리배(兵( ) 秋帆), 숨(安州 張永實), 벅국새(無名), 어머니생각(東萊 姜仲圭)	7
1927년	해당화(黃州 承成實)	1
1932년	고무신(鄭仁赫)	1
1933년	눈(京城 任元浩), 밝은달(嶺美 金利源)	2
1934년	겨울바람이(朴炳元), 찬바람(金英俊)	2
총계		26

　　독자 투고 동시 가운데 고통을 형상화한 동시의 내용 및 표현상 특징은 겪고 있는 고통을 겨울바람의 차가움으로 비유하여 표현한 동시, 설움과 두려움과 외로움의 복합적인 마음의 탄식을 눈물 이미지로 형상화한 동시, 구체적인 고통의 원인을 드러내어 형상화한 동시로 나뉜다. 구체적인 고통의 원인을 드러내어 형상화한 동시 중에서는 가난의 고통, 이별의 고통과 아픔을 드러내는 동시로 나뉘었다. 투고 독자의 명단에서 오늘날에도 그 동시가 읽히고 있는 천정철의 이름이 두 번이나 보인다.

1) 차가운 겨울바람 이미지

　① 바람바람 겨울바람/너왜이리 차듸차냐//바람바람 찬바람아/제발덕분 부지마라//우리언니 밥짓는대/손등터져 압하할나/손등터저 아주압하/눈물방울 써러지면//우리언니 짓고잇는/설에입을 째째옷이/일눅지여 못쓴단다/제발덕분 부지마라

　　　　　　　　　　　　　　　　　　　　　　　　　　　　<겨울바람> 高文圭, 1924년

　② 연긔연긔 나는 연긔,/손발업시 나래업시,/하늘아라 나라가다,/못된바람 바드치면,/헤염업시 홋허지는,/연긔연긔 나는 연긔 ㅇ

　　　　　　　　　　　　　　　　　　　　　　　　<연긔> 平昌學校 曺德賢, 1924년

③ 오늘아츰 창밋혜/나무닙이요/옹긔종긔 옹구리고/모여안저서/어제저녁 바람은/대단햇다고 소곤소곤하면서/발발썹데다

<가을아침> 安國洞 千正鐵, 1925년

④ 밝은달은/고요히/오막사리/지붕을/넘어갓답니다.//북쪽에서/불어오는/바람결에/갈닢은/바들바들/떨고잇답니다.

<밝은달> 嶺美 金利源, 1933년

⑤ 마당에 쌧눈을/날려가지고//사람을칩니다/겨울바람이//구둑에 연기를/몰아가지고//산으로갑니다/겨울바람이

<겨울바람이> 林炳元, 1934년

⑥ 찬바람이 부르릉/문풍지를 뜯고슨/위 잉 소리치며/다라납니다.//찬바람이 왕왕/성이나서요/나무하고 싸우고/다라납니다.

<찬바람> 金英俊, 1934년

1920년대 후반 《어린이》의 독자는 자신이 겪는 삶의 고통을 바람의 차가움에 비유하여 표현하고 있다. 그들의 동시에는 '겨울바람', '찬바람'에 자신의 온몸이 연기처럼 흩어지고, 북풍에 바들바들 떨며 두려움에 사로잡혀 있음을 표현하고 있다. 운율 면에서 당시 독자 동시는 대부분 7·5조 정형률을 고수한다. ④ <밝은 달>은 7·5조나 4·4(3)조의 음수율을 파격하고 있지만, 그 외의 작품은 모두 7·5조의 음수율을 지킨 정형시이다.

2) 눈물 이미지

① 눈멀어서 압못보는/닭한마리가/언제던지 쑥쑥쑥쑥/울어댐니다/엄마압바 모르고/슲히웁니다/작난심한애들은/인정도업시/소경닭아소경닭아/놀려댐니다/

나는나는그소래가/엇지 슯흔지/두눈에서눈물이/새여남니다/이럭저럭한두달/지내는동안/소경닭은 슯흔恨을/가슴에안고/이세상을 영영히/써낫습니다/불상하고불상한/소경닭을요/곱고고흔비단에/싸고감어서/잔잔하게 흐르는/시내가에다/눈쓴닭이되라고/빌고빌면서/소경닭을 곱게곱게/뭇어슴니다.

<눈 먼 닭> 私立攻玉學校 邊利鉉, 1924년

② 비가와요 비가와요/부슬부슬 비가와요/하늘에서 비가와요/햇님달님 눈물와요//저녁비는 달님눈물/아츰비는 햇님눈물/무슨서름 눈물인가/비가와요 눈물와요

<비> 嘉會洞三八, 1924년

③ 먼데서 울려오는/저녁종소리/아기출아 잠자라!/달래줄쩨에/나무나무 슯허서/손잡고울고/어린풀닙 썰면서/눈물짐니다

<저녁종> 沙里院 崔應祥, 1925년

④ 놉고놉흔 굴-둑/쓸쓸하게요/집웅우에 우둑하니/혼자만서서/어제도 오늘도/한울만보고/새소리 짜치소리/밤낫들어도/반가운말 업서서/입을담을고/달밝은 밤이면/혼자울어요

<굴둑> 光化門通 金惠淑, 1925년

⑤ 봄이왓다 봄왓다고/보리밧에 종달새가/은방울을 흔들면서/깃분노래 하닛가요//첨하끗에 새롱속에/엄마업는 색긔새가/보리밧을 내다보며/쓸쓸하게 운담니다

<종달새> 大邱 尹福善, 1926년

⑥ 은실갓흔 가느단/이슬비가요/진달내꼿 입술에/입을 맛추고/소리업시 꼿속에/잠자는 것을/나는나는 가만히/보앗습니다//꼿속에서 잠자는/이슬비가요/아츰해님 무서워/발발썰면서/꼿닙파리 붓들고/우는소리를/나는나는 가만히/들엇습니다

<봄비> 京城 銀月, 1926년>

⑦ 누구가버렷는지/내려트렷는지/쳉기통의헌모자/찌저진모자/누구가버렷는지/내려트렷는지/쳉기통에헌모자/흙무든모자

<헌모자> 平壤 黃世冠, 1926년

⑧ 달밝은밤귓드람이/쓸쓸한소리/겨을온다논온다/처량한소리/마른닙이바수수/쩌러집니다/『여보시오버레님/울지마러요』/마른닙달래면서/한숨질쌔에/파란달도감안히/눈물집니다

<가을밤> 馬山 李元壽, 1926년

⑨ 갯쟁변흰모래밧/해당나무는/꼿한송이아름답게/피여잇건만/언제든지외로운/그의신세는/울고가는갈매기/더욱슯흐다//갯쟁변흰모래밧/해당화는요/차저오는동모가/하도업서서/햇볏조흔대낮에/멀니지나는/뱃사공의노래에도/눈물진단다

<해당화> 黃州 承成實, 1927년

고통을 형상화한 독자 투고 동시 가운데에는 눈물 이미지를 담은 작품이 다수이다. 그들이 삶에서 겪는 설움과 두려움, 외로움의 마음을 눈물 이미지에 담아내는 것이 한 특징이다. 그들의 눈물은 부모 잃고 눈먼 닭, 엄마 없는 새끼 새, 버려지고 찢어진 헌 모자, 파란 달 아래 쓸쓸한 귀뚜라미의 울음과 눈물, 외로운 해당화의 눈물로 표현된다. 내리는 비도 눈물이요 가느다란 이슬비도 두려움에 떨고 있는 모습으로 그려진다. 율격은 7·5조와 4.4조의 정형률이다.

3) 가난의 고통

① 개야개야 짓지마라/우리동생 잠들엇다/네울어서 잠이깨면/젓업서서 멀먹이리/개야개야 짓지마라/엄마압바 낫모르고/젓이업시 크는아기/잠이나마 깨지마라

馬山府午東洞九七 朴正用

② 헌것만을 모으러 다니는여보/우리집에 고무신 헌것잇다우//쑤매고는 그우에 덧쑤맷지만/신바닥에 쌍구녕 쑬어지엿지//나무석짐 해팔아 사온고무신/깃고기어 잇해나 신은고무신//여보그럼 이것에 돈으로주우/한푼업서 하시는 어머님주게

<고무신> 鄭仁赫, 1932년

③ 하날에서 오는눈이/입쌀이라면/백섬천섬 담아다가/곡간에싸아/울언니의 긴 한숨을/풀어주련만.//산과들에 쌔는눈이/떡가루라면/함박으로 퍼다가는/떡을만들어/우리동무 주린양을/채워주련만

<눈> 京城 任元浩, 一九三三

　　가난의 고통을 형상화한 동시는 기성작가 동시에 비하면 많지 않다. 1924년에 독자 박정용의 <개야개야 짓지마라->라는 동시는 부모 없어 젓도 없는 어린 동생을 걱정하며 한탄하는 내용을 담는다. 1930년대에는 두 편의 독자 동시가 가난의 고통을 호소하고 있다. 이것은《어린이》에 1930년부터 1934년까지 수록된 기성작가의 동시 수십 편이 궁핍과 가난의 고통을 그 내용으로 담고 있었던 점과는 대조적이다. 기성작가의 동시에서는 학교에 다니지 못하고, 새끼를 꼬고 노동에 시달리며 굶주리는 어린이의 모습, 탄광에서 땅을 파고 농사를 짓고 김을 매고 목재소에 가야 하는 가난과 굶주림이 매우 구체적으로 다양하게 그려진다.

　　이런 기성작가 동시와 독자 투고 동시에서 가난에 관련된 내용의 비중이나 구체성 차이의 까닭은 가난을 동시로 형상화하는 의도나 동기가 서로 다르기 때문이다. 그 시대의 어린이가 겪는 가난과 궁핍이 기성작가의 눈에는 아픔과 고통으로 형상화해야 할 대상임이 분명하다. 정작 가난과 궁핍에 시달리던 어린이 스스로는 그 아픈 가난을 동시로 형상화하며 하소연하는 독자이기보다는 가난을 삶으로 살아가야 하는 아동이었다.

4) 이별의 아픔

① 팔려가는송아지 맘이설허서/어미소를보면서 울며갑니다/눈나리고바람찬 겨울아츰일/어미소를구슲히 작고웁니다

<팔려가는소> 京城 千正鐵, 1925년

② 푸른동산 초당에/영창을 열고/소리고흔 아가씨/오늘도 웁니다/샛-쌝안치마에/노랑저고리 누구보라 입고서/오늘도 웁니다//『조긔조긔 조도령』/옵바 넉인가/『담배밧헤 조도령』/구슲흔소리로/대답업는 일홈을 /작고부르며/옵바업는 설흠에/오늘도 웁니다.

<쇠소리> 京城 ○○生, 1925년

③ 달밝은 가을밤에/갈닙이울때/아버님 어머님을/닐헛다고요/달밝은 밤이면/어린기럭이/엄마압바 찾노라/슲히웁니다/한울나라 별나라/훨훨날러서/보무님 차저가는/기럭이보면/부모님 가신나라/한울나라로/못가는 설흠에/눈물납니다

<기럭이> 平壤孤兒院 崔得善, 1925년

④ 長生浦 쏫피는 푸른 물가에/배부리는 령감님 잠잘자지요//그래도 물고흔 장생포에는/사공령감 그이가 임자더니요//三년지낸 올봄엔 어대갓넌지/처음보는 젊은이 배를 졉니다.

<江나리배> 兵( ) 秋帆, 1926년

⑤ 별님달님 우지마오/슲흐다고 우지마오/피리소리 멀니듯고/슲흐다고 우지마오//우리언니 살엇슬제/잘도불던 버들피리/언니듯게 부노라니/슲흔소리 절로난다우

<번들피리> 水原 車福實, 1924년

⑥ 맑고도 고은달/어머님얼골/산우에 게시는/어머님얼골/쏨마다 우시는/어머님얼골/내가슴 울니는/어머님얼골

<달님> 中國南京 長信聖, 1925년

⑦ 도라가신 아버님이/보고십어서/밤이면은 밤마다/쑴을수려도/가을바람 칼바람/락엽소리에/잠은잠은 오지안코/눈물남니다

<쑴> 安州 張永實, 1926年

⑧ 저산넘어 벅국새가/소리소리 부릅니다//『벅국아 벅국아/너어대 잇느냐』//어린 아들 찻노라고/눈물겨운 목소리로//이산넘어 벅국벅국/저산넘어 벅벅국!

<벅국새> 無名, 1926年

⑨ 사랑하는 어머니가/업스면은요/어엽분 쏫이라도/설업겟지요/도라가신 어머님이/생각날째엔/축대밋헤 석죽쏫도/설어뵙니다//오늘도 고향길을/가긴가지만/어머니 업는 생각/쓸쓸하여서//길까의 석죽쏫을/쥐고안저서/해지는줄모르고/울엇슴니다

<어머니생각> 東萊 姜仲圭, 1926年

일제강점기의 여러 동시가 그러하듯이 《어린이》 독자 투고 동시에도 이별의 아픔이 고스란히 드러난다. 형제와 부모와 자식을 잃고 헤어지고 아픈 마음은 세상의 모든 것이 아프고 서러워 우는 울음으로 형상화된다. 정든 소가 팔려 가며 울음을 울고, 꾀꼬리도 서러움에 울며, 갈잎이 울 때 기러기가 부럽고, 별도 달도 뻐꾸기도 우는 모습, 담 밑에 핀 꽃도 울음의 이미지로 표현된다.

독자 투고 동시에서 이별의 대상은 대부분 가족, 특히 사랑하는 부모와 자식, 형제이다. ③, ⑦, ⑨는 돌아가신 어머니와 아버지를 잃은 아픔을, ②, ⑤언니와 오빠를 그리는 마음을, ⑥은 고향을 떠나와 고향의 부모님을 그리워하는 마음을 형상화하고 있다. ①은 가족으로서 소와 송아지의 이별에 우리 삶의 이별을 투영하고 있다. 이러한 가족 간의 이별은 ④에서처럼 가까운 동네 사람인 늙은 사공이 어디론가 가고 젊은 사공으로 바뀐 일

150　　　　　　　　　　　　　　　　　　　　　　일제강점기 동시 연구

에 대해서도 서운함과 아픔을 느끼게 만든다. 일제강점기라는 사회문화적 환경이 가족과 이웃을 모두 가르고 찢었으며 흩어 놓았음을 알 수 있다.

나. 기다림과 희망의 형상화

《어린이》독자 투고 동시에는 어려움 속에서도 삶의 희망을 되찾으려는 마음과 안타까운 기다림도 드러난다. 전체 121편 가운데 28편이 기다림과 희망을 노래한다.《어린이》발간 초기부터 희망을 구하는 동시는 적지 않지만, 특히 1926년경에는 희망을 노래하는 동시의 편수가 많아진다. 좌절과 아픔의 고통을 내뱉으면서도 고통을 참으며 새날을 기다리고 희망을 노래하고자 하는 간절한 마음이 독자 투고 동시에 잘 드러난다.

<표 I -11> 기다림과 희망을 형상화한 동시의 제목 및 편수

게재 연도	작품명	수
1924년	허잽이(梅洞公普第三 金龍鎭), 비(東隱), 언니편지(同部 公普校內 吳判石), 달을 타고(昌 내서면 玄龍○)	4
1925년	봄(牙山 洪秦裕), 두견새(華城學院 尹○), 봉선화(蔚山 徐德출), 읍·바생각(水原 崔順愛), 봄편지(蔚山 徐德出), 별싸러가세(大邱 尹福鎭), 나는 가요(元山二普 李貞求)	7
1926년	쑥금새(大邱 廉 沃), 다리우에서(大邱 가나리야會), 나무닙배(全州完山町332 金龍斗), 고향의 봄(馬山 李元壽), 눈물(元山 崔永吉), 어린플(松禾 張重煥), 녀름(元山 李敬石), 각씨님(人形)(大邱 尹福鎭), 별(京城 成奭動)	9
1927년	시골길(京城 千正鐵), 섣달금음밤(馬山 李元壽), 무명초(등대社 百合化), 비누풍선(馬山 李元壽), 바람(退潮 金德煥)	5
1932년	나무순(朴魯春)	1
1933년	새일순(海州 權五順)	1
1934년	뜬다(洪淳元)	1
총계		28

동시를 투고한 독자의 이름 가운데 서덕출, 최순애, 윤복진, 이원수, 천

정철, 권오순 등의 이름이 눈에 띈다. 독자로 《어린이》에 투고하였지만, 이후 작가로서 많은 작품을 써서 널리 알려진 이름이다.

1) 안타까운 기다림

상실과 이별로 비탄에 잠긴 1920년대 초중반에 투고된 독자 동시 가운데에는 단순히 고통과 아픔의 비탄만이 아니라 실낱같은 기대를 드러낸 안타까운 기다림의 노래가 있다. 기성작가 작품에 드러나는 '기다림'은 상실과 아픔을 형상화하고 있다는 면에서 희망을 전망하고 있지는 않다. 독자 투고 동시의 기다림은 오히려 기대와 극복의 이미지를 더 풍부하게 드러내고 있다. 이러한 독자 투고 동시에는 하염없는 상처의 아픔과 눈물만이 아니라, 언젠가 도래할 누군가 무언가를 기다리는 안타까움과 더불어 기대와 극복의 마음을 담고 있다.

① 허잽이야, 허잽이야,/잠도업는 허잽이야,/어머니를 기다리나,/밤낮업시 웃둑웃둑 ㅇ //허잽이야, 허잽이야,/길몰나서 헤맬째에,/네게물어 갈랴는데,/말 못하고 웃둑웃둑 ㅇ

<허잽이> 梅洞公普第三 金龍鎭, 1924년

② 비야비야 가는비야/영창압혜 오는비야/너어대서 인제오늬/무슨소식 알고오늬//동쪽에서 불려오면/우리형님 보고오늬/서풍바지 쫓겨오면/우리누님 보고오늬//형님누님 못맛나고/한울에서 나려오면/우리엄마 잘계신지/말슴하여 주렴으나 (住所本名通知하시오)

<비> 東隱, 1924년

③ 어대서 넒을까요 언니의 편지/희미한 달밤이라 안보입니다/기름은 다마르고 석냥도업고/더듬어 넒고십은 언니의 편지/폭안고 밝기까지 깜질람니다

<언니편지> 同부 公普校內 吳判石, 1924년

④ 먼 산에/두견이/혼자운다//어머니/아버지/어대갓나//먼산에/두견이/혼자운다//해만지면/쌔억국쌔억국/잠만쌔면/쌔억국쌔억국

<두견새> 華城學院 尹○, 1925년

⑤ 녯날의 왕자별을/못니저서요/샛쌁안 치마닙은/고흔색시가/흐터진 봉선화를/고이모아서/올해도 손 곳에/물드립니다

<봉선화> 蔚山 徐德出, 1925년

⑥ 쯤북 쯤북 쯤북새/논에서 울고/쌕국 쌕국 쌕국새/숩에서울제/우리엄바 말타고/서울가시며/비단구두 사가지고/오신다더니//기럭 기럭 기럭이/북에서 오고/귓들 뒷들 뒷드람이/숩히울것만/서울가신 옵바는/소식도업고/나무닙만 우수수/쎠러집니다

<옵바생각> 水原 崔順愛, 1925년

⑦ 산에서쑥금쑥금/쑥금새운다/산에서쑥금쑥금/우는소리는/아버지어머님이/보고십어서/저녁날바람모제/혼자서운다/산에서쑥금쑥금/쑥금새운다/사람사는집을보고/쑥금새운다

<쑥금새> 大邱 廉沃, 1926년

⑧ 다리에서 달을보니/버드나무 가지새로/둥근달이 빗초이네//다리에서 보는달은/작년이쌔 누나하고/갓치보던 그달이애요

<다리우에서> 大邱 가나리야會, 1926년

⑨ 외줄기 좁다란/시골길은요/겨울날에고요히/잠을잠니다/가도가도씃엄는/시골길은요/오고가는사람업서/잠을잠니다

<시골길> 京城 千正鐵, 1927년

⑩ 오늘밤섯달금음/쓸쓸한밤에/사랑하는누나가/게섯드라면/잠안자고 조흔애

독자 투고 동시에 드러나는 기다림은 ⑤에서 보듯이 손끝에 봉선화 꽃물을 들이는 기다림이다. ③에서 보듯 언니의 편지를 가슴에 안고도 어두워서 읽지 못하는 안타까움이다. 또 ⑨에서 드러나는 조용히 드러누워 잠든 시골길의 겨울잠 같은 것이다. 즉 봉숭아 꽃물이 지워지는 어느 시기에 기다림이 완료될 것이며, 가슴에 언니의 편지를 안고 있으니 곧 날이 밝으면 읽을 수 있다. 겨울잠은 봄이 오면 깨는 것이 자연의 순리이다. 독자 투고 동시의 기다림은 기성작가의 상실감에 비하면 훨씬 더 희망적이다.

⑧은 형식 면에서 다른 동시와 구별된다. 주로 4·4조와 7·5조 동요가 대부분인데, 이 동시는 7·5조에서 7·4조로 파격한 것으로 보이고 3연에서는 그마저도 파격이 크다. 시행의 배열도 기존의 다른 동시와 비교적 다르다. 1925년에 투고된 독자 동시에서 파격이 이루어진 것은 주목할 만한 일이다.

2) 간절한 염원과 희망

수동적 기대와 기다림을 넘어서 간절한 소망을 적극적으로 드러내며 희망을 그려내는 독자 동시도 있다. 안타까움이나 고통의 형상화보다는 삶의 끈을 부여잡고 희망을 노래하는 상상력이 동시의 전면에 부각 된다. 아직 도래하지 않은 밝은 날을 미리 노래하는 동시에서 당시《어린이》투고 독자들이 가진 간절한 염원과 희망을 읽을 수 있다.《어린이》발간 초반인 1924년부터 1930년대까지 독자의 간절한 소망과 희망을 담은 이러한 동시가 이어진다. 특히 애상적 슬픔의 표현이 많은 1920년대에 투고된 동시에서 1930년대에 비해 더 많은 수의 동시가 희망을 노래하고 있음을 확인할 수 있다.

① 달도 밝다 달도 밝다/장반가튼 달도 밝다/저긔저달 안장젓고/계수나무 책즉하야/어머니는 압헤타고/우리남매 뒤에타고/오색구름 헷치면서/세상구경 멀니가세

<달을 타고> 틉 내서면 玄龍○, 1924년

② 련못가에 새로핀/버들닙을 싸서요/우표한장 붓쳐서/강남으로 보내면/작년에 간 제비가/푸른편지 보고요/됴선봄이 그리워/다시차저 옵니다.

<봄편지> 蔚山 徐德出, 1925년

③ 봄이와요 봄이와요/저산넘고 저물건너/사월햇볏 봄이와요/종달새와 쇠소리새/초록제비 오색나븨/푸른수레 태가지고/녀왕님이 놉피안저/오색꼿을 쑤리면서/저물건너 봄이와요

<봄> 牙山 洪秦裕, 1925년

④ 별싸러가자 내동무들아/뒷산우으로 별싸러가자/너의집장째 우리집장째/싀골장-째 서-울 장째 /알쓸 살쓸이 모아가지고/뒷머리에 놉흔나무에/꼿까지을라 선무등타고/이슨쟝째로 별을싸서요/너의 어머니 우리어머니/주머니꼿헤 채워드리자

<별싸러가세> 大邱 尹福鎭, 1925년

⑤ 1.나는가요 나는가요/豆滿江물 건너서요/압바언니 만나보려/해삼으로 차저가요//2가요가요 나는가요/압바언니 맞나려고/어제밤도 갓다오고/오늘밤도 쏘감니다

<나는 가요> 元山二普 李貞求, 1925년

⑥ 창포밧련못가에 버들개지의/새로피인아기님 하나싸다가//금물결나뭇기는 봄 바다우에/은물방울태운채 씌여낫드니//어-엽분흰나븨 노를저어서/어긔엿차잘간 다 오늘은 順風//물결을헛처가며 바람바더서/이리로저어리로 저어감니다

<나무닙배> 全州完山町332 金龍斗, 1926년

⑦ 1. 나의살든고향은/꼿피는산골/복송아꼿살구꼿/아기진달내/울긋붉웃꼿대 궐/차리인동리/그속에서놀든째가/그립슴니다//2. 꼿동리 새동리/나의넷고향/ 파-란딜남쪽에서/바람이불면/냇가의수양버들/춤추는동리/그속에서놀든째가/ 그립슴니다

<고향의 봄> 馬山 李元壽, 1926년

⑧ 샘물은소사서/시내물되고/빗물은나려서/도랑물되고/내눈물흘러서/무엇이될 가//시내물흘러서/바다로갈제/내눈물고여서/곱게고여서/맘속의어린이/목욕물 되지

<눈물> 元山 崔永吉, 1926년

⑨ 햇볏바른 울밋헤/풀한폭이 나더라/야젓잔케 나더라//색닙브터 벌더니/눈솝 만치 벌더니/속닙좃차 나더라

<어린풀> 松禾 張重煥, 1926년

⑩ 매암매암 녀름이/오기만하면/꿈에타는 적은배/잡아타고요/샛쌜안 비단돗에/ 바람바다서/장덕섬의 언덕에/가보렴니다//장덕섬엔 샛파란/동산이잇고/왼갓나븨 가진새/모다모여서/춤잔치 노래잔치/꿩장하다니/나도나도 배타고/가보렴니다

<녀름> 元山 李敬石, 1926년

⑪ 각씨님의 옛집은/파랑유리 창달고요/그창밧게 마당에는/봉선화가 피엿담니다// 각씨님은 지금도요/유리눈을 두룩두룩/전에살던 파랑집의/봉선화를 찾는담니다

<각씨님(人形)> 大邱 尹福鎭, 1926년

⑫ 1.우리아기색동옷에/다러주려고/구슬하나한우님께/빌엇드니요/쏫한대로시내물에/쩌러저서는/대글대글흐르잔코/광채남니다//2.물우에뜬은구슬을/은합에쩌서/두손밧처곱게곱게/집에와보니/달빗에도뵈는구슬/하연은구슬/쩌도쩌도안쓰이고/빗만남니다

<별> 京城 成奭勳, 1926년

⑬ 千년이됏는지/萬년이됏는지/다허러저가는/늙은집집웅에/한폭이풀낫네/간엷흔풀낫네//千년이되여도/萬년이되여도/풀일홈몰라서/아모도몰라서/無名草란다네

<무명초> 등대社 百合化, 1927년

⑭ 무지개를 풀어서/오색구름풀어서/동그레한풍선을/만들어서요/달나라로가라고/쑴나라로가라고/고히고히불어서/날니웁시다

<비누풍선> 馬山 李元壽, 1927년

⑮ 바람은 솔솔/솔포기사이로/적은새울음싯고/지나가지요//바람은 바삭바삭/보리쌔헤치고/종달새노래싯고/지나가지요//바람은고요히/내마음싯고/어릴째놀던데를/차자갑니다

<바람> 退潮 金德煥, 1927년

⑯ 양지쪽 먼산에는 눈녹엇스니/지게갈키 우리무리 다갓추어라/지게목에 달린 토실박그릇도/도로록 도로록 장단마추며/압날은 우리게라 말하여주네//오늘도 해가 다가도록 글거논나무/석양햇빗 싸스한 언덕저길로/추운것도 무릅쓰고 나려를올제/지게우에 글거실흔 나무닙까지/(一行略)

<나무꾼> 朴魯春, 1932년

⑰ 어린동생/내동생/귀연내동생/반작이는/새쌜눈/영채가잇고/방긋웃는/입슬에/긔염이잇네/둥그스름/붉은쌤/탐도스러워/지금에는/연약한/어린애지만/이

댐에는/조선의/새일꾼되네.

<새일꾼> 海州 權五順, 1933년

⑱ 아침에 해가 뜬다/저녁에 달이 뜬다/바람에 연이 뜬다/물우에 오리 뜬다

<뜬다> 洪淳元, 1934년

간절한 염원으로 밝은 날을 미리 보는 독자의 마음이 동시에 담겨있다. 위 동시들은 시적 화자가 어두운 현실 속에 있지만 밝은 날을 그리고 있음이 공통점이다. 어둠으로 가득한 현실에서 더욱 밝은 빛을 노래하고 있는 동시들이다. ③에서 봄이 온다고 노래하지만, 현실은 추운 겨울이고, ⑤에서 언니를 찾아간다는 말은 언니를 잃었음을 의미한다. ⑦에서 고향이 그립다는 것은 지금 그 고향에 있지 않다는 말이고, ⑬의 오래된 집에 풀이 났다는 것은 황폐해졌다는 말이다. 그렇지만 ③은 봄이 온 모습을 흥겹게 노래하고 있고, ④에서 어제도 오늘도 찾아가는 발걸음에 힘이 있다. ⑦은 온갖 꽃이 핀 아름다운 고향을 노래하고 있으며, ⑬도 황폐한 집이 아니라 새로 돋아나는 풀을 기뻐하는 내용이다. ④, ⑪은 4·4조 정형률에서 약간의 파격을 보인다.

다. 저항과 비판의 형상화

《어린이》 독자 투고 동시 전체 121편 가운데 25편이 저항과 비판의 의지를 표현한다. 1931년에서 1932년에 걸쳐 집중적으로 많다. 기성작가 작품도 1931년에서 1932년에 저항을 형상화한 동시가 가장 많았던 것과 연관성이 있다. 《어린이》에 수록된 1930년대 기성작가의 동시에는 고통의 원인에 대한 다양한 탐색과 더불어 적극적이고 구체적으로 저항하는 마음을

담고 있다. 시기별《어린이》의 편집 경향이 독자 투고 동시의 선별에도 영향을 미치고 있음을 입증하는 부분이기도 하다.

<표 I-12> 저항과 비판을 형상화한 동시의 연도별 작품명 및 편수

게재 연도	작품명	수
1924년	청개고리(開東 八一五 權貞允),	1
1925년	옷독이(京城 蓮建洞 尹石重), 배사공(宋茂翼), 저녁(海州 金相鎬)	3
1926년	곱등이(元山 朴英鎬)	1
1927년		0
1931년	고등소리(元山 崔錫崇), 각씨들아(金春岡), 어린이노래(堤川 張東植), 가을저녁(龍井 朴貴松)	4
1932년	참엇네(金承河), 앉은뱅이대장(金仁○²⁶⁾), 이상한노래(姜龍律), 봄이오면은(韓赤峯), 『나오너라!』(宋鐵利), 북소리날 때(文箕列), 날만새면(沈東燮), 아러야한다.(金琳培), 「오늘도」(金光攝), 쉴새업시일하는몸(任元鎬)	10
1933년	나는요(全州高山 裵先權), 편지왓서요(通川 崔榮祚)	2
1934년	아가아가(韓寅炫), 고둥(洪淳元), 봄왓다고(李亨祿), 바람(朴炳元)	4
총계		25

<표 I-12>에서 알 수 있듯, 삶의 문제에 대한 비판적 시선이나 저항을 담은 동시는《어린이》발행 기간 내내 연간 한두 편 이상 수록된다. 그러다가 1931년 4편, 1932년 10편으로 급격하게 증가한다. 투고한 독자 명단에 윤석중, 김광섭, 임원호라는 이름이 보인다.

1) 1920년대의 자연적 저항

현실의 고통스러운 삶의 모습이나 그 원인에 대한 다양한 탐색과 그에 대한 비판적 시선을 담은 독자 투고 동시는 1924년부터 줄곧 게재되었다는 점을 분명히 할 필요가 있다. 이것은 이러한 비판과 저항의 시선을 담은 동시가 계급주의 문학 운동의 영향으로 급격히 증가하지만, 그것만이 아

---

26) 영인본이 흐려서 알 수 없음.

니라 삶에 주어지는 억압과 수탈이 자연적으로 저항과 분노와 비판의 목소리를 끌어내었다는 점을 말해주기도 한다.

이 중에서 1924년에서 1927년 사이의 동시는 그 주체가 누구인지 무엇인지 분명히 드러나지는 않지만, 삶을 억압하고 흔드는 것에 대해 분노하는 정서가 담겨있다. 억압의 주체를 분명히 알지도 못하고 드러낼 수도 없지만 그 삶의 환경 속에서 다양한 형태로 자연스럽게 저항의 마음을 형상화하고 있다.

① 개골개골 청개골아/아욱밧혜 쮜지마라/아츰이슬 흐터지면/아욱국이 맛업단다//개골개골 청개골아/생추닙헤 안지마라/오줌물이 뭇게되면/생추맛이 변한단다

<청개고리> 開東 八一五 權貞允, 1924년

② 책상우에옷둑이 우습고나야/검은눈은 성내여 뒤쑥거리고/배는불러내민꼴 우습고나야//책상위에 옷둑이 우습고나야/술이취해얼골이 쌁애가지고/비틀비틀하는꼴 우습고나야//책상위에 옷둑이 우습고나야/주정피다아래로 써러저서도/안압흔체하는꼴 우습고나야

<옷둑이> 京城 蓮建洞 尹石重, 1925년

③ 가마귀가 움니다/까-까하고/해젓스니 불켜라고/작고움니다//마을의 술집에는/불을 켯는대/산밋에 초가집은/캄캄함니다//까-까 가마귀/산으로가넛가//초가집도 등불이/쌘-작쌘작

<저녁> 海州 金相鎬, 1925년

④ 1.햇벗이 좃컷만은 사람이업서/배부리는사공은 자고잇서요/푸른물결남실남실 배를흔들고/쬐소리울지만은 자고잇서요//2. 숨털갓흔버들눈 나리는물에/흐터저 나려오는 꼿닙을보고/어렷슬째놀든일 쑴꾸노라고/나의젊은 사공은 자고잇서요

<배사공> 宋茂翼, 1925년

일제강점기 동시 연구

⑤ 금모래밧 바닷가에/은실자리 혼자깔고/뛰는물결 장단맛처/곱둥이가 춤을추네//붉은노을 긔여드는/저녁째도 모르고요/흰고불통 무른채로/쌍충쌍충 잘도추네

<곱둥이> 元山 朴英鎬, 1926년

①은 청개구리에게 아욱밭에서 뛰지 말고, 상추잎에 앉지 말라며 내 삶에 악영향을 미칠 무언가를 청개구리에 빗대어 표현하고 있다. 물론 이 작품은 천진한 아이가 청개구리를 보고 무심코 부른 노래로 볼 수도 있다는 점에서 비판적 시선은 미약하다고 할 수도 있다. ②는 성을 내는 놈, 살이 뒤룩뒤룩 쪄 배가 부른 놈, 술에 취해 주정하는 놈을 놀리는 노래이다. 이 동시 또한 함축적 의미와 표면적 의미 간의 괴리가 큰 동시이다. 동시라는 장르가 이러한 특성 때문에 일제강점기의 검열의 칼을 훨씬 잘 피할 수 있었을 것이다. ④는 꿈에 젖어 잠자고 있는 사공을 비판하는 노래이다. 젊은 사공은 잠을 자느라고 배를 제대로 이끌지 못함을 한탄하고 있다. ⑤도 함축적 의미를 쉽게 파악하기 쉽지는 않다. 아무것도 제대로 모르고 춤을 춰대는 곱둥이의 모습을 그리는 시적화자의 시선에서 1920년대의 시대적 아픔이 묻어나온다.

청개구리, 오뚝이, 까마귀, 뱃사공, 곱둥이의 상징적 의미로 쓰인 것임을 쉽게 알 수 있다. 오늘날의 독자는 이 동시들을 보면서 오히려 쉽게 유추할 수 있으며, 일제강점기의 사회문화 속에서는 《어린이》의 독자라는 어린 나이에도 자연물과 장난감에 빗대어 표현함으로써 비판적인 시선을 애써 감추려 하고 있음을 알 수 있다.

2) 1930년대 초반의 선동적 저항

1930년대의 독자 투고 동시에 드러나는 저항과 비판의 목소리는 크게

두 가지 형태로 분류가 된다. 먼저 현실의 참담함을 있는 그대로 형상화함
으로써 현실을 고발하는 동시이다.

① 고동소리 쒸- 요란하게도/창문뚤코 귀ㅅ속을 울녀내니까//밥잡숫든 우리兄님
쌈놀나며/변쏘씨고 문박그로 달녀나가네//먹든밥도 그대로 내여던지고/공장으
로 향하야 다름질치네

<고동소리> 元山 崔錫崇, 1931년

② 해가저요 해가저요/서쪽하눌 쌜개지고/장미빗치 풀립헤다/잘잇거라 인사하고/
참새들이 제집으로/잠자리- 차저갈쌔!//달이써요 달이써요/동쪽하눌 쌜개지고/웃
둑소슨 미류남게/외그림자 길어지고/하로일에 맥다싸진/노동자들 돌아올쌔!

<가을저녁> 龍井 朴貴松, 1931년

③ 一우리압집대장쟁이/안즌뱅이대장쟁이/하루종일이마에다/구슬쌈을흘리면
서/샛쌀가케달군무쇠/쌍- 쌍- 늘궈서/호미와연장을/보기조케멘들엇네//二 우리
압집대장쟁이/안즌뱅이대장쟁이/하루종일이마에다/구슬쌈흘리면서/맨들어낸
호미연장/원수갓흔놈이/다쌔서갓네

<앉은뱅이대장> 金仁○[27], 1932년

④ 쏫피고 나비나는 봄이오면은/부자집 아해들은 쏫구경가지만/가난한 우리동무
만흔동무는/낫차고 괭이메고 벌로나가네/쏫피고 나비나는 봄이오면은/부자집 지
주영감 봄노리가지만/가난한 우리들의 압바형님는/소쓸고 연장메고 밧흐로가네

<봄이오면은> 韓赤峯, 1932년

⑤ 나어린 울읍바는 일하는농부/날만새면 소몰고 괭이메고서/들에가 해지도록
쌍을팜니다/건네집 복순이는 밧매는처녀/날만새면 길거리 호미쥐고서/바테가저

---

27) 영인본이 흐려서 알 수 없음.

물도록 김을맵니다

<날만새면> 沈東燮, 1932년

⑥ 一 오늘도 우리동생/배곱하울고/피붉은 우리아긴/젓업서우네//二 우리동생
먹을밥을/누가다먹으며/우리아기먹을젓은/누가쎼먹나//三 곰곰이 생각하며/집
보랴니/정미공장 엄마가/저녁째라고//四 젓살을 말녀가며/버른돈녁량/호좁살
한말을/사이고옵데다

<「오늘도」> 金光攝, 1932년

⑦ 이몸은 쉴새업시 일만하는몸/굼주리며 헐버스며 일만하는몸/쉴새업시 일하는것
습진안어도/일을해도 굼주림이 분하고나야/이몸은 열심히 일하는몸/쉴새업시 쌈
흘리며 일을하는몸/굼주려도 헐버서도 굴함이업시/압날을 바라보며 일을한단다

<쉴새업시일하는몸> 任元鎬, 1932년

⑧ 나는요/보통학교 단이고/고등학교 못가니/무엇을할가요?/지게지고 나무갈
가요?/나는요 퍽 서러요.//나는요/보통학교 단이고/고등학교 못가니/무엇을 할
가요?/남의집 쓰까이갈가요?/나는요 퍽 서러요. / 一九三三年三月二十日

<나는요> 全州高山 裵先權, 1933년

⑨ 함경도로 버리나간/우리옵바는/남의배를 얻어타고/바다로나가/명태잽이 한
다고서/편지왔서요./함경도로 버리나간/우리옵바는/명태고기 명태눅갈/잡아가
지고/나갓다가 주겟다고/편지왔서요.

<편지왔서요> 通川 崔榮祚, 1933년

⑩ 아가아가 울지마라/과자 줄까/「아-ㅇ 아-ㅇ」/업어줄까/시러 시러//아가아가
울지마라/우는아이 잡어가러/영감님이 밖에 왔다/「아가 뚝」

<아가아가> 韓寅炫, 1934년

⑪ 이른아침 먼동이/훤이틀때면/뚜-하고 우렁차게/울리는 고동/쿨-쿨- 잠자는/ 우리큰형님/나무비러 오라는/목제소고동

<고동> 洪淳元, 1934년

⑫ 개천에 어름덩이/왜 둥실둥실 떠나가나/봄왓다고 겁이나/도망가는게지//버드 나무 가지가/왜 눈을 뜨나/봄왓다고 떠드니까/놀라갣게지

<봄왓다고> 李亨祿, 1934년

전반적으로 부당한 노동 착취의 현실을 그대로 그렸다. ①, ⑪은 밥 먹을 틈도 없이, 잠잘 시간도 없이 강제 노동에 불려 나가는 모습을 그리고 있다. ②에서는 해가 지고도 달이 뜨고도 깊은 저녁이 되어서야 돌아오는 강제 노역의 고달픔을 볼 수 있다. ③, ⑥에서는 강제 노역에 시달리고도 모든 것을 원수에게 빼앗겨 아기의 먹을 것조차 없는 현실, ④, ⑤는 어린 아이들까지 낫을 들고 일하러 가야하는 현실이 드러난다. ⑦, ⑧, ⑨도 학교에 다니지도 못하고, 쉴 새 없이 노역에 시달리며, 심지어 가난 때문에 고향을 떠나 외지로 나갈 수밖에 없어 가족이 이별하는 현실을 있는 그대로 그려냄으로써 저항과 비판의 정신을 일깨우고 있다. ⑩은 현실에 만연한 두려움의 대상에 대한 아기의 반응을 그려냄으로써 그 두려움의 깊이를 표현하고 있다. ⑫는 어려운 현실을 자연물에 빗대어 상징적으로 표현하고 있다.

한편 ⑧, ⑩은 정형률에서 다소 벗어나 형식적 새로움을 보여주고 있다. 특히 이 대목에서 주목하게 되는 점은 1926년 1월에 출간된 《어린이》 4권 1호에 처음으로 '童詩'라는 명칭으로 게재된 손진태의 '옵바는 인제는 돌아오서요' 이후 1930년대 초 '소년시'라는 명칭으로 게재된 작품의 산문적 경향이다. 이들 내재율의 작품들은 《어린이》 독자에게 어느 정도 영향을

주어 형식적 새로움에 조금 눈뜰 수 있게 했을 것으로 판단된다.

⑭ 각씨들아 쌔여라 아츰이란다/굴리며는 쩩데굴 굴고쏘굴고/눌러줘도 아모런 표정이엄는/각씨들아 지금은 쌔일째란다//각씨들아 쌔여라 아츰이란다/쌔려주면 맛고도 아픔모르고/욕해줘도 아모런 반향(反響)이업는/각씨들아 버서라 사람이돼라//각씨들아 지금은 아츰이란다/우스라면 공연이 웃기만하고/우르라면 일업시 웃든각씨들아/아츰이다 쌔여라 사람이돼라

<각씨들아> 金春岡, 1931년

⑮ 열 살이 갓가운/어린이잡지/다달이작고만/새로워지메/우리에 강산에/압잡이되여/육백만 어린이/길밝켜주는/어린이잡지는 /자라만가네/어엽분 표지에/단단한 내용/다달이 힘잇게/활발하게도/우리네 압헤서/나아가노나

<어린이노래> 堤川 張東植, 1931년

⑯ 오늘도주먹쥐고 닐르악물고/세 번이나대문밧게 쬐여나갓네/머슴사리이신세 하도괴로워/퍼붓는욕과매를 참을수업네//그래도나가다간 생각을하네/나혼자만 매와욕을 먹지안는다/나와갓흔동무를 생각하면서/먼-날바라보고 쑬썩참엇네

<참엇네> 金承河, 1932년

⑰ 나만아는 이상한/그노래를요/나는나는 산에올나/불러보고는/쬐는가슴 못이겨서/한숨쉬엿네/나만아는 이상한/그노래를요/내동무가 모도다-/쌔닷게되면/이쌍에도 싸뜻-한/봄은오겟지

<이상한노래> 姜龍律, 1932년

⑱ 나오너라 동모들아 마치를들고/우렁찬 노래를 놉히부르며/새세상이 동터오는 우리거리로/오늘도 거리에선 만은동무가/너이를 나오라고 부르고잇다/그까짓 책과붓은 내여던지고/쬐여라 달려라 우리들의거리로/나오너라 동무들아 호미를 메고/우렁찬 노래를 노피부르며/새세상이동터오는우리거리로/발마추어 어서어

서 쀼여나오라/오늘도 거리에선 만흔동무가/그까짓 글생각은 씨처버리고/쀼여라! 달려라? 우리들의거리로

<나오너라,> 宋鐵利, 1932년

⑲ 해ㅅ빗과 힘차게 북소리날째/힌옷님은 천만동무 깃대잡고/고함치며 거리로 노래부르니/어-화라 오늘이 우리날일네/뵈는길 조쿠나 종로네거리/녯날에는 씨름터 넓은거리로/쿵다-쿵 행진의 북소리날째/깃발우에 글발이 완연하고나

<북소리날 때> 文箕烈, 1932년

⑳ 챗측에 유쾌히 쀼고굴리며/넓다란 운동장 저마당에서/지주집 아이들 공을 궁걸며/조와서 저이들 놀아대지만/우리는 놀아서 안이될 것을/언제든지 아러야한다//씽씽히 자라는 보리밧골에/호미쥔 소년들 김을매면서/아리알 이보리 씽씽히 큰다/호미쥔 이팔둑 맹렬한용사/씩씩한 소년일꾼 힘잇는노래/소리놉혀 불너나보자

<아러야한다> 金琳培, 1932년

위의 독자 투고 동시들은 보다 적극적으로 설득하며 선동한다. 있는 현실을 묘사하는 것이 아니라 현실에 저항하고 극복하기 위해 나가야 할 방향과 행동을 제시한다. ⑭는 일제의 앞잡이들에게 현실을 제대로 바라보고 깨어나 사람이 되라고 비판하고 있다. ⑮는 《어린이》의 역할을 칭송하며 기대감을 드러내고 있으며, ⑯은 어려움과 시련 속에서도 혼자가 아니라 함께인 점을 드러내고 있다. ⑰, ⑱, ⑲, ⑳은 알아야 하고 함께 불러야 할 노래를 힘차게 불러보고 소리 높이게 될 봄을 위한 노래이다. 이들 동시는 억압과 수탈 속에서 어떻게 견디고 힘을 모아야 하고 함께 노래를 부르고 깨어나야 하는지를 작품화하고 있다.

일제강점기 동시 연구

라. 자연과 일상의 형상화

《어린이》에 독자가 투고한 동시 전체 121편 가운데 42편은 자연과 일상
생활 속에서 만나는 사람이나 사물을 노래하고 있다. 일제강점기라는 사
회문화적 특징을 갖는 시기임에도 독자 투고 동시의 다수가 자연과 일상
에서 '동요'의 소재를 찾아 습작한 것으로 보인다.

<표 I -13> 자연과 일상을 형상화한 동시의 제목 및 편수

게재 연도	작품명	수
1924년	新綠	1
1925년	참새(高揚 任洞爀), 꼬부랑할머니(水原北門內 崔英愛), 쌩아(京城 千正鐵), 시내(安州 李鶴麟), 참새(高揚 任東爀), 우테통(大邱 申孤松), 자전거(仁川 裵宗煥), 수레(安州 崔昌化)	8
1926년	허재비(安○ 孫龍準), 바닷가에서(大邱 尹福鎭), 두루마기(泰川 鮮于萬年), 잠자리(江東 金長蓮), 해바라기(梅浦 柳在德), 봄(崔京化)	6
1927년	달팽이(江東 金長連), 송사리(東幕 任東爀), 저녁한울(兵營 黃德出), 방게(元山 李東鎬), 진달네(蔚山 申孤松), 봄소리, 짠나라(北靑 全秉德), 시냇물(高陽 高永直), 가을(水原 崔順愛), 갈납배(平壤 崔英銀), 마차(京城 池壽龍)	11
1931년	가는해(天安 尹在昌)	1
1932년	.	0
1933년	겨울밤(桂樹), 눈(雪)(韓赤奉), 하라버지노래(金萬祚), 울엄마젓(함흥 姜小泉), 졸업날(全州高山 裵先權), 울언니처럼(海州 權五順), 버들개지(義州 崔一化), 붉은연필(仁川 高鎬奉)	8
1934년	줄넘기(金亨軾), 바지(廉承翰), 눈(高鎬奉), 전신대(朴炳元), 빨간얼골(高鎬泰), 설매(朴炳元), 달님(金相翊)	7
총계		42

<표 I -13>에서 자연과 일상을 노래한 동시를 투고한 독자 가운데 오늘
날까지 널리 알려진 작가나 작품이 눈에 띈다. 최순애, 최영애, 윤복진, 강
소천, 권오순, 천정철, 신고송 등 오늘날까지 널리 알려진 작가들이 당시에
는 《어린이》의 독자로서 동시를 투고하였음을 알 수 있다.

1) 일상 속의 자연에 대한 응시

자연을 담은 동시는 주로 일상 속에서 만날 수 있는 자연을 응시하는 내용을 담고 있다.

① ----------축축이/쑤려나릴제/파릇파릇 나무닙/도다남니다/솔솔바람 정답게/부러올째에/흔들흔들 풋가지/춤을 츕니다/2. 파란대궐 새살림/째( )이아씨/고흔목을 느티여/노래부르면/고흔나븨 째지여/춤을추고요/오월햇님 방그레/웃고봄니다

<新綠> 1924년

② 뜰압헤서 쌩아가/죽엇슴니다/과-꼿 나무밋헤/죽엇슴니다/갬이들이 장사를/지내준다고/적은갬이 압뒤서서/발을 맛추고/왕갬이는 뒤에서/쌀-랑쌀랑/가을볏이 쌋듯이/빗초이난대/쌩아 장례 행렬이/길게감니다

<쌩아> 京城 千正鐵, 1925년

③ 1.한울은 하얏고/쌍은파란데/종달새노래에/내맘은써서요/실버드나무로/그네쒸러가요/2. 금실물흘러서/숫밧을줄쿨째/쏫안압마을에/풀피리소리는/꿈수레굴니며/내맘을쓸어요

<봄> 崔京化, 1926년

④ 달-달달팽이/집이조타고/두눈을갸웃갸웃/자랑하면서/달-달말어서는/집에들고요/달-달풀어서는/쏘나옵니다/달-달 달팽이/집이엽버서/이리갸웃저리갸웃/업고다니며/달-달말어서는/집에들고요/달-달풀어서는/쏘나옵니다

<달팡이> 江東 金長連, 1927년

⑤ 은쌀아기 보슬눈/살랑살랑 나리네/귀여워서 한오큼/덥석덥석 쥣드니/어느틈에 어되로/가버리고 말앗네/할머니를 붓잡고/눈간곳을 물엇죠/어느틈에 어듸

로/가버렷나 물엇죠/할머니는 웃으며/아모말슴 업서요/초마끗에 매달녀/보내면서 물엇죠/그제서야 할머니/곰방대를 빼시고/눈이녹아 물된다/가리처 주섯서요.

<눈(雪)> -- 韓赤奉, 1933년>

⑥ 둥실둥실 보름달/둥근저달은/어여쁘고 착하신/누님이라지/낮엔요 사람들이/처다볼까바/부끄러워 밤에만/나오신다지

<달님> 金相翊, 1934년

⑦ 구름이흘린 맑은눈물이/푸른언덕에 시내가되여/햇볕아래서 노래부르며/쉬지도안코 흘러갑니다//어린애발은 간즈려주고/엽븐꼿닙엔 입맛추면서/은적소리로 쏙살거리며/쉬지도안코 작고갑니다

安州 李鶴麟, 1925년

⑧ 짹짹짹 하나둘/짹짹짹 네다섯/울밋혜 다말른/복송아 나무에/참새가 혼자서/가지로 가지에/몃간이나 되나고/재면서 다니네

<참새> 高揚 任東爀, 1925년

⑨ 샛쌁안 잠자리가/졸고잇기에/비행긔노름을/하여볼라고/가만히 잡아서/실을 맷더니/노아주기 도전에/다라낫서요//실달린 잠자리는/어대갓슬가/다시한번 맛낫스면/반갑겟는데/길가에 날고잇는/잠자리보면/실달린 잠자리/생각남니다

<잠자리> 江東 金長蓮, 1926년

⑩ 아츰해님붉으레/소사오르면/마당압헤잠자든/해바라기꼿/해님보고반가히/례를합니다/저녁해님서山에/넘어갈쌔면/뒤울밋헤홀로핀/해바라기꼿/해님보고 섭섭히/례를합니다

<해바라기> 梅浦 柳在德, 1926년

⑪ 풀밧속 실개천에/송사리쎄들/작은물결싸라서/이리저리로/모엿다간헤지는/송사리쎄들/내일낮도모여와서/다시놀어라

<송사리> 東幕 任東爀, 1927년

⑫ 불이야-/불이야-/서쪽한울에/불낫네/항님의집인가/달님의집인가/까치쎄불병정/날러가누나

<저녁한울> 兵營 黃德出, 1927년

⑬ 냇물에방게가/달보고웃는다/물속에빗초인/달보고웃는다

<방게> 元山 李東鎬, 1927년

⑭ 산비탈양달에도/봄이왓다고/진달네보라꼿이/피여납니다/나무군점심밥도/양지쪽에서/진달네향내밋헤/열리입니다

<진달네> 蔚山 申孤松, 1927年

⑮ 보리밧헤ㄴ 꾓둑이/밧싹밧싹/노고지리종달이/노골거리고/논둑에신냉이/노락노락/호랑나븨범나븨/펄펄춤추고/압산에는 안개가/아름아름/뒷산으로쮬들은/나러가구요/봄시내에ㄴ물소래/조촬조촬/넓다래기숭어가/다려납니다

<봄소리> 1927년

⑯ 한울에는 수리개/떠만도는데/겁도만은 참새들/소리도업시/돌층계우 장미밧/욱어진속에/한마리 쏘한마리/숨고찻지요/장미꼿은 무심히/흐터지는데/창포밧에 개골이는/장미쿰쑤고/소금쟁인 꼿편에/편지쓰누나/턴사들의 옷가티/나실나실이

<싼나라> 北靑 全秉德, 1927년

⑰ 거울갓흔물도요/나무그늘가면은/도레미바솔라시/깃븐노래하고요/도레미바솔라시/그노래가조와서/방울방울은방울/나븨춤을춤니다

<시냇물> 高陽 高永直, 1927년

⑱ 댑싸리나무/한아름/고염나무/한포기/쓸입헤서/조으는/암닭한마리/우리집마당은/고요함니다//서리마저/시드른/풋고초하나/햇볏보고/다시사는/호북순아기/우리집가을은/고요함니다

<가을> 水原 崔順愛, 1927년

⑲ 팔랑팔랑 솜눈이/나려옵니다/지붕우에 솜털모자/씨여줍니다.

<눈> 高鎬奉, 1934년

주로 계절과 관련하여 ①, ③, ⑮의 봄, ⑱의 가을 등 계절을 노래하는 동시가 있고, 잠자리, 달팽이, 방게, 참새 등 일상의 동물을 소재로 한 시가 있다. 일상 속에서 만날 수 있는 식물로는 진달래, 해바라기를 노래한 동시, 눈과 달, 저녁 하늘, 시냇물을 노래한 동시도 있다. 이들의 공통된 특징은 일상 속에서 언제 어디서나 쉽게 만날 수 있는 자연을 노래했다는 점이다. 독자가 쉽게 바라볼 수 있는 하늘, 생활과 놀이 과정에서 쉽게 만날 수 있는 곤충이나 동물, 집안이나 낮은 야산의 길가에서 만날 수 있는 꽃이 독자 동시의 주요 소재가 되었다. 독자들은 자신의 삶 가운데 만날 수 있는 자연을 응시하고 관찰하여 동시를 썼지만, 그 안에 자신들의 마음을 드러내는 데는 아직 미숙한 점이 많다. 이들 작품 대부분은 있는 그대로의 자연을 묘사하고 있다.

2) 일상에서 만나는 사람들

《어린이》 독자의 삶에서 가장 정겹고 가깝게 느껴지는 '사람'이 독자가
투고한 동시의 소재가 되었다.

① 쇠부랑 쌍쌍이 할머니는/집행이 집고서 어데가나/쇠부랑 고개를 넘어가서/솔
방울 쥬스러 가신단다//쇠부랑 쌍쌍이 할머니는/저녁에 어대서 혼자오나/쇠부랑
고개를 넘어가서//솔방울 니고서 오신단다

<쇠부랑할머니> 水原北門內 崔英愛, 1924년

② 사랑방에 혼자게신/하라버지는/소설책을 보시다가/웅얼웅얼 하시죠./하라버
지 노래는/웅얼웅얼 이여요./하라버지 노래는/국쓸는소리/마당으로 서성대며/
웅얼웅얼 하시죠/하라버지 노래는/웅얼웅얼 이여요.

<하라버지노래> 金萬祚, 1933년

③ 문풍지/부렁부렁/치워떠는밤//등잔불/깜박깜박/조름조는밤//어머니/끄덕끄
덕/조름좁니다.

<겨울밤> 樹, 1933년

④ 울엄마 젓속에는/젓도만아요./울언니가 실-컷/먹고자랏고/울읍바가 실-컷/먹
고자랏고/내가내가 실-컷/먹고자라니/참정말 엄마젓엔/젓도만어요.

<울엄마젓> 함흥 姜小泉, 1933년

⑤ 선생님/정성껏 힘을다하야/우리를 오날가지/가리처준 선생님!/선생님/지금엔
퍽 서러요.//선생님/때리고 꾸지람하시며/우리를 오날까지 /가리처준 선생님!/선
생님/지금엔 퍽 서러요. 一九三三年三月二十日

<졸업날> 全州高山 裵先權, 1933년

⑥ 검푸른 하날에/저밝은 달님/울언니 얼골처럼/다정해보여요./높다란 하눌에/반작이는 저별은/울언니 눈처럼/정다워 보여요./명낭한 달님은/높이 쓰구요/울언니와나와는/달구경해요. 三三年三月十五日

<울언니처럼> 海州 權五順, 1933년

　　오늘날이나 그때나 어린이에게 가장 가깝고 정겨운 사람은 엄마, 할머니, 할아버지, 선생님과 언니다. 특이한 사항은 ①, ②, ③, ④가 모두 할머니, 할아버지, 어머니에 대해 응시하고 있다는 점이다. 가까운 사람에 대한 구체적인 모습을 있는 그대로 그려내면서 그 안에 화자의 정서를 깊숙하게 감추어 두고 있다. ⑤와 ⑥은 졸업날 선생님과 헤어짐에 대한 서러움, 언니와의 다정한 모습을 그리고 있다. 특히 언니나 동생의 모습은 일상 사물과 대화하는 동시에서도 쉽게 볼 수 있다. 다음의 3) 일상 사물과의 대화'로 분류된 동시의 ⑪, ⑬, ⑮, ⑯에도 누나, 언니, 동생에 대한 정이 담겼다.

3) 일상 사물과의 대화

　　독자 투고 동시에는 그들이 일상생활에서 관심을 가진 사물들이 많이 등장한다. 가까운 인물에 대한 동시보다 훨씬 더 많은 수의 동시가 여러 가지 사물을 노래하고 있다. 특히 1920년대와 1930년대의 어린 독자의 눈을 끈 사물이 무엇인지 잘 드러난다.

① 길가에 쌝안동이/옷둑우테통/육십이 넘어도/맘이어려서/쌝안상투 쌝안바지//쌝안저고리/얼골까지 쌝앗케/차리고서서/작은편지 큰편지/가리지안코/주는대로 삼키고/옷둑서잇네

<우테통> 大邱 申孤松, 1925년

② 쌔릉쌔릉쌔릉쌩/자전거갑니다/압헤가는 어른들/빗켜주시오/쌔릉쌔릉쌔릉

쌩/자전거감니다/압헤가는 인력거/빗켜스시오/쌔릉 쌔릉 쌔릉쌩/자전거감니다/압헤노인 구루마/치워노시오/쌔릉 쌔릉 쌔릉쌩쟁/자전거감니다/속히갈이모도다/싸러오시오

<자전거> 仁川 裵宗煥, 1925년

③ 봉사시를 밧어서/박휘맨들고/쌀긔넝쿨 것어서/채를 휘이고/메쑥이를 다려다/말을삼어서/우리아기 태우고/노리갈가요

<수레> 安州 崔昌化, 1925년

④ 집둘막이 털처입고/쏘이잔는 활을들고/黃金갓흔 나락밧에/웃득섯는 허재비야/긴긴해가 점으러도/말한마듸 아니하니/金을주면 말을할네/銀을주면 말을할네

<허재비> 安○ 孫龍準, 1926년

⑤ 바닷가에 족고만돌/어엽버서 주어보면/다른돌이 쏘조와서/작고새것 밧굼니다//바닷가의 모래밧헤/한이업는 족고만돌/어엽서서 밧구고도/주서들면 실여저요//바닷가의 모래밧엔/돌맹이도 만-치요/맨-처음 버린돌을/다시찻다 해가저요

<바닷가에서> 大邱 尹福鎭, 1926년

⑥ 압바의 두루마긴/크기도하지요/우리야 세형데/쓰고서누어도/그래도 두어쏙이/쏘남을걸이요/압바의 두루마긴/크기도하지요/술래잡기하는애/모다들숨어도/그래도 넉넉하고/쏘남을걸이요

<두루마기> 秦川 鮮于萬年, 1926년

⑦ 쓸압헤연못가에/갈닙의배는/내손으로만드는/적은배여요/가는바람솔솔솔/부를쌔마다/보기좃케살살/써단임니다/아름답고조고만/갈닙배에는/어엿븐흰나븨가/노를저어서/은물방울태이고/금물질차며/이리로저리로/써단임니다

<갈닙배> 平壤 崔英銀, 1927년

일제강점기 동시 연구

⑧ 달! 달! 달! 달/마차가가요/우리집들창압/지나갑니다/저마차주인은/알겟지만은/마차를탄이는/누구일가요/어엽븐아가씨/태윗슬까요/귀여운어린이/태윗슬까요/누구가탓는지/모르겟지만/고개를 넘으러/마차가가요

<마차> 京城 池壽龍, 1927년

⑨ 섣달금음 연긔가/쇠-약쇠약/닷고쉬는 양쎄들/저물싸바서/일잘하라 한마듸/인사만하고/매매울며 급급히/다러납니다.//써나가는 신미년/갸-웃갸웃/일년동안 싸흔정/안잇처저서/도리키고 쏘보고/쏘부탁하고/양을타고 저멀니/써나갑니다.

<가는해> 天安 尹在昌, 1931년

⑩ 또랑가의 버들가지/한줌뜻어다/방바닥에 펴노코서/불어보앗죠/손씃으로 방바닥을/두드리면서/오요오요 부르닛가/잘옵니다.

<버들개지> 義州 崔一化, 1933년

⑪ 시골누나 갈때사준/샛빨간연필/편지할때 쓰라사준/샛빨간연필/가갸거겨 배느라고/작고쓰닛가/차츰차츰 조라드니/엇지하나요.

<붉은연필> 仁川 高鎬奉, 1933년

⑫ 휙휙둘러라/꾸불꾸불/새끼오라기//마당이 빙빙/하늘이 빙빙//넷, 셋, 둘,/새끼고개/자꾸넘는다

<줄넘기> 金亨軾, 1934년

⑬ 언니 바지는/황새바지/나입은 바지는/참새바지

<바지> 廉承翰, 1934년

⑭ 칼바람 씨-ㅇ 씨-ㅇ/불어노는데/전신대 용이용이/울고섯서요

<전신대> 朴炳元, 1934년

⑮ 난로는/까만밥 먹구/얼골이 빨개지구//언니는/벤또밥 먹구/얼골이 빨개져요

<설매> 朴炳元, 1934년

⑯ 내동생이/설매 맨들어 타고서/서울구경가자고/졸라댑니다.

<설매> 朴炳元, 1934년

《어린이》 독자의 일상 사물에 대한 관심은 대체로 두 가지로 나뉜다. 첫째는 근대 문명의 유입에 따른 새로운 사물, 둘째, 자신과 가까운 사람들이 사용하는 물건들이다. 우체통, 자전거, 수레, 마차, 연필, 전신대 등은 모두 근대 문명과 함께 유입되었고 일상생활에서 흔히 만날 수 있는 신기한 물건이기에 어린아이들의 관심을 끌 만하다. 허수아비, 버들개지, 썰매, 갈잎배, 돌맹이, 줄넘기는 어린아이들의 놀이와 관련된 사물로 그들의 놀이 과정을 구체화하여 보여준다. 두루마기, 바지, 벤또는 아버지나 언니 등 가까운 사람이 사용하는 물건이다. 이들 작품의 내용으로도 동시를 투고한 독자의 일상이 고스란히 드러난다.

이상으로 일제강점기에 발간된 《어린이》에 게재된 독자 투고 동시의 내용 및 형식적 특성을 살펴보았다. 《어린이》에 게재된 독자 투고 동시는 당시 기성작가 동시의 내용 경향과 유사한 점을 보이고 있으면서도 독자의 습작 동시로서 특성도 보인다.

내용적 특성으로는 고통과 설움의 노래, 기다림과 희망의 노래, 저항과 비판, 그리고 일상생활과 자연을 노래하였다는 점이다. 독자 투고 동시는 전체 121편 가운데 42편이 일상과 자연을 노래하였다는 점에서 기성작가 동시와 다른 특성을 보인다. 그 외에 저항과 비판의 내용을 담은 동시는

1931년과 1932년에 집중적으로 많이 수록되었다. 이 점은 기성작가 동시가 1930년대 초에 집중적으로 많이 게재된 점과 같은 경향이다.

고통과 설움을 노래한 동시는 차가운 겨울바람과 눈물의 이미지와 이별의 고통을 노래한 동시가 많았다. 가난의 고통을 노래한 동시가 몇 편 있지만, 기성작가의 동시 수에 비하면 많지 않다. 당시 성인 작가의 눈에 비친 비참한 가난은 울분과 아픔을 표면화하는 의미가 담겼지만, 가난한 독자 스스로는 자신의 가난만을 쳐다보지 않았고, 자연과 일상과 희망에 눈길을 두고 있었음을 알 수 있다. 성인 동시와 달리 독자 투고 동시는 고통과 아픔 속에서도 그것을 극복한 이후 기대와 희망을 더 많이 간절하게 그려내고 있다. 독자 투고 동시에는 고통을 노래하면서도 도래하지 않은 밝은 날에 대한 간절한 염원을 담아 희망을 그리고 있다.

저항과 비판의 내용을 담은 동시도 적지 않다. 독자들은 1920년대 자신을 억압하는 주체가 누구인지도 명확하게 알지 못하고 있지만, 압박에 항거하고 저항하는 자연스러운 분노를 표출하고 있다. 1930년대 초에 보이는 저항과 비판의 동시는 현실의 참담함을 형상화하여 고발하거나 현실을 극복하고자 선동하는 동시가 많다.

독자 투고 동시에서 가장 많은 편 수를 차지하는 것은 자연과 일상을 대상으로 한 작품이다. 독자들은 일상 속의 자연을 응시하거나, 일상에서 만나는 정겨운 사람들과 사물들을 시적 대상으로 삼았다. 독자의 삶에서 가까운 가족이나 이웃, 놀이와 관련된 사물, 새로운 문명의 유입으로 호기심을 유발하는 사물을 동시의 소재로 사용하고 있다.

형식적으로는 천편일률적인 7·5조와 4·4조의 동시가 많은데, 이는 기성작가의 경향과 다르지 않다. 약간의 파격으로 새로움을 보인 동시도 있었는데, 주로 1926년 이후 기성작가에 의해 '동시', '소년시' 라는 명칭으로 발

표된 작품의 영향으로 판단된다. 그 이전의 독자 투고 동시에는 형식에 대
한 실험정신은 거의 드러나지 않는다.

II. 《신소년》에 담긴 동시

《신소년》은 일제강점기인 1923년 10월에 창간되어 1934년 5월에 폐간된 아동 잡지이다. 1920년대에는 일제가 문화 정치를 표방하던 시기로 다양한 잡지와 신문이 발간되었다. 1925년에는 조선프롤레타리아 예술가동맹(KAPF)이 결성되는 등 문단의 활동도 계급적 저항을 보였고, 프롤레타리아 계급 해방에 기여하고자 하는 작품이 많아졌다. 아동문학도 전 세계적 사회주의 운동의 확산에 영향을 받은 이러한 경향이 대체로 1930년대에 발간된 잡지에서 주로 확인된다.

아동문학에서 프롤레타리아 문학 운동은 주로 1930년대 초반부터 표면화된다. 1930년대 초부터는 신고송의 '동심의 계급성'(중외일보, 1930. 3), 송완순의 「푸로레」(조선일보, 1930. 7), 유백로(柳白鷺)의 '소년문학과리아리즘-프로소년문학운동'로(중외일보, 1930. 9), 안덕근의 '프로레타리아소년문학론', 이주홍의 '아동문학운동일년간'(조선일보, 1931. 10) 등으로 대표되는 계급주의 아동문학론이 이때 대두된다.

1930년대는 일제의 수탈이 훨씬 더 노골화되고 본격화된다. 일제는 1931년 만주사변을 일으키고, 1937년에는 중일전쟁을 일으키며 제국주의 침략을 본격화한다. 이때 식민지 조선을 대륙 침략의 병참기지로 삼아 갖은 수탈과 탄압 및 민족 말살 정책을 폈다. 조선인은 창씨개명과 신사참배를 강요당하였고, 강제로 일본어를 사용해야 했으며 한국어를 사용하지 못하도록 강요당하였다. 또한 강제징용과 정신대 수탈 등 1930년대는 일제 압박이 극에 달한 시기였다.

《신소년》은 그동안 깊이 있는 연구 성과나 논리적 근거를 충분히 확보하지 못한 채 《별나라》와 나란히 일제강점기의 대표적 '계급주의' 아동 잡지로 여겨져 왔다. 하지만 최근에 와서는 보다 깊이 있는 논의가 이어지고 있어 그 성격이 점차 구체적으로 드러나고 있다. 《신소년》의 민족주의적 계몽의 성격에 주목한 장만호(2012; 219~222)는 3권 1호(1925년 1월호)부터 편집을 맡은 한글학자 신명균의 활동을 살펴내어 근거로 제시하고 있다. 그는 《신소년》이 민족의 앞날을 위한 '새로운 소년'의 교육을 위하여 다양한 지식과 교훈을 전하는 글을 수록하고 조선어 교육에 힘썼으며, 이는 편집인 신명균의 활동에서 확인할 수 있다고 하였다. 한편 1920년대에 출간된 《신소년》에 수록된 동요와 소년시에 대한 연구는 정진헌(2014)이 대표적이다. 그는 김석진, 정열모, 정지용의 활동과 독자 문단의 소년문예사인 윤석중과 윤복진, 송완순 등의 작품 활동을 중심으로 그 특징을 살폈으며, 소년시 연구에서도 계급주의적 작품 특성보다는 자연 및 계절의 애수나 소년들의 삶에 드러나는 다양한 애환과 경험을 담고 있다고(정진헌·김승덕, 2015) 보았다. 이들 연구에서 확인할 수 있는 것은 《신소년》에 수록된 1920년대 동시에서는 계급주의적 저항을 담은 작품보다는 민족주의적 계몽과 삶의 애환을 담은 동시가 더 많다는 점이다.

여기서는 《신소년》에 수록된 동시 가운데 1930년대 수록 동시의 특징을 탐색한다. 동시에서 들려오는 시적자아의 목소리를 분석하여 유형화함으로써 1930년대 신소년에 수록된 계급주의 동시의 특성을 정리한다. 그동안 계급주의 아동문학 잡지로 인식되어왔던 《신소년》 수록 1930년대 동시들의 특징을 좀 더 구체적으로 살핌으로써 1930년대 우리나라 계급주의 아동문학의 구체적인 특징을 탐색하고 정리하는 데에 기여할 수 있을 것이다.

1. 동시 수록 현황

연구 대상 작품은 1930년대《신소년》에 수록된 동시로 원종찬 편(2010) 영인본과 한국아동문학연구센터 편(2012)을 함께 활용하였다. 1930년대 《신소년》수록 동시의. 장르별 현황은 다음 <표Ⅱ-1>과 같다.

<표Ⅱ-1> 1930년대 동시의 장르별 수록 현황

연도	장르명					장르표시 없는 작품	계
	동요 (유년동요, 노래)	소년시 (소년서사시)	동화시	童詩·詩· 乳兒詩·詩謠	편지		
1930	62	15	0	4	1	26	108
1931	124	12	.	10	.	36	182
1932	52	5	.	8(1)	.	23	88
1933	5	7	1	8	.	45	66
1934	14	1	1	.	.	6	22
계	257	40	2	30	1	136	466

<표Ⅱ-1>에서 알 수 있는 바,《신소년》에 수록된 동시의 하위 장르 명칭은 동요, 유년동요, 노래, 소년시, 소년서사시, 동화시, 童詩, 詩, 乳兒詩, 詩謠이다. '편지'라는 장르명으로 제시한 시도 한 편 있다. 가장 많은 장르 명칭은 '동요'이며, '소년시' 혹은 '소년서사시'로 칭한 작품이 40편이고, 동시, 시, 동화시, 유아시, 시요로 표기한 작품이 32편이다. 장르 표시를 하지 않은 작품도 136편이다.

1924년부터 1934년까지《신소년》에 수록된 동요의 율격[28]은 4·4조 혹은 2음보 율격을 보이는 작품이 많이 보이다가 점차 7·5조 율격으로 변환되는 모습을 볼 수 있다. 주로 1920년대 초중반에는 우리 전통 율격인 2음보 4·4조 율격이 많이 보이다가 점차 7·5조 율격의 동시가 많아진다. 1920년대에 발행된《신소년》이 민족주의적 경향을 보인다는 점과 무관해 보이지 않는다.

1930년대《신소년》에 가장 많은 작품을 수록한 이는 이동규로 17편을 수록하고 있다. 김우철의 작품이 11편, 이향파(이주홍)와 김명겸이 각각 10편씩 수록하였다. 이성홍, 홍구, 김병호, 김월봉, 송완순, 박맹이의 작품이 많이 수록되었다. 이는 1920년대《신소년》의 동시 수록 작가인 정열모와 정지용, 송완순(한밧), 정상규, 이성홍, 김남주, 조도성, 엄흥섭, 안평원 등의 작품이 많이 실렸던 것과 차이를 보인다.

2. 동시의 특징

사회적 정황이나 작가 등을 고려할 때 1930년대《신소년》 수록 동시는 계급주의적 경향을 띠고 있을 것으로 판단된다. 여기서는 1930년대《신소년》에 두 편 이상의 동시를 수록한 작가의 작품을 중심으로 총 355편의 동시에 드러나는 어조와 톤 등 목소리 유형별로 분석하여 그 구체적 특징을 살펴본다. 1930년대《신소년》 수록 동시가 전반적으로 계급투쟁의 내용을

---

28)《신소년》 수록 동시의 운율 현황(소년시와 동화시 등 내재율 작품은 제외)

운율 \ 연도	1924	1925	1926	1927	1928	1929	1930	1931	1932	1933	1934	계
4·4(2음보)	3	5	9	4	14	3	11	15	18	17	10	109
7·5조	0	0	1	4	21	21	28	147	61	35	7	325

담고 있는 가운데 그 유형을 몇 가지로 구분하여 경향성을 살펴보면 다음 <표Ⅱ-2>로 정리될 수 있다.

<표Ⅱ-2> 1930년대《신소년》수록 동시의 목소리 유형별 비중

유형	1. 고발		2. 투쟁		3. 미움과 울분의 외침				4. 원망 탄식	5. 위로와 소망		6. 일상 애환	총계
	가난 착취 탄압	상실 이별	연대 행진	고달 픔	욕설	주문	쾌재	외침	원망	위로	소망	애환	
편수	105	38	59	15	21	11	7	5	17	18	3	56	355
계	143		74		44				17	21		56	355

1930년대《신소년》에 수록된 동시의 대부분은 무력한 프롤레타리아 계급의 삶과 정서를 드러내는 노래들이다. 그 시적화자의 목소리 및 어조를 중심으로 몇 가지 유형으로 나누면 '고발', '투쟁', '미움과 울분의 외침', '원망과 탄식', '위로와 소망의 넋두리', '일상의 애환'으로 나누어 볼 수 있다.

가. 고발

일제강점기 식민지 착취 속에서 가난하고 힘없는 무산계급의 삶에 대한 고발의 목소리를 내는 동시이다. 주로 가난과 착취 및 탄압, 그로 인한 절망과 생이별의 상황에 대한 고발의 목소리를 담고 있다.

1) 가난과 착취와 탄압의 고발
가) 가난과 절망의 형상화

무산계급의 가난한 삶을 있는 그대로 묘사해낸 동시는 그 자체로 고발의 목소리를 띤다. 기본적 삶을 유지하기 어려운 프롤레타리아 계급의 삶의 현실을 그대로 보여주기 때문이다. 가난과 절망을 묘사하고 그려내는 것만으로 계급투쟁의 목소리를 낼 수 있었다. 그렇지만, 있는 그대로의 가난과 절망으로 형상화된 동시는 그 가난과 절망의 원인이 무엇인지 명확한 목소리를 담을 수는 없다.

① 아침에 쑥죽마시고 풀캐러나왓네/아직 풀들이어려서 적은바지개도 좀안차네/쑥범북한개먹고 또랑물 마셧드니/해가질어서 발서붓허 시장기드네!

<해가질어> 金炳昊, 1930년 5월

② 엄마는 오늘도/저녁째되고/양식이 업서서/밥도안짓고/싸느리한 방에서/날만 보덤고/흙-흙-늣기며/울음옵듸다./우리는 왜이리/가난한가요.//엽집에 영애집/왜부잘가요/가만히 놀아도/밥만잘먹니/어머님 쉬잔코/일만하여도/오늘도 못먹고/지내게되니/이세상 왜이리/더러울가요.

<더러운 세상> 晉州 孫桔湘, 1930년 3월

③ 여윈소 멍에메워/채쭉질하야/한사래 이랑긴밧/가라노흘 때/아참도 못먹은 몸/맥이풀녀서/곱흔배 느린뛰를/졸나를매네//오날은 이빗한떼/가라만될걸/심슬구즌 장마비/또올상십다/이-라야 마라야/이소거르렴/비가오면 이보리/또못심을나

<밧가는날> 李孤月, 1932년 6월

④ 찔네쏫이 하얏케/피엿다오/언니일가는 광산길에/피엿다오/찔네쏫 닙파리는/맛도잇지/배곱흔날 짜먹는/쏫이라오.//광산에서 둘째는/언니보려고/해가저문 산길에/나왓다가/찔네쏫 한닙두닙/짜먹엇다오/저녁굼고 찔네쏫츨/짜먹엇다오

<찔네쏫> 李元壽, 제8권 제10·11합호, 1930년 11월

①~④는 굶주림의 처참함을 드러내는 동시이다. ②에서 밥 지을 양식이 없는 엄마는 울기만 하고, ③에서처럼 '아침도 못먹고' ①에서처럼 겨우 '쑥

죽'을 먹고 나와 일을 하는 이들은 '맥이 풀리고', '아해들 얼굴은' 누렇게 떠 있고 젖을 못 먹은 아기의 울음이 가득한 '빈집'의 처참함이 보인다. ④의 언니가 일가는 길에 핀 '찔레꽃 닙파리'를 따 먹는 배고픈 동생의 슬픔이 작품에 그려졌다. 투쟁의 목소리가 겉으로 드러나지 않으나 읽는 이에게 슬픔이 치밀어 오른다. 가난과 배고픔을 그대로 드러낸 동시는 1930년대 식민지 조선의 무산계급이 겪는 굶주림이 얼마나 처참하였는지 느끼게 한다. '여윈 소'가 멍에를 맨 모습은 가난에 찌든 이들의 모습이다. 누나를 기다리며 찔레꽃을 따 먹는 어린아이의 배고픔은 굶주림의 절정을 그려내고 있으며, 그것을 지켜보는 엄마 없는 오누이의 아픈 마음은 일제강점기의 가난한 현실 속 안타까움과 아픔의 정서를 잘 드러낸다. 이 목소리에는 싸우겠다는 의식 자체보다도 삶의 배고픔과 슬픔이 더 깊게 형상화되어 있다.

<불상한 남매> (韓百坤, 1930년 6월), <밭에애기> (金尖, 1932년 8월), <숫장사> (任實 朴流舟, 1931년 5월), <여름의 농촌> (李春植, 1933년 7월호), <톡탁톡탁>(洪九, 1934년 2월호)이 더 있다.

무산계급은 온 가족이 일을 열심히 해도 가난하고, 풍년이 들어도 배를 곯는다. 어른은 물론 아이까지 노동에 참여하고도 어린 아기까지 굶주린다.

⑤ 낮이면 뼈빠지게/일만하다가/어두워서 도라와/죽한술먹고/힘업시 느러저서/잠을잘려면/빈대벼룩 등쌀에/잠못일우네//누엇다 이러낫다/잠을못자고/젓못먹어 우는애/힘업시업고/밧갓흐로 나와서/바람쐬려면/모기들이 덤비여/견딜수업네

<녀름밤> 壬水 宋鐵利, 1931년 9월

⑥ 산에서 새해개고/돌아오면은/집안은 쥐죽은 듯/쓸쓸하다오/어멈은 한재넘어/품파리가고/누나는 강건너로/工場엘갓소.//휘파람불며불며/가갸도읽고/집

프로 부석부석/신을삼으면/어머니 싹일갓다/돌아오구요/누님도 공장에서/돌아
옵니다.

<나의노래> 金炳淳, 1931년 6월

⑦ 아가는 잠자도/엄마는 못쉬네/잠자는 아가를/엄마는 두고서/건너집 방아품/
오늘도 판다네//방아품 파라도/내내로 굼는 것/잠자는 아가를/엄마는 두고서/
건너집 방아품/오늘도 판다네//자식을 생각는/어머니 마음이/뉘라서 다를이/메
치나 되랴만/잠자는 아가를/엄마는 두고서/건너집 방아품/오늘도 판다네

<엄마> 尹池月, 1932년 12월호

⑧ 해여진 내우산에/봄비가새여/기름밴 노동복을/적실야하네//그러치만 안되지/
이노동복은/삼년동안 입고흘닌/기름땅일세/비방울이 주루룩/흘너굴으네

<봄비> 朴仁守, 1933년 7월호

⑤에서 보듯 '빈대 벼룩', '모기'는 가난한 가족을 괴롭히는 것들이다. ⑦에
서처럼 아기가 잠을 자는 동안 '방아품'을 팔고 ⑥에서처럼 '싹일'과 '품파
리'를 하고 '공장에' 다닌다. 온 집안 식구는 굶은 채 일하러 나가고 쥐 죽
은 듯 고요하고 쓸쓸하다. ⑧아무도 보살펴 줄 이 없는 신세를 보여주듯
'해여진' 우산과 '기름밴 노동복'에 흘러내리는 봄비는 눈물이 되어 '주루
룩' 흘러내린다. 빈대, 벼룩, 모기의 등쌀과 부모형제 없는 '어린 거지' 혹은
보살핌을 받지 못하는 '해여진 우산' 속에서 가난과 노동에 허덕이는 이들
의 삶을 묘사하기만 하는 것으로 고발의 목소리를 내고 있다.

<가난한 우리집>(定州 金敬集, 1932년 7월), <잠자는거지>(申孤松, 1930년
8월), <쌀豊年>(赤岳, 1931년 1월), <까치야까마귀야>(朴衡壽, 1931년 6월)가 더
있다.

일제강점기 동시 연구

⑨ 나는요 가난뱅이/돈업는아이/날마다 품파리를/하여가면서/간신히 보통학교/졸업햇스니/인재부터 中學校/工夫해야지/그러나 工夫할돈/한푼업스니/오날은 공장으로/품파리가네.

<품파리> 陳炯南, 제9권 제1호, 1931년 1월

⑩ 비가와요 비가와요/소낙비가요/새벽부터 쉬지안코/나려들오네//오날오는 요비는/얄미운비다/가난한 우리집에/원수의비네//지륵지륵 진흙땅에/신도못신고/우산업서 비맛고서/공장에가는/우리누나우리누나/보기스러요/그렇나 쩌벅쩌벅/다름질치네//우리누나 뼈빠지게/일해서번돈/이것으로 월사금을/내여가지고/저녁이면 가치가치/학교를가네/우리도 아러야만/사러간다고

<얄미운비> 朴大永, 제10권 11호, 1932년 11월호

결국 가난은 무산계급의 배움의 길을 막는다. 이들이 학교에 가지 못하게 만드는 '가난뱅이', '돈업는아이', '돈이 업서', '몹쓸흉년'이라는 상황은 결국 이들을 '품파리', '야학교', '농학박사'라는 시어가 갖는 무거운 고달픔으로 내몬다. ⑨에서 보듯 '날마다 품파리'를 하여 '간신히 보통학교'를 졸업하거나, ⑩에서 누나가 '뼈빠지게 일해서 번 돈'으로 월사금을 내고, 비가 오면 일터에도 못가고서 학교에 간 부자애들을 부러워하는 신세가 된다. <廢學> (金在洪, 1930년 5월), <잠못자는밤> (端興 한힌샘, 1931년 2월), <공> (李春植, 1933년 5월호), <농학박사> (金鍾大, 1931년 3월)에서도 '어느 곳엘 가면은/배워나볼까/이것저것 생각키에/잠못이루네.', '우리의글/거룩한한글/그것만야 배와두면/어듸못쓰리'에서 엿보이듯 그 누구보다 배움에의 열망이 크기에 학교에 가지 못하고 '공장으로/품파리' 가는 일은 더욱 안타깝고 힘든 일이다. 애써 아들 다섯 형제의 농사일을 '농학박사'라는 말로 표현함으로써 배움에의 열망을 드러낸다.

프롤레타리아 계급의 삶의 가난을 노래한 동시에는 그 목소리에 조롱과

절망 속에서 느끼는 조바심이 묻어있다. 가난은 빚과 병마의 고통뿐만 아니라 조롱과 멸시를 동반하여 압박한다. 고통과 조롱과 절망적 상황 속에서 느끼는 삶의 아픔과 불안을 담은 목소리를 낸다.

⑪ 옷이옷이 다떠러저/베잠뱅이 다떠러저/멱팔기만 기다렷지/멱판돈만 기다렷지//장날되여 보고나니/예산친걸 보고나니/모자람이 더만코나/멱갑보다 더만코나//에라에라 고만둬라/그놈의일 해먹겟나/속상해서 해먹겟나

<멱판돈> 李東珪, 제10권 7호, 1932년 7월

⑫ 아버지는 배파라 도망가구요/형님은요 그적게 ××갓는데/빗쟁이는 모여와 요동을치며/병드러눈 엄마를 졸라넘기네/여보시오 빗쟁이 어서가라요/그양반을 졸르면 바들것갓소

<빗쟁이> 沈東燮, 제10권 12호, 1932년 12월호

⑬ 압바엄마 졸나졸나 입은이양복/학교가니 아해들이 흉을봅니다/어듸가서 거지갓흔 양복삿다고//이래배도 압바공전 사흘치란다/싸다해도 엄마공전 닷새치한다//형님누나 졸나졸나 사준이모자/조화하고 학교가니 흉을봅니다/어대가서 헌겁모자 쓰고왓다고//이래베도 우리누나 석달벌어서/싸다해도 우리형님 한달밤샛다

<졸나졸나> 洪九, 제9권 제10·11호, 1931년 11월

⑭ 山밋테 조고마한 수수대울막/언니가 병석에서 쑹쑹아러요/피쌈을 흘리고 버러들여도/언니의 약한첩도 못다들여요.//이것이 될말가 우리는 죽자/압바는 나보고 항상일러도/나는요 아버지가 참아미워요/죽기가 시러서 미워죽겟네.

<미워죽겟네> 南海 朴大永, 제9권 제2호, 1931년 2월

⑮ 수양버들 그늘이 그리옵건만/산에가서 나무벨 나인 때문에/그들의 노는꼴을 그냥보면서/지게지고 산으로 올나갑니다.//산도산도 남의산 맘을조리며/빨리빨리 나

가난은 먹는 것 입는 것에서부터 고통과 조롱을 받으며, 아픈 몸에도 빚쟁이의 요동에 떠밀리며 살아가게 만든다. ⑪에서 '다떠러저 베잠벵이', ⑫에서 '빗쟁이는 모여와 요동을 치며', ⑬에서 보듯 석 달을 벌고 한 달 밤을 새어 사 입은 옷과 모자는 조롱거리가 되고, 부자들이 쉽게 먹다 버리는 참외 한 개를 동생에게 사 주지 못해 '동생 속엿네'라고 탄식을 한다. 결국은 ⑭'피쌈을 흘리고 버러들여도/언니의 약한첩도' 못 달이니 '우리는 죽자'는 절망의 말 속에서 가난한 이들의 조바심이 드러난다. ⑮에는 '그들'이 노는 동안에도 남의 산에 몰래 올라가 나무 베는 초동의 마음이 담겼다. ⑪에서 멱팔기를 기다리다 '에라 고만둬라/그놈의 일 해먹겟나/속상해서 해먹겟나'하는 말 속에 드러나는 실망, 아픈 엄마에게 빚 독촉을 하는 빚쟁이들에게 내지르는 '여보시오 빗쟁이 어서 가라요/그 양반을 졸르면 바들 것 갓소'라는 분노, '이래베도 우리 누나 석 달 벌어서/싸다해도 우리 형님 한 달 밤 샛다'는 말에 드러나는 속상함, 죽자는 말을 하는 '아버지가 참아 미워요/죽기가 시려서 미워죽겟네.'라는 슬픔과 두려움은 가난한 이들의 불안과 슬픔의 마음이다.

<나무장사>(金炳昊, 1930년 2월), <참외한개>(李淸松, 1932년 11월), <울지마러라>(金鍾大, 1931년 4월)에서도 유사한 목소리를 들을 수 있다.

가난에서 비롯된 불안과 조바심에 시달린 이들의 목소리는 결국 살길을 찾아 이를 악무는 비장함으로 이어지기도 한다. 또 왜 그리 가난한지에 대해 의문을 제기하기 시작하며 가진 자와 비교하는 마음으로도 이어진다.

⑯ 십리길 장단에/솟붓처놋코/두득옷 뫼신짝/졸려매신고/발바닥 손바닥/움이돗치고/웬몸둥 전신의/드득이안케/죽을판 사ㅡㄹ판/쫏차단이도/열권구 닙술에/풀칠이밥바/불자지 나와도/붓그름모르고/붓그름 알으도/붓그릅잔코/불자지 나와도 /가릴배업네.

<불자지> 록山 金鍾大, 제9권 제7호, 1931년 7월

⑰ 내 사랑하는 동무야!/지금 나는 눈을 꼭 감고설랑/까마든한 어릴때의일을 생각한다/……………………/「압바! 나 바지저고리 해주람? 응아ㅡ」/「흐응ㅡ 엄마! 흙흙……」/압바앞에서 응석을 부리고/엄마가슴에 매여달렷다/그럴때마다 나는/앵도알갈은 젓꼭지에서 내쭘는/꿀갈이단 젓의 향긔를 무한이 늣긴다/나는 부자ㅅ집 도련님이 밥처럼 먹는다는/갑비싼 「소젓」이 무엔지볼은다!/그리고 귀여운 아가씨들이 드리마시는/따수한 양젓맛을 모르고/이날 이때껏 살아왓다/무정한 우리엄마는/최부자아들 오복이녀석에게/유모로 갓단다/그래서 그때부터 나는/어머니의 따수한품에 힘껏안기우지도 못햇스며 (-생략) 나는 왼만한일에는 울지안엇다/부자ㅅ집도련님처럼 픽!하면/쏭라팔을부는 못난이는 안이엿다/나는 벌서 다른애들을 쥐여박을만한/힘을가젓고 용긔가 잇섯단다!/그래서 마을애들은 그전처럼/나를 놀리지는 못하엿다/새깜안 萬年샤쓰!/튼튼한 「왕발구두!」/-그것이 나의한벌 옷이요/한커레신이엿다/「본디」만한 조고맨 자지/알사탕을 두알 쇄맨듯한 불알두쪽!/그것을 나들나들 흔들며 쏘단일 때 (-후략)

<깜둥이의 노래-소십동무에게>부분, 金友哲, 1934년 3월호

⑱ 그리운 고향산천 눈물뿌려 하직하고/살길을 차즈려고 북간도록 가노매라/그러나 그곳이라고 나살니리잇스리//五月염천 더운날에 쉬지안코 김을메여/그나락 잘되기에 땀값이라 반겻더니/의외에 쌀갑나려 배만탈탈 골노매라//근금절약 말도말소 실업군이 증거로다/일쌈업시 근금할가 아침굼고 절약할가/웨그리 사람의 사정을 하그리몰나//아침에 개똥줏고 저녁엔 집신삼아/천석군이 되렷더니 도로혀 굼노매라/대체나 그녀들은 엇더케 모혓는고?

<우리의詩> 朴流舟, 제9권 제6호, 1931년 6월

⑯에서 '불자지'라는 시어는 시적 화자의 분노와 비장함을 전한다. '죽을 판 살판' 열심히 일해도 열 가족의 입에 풀칠조차 못하니 내 한 몸 챙길 여력이 없어 '불자지 나와도/가릴 배업네'라는 결기 어린 절규로 들린다. '불자지'라는 단어가 흔히 비속어로 사용되어서 동시의 시어로 적절치 않다는 평가도 있을 수 있으나, 오히려 가난의 고통에 사무친 인간의 절박한 심정을 표현하는 절규를 담은 시어로 볼 수 있다. ⑰에서는 최부자집 아이에게 엄마를 빼앗기고 '어머니의 따수한품에 힘껏안기우지도 못햇스며/꿀같이 달고 하얀젓을 먹지못하구/굶주림과 헐버슴속에서/눈물을 흘니며 자라낫다/차고어둡고 무시무시한 속에서/그래도 죽지안코 살아낫다'는 비장함의 목소리가 들린다. 놀림을 받으면서도 「본디」만한 조고맨 자지/알사탕을 두알 쇄맨듯한 불알두쪽!'을 흔들며 '왼만한일에는 울지안엇다'는 결기에 찬 삶을 볼 수 있다. ⑱에서도 살기 위해 북간도로 가서도 '아침에 개똥줏고 저녁엔 집신삼아/천석군이 되렷더니 도로혀 굼노매라/대체나 그네들은 엇더케 모혓는고?'라는 의문을 제기한다.

<박쥐>(徐性浚, 1931년 3월), <그네와우리> (高文洙, 1931년 1월), <굴뚝>(北原樵人, 1934년 3월호)도 가난한 나와 부자를 비교하는 목소리를 들을 수 있다. 아직 부자에 대한 감정이 겉으로 완전히 드러나지는 않지만, 자신의 가난한 삶이 자연스럽게 부자와 비교되고 그 마음에서 불공평함에 대한 불만의 목소리가 새어 나올 수밖에 없다.

결국 가난과 굶주림과 억압에 못 이겨 가장은 병이 나고 아이가 죽어가며 가족은 뿔뿔이 흩어져 파괴되는 형국이 된다.

⑲ 오늘아츰에는 아즉거리가 적다고/어머니는 풋나물갱죽을 끄려서/아버지는 그것을먹고 장으로가섯습니다.//그적게 또 무서운산직이영감에게들키어서/낫도 빼앗기고 겨우겨우 솔갈비한짐을하야/그것을팔아서 양식을 팔랴고/추운아츰 공긔

를 뒤집어쓰면서/첫새벽 먼- 十里길 장으로 가섯습니다.//주름살진 어머니는/洞里로단이면서 방아품을 들던것도/벌서 닷세전에 감기로말미암아/괴로운 몸을 펴지도못하고/캄캄한 방안에 혼자알면 누엇습니다.//그러나 나무를 팔러가신 아버지는/왜 아즉도 아니오시는지요./저녁거리도 업는 것을 보고가신/아버지가 아마나 도라오실길이나/해는점을고 날은추운데(-생략-)/행여나 아버지가 오실까하야/나는 배곱하서 울고잇는 어린아우를업고/고요히 잠들어가는 한길까에나서서/도라오실 아버지를 기다려봅니다.

<아버지를 기다림> 李聖洪, 제9권 제3호, 1931년 3월

⑳ 오날도 한종일을 고사리싸리도 못가고/김참사네 어린애를 업고 오동나무 밋헤서/『우리애기 자장자장』『고흔애기 자장자장』/입방아를 씻다가는 마음이 언짠아서 멧번인가 울엇다/죽어간 동생을 생각하고는 자장노래 싯마다 마음압허 울엇다//동생은 반년동안 알타가 가고야 말엇다/싯가지도 어머님의 젓과 나의잔등이를 써러지지 안흐려든 동생은/눈은감지도 못한채 여-ㅇㅇ 가버리고야 말엇다/안가겟다고 발버둥치는 것을 보내고야 말엇다/약과 주사를 멧십원어치쓰면 낫는다는 동생의 병이건만(-생략-)/어머님의타는 마음이 커갈째 병도놉하 가고야 말엇다//동생이 애틋스러워 병원의 문을붓잡고 울고잇든/혹시 약이되지안흘가하야 풀쌕리를 캐여다 쪼기여주든여- 어머님은/동생이 가기가밧부게 김참사ㅅ집 유모가 되어버렷다/…(二行略)…//썩어진 팻말을 부여잡고 누어잇는 동생이 이쌀을보고는/얼마나 울긴들 하엿스며 우리들 원망인들 하얏르랴/아하 너는 아느냐 젓먹이다 늘상 우는 어머님을- <무엇이 어머님을 乳母까지 만들엇나…이놀애의 팻말을 根錫의 무덤압헤헤운다…>

梁佳彬, 제11권 8호, 1933년 8월호

⑲에서 '풋나물갱죽'을 먹고 나무를 팔러간 아버지의 고달픈 삶과 그를 기다리는 가족의 아픔이 형상화된다. 온 가족이 아버지가 산 주인 몰래 하는 나무 한 짐에 기대어 살아가고 있는데 아버지가 돌아오지 않아 기다리고 있다. 아버지는 오지 않고 아픈 어머니와 배고픈 동생을 업은 채 애

타게 기다리는 상황이다. ⑳는 돈이 없어 치료받지 못한 채 죽어간 자신의 동생을 생각한다. 당시 삶의 핍진함이 그대로 담겨 있다. <봄날>(旅人草, 1930년 2월), <어재ㅅ밤비에 우리호박밧이썻서요>(李聖洪, 1930년 2월), <봄이 오면>(金炳昊, 1930년 4월), <유산>(李東珪, 1932년 10월호)도 이 유형에 속한다.

나) 착취와 탄압에의 신음

착취와 탄압에의 신음을 담은 동시는 다양한 상징적 표현으로 형상화된다. 당나귀나 말과 소는 노동력을 착취당하는 이들을 상징한다.

---

① 주인집 당나귀는/꾀당나귀/그러나 그꾀는/괴롭아쓰는꾀/나으리 태우고/내건너가단/물깊은 복판에/버틔고섯소/속모르는 나으리/매질만하야/나귀는쓰린눈물/흘닌답니다.//주인집 당나귀는/꾀당나귀/그러나 그꾀는/밥바서 쓰는꾀/눈싸매고 방아확에/억매여돌단/어지려 다리 떨녀/그만서지요/마음모진 주인아씨/매질만하야/나귀는 분한눈물/흘닌답니다.

<당나귀> 月峯, 1931년 6월

---

② 마차꺼는말이 부르짓는다/날마다나의밥 너머나적다/마차에실은짐 너머무겁다/마부의채쭉질 너머앞으다/어서어서나는 뛰여나가고싶다.//짐실은황소가 소리질은다/날마다하는일 태산같으다/길고긴하로해 쉬도못한다/즐겁게노는일 하나도업다/어서어서나는 다라나가고싶다.

<말과소> 李東珪, 1931년 9월

---

③ 무더운밤 맹꽁이는 글을읽는데/동네집의 듸딜방아 잠을잡니다/모기떼메 우리들은 잠몯자건만/밉살바자게 실엉치도 않고잡니다//떨꺽떨떡 앞어앞어 해전울면서/지주네의 묵은쌀만 찌엇습니다/굶어가며 일만해준　생긴방아/지치어서 다리뻗고 잠을잡니다

<잠자는 듸딜방아> 宋完淳, 1932년 8월

---

④ 압숩헤서 뒷쓸에서/처량스럽게/매암매암 맴이소리/기여웁니다.//우리아범 재 넘어서/밧츨갈다가/처량하게 들녀오는/매암소리에/밧드렁에 걸쳐안저/멀쑹합 니다.//매마젓나 굼주럿나/배가곱호나/우리아범 서럼가치/쉴사이업시/누구보고 매암매암/악울음쓰나

＜매암이＞ 金炳淳, 1930년 6월

①에서 착취의 괴로움 속에서 당나귀는 꾀를 쓰다 매질을 당한다. 열심히 일하고도 수입이 없어 굶주리는 삶은 ②에서 보이는 말과 소의 달아나고 싶은 마음과 다르지 않다. ③의 '지주네' 일만을 하다 지쳐 잠드는 '듸딜방아'도 착취당하는 이들의 모습을 잘 표현한다. ④의 '매암이'는 힘겹게 살아가는 '우리아범'의 마음을 그대로 이입하는 '악울음' 우는 마음을 잘 형상화한 시어이다. ＜개아미야 나와악수해＞ (朴古京, 1932년 11월호)의 '개아미'도 착취당하는 아버지를 상징한다. 부지런하고 여윈 모습이 쉬지 않고 일하며 곡식을 빼앗긴 '우리 아바지'에 비유된다. ＜나무닙＞ (李華龍, 1930년 3월)의 '나무닙'은 생명이 없이 거미줄에 걸리고 연못 속에 빠지는 모습이다. 안타깝게 보이는 힘없는 이들을 상징한다. 생쥐와 거미는 착취자를 상징한다. ＜고무신＞ (朴猛, 1932년 10월호)의 생쥐는 삶의 '밑바닥'을 '쏠아' 버린 '놈'이다. ＜거미＞ (洪九, 1934년 2월호)의 거미는 파리나 모기가 기운이 없어 가만히 있을 때까지 그물을 치고 기다리는 착취자를 상징한다. ＜비나리는 날＞(金明謙·孫赤波, 1931년 9월)에서는 '비'가 이들 프롤레타리아 계급 사람들을 고통스럽게 하는 환경으로 비유된다. ＜개＞(朴炳道, 1931년 7월), ＜넘어틀엇 네＞(金炳昊, 1930년 5월)가 더 있다.

이들 착취당하는 무산계급의 정서를 비유 및 상징으로 표현하고 있는 동시에서 시적화자의 목소리는 아동인지 성인인지 뚜렷하지 않은 경우가 많다. 앞에 제시한 동시들 가운데 ＜매암이＞(金炳淳, 1930년 6월)와 ＜개아미야

나와악수해>(朴古京, 1932년 11월)의 시적화자는 비교적 아동의 목소리가 뚜렷하다. 그 외 다른 동시에서는 시적화자가 아동인지 성인인지는 뚜렷하지도 중요하지도 않다.

착취와 탄압에 시달리는 소작농의 삶을 그대로 그려내는 동시는 가난한 삶을 그저 있는 그대로 그린 동시와 달리, 빼앗기고 억압받는 장면을 더 중요하게 포착한다. 하지만 시적자아의 목소리나 시선은 어린 아동의 목소리이기에 아동의 눈으로 바라보는 착취와 탄압의 장면으로 그려진다. 이들 아동의 시선과 목소리로 형상화된 착취와 탄압의 장면은 결국 강력한 저항의 행동 방향을 제시하지는 못한다. 어린 눈으로 본 소작농 가족이 일상에서 당하는 착취와 탄압의 장면에 놀라고 분노하거나 아파할 따름이며, 그 근본 원인에 대한 지적이나 저항의 자세를 보이지는 못하기 때문이다.

⑤ 달밝은 보름밤에 엄마혼자서/쿵닥쿵 쿵닥쿵 방아질해요/아기들의 떡하러 씻는방아요/아니란다 이방아 쿵당찌어서/사읍나리 생일에 떡할방아다/난몰라 엄마엄마 고만두어요/땀흘니고 그런 것은 찌치마라요/사음생일 떡할방아 쿵당   다가/방아자루 붓잡고 엄마가조네/기운업고 잠와서 꿋덕꿋덕/엄마엄마 방아질 고만두어요/압바따린 그이에게 떡은왜해주/아니란다 떡해서 보내야한다/고나마나 논맥이 못붓칠나

<방아질> 洪九, 1932년 9월 임시호

⑥ 저山넘에 연기는 무슨연긴가/우라버지 숫ㅅ굽는 몸쓰린연기/저속에서 아버지는 기름덱이지//저골목에 연기는 무슨연긴가/우리누나 실쌥는 工場연기지/저속에서 우리누나가슴태우네//저바다에 연기는 무슨연긴가/우리나라 쌀을실고 장사가는배/검은바다 볼쌔마다 한숨만지네//이굴뚝에 연기는 무슨연긴가/사흘만에 한번째는 가난이살님/우러머니 눈물가치 푹푹 솟네

<연기> 성홍, 1930년 5월

⑦ 금물결 파도이는 노을보고서/아버지는 한숨만 쉬고게시네/봄여름 애를태워 지은입쌀은/땀흘리던 그녀가 임자아닌가? //벼마당 되질하는 그늘에안저/아버지는 담배만 피고게시네/내가커서 농사만 짓게돼봐라/쌀한톨 다른놈에 ×앗기는가!

<아버지> 成慶麟, 1932년 9월 임시호

⑤는 지주의 논을 계속 부쳐야 하는 소작농 엄마가 당하는 노동 착취의 모습에 분노하는 아이의 목소리이다. ⑥은 온 가족이 여러 노동의 현장에서 착취당하고 있는 현장의 연기와 결국은 '우리나라'가 쌀을 빼앗겨 실려나가는 배의 연기가 며칠에 한 번 불을 때는 가난한 굴뚝의 연기와 겹쳐지는 눈물겨운 장면이 그려진다.

⑦과 같이 소작농이 애써 지은 농산물을 착취당하는 안타까움을 토로하는 작품은 여러 편이다. <우리가지은곡식> (吳京昊, 1931년 10월)에서 '글세 아버지 우리겐 한알도 안도라오면 누가 다가진단 말슴임니까/나의 조고만 주먹은 슬거머니 쥐여지는것이엿습니다.', <소작료> (李久月, 1930년 5월)에서 '한섬두섬 삼킨뒤는 빈지개 한숨지워'로 표현된다. <병드는농사> (黃大生, 1931년 2월)에서는 '지은농사/부자 빗쟁이/다가저가고/가엽시 굼주린/울언니입에/모래쌀 조밥이/드러가네.'라는 한탄으로 형상화된다. <허재비일순>(새힘社 鄭祥奎, 1930년 11월)에서는 '죽도록 일해준 허재비일순/지주님게 품싻은 얼마나엇도/욕심쟁이 영감은 지주영감은/귓써러진 돈한푼도 아니 준다오!', <어리석다>(金寧鐘, 1933년 8월)에서는 '그릿치만 넓은뜰을/다갈앗거만/작년일년 농사진 것/다××고오/모를뿌릴 종자나마/잇서야지요/이 얼마나 우리농가/얼이석을가?'라는 목소리에는 아픔과 자괴감이 담겼다. 어린 화자의 목소리는 분노에 차 있다. '아버지는 담배만 피고게시네/내가 커서 농사만 짓게돼봐라/쌀한톨 다른놈에 ×앗기는가!'(<아버지> 成慶麟) 어린 화자의 목소리와 성인 작가의 목소리가 뒤섞인 부분이다.

<논>(順天 金琪燮, 1933년 5월), <가을-精米女工의부르기를->(成慶麟, 1932년 11월), <말둑>(洪九, 1932년 11월), <月給날…어느소년직공의 일기…>(金明順, 1933년 7월), <방ㅅ세>(朴永夏, 1931년 10월)이 더 있다.

무산계급이 착취와 억압 속에 신음하는 아픔을 형상화한 동시 가운데에는 어린이의 노동력이 착취되는 현장을 그려낸 경우가 많다. 이동규의 동시가 많은데, <소년직공>(李東珪, 1931년 10월), <공장살이>(李東珪, 1932년 1월), <밤일>(李東珪, 1931년 11월), <녀공의 동생> (李東珪, 제10권 6호 1932년 6월), <불화>(李東珪, 제10권 2호 1932년 2월), <이모양이요>(李東珪, 제11권 2호 1933년 2월호) 등이 그의 작품이다.

⑧ 일은아침 벤또들고 다름질처서/학교문을 비켜노코 공장속으로//요란스레 긔게소리 그속에싸여/연필공책 대신에 맛치를잡고//전긔불을 바라보며 집에도라와/저녁먹고 외이는곳 회관이란다

<소년직공> 李東珪, 1931년 10월

⑨ 형님형님 사촌형님/공장살이 엇덥듯가/××살이 맵다한들/공장보다 더메울가/분결갓치 곱든손이/가죽갓치 억세젓소/적은돈에 몸이팔녀/공장삼년 살고나니/백설가튼 내얼골에/노랑꽃치 피여낫소

<공장살이> 李東珪, 1932년 1월 *민요의 패러디

⑩ 3월부-ㅇ 부-ㅇ 피대는울고/일이고듸다 소리처울고/왈가닥덜거덕 성낸것가치/전긔모-터가 도라를간다//어둠침공장에 왼종일서서/쉬지도 못하고 이모양이요/야업비 멧푼에 몸이 잡히여/긴시간노동에 사람이녹소

<이모양이요> 李東珪, 제11권 2호, 1933년 2월호

어린이들이 학교 대신 공장에 다니며 '연필공책 대신' 망치를 삽고 일한

다. 공장은 '전긔불'과 '전기모터'로 표현된다. 공장은 '인형'같은 '가난한 동무'가 '스무냥도 못'되는 품삯을 위해 '야업비 멧푼'을 위해 '노랑' 얼굴로 쉬지도 못하고 '이 모양'으로 일하는 곳이다.

⑪ 우리집이고/놉흔굴쑥 벽돌집/식커먼집은/우리못님 댕기는/工場이라오.//우리집의 촉불이/쌘작어릴쌘/놉흔굴쑥 달닌집엔/電氣불오고/우리못님 工場에서/도라올째는/무서운 찬바람이/더욱붑니다.

<우리집> 金昌嘉, 1931년

⑫ 공장의 창틈으로 흘너드러온/따뜻한 볏바드며 일하노라니/할미꽃핀 폭은한 잔디에누어/꿈과기치 봄날을 보고시퍼서/새삼스레 공장은 더음침하네//행여나 고흔봄을 눈에 볼세라/유리창을 살근이 내다보와도/싯검은 벵끼칠한 나무판장 뿐/한동무의 저밋혜 시드러가는/제비꼿 한송이나 빼아서볼가//조롱속에 우는새 암만우러도/조롱을 버서나야 봄노래하지/요란히 도라가는 모터소리와/목청노퍼 노래로 우럿더니만/감독의 눈초리가 겨을갓구려

<工場의 봄> 吳京昊, 1931년 5월

⑬ 아침거리 그애들은/학교가지만/학교대신 우리들은/공장에가조//책보대신 벤도를/엽구리끼고/죽어가는 애들앞에/힘잇게뛰조

<소년직공> 沈東燮, 1932년 11월

⑭ 어제밤에 공장감독 오라하길네/무엇할가 이상해서 가보앗드니/일원짜리 세낫 너은 봉투하나를/내손에다 쥐여주며 하는말솜씨//공장동무 하는일 일너만주면/얼마든지 돈푼은 준다고하지/내가내가 그돈에 팔일줄아나/말솜씨가 너무조와 우습고나야//공장에는 내동무 삼백명동무/나와가치 돈업서 일하는동무/공장놈들 명령에 지내기실어/이제부터 우리도 ××할난걸//그래그래 그전돈에 내가팔녀서/우리동무 하는일을 일으란말가/우리동무 목아지를 떼란말인가/말솜씨가 너무조와 우습고나야

　　　　　　　　　　　　　일제강점기 동시 연구

공장은 '콩크리트', '놉흔굴쑥 벽돌집/식커먼집'이다. '해님업는', '조롱 속에' 갇혀서 온 종일 일을 하는 이들의 얼굴이 노랗다. '싯검은', '조롱' 속에서 감독의 눈초리는 '겨을' 같고, 찬바람 속에 집으로 돌아온다. 희망이 없는 어린 직공의 이미지가 형상화되었다. <해님업는직공들>(韓哲焰, 1932년 6월), <고등소리>(새울□ 金樂煥, 1930년 5월)가 더 있다. 이들 동시에서 공장에 다니는 직공의 착취와 수모의 장면을 그대로 직시하여 형상화하였으나 저항하거나 비판하는 어조를 드러내지는 않는다.

그에 비해 노동 착취에 대한 저항과 비판의 목소리가 드러나고 있는 작품도 있다. <공장아씨의 노래>(孫桔湘, 1931년 11월)에서 공장감독이 '돈푼'을 주며 요구하는 부당한 일에 대해 '말솜씨가 너무조와 우습고나야', '공장놈들 명령에 지내기실어'라며 실소하며 비판하는 마음이 드러난다. <採鑛夫> (車紅伊, 1930년 7월)에서도 부당하고 억울한 현실 앞에서 '부즈런에 쌀으는 가난업다는 말한이 누구일싸요?'라며 모순으로 가득 찬 현실을 비판하는 마음을 볼 수 있다.

공장에서의 노동력 착취만이 아니라 착취와 수모는 삶의 모든 공간에서 일어난다.

⑮ 우리는(―行略)/오늘도 해점도록 똥뒤의 소제다//얼는안가면 집심부럼 못하지만/선생얼골 처다보니 아이고 무서워 저눈꼴

<벌소제> 李向波, 1932년 11월호

⑯ 삼년하고 쏘두해/길고긴세월/남의집에 머슴을/살든언니가/아득히도 세상을/써난이후로/나이어린 이몸도/머슴을사네//흔신신고 눈위로/물지게지고/쎄궁쎄

궁하면서/물지를째면/이망에선 쌈방울이/샘솟듯하고/두다리는 히둘려/맥이업
서요.

<물지게지고> 朴永夏, 1931년 3월

⑰ 산등고개 그못퉁이/조심하세요/하로싹전 돈석양을/벌기위해서/도로고군 울
압바가/다리상햇소//험한비탈 도로고일/목숨싣는일/도로고군 아저씨들/일군아
저씨/싹전은 적어가도/듣고늡니다

<도로고군> 沈東燮, 1933년 8월호

⑮는 공장이 아닌 학교에서 부당하게 처벌받는 학생의 마음이다. ⑯에서
'나이 어린' 형제가 머슴이 되어 죽임을 당하고 물지게를 지는 장면이다. 아
동의 노동력 착취만이 아니라 어른들의 착취 현장을 아동의 눈으로 그린
동시도 있다. ⑰에서 '하로싹전 돈 석양을' 벌기 위해 다리를 상한 아버지의
모습이 등장한다. <전깃대> (白鶴瑞, 1931년 7월), <빗쟁이영감>(李孤月, 1932년
1월)(국학자료원본에서 누락됨-원종찬 본에서) <섣달금음날>(李春植·金光允, 1933년 3월
호), <어린누나가안닙니까?>(趙宗玄, 1931년 1월), <나무군아희>(金樂煥, 1930년
4월), <日記 한 節>(朴猛, 제10권 1호 1932년 1월, 국학자료원본에서 누락됨-원종찬 본에
서)에서도 착취와 수모의 장면을 볼 수 있다.

착취와 수모의 장면은 결국 부자와 가난한 이의 삶을 비교하며 부당함
에 분노하고 더이상 참지 않겠다는 직접적 목소리로 이어진다.

⑱ 녀름의 바람은 무더운바람/피땀이 매처서 흘럿습니다./나무닢 욱어진 그늘밑
에는/미운놈 약한놈 모엿습니다.//따뜻한 해볓헤 모래알녹고/시내물 씽-씽 끌어
번저도/농닙쓴 아저씨 기음밧매고/일동무 낫메고 소꼴벱니다

<녀름> 金明謙, 제9권 제8·9합호, 1931년 9월

⑲ 工場主 얼골은 뚱뚱한얼골/기름이 흐르는 살이찐얼골//職工의 얼골은 싯검언
얼골/주름이 잡힌 여위인얼골//뚱뚱한 工場主 일안이하고/가만히 안자서 놀기만
하며/職工들 피쌈을 싸라먹어서/얼골이 살지고 개기름돌죠//수만흔 職工들 일만
하야도/욕심쟁이 工場主 다쌔서가서/가슴이 압흐고 속이상해서/얼골이 주름지
고 싯검엇치요.

<두얼골> 三長 李孤月, 제9권 제4호, 1931년 4월

⑳ 공장의 품싹은 주러만가고/동무는 하나둘 헤여저가오/우리일 더욱더 만하를
가고/공장은 나날이 더커가지오//이것은 누구의 수작일가요/뚱보 도령님 수작이
겟지/이꼴을 보고서 일할줄아니/인제야 ×××안속을터다.

<工場主하는일> 朴大永, 제9권 제7호, 1931년 7월

㉑ 뛰자뛰자 힘찬주먹/더흔들며 뛰자/찌는듯한 여름해빛/그아래서/피땀방울 짜
내며/일을하고도/밥!밥! 胡米밥도/없어굶는다//뛰자뛰자 가슴파도/더펄펄뛴다/
양옥안에 사는부자/고히놀면서/소고기찬을 /우기우기 먹는담이 /웬?말이야!

<뛰자- 뛰자-> 姜敎根, 제10권 11호, 1932년 11월호

㉒ 아츰이다-/동편하날에 싯검언 태양이 솟는다/그렇나 깨끗이 밝어야할 ×도시
의 하날은 석탄재와 연긔로 점점 흐리여간다//하날을 찌를듯한 키높은 굴둑들-/
무섭게 내뿜는 검은연긔는/장마때 검은 구름떼같이/태양을 무색케 만든다/귀신
의 울음같은 싸이렌의 소리는/고요하든 새벽의 적막을 깨트린다/자- 이제는 우
리들이 일터로 나가는 행진이다/얼굴에 핏긔는 없으나 마음만은 씩씩한 우리들의
행렬이다//쿵-쿵-쿵, 덜그럭-칙-/공장의 왼-「모타」가 움즉이기 시작할 때/긔름때
무든 작업복을 가리입은 우리들은/진저리나는 하로를 그리여보며/오히려 힘잇게
팔뚝을 걸어메고/긔계를 노려보며 일할준비를 한다./이리하여 우리들의 하로는
시작되는 것이다

<우리들의 하로의 시작> 安海光, 제11권 5호, 1933년 5월호

⑱에서 한여름에 부자는 '그늘'에 모여있고, 가난한 자는 '모래알녹고/시내물'이 끓어도 김을 매고 소꼴을 베는 장면이 그려진다. ⑲에서 공장주의 얼굴은 기름이 흐르고, 직공의 얼굴은 시커멓다. ⑳에서 품삯은 줄어가고 일감은 더욱 많아져서 '이것은 누구의 수작일가' 속지 않겠다는 결의가 드러나며, ㉑에서 '피땀방울 짜내며' 일하고도 굶고 놀면서도 '소고기찬'을 먹는 현실에 '웬?말인야!'고 분노한다. ㉒는 '검은연긔' 속에서도 '마음만은 씩씩'하고자 '진저리나는 하로를 그리여 보며' 오히려 일할 준비를 한다는 이를 악무는 마음이 드러난다.

<머슴꾼의 노래>(金敬集, 제10권 8호 1932년 8월), <모숨기>(김병호, 제8권 제8호, 1930년 8월), <고달픈신세>(尹池月, 제10권 7호 1932년 7월), <내생활>(陽近而, 제9권 제10호, 1931년 10월), <나올지언정>(元山 朴永夏, 제9권 제7호, 1931년 7월), <땅파는 이몸>(安邊 嚴成鶴, 제9권 제7호, 1931년 7월), <소곰>(天安 尹在舞 尹在弼, 제9권 제8·9합호, 1931년 9월)이 더 있다.

일제강점기의 계급 갈등은 단순한 계급 갈등이 아니라 식민지 즉, 피지배 민족인 나라 잃은 국민에게 가해지는 압박으로 더욱 가중된다는 점이 잘 드러나는 작품도 있다. <숨쌔인사람들>(金友哲, 제10권 4호 1932년 4월), <피리부는동무업스니>(鄭翼北, 제8권 제6호, 1930년 6월)에서 전쟁과 가난 속에 흩어진 사람들의 이야기가 나온다.

2) 이별과 상실의 고발

삶의 현실에서 겪는 부조리를 고발하는 목소리는 다양한 형태의 고통과 아픔을 담고 있다. 가난하고 힘없는 이들은 가진 것을 잃게 되고 가까운 이들과 이별한다. 이별은 기다림과 그리움의 안타까움을 겪게 하고 그 아픔이 동시 속에도 생생하다. 이러한 상실과 이별의 아픔을 동시로 형상화함으로써 동심의 고통을 고발하고 있다. 보내는 이의 마음, 떠나는 이의 마음과 기다림의 노래를 차례로 살펴본다.

먼저 떠나보내야 하는 이의 마음을 형상화함으로써 그의 목소리로 삶의 부조리를 고발하는 동시이다.

① 강아지를 팔엇서요 내강아지를 어젯장날에 아버지가 내 검둥강아지를 팔엇서요.//기름이 반들반들하고 눈알이 싸막싸막하든 말들듯는 내 검둥강아지 「이건 네차지다」하시고 아버지가 제해주시든 내목아치 감둥강아지를 면소에 결복밧친다고 어젯장에 쓸고갓서요.//「씅씅씅」 안갈랴고 강아지는 뒷발을 쌧대고 쎄를 쓰드군요./부시쌩이로 쌔려쫒든 어머니의 눈에는 눈물 한알이 쎠러젓서요./나는 담 밋헤 붓터서서 눈물진 눈으로 바라만보앗지요.//「씅씅씅」 안갈랴고 강아지는 목이 느러저도 그냥 쌧대고 섯섯서요./주인집을 쎠나기가 몹시도 실흔가배요./우리 감둥이는 참 싹싹한개 드랍니다.//「地主님이 허리가 압흐다는데 저게나갓다드리지……」(-생략-)

<팔여간 강아지> 李聖洪, 제8권 제3호, 1930년 3월

② 창수야길용아/너의는 갓구나/그여이 가고야 말잇고나/다시 오지못할 나라로/하로 멧십전에/목을매여 노동을 하다가/그만 무참이도 저나라고 가고 말엇구나//창수야 길용아/너이들은 약한몸으로/힘에 넘치는 노동을 하려고/먼동이 트기전에/복잡한 서울거리가 아즉 고요할 때/십리도 더되는 길을나가/홍수와가치 밀니어오는 노동시장으로/달여들지를 안엇섯니//(-생략-)뒤에는 씩씩한 아저씨들과 우리가 잇지안으냐

<너의는 갓구나-두동무의죽엄을곡함-> 宋勇, 제11권 7호, 1933년 7월호

①은 가장 친한 벗인 강아지를 떠나보내는 아이의 마음을 형상화하면서 현실의 상실감을 고발한다. '내목아치 감둥강아지를 면소에 결복밧친다고 어젯장에 쓸고갓서요.'나 「地主님이 허리가 압흐다는데 저게나갓다드

리지……」라는 표현은 세금을 내야하고 지주에게 잘 보여야만 살아남을 수 있는 삶의 아픔이 어린아이의 강아지마저 빼앗아가는 상황으로 귀결된다. 강아지를 보내는 아이의 아픈 마음으로 형상화되어 현실을 고발한다. ②는 '멧십전에/목을매여 노동을 하다가' 무참하게 떠나간 친구를 그리는 마음을 형상화하면서 현실을 고발하는 동시이다. <어데로갓슬가-떠나간 뒤소식업는 申鼓頌형님의게->(李聖洪, 제9권 제7호, 1931년 7월)에서는 '백년이나 때무든 넷할아버지가 물녀준 넷터전을 버려두고/서름서름으로 원한을 전신에 얽매여가며/무서운돈에 쫏기여 또 어려운밥을 차즈려/놉흔산과 뻿친물을 뒤몰래넘고넘어/별만 파릿파릿한 오즉 이밤에/그는 가치어서 어대로 갓슬가?'라며 '도조에, 지세에, 또 장리에 곱쟝리를 처주고도' 어디론가 떠날 수밖에 없는 현실을 고발한다. <동무여! 잘가거라>(金明謙, 제9권 제10·11호, 1931년 11월)에서는 '떱석부리 고주사의 독촉으로 말미아마/드듸어 그대는 세식구와 가치 가지아느면 안되엿다. 상해의길/바닥으로/동무여! 五尺박게안될 그대의 몸을'이라며 이별의 안타까움을 형상화하면서 떠나기를 종용하는 현실을 고발하고 있다.

　<눈오시는밤>(趙灘鄕, 제9권 제3호, 1931년 3월), <가는 兄님>(孔樟會, 제12권 2호 1934년 2월호), <형 안령히>(朴古京, 제10권 7호 1932년 7월), <나루ㅅ배>(趙宗玄, 제9권 제3호, 1931년 3월), <約束>(李聖洪, 제8권 제8호, 1930년 8월), <어대로가나>(金龍俊, 제9권 제3호, 1931년 3월), <저녁노을>(安龍民, 제12권 2호 1934년 2월호)이 더 있다.

　떠나야 하는 이의 마음이 형상화된 동시도 고발의 목소리를 띤다. 동시에 드러나는 이들의 이주는 가벼운 마음으로 떠나는 것이 아니다. 떠나는 이의 목소리로 들려지는 이별의 정한은 정든 삶의 터전에서 쫓겨갈 수밖에 없는 안타까움으로 가득하다.

③ 작년가을 써나갓든/강남제비는/올봄에도 우리집을/차저왓구나/푸른바다 놉흔산/멀고먼길에/적은몸이 얼마나/고단햇겟늬//래일모레 우리는/이사간단다/아직아직 이집엘낭/집짓지마라/골목세방 우리갈집/너차저오면/판을밧처 집터나마/만들어주마

<제비> 嚴興燮, 제8권 제5호, 1930년 5월

④ 풍년이라 압뒷집 우슴이래도/초집마저 잡히고 써나를가네//엄마압바 싸라서 울애기업고/울며울며 겨울날 써나를가네/함박눈은 펄펄펄 발이싸저도/살수업서 옛고향 써나를가요.

<써나는 고향> 趙灘鄕, 제9권 제1호, 1931년 1월

⑤ 작년에 씨심듯 우리의밧이/올봄엔 참봉네 밧되엿다고/우시는 어머님 웨우십니까/번사람 못삶을 나는 알아요//작년에 김매든 우리집식구/올봄엔 간도로 가게 됏다고/우시는 어머님 웨우십니까/분에뛰는 울동무 만코만해요

<우시는 어머니> 間島 敎根, 제10권 6호, 1932년 6월

⑥ 금순아-/만수야- (중략) 벌서 여섯달전/그날밤-아버지는/「피땀 쥐여가고 뼈마저 갈아서/이땅파서 곡식 지어노아도/아하 그리고 남는 것은-」/후유-「인제는 떠나는수밧게……」/하고 엄매께 말하든밤!/나는 얼마나 울엇는지/눈두덩이 붓고 눈알이 쓰리엿단다./야아.-나는참/늬들늬들과 떠나기가/죽기보다 싫엇단다.//그날밤.…… 밤이깁허/우리집 세식구는/긔여코 「원수의동리」를 뒤에두고/밤도망질쳐 나오지 안엇늬?/늬들과 간다는 말두업시/외롭게 떠나가는 나의/띄여놋는 발자욱에 눈물이 고엿단다./늬들은 짐작 하엿스리라.//금순아-/만수야-/허지만은 이곳에 온후/이곧두 조선과 무엇하나/닮으지 안타구/울아버진 말한단다/이곧도 역시/잘사는 사람 잘살고/못하는 사람은 못사는/(四行略) 세상이라구/아버진 말한단다.

<이곧에도> 부분 (安友三, 1932년 12월호

③은 강남제비가 찾아오는 정든 집을 두고 떠나는 고단함이 드러난다. ④에서도 눈 내리는 겨울날 함박눈이 펄펄 날리는데 '살 수 없어' 고향을 떠나는 한탄이 담겼다. ⑤에서 그 구체적 이유가 드러난다. 밭을 빼앗기고 '간도로' 가면서 '우시는 어머님'을 바라보며 '분에 뛰는' 마음을 형상화하였다. ⑥은 '뼈마저 갈아서' 농사지어도 가난을 피할 수 없어 찾아간 곳도 '이곧두 조선과 무엇하나/닳으지 안타구', 이 곳에도 가난한 동무가 많다는 안타까운 마음을 드러내며 인사도 없이 떠나온 고향의 동무를 그리워한다. 고향 그리움을 형상화한 동시 속에서도 가난하고 힘들게 살아가는 이들이 겪는 삶의 모순과 역경이 묘사되고 있고, 이는 고발의 목소리를 담은 동시가 된다. <그리운 고향>(朴仁守, 제11권 5호 1933년 5월호)이 더 있다.

기다리는 이의 목소리로 떠나간 이들의 삶을 그리는 동시에도 그리움과 아픔과 모순으로 가득하다.

⑦ 우리집 형님은 달어낫다오/무엇땜 누구땜 달아낫슬고//아버님이 쪼츨 것도 아니란대/못쓸짓을 하신것도 아니시란대//××//우리집 형님은 달어낫다오/어듸로 무엇하러 달어낫슬고//건너마을 아저씨는 아신다는데/물어도 물어도 몰으신다네.

<우리집형님> 李久月, 제9권 제5호, 1931년 5월

⑧ 작년녀름 오월에/언니가신뒤/일년만에처음으로/나아온편지//큰붓으로 지운 글신/무슨말일가/무슨무슨 원통한말/썻든것일가//먹기동을 세워논 것/물으긴해도/동무들께 전하려는/부탁인게죠.

<언니께서온편지> 金月峰, 제9권 제8·9합호, 1931년 9월

⑨ 北쪽나라찬나라/돈버리가신/기다리는 어머님/보내신편지/꽃피고 새우는/따쓱한봄날/돈만히 벌어서/오신다길내/오늘도 나루터에/마중갓더니/오고가

동시에서 기다리는 대상은 '형님', '언니', '어머니', '아버지', '옵바', '누나',
'누이'이다. ⑦은 시적화자가 어린아이여서 형님이 떠나간 이유를 알지 못
하지만, 독자는 모두 알고 있다. 식민지의 무산계급에게 일어날 수 있는 수
많은 고통스러운 이유가 독자에게 떠오르기 때문이다. 그 외 여러 동시에
서 돌아오지 않는 언니와 어머니와 아버지, 옵바, 누나, 누이를 그리워하며
걱정하는 마음이 담겼다. 동시에 담긴 그리움의 마음을 느끼는 독자는 동
시에서 고발의 목소리를 듣는다. ⑧에서 '무슨무슨 원통한말/썻든것일가',
⑨'기다리는 아버지/왜안오실가!' <아버지를 생각함>(韓百坤, 제8권 제1호,
1930년 1월)에서 '눈바람을 가슴에 안고/갈곳업시 헤매는/아-아버지 이 어
린아들의 눈물진/노래가 들니나잇가!', <개고리우는밤>(睦一信, 제8권 제6호,
1930년 6월)에서 '북만주라 넓은쌍 헤매는누나/오늘밤은 쏘어데서 눈물지우
나.', <옵바생각>(李淸松, 제8권 제7호, 1930년 7월)에서 '동모모인 압헤서/그곳
에로 간뒤론/소식도업네', <누이와 기차> (李元壽, 제12권 4·5합호 1934년 4월)의
'그집을 몃번이고 바라보면 주먹쥐엇다'는 구절에서 독자로 하여금 단순히
보고 싶은 마음만이 아니라 고통스러운 이별의 사연을 짐작하며 눈물짓게
한다.

그 외에도 많은 작품에 그리운 이를 기다리는 현실의 아픔을 견디며 춥
고 외로운 삶을 살아가는 이의 목소리가 담겨있다. <옵바에게부치는편
지>(金月峰, 제10권 4호 1932년 4월), <無情한 汽車>(利原 尹池月, 제9권 제6호,
1931년 6월), <다섯가낙電信줄>(嚴興燮, 제8권 제8호 1930년 8월), <달밤>(徐性湾,

제9권 제1호, 1931년 1월), <暴風·暴風·저暴風>(朴古京, 제10권 8호 1932년 8월), <그리립은옵바>(洪銀杓, 제8권 제6호, 1930년 6월), <쪽배>(元山 靜波, 제9권 제2호, 1931년 2월), <바람>(金昌熙, 제9권 제1호, 1931년 1월), <옵바가든그길>(朴 一, 제10권 9호 1932년 9월 임시호), <갈매기>(間島 姜敎根, 제9권 제6호, 1931년 6월), <울지안논 저녁종>(평양 한힌샘, 제9권 제6호, 1931년 6월), <그리운형님>(鄭祥奎, 제8권 제8호, 1930년 8월), <山에서불은노래>(梁雨庭, 제8권 제7호, 1930년 7월 片紙), <어머님! 아버지는웨?>(늘샘, 제8권 제8호, 1930년 8월), <고기ㅅ배를기다림>(姜聖九, 제9권 제8·9합호, 1931년 9월)가 그 작품들이다. 추운 겨울바람을 견디며 아버지를 기다리고, 옵바와 누나를 기다린다. 이들 동시에 담긴 애타는 기다림의 목소리는 현실의 고통을 벗어나고자 하는 안타까움과 떠나간 이에 대한 그리움이 섞인 채로 고발의 의미를 담았다.

나. 투쟁

부자와 권력자의 횡포에 억압받는 무산계급 아동을 위한 동시는 고통과 아픔의 신음에서 점차 투쟁의 노래로 이어진다. 어린아이의 목소리이지만, 힘을 모아 함께 나아가자는 구호를 외치는 소리로 커진다. 또한 강자와의 투쟁이 가지고 오는 고달픔을 노래하는 동시도 있다.

1) 연대와 행진

삶의 부조리 속에서도 길을 모색하며 마음을 다지는 노래, 같은 처지에 있는 이들끼리 힘을 모으자는 함성, 승리를 향해 힘차게 나아가려는 행진의 노래, 위로와 응원을 보내는 구호의 목소리를 담아내는 동시가 여기에 속한다.

가) 고통 속에서의 다짐

부조리한 억압에서 벗어나기 위한 투쟁의 힘을 기르는 분주한 함성이 들리는 동시가 많다. 투쟁의 힘을 기르기 위해 우선 알아야 하고 배워야 함을 강조한다. 다수의 동시가 야학에서 배움으로 힘을 기르는 삶을 형상화하고 있다.

> ① 일은아침 닭장에서/숫닭이 소리친다/『우리에게 밥을다고 꼭-꼬끼요』//드을에서 김을매며/압바가 말하신다//『일만해도 살 수 업다. ××야한다.』//밤마다 야학에선/우리들이 소리친다/『아는것이 힘이다. 배워나가자』
>
> <우리들은 소리친다> 金友哲, 제10권 2호, 1932년 2월

> ② 밤마다 모이는 우리야학교/오막사리 방적어도 우리들학교//낮이면 이리저리 일터로가고/밤이면 동무동무 이곧에뫼네//가갸거겨ㄱㄴ한글도배고/하나둘셋-넷 산술도배네//밤늦도록 배고외고 노래도하며/세상리치 이야기에 꽃이핀다네
>
> <야학교노래> 北原樵人, 제10권 2호, 1932년 2월

> ③ 뒤에는 산을지고 밭미테 냇물/우리들 집터가 여-긔란-다/「아하 어허 당 달-구야」//소년부 회관은 우리들 손으로/가난한 울동무 집터 전□□□/「아하 어허 당 달-구야」//나무꾼 아들이 찍어온 나무로/가는건 석가래 굵은건 기둥감/「아하 어허 당 달-구야」//목수아들이 다-듬어서/우리들 힘모아 집을 세우네/「아하 어허 당 달-구야」//달구지꾼 아들이 흙바리 싯고/힘세인 장수애 구둘돌 놋는다/「아하 어허 당 달-구야」//키다리 녀석은 흙질을 하구요/키작은 꼬맹인 구둘을 놋구요/「아하 어허 당 달-구야」//한놈이 한단씩 멧집을 가져다/초가단간 집웅에 넝을-린다/「아하 어허 당 달-구야」//저녁마다 밥먹고 회관에 모여/반디불 등불삼아 야학도 하고요/「아하 어허 당 달-구야」//한달에 한번씩 저달이크면/이마당에 모여 옛말두 하구요/「아하 어허 당 달-구야」//가을두 수확철 그때만 되면/아젓씨 미테서 일해보련-다/「아하 어허 당 달-구야」//저달이 자라서 보름달 되면은/우리들 회관두 탁성이란다/「아하 어허 당 달-구야」
>
> <당. 달. 구. 야> 金友哲, 제12권 4·5합호 1934년 4월

모두 야학의 힘을 그린 동시이다. ①은 부조리한 현실 속에서 고통의 신음을 내뱉는 것을 넘어 현실을 바꾸기 위해 투쟁하려는 외침을 담고 있다. '아는 것이 힘'이니 배워서 싸울 힘을 기르겠다는 소리침을 장닭의 울음에 빗대어 표현하고 있다. ②는 한탄과 신음이 아닌 '오막사리'에서도 '이야기꽃'을 피우는 단란한 힘을 그리고 있다. ③야학만 하는 것이 아니라 이들이 모여 하는 일들이 모두 '힘 모아 집을' 세우는 일과 같다는 상징적 표현을 사용한다. 「아하 어허 당 달-구야」라는 후렴구가 어려운 현실 가운데서도 힘을 모으는 기쁨을 느끼게 한다.

야학의 힘을 그린 동시는 여러 편이 더 있다. <農村의 冬期夜學>(朴 一, 제11권 2호, 1933년 2월호)과 <서름의 야학>(채택룡, 제10권 6호 1932년 6월)은 문풍지가 떨리는 추위와 '지난 서름' 가운데에서 희망을 헤아리는 강단 있는 다짐의 목소리를 담고 있다. <勞動夜學敎의 노래>(朴大永, 1932년 6월), <회관방 야학방>(北原樵人, 1934년 2월호), <農村夜學生登校曲>(晉州 李昌炫, 1931년 9월), <우리들의갈길>(蔡夢笑, 1932년 7월), <우리야학실>(蔡澤龍, 1931년 7월), <개골야학교>(全光仁, 1930년 5월), <새일꾼동무>(韓百坤 李康高, 1931년 7월), <땅파는 농부>(沈東燮, 1932년 8월)가 야학으로 힘을 기르자는 목소리를 담은 작품들이다.

현실을 이기기 위해서 고통 속에서 신음하기만 할 것이 아니라, 새 힘을 기르려는 결의와 노력이 필요했다. 지금은 약하고 어려워도 새 힘을 갖겠노라 다짐하는 목소리를 담은 작품도 다수 보인다.

④ 한여름을 더위와싸호며/논밧혜서 지내고나면/내몸이 이러케/강철가치 구더지오.//무쇠솔결 돌근육/이팔뚝 이다리를 내둘으는곳에/태산도 문허트리고/바다ㅅ돌도 깨여지오.//내몸이 이리도/튼튼하고 단단커든/싸홈터에 나간대도/무섭고 겁날것 하나업소

<勇士> 陽近而, 제9권 제10호, 1931년 10월

⑤ 달이달이 떠-ㅅ네/어데어데 떠-ㅅ나//형제봉 꼭대기에/둥그러케 올낫네//동무동무 모엿나/나무꾼들 모엿나//다리것고 덤비세/두팔것고 덤비세//낼모레가 운동회/농군들의 운동회//우리끼리 내기가/정말내기 안여도//뒷날의 긔세를/오늘날에 키우려//뜀박질도 해보고/줄넘기도 해보세

<운동회연습> 李東珪, 제11권 7호, 1933년 7월호

⑥ 저녁먹고 모여온 소년부동무/회관압헤 줄지여 대로를 짯다/압개굴 맑은물에 맥감기가자/자아 어서뛰여라 압시내까로/한둘한둘어한둘//꼬맹이 에놈이 압장을서구/뚱뚱이 당숀이가 맨뒤에달려/오리길 마라숀에 숨이차구나/(-중략-)/모래판에 나와서 씨름도하며/씩씩하게 맘과힘 단련식혀서/아젓씨를 미테서 ×와보잣구/돌아갈땐 억세인 데모로다

<맥감기노래> 金友哲, 제11권 7호, 1933년 7월호

⑦ 이몸은 무궁화에 벌이랍니다/고운꼿 피여나라 노래부르며/이꼿서 저꼿으로 날러다니는/조고만 무궁화에 벌이랍니다.//이몸은 무궁화에 나비랍니다/고은꼿 피여나라 춤을추면서/이꼿서 저꼿으로 날러다니는/조고만 무궁화에 나비랍니다.//우리의 노랫소리 들리건만은/귀여운 무궁화는 피지안어요/그몹쓸 찬바람이 무서웁다고/귀여운 무궁화는 피지안어요

<무궁화에벌나비> 高原 姜龍律, 제9권 제1호, 1931년 1월

⑧ 오늘아츰 동무집에/놀러갓다가/거울속에 나의얼골/듸러봣지요/어느사이 몰나보게/씩컴앗지요/씩씩하고 힘찬얼골/나는놀낫소//동무에게 얼골곱다/놀님밧든째/언제인가 퍽-으나/붓그럼이다/거울속에 나의얼골/자랑함이다/의지잇고 구든얼골/자랑합니다.

<거울속의내얼골> 弓在南, 제9권 제1호, 1931년 1월

④에서는 '한여름의 더위'로 표현되는 고통스러운 현실과의 싸움이 자신을 더욱 강하게 한다는 점을 발견한다. 스스로 '싸홈터에 나간대도/무섭고 겁날것 하나업소'라며 용사의 기백을 다지는 노래이다. ⑤와 ⑥은 주저앉아 신음을 내기보다 동산에 떠오르는 달 같은 훗날의 기세를 위해 '씩씩하게 맘과 힘 단련'할 것을 노래한다. 부조리한 현실은 ⑦에서는 '그 몹쓸 찬 바람'으로 표현된다. 무궁화가 피지 못했지만, 벌과 나비로서 무궁화꽃이 피기를 소망하는 노래이다.

그 외에도 ⑧ 또한 자신의 얼굴을 거울에 비추며 새 의지를 다진다. '의지잇고 구든얼골'을 자랑한다는 다짐의 목소리가 들린다. <누나의 무덤>(鄭靑山, 1934년 2월호)도 고통 속에서 새 의지를 다지는 노래이다. 누나의 죽음이라는 고통 속에서도 '오늘도 너의 무덤으로 다갓치 왔단다. 그리고 너를 생각하며 더 큰 힘을 가젓단다'라며 새 힘을 되찾고자 하는 결의를 다지는 노래이다. <제비를 보고>(安龍灣, 제11권 5호 1933년 5월호)는 표면적으로 고통스러운 상황을 표현하고 있지는 않으나 '난 기다리는 애들새/즐거운 그쌍-/봄의 일을 말해줄체야'에서 보이듯 회관에 모여 함께하던 때를 그리워하며 더 좋은 날의 소식을 전하겠다는 다짐의 목소리를 내고 있다.

나) 연대를 호소하는 함성

힘과 권력 앞에 억압받는 무산계급은 결국 서로 부르는 소리를 주고받으며 힘을 모을 수밖에 없다. 서로 힘을 모아 투쟁해야 한다는 내용을 담은 작품이다.

① 지난간 一年동안에 이쌍의 거리우에/만흔 나젊은일쑨이 나왓슴을/나는 부루루쐴면서 깃붜한다.//그러나 아즉도아즉도/冷突우에 病들어누으신 어머니/혼자 不平을 일우시는 아버지/눈길우를 맨발로 거니는/수만흔 나무쑨이 兄弟가 잇슴

을!//이것을 엇저려는가?/全体가 일쑨이로 나서야한다/그래서 一九三〇年이해
는/生의 平和를 가저올/피쑬는 이쌍의 새벽이여야한다.

<이쌍의 새벽> 安平原, 제8권 제1호, 1930년 1월

② 학교압 지날 때 욕을주더니/나무꾼 놈이라고 놀녀주더니/우리끼리 모인데와
꼼작도못해/예-라 이까짓게 야구선수람//작대를 둘너메고 쭉 둘너서서/우리들의
세력을 보여줫더니/생쥐갓치 살살살 기여가는놈/에헤헤 이것도 운동선수람

<나무꾼> 李東珪, 1931년 6월

③ 공장거리에도 해가저무러/직공아저씨들의 대행진이다/따라라 따라라 따라라
라/저벅 저벅 저벅 저벅//해저문거리에 일맛친아저씨들/벤또들고 나간다 한떼저
서 나간다/따라라 따라라 따라라라라/저벅 저벅 저벅 저벅//식컴언옷입고 기름때옷
입고/행진행진 대행진이다/따라라 따라라 따라라라라/저벅 저벅 저벅 저벅

<공장거리> 李東珪, 제10권 11호, 1932년 11월호

④ 가난한 동모여/맨들은 연을/동무를 뒷산으로/띄우러 가자//우리들 조희연은/
잘도 뜨는연/김부자 아들연도/싸워서 젓다//가난한 우리연엔/굵은 글시로/우리
들 「슬로강」/써서 띄우자

<연(紙鳶)> 金友哲, 제10권 11호, 1932년 11월호

⑤ 키큰 양버들속에/조고만 초가집!/구두발 소리에도/깜짝 놀나든/맥근한 양복
에 /하얀얼골 그이들/어듸를 가고말앗늬?//조합 아저씨들이/찌저진 옷에다/뚤허
진 맥고자/푹눌러 쓰고/튼튼한 팔둑을/버려서 부른다/오라 소년부동무들!

<조고만집> 안평원, 제11권 7호, 1933년 7월호

①에서는 '全体가 일쑨이로 나서야' 이 땅에 새벽이 온다는 호소이며, ②
에서 '우리들이 모인데' '우리들의 세력'을 보여줄 것을 노래한다. ③과 ④

에서도 '한떼저서' '행진 행진 대행진'을 외치며 '우리들 「슬로강」/써서 띄우자'며 함께 연대할 것을 강조한다. ⑤는 연대를 위해 '오라' 부르는 소리를 담은 노래이다. 그 외에도 <北國에 보내는 편지…(고향동무들에게)…>(金友哲, 1932년 10월호), <羊의해>(金明謙, 1931년 1월)가 이러한 작품에 속한다.

연대하여 싸우기 위해 약자들이 서로의 공통점을 강조하는 동시도 보인다. 이 작품들은 가난하고 약하며 설움 받는 자들끼리 서로 힘을 모아야 함을 강조한다.

⑥ 쓸압세 화초밧헤/봉선화씨는/사이조케 엡부게/열넛습니다.//적고 둥글고도/빗치하얘서/적은새님 알과도/가리뵙니다//한나무에 열니인/봉선화씨는/사히좃케 엡부게/누님과동생//찬비가 오는날도/손을붓든채/립사히에 저저서/잠을잡니다.

<봉선화씨> 車紅伊, 제8권 제4호, 1930년 4월

⑦ (-생략-)/쌧쌧마른 가난의 동무들이여!/밧부게와서 가슴이 터지도록/서로서로 쩌안읍시다./東天에 새벽빗흔/압헤을 平和를 말하고잇습이다./오! 이쌍의 동무들이여

<이쌍의동무들이여> 蔡奎三, 제8권 제5호, 1930년 5월, 少年詩

⑧ 동무여!/동무는 工夫꾼 나는 일꾼/동무와 나의 것고잇는/길만은 달를세!//그러나 동무여!/우리들의 것고잇는 길만이/비록다르지/이땅을 위한 붉은마음이야/다슴하고 있지안은가//그라다면 동무여!/서울가서 工夫하는 동무여/이땅을 爲할 마음을 슴하엿다면/그옛날 그 때 記憶이 새로운/천진난만 스러운 그때/동무집을 담미테서/숫곱질 작란하든 그때/동무여! 잇지를말게

<동무여> 박맹이, 제9권 제4호, 1931년 4월

⑨ 우리들은 돈업는 푸로레타리아/너도나도 돈업는 푸로레타리아/너는 만주에 나는/朝鮮에 한나라에는 안이나/우리들은 쏙가튼 서름을밧는/가른무리에 푸로

레타리아.//쒸나는 싸이렌에 발을마추어/엄마누나 아부지는 工場에갓지/우리는
쏘숙집을 직히고 잇지(-생략-)우리는한무리의 푸로레타리아

<푸로레타리아> 李春植, 제10권 12호, 1932년 12월호

⑩ 공장가는 논둑길 이슬길에서/맛치병정 낫병정 만낫습니다.//우리들은 다갓치
가난한동무/두마음을 합하자 악수를하자/공장에 가시거든 귀틈해주소/논들에 가
서서도 잘가러라//동녘하날 붉은햇발 가슴에안고/두병정은 악수하고 헤젓습니다.

<맛치병정 낫병정> 韓哲焰, 제10권 7호, 1932년 7월

⑥은 한 나무에 열린 봉선화 씨는 '사이좋게 예쁘게' 잎 사이에서 젖은
채로 잠을 잔다고 노래하는데, 이는 '젖어서' 사는 약자들이 사이좋게 함께
하여야 함을 의미한다. ⑦도 '쌧쌧마른 가난의 동무들이여!'를 외치며 가난
한 사람들끼리 서로 껴안으며 힘을 모으자는 호소를 담고 있다. ⑧은 '우리
들의 것고잇는 길만이/비록다르지/이땅을 위한 붉은마음이야/다슴하고
있지안은가'며 '동무여! 잇지를말게!'라며 '동무여!'를 외친다. ⑨는 '돈업는
푸로레타리아'인 '우리들은 쏙가튼 서름을밧는/가튼무리에 푸로레타리아'
이니 '같은 무리'임을 강조하며 발을 맞추자고 호소한다. ⑩도 '다갓치 가
난한 동무'이자 '맛치병정 낫병정'으로 투쟁하는 병정으로서 악수하는 장
면을 그린다. 그 외에도 <우리들은숫묻는아희>(金月峰, 1931년 9월)가 이 유
형에 속한다.

연대를 강조하는 동시 가운데에는 서로 힘을 모아 투쟁하는 과정과 장
면들을 형상화하는 동시도 보인다.

⑪ (-생략) 그사건을 일으킬때에 우리의아버지들/은 몹시도 반대하엿습니다/그러
케권고하고 일너듸렷건만××에도들지안코/젊은늠들이 몹쓸일을 저즐인다고 /못
시도반대하엿습니다/××/그째에 우리어린동무들은밤마다××에 모여서/우리옵바

들의 열심히 일너주는말을/들엇습니다/그래서 우리들은 ××에서하는일이/얼마나 올흔일인줄을때다랏습니다/글세생각하여보세요/작연갓치 가물과수해가 거듭처서 거둘것이란거이업게된 세월이 언제잇섯슴닛가?/거둔곡식을모다바처도 반이나 자라지못할 소작료를 엇더케 갑흘수 잇겟습닛가?/그래서 지은곡식만 원통밧치고 나머지는 그감하여달나는것이엿지요-(중략)-그러나 아저씨들! 깃버하소서/그러케 반대하던 아버지들이 아들들을보내자/악을내고 모와들엇습니다/「이제 아들들까지 그러케만들고야 헤아릴것이무엇이냐」고/전에업는 용긔와힘을 내엿습니다/그째에야 우리는 읍바들의 노력이 /헛되지 안을 것을 깨달엇습니다/四아저씨들!/우리의 아버지들은 맹서합니다/「우리아들들이 요구하든 그조건을 승인할째까지 우리는 싯싸지싯싸지나가자」고.

<少女林順의레포> 朴芽枝, 제9권 제8·9합호, 1931년 9월

⑫ 九十度로 쪼이는날 논쑥길엽에서/동무는 南西로 눈알을 굴니고/나는 東北으로 눈알을 굴니며 망을 보앗다//소나무 여섯나무 밤나무 하나/상수리나무 세사무 쌔지나무세나무슨/잔디가 쌀닌 동산 언덕에서/아×씨들 여섯분 ××의론할째/누구나 올가봐 망을 보앗다//동모와 나는 등지고서서 얼골도못보고/이약이하며 둘이도 의론을하며/한시간동안이나 망을보앗다/한시간 二十分/아×씨들의 의론이 싯낫슬째/나와 동무는/아젓씨들의 뒤를 짤으며 이약이들엇다

<논쑥길 엽헤서> 玄松, 제11권 2호, 1933년 2월호

⑬ 저녁노을 넘엇다/오늘밤이 부×가 열리는날/호이 호-호-이/일곱시가 다되니 안박에서/동무부는 고요-한 회파람/살랑살랑 바람타구 울려온다//어제저녁 느젓다/댓세맛고 애보기 벌바든나/호이 호이 휘-잇/아가아가 너는야 어린일꾼/샛별 눈알 댕그를 굴리구/몰래몰래 게나가도 쌈박여라//아버지는 아랫방/집신삼다 예기에 흘려잇다/호이호이호-이/허수아비 안치고 속여놀 때/두 번부는 고요-한 회파람/살금살금 ×에가려 도망친다

<회파람> 安龍民, 제12권 4·5합호 1934년 4월

⑭ 난복이가 쬔애를 겨우 재워노쿠서/책임마튼 소년부의보고를 쓰랴니까/원수인
애가 또 째여울겟지/『제기!』/가슴속엔 분통이 생겨낫다./『쓰, 쓰, 쓰』하고 /허슷
을 툭차며/『이러다간 오늘밤 토론회에 /또 못가는가보군!』/하며 할수업시 또 업
고/박그로 나아갓지-/『……어리둥둥 이놈의색기/눈쌀, 쑴감고 죽어나주렴.』/하
며 발굼을 놉헛다 나쥣다 하니짠/멋몰으는 쬔애는 벙글벙글 웃겟죠.-(중략)-앵동아
이것봐! 내 애보는법 신통하지?』/『히히히히……』/조곰후에 쬔애를 드리다맷기고
는/열시까지 일보야겟다는 소리에/『네에-』하고 대답은 해놋코/오줌누려 나오는
체하고 쮜여나왓죠/『앵동아!』/『응』/『얼핀 가자아-』/『그래.』/앵동이하고 난복이
는 /회관으로 거름맞춰 쮜여갓다.

<애보는 법> 李東支, 제11권 3호 1933년 3월호, 童話詩)

⑪은 소작료 때문에 투쟁하는 과정을 묘사한다. 반대하던 아버지들도
아들들이 입은 사건을 보며 '전에 업는 용긔와 힘을 내엿습니다'라고 투쟁
의 과정을 소상히 그리며 끝까지 투쟁하려는 마음을 형상화하고 있다. ⑫
와 ⑬은 어린 용사가 망을 보고 휘파람을 불며 투쟁 운동에 참여하는 모습
이다. ⑭는 '애 보는 법'은 투쟁을 위한 토론회에 참여하려는 강한 열성을
형상화하였다.

그 외에도 연대하여 투쟁하는 과정을 담은 작품 <벽>(李向波, 1932년 11월
호), <희망의 씨를 쑤리자>(高文洙, 1931년 3월), <새봄마지>(鄭靑山, 1933년 5월
호), <초가집>(安邊 嚴成鶴, 1931년 6월), <두동무>(元山 朴映河 하□ 金珽均, 1931년
9월)가 더 있다.

다) 승리를 향한 행진

가난과 배고픔의 고통 속에서도 투쟁의 승리에 대한 열망으로 기운을
돋우고 힘차게 일어나 나서게 하는 동시가 있다. 이들 작품은 함께 투쟁하
며 승리를 향해 나아가는 기백과 열정으로 가득한 행진 구호를 담고 있다.

① 쌩! 쌩!/우렁찬 종ㅅ소리는 귓전울니고/퍼억이는 □□과/아름답게 장식한 복 등아래로/슬기로운 어린 일꾼들/오는 비를 무릅쓰고 씩씩하나아갓섯다.//압흐로!/압흐로!/아름다운 목소리와 깁분마음으로/씩씩히 발을 맞추어/조선의 꼿과 싹은/무럭무럭 자라나고 잇다.//오오!/저 거룩한 불을지즘과 /씩씩한 발자최소 리를 드를째/새빨간피가 걱구로 쓸허올으고/쓰거운×물이줄달음침을 어찌금하 랴//해마아 한번씩오는 오늘이언만/해가 거듭할사록/그움즉임과 불으지즘은 더 욱크고/굿세엇다./쓸쓸하든 거리에도 쏫이피고/텅 븨엿든 마음구석에도/그윽한 깁븜이 용소슴침을 늦길것이다.//오늘보다 내일이!/내일보다 모레가!/해가 거듭 함에 미처/오는 오늘은 피쓸는 오늘이여야한다.

<지난이약이> 차홍이, 제8권 제6호, 1930년 6월, 少年詩

② 모히여 부르자/어린동무들/노픈산 우에서/행진곡울이자/모히는 그곳에/용맹 이잇고/나어가는 그곳에/성공이잇네/모히여불너라/우리행진곡/눈싸힌 고개를/ 힘잇게넘자/언쌍을 울니며/맹호의가티/깃발을 날니며/行進을하세/일터가 보보 다/저너른들판/승리가 우리를/기다린단다.

<少年行進曲> 朴炳道, 제9권 제1호, 1931년 1월

③ 어둡고 캄캄한/농촌에서는/홰ㅅ쌀을 놉힌다/이곳저곳에//모여라 동무야/ 홰ㅅ불아프로/용감한 동무야/우리길븬다//용사들 아페는/무설것업다/바위도 깨 진다/다갓치나가자

<햇불> 金汶權, 제10권 7호, 1932년 7월

④ 휘둘러라 우리×발/하늘높이 둘러라/고함소리 질르면서/높이높이 둘러라//우 리들의 고함소린/비바람에 불려서/왼세상의 동무에게/널리널리 울려라//공장에 서 들판에서/바다에서 산에서/우리동무 고함소린/높이높이 들린다.

<우리들> 申孤松 譯, 제10권 8호, 1932년 8월 노래

⑤ 「별하나 떳-다」/가난한 마을애들/모다 모여라/손잡고 억개겻고/별따러 가자.//「반달도 떳-다」/배골인 우리동무/모다 오너라/살미떡 반들을따/논아서 먹-자//「×은 긔놉-다」/저편숩초가집/소년부 회관/낫들고 호미쥐고/동무야 가자.

<별·반달·긔> 金友哲, 제11권 5호, 1933년 5월호

⑥ -꼿꼿 꼬꼬댁/꼿 꼿꼬-/동틀 때 닭장에서/숫닭이 소리친다/『-새벽이다!/우리에게 일을다오.』//-꼬댁 꼬댁 꼬댁/꼿 꼬오-/점심때 닭장에서/암닭이 소리친다/『-대낮이다!/우리에게 빵을다오.』//-삐양 삐양 삐양/삐 삐삐-/저녁때 마당에서/병아리들 외인다/『-새××로!/억개겻고 달려가자.』

<닭장에서> 金友哲, 제12권 2호, 1934년 2월호

①은 오늘보다 나은 내일을 향해 전진하는 '피쓸는 오늘'의 마음을 형상화한다. '거룩한 부르짖음과 씩씩한 발자최소리' '조선의 꽃과 싹은 무럭무럭 자라나고' '앞으로 앞으로' 나아가는 행진의 힘이 느껴진다. ②와 ③도 행진곡을 울리며 '횃불' 앞으로 나아가는 '어린 동무들'을 향한 외침이다. ④와 ⑤도 '왼 세상의 동무'에게 널리 알리는 함성과 가난한 아이들이 모두 어깨를 겯고 별을 따러 나아가자는 노래이다. ⑥역시 수탉과 암탉과 병아리에 비유하며 모든 이들이 아침과 점심과 저녁으로 비유되는 모든 시간에 함께 소리치며 나아갈 것을 외친다. 이들 외침의 힘은 결국 승리에 대한 열망에서 비롯된다.

그 외에도 <긔게가쉬는날>(金月峰, 1931년 6월), <동무들이여>(朴炳道, 1931년 1월), <봄이왓구나>(金明謙, 1931년 4월), <우리들의 행진>(金琪燮, 1933년 8월호), <甲板에서>(趙衡植, 1931년 7월, 少年詩), <農少年>(吳庚昊, 1931년 9월)도 승리에 해단 강렬한 열망의 외침을 담은 노래이다.

라) 응원의 구호

투쟁에 힘을 싣는 응원의 목소리가 있다. 힘들고 어려운 삶의 투쟁 길에 위로하거나 기도하는 목소리는 모두 응원의 노래이다.

① 형님누나 달어를 낫소/어제밤에 달어를 낫소/쏙쏙 숨어라!//머리카락 뵐나!/쓰고도 못보는 해태눈갈/장터훈도 개눈갈/눈갈사탕 쇠눈갈//맘껏맘껏 차저를 봐요/요모조모 뒤저를 봐요/가만가만 잇서라!/숨소리들닐나!/귀머거리 멍주사/소경귀나 빌니지/말둑귀를 뮐하나!

<쏙쏙숨어라> 洪九, 제10권 4호, 1932년 4월

② 해여진 양복을 몸에 걸치고/광이를 둘너메고 수건동이고/캄캄한 굴속을 드나들면서/일하는 동무는 용감합니다.//손과손을 마조잡고 가치일하든/××소로 드러간 동무위하야/날마다 굴속으로 드나들면서/싸우는 동무는 용감합니다.

<용감한 동무> 朴炳道, 제9권 제10·11호, 1931년 11월

③ 모진北風 부더치난/겨을온다고/동모들아-조곰도/무서워마라/뒤쏙지에 총과 칼이/휘날닌대도/동모들아 조-곰도/겁내지마라/모진北風 겨을날이/지나간뒤엔/행복실은 새봄날이/차져온단다.

<겁내지말아> 韓百坤, 제8권 제10·11합호, 1930년 11월

①은 훈도에게 쫓기는 형님과 누나가 무사하기를 기원하는 노래이다. ②는 함께 일하던 동무를 위해 싸움을 격려하는 노래이다. ③은 '모진 북풍' 불어오는 겨울 뒤에 '새봄'을 기대하며 총칼을 겁내지 말라는 격려를 담고 있다.

이 외에도 <달농개·쓴바귀>(春步, 제8권 제3호, 1930년 3월)는 일하는 오빠에게 '달농밥'을 노는 오빠에게 '쓴박죽'을 쑤어준다는 내용으로 일하는 오빠

일제강점기 동시 연구

를 응원하는 노래이다. <아츰이라네>(睦隱星, 1931년 6월), <어머니와아들>(林春峰, 1931년 9월, 童詩)도 투쟁을 위로하고 격려하는 응원가이다.

2) 절규와 다짐

약하고 가난한 자의 삶과 투쟁은 마음먹은 것처럼 단순하지도 않고 결코 만만한 일도 아니다. 그 끝이 보이지 않는 어두움 가운데 겪어내야 하는 고달픔과 분노의 절규를 담은 동시도 있다.

① 사랑하는 어머니를/떨처바리고/눈보라 휘날니는/北風나라로/총칼이 휘날니는/그무서운곳//마적단이 횡행하는/그험한곳에/두주목을 불끈쥐고/굿센힘으로/죽엄을 무릅쓰고/써나갑니다.

<써나가는나그네> 金光允, 제8권 제5호, 1930년 5월

② 一멀고먼 바다물에 배를타고서/아버지는 오날도 떠나갑니다/바람일켜 파도소래 겁나지만은/고기잡이 하려고 타고갑니다.//二벤도밥을 싸가지고 배타고가는/아버지 생각하면 서럽습니다/그적게도 浦口에서 배가업허저/그애들의 아버지가 죽엇다지만/三아니가고 못-사는 우리들살길/아-버지 혼자벌어 먹고살아요/무-서운 바다일을 뻔히알것만/멀-고먼 漁場으로 타고갑니다.

<배타고가는아버지> 李聖洪, 제9권 제8·9합호, 1931년 9월

③ 오로치고 꼽 박/외로치고 꼽 박/바듸치는 아버지/목아지가 꼽 박/어서짜야 빗을갑지/화가난다 쿵닥쿵//미는잣대 굽 신/빼는잣대 굽 신/잣대잡은 큰형님/허리뻐가 굽 신/어서짜야 책을보지/속이탄다 딸그락

<자리짜기> 이향파, 제12권 3호, 1934년 3월호

①~③은 투쟁의 고달픈 장면을 묘사하는 동시이다. ①은 '죽음을 무릅쓰고' '어머니를 떨쳐버리고' 북풍이 불고 총칼이 난무하는 험한 곳으로 떠

나는 이의 마음을 그리고 있다. ②는 가족의 삶을 위해 겁나고 서러운 길로 배를 타고 나가는 아버지를 그린다. ③은 빚을 갚으려고 몸부림치는 아버지와 형님의 '굽신'대는 모습을 담은 '자리짜기'에서 속이 타는 분노의 목소리가 들린다. 한올 한올 자리를 짜는 일은 더디기도 하고 힘이 드는 일인데, 분노와 안타까움이 잘 느껴진다.

이 외에도 <품파리少年>(金炳淳, 1931년 1월), <감나무>(安邊 朴猛, 1933년 2월호), <공장과형님>(金月峰, 1930년 6월), <벼야벼야>(尹池月, 1933년 8월호)가 삶과 투쟁의 고달픔을 그린 작품이다.

투쟁의 고달픔을 묘사하지만, 그 때문에 오히려 단단해질 때까지 싸우겠다는 다짐을 담은 동시도 있다. 낙망하고 무너지려는 마음을 끊임없이 다잡아 일으켜 세우는 목소리를 담고 있다.

> ④ …(二行略)…/거리로 나간다/큰길로 나간다/빵궤짝을 짊어지고/장사하러 나간다//우슬놈은 우서라/우슬대로 우서라/지금부터 노동자/살길찾는 노동자/두팔을 거더치고/거리로 나간다
>
> <우슬놈은우서라> 李東珪, 1931년 7월

> ⑤ 카페에서 흥겨워 노래부르는/쫑쫑보의 노래를 들엇습니까/강남달이 밝아서 님이놀든곳/구름속에 님얼골 가리워잇네/배부르고 일업서 읊는노래를/우리가 불어서는 아니됩니다.//(-생략-)//구루마 끌고가며 애타부르는/군밤장사 노래를 들엇습니까/『군밤군바 군밤요 군밤싸구료/흘으는 쌈방울을 싸구려사료』/씩씩한 일꾼들이 거리거리서/힘잇는 우리노래 부르고잇네.
>
> <아니됩니다> 利原 金明謙, 제9권 제2호, 1931년 2월

> ⑥ 행혀나 이고생/면하랴고/오늘도 들에서/광이를메고/한이업는 大地와/싸윗습니다./그래도 남는 것은/빵어들걱정/이날이 다가고/래일이와도/또다시 이모양/

이고생일걸/에-라-아시에/죽어버리지/아니아니 낙망은/실패의원인/쓰라리고 쓰라린/괴롬속에서/義憤에 소슯치는/피가 쒸나니/씩씩하게 새힘을/뽐내는데서/새마음을 키우는/싹이튼다오.

<大地와싸우는마음> 尹池月, 제9권 제8·9합호, 1931년 9월

⑦ 맨발노 답보로갓/타드락타드락/책갓튼것 쓸데업다/다드락다드락//약한벌기 우는벌기/건방전벌기/못날벌기 운벌기/파무더라야//파무드면 그우에서/타드락타드락/단단히 될째까지/타드락 타드락.

<동무들아> 許鴻, 제9권 제1호, 1931년 1월

④는 살기 위해 거리로 노동하러 나가는 이가 '웃을테면 웃으라'며 외친다. 밑바닥에서 더 떨어질 곳이 없는 이가 살기 위해 일어설 수밖에 없는 힘을 느낄 수 있는 목소리가 '웃을테면 웃어라'에 담겼다. ⑤는 '우리 노래'는 까페에서 흥겨워 부르는 노래가 아니라 거리에서 살려고 부르짖는 '군밤장수' 일꾼의 외침을 담고 있으며, ⑥은 '죽어버리지' 싶은 낙망이 와도 의분의 새 힘을 뽑아내는 대지와의 투쟁을 다지는 노래이다. ⑦도 맨발로 울고 싶은 상황 속에서도 '단단히 될 때까지'라고 외치는 소리이다.

이 외에도 소년시 <어린누이동생에게>(金月峰, 1931년 7월), <黃昏>(姜聖九, 1931년 7월, 少年詩)과 <주먹>(柳在衡, 1930년 11월)이 고달픔 속에서 계속해서 나아가려는 다짐의 노래에 속한다.

다. 미움과 울분의 외침

1930년대 《신소년》에는 가난하고 약한 이들의 마음속에 쌓인 미움과 울분이 욕설과 저주로 형상화된 동시도 수록되었다. 무력하고 억눌린 삶을 살면서 겪는 아픔과 분노는 상대를 미워하게 만들고 그 울분을 토해내는 욕설과 저주와 징계와 울분의 외침을 담은 작품이 많다.

1) 놀림과 비하의 욕설

미운 마음은 욕설로 표현된다. 동시에도 현실의 아픔과 고통에서 생긴 미운 감정을 담아낼 수밖에 없기에 욕설의 소리를 내뱉은 그대로 담는다. 미운 감정을 표현하는 데에 욕설만큼 적절한 표현이 없었는지도 모른다.

① 우리압헤 미운놈이/싸로잇겟니/일안하고 밥만먹는/그놈들이지/이세상에 저만아는/그놈들이지.

<미운놈> 柳在衡, 제8권 제10·11합호, 1930년 11월

② 압집잇는 그놈들은/모다건방저/돈푼이나 잇다고서/활개치면서/오르락내리락/까불고잇소//나는언제 그놈들을/보앗다는지/나만보면 건방지게/발길짓하고/공연희 헷웃음을/작고 웃지요

<건방진놈> 元山벗社 靜 波, 제9권제7호, 1931년 7월

③ 검정굴쑥 큰굴쑥 목간집굴쑥/마을압헤 웃둑선 키달이굴쑥/아침부터 밤까지 검은연긔를/되는대로 내품는 얄미운 굴쑥//어썬놈들 날마다 드나들지만/우리들은 갈여도 못들어가는/돈만아는 목간집 키달이굴쑥/검은연긔 내품는 얄미운굴쑥

<목간집굴쑥> 늘샘, 제8권 제10·11합호, 1930년 11월

④ 산술숙제 못해와 선생님에게/꾸중듯고 부자아들 우는꼴봐라/만히먹고 바보된 부자아들아/용- 용 죽겟지 양쩍먹어라//소꼴베는 머슴에겐 대장이라도/학교와선 바-보 우름쟁일세/돈만타고 자랑하든 부자아들아/용–용 죽겟지 쩨소곰이다//너집에서 울면은 얼너주지만/우리들은 죽도록 놀려준단다/저눈물에 고까옷 얼울지운다/용–용 죽겟지 작구울어라

<용용죽겟지> 南洋草, 제8권 제10·11합호, 1930년 11월

⑤ 지쥬양반 서울와서/예복에 중산모자/사람만흔 종로거리/뽐내면서거러가다//
휘리바람 몬지속에/돌 돌 돌 파뭇첫네/중산모자 길거리로/떼골떼골 굴너가네//
지주양반 서울와서/바람통에 혼을낸담/례복에다 중산모자/에라모양 창피한걸

<지쥬양반> 哲 焰, 제10권2호, 1932년 2월

①~③은 직설적으로 미운 마음을 표현한다. '일 안하고 밥만 먹는' '저만
아는' '돈푼이나 잇다고서 활개치면서', '발길짓하고', '돈만 아는' 그들이
밉다며 욕하는 동시이다. ④는 그런 '만히 먹고 바보된' 그들의 아들을 놀
리는 노래이며, ⑤는 돈 많은 지주 양반이 회오리 바람에게 혼나는 모양을
그리며 놀리는 노래이다. <朝起會>(金相範, 1933년 5월호), <눈길>(伊川 金汶,
1931년 2월)도 이 유형에 속한다.

⑥ 처마미테 숨어있는/저거믜봐라/무얼먹고 배불러/저리뚱뚱해/묵어온몸 천천
히/옴기여가며/허둥지둥 거믜줄/느려놋는다.//갓다왓다 느리며/그물펴드니/날
라가든 저나븨/또걸렷고나/저놈봐라 천천히/걸어나와서/나븨물고 배갈며/가는
꼴봐라.//올치올치 알엇다/저놈의뱃속/생각하면 더욱더/미워죽겟네/뭉둥이를 꼭
쥐고/때려부시니/뱃데기가 터저서/죽엇삐렛네.

<거믜> 利原 金明謙, 제9권제4호, 1931년 4월

⑦ 우리들은 지게지고 나무가는데/어름판서 스케트를 타는그애들/식-식- 다라나
다 넘어지는 꼴/징하고나 우습고나 보기싫고나/에돌에친 개골같이 다리는왜떨
어//진달래꽃 곱게피인 봄동산에요/나무꾼들 닥가놓은 길바닥에서/장구치고 춤
을추며 노래부르는/그네들의 노는양이 보기 싫고나/총에마진 노루같이 뛰긴왜
뛰나

<보기실쿠나> 朴 猛, 제10권2호, 1932년 2월

⑧ 우리집 아버님은 서른여덜살/건너집 영감은 육십이란대/돼지가치 살이쪄서 젊
어보이네.//귀남이는 열한살 나는 열네살/세 살만흔 나보다 쌀만더넓나/팔다리

1920~30년대 아동 잡지와 동시 - 《신소년》   225

황소가치 굴기도하네//귀남이 바보야 도척이영감/누가주어 무엇먹고 그리 살찌니/굶는사람 보기에 붓그럽잔다.

<미워미워영감보> 李久月, 제8권 제6호, 1930년 6월

⑨ 마당가 명석곁에 참새가몰녀/이리저리 뛰엄질 련습을한다.//『깡-총깡-총/하나 둘 셋,』//너는 한뼘, 나는 두뼘,/또 나는 세뼘.//터부룩한 뚱뚱보가 제일 못뛰네./몸집만 두리 두리 키워뭣햇나/아하하하 우습다/아하하하 명생원! //뜰방에 우리들은 마당아래로/누가 누가 잘뛰나 뛰내기하네.//『펄-적 펄-적/하나 둘 셋,』/너는 한발, 나는 두발,/또 나는 세발.//지주아들 뚱뚱보가 제일못뛰네./밥먹어 배만 배만 불려뭣햇나,/아하하하 우습다./아하하하 명생원!

<뛰엄질> 宋完淳, 제9권제6호, 1931년 6월

⑩ 부자앗씨 얼골은/하이얀얼골/몹쓸병에 걸닌/사람얼골 갓해요.//가난한이 얼골은/식컴언얼골/보기에는 흉해도/기운이늘죠

<얼골> 金敬集, 제10권6호, 1932년 6월

⑥~⑩은 거미나 개구리, 노루, 돼지 등 동물의 특징에 빗대어 욕을 하거나 외모를 지적하며 놀리는 동시이다. ⑥은 부자를 '거미'에 비유하며 미움을 표현한다. 몽둥이로 거미를 때려 죽이는 장면을 '뱃데기가 터저서' 죽어버렸다고 형상화한다. 이런 사무친 미움은 ⑦에서는 '에돌에친 개골같이', '총에마진 노루같이'로 잔인하게 표현된다. 이는 그만큼 억눌림이 커 미움의 감정이 극에 달했기 때문이다.

⑧과 ⑨에서 부자는 '뚱뚱보' '명생원'으로 표현되는데 이는 당시의 동시에서 일반적으로 보이는 부자에 대한 표현이다. <웃지마러라>(晉州 李昌炫, 1931년 6월)의 '욕심쟁이/뚱뚱보놈아/뺏뺏마른나를보고/웃지를마라', <떨어>(徐性浚,1931년 9월)에서 '압집의 뚱뚱보/배부리자식', <이압집저뒷집> (高

原 姜龍律, 1931년 4월)의 '잘먹어 배불러 잠만자는집' 등의 표현이 부자에 대한 것이다. 부자의 외모에 대한 비하는 ⑩에서도 '몹쓸병에 걸닌 사람 얼골'로 표현된다. <수박>(芳華山, 1930년 7월)의 '뒷골샌님 이마갓네/밤낮으로 관만썻나/벗거직이 쌘-작'이나 <검은얼골>(申孤松, 1930년 7월)에서 '노란 얼골' 등의 표현이 부자에 대한 외모 비하와 놀림이다. 한편 내 동무는 모두 '얼골검은 숫동무'라고 <동무>(李東珪, 1930년 11월)에서 표현한다. 이렇게 부자나 양반을 놀리고 비하하는 동시로 <솔개미>(洪九, 1934년 3월호), <가는길로>(金明謙, 1932년 9월 임시호)가 더 있다.

2) 분노와 저주

삶에서 오랫동안 억압을 받으며 미움이 쌓일 때 결국 분노하고 저주하는 말을 내뱉게 된다. 동시에도 이런 저주하는 목소리가 담겼다. 분노의 목소리를 담은 동시를 살펴본다.

> ① 새벽종 멀니서/들녀올때에/이밥먹고 배불닌/이놈애들아/아참까지 잠자고/무엇하느냐/괭이메고 일터로/나와나보렴.//우리들은 새벽에/노래부르며/괭이메고 발맛쳐/일터로왓다/우리들은 땀흘녀/버러먹는데/너의들은 가만이/놀고먹느냐
>
> <일하는少年들> 서울 朴仁守, 제9권제10호, 1931년 10월

> ② 뒷집에 뚱뚱보 김부자영감!/제것만 앗겨하는 욕심쟁이네/널고널븐 곡간마다 쌀썩히면서/굶고잇는 동리사람 펴줄줄몰나//제것만 앗겨하는 저놈의 령감/어느날이 되면은 맘이조와저/아흔아홉곡간에서 썩는곡식을/가난한 사람한태 난우와줄가?
>
> <욕심쟁이> 李孤月, 제9권제10호, 1931년 10월

③ 돈많은 소주사댁/큰아들놈이/떠러진 내웃에다/흙탕을처요./미운놈 아들놈이/흙탕을처요.//떠러진 헌-내웃은/웃이안이고/명주웃 네세웃만/웃이야-이놈/귓쌈 맞고 우는꼴/보기싫어요

〈웃〉沈東燮, 제10권11호 1932년 11월호

①~③은 고된 일을 해도 배고픈 이들이 일하지 않고 배부르게 먹고 늦잠을 자는 이들에게 분노하고, 제 것만 아끼며 배고픈 이들을 돌보지 않는 그들에게 분노하며, 가진 것이 없는 이들에게 '흙탕'을 치는 것을 보며 분노한다. 결국 그들이 듣는 '유성기 소리'마저도 〈듯기실타〉利原 朴衡壽, 1931년 9월). 이런 분노와 미움은 그들이 잘못되기를 바라는 저주의 주문으로 바뀐다. 당시의 삶의 전반에 흐르는 정서는 동심에도 마찬가지로 흘러들고 이를 담는 동시에서도 미움과 저주의 목소리를 담을 수밖에 없다.

④ 밤중에 조용히/잠자는 틈에/달아논 메주를/뱃대기망끗/갈가서 파먹고/도망가다가/방안에 떠러젓다/덕달쥐놈이/발바라 죽여러/남해먹는놈일낭.//일해서 피곤해/잠자든우릴/놀내여 깨웟다/덜달쥐놈이/고놈을 자바라/놀고먹는놈/남해를 빼서서/먹고사는놈/발바라 죽여아/남해먹는놈일낭.

〈쥐놈〉金汶權, 제9권제6호, 1931년 6월

⑤ 투탁탁! 톡탁!/낫벼락마자/바르르! 바르르!//너두야 목숨은/가련하지만/힘안들고 남벌은 것/먹자는놈아/남벌은것 쌔서먹고/살자는놈은

〈박쥐〉金月峰, 제9권제1호, 1931년 1월

⑥ 압집아이 복순이는/비단단기 자랑타가/지내가는 구루마똥에/단기꼬리 개꼬리//에테퇴퇴 더러워/자랑단지 불낫다/뒷집아이 부길이는/자전거타고 자랑타가/우유배달 자전거에/발통한개 미역국//얼시구절시구 잘쿠산이/자랑단지 잘탄다//구루마박퀴 털털털/자전거방울 따르르/복순엄머니 양양양/부길아버지 윙윙

윙//복순이수철이 쌍나발/자랑단지 다닷다

<자랑단지> 嚴興燮, 제10권11호, 1932년 11월호

④의 '발바라 죽여러/남해먹는놈일낭.'와 ⑤의 '투탁탁! 톡탁!/낫벼락마 자/바르르! 바르르!'는 쥐나 박쥐처럼 힘 안들이고 남의 것을 뺏어 먹는 놈 을 저주하는 주문이다. ⑥의 '지내가는 구루마똥에 단기꼬리 개꼬리'나 '우 유배달 자전거에/발통한개 미역국'은 자랑질하는 복순이와 부길이에게 내 리는 귀여운 저주의 주문이지만, ④와 ⑤의 주문에서 느껴지는 것은 살기 이다.

이런 유형에 속하는 동시로 <요놈의 쥐!>(趙鐵, 1932년 10월호), <지주아들 까마귀>(宋完淳, 1931년 5월), <울긴왜울어>(洪銀杓, 1931년 11월), <風船>(朴世永, 1932년 6월)가 더 있다.

3) 소심한 복수와 징계

동시에 드러나는 피압박 계급의 분노어린 욕설과 저주에 이어, 소심한 복수의 마음과 징계의 상황을 상상하며 쾌재를 부르는 동시도 있다.

① 엄마없는 불상한 나의동생을/구루마에 태우고 끌어줄적엔/있는힘도 죽여서 호 사스럽게/돌잇는대 피해서 살살끈다오//심술구즌 쥔집도령 글어줄적엔/없는힘도 다하야 양것기운 것/심술굳게 일부러 돌을찾어서/엉덩방아 찟도록 끌어준다오

<구루마 타기> 朴 猛, 제11권5호 1933년 5월호

② 저꼴봐라 저놈저놈 저부자집아들/어제그제 비단옷에 구두를 신고/거리로 어 들대며 단니든놈이/에그에그 헌누덕 집신짝봐라//무슨일노 저렇게 망해버렷나/ 우리들 가난뱅이 ×××먹든/저놈의 주제가 저렇게 될줄/어느누구 꿈에나 생각햇든 가//우리들이 아츰마다 공장갈때면/헌옷쟁이 헌옷쟁이 놀녀먹드니/그렇게 까불

든 네놈의입에/좁쌀밥이 드러갈 때 맛이어드래

<저 쌀 좀 봐라> 林炳道, 제11권2호, 1933년 2월호

③ 바람이 부네/무섭게 부네/영감쓴 우산이/나발이 됫네/인력거 횟덕/양복쟁이 써러젓네/쥐가치 털털/진흙을 터네

<폭풍우> 芳華山, 제8권제8호, 1930년 8월

④ 층계밑에 옥실옥실 적은개아미/땀방울 쥐여짜며 양식모인다/하나둘 떼를뭉쳐 저벅저-벅/개미는 쉴새업시 버으는 일꾼//호막너울 밑에서 꿀버러지가/개미집 기어나와 쌀빼앗다가/떼를 뭉친 개미안태 물어뜻끼워/뚱뚱배가 터저서 죽어비렷네.

<개미> 會寧 蔡奎明, 제9권제6호, 1931년 6월

①에서 불쌍한 내 동생은 살살 끌어주고, 주인집 도령은 엉덩방아 찧도록 '구루마'를 태워준다는 표현으로 주인에 대한 소심한 복수를 하고 싶은 마음을 동시에 담았다. ②에는 부잣집 아들이 망한 일이 매우 후련한 마음을 드러내고 있으며, ③에서도 부자 영감이 바람에 맞아 봉변을 당하는 모습을 자세히 그려 마음의 위안을 받고 있다. ④에서는 개미의 쌀을 뺏으려던 꿀버러지의 죽음을 그리며 부자의 착취에 맞서 '떼를 뭉친' 저항으로 그들을 죽음으로 몰고 갈 복수를 할 수 있음을 소리 높이 말하고 있다.

그 외에도 지렁이와 개미의 싸움에 빗댄 부자와 품팔이 아들의 싸움을 노래한 <이싸홈저싸홈>(金春岡, 1931년 11월), 내 봉선화 꽃을 떨어뜨린 바람의 '종아리를 처주려'한 <써러진꼿>(尹仁根, 1930년 6월)이 이 유형이며, <엿먹는날>(金友哲, 제10권 8호 1932년 8월), <참대물총>(李龍灣, 1933년 2월호)도 복수의 마음이 드러나는 동시이다.

4) 울분의 외침

억울하게 착취와 억압을 당하는 울분을 동시에 담아 강한 어조로 토해
내기도 하였다.

① 오날아침을 일즉먹고/산골노 나무하러가섯지/몹시도 치운날이라/열손까락이
쑹쑹얼어서/골자구니에 불을 놋코/午前내 놀아버렷네.//점심째 양지쪽비탈에서/
落葉을 쓸다가/무서운 山主에게/붓들여 쓸여가서/손발을 지개쏘리로 뭇키여/소
남게 매달넛다네.//니가 갈니고/가슴속에 불이일건만/것흐론 잘못햇다고/손이
발이되도록빌어서/夕陽째 어른(束)몸이/겨울 풀녀젓다네//어정어정 돌아서갈쌔/
우리들은 작지로/총을삼어 견양하엿지/『래일이 잇으니잇으니』하고/주먹쥐고 별
넛네.

<나무쒼이우리> 安平原, 제8권제2호, 1930년 2월

② 그래두 겨울동안은/우리들두 볼의살이 포실포실함을 늣기엿겟지/그것은 잘먹
엇서이엿슬가?/아니란다!/벗으나 굶으나 어린자식을 사랑하시는 우리 부모들의
뜨운거자애의 까닭이엿겟고/산으로 들로 나무길을 헤메엿스나마 조고만자미라
도 잇섯든 까닭이엿단다/허나 봄!/우리들의 쌀그릇은 혀로 할튼 듯이 텅 비여젓
스며/작은몸은 무거운일에 팔니여 다람쥐처럼 굴너다니지 안코는 견딜수업고나
오늘도 아부질 따라/김주사 부엌깐에서 밥을 먹고 나올 때/그집 나젊은 안쥔은
수염힌 아부지 보고/『여보게 이래라 저래라』를 막우 하겟지/그리고 우리가 일터
로 갈대야/그집의 학교단니는애는 더운물에 세수를호닥호닥하는 것을보았겟지/
그래 우리는 일에시달니고 마음에 불길이 일어/포실포실하든 어린볼은 광대뼈 앙
상하게 변하고 마는구나/아니 입술도 말나터지고 손덩이도 꺼츠러가누나

<우리들의 볼> 安平原, 제11권5호 1933년 5월호

③ 산ㅅ감독 이놈아 쳐죽일놈아/법하나만 직히면 먹고사느냐/병드르신 아버지
떨고게신데/불한거듭 따뜨시 째여드리려/나무한짐 해온게 죄란말이냐//염치업는
이놈아 떡판좀보자/등걸포기 소나무 사돈지냇냐/산짐승이 너아범 형님이더냐/무

①은 나무를 하다가 산주에게 들켜 손발이 묶여 매달리는 곤욕을 치르고 억울한 마음에 주먹을 강하게 쥐고 참아내는 목소리이다. ②는 배고파 눈칫밥을 얻어먹으며 젊은이에게 업신여김을 받는다. 이렇게 비참하게 살아가면서 '일에 시달리고 마음에 불길이 일어' 말라가는 '우리들의 볼'을 동시로 그린다. ③에서는 가난한 이는 산에서 나무 한 짐을 하는 일마저도 법에 어긋나 '병 드르신' 아버지를 봉양하지 못하게 되는 안타까운 마음으로 분노의 목소리를 낸다. ④는 부자 아이에게 양과자를 얻어먹고 망아지가 되어 태워준 자신 스스로에게 화를 내는 마음이다. 모두 가난하고 약한 이들이 당하는 서러움과 아픔과 울분을 형상화한다. <주먹쌈>(洪九, 1932년 2월)도 이 유형이다.

라. 원망과 탄식

고통스러운 삶의 한가운데서 구원의 빛이 보이지 않을 때 원망스러운 마음이 용솟음치는 것은 당연하다. 1930년대 동시 속에서 원망하거나 절망하며 탄식의 목소리를 내는 동심이 보인다.

① 산꼴중놈 목탁은/밤낮엄시토-ㄱ탁/말도못하는 부처한테/잘되게 해달나고 염불염불/부처가 움즉이나/손바닥이 부르키나/오늘도 홀닥/해가 빠젓다/어리바리 예수꾼/자나새나 아-멘/눈도업는 하눌한테/구원해달나고 긔도긔도/하늘이 말을 하나/목구넝이 쇠여빠지나/말나부튼 배창자나/꼬로록

<염불긔도> 李向波, 제10권 11호 1932년 12월호

② 예수쟁이 말하겟지 전도사는 꼬이겟지/예수를 믿으라고 하나님을 섬기라고 …(중략)… 맘씨좋단 하나님 가난은 외내엇소//가믐에 농사쑨 빌고빌고 절해도/비한방울 안주는 고-약한 하나님/업서요 업서요 믿을수가 업서요/고르지 못한 하나님 믿을수가 업서요

<하나님> 부분(北原樵人, 제11권 8호, 1933년 8월호

③ 봄이/보드랍게 슬며시/이세상에 온것이로구나/옛길을 다시 차저온 모양이구나//작년에/아니 해마다 올때마다/우리에게 배고픔을 선사하고가는/지긋지긋하다는말을 듯는봄이/허울조케도 또다시/가난한이들의 사이를/얄밉게도 차저 대드럿구나//그러나 봄아/네게야 무슨죄가 잇겟니/가난한 것이 네 죄이겟니/우리의 목표가 다른데 잇다는 것을/봄아 우리는 잘알고 잇단다.

<봄> 李東珪, 제11권 5호 1933년 5월호

④ 철모르는 까마귀야/왜그리우니/어적게 工場에서/일을하시다/긔게에 몸닷쳐서/알코게시는/어머님이 죽으시랴/너그리우니!//마음낫분 까마귀야/우지만마라/때쌀업는 가난한/우리나집에/병든엄마 그마저/도라가는게/무엇이 그리조와/작고만우니

<까마귀야> 李孤月, 제9권 제4호, 1931년 4월

⑤ 사정업시 나리는 여름비야/왜-너는 끗칠줄도 모르고 작구 쏘다지느냐/나의 신발이 다-찌저젓고/우리입에는 우산도 업구나//여름비야 고만 끗치여라/工場가는 누나의 옷시다 저젓고/아버지는 싹일도 못가게/왜 이다지도 작구 오느냐/이 무지

한 여름비야/우리네 사정도 좀 보아다고/다~찌그러진 우리집이/네비째문에 고만 써나려 가겻고나//여름비야 고만 긋치여다고/지붕이 새여 낙시물이 써러지는 오늘밤에도/너 째문에 아버지는 싹일못가/오늘밤은 고만 굶고 마는구나

<여름비> 京城 孔璋檜, 제11권 7호, 1933년 7월호, 少年詩

⑥ 어머님?왜? 언니를 공장에안보내면 안됩니까?이웃집 김도령은?아들은 셋이나 너이나두어도 놀니는대/어머님?우리집엔 다만 하나인 언니를/그무서운 굴속에/그무서운 공장에/왜? 안보내면 안됩니까?

<왜?> 朴大永, 제9권제6호, 1931년 6월

⑦ 봄비가 부슬부슬/나리는거리/지게지고 도라오신/아버지등엔/차듸찬 물방울이/울음웁니다.//찬구들에 안진엄마/아모말업시/도라오신 아버지도/아모말업시/등을대고 도라안저/담배만피네/부슬부슬 봄비가/거리는와도/자동차와 인력거는/잘만단이네/누구들을 실코서/어듸로가나?

<비오는거리> 嚴興燮, 제8권제4호, 1930년 4월

①과 ②는 절망적 상황 속에서 신이 원망스러운 마음이다. 간절히 소망하고 기도하여도 이루어지지 않는 절망 속에서 '하나님 가난은 외내엇소'라는 항의가 저절로 나올법하다. ③에서는 다시 온 배고픈 봄이 원망스럽다. '올때마다/우리에게 배고픔을 선사하고가는/지긋지긋하다는말을 듯는봄이/허울조케도 또다시' 온 것이 원망스럽다. ④에서는 가난이 까마귀의 울음 탓인 양 까마귀를 나무라고 원망한다. ⑤에서도 여름비가 우리 사정을 봐주지 않는다며 원망하고, 결국 ⑥에서는 언니를 공장에 보내는 어머니를 원망한다. 어렵고 힘든 매일매일을 사는 이들의 마음속에 원망이 없을 리가 없지만, 동심 속에도 이러한 원망의 마음이 지배할 만큼 약자에게 힘든 세상임을 알 수 있다. ⑦에서는 비 오는 날 아버지 등에 '차듸 찬

물방울' 어머니가 앉은 '찬 구들'이라는 표현에서 부모가 모두 어찌 해결할 수 없는 무력한 상황에 대한 절망스러운 동심의 탄식이 들려온다.

<연>(李向波, 1933년 5월호), <풀섶>(李向破, 1933년 7월호), <달밤>(金明謙, 1931년 10월), <暴風雨 넘어로>(李聖洪, 1930년 7월), <별하나 반짝 눈물방울 쏙쏙>(洪九, 1932년 7월), <工場간엄마>(金炳淳, 1931년 1월), <어머니 콩밥은 안 먹겟수>(尹池越, 1933년 8월호), <새모리>(北原樵人, 1932년 11월호), <훗날맛나 자>(朴古京, 1932년 10월호), <눈오는 저녁>(李元壽, 1934년 2월호)가 절망 속에서 터져 나오는 원망이나 탄식의 동심이 드러나는 작품이다.

마. 위로와 소망의 노래

가난과 착취의 고통 속에서도 미움과 분노와 투쟁의 노래만이 아니라 위로와 소망의 마음을 담은 동시도 있다. 미래에 대한 한 줄기 기대를 담고 있지만, 넋두리처럼 내뱉는 소망을 담은 노래와 서로를 위로하며 일상 생활에서 찾아내는 구원의 빛을 담은 작품으로 나누어 본다.

1) 빛을 찾는 넋두리

힘들고 어두운 길에서 빛을 찾으려는 목소리가 담긴 동시이다. 결코 엄청난 변화에서 얻어지는 기쁨이 아닌 일상의 소소한 작은 기쁨을 노래에 담고 있다. 이런 동시에서는 그저 삶의 소소한 목소리가 들릴 뿐 계급주의적 색채는 잘 드러나지 않는다.

① 산넘어 거리에서/밤고동이 울닌다//돈버리간 압바도/밤일을 하겟지//나는요 마을의/초가집웅밑//압바의 음성갓흔/밤고동이 울녀도//동무하고 회관에서/책을 읽지요

<밤고동> 金友哲, 제10권 6호, 1932년 6월

② 담부랑에 간드랑/호박쏘치 피엿네/어니야 걱거다고/얼는싸다고/개쏭벌네 잡어다가/그속에다 너어두고/뺑-뺑-돌니면서/밤길 가볼네.//호박쏘치 뺑-뺑/노란 초롱이 뺑-뺑/둥니개들 조타고/방방 짓는다/부역나간 웨아저씨/비단초롱 안보앗지/뺑뺑돌니면서/마중나갈네.

<호박쏫> 旅人草, 제8권 제7호, 1930년 7월

③ 추운밤 하얀쏫 눈오는밤에/서울갓든 울언니가 돌아왓지요//보실보실 힌눈이 나리는밤에/울어머니 언니싸메 썩만들엇죠//한박갓튼 힌눈이 오시는밤에/언니동무 모혀와서 먹고갓다우

<눈오시는밤> 元山 鄭波, 제9권 제2호, 1931년 2월

④ 아가아가 어린아가 착한아가야/너의엄마 빼빼말은 젓줄기에서/나지안는 그거나마 목을추으며/꿀떡꿀떡 실컨양껏 어서먹어라//되지못한 너의 엄마 김주사네집/소색기와 가티도 일을하지만/아가아가 착한아가 너는어서커/사자가치 씩씩하게 되어나거라

<아가야> 朴猛, 제11권 3호 1933년 3월호

⑤ 내사랑朝鮮에/밧갈리늬뇨/우리나 白衣의/新少年이지/붉은피타쓸는/팔둑을보소//이나라 黃金벌/거두리늬뇨/우리나 白衣의/新少年이지/붉은피타쓸는/다리를보소//팔다리올물이/범이라거니/압山이험한들/무서울것가/우라라기운찬/新少年보소

<新少年> 韓晶東, 제8권제4호, 1930년 4월

　　①과 ②는 모두 어두운 삶의 상황 속에서 빛을 찾는 노래이다. 돈벌이 간 아버지가 밤일을 하듯 밤에 책을 읽는 이미지를 형상화함으로써 어두운 밤에도 희망을 찾아내려는 마음을 담고 있다. ②에서 개똥벌레를 잡아 호박꽃 초롱에 넣고 '밤길'을 가겠다는 장면도 마찬가지로 지금은 밤이라

컴컴하지만 빛을 찾아 나서는 마음이다. 이들과 유사하게 어둠 속에서 빛을 찾는 내용의 작품으로 <개똥불만세>(朴古京, 1931년 11월), <질날애비>(旅人草, 1930년 2월)가 더 있다.

③은 반가운 언니가 돌아온 춥고 눈 오는 밤의 풍경이다. 춥고 어두운 밤이지만 '돌아온' 언니는 밝은 빛과 같다. 공부하러 가거나 일을 하러 간 가족이 돌아오거나 만나는 일은 어두운 삶 가운데 한 줄기 빛으로 여겨진다. <서울가는나븨>(旅人草, 1930년 4월)가 더 있다. ④는 어두운 미래를 밝혀줄 힘을 어린 자녀나 아기에게서 찾기를 소망하는 노래이다. 특히 자장가 형태를 취한 노래들은 모두 같은 유형으로 <新자장가>(李東珪, 1931년 5월), <우리 아기>(박인수, 1933년 5월호), <자장노래>(北原樵人, 1932년 10월호)가 더 있다.

자장가 외에도 ⑤처럼 어린아이나 소년에게 소망을 담는 노래 혹은 소년의 목소리로 미래를 열겠다는 다짐의 노래로 <나어린일꾼>(李東珪, 제10권 4호 1932년 4월), <孤兒의 노래>(李春植, 1933년 5월호), <새少年의 노래>(陽近而, 1931년 3월), <새살림>(朴炳道, 1931년 3월), <말궁둥이를싸르며>(李聖洪, 1930년 5월), <어머니! 깁버하우-아들의 졸업을 맞는 백만의 가난한 어머니에게->(韓哲焰, 1932년 4월)가 있다.

2) 구원의 소망

구원의 소망을 담아낸 동시가 많지는 않다. 소망을 담은 노래에도 계급 간의 대비를 보이며 아픔 가운데서 기쁨과 소망을 찾아내어 형상화한다.

① 少一-쇠꼴쇠꼴쇠꼴이 어엽분쇠꼴이/이가지 저가지로 춤을추면서/아름다운 소리로 노래하누나/쇠꼴-나는나는 참으로 어엽부지요/노랑노랑 이금웃 구경하 구려/쇠꼴쇠꼴 이노래 드러보구려//少二-엡부기는 엡부기는 무엇이엡버/남못입 는 금웃을 저혼자입고/자랑자랑 하는양 미웁드라야/제비-이보세요 도련님 나를

보서요/곱게비슨 이머리 바라보서요/파랑비단 옷입은 내몸보서요//少二-무명옷
도 못입는 동무만흔데/우리는 몬지속서 일만하는데/저혼자 비단옷과 치장만하
고/보기실타 이놈아 저리가거라//少一-저산속에 살고잇든 남비닭히놈/보선한짝
못신어 새쌀간맨발/거름거리 쏫차가 어렵부두군//少二-그리고 그는그는 맘씨쏘
차엡분새/매운바람 칼바람 모라치는 겨울날/맨발두 멋구섯남 주은모이를/배고
파 우는동무 다노놔주고/배가비여 눈우에 쓰러젓는걸/언젠가 나는나는 보왓는
걸요//少一-엄마일코 울며서 쩌는새색기/품에품어 싸쏫이 재워주는걸/언젠가 나
도나도 보왓는걸요//少二-그는저는 못먹고 못입드래도/그는저는 몸바처 죽어버
려도/불상한 만흔동무 잘살게하리/날마다 날마다 애쓴다나요//少一-아아참 거
룩하고 어엽분그새/지금은 어듸가서 살고잇는지/보지못해 픽으나 섭섭하드라

<어엽분새> 吳京昊, 제9권 제1호, 1931년 1월

② 개똥버레 동모야 길발키여라/공장누나 길것기 어두웁단다//공장복에 벤도긴
우리옵바도/어두운길 것기에 애쓰신단다//개똥버레 동모야 길을 발켜라/공장동
모 가는길 길발키여라//우리들의 삐오닐 공장가는길/개똥버레 동모야 길발키여라

<개똥버레> 玄 松, 제10권 11호 1932년 11월호

③ 아버지 어머니/내말드러바/돈만타고 자랑하든/기똥이한놈/오날도 학교에서/
쏘겨낫지요/산술숙제 안햇다고/쏘겨낫지요//아버지 어머니/내말드러바/수업료
안냇다고/야단만나든/나는나는 그래도 /칭찬드럿지/산술숙제 잘햇다고/칭찬드
럿지

<아버지어머니> 晋州 李昌鉉, 제11권 5호, 1933년 5월호

①은 어여쁘고 거룩한 새에 대한 기대와 소망이 담겨있다. 진정한 어여쁜
새는 '남못입는 금옷을 저 혼자 입고/자랑자랑 하는' 꾀꼬리가 아니라 '저
는 몸 바처 죽어버려도/불상한 만흔 동무 잘살게'한 거룩한 새이다. 삭막
한 투쟁 속에서 진정한 '어엽분 새'를 그리워하며 소망하는 동시이다. ②는

1930년대 동시에서 주로 긍정적인 소망을 담은 곤충을 표현할 때 자주 등장하는 길 밝혀주는 개똥벌레 이야기다. '개똥버레 동모야 길 발키여라'를 세 번이나 반복하여 간절한 기도의 마음과 이미지를 형상화하고 있다. ③은 돈 많다고 자랑하던 기동이가 산술숙제를 못 해서 학교에서 쫓겨난 것과 비교해 오히려 칭찬을 받은 기쁨을 부모님께 이야기하는 노래이다. 세 편 모두 어둡고 힘든 투쟁의 시공간 속에서 긍정적인 일상을 포착하여 소망을 담은 동시들이다.

바. 일상의 정서와 애환

1930년대 《신소년》에 수록된 동시 대부분이 계급 갈등 속에서 당하는 피압박의 고통과 투쟁을 그리고 있다. 그러한 계급 갈등의 모습에서 어느 정도 벗어나 일상의 정서와 애환을 낮은 목소리로 읊조리는 동시도 다수 있다.

① 쌀내짐을지고 어머니딸아 강가에나가니/하날빗갓흔 물속에 적은고기가노데/느러진버들개지가 떨어지니 고기가 뛰데/쏘닥쏘닥 쌀내소리에 강언덕 살작살작 울리데!

<강까> 金炳昊, 제8권 제5호, 1930년 5월

② 아침햇님 발쑥이 웃고나오면/양치던 아해놈은 단잠째어서/넓은 들-로 양쎄를 몰고서/아장아장 들판으로 나아갑니다.//하로종일 왼종일 플밧우에서/어린양과 노래을 부르다가는/저녁햇님 느엿히 넘어갈적엔/지는해 동모삼아 돌아옵니다.

<양치는 少年> 金炳淳, 제9권 제4호, 1931년 4월

③ 우리누님 今年에 시집간다고/첫새벽 일즉부터 배짜기까지/외인손 바른손이 분주하더니/재쓴재쓴 배틀이 해가씁니다.//쇠쏘리는 버들에 봄이왓다고/가지가

지단이며 배싸기하지/우아레 왓다갓다 부나드더니/쇠꼴쇠꼴 버들에 해는 놉핫다.//누님은 아롱아롱 알기한필을/點心전에 싸노코 물을깃는데/쇠꼬리는 버들에 파랑닙문에/돗칠내기 그만야 해다지웟소

<배싸기> 韓晶東, 제8권 제5호, 1930년 5월

④ 저녁이면 괴고리/남게안저서/논메기-노래를/흉내냄니다.//쇠꼴쇠꼴쇠꼴쇨/자미잇게도/낫에드른 노래를/흉내냄니다.

<쇠쏼> 金聖道, 제8권 제7호, 1930년 7월

①은 빨래하러 나가서 느끼는 강가의 정취를 그림처럼 묘사한다. 감각적 표현의 시적 활용이 돋보인다. 같은 호에 실린 金炳昊의 <비온뒤>나 <풀냄새> 모두 일상의 정서를 한시적 정취로 읊조리고 있다. ②와 ③도 일상생활의 장면을 그린 동시이다. 양 치는 아이의 삶과 시집갈 나이가 된 누님의 바쁜 삶에 담긴 정서를 목가적으로 그려내었다. ④도 고즈넉한 저녁의 꾀꼬리 소리가 들리는 듯한 순간의 정취를 형상화하였다. 모두 계급투쟁이나 프롤레타리아 계급의 시름과는 거리가 먼 평화롭고 조용한 분위기의 일상이다. 幼年童謠로 명명된 <앵도두개>(嚴興燮, 1930년 7월), <풀각시>(芳華山, 1930년 3월), <무엇무엇 보앗나>(尹石花, 1930년 3월)가 더 있다.

⑤ 종달새 한울노피 조잘거리니/시냇물 졸졸졸졸 춤을 추고요//봄바람 버들가지 간질거리니/파란움 피리곡에 저절로 트네.

<봄> 金炳淳, 제9권제3호, 1931년 3월

⑥ 종달새가 종달새가/노래합니다.//아즈랑이 은실줄을/잡아타고서/동당동당 금지북을/두다리면서/비이비이 즐건봄을/노래합니다.//종달새가 종달새가/노래합니다//보이지는 아니해도/금북을치며/보리밧이 파란해서/깃부으다고/비이비

⑤~⑧은 자연과 계절의 변화 속에서 일상을 노래하는 동시이다. ⑤와 ⑥은 종달새 노래하는 봄의 기쁨과 정취를 노래한다. ⑦은 맹꽁이 소리 들리는 여름밤에 언니와 하늘을 보며 대화하는 아이의 모습을 담고 있다. ⑧은 봄에 피어나는 새싹의 모습을 정감있게 그렸다. 모두 분노나 미움과 투쟁의 정서와는 거리가 먼 일상의 정서이다.

계절을 노래하는 동시로 한정동의 <봄노래>(1930년 4월), <이상한달나라>(1930년 7월), <부슬비>(徐性浚, 1931년 6월), <봄>(李華龍, 1930년 1월), <엇재서봄이냐?>(金汝權, 1931년 5월), <수양버들>(睦一信, 1930년 4월), <개고리>(陳炯南, 1931년 5월), <나븨>(全光仁, 1930년 4월), <개고리잠>(尹石花, 1930년 4월), <봄비>(金春鄕, 1930년 4월), <봄노래>(金春岡, 1931년 3월), <봄바람불면>(金相範, 1933년 5월호), <가을저녁>(弓在南, 1931년 1월)가 더 있다.

어딘지 모를 쓸쓸하고 애상적인 결핍의 마음이 일상의 정서와 함께 담긴 동시도 있다.

⑨ 저녁마다 뜰압혜/안저놀면은/압마을 퉁수소리/들여옴니다./누가누가 저녁마다/그리부는지/자미잇는 곡조만/불고잇지요./달밤에 퉁수소리/들여오면은/아모상토 안흔데도/눈물남니다./나도아는 곡조면/가는소리로/밤깁도록 짜라서/노래하지요.

<퉁수소리> 李久月, 제8권 제8호, 1930년 8월

⑩ 물새들은 바다까에/쩌다닌새는/가도가도 긋업는/넓은바다에/덩처업시 헤메는/바다의아들//물새들은 바다에/애처러운새/너울너울 쩌도는/만흔물새는/가엽게 쩌만도는/바다의아들

<물새> 睦一信, 제8권 제7호, 1930년 7월

⑪ 마을압 버덩에 푸른잔듸엔/우리나 누나들 나물캐면서/애닯흔 노래들 부르으고요.//새냇가 버덩에 푸른잔듸엔/우리나언이들 버들썪거서/늴늬리 늴늬를 피리불지요.//앞들에 밧머리모새밧테는/성악가 종달새 애닯흐게도/종달달 종달달 지저귀구요.//호슷가 언덕에 양지쪽에는/무도가 실버들 쓸쓸하게도/너훌널 너훌널 춤을추지요

<봄노래> 洪銀杓, 제8권 제4호, 1930년 4월

⑫ 하로종일 工場에서/일하는 엄마/코를콜콜 굴으면서/주무십니다./잠은자는 엄마얼골/보고잇스면/철모르는 내눈에서/눈물남니다./마흔다섯 職工生活/속이상해서/쭈룩쭈룩 주름이/잡히엿지요/어느날이 조와설랑/엄마얼골에/굵고가는 주름펴고/우슴을볼가

<주름살> 三長 李華龍, 제9권 제4호, 1931년 4월

일제강점기 동시 연구

⑨에서 퉁수소리 들리는 저녁의 마음을 형상화하고 있는데, '아모상토 안흔데도/눈물남니다.'라고 말하는 시적자아는 눈물이 나는 이유를 명확하게 인식하고 있지는 못한 채 쓸쓸한 눈물을 흘린다. ⑩에서도 그 이유를 알 수 없는 채로 물새를 바라보는 시적자아의 시선은 애상적이다. '덩처업시 헤메는/바다의 아들', '가엽게 써만도는/바다의 아들'로 그려지는 물새에 감정이입한 정처 없이 헤매고 떠도는 가엾은 모습으로 투영된다. ⑪에서도 누나들의 노래소리나 종달새의 노래까지도 애달프게 인식되며 실버들도 쓸쓸하게 춤을 춘다. 일제강점기 민족의 아픔과 무산계급의 삶에서는 보편적인 일상의 모든 정서가 눈물겹고 애상적이기 때문이다. 투쟁이나 저항의 상황을 인식하지 못하여도 일상 쓸쓸한 정서를 깔고 살아갈 수밖에 없다.

⑫는 곤히 주무시는 어머니의 주름살을 보며 눈물짓는 자녀의 목소리이다. 어머니가 온종일 일하고 고단한 잠을 자는 것이 눈물겹지만 현실의 아픔이 어디서 오는지 정확히 파악하지 못한다. 羊近而의 <그 싸짓것>(1931년 3월)도 분노의 마음이 형상화 되지만 분노의 방향이 어디인지 스스로 알지 못하는 목소리이다. <밋지마러라>(玄 松, 1932년 12월호), <가을바람>과 <저녁>(許鴻, 1931년 1월)에 드러나는 원망과 서러움과 상실의 마음도 모두 스스로가 명확하게 인지하지 못한 정서의 표출이다.

<던긔등>(宋完淳, 1930년 2월)에는 외로움이, <구루마꾼 아저씨>(朴仁守, 1931년 2월)에 형상화된 추위, <우리길>(徐性浚, 1931년 4월)에 형상화된 애처로움, <병신된달님>(宋完淳, 1930년 5월)에 형상화된 걱정과 염려, <방울>(宋完淳, 1932년 6월)의 애정과 결핍, <깨여진종> (朴世永, 1931년 11월)과 <거울>(朴世永, 1933년 7월호)에 드러나는 회의적 시선 등이 모두 일상의 삶 가운데 배경으로 깔린 막연한 애상적 정서이다. <치운날>(金龍俊, 1931년 1월), <電선

새>(金昌熙, 1931년 1월), <겨울밤비>(金在洪, 1930년 2월)의 추위와 눈물 이미지
도 모두 무산계급의 아픔과 서러움의 정서를 형상화하였으나, 시적자아는
왜 서러운지에 대한 인식이나 극복의 의지보다는 서글프고 아픈 마음만을
드러내고 있다.

⑬ 모진북풍 치웁게/부러오면은/뭇새들은 칩다고/슯허울지만/싸록싸록 물오
리/홀노썰면도/내물우에 둥실써서/잘도놉니다.

<물오리> 陳炳南, 제9권제2호, 1931년 2월

⑭ 오날도 칼한닙/바구니끼고/논두덕 밧두덕/타서갑니다./쑥나물 콩나물/캐여
서담고/우리집 마을을/바라보면요.//건너집 김참봉/뒷마당엔/울읍바 혼자서/거
름지고요./담넘어 우리집/것허보면요/풀팔러 다가고/개만좁니다.

<나물캐기> 록山 黃大生, 제9권제5호, 1931년 5월

⑮ 나어린 도야지야/솟밧홀 파지마라/실비오는 봄날에/씨를뿌려 솟치피면/넨들
좀 좃켓느냐.//철모로는 도야지야/충게밋홀 파지마라/곱게쓰른 마당을/흙을뒤
저 더럽피면/아버지가 성내신다.

<도야지> 會寧 韓泰鳳, 제8권제3호, 1930년 3월

⑬~⑮는 아픔 속에서 따뜻한 미래를 꿈꾸는 장면을 담은 동시이다. ⑬은
모진 북풍 속에서 슬프고 홀로 떨지만 '내 물 우에 둥실써서/잘도놉니다'
라고 표현함으로써 다 잘될 것이라는 희망의 마음을 담고 있다. 같은 유형
으로 <달>(金聖道, 1931년 4월), <대장>(赤岳, 1931년 3월)이 있다. ⑭는 나물 캐러
나가서 동네를 바라보는 시적화자의 이야기이다. 오빠가 거름을 지고 가
는 장면이나, 비어 있는 우리 집에서 개가 졸고 있는 쓸쓸함 가운데 열심
히 일하며 움직이는 온 가족의 모습을 형상화하여 긍정적인 미래를 그렸

다. <개똥>(南大祐, 1934년)도 생략된 부분이 있어 전모를 알지 못하지만, 드러난 부분은 이 유형에 속한다. ⑮는 '도야지'에게 점잖게 흙을 뒤적여 파지 말라며 충고를 하는 장면이다. 시적화자의 감정이 거의 드러나지 않을 정도의 담담한 목소리로 이야기하고 있다는 점이 특징이다. <어름ㅅ장>(春步, 1930년 4월)도 '잘난 체'하던 도련님이 얼음장이 꺼져 빠지는 장면을 그렸는데, 매우 나직한 목소리를 내고 있다는 점에서 같은 유형이다. 그 외에도 전래동요의 영향을 많이 받은 것으로 보이는 <왁새노리>(韓晶東, 1930년 6월)와 뒷부분이 생략되어 전모를 알 수 없는 소년시 <동무>(李東友, 1933년 7월호), 아이들의 놀이에서 세계 열강을 비판하는 동화시 <무쪽싸움>(李東友, 1934년 4월)이 목소리 면에는 일상의 정서를 드러내는 작품에 속한다.

1930년대 《신소년》에 수록된 동시에서 들려오는 시적화자의 어조나 톤 등 목소리를 분석하여 그 내용을 유형화하였다. 먼저 1930년대 수록 동시 466편에 기재된 장르 명칭으로 동요, 유년동요, 소년시, 소년서사시, 동화시, 동시, 시, 유아시, 시요, 편지 등을 확인하였다. 장르 표시가 없는 작품도 136편이다. 1930년대 《신소년》에 동시를 많이 수록한 작가는 이동규, 김우철, 이향파(이주홍), 김명겸 등이다.

1930년대 《신소년》 수록 동시의 시적화자 목소리 유형별 특징으로, 첫 번째는 고발의 목소리를 담은 동시이다. 143편(40.28%)으로 가장 많았는데, 가난과 착취 및 탄압으로 인한 절망의 목소리를 형상화하거나 고통 속에서 신음하는 목소리를 담았다. 상실과 이별의 아픔을 형상화하여 고발의 내용을 담기도 하였다. 두 번째는 저항과 투쟁의 목소리이다. 74편(20.84%)이다. 어린 아동의 목소리이긴 하지만 고통 속에서도 힘을 내려는 노력을 형성화하였다. 또 모두가 연대하여 나아가사고 선동하는 함성의 목소리를 내기도 하였다. 투쟁의 승리를 향해 나아가는 기백을 담아내고 위로하고 기도하는 응원의 노래, 투쟁의 고달픔으로 절규하는 목소리를 담은 동시도 있다. 세 번째는 무산계급의 마음속에 쌓인 미움과 울분을 토해내는 유형이다. 모두 44편(12.39%)인데, 욕설로 미운 감정을 표현하는 동시, 분노하고 저주하는 주문을 담은 동시, 소심하게 복수하며 쾌재를 부르는 목소리, 울분을 참아내며 토해내는 목소리로 형상화하고 있다. 네 번째는 원망과 탄식의 목소리를 내는 동시 17편(4.8%)이다. 어둠 속에서 빛이 보이지 않는 때에는 동심마저 원망과 탄식으로 물들었음을 알 수 있다. 다섯 번째는 위로와 소망의 마음을 넋두리처럼 내뱉는 동시 21편(5.91%)이다. 계급주의적 색채가 다소 옅은 위로의 노래와 프롤레타리아 계급을 구원해낼 소망을 품는 노래들이 여기에 속한다. 여섯 번째는 계급 갈등의 모습에서 거의 벗어나 일상 속 정서와 애환을 담은 목소리를 내는 동시 56편(15.77%)이다. 삶의 작고 소소한 장면이나 자연과 계절의 변화 속에서 느끼는 정서를 담아내었지만 어딘지 애상적인 어조를 띠고 있다.

《신소년》의 1920년대 수록 동시와 달리 1930년대 수록 동시의 약 85% 정도는 계급주의적 색채를 강하게 드러내고 있음을 알 수 있다. 이들 계급주의 동시의 시적화자가 내는 구체적인 목소리에서 동심에 스며있던 고발과 투쟁과 원망과 미움과 슬픔의 정서가 어떻게 형상화되었는지도 확인할수 있었다.

III. 《별나라》에 담긴 동시

《별나라》는 일제강점기인 1926년 6월 창간되어 1935년 1·2월 통권 80호로 폐간된 아동 잡지이다. 1919년 3.1운동 이후 일제의 식민 지배에 항거하는 민족적 저항과 투쟁은 민족 계몽과 교육, 경제자립 등을 위한 사상 운동, 노동운동, 청년운동, 여성 운동 등 조직적인 사회 운동으로 확대되었다. 러시아 혁명의 성공 이후 사회주의 운동이 식민지 조선에도 확산되었고, 1922년 이후에는 민족주의 경향과 사회주의적 경향을 분파적으로 나타내기 시작하였다(권영민, 1998; 16). 1925년 조선프롤레타리아 예술동맹(KAPF)이 결성된 이후에는 문단도 민족주의적 경향과 사회주의적 경향의 문학 운동으로 나뉘게 된다. 사회주의 이념과 결합된 계급적 투쟁 의식을 강조하는 계급주의 문학은 1927년 이후에는 조직적인 운동으로 이론 투쟁과 대중 투쟁을 전개하였다(권영민, 1998; 18). 이들은 문학이 민족의식을 추구할 것이 아니라 계급 혁명 투쟁에 나서야 한다고 보고 조직을 결성하고 확대하며 문학을 통한 투쟁에 나섰다. 아동문학도 이러한 분파의 경향성에 발을 맞추며 진행되었다.

아동잡지 《별나라》는 《어린이》와 함께 1920~30년대 아동문학계를 대표하는 잡지이다. 《별나라》의 성격에 대하여는 《어린이》와 대립되는 '계급주의' 이념을 바탕으로 한 잡지라는 것이 그동안의 통설이었다. 하지만 최근 들어 이런 도식적 성격 규정에 대한 비판적 시각이 커지고 있다.[29] 류덕제(2010)는 1920년대의 《별나라》는 통설과 달리 노골적이고 본격적인 계급주

---

29) 류덕제, 「《별나라》와 계급주의 아동문학의 의미」《국어교육연구》제46집, 국어교육학회, 2010, 306-334. 진신희, 「《어린이》수록 동시 연구(2)」,《한국아동문학연구》제26호, 한국아동문학학회, 2014, 155-203쪽. 정진헌, 「1920년대 《별나라》 동요 연구」,《아동청소년문학연구》제17호, 한국아동청소년문학학회, 2015, 105-141.

의적 특성을 보이지 않고 1930년 이후에야 비로소 목적의식적 활동으로 계급주의적 작품을 수록하고 있음을 주장하였다. 원종찬(2012, 2016)과 진선희(2014)는 민족주의 경향이라고 단정되어왔던 《어린이》 수록 동시에 담긴 계급주의적 저항의식을 확인하였으며, 정진헌(2015)은 "1920년대의 《별나라》 수록 작품은 가난, 노동, 공장 등 계급주의적 이념에 물들지 않은 채, 자연에 대한 정경 및 묘사, 계절에 따라 느끼는 애상감, 생활의 단상 등 순수한 동심과 서정성이 주를 이루고 있다"는 구체적 연구 성과를 내놓았다. 초기 1920년대 《별나라》는 운영진의 취약한 문학성·운동성 때문에 계급주의적 성격을 잘 드러내지 못했으며, 1920년대에는 오히려 《어린이》가 더 현실주의 색채에서 앞섰다는 주장(원종찬, 2016; 187-225)이 설득력을 얻고 있다.

물론 《별나라》는 1930년대에는 카프(KAPF)에서 맹활약하였던 인물인 박세영, 임화, 송영 등 필진의 활약이 돋보이므로 '계급주의' 경향을 보이는 것으로 판단하는 것도 당연한 일일 것이다. 그렇더라도 일제강점기 우리 민족의 삶에서 개인적·사회적 정황 및 사회주의 운동의 확산과 카프 문학의 영향이 구체적으로 왜, 어떻게 문학작품으로 형상화되었는지 면밀하게 살펴내는 일이 여전히 필요하다. 당시 계급문학은 조직 내부에서 조차 "이데올로기를 얻은 대신 예술 그 자체를 잃게 되었다는 자기비판"(권영민, 1998; 19)이 나올 정도로 문학적 성과에 회의적 시선을 받게 되었다. 하지만 어떤 경향의 작품이건 구체적으로 작품의 내용과 질을 살피며 탐구한 후에야 그 작품이 갖는 문학성을 제대로 평가하게 될 터이다. 이런 관점에서 아동 잡지 《별나라》 또한 당시 필진 몇몇 사람의 회고적 설명이나 기술에 따른 판단에만 의존하여 그 특징을 파악할 수는 없다. 수록 동시의 성향과 역할을 구체적 작품의 내용 및 형식 탐색을 바탕으로 파악할 필요가 있다.

여기서는 1930년대의 《별나라》 수록 동시[30]의 분석을 통하여 그 구체적 내용 및 형식 특성을 탐색하고자 한다. 1920년대 수록 동요는 정진헌(2015)의 연구가 비교적 구체적이기 때문에, 오히려 계급주의 경향이 농후하다고 알려진 1930년대 발간된 《별나라》 수록 동시를 더 세밀하게 살펴보고자 한다. 이는 1930년대 조선의 아동문학에서 계급주의 동시의 구체적인 면모와 변화를 살펴볼 수 있는 계기가 될 것이다. 연구 대상은 한국아동문학총서의 《별나라》에 한정한다. 1930년에서 1935년 발간된 27권[31]에 수록된 기성작가 동시 214편[32]을 중심으로 그 특성을 탐색한다.

---

30) 본고에서 '동시'로 지칭하는 경우는 두 가지이다. 첫 번째는 아동문학의 서정 장르를 대표하는 명칭으로 사용되는 경우이다. 이를테면 《별나라》는 아동용 잡지이기에 수록된 시를 모두 '동시'로 명명하는 것도 이 경우에 해당한다. 두 번째는 동요 등 다른 하위 장르와 대립하는 하위 장르로서의 '동시'를 지칭하기도 한다. 문맥에 따라 이 두 경우의 의미로 사용됨을 밝힌다.

31)

1930년	1931년	1932년	1933년	1934년	1935년
▪별나라四週年紀念倍大號 1930. 6 ▪七月바다특집호 ▪拾月號(昭和五年十月一日) ▪11월호 1930. 11. 1	▪일이월합호. 1931. 1. 1 ▪三月童劇特輯號 1931. 3. 1 ▪4월호 1931. 4. 1 ▪5월호(국제소년대특집호) 1931. 5. 1 ▪별나라5주년기념호 1931.8.1 ▪7·8월 합* 1931. 8. 1 ▪九月號 가을특집호 제6권 제7호 1931. 9. 1 ▪10·11월 합호 제6권 제8호 1931. 11. 1 ▪십이월호 제6권 제9호 송년호 1931. 12. 1	▪新年臨時號(通卷五十六號) 1932.1. 1. ▪2·3월호 합호 1932. 3. 1 ▪1932. 4. 1 ▪제7권제5호 1932. 7. 25	▪二月號(제8권 제2호) 1933.2.1 ▪4·5월호 合號(통권67호) 1933. 봄 ▪제8권 제10호 송년호 1933. 12. 1	▪신년호 통권74호 1934. 1. 21 ▪2월호(제9권 2호, 통권75호) 신춘소년문학호 1934. 2.1 ▪4월호 1934. 4. 1 ▪9월호(8주년 기념) 1934. 9. 10 ▪10·11월 합호 第九卷第五號 1934.11.15 ▪통권 79호 1934. 12.15	▪1,2월호(통권 80호.)

32) 독자 투고 작품을 제외한 작품 전체를 대상으로 한다.

1. 형식 및 작가

1930년대 발행된《별나라》수록 동시의 장르 명칭을 알아본다.《별나라》에는 '동요', '童謠', '童詩', '詩' 등 장르 명칭을 기입하고 있다. 대체로 잡지의 차례 혹은 작품의 제목 옆에 기술한 경우가 많은데 장르 명칭을 붙이지 않거나 차례에만 제시한 경우도 있다.《별나라》각 호별로 제시된 장르 명칭 및 작품을 살펴서 동시의 형식 특성에 대한 인식 및 변모를 알아본다.

가. 형식 특성

<표Ⅲ-1>《별나라》수록 동시의 장르 유형

순	발행일	장르 및 작품	순	발행일	장르 및 작품
1	1930. 6	童謠 連作少年敍事詩(박세영,손풍산,엄흥섭<脫走一萬里>)	15	1932. 3. 1	童詩(박일<우리들은>) 幼年童謠(吳鐵榮<겨울밤>) 동요, 童謠
2	1930. 7. 1	童謠	16	1932. 4. 1	童謠, 少年詩(김우철<진달내꼿>) 詩(김해강<적은죽엄을 노래로부르는 吊詞>)
3	1930. 10.1	名作童謠	17	1932. 7. 25	農村少年詩(송해광<싸화보련다>) 동요,童詩
4	1930. 11. 1		18	1933. 2. 1	童詩, 童謠 少年詩(박세영<지하실과 당기>)
5	1931. 1. 1	童謠	19	1933. 봄	童謠 童詩(철염<피케보는 부형새>)
6	1931. 3. 1	童謠, 野外童謠劇	20	1933.12. 1.	童謠 童詩(송해광<불상한 曲藝女>)
7	1931. 4. 1	童謠	21	1934. 1. 21	詩(김해강<새해에보내는 頌歌>) 童詩(이용만<가버린 동무야>) 連作童詩(박일, 박세영<故鄕을 떠난 누나여!>)

순	발행일	장르 및 작품	순	발행일	장르 및 작품
8	1931. 5. 1		22	1934. 2.1	童謠 童詩(양가빈<알는아기>)
9	1931. 8. 1	童謠	23	1934. 4. 1	世界童謠, 童謠 詩(윤곤강<달 밝은 밤에>, 정청산<봄을 마즈며>)
10	1931. 8. 1	童謠	24	1934. 9. 10	合唱曲, 童謠 童詩(박아지<아츰>), 윤곤강<오늘밤도 英이는>
11	1931. 9. 1	童謠	25	1934. 11.15	童詩(박아지<나의 所願>, 박영하<장날> 童謠
12	1931.11. 1	謠, 童謠	26	1934. 12.15	童謠 童詩(이동우<세발달닌황소>) 散文詩(韓相震, <순희>)
13	1931.12. 1	동요, 童謠 童詩(엄흥섭<겨울밤>)	27	1935. 별나라	卷頭詩
14	1932.1. 1.	동요, 童謠 少年詩(세영<새해에 보내는 頌歌>)			

1930년에 발행된 《별나라》에 사용된 장르명은 거의 대부분 '동요' 혹은 '童謠'인데, '連作少年敍事詩'라는 특별한 명칭이 있다.

> 고리쇠는 첨하밋헤서 밤을새우며 마음을 먹는다
> 세상은 이상하구나 왜? 나는 모듬소리밤낮드러도 귀에안드러오는가
> 생각나는건 남의잘사는 것뿐이다
> 일잘하고 마음착하여야 부자가된다는
> 선생님이 말씀을 삼년이나 드러왓건만
>
> <脫走—萬里> 부분 (박세영, 손풍산, 엄흥섭, 1930년 6월)

'연작서사시'라는 명칭에 걸맞게 크게 세 부분으로 나뉘어 있는 장편 동시이다. 첫 부분은 박세영이 쓴 것으로 주인공 고리쇠가 섬마을을 떠나는

장면, 두 번째 부분은 손풍산이 쓴 부분인데 고리쇠가 여기저기 떠돌다가 일본의 어느 항구에서 또다시 길을 떠나는 장면이다. 세 번째 부분은 엄흥섭이 썼는데 대만으로 가서 우여곡절을 겪은 고리쇠가 어린 용사가 되어 조선으로 돌아오는 내용이다. 일반적인 7·5조 동요와 달리 내재율 동시이다. 서사시이고 내재율 동시이며, 세 사람의 작가가 한 편의 동시를 썼다는 점에서 동시사에서 보기 드문 독특한 형태이다.

1931년에 발행된 《별나라》에도 '동요'라는 명칭으로 일관하고 있지만 12월호에 실린 엄흥섭의 <겨울밤>은 '童詩'로 명명하고 있다. 동시에 대한 당시 작가나 편집진의 의식을 엿볼 수 있는 부분이다.

겨울밤 신삼으며 생각을하면/생각을하면/석탄굴속 아버지 말는그얼골/검은 그얼골/눈압혜 어른어른 벙그레 웃네/성을내시네//겨울밤 혼자누어 생각을 하면/눈을 감으면/쌀골으는 어머니 부은그얼골/파란그얼골/머리맛헤 어른어른 한숨쉬이네/엉엉 우시네//겨울밤 밤새도록 쑴을 쑤면은/눈을 쓰면은//새거리로 주먹들고 쒸여갈생각/팔러들 생각/냉돌방 내가슴이 화로불되네/모닥불되네

<겨울밤> 嚴興燮, 1931년 12월

우리들은 쓰거운 태양아래서/푸르른 자연의 품속에서/아저씨들과함씌 땅을 파고 씨를쑤리고/쌔로는 소를치고 나무를비고/그리고는 야학에- 노동학원에//우리들은 사나운물결치는 바다가에서/자욱이 둘너싸는 안개속에서/아저시들과함게 배를 젓고 조개를 캐고/쌔로는 미역을싸고 그물을 깁고/그리고는 야학에- 노동학원에//우리들은 해빛못보는 공장틈에서/고요히 잠든 새벽거리 컴컴한 골목에서/아저씨들과함세 ××를쑤리고 ×××를부치고/쌔로는 를하고 을하고/그리고는 새날에- 새 사회에

<우리들은> 朴一, 1932년 3월

엄홍섭의 <겨울밤>은 '童詩'로 명명하고 있지만 율격 면에서는 '동요'로
제시된 이전의 작품들과 다르지 않다. 7·5조 정형률을 기조로 한다는 점에
서 같지만, 7·5조 음수율에 '5'음절을 한 번 더 반복함으로써 7·5·5 리듬을
만들었다. 겨울밤 아버지와 어머니의 모습을 묘사하며 가슴 아파하는 분
노의 정서가 비교적 잘 형상화되었다. 율격 면에서 정형률을 벗어나지 못
하였으나 시적 형상화 면에서, 또 '동요도 시여야 한다'는 생각에서 '童詩'
로 명명한 것으로 판단된다.

1932년 3월호에 동시로 게재된 박일(박아지)의 <우리들은>도 7·5조 리듬
에서 벗어나지는 못하였다. 1연 3행과 2연 1행 등에서 정형적 음수율을 벗
어나려는 파격의 노력이 많이 보이긴 한다. 여전히 7·5조를 근간으로 하고
있다. 엄홍섭의 <겨울밤>에 비하면 시적 형상화 면에서 더 나아간 것 같지
는 않다.

1932년 신년호《별나라》에는 '少年詩' 라는 이름으로 박세영이 '새해에
보내는 頌歌'라는 작품을 실었다. 엄홍섭의 <겨울밤>이나 박일의 <우리들
은>과는 사뭇 다른 형태를 보여준다.

새해는 왓다구요/거리는 북적입니다//색색이옷을 닙히고/톡기색기나가티 털로휘
감은/아가씨 도련님이/왼 거리를 점령하엿습니다.//그러나 해가 갈수록/山ㅅ골
의 토막(土幕)은 늘어서 늑대색기가티 헐벗은 아들쌀이/새해의 거리를 안경테만한
창으로 내다봅니다.//그러나 세상은 령화하고 조타는/그들이 새해는 모든 향락을
가저왓슴니다./동무들!/우리에게는 오직 패전이거듭하고/가난이 머하여젓슬째/
오! 새해 또 오너라/우리는해가 한해날그니만치/우리들의 힘은 커갈것임니다.//
입으로만 써들고 주먹만내둘으든/지난날의 ×은 너무나 헐엇슴니다/그러면 우리
는 오직 한길로가기를 약속합니다./우리들은 장갑차와가티 저들의우를 굴너갈것
임니다./장엄하게도 씩씩하게도.

<새해에 보내는 頌歌> 세영, 1932년 1월

세영의 少年詩 <새해에 보내는 頌歌>는 그동안 《별나라》에 수록되었던 동요나 동시와는 율격 면에서 현저한 차이를 보인다. 7·5조 음수율 중심의 정형률 동요·동시와는 달리 내재율 동시이다. 게다가 접속사 '그러나', '그러면' 등 시어의 사용으로 리듬감도 더 자유롭다. 새해가 와서 붐비는 화려한 거리 뒤로 가난 속의 아들딸을 그리며 힘차게 투쟁할 것을 다짐하는 노래이다.

1932년 3월에 발행된 《별나라》에는 '幼年童謠'라는 용어도 등장한다. 吳鐵榮의 <겨울밤>이다.

> 겨울바람 앵-앵/풀닙삭을 비여버린다//그러나 풀닙들은/미테서 작고작고 자란다//겨울바람 붕-붕/우리들의 뺨을 친다/그러나 우리들어린이는/무서안코 자라간다
>
> <겨울밤> 吳鐵榮, 1932년 3월

'幼年童謠'로 명명된 吳鐵榮 <겨울밤>은 오히려 7·5조나 4·4조 음수율을 훌쩍 뛰어넘은 리듬을 보여준다. 2음보 율격을 기조로 하는 노래이면서도 서술어 '-이다'의 사용, 접속사 '그러나' 사용 등으로 새로운 리듬감을 창조하고 있고, 풀잎과 어린이를 비유적으로 나란히 배열하면서 시적 효과를 거두고 있다. '동시'나 '소년시'라는 말을 쓰지 않았고 시적으로 잘 형상화된 동시이다.

이후 1932년부터 1934년에 발행되는 《별나라》 수록 동시는 그 장르명이 다양하다. 童謠, 童詩, 少年詩 외에도 散文詩, 詩라는 용어가 사용되었다. 少年詩나 童詩는 '農村少年詩'나 '連作童詩'라는 형태로 제시되기도 하였다.

사정업는 八月태양아!/불화로갓튼 쓰거운태양아!/너는 무슨원수를 가지엇기에/
밧헤일하는 불상한 우리들의/여윈등갑줄을 벗기랴고 덤벼드느냐?//모기장업고
빈대약사지못해/밤새도록 쌔물니여 왼몸둥이가/푸릇푸릿하게된것도 어굴한데
……/너는 무슨 피무든원수를 가젓길래/마저 태워엽새려는 듯이 덤벼드느냐?(이
하 생략)

<싸화보련다> 일부, 宋海光

송해광의 <싸화보련다>는 '農村少年詩'로 제시되었다. 동시나 동요로
제시된 작품들과는 달리 7·5조 정형률을 벗어났으며, 농촌의 애환을 그린
내용이기에 농촌소년시로 지칭한 것으로 보인다.

다른 잡지에서 쉽게 찾아보기 어려운 형태의 동시가 《별나라》에 수록되
었다. 한 편의 동시를 여럿이 나누어 지은 작품으로 앞서 1931년에 수록되
었던 박세영, 손풍산, 엄흥섭이 지은 <脫走一萬里>와 유사한 형태인데
길이는 훨씬 짧다. 1934년 1월에 발행된 《별나라》에 박일, 박세영이 <故
鄕을 떠난 누나여!>를 '連作童詩'라는 이름으로 발표한다. ⑴은 朴一이,
⑵는 朴世永이 지어서 한 편의 동시로 발표하였다.

⑴
누나!/누나가 가실때는 봄이엿습니다/강남제비 봄을 실고 도라오자/뫼ㅅ기슭엔
아지랑이 자우-ㄱ/시냇가 잔듸는 초록빗이엿습니다/두견화피고 장쇠꼿은 방긋/
산과들엔 새싹이 파릇파릇/하늘 놉히서 종다리소리!/봄의누리는 들네엿습니다./
새로운 생명의 외치는 소리로-(이하 생략)

⑵
누나 지금은 새해외다/애들은 새옷을닙고/쇠불쇠불 논뱀이길을 거르며/강아지를
압세우고 가나이다//누나 생각하면 한숨이남니다/누나가 나물캐던 등성이에는/
아랫말 최참봉의 방앗간이 생겻고/다섯이나 고향을 버리고 갓나이다 (이하 생략)

《별나라》에서 보이는 '연작서사시'나 '연작동시'는 당시 《어린이》 등 다른 잡지에서 찾아보기 어려운 형태이다. 한 편의 동시를 두 사람이 합작한 것으로 제시하는 것이 아니라, 같은 제목의 동시를 일부분씩 나누어 쓴다는 점에서 새로운 창작 형태이다. 1930년~1935년까지 발행된 《별나라》에는 이러한 형태의 동시가 여러 편 수록되었다. 1931년 일이월합호 《별나라》에는 홍근표와 홍종린이 '合作'한 <새길닥는 아희>가 수록되었는데 개개인이 어느 부분을 지었는지 드러나지 않으며 다만 합작한 것으로 저자를 나란히 제시하고 있다.

1934년 12월 발행된 《별나라》에는 '散文詩'가 처음으로 등장한다. 韓相震의 <순희>라는 동시다. '산문시' 또한 동시대의 《어린이》에서는 찾아볼 수 없는 새로운 용어이다. 《별나라》 편집진 혹은 필진의 시에 대한 장르 인식이 상당히 세분화되었음을 말해준다.

멀니간 순히야! 가을밤이면 생각나는구나!
가을밤 검풀은 뒷산 솔나무사이로 둥근달이 곱게 빗치여올 쌔, 밤은 길고 잠은 오지안코, 심심하면 옛날의 너이집, 지금은 다허무러지고, 자최조차업는 그배채밧 고랑의정자나무미테, 마을의 동무동무 짝을짓고 숨박꼭질에 달마지가는노래를부르며 작난하다가 그쌔의 담넘어 지금은 밧고랑저편에잇는 대추나무에서 대추 싸먹든생각이나며 그쌔가 퍽이나 그립고나! (이하생략)

<순희> 韓相震, 1934년 12월

옛 동무와 같이 놀던 때를 그리워하는 내용의 <순희>는 행갈이를 하고 있지 않다. 산문 형식의 줄글로 이어지지만 세 개의 연으로 나누었다. 오늘날 산문시와 그 형태는 유사하다. 다만 시적 완성도가 그리 높지 않아 산문시라기보다 그냥 산문으로 읽힌다. 여기서 주목해야 할 것은 '산문시'라

는 용어를 사용하였으며 산문 형태의 시를 수록하였다는 점이다. 1930년대 당시 동시 혹은 동요의 장르적 특성이 명확하게 인식되지 못한 때에 산문으로 된 시를 고민하였다는 점은 주목할 부분이다.

나. 작가

1930년에서 1935년까지 《별나라》에 가장 많은 동시를 수록한 작가는 박세영이다. '世永' 혹은 '朴世永', '血海', '朴血海'라는 이름[33]으로 18편의 동시를 발표하였다. KAPF의 맹원이었던 박세영은 《별나라》 5주년 기념호에 수록한 '별나라는 이러케컷다'는 편집국 원고에서 '처음부터 지금 까지 별나라를 짜어놋튼이가 아래와 갓다. 安俊植, 金道仁, 崔秉和, 朴世永, 林和, 宋影, 廉根守, 嚴興燮 그리고 글을 쓰든 동무님들이 작구작구 갈니여가다가'라고 언급하였다. 이는 그가 《별나라》의 핵심 편집진이었음을 분명히 밝힌 부분이다.

그 다음으로 많은 동시를 발표한 작가는 8편씩을 발표한 鄭靑山, 李久月, 李東珪, 朴芽枝이다. 정청산[34]은 본명이 鄭哲이다.《별나라》에 '정철'이라는 이름으로 평론을 발표하기도 하였지만, 동시는 모두 정청산이라는 이름으로 발표하였다. 이구월은 본명이 李錫鳳인데 일제강점기《신소년》, 《별나라》외에 신문에도 여러 작품을 발표하였다. 李東珪는 박세영, 송완순, 신고송 등과 함께 조선문학가동맹 아동문학위원회에서 활동하였던 작가이다.

박아지도 8편의 동시를 '朴 一,' '朴芽枝'라는 이름으로 발표하고 있다.

---

33) 박세영의 필명은 '세영', '星河', '血海', 호는 '白河'이다. 朴古京과 동일인으로 보는 경우도 있으나 이는 오류로 보인다. 류덕제(2017), 「일제강점기 아동문학가의 필명」 『한국현실주의아동문학연구』, 청동 거울, 296-369.

34) 정청산의 필명으로는 鄭在德과 錄水가 더 있다. 류덕제(2017), 위의 책, 316.

박일은 박아지의 본명이다. 박고경은 박세영과 동일인으로 오인되기도 했지만 동일인이 아니다. 朴苦京은 '朴古京', '木古京'의 이름으로 작품 활동을 했고 朴順錫, 朴春極과도 동일 인물로 확인되었다(류덕제, 2017; 327).

이주홍(李周洪)의 동시도 6편 수록되어 있다. 그는 '向破'라는 필명을 사용하였는데, 1930~1935년《별나라》에는 이 두 가지 이름으로 동시를 발표하였다. 신고송도 '申孤松', '申鼓頌', '鼓頌' 이라는 이름으로 동시 4편과 번역 동시 1편을 수록하였다. 김해강은 '해강', '김해강', '金海剛'이라는 이름으로 5편의 동시를 발표하였으며, 한철염은 '哲焰', '韓哲焰', '철염'이라는 이름으로 5편 동시를 발표하였다. 그 외 엄흥섭, 김우철, 정적아, 양우정, 한백곤 등이 주요 작가이다.

<표Ⅲ-2> 1930년대《별나라》수록 동시 작가별 목록(3편 이상 수록 작가)[36]

작가(편수)	동시 목록
박세영(18)	脫走一萬里(朴世永, 孫, 嚴興燮:1930. 6)/할아버지와 헌 時計(朴世永, 1930. 10)/五月行進曲(世永·雨庭·흥섭 合作, 1931. 5)/제비(세영, 1931. 8)/그늘(朴血海, 1931. 8)/내지게(血海, 1931. 9)/가을들(세영, 1931. 11)/눈팔매(朴世永 曲, 孟午永 謠, 1932. 1)/새해에 보내는 頌歌(세영, 1932. 1)/記念式歌(세영, 1932. 7)/卒業式歌(세영, 1932. 7)/새보는노래(세영, 1933. 2)/地下室과 당기(朴世永, 1933. 2)/故鄕을 써난누나여!(朴 一, 朴世永, 1934. 1)/고향의 봄(朴世永 謠, 趙光鎬 曲, 1934. 4)/메밀꽂(朴世永 謠, 趙光鎬 曲, 1934. 9)/품방아(朴世永, 1934. 9)/나는 열 살이외다-희망의 새해에(朴世永, 1935)
정청산(8)	나왔다(鄭靑山, 1931. 3)/어린이날은 광고날이라지(鄭靑山, 1931. 5)/가거라(鄭靑山, 1932. 4)/쿵쿵 나가자(鄭靑山, 1932. 7)/줄대리기(鄭靑山, 1933. 2)/손잡자(鄭靑山, 1933. 봄)/형제가 되자(鄭靑山, 1934. 2)/봄을 마즈며(鄭靑山, 1934. 4)
이동규(8)	노래를 부르자(李東珪1931. 9)/자랑(李東珪1931. 11)/이여러차(李東珪1931. 12)/베를 심어(李東珪1932. 1)/일터의 노래(李東珪 1932. 4)/부헝(李東珪1933. 2) /어린나무쉰(李東珪1934. 1)/전봇대(李東珪1934. 2)
이구월(8)	조심하서요(李久月,1930. 7)/자동차소리(李久月, 1930. 10)/분한 밤(李久月, 1930. 11)/집 직히는 소년들의 노래(李久月, 1931. 1)/數ㅅ 노래(李久月1931. 3)/자장노래(李久月, 1931. 5)/잠새(이구월, 1931. 8)/별나라 8주년 기념가(李久月 謠, 趙光鎬 曲, 1934. 9)
박아지(8)	두부파는 少女(朴芽枝, 1931. 4)/우리들은(박일, 1932. 3)/엄마기달이는밤(朴 一, 1933. 12)/故鄕을 써나누나여!(朴 一, 朴世永1934. 1)/아츰(朴芽枝1934. 9)/눈오는 밤에(朴 一)/나의 所願(朴芽枝1934. 11)/시집가신누나(謠 朴牙枝, 曲 趙玄雲,1935.1)

작가(편수)	동시 목록
박고경(7)	<蹴球歌>(朴古京 1932. 7. 25)/<구름편지>(朴古京 1934. 11.15)/<허잡이만 밋다간>(木古京, 1930. 11)/<배>(木古京1931. 5)/해바래기(木古京1931. 9)/<다시살난 동생의 깃째>(木古京,1930. 6)/<主日날>(朴古京1932. 4)
이주홍(6)	가나다노래(李向破1931. 5. 1)/千字푸리(李周洪1931. 9. 1)/개똥(이향파1933. 2. 1)/호작질(李向破1933. 봄)/機關車(李向破1933. 12. 1.)/엄마(李向破1934. 12.15)
신고송(5)	우는 꼴 보기실허(鼓頌, 1930)/바다의 노래(申孤松, 1930. 7)/도야지(申鼓頌1930. 10)/우리는 대장쟁이- *지스토이 중에서(신고송 譯1932. 7)/잠자는 방아(申孤松 謠 趙光鎬 曲 1934. 9)
김해강(5)	아아 누나의 얼굴 다시 볼 수 업슬가?(해강, 1930. 6)/밀ㅅ대영감(해강1930. 11)/적은죽엄을 노래로 불으는 吊詞(김해강1932. 4)/새해에 보내는 頌歌(金海剛1934. 1)/새해마지(金海剛)
韓晳焰(5)	일싹날(中央支社 晳焰 1931. 11)/허수아비(晳焰-韓晳焰1931. 12)/쉬는 시간(韓晳焰1932. 7)/해님업는 직공들(韓晳焰, 1933. 2)/피케보는 부헝새(철 염1933. 봄)
엄흥섭(5)	脫走一萬里(朴世永, 孫, 嚴興燮, 1930. 6)/서울의 거리(엄흥섭1930. 7)/五月行進曲(世永·雨庭·흥섭 合作1931. 5)/겨을밤(嚴興燮1931. 12)/산밋에 오막사리(嚴興燮 謠, 趙光鎬 曲1934. 9)
김우철(5)	진달내꼿(金友哲1932. 4)/솔개미썻-다(金友哲, 1932. 7)/긔폭처럼(김우철1933. 2)/火車(金友哲, 1933. 12)/싹싹 숨어라(金友哲, 1934. 12)
정적아(4)	물싸홈(鄭赤兒1931. 3)/우리가내죠(鄭赤兒1931. 4)/춤추자! 뛰노자(鄭赤兒1931. 5)/반싹·반싹(赤兒1933. 12)
양우정(3)	비밀상자(雨庭1930. 6)/대목장압날밤(梁雨庭1930. 11)/『이것다』 중에서 초동군의 노래(梁雨庭1931. 3)
한백곤(3)	그여코이것다(韓白坤1931. 9)/夜學生의 노래(韓百坤1931. 11)/언니잇는곳(韓百坤1932. 1)
조종현(3)	콩밥(趙宗泫1930. 11)/동무 손을 잡고(趙宗泫 1931. 1)/맨발로(趙宗玄1931. 4)
박영하(3)	지키자우리의긔관지별나라(朴永夏1931. 9)/공장옵바(朴永夏1933. 12)/장날(朴永夏1934. 11)
남대우(3)	싹품군의 노래(南洋草1931. 3)/샛별(南大祐1934. 2)/쌈백이(南大祐1934. 11)
송해광(3)	싸화보련다(宋海光1932. 7)/불상한 曲藝女(宋海光1933. 12)/나무장사영감(宋海光1934. 2)
북원초인(3)	겨울밤(北原樵人1933. 12)/눈바람 부는속에(北原樵人1934. 2)/기럭이(北原樵人1934. 4)

35) 그 외 1~2편을 수록한 작가의 작품 목록은 다음과 같다.

바다와 바위(韓晶東1930. 7)/고향생각(韓晶東 謠, 趙光鎬 曲1934. 9)/바다의 아버지(金炳昊1930. 7)/봄(金 彈1933. 봄)/우리들의 설(金聖道1931. 1)/공부하는 애들보담(金聖道1931. 4)/형님(朴炳道1931. 1)/더욱밉고나!(朴炳道1931. 9)/공장언니(安邊 朴猛1930. 11)/툭차봣스면(朴猛1931. 9)/귀찬은세상(朴星剛1931. 5)/쎄쓰지마라(朴星剛1931. 9)/反對(沈禮訓1931. 5)/어데로갈가(沈禮訓1931. 9)/다시살난 동생의 깃째(木古京1930. 6)/主日날(朴古京1932. 4)/공장엄마(金鐘起1931. 1)/우리우리동무들(金鐘起1931. 5)/달 발은 밤에(尹昆崗1934. 4)/오날 밤도 英이는(尹昆崗1934. 9)/脫走一萬里(朴世永, 孫, 嚴興燮1930. 6)/첫녀름(金桂煥1931. 9)/새해(金桂煥1932. 1)/가을 (金春岡1930. 11)/

2. 동시의 내용

1930년대《별나라》수록 동시를 몇 가지 내용적 특징을 중심으로 살펴보았다. 실제 한 동시 작품의 내용은 여러 가지 이미지를 복합적으로 가질수 있지만, 가장 잘 드러나는 한 가지 이미지를 중심으로 분류하였다. 대체로 계급주의 문학이 가지는 투쟁과 관련된 내용이 압도적으로 많은데, 그구체적 양상은 미운 감정과 분노를 표출하는 동시, 고통스러운 현실을 직시하는 동시, 투쟁의 노래, 가난과 착취로 무너지는 가족과 사회를 그린동시, 일상 속 정감을 표현하는 동시로 구분된다.

그럿쿠말구(金春岡1931. 11)/이짜의 아들아(吳夕帆1931. 5)/하도분해서(吳夕帆1931. 9)/無題(利原 尹池月1931. 5)/五月의 종달이갓치(尹池月1931. 8)/가을(洪鐘麟1930. 11)/새길닥는 아희(洪銀杓 洪鐘麟 合作1931. 1)/종로네거리(洪九1933. 2)/방울(洪 九1933. 봄)/타작날(高露岩1933. 12)/쌀사러간 엄마(高露岩1934. 11)/우는 ㅅ골봐라(馬露山1931. 4)/분한날(馬露山1931. 5)/회관시게(李龍灣1933. 봄)/가버린 동무야(李龍灣1934. 1)/개울(박병원1934. 9)/애기배(朴炳元1934. 11)/낫(孫楓山1930. 10)파랑새(金光允, 1930.6)/夜學(李在杓, 1930.6)/일순의노래(漕壽龍, 1930.6)/어데가 풍년인가(세동요사 朴福順, 1930.11)/비행긔(吳京髦, 1930.11)/짐실이군(明川 長 吉. 1930.11)/징한쌀 조흔쌀(李龍, 1930. 11)/돌맹이(南宮浪, 1930.11)/못슬바람(會寧 韓竹松, 1930.11)/비지죽과비지땀(金大昌, 1931. 4)/고동소래(孔在圓, 1931.1)/싸움(리청송, 1931. 1)/어머니는 모르지요(柳在衡, 1931.1)/공장누나(金樂煥, 1931.1)/새길닥는아희(洪根杓 洪鐘麟 합작 1931.1)/잘먹든배터지는소리(**朴血 1931.4)/우리들의 노래(朴約書亞, 1931.4)/樵童行進曲(莞島 李鳳燮, 1931. 4)/나의동생(韓相厚, 1931.4)/왜그러할가?(金赤兒, 1931.4)/새긔차(백동*홍순열 합작, 1931.4)/우리엄마(樹*1931. 4)/미운놈(羅州 林鐘國, 1931.5)/이사하는날(南海 朴大永, 1931.5)/만주의봄(白文鉉, 1931.5)/거미(利原 金明謙, 1931.8)/拳球歌(殷*山, 1931.8)/소리럿다(姜驚珪, 1931.9)/동무여(金日峯, 1931.9)/오막사리(姜尙興, 1931.9)/工場生活(姜始桓, 1931.9)/부러라 여름바람(金琪鴻, 1931. 9)/방학(洪士德 謠, 1931.11)/왜?(安永秀, 1931. 11)/별나라사를 祝하는 노래(梨泰院별나라 支社, 1931.11)/농막쟁이의 한탄(閔丙均, 1932.1)/구슬병대들(載寧 尹仁根, 1932. 3)/겨울밤(吳鐵榮 , 1932.3)/시시시라시시시(廉不平, 1932.3)/피게하는 아이(幼民, 1932.3)/숫쟁이영감(金壽鐘, 1932. 3)/아가(채택룡, 1932.3)/우리들의 방(慶州 赤濤, 1932.3)/우리학교(桂潤集, 1932.4)/共明學院設立歌(水原 共明學院, 1932.7)/兄님바지(通川 李春植, 1933.2)/그림(沈泉, 1933.2)/횡재햇군(千宗浩, 1933.2)/노래(沈水山, 1933. 봄)/야학선생(金承河, 1933. 12)/설은밤(李明植, 19332)/눈(雪)(李新龍, 1933.2)/도급기계잘도라간다(安平原, 1934. 1)/눈(片絲鳥, 1934.1)/설(桂光煥 , 1934.2)/알는아기(梁佳彬, 1934.2)/飛行學校(리히알드 데멜, 1934. 4)/幼年音樂師(유벨 쥬다르, 1934.4)/할머니(시카푸스카야, 1934.4)/호도(胡桃)(失名氏, 1934.4)/구름(로셋틔, 1934. 4)/딥개나라(스틔븐손, 1934. 4)/봄(金漢聲, 1934.4)/江南제비야(金泰午 謠, 趙光鎬 曲, 1934.9)/순희(韓相震, 1934. 12)/세발달닌황소(李東友, 1934.12)

가. 미움과 분노의 표출

1) 대상의 희화화와 미운 감정의 표출

단순히 대상을 '미운 놈'으로 표현하고 '미운 놈'을 희화화하며 미움을 폭발적으로 드러낸다. 미운 대상의 희화화와 분노의 감정을 단순하고 직설적으로 표출하는 동시는 주로 1930년과 1931년《별나라》에 많이 수록되었다. 1932년 이후에는 미움과 분노를 직설적으로 표출하는 동시는 많지 않다.

① 미운놈 아들놈이 조흔 옷입고/지개진 나를 보고 욕하고가네//*주자니 우는 꼴 보기도 실코/욕하자니 내입이 더러워지네//옛다그놈 가다가 소 똥을 밟아/밋그러져 개똥에 코나 다허라

<우는 꼴 보기실허> 鼓頌, 1930.6

② 논두렁에 혼자안저/꼴을베다가/개고리를 한 마리/찔너보고는/미운놈의 모가지를/생각하얏다//논두렁에 혼자안저/꼴을 베다가/붉은놀에낫들고/한울을보며/북편짝의 긔쌀을/생각하얏다

<낫> 孫楓山 1930. 拾月號. 16.

③ 도야지가 꿀꿀/뱃대기가 쭝쭝/배가 불너도/자구만 먹네//콧구멍이 킬킬/눈소리가 실눅/제만 먹으면/되는줄 아네/네다리가 벨벨/뱃대기가 쭝쭝/쌔싹거리며/가는 꼴봐라

<도야지> 申鼓頌 1930. 拾月號. 17.

④ 공장쥔/벳쏭이 엇저며/저리클-고//바람은/잡아연/복어배//여전해-요//고배를/툭차면/툭차면/무에나올가//똥!/아니/우리들x/부라 나온다

<배> 木古京 1931년 5월호. 44.

⑤ 배불독이 ×장놈 태운자동차/쌰-ㅇ 쌩 들어온다 미워죽겠네/밤새도록 뜬눈으로 창고직히신/아저씨 한참달게 주무시는대//싸불 싸불 **손이 서괴까부러/아저씨를 깨워놋네 마구흔들어/하로라도 *사매인 쪼겨난다나/어듸보자 언제든지 그럴줄아늬

<자동차소리> 李久月 1930년. 拾月號. 16.

⑥ 휘아나무 그늘에서/낮잠만자는/배뚱뚱이 배좀보소/돼지갓지요/쨍쨍쪼는 논밧헤서/일허는 동무/말낫스나 돼지보고/욕만하지요

<그늘> 朴血海 1931년 7·8월합호. 19.

미움의 대상은 '지주영감', '공장 쥔', '×장놈'이다. 이들은 '조흔 옷 입고', '자동차'를 타고 '배불독이', '배뚱뚱이' '돼지'이다. 시적화자는 이들에 대한 미운 감정을 직설적이고 폭발적으로 표현한다. '미운 놈', '미워죽겠네'라고 노골적으로 표현하고, '믹그러져 개똥에 코나 다허라', '개구리를 찔러보고는' 미운 놈의 모가지를 생각하며 증오한다. 증오하고 미워하는 마음에 우스꽝스러운 돼지의 모습으로 묘사하며 형상화하고 저주한다.

단순히 외모에 대한 희화화에서 그치는 것이 아니다. 하는 '꼴'이 우습다며 놀리는 동시도 있다. 특히 미움의 대상인 지주 영감이나 부자만이 아니라 그 아들까지 희화화의 대상이다.

⑦ 우리동리 ××아들 우습고나야/양썩빵썩 만히먹고 배곱흔게지/배를쥐고 생글생글 울어대지요/와아와 와아와/양썩먹고 배곱하 우는 꼴봐라//우리동리 ××아들 우습고나야/댓량싸리 장갑끼고 손실은게지/장갑끼고 바들바들 울어내지오/와아와 와아와/장갑끼고 손실어 우는꼴봐라//우리동리 ××아들 우습고나야/산술숙제 세문제도 못해온게지/우뚝서서 술적술적 울어대지요/와아와 와아와/산술숙제못해서 우는 꼴봐라

<우는 꼴봐라> 馬 * 山, 1931년 4월호, 49.

⑧ 건너집에 철수는/방학이라 왓다지/나발바지 쓰을며/유행가만 불은다/배운 것이 그건가/고등학교 선생님/창가선생 뿐인가/건너집에 철수는/방학이라 왓다지/명주사쓰 펄럭/「찰스혼」만 하누나/아하하하 우습다/넛들넛들 저다리/고등학교 선생님/무도선생 뿐인가

<방학> 洪士德 謠 1931년 9월호

⑨ 새옷입고 자랑타가/새신신고 자랑타가/진흙땅에 넘어저서/자랑싯헤 불부텃네//남못신은 째째신에/남못입은 고까지만/혼자조아 자랑타가/자랑싯헤 불부텃네//흙투성이 새옷새신/웃든얼골 우는 모양/야옹야옹 개소곰맛/자랑싯헤 불붓텃네

<자랑> 李東珪 1931년 10·11월 합호, 16.

⑩ 해볏만생생 첫녀름/바람업는 더운녀름/이날이 녀름이라고/도련님들 배싸고/낫잠자네//개미 불개미야/낫잠자는 도련님/불알을 콱물어라

<첫녀름> 金桂煥 1931년 9월호, 54.

⑪ 동맹이를 고이고이/조희에 싸서/부자영감 나다니는/축담밋헤다/몰내살작 가저다가/노아두쓰니/욕심쟁이 부자영감/나오다가서/뒷둥뒷둥 겻눈질을/슬슬하면서/얼는홈켜 품에품고/도라를 서네/아하하하 창피해라/횡재햇구나/동무들아 얼는와서/이꼴좀봐라

<횡재햇군> 千宗浩 1933년 2월호, 19.

부잣집 아들의 하는 짓도 놀림감이다. '양쩍쌍쩍' 많이 먹고도 배고파 울고, 장갑을 끼고도 배고파 운다. 또 산술 문제도 못 풀어서 운다. 게다가 타지에서 공부하고 온 부자의 아들은 '나발바지 쓰을며/유행가만 부른다'. ⑦, ⑧처럼 부잣집 아들이 좋은 환경 속에서도 나약하게 우는 모습을 노래한 동시로 박세영의 <눈팔매>(1932년 1월호, 5.)가 더 있다. 새 옷을 입고 자

랑을 하다가 저 혼자 넘어져 흙투성이가 되는 우스꽝스러운 모습을 노래
한 시는 위의 ⑨외에도 리청송의 <싸홈>(1931. 1,2월합호. 53.), 林鐘國의 <미운
놈>(1931년 5월호, 40.)이 더 있다. 또 '한울天 싸-지(地)/일하는 사람만 살-거
(居)/놀고먹는 부자부(富)/지구밧그로 찰-축(蹴)'라고 노래한 李周洪의 <千
字푸리>(1931년 9월호.)도 여기에 해당한다.

2) 투쟁 의식의 발아

단순하게 미움과 분노의 감정을 표출하는 내용을 넘어서 그로부터 계급
간의 착취와 투쟁이 왜 필요한지에 대해 생각하고 있다. 독자가 투쟁의 의
미를 생각할 수 있게 하는 작품이 눈에 띈다.

① 동리의 머슴들은 풍년이라고/둥당당 쒸고쒸며 노래불는다//그래도 다리밋엔
거지가슬코/우리집 아버지는 한숨만쉰다//금년이 풍년이라 뉘가한말고/부자집
곡간이나 풍년이겟지 세동요사

<어데가 풍년인가> 朴福順, 1930년 11월호

② 공장에 연긔는 /우리 아저씨들/피타는 연긔고/공장에 긔격은/우리형님네들/
쌈쌔는 소리죠//닐니리 노래는 /그들 배부르단 /흥타령이고/씽싸궁장구는/그들
잘먹는 배/터지는 소리죠**

<잘먹든배터지는소리> 朴 血, 1931년 4월호

③ 왜? 나다려요 바보라하오/밧갈고 쌍파면 모다바보요/당신의 먹는밥이 어데서
나오/그것도 우리들의 쌈이안이면//왜? 나다려요 바보라하오/변도들고 공장가
면 모다바보요/우리들의 할 일이 하도만흔데/놀고서 잘먹으면 모다잘낫소

<왜?> 安永秀, 1931년 10·11월합호

④ 못슬바람 쿵-쿵/밧속에조이알을 써러트리네/망할바람우리게 무슨죄잇서/굶어썼쌜매는양 보겟다그래//마음납분바람이 불고십거든/쌀한말빌니라니 눈부르쓰든/싹정이부자영감 누런조밧혜/모려가둘러보게 실컨불너우

<움슬바람> 會寧 韓竹松, 1930년 11월호

⑤ 부자집 아해들은 봄이왓다고/깁버서 이리저리 도라단이네/산과들로 놀애하며 도라단이네/우리들하로동안 공장을 쉬고/산과들로 이리저리 도라단이니/우리집 네식구는 하로굶었네/왜그리 그삶은 놀면서먹고/우리들은 하로동안 일을하야도/그들은 지고기를 ***되고/우리들 **** *****/왜 그럴가 동무들* 아르켜다구

<왜그러할가?> 金赤芽, 1931년 4월호

⑥ 네놈은일안코도 이밥을먹고/이놈은일만해도 조밥도업지/그러니네하곤 반대로구나/일안하고잘먹어 살찌인네놈/씨름터에나가서 쌩-지어두/이놈은일등이라 이것도반대//네놈은겨울이면 솜옷입어도/이놈은눈*서도홋옷입으니/네놈하군모두가 반대로구나/솜옷입고안방서 *하여도/눈짐지는이놈은 쌈만흘린다/그러니까 니군나군 모다반대다

<反對> 沈禮訓, 1931년 5월호

⑦ 처마밋테 숨어잇는 저거믜봐라/무얼먹고뱃대기가 저리쑹쑹해/그물갓튼 거믜줄 느려놋트니/날어가든 저나븨 걸니엇구나/저놈봐라 천천히 걸어나와서/나븨물고 배슬며 가는*봐라/먹을것을엇덧다 씽글거리며/남의피를 쌀아먹는 쑹쑹보사리/올치올치 알어알어 저놈의뱃속/생각하면 더욱더 미워죽겟네/나무토막 꼭쥐고 후려붓치니/뱃대기가 터지고 눈쌀이 씰눅

<거믜> 利原 金明謙, 1931년 별나라5주년기념호

①과 ②는 가진 자와 가난한 자의 차이가 큰 부조리한 상황을 말하고 있다. 풍년이 와서 노래하는 마을에 거지가 많고, 공장의 연기와 기적 소리는 가난한 형님이 피와 땀을 태우고 흘리는 것이고, '늴니리' 소리는 일 않

고 먹기만 해 '배 터지는' 소리임이 명확히 대조된다. ③은 농군과 노동자를 '바보'라 하느냐는 항거의 목소리다. ④는 많이 가진 영감이 쌀 한 말 빌려주지 않고 눈을 부라리는 것에 대한 분노이다. ⑤는 부자는 왜 일을 않고 돌아다니며 놀아도 되는지 의문을 제기한다. 일 않고 놀다간 온종일 굶는 우리 가족과 대비된다. ⑥도 일을 않고도 잘 먹고 잘 입는 이들과 정반대의 가난한 이들을 그린다. ⑤, ⑥과 유사한 내용을 노래하고 있는 작품으로 朴猛의 <톡차봣스면>(1931년 9월호. 36.)이 더 있다. ⑦은 일 않고 남의 것을 착취하는 부자를 거미에 비유하여 표현하며 미움의 감정을 드러내고 있다.

결국 계급 간의 부조리를 그린 동시는 독자에게 무엇이 그것을 바로 잡는 길인가에 대한 투쟁 의식을 떠올리게 하고 투쟁의 발아로 나아가게 만든다.

⑧ 무더운 녀름날 감자밧매다/느러진 구렁이 징한쏠봣죠/점심째 길에서 정자밋해서/배싸고 자는놈 징한쏠봣죠//서늘한 가을날 감자밧것다/커가는 감자의 조흔쏠봣죠/점신째 길에서 그늘밋헤서/조한일 의론하는 조흔쏠봣죠

<징한쏠 조흔쏠> 李龍, 1930년 11월호

⑨ 와르 와르/비행긔 쩟네/제비보다도 놉히써서/새파란한울을 것침업시나르네/아이고 저비행긔탄사람 조키도하겟지/저비행긔탄사람 누군줄아나/우리쌍임자 지주영감맛다네/저영감은 돼지갓치살찐영감/저비긔 무거워서안써러질가/저영감도 일도안코저러케 비행긔만타/고단겨도/무얼먹고 그럿케 살찐줄아나?/와르르 와르르/저비행긔야 나두좀타잣구나/『무거운영감 집어던지고 내가좀타자고』/그러나못드른체 다라만가는구나/너도 턱찍기 양과자나 빌어먹는가보구나/어듸보자! 어듸보자구

<비행긔> 吳京昊, 1930년 11월호

일제강점기 동시 연구

⑩ 자동차 긔차가/하도미워서/산골작이 이곳으로/차저왔드니/쑹쑹보 그놈영감/더욱 밉구나//양복닙고 /학교단이는/쑹쑹보 아들이/보기실어서/농사를 ** 곳으로/*해왔는데//학교에도 안가는/쑹쑹보아이/고흔옷 입_나서/너들대는 꼴/보기실여 이곳을/쏘더나갈가

<더욱밉고나> 朴炳道, 1931년 9월호

⑪ 학교가는애에게 매엇어맛고/분해분해왼종일 작대쥐고서/돌이하고둘이서 기다렷지오/날째리고그애놈 무서운게지/저녁차를타고서 다라페지오/분해분해 작대길 떠러첫지오

<분한날> 馬 * 山, 1931년 5월호

⑫ 뒷집영감 돌세아범 숫쟁이영감/오종오종 손주색기 먹여살니게/팁석부리 그얼골이 더욱 검었다/오글쪼글 그얼골이 더욱짐엇다//돈푼이나 잇다고서 쌤내는녀석/제할아븨 형님도될 돌세아범을//팁석부리 숫쟁이라 놀니엇겟다/까불면서 웃어대며 손벽첫겟다//견뎌봐라 혼나봐라 부자아들놈/네할아비 보거들낭 절도안할나/돌세주먹 골만나면 맥도못쓸나

<숫쟁이영감> 金壽鍾, 1932년 2·3월합호

⑬ 구장네집 뒤안에/굴뚝검정 벽에다/또누구가 그랫는지/함마별낫 글럿더니/영-감이 성이나서/낫씃으로 긁는다/비씃으로 쓰신다./움퍽짐퍽 파진다.

<호작질> 李向破, 1933년 4·5월합호

⑧은 '징한 꼴 조흔 꼴'이라는 비판의식을 드러낸다. 대낮에 '배싸고 자는' 것은 나쁘고, 좋은 일을 의논하는 것은 좋은 것이라는 판단과 비판의식을 표현한다. 이때 '배싸고 자는 놈'은 부자와 지주 영감과 그 아들들이다. ⑨는 일은 않고 비행기 타며 호강만 하는 지주 영감의 모습을 보며 '어듸보자'며 벼르고 있다. ⑩은 보기 싫은 지주 영감을 떠나 다른 곳으로 이

사 가는 주체적 판단을 보여준다. 그럼에도 새로운 곳에서도 만나는 '너들 대는 꼴'에 '또 더나갈가' 고민한다. 이와 유사한 내용을 담은 동시로 朴大永<이사하는날>(1931년 5월호)이 더 있다. ⑪, ⑫, ⑬에서 '학교 가는 애' 즉 부잣집 아들에게 얻어맞고 '돌이라고 둘이서' 막대기를 들로 기다린다거나 숫쟁이 영감을 놀린 '돈푼이나 잇다고 쏩내는 녀석'에게 단단히 혼내줄 궁리를 한다거나, '구장네 집 뒤안에' 낙서를 해서 구장 영감을 성가시게 하는 모습은 당하고만 있는 수동적 태도가 아니다. 이들 작품에는 부조리하게 당하더라도 적극적으로 투쟁하고 항거하는 마음을 담았다. 독자는 이러한 작품을 보면서 자신의 부조리한 삶의 원인을 생각하게 되고, 착취와 핍박을 가하는 이에게 저항하고 투쟁하려는 의욕을 갖게 된다.

결국 1930년에서 1931년까지 《별나라》에 발표된 동시에서 부자와 대비되는 삶의 모습만을 나열하였다. 그런데 1933년에 발표된 다음 작품은 가난하고 헐벗은 삶일지라도 '공장에서 일하는 내 옷은 누렁옷/긔폭처럼 날려라'고 노래함으로써 행동으로 투쟁하는 깃발을 올린다.

⑭ 바람바람 불어라/대포처럼불어라/빨내에 널은 옷/긔촉처럼 날려라//허부자 아들옷은/갑비싼 명주흰옷/바람바람 불어서/흙탕속에 박어라//공장에서 일하는/내옷은야 누렁옷/바람아 휘날려라/긔폭처럼 날려라

<긔폭처럼> 김우철, 1933년 2월

'긔폭처럼'은 투쟁의 깃발이 바람에 펄럭이며 휘날리는 모습을 연상하게 한다. 낡고 해진 옷이라도 공장에서 열심히 일하는 '내 옷'은 무산계급의 투쟁에 앞장서는 깃발을 상징한다.

나. 고통스러운 현실과 서러움의 직시

고통스러운 삶의 현실과 서러움을 표현하는 동시가 10편(8.77%)이다. 그리 많은 수는 아니지만, 이 유형 대부분은 1930~1931년 발행《별나라》에 수록되었다. 고통과 서러움을 표현한다는 점에서 무기력하게 보일 수 있지만 슬프거나 애상적인 이미지보다는 현실의 고통을 형상화하여 드러내는 고발의 목소리가 더 크게 들린다.

① 여봐요 우리누나- 공장에간 우리누나가/좀 일은 작년이맘째-먼산에 눈도 남겨진 일은봄에요/몸단장 어엽부게 머리빗고 분칠하고 고흔옷닙고/화려한 서울-곳 서울로 돈벌너간다고/마을앞 큰아기- 다-큰아기들째에 들어/자동차 타구요 춤춤이 타구요 호강스럽게 써나더니만……/글세 여봐요 우리누나-공장에간 우리누나가/『누나! 달흔 큰아기들 다 가도 누나만 가지마우/나 누나 보고싶흐면 어쩌라구 간다구만 그러우』/자동차에 실린 누나의 팔에 매달려 말성을 부릴 째/『돈 만이가지고 곳 온단다 그래야 너도 공부를 해보지』/이러케 나의손을 다독거려 달내주고는 써나드니만……/아아 엇지 알엇겟서요 우리누나/공장에간 우리누나가 /반년도 못되어 낫지도 못할 병에 걸려 돌아올줄을/『이애야 어쩌자고 이러케 병들어 왓느냐?/내가 병들어 눕고말지 너 앞혼 것을 어찌 본단말이냐?』/이러케 늙은 어머니 누나의 손을 붓들고 울부즈질째/말업시 다문입 힘업시 쓰는 누나의 눈속 눈물이 팽 고엿드라우/하니 여봐요 우리 누나- 공장에 간 우리누나가/하루아픔 스러지는 이슬처럼 되어/이문을 써나고 말엇구려!/오늘도 내 진달내 곳을싸서 누나미에 쑤려줄째/어머닌 어프러져진채 쌍을치며 우시는구려!/아아 누나의 탄 자동차-호강스럽게 써나든 그일이/아즉도 눈에 선-하것만- 누나의 얼굴 이제 다시는 볼수없을가요?

<아아 누나의 얼굴 다시 볼 수 업슬가?> 해강, 1930년 6월

② 까치골만 안고가는 전신주꼭지/전신송부 아저씨 용하게안저/압만보고 쪽닥쪽닥 일하고잇네/조심해요 써러지면 어쩌케해요//우리형님 지난가을 **비다/써러져서 *다리 병신됫서요/우리집 밥줄이 써러젓지요/조심해요 써러지면 엇덧케

해요

<조심하세요> 李久月, 1930년 7월

③ 옵바는/아모래도/죽고야말 것//죽은 것은/그다지/설지안해도//일못하고/간 것이/원통하지요.//동무하나/일흔 것/더- 분합니다.

<동무 손을 잡고> 趙宗泫, 1931년 1.2월합호

④ 어머니는 나를보고 어리석다고/울쌔마다 울쌔마다 꾸지젓지요/어머니는 나를보고 못나니라고/쌈을하면 쌈을하면 걱정이야요/그럿치만 어머니는 모르는 말슴/암만해도 어머니다 모르는 말슴/남한테 지기실허 쌈도하지요/설어운일 못밧치면 울음울지요

<어머니는 모르지요> 柳在衡, 1931년 1·2월합호

⑤ 아츰일즉 지게지고 산에를가면/동리애들 책보씨고 학교가지요/하고십흔 조흔 공부 못하는신세/나는나는 너머설어 울엇담니다/저녁늦게 나무지고 돌아올적엔/동리애들 학교갓다 돌아오지요/공부하는애들보담 내가귀한 것/나는나는 쌔닷고서 깁버햇서요

<공부하는애들보담> 金聖道, 1931년 4월호

①은 서울 공장으로 돈 벌러 갔던 누나가 병에 걸려 죽어간 것을 고발한다. ②에서는 형님도 일하다 '다리 병신'이 되고, ③에서는 오빠가 죽음을 맞는다. 원인을 알 수 없고 영문을 알지 못한채 누나와 형과 오빠의 죽음과 고통에 분노를 느낀다. 우리 형제와 가족을 잃은 아픔을 토로하며 고발하는 울음이고 신음이다. ④에서 어머니는 '쌈을'하고 '울째마다' 나를 꾸짖으신다. 하지만 어머니가 다 모르시는 '쌈', 투쟁의 이유가 있다. ⑤에서 '동리애들 책보씨고 학교' 갈 때마다 서러워서 운다.

이런 1930~1931년대의 '울음'은 가난 속에서 엄마 잃은 슬픔이고 빼앗긴 자의 서러움이다. 나라 잃은 백성이자 가진 것이 없이 고통을 당하는 자의 울음 속에 안타까움과 분노가 묻어있다.

> ⑥ 해가*죽 써오르는 저산*해서/파랑새 한 마리가 죽었습니다/온갖 꼿흔 봄이라 우슴웃는대/무엇이 서러워서 저리 죽엇나//**** 나어린 파랑새하나/비야배배 구슬피 울며***/_____/엄마엄마 부르며 울고 잇서요//지는해는 *** _____/저녁바람 쓸쓸히 불어오는대/엄마죽은 그_____/종일울든 스새두 죽엇습니다
>
> <파랑새>[36] 金光允, 1930년 6월

⑥에서 파랑새의 죽음에 '종일 울든' '나 어린 파랑새'의 죽음은 엄마를 잃은 듯 나라를 잃은 조선 백성의 울음과 겹쳐진다. 1930년과 1931년 당시에는 여전히 현실의 아픔에 발목이 빠져 허우적거리고 분노하는 이미지가 그려진다. 이러한 동시는 1933년 이후에도 간혹 보인다.

> ⑦ 하로종일 밧게서 어러진몸을/저녁뒤에 방에서 녹이일째에/빙판길의 압바의 발자취소래/싸드득 이내몸을 썰게합니다/문나서 멀리로 살아저가는/강건너 잡상가는 압바발자취/아버지와 어머니 그리고나의/싸드득 세가삼을 썰게합니다
>
> <설은밤> 李明植, 1933년 12월호

> ⑧ 칼바람이 우- 우 부러치는날/거리거리전봇대 울고잇서요/나에게도웃을좀 입혀달나고/위-ㅇ윙소리처 울고잇서요//밤낮으로이러케 버틔고서서/한시도 쉬지안코 일을하는데/사람들아나에게 웃좀달나고/위-ㅇ윙 전봇대 울고잇서요
>
> <전봇대> 李東珪, 1934년 2월호

---

36) 영인본이 흐려서 잘 보이지 않는 부분을 줄과 *로 표시하였다.

⑨ 고요하고잔잔한 풀은강엽혜/바삭바삭갈닢이 속은대는때/불어노는 솔솔바람
선선하기에/마음썩여흘인쌈 없애벌일 때/돗대없는애기배 떠잇음니다//고요하고
잔잔한 풀은강우에/해는어이저물어 황혼이되여/한숨가티 흘으는 고흔해빛이/내
얼골숨결같이 빛외울때에/둥실둥실애기배 떠있음니다

<애기배> 朴炳元, 1934년 11월

⑩ 어머니 어머니 어머니 내조흔/어머니 왜아즉 아니와/불쩌진 등ㅅ불을 두고서/
이밤이 늣도록 왜아니 도라와/오든길이 어두워서 개쏭벌네불을 기두려/바위에
안저서 다리를 쉬나요//어머니 어머니 어머니 내조흔/어머니 왜아즉 아니와/저녁
도 못먹은 날두고/이밤이 늣도록 왜아니 도라와/하로종일 씰커덕쿵/방아쩐 두다
리 무거워/잔디밧 풀우에 다리를 쉬나요

<엄마> 李向破, 1934년 12월호

현실은 가족의 죽음으로 인한 이별뿐만 아니라 산 이별도 강요했다. ⑦에
서 위태로운 '빙판길'을 가는 아빠의 발걸음이 온 가족의 마음을 떨게 한다.
⑧에서 끊임없이 일하고 일해도 가난하고 어려운 삶을 겨울바람을 맞는
전봇대의 모습에 비유하고 있다. '옷 좀 달라고' '윙윙' 울고 서 있는 전봇대
의 모습은 1930년대 중반 조선의 가난하고 힘없는 무산계급의 삶을 그대
로 보여준다. 이들의 마음은 ⑨에서 보듯 '돗대 없는 애기배'가 되어 하염없
이 황혼의 강물 위에 떠 있는 심정이다.

계급주의 투쟁의 기치를 앞세운 시기의《별나라》수록 동시라고 해서 모
두가 투쟁의 열정과 희망에 부풀어 있을 수는 없었다. 현실은 참으로 참담
하였기 때문이다. 결국 ⑩에서 보듯 아기를 돌보아 줄 엄마를 기다릴 수밖
에 없다. 엄마 잃은 백성의 가난한 삶은 가난과 고통에서 일으켜주고 보듬
어 줄 엄마를 기다리지 않을 수가 없다. '저녁도 못먹은 날 두고/이밤이 늦
도록 왜 아니 도라와'라고 외치는 원망 섞인 기다림의 노래이다.

다. 투쟁의 노래

힘없고 억압받는 이들의 저항과 투쟁 의식을 고취하는 동시 작품 수는 전체 214편 가운데 64편(30%)이다. 투쟁의 외침을 담은 동시, 새날을 갈구하는 마음을 담은 동시, 용기를 북돋우는 노래, 투쟁의 모습을 그린 동시로 구분할 수 있다.

1) 가난과 핍박을 이기기 위한 투쟁의 외침

현실의 고통에 울음을 터뜨리는 일보다는 극복 의지를 불태우며 투쟁의 방향을 잡아나가는 노래가 필요했다. 대체로 1930~1931년 발표된 동시의 외침 소리가 더 격앙되어 있으며, 1932년 이후의 외침 소리는 다소 차분해진다.

① -(생략)- 써나와야 정이업는 조선이지만/위태러운 몸을피해 달밝은밤에/검정이 동무들과 손을 나누니/쏘다시 고리쇠는 바다의 勇士//집도 밥도 업는조선 차저 서가면/무얼먹고 어디서 어터케살가/돈을 벌어 부자되여 편하게 살가/안이다 나 할일은 그게 안이다/헐벗은 만흔동무 손에손잡고/새나라로 쑤벅쑤벅 다름질친다/몸과마음 한테모와 겁내지말고/산과들을 짓밟고 바다를차며//바람갓흔 풀은 물결 망망한바다/조고만 고기잡이 한적의배는/우리들의 어린 勇士 고리쇠를실고 서/두리둥실 勇敢하게 다름처간다

<脫走一萬里> 박세영·손풍산·엄흥섭, 1930년 6월

② 비나려도 夜學가야하겠네/밤깁어어두우면 더듬어라도/우산이업스면 비맛고 라도/신을게업스면맨발로라도/밥글을배우러 가야하겠네//조고마케*** *****/포 부만은 **** *****/밤마다 우스시며 배워주는글/반작이는 두눈동자*****/뭇고십고 보고십허 못견듸겟네//비나리는 날이라도 못노는 우리/어린몸이 색기꼬고짚신을 삼고/빗은치기기다리기 마음태워요/밤이면 깁버하며 夜學가지/선생님들 그립고 배우고십허

<夜學> 李在杓, 1930년 6월

    ①은 열두 살 고아 고리쇠가 살던 섬을 달아나서 온갖 고생을 하며 일본
과 대만을 거쳐 일만 리를 탈주하였다가 다시 조선으로 돌아오는 서사시
의 마지막 부분이다. 세 사람이 일부분씩 나누어 이어가며 시를 썼다는 점
에서 흥미로운 장르 형태이면서 가난과 핍박을 딛고 어린 용사가 되어 투
쟁의 의지를 굳히며 조선으로 돌아오는 주인공 고리쇠의 삶은 독자로 하
여금 계급투쟁의 대열로 다가서게 만드는 노래이다. ②는 ①을 읽은 독자
들이 현실에서 당장 실천할 수 있는 투쟁의 방향을 제시한다. 글을 배우
고 알아야 한다는 것은 이제 당하고만 있을 수 없다는 투쟁 의식이다. ③
은 보다 직접적으로 투쟁 의지를 보여준다. '우리들은 가난한 집 농부의 아
들/일만하고 굼주리는 농부의 아들'이지만 '마저가며 짓발피며' 견디지 않
으며 '우리들은 힘이 있고 동무가' 있으니 당하고 있지는 않을 것이며 나아
가 싸울 것이라는 계급투쟁의 의지를 노래한다. 투쟁의 방법을 구체적으
로 그려내는 동시도 있다.

⑤ 대낮에 대낮에 독잡이가 온다네/연장은 다들엇나외여싸고꼭직히자/샛문압 장독간 방문압도 부엌도/독잡이가 몰고온 개놈들에게/싸흐든 아젓씨들 물니엇다네/몰려가자 길을막고 가두어두게

<집 직히는 소년들의 노래> 李久月, 1931년 1·2월합호

⑥ 한놈은 독기 굿게 잡고서/건니는 대로 씌어넘긴다//한놈은 겐노 힘껏휘둘너/닥치는 대로 부서넘긴다//독깃날 압헤 겐노불밋해/우리의 새길 닥기워진다

<새길닥는 아희> 洪銀杓 洪鐘麟 合作, 1931. 1·2월합호

⑦ 이공장에 쇠마가 주먹쥐고 나왓다/저공장에 쇠마가 쇠뫼미고 나왓다/이학생 쇠마학생 광고들고 나왓다/참다참다 못하야 오늘이야 나왓다//이집에 나무군 낫을들고 나왓다/저집에 머슴이 작대들고 나왓다/우리집 누나도 악을쓰고 나왓다/우리동무 핀동무 오늘이야 나왓다

<나왓다> 鄭靑山, 1931년 3월호

④는 허수아비 앞잡이를 믿었다가는 큰일이라며 경계하라는 주의를 주는 작품이다. ⑤와 ⑥은 혼자가 아닌 여럿이 힘을 모아 '독잡이가 몰고온 개놈'을 잡는다. 손에 손에 연장을 잡고 '몰려가자 길을 막고' 도끼를 굳게 잡고 망치를 힘껏 휘두르며 '닥치는 대로' 부수고 '우리의 새길'을 닦자는 노래이다. 가난과 핍박의 궁지에 몰린 이들의 외침이고 바닥을 치고 오르려는 절규이다. ⑦은 '참다 참다 못하여' 이 공장 저 공장에서 꼬마들과 학생들과 머슴들과 누나들이 모두 주먹 쥐고 낫을 들고 막대기를 들고 악을 쓰며 나오는 모습이다. 더는 참을 수 없는 고통이 어린 사람들까지도 투쟁의 대열로 내몰고 있음을 알리는 노래이다.

1930년과 1931년에 발표된 동시 중에는 이러한 투쟁의 대열로 나아가자는 노래가 많으며 그 목소리가 매우 격앙되어 있다. 李久月의 <數ㅅ 노

래>(1931년 3월호, 27.)도 세계의 가난한 집 아들이 모두 단결할 것을 노래한
다. 趙宗玄의 <맨발로>(1931년 4월호, 49-50.)도 '맨발로 가자!/어서 나가자!/
신 신을 새 잇드냐!'며 같이 나갈 것을 촉구한다. 李龍燮의 <樵童行進
曲>(1931년 4월호, 51.)은 '아는 것은 우리들의 힘이 되고요/모이는 것 우리들
의 무긔이란다'라며 행진할 것을 외친다. 鄭靑山의 <어린이날은 광고날
이라지>(1931년 5월호, 13.)는 오월 오일 어린이날에 '어린이를 잘 길느라는 광
고흔 깃발/흔광고 깃발 보고서 누구나가나//시골동무 농사숟군동무/서
울동무 공장동무/광고깃발 그깃발이/우리에게 소용잇나//우리동무 편동
무/광이맛치들고서/우리날을 마지하자/××깃발날니는 그날을/우리끼리
마지하자'며 광고만 아니라 괭이 망치를 들고 싸워나가자고 외친다. 朴永
夏의 <지키자 우리의 긔관지 별나라>(1931년 9월호, 55.)는 '별나라 별나라 우
리양식을/나하고 너하구 손을붓들고/나팔로 조선에/알니웁시다'며 별나
라를 키워서 투쟁에 앞장 설 것을 외친다. 이러한 강렬한 외침의 노래에는
<拳球歌>-고양권구대회에서 한번 불너본 노래(1931년 7·8월합호. 18-19), 李東
桂의 <노래를 부르자>(1931년 9월호. 37.), 鄭赤兒의 <물싸홈>(1931년 3월호, 9.)
도 포함된다. 20편 가운데 15편은 모두 1930년과 1931년 발행《별나라》에
수록된 동시이다.

　1932년 이후 발행된《별나라》에도 이러한 강렬한 외침이 없지 않은 것은
아니나, 그 어조는 사뭇 차분하다.

⑧ 새해는 왓다구요/거리는 북적임니다//색색이옷을 닙히고/톡기색기나가티 털
로휘감은/아가씨 도련님이/왼 거리를 점령하엿습니다.//그러나 해가 갈수록/山
ㅅ골의 토막(土幕)은 늘어서 늑대색기가티 헐벗은 아들딸이/새해의 거리를 안경테
만한창으로 내다봅니다.//그러나 세상은 령화하고 조타는/그들이 새해는 모든 향
락을 가저왓습니다./동무들!/우리에게는 오직 패전이거듭하고/가난이 머하여젓

슬새/오! 새해 또 오너라/우리는해가 한해날그니만치/우리들의 힘은 커갈것입니다.//입으로만 써들고 주먹만내둘으든/지난날의 ×은 너무나 헐엇슴니다/그러면 우리는 오직 한길로가기를 약속합니다./우리들은 장갑차와가티 저들의우를 굴너갈것입니다./장엄하게도 씩씩하게도.

<새해에 보내는 頌歌> 세영, 1932년 1월호

⑨ 눈나리고 바람부는 추운이밤에/세거리길 구멍에서 쎄쎄를하네//어린이들 새모임이 열인이밤에/쇰작안코 사람사람 쪼처다보네//××진놈 우리회를 방해하는자/요놈은 그놈이다 어서가보자//요놈들 쇠도조타 어대로갓나/어서어서 회하는대 알이켜주자

<피게하는 아이> 幼民, 1932년 2·3월합호

⑩ 사정업는 八月태양아!/불화로갓튼 쓰거운태양아!/너는 무슨원수를 가지엇기에/밧헤일하는 불상한 우리들의/여윈등갑줄을 벗기랴고 덤벼드느냐?//모기장업고 빈대약사지못해/밤새도록 쌔물녀 윈몸둥이가/푸럿푸럿하게된것도 어굴한데……/너는 무슨 피무든원수를 가젓길래/마저 태워엽새려는 듯이 덤벼드느냐?//八月太陽아!/비겁한 너의심사사는 알수업구나!/양옥속에 살진사람들과는 말도못하고/쌔만남은 우리들이 약해보여서/그저그저 작구만 못살게구누냐//그렇타구 우리들이 무서할줄아느냐/덤빌테면 덤벼라 렴려업다/八月태양이안이라 화로불이/비쌀갓치 나려온대도……/슨덕안코 굿세게 싸화보련다.

<싸화보련다(八月태양을향하야 부르는 노래)> 宋海光, 1932년 7월

⑧에서 '우리들은 장갑차와 가티 저들의 우를 굴너갈 것입니다./장엄하게도 씩씩하게도.' 라는 말이나 ⑨에서 '어서어서 회하는대 알이켜주자'는 말이나 ⑩에서 '八月 태양이 안이라 화로불이/비쌀갓치 나려온대도……/슨덕안코 굿세게 싸화보련다.'는 말이 모두 투쟁의 다짐이자 외침이지만 그 이조만큼은 앞에서 살펴본 ①~⑦의 그것과는 다르다. 앞뒤를 생각할 겨

를도 없는 다급한 외침이 아니다. 그 원인은 ⑧에서 '우리에게는 오직 패전이 거듭하고/가난이 머하여 젓슬쌔'라고 그려지고 있다. 이미 여러 차례의 투쟁과 실패를 거듭해가는 상황에서 이제는 전후좌우를 살피는 전략이 더 절실하기 때문이다. 여전히 힘을 잃지 않는 투쟁의 외침임은 틀림이 없다. '오! 새해 또 오너라/우리는 해가 한 해 날그니만치/우리들의 힘은 커갈것입니다.'라고 외치고 있다.

그 외에도 朴世永의 <地下室과 당기>(1933년 2월호, 20.)는 어둡고 컴컴한 곳에서 가난한 누이의 붉은 댕기가 떨어져 있는 것을 보면서 '가난한 누나들로서 엇지 감안이 잇섯겟늬/그러나 누나의 당긔는 구두 발길에 밟혓고/어듸로인지 업서지고 마럿다/허지만 우리는 안잇는다'는 눈물 어린 마음의 다짐을 그려내고 있다. 北原樵人의 <눈바람 부는속에>(1934년 2월호, 28.)는 세찬 눈바람과 볼을 때리는 눈보라 속에서 싸우는 아저시들을 생각하며 '눈바람은 그냥 모-지게 붐니다/우리들의 언쌈을 사정업시 싸립니다/그러나 제아모리 야료를 부리면 뭘하누/우리들의 마음은 싸굽슴니다'라고 노래한다. 시련과 투쟁의 실패에서 굳게 나아가려는 각오가 선명하다.

2) 새날을 갈구하는 마음

핍박과 시련 속에서 투쟁하는 이들에게 간절한 것은 '새날'이고 승리의 '봄'이다. 부조리를 뒤집어엎고 '밝은' 날을 맞이하고픈 마음이다.

① 거문연긔 쓴어진/키큰굴둑 뒤에두고/쇠돌이 아저씨가/주먹쥐고 소리첫다/인동이 자근형도/마치들고 소리첫다/새날이 온다고/다갓치 소리첫다//배쑹쑹이 큰배가/쌍쌍쌍 터젓다/배쑹쑹이 문직이가/다러나고 마젓다/아저씨와 형님들이/익잇다고 소리첫다/하늘의 태양도/입버리고 소리첫다

<소리첫다> 姜驚珪, 1931년 9월호

② 이배션에 철석!/저바위에 철석!//이나라의 아들아/이소리를 들어라/좁다란 가슴 싹이/펴어질대로 펴지게//이리봐도 물!/저리봐도 물!//이나라의 아들아/이까짓걸 넓다말아/우리의 터전이 이뿐이라야 엇저나//뒷바다도 천길!/앞바다도 천길!//이나라의 아들아/두팔을 그저라/천길만길 그미테/살길을 차저내자//집체가튼 물결!/호랑이가튼 물결!//이나라의 아들아/이위에다 배저라/파도가 두려워?/호랑인들 두려워?/힘나는 바다!//우리가튼 바다!/바다를 뒤집허서/바다를 싸대여서/살길을 찾자!

<바다의 노래> 申孤松, 1930년 7월

③ 무섭다 성낸바위 구경을하면/놉흔물결 연달려 모라와서요/금시라도 山넘고 쏘山을넘어/모든 것을 한입에 삼킬것갓네/나는나는 바다가 되렵니다요//거룩다 바다가의 바위를보면/천만번 달려드는 급한물결을/비웃는듯 혼자서 웃둑서서요/나종까지 싸와서 익이고마네/나는나는 바위가 되렵니다요

<바다와 바위> 韓晶東, 1930년 7월

④ 쒸쒸- 쒸쒸-/물너나라! 비켜나라!/우리들 밝일긔차/굴너나간다./쏠- 쏠- 쏠- 쏠-/새긔차가 굴너를간다/가난뱅이 우리동무 태운 긔차ㄱ나/쒸- 쒸- /물너나라! 비켜나라!/필- 필/쏠간긔차만 ***자

<새 긔차> 백동*, 洪淳烈 合作, 1931년, 4월호

⑤ 가난하다고 가 짜/나락심은다고 나 짜/다쌔앗긴다고 다짜/라팔불고모힌다고 라짜/마치를 울너멘다고 마짜/바수어쌔린다고 바짜 /사람살니락한다고 사 짜/아이고아이고운다고 아짜/자동차탓든놈이라고 자짜/차서나럇다고 차짜/칼을쑥 낸다고 카짜/탁걱거버린다고 타짜/파입단이익엇다고 파짜/하하하웃는다고 하짜

<가나다노래> 李向破, 1931년 5월호

①은 투쟁에서 승리하는 날을 묘사하고 있다. 쇠돌이 아저씨가 주먹 쥐고 소리치고 인동이 작은 형이 망치를 들고 소리친다. 모두가 '익잇다고 소

리첫다/하늘의 태양도/입버리고 소리첫다'며 승리의 날을 그린다. ②와 ③
도 넓은 바다가 되어 '바다를 뒤집허서/바다를 싸대여서/살길을 찾자!'고
모든 것을 삼키는 '바다'가 되고 나중까지 싸워 이기는 '바위'가 되자며 혁
명의 날을 그리고 있다. ④도 '가난뱅이 우리 동무'를 태운 '새 기차'가 호쾌
하게 굴러나가는 모습에서 새날을 향하는 마음이 보인다. 심지어 일상의
글자 공부에서조차 투쟁의 승리를 노래하는 내용을 ⑤에서 엿볼 수 있다.
가난하고 농사짓고 다 빼앗겼지만 결국 '탁 걱거버린다고 타짜/파입단이
익엿다고 파짜/하하하 웃는다고 하짜'라고 노래한다. 일상의 노래가 주술
이 되어 바램이 이루어지길 바라는 간절한 마음이 시로 표현되었다.

그 외에도 漕壽龍의 <일꾼의 노래>(1930. 6.)가 꽃이 피고 날이 개고 웃음
을 웃는 날을 노래하고, 鄭赤兒의 <춤추자! 쒸노자>(1931년 5월호, 40.)는 춤
추고 노래하는 새봄을 노래한다. 朴世永의 <할아버지와 헌 時計>(1930. 拾
月號, 17.)는 '새날로 달려가는' 시계 소리를 묘사하며 병든 할아버지가 새날
을 맞을 수 있기를 기원하는 노래이다. 힘들고 어려운 현실에서 새날을 향
하는 시계 소리를 들으며 새날을 기원하는 마음이 담겨있다.

이 동시들은 모두 '새날', '새기차', '새봄'의 기쁨과 혁명의 날을 간구하
는 노래이다. 모두 1930년과 1931년에 발표된 동시들이라는 점이 공통점
이다. 1933년에 발표된 李龍灣의 <회관시계>도 새날을 기다리고 있긴 하
지만, 그 이미지는 상당히 다르다.

⑥ 어른들이 한푼두푼 모아사다가/기둥에다 거러둬쓴 회관의 시계/쏙싹쏙싹/오
늘은 연구회가 열리는데도/몃신지 알키잔코 죽어바렷네//래일부터 거리로갈 시간
모른다/씩씩한낫 흐리우며 한숨쉬는걸/쏙싹쏙싹/시계야 너도들음 사라나거라/
곳칠돈 업는줄암 죽지마러라

<회관시계> 李龍灣, 1933년 4·5월합호

새날을 간절히 희구하고 있지만, 시계는 '몃신지 알키잔코 죽어바렸네'라는 안타까운 탄성이 들린다. 새날을 간구하고 있다는 점에서 앞의 동시들과 같지만, '곳칠돈 업는줄암 죽지마러라'고 애걸하는 모습으로 형상화되었다는 점에서 시적화자의 마음은 매우 어둡고 안타깝고 침울하다.

3) 단결 투쟁의 용기를 북돋우는 노래

일제강점기 조선 백성에게 사회주의 계급투쟁은 결코 쉬운 일이 아니었다. 모두가 가난하고 핍박받는 무산계급의 삶을 산다고 해도 벽처럼 강한 권력과 힘 앞에서 가난하고 헐벗은 이들의 투쟁은 큰 용기가 필요하였다. 1930~1935년 발간된 《별나라》에는 가난하고 힘없는 자들이 서로 힘을 모으며 용기를 갖도록 북돋우는 동시가 많이 수록되었다.

① 아젓시들은 쎄라를박고/우리들은 긔를 만들고/시렁우에 등불은조을고/아젓시들은 우리들을 사랑하고/우리들은 아젓시들을 밋고//아젓시들은 우리들의 얼골을 바라보고/우리들은 아젓시들의 얼굴을 처다보고/우섯다 서로서로 빙그레 우섯다/내일 우리들의 할 일을 생각하고/내알 우리들의 깁붐을 생각하고/내일 우리들의 …… 생각하고

<대목장압날밤> 梁雨庭, 1930, 11월호

② 동무야 맘과뜻이갓흔 나의 동무야/너 슯흔일 당하거든 나도 울테니/나깃분일 당하거든 너도 우서라/아모렴 그러치 그러쿠말구/너와나는 언제던지 동무이닛가//동무야 가치나갈 굿건한 동무/네가만일 잘못하면 나도참을건/내가만일 잘못하면 너도참어라/아모렴 그러치 그러쿠말구/너와나는 언제든지 동무이닛가//동무야 네손내손 굿세게잡고/네맘내맘 한태모아 얼키잣구나/그리하여 모-든일을 서로도웁자/아모렴 그러치 그러쿠말구/너와나는 언제든지 동무이닛가

<그럿쿠말구> 金春岡, 1931년 10·11월합호

③ 야학교에 기름갑 우리가내죠/가난한집 아해들 우리가내죠/나무팔아 쑥팔아 우리가내죠/나남업는 세상도 우리가내죠/우리동무 일동무 우리가내죠/그×들을 업새고 우리가내죠

<우리가내죠> 鄭赤兒, 1931년 4월호

①에 등장하는 아저씨는 《별나라》 수록 동시 여러 편에서 등장한다. 어린 사람을 돌보며 투쟁하는 인물이다. ①은 아저씨와 어린 우리가 서로 '사랑하고', '바라보고' 할 일과 앞일을 생각하는 '대목장 압날 밤'의 정경을 그리고 있다. ②는 '맘과쯧이 갓흔' 동무들이 서로 '네 손 내 손 굿세게 잡고' 나아가자며 격려하고 용기를 북돋우는 모습이다. ③에서는 가난한 아이들이 '나무 팔아 쑥 팔아' 서로 힘을 모으며 '나 남 없는 세상'을 만들고 '그×들을 업새고 우리가' 만든다며 힘을 북돋우는 노래이다. 이 동시들은 모두 투쟁에서 힘을 모으며 서로 격려하며 힘을 북돋우는 장면을 그리고 있다. 利原 尹池月의 <無題>(1931년 5월호, 43), 世永·雨庭·홍섭이 合作한 <五月行進曲>(1931년 5월호), 작자 미상의 <初夏行進曲>(1930. 6.), 梨泰院 별나라 支社의 <祝하는 노래>(1931년 10·11월합호, 39.)가 더 있다.

한편 가난한 사람들끼리 힘을 뭉치고 용기를 북돋우도록 하는 동시는 1932년 이후에도 지속적으로 발표되었다.

④ 준비는되엿다/자아-손벽을치자/하나 둘 셋/다다닥 다다닥/콩쿠리트굴둑이/연긔삼켯다//지금은행진이다/자아-발을 맞춰라/하나 둘 하나둘/저져벅 저져벅/니글니글해님도/아즉놉흐다

<쉬는 시간> 韓哲焰, 1932년 7월

⑤ 거리거리 사거리 종로 네거리/인경전 쇠복소리 두리둥 북소리/하날놉히 나거든 단번에 모히자/팔것고 다리것고 힘차게 모히자//자벅자벅 모혀선 귓속이야기/

고개만 샷썩샷썩 말하지 안해도/어듸매 무슨일을 알어차릴동무/힘차게 네거리서
히여질동무

<종로네거리> 洪九, 1933년 2월호

⑥ 손에손을잡자/우리동무들 모두모여라/요보도 개똥이도/기미쌍도 아쌍도 니
야도/모두다 손을 잡어라//일터에 밥갓다주고오다/우리들 동무가되고/골목골
목 양철집/한집에 사러서 동무가돼ㅅ다//우리들이 갓치갓치 논다/손고락질 우슴
어주면/우리들은 몰여가 주먹써주자//손잡고모혀라/이골목 저골목/이동리 저동
리/갓튼마음 가진아희들/누구도좃타 모두다오너라/손목잡고 모두다 모혀라/널
븐마당 비인터로/손잡고 모혀라/우리동무들!

<손잡자> 鄭靑山, 1933년 4·5월합호

④에서는 '손벽'과 '행진' 이미지로 서로 힘을 모을 것을 형상화한다. ⑤에
서는 '종로 네거리'에 북소리 나거든 '모이자'며 마음과 생각을 모을 것을 촉
구하고, ⑥은 '손을 잡자', '손잡고 모혀라'며 조선 아이의 이름과 일본 아
이의 이름까지 부른다. 일본의 잡지 검열로 《별나라》도 어려움을 겪었음을
짐작할 수 있는 부분이다. 그 외에도 박세영의 <記念式歌>(1932년 7월, 8.),
鄭靑山의 <형제가 되자>(1934년 2월호, 7.)가 더 있다.

4) 투쟁의 모습을 그린 동시

1930~1935년 《별나라》 수록 동시 중에는 어린이 독자에게 계급투쟁의
모습을 상상할 수 있도록 그려낸 동시가 있다. 전반적으로 계급투쟁 의
식이 농후한 동시들 가운데에서도 특히 투쟁의 장면을 그리는 동시가 더
많다.

① 남쪽바람불어서 싸인눈녹고/고라진잔듸에도새울듯나니/이짜의아들아 농군의 아들아/강이메고나가자 산으로들로/얼엇든개*물도 기름떠녹고/손짓해불으니 이짜의아들/바다의 아들아 건물실고 나가자/고기잡으로

<이짜의 아들아> 못夕帆, 1931년 5월호

② 동무여!/그대는 그곳/도시에 살고/이몸은 이곳/농촌에 살어/그대는 그곳/공장에 일하고/이몸은 이곳/농장에 일하야/그대로 일꾼/이몸도 일꾼/우리는 쏙갓흔/일꾼이로세//그래 동무는/잊지안엇겟지/이몸은 굿게굿게/맘먹엇네/악수를 주세/힘잇게잡으세/우리는 이럿캐/형제가아닌가/좁게는 지방과 지방 사이에/크게는 나라와나라 사이에

<동무여> 金日峯, 1931년 9월호

투쟁의 모습 가운데 가장 먼저 눈에 띄는 것은 열심히 일하는 모습이다. ①은 농군의 아들과 바다의 아들에게 산과 들로 바다로 일하러 갈 것을 촉구한다. ②에서도 농촌과 도시 각자 있는 곳에서 '그대는 그곳/공장에 일하고/이몸은 이곳/농장에 일하야/그대로 일꾼'이 되는 모습을 그린다. 金琪鴻의 <부러라 여름바람>(1931년 9월호, 55.)도 자신의 자리에서 힘을 다하여 일하는 모습을 그리고 있으며 각 사람에게 시원한 바람이 불 것을 노래하고 있다.

주경야독(晝耕夜讀)을 형상화한 동시가 여러 편 있다. 배움이 자유이고 새 날의 힘임을 강조한다.

③ 해가쓰면 날마다 한자쏘한자/날기내기 하로로 봄을 보내고/넓다란 五月의 파란하날을 오히려 좁다고 나라단이는/동무야 종달이를 보고잇느냐?//낫이면 광이를 동모로삼고/밤이면 「가갸거겨」힘차게배워/오월의 하날로 파란하날로/자유로히 나라가는 종달이갓치/동모야 압날을 닥거나가세

<五月의 종달이갓치> 尹池月, 1931년 별나라 5주년 기념호

일제강점기 동시 연구

④ 우리우리 동무들은 /이상한 동무/낮이면 農軍이요/밤이면 학생/일하고 글배우는/農軍學生//우리우리 동무들은/튼튼한 동무/쌍파고 김메는/少年農軍/밤마다 글배우는/新進夜學生

<夜學生의 노래> 韓百坤, 1931년 10·11월합호

⑤ 우리들은 쓰거운 태양아래서/푸르른 자연의 품속에서/아저씨들과함쯰 땅을 파고 씨를쑤리고/째로는 소를치고 나무를비고/그리고는 야학에- 노동학원에//우리들은 사나운물결치는 바다가에서/자욱이 둘너싸는 안개속에서/아저씨들과 함게 배를 젓고 조개를 캐고/째로는 미역을싸고 그물을 깁고/그리고는 야학에- 노동학원에//우리들은 해빛못보는 공장틈에서/고요히 잠든 새벽거리 컴컴한 골목에서/아저씨들과함께 ××를쑤리고 ×××를부치고/째로는 를하고 을하고 /그리고는 새날에- 새 사회에

<우리들은> 박일, 1932년 2·3월합호

③은 낮에는 괭이를 잡고 일하고 '밤이면 「가갸거겨」 힘차게 배워/오월의 하날로 파란하날로/자유로히 나라가는 종달이갓치' 자유를 누리는 모습을 그린다. ④도 '쌍파고 김메는/少年農軍/밤마다 글 배우는/新進夜學生'이라며 배움을 투쟁의 중요한 가치로 내세운다. ⑤는 삶의 어느 곳에서나 '아저씨'들과 함께 일하고 공부하는 어린이의 모습을 그리고 있다. 이처럼 배움을 강조하는 내용의 동시는 鄭靑山의 <쿵쿵 나가자>(1932년 7월, 48.), 박세영의 <卒業式歌>(1932년 7월, 8-9), 水原 共明學院의 <共明學院設立歌>(1932년 7월, 12.)가 더 있다.

조직에 참여하고 조직의 일원으로서 투쟁하는 모습을 그린 동시도 다수가 있다.

⑥ (오늘낮?)/눈금적?/고개썻덕!/귀에다 입대고/응- 내일밤/응-아홉시/이동무 저동

무게/돌아단이며/모다 알엇지/쏙……/암……/(이튼날밤)/쓴수건 /쥐인작대/우리
는간다 몰니여/쿵-쿵-/와-와-/아우성소래/「그여코 이것다」/만세! 만세!

<그여코이것다> 韓白坤, 1931년 9월호

⑦ 쌈박 쌈박 등잔불 꺼지랴는방/일하는 동무만이 모이는會房/벽우엔 사진한장
걸여잇지요/그일홈은 ××쓰 할아버지죠//한간밧게 안된은 적은이방은/겨울에도
불못때는 찬방이라오/그래도 우리들은 아저씨쌀아/헙는동무 위하야 일만함니다

<우리들의 방> 慶州 赤濤, 1932년 2·3월합호

⑧ 1진달내쏙치 간밤에 피엇다/아젓씨들이 가신지도 벌서일년!//2아저씨들의 얼
굴이 보구십허서/눈마즈며 칠십리ㅅ**거러갓든/지난겨울을 생각하면!/주먹이 쥐
어진다/「어린애」라고 돌이보내지안는 것을/울며불며 졸으다못해/눈길을 밟으
며/돌아오든 생각을하면!//3아저씨들 몸들은 튼튼한지!/아저씨들 남겨놋코간일
은/뒤에 남은 아저씨와 어린우리들의 손으로/차근차근하게 되어나가지만두//진
달내꽃이몇번 피엇다슬어지면/우리들의 용감한 아젓씨들은/우리들의 눈마즈면
쏫거오든/그길로 돌아오시려누

<진달내쏙> 金友哲, 1932년 4월호

⑨ 크고무거면 제일인줄알고/크게크게 맨든 그간판소년회간판/씽씽 쌩쌩 미고들
고/너의들은 어데로가니//씽씽 쌩쌩 미고 들고간 간판/組合에가면 너이들마지한
들이고/**그래도 너이를 안마지하리/우리들이 모이는 그흉내닛가//가거라 너이들
어서 가거라/멀이멀이 너이편차저가거라/일진일진 새**피지말고/가거든 오지도
마라 쌈터에서 맛나자

<가거라> 鄭靑山, 1932년 4월호

⑩ 산도자고 물도자고 다자는 이밤/피케보는 부헝새만 부-헝부헝//서편마을 골
목길에 검정이두분/저리갓다 이리온다 부-헝부헝//어서어서 히터져라 어서들가
라/동쪽으로 동쪽으로 부-헝부헝//헐덕헐덕 애만썻군 소용이업군/지는달님 잘가

일제강점기 동시 연구

거라 부-형부형

<피케보는 부헝새> 철 염, 1933년 4·5월합호

⑥에서는 여러 조직원이 무언가 비밀스러운 임무를 수행하는 모습이 그려진다. 이어서 수건을 쓰고 막대기를 들고 몰려나가서 승리를 거두는 투쟁의 모습이다. ⑦조직원이 모이는 '會房'에 '그일홈은 ××쓰 할아버지'의 사진이 걸렸다. '마르크스'를 짐작하게 하는 사회주의 투쟁의 장이다. 조직원은 '겨울에도 불 못째는 찬방'에서 '우리들은 아저씨딸아/헙는동무 위하야 일만함니다 '며 무산계급을 위한 투쟁을 말한다. ⑧어디론가 투쟁을 위해 떠나간 아저씨들을 그리는 동시이고, ⑨는 조직원들이 힘을 모아 일하는 모습이며, ⑩은 밤에 보초를 서는 일을 하는 모습이 그려진다.

⑪ 우리는 대장쟁이 망치가동무/행복의 열쇠를 두다린다/무거운 망치 가볍게 들고/쉴사이업시 두다려라 두다려/(二節 略)//우리는 대장쟁이 우리의 세상/행복의 열쇠를 두다린다/세상의 동무야 우리는손잡고/쉴사이업시 두다려라두다려

<우리는 대장쟁이> 신고송 譯 *지스토이 중에서, 1932년 7월호

⑪에서 보듯 조직원의 투쟁은 모두 '행복의 열쇠를' 두드리는 일로 노래하고 있다. '무거운 망치를 가볍게 들고' 두드리듯 투쟁하는 일이 행복을 찾아내는 열쇠라는 노래이다.

그 외에도 조직원인 오빠와 여동생과 그 가족의 대화를 그린 雨庭의 <비밀상자>(1930. 6), 눈바람을 뚫고 달려가는 기차처럼 어렵고 험한 장애에도 투쟁이 계속됨을 노래한 李向破의 <機關車>(1933년 12월호), 조직원 사이의 우정과 다짐을 마음을 그린 李龍灣의 <가버린 동무야>(1934년 1월, 20-21.)가 더 있다. 또 새해에 소년 조직원들에게 더욱 힘차게 자라 줄 것을 당부

하는 金海剛의 <새해에 보내는 頌歌>(1934년 1월. 4)도 여기에 해당한다.

한편, 영웅적 전사의 계급투쟁 모습을 그려낸 동시도 있다.

⑫ 우리마을 밀째영감 우습고나야/부러지고 째쑤이낀 밀째모자를/봄녀름이 다 지나고 가을이와도/바람치고 눈뿌리도 항상쓰지요//행길에만 나가려도 밀째모 자를/방에안저 글을봐도 밀째모자죠/더우면은 부채대신 쌈을개이고/잠잘째면 뢰침대신 베고자지요//그리고는 이말져말 돌아다니며/쩌덕쩌덕 일쑨들과 석겨놀 지요/젊은일쑨 풀닙담배 부처들이면/돌무덕에 걸어안저 이약한다나//동네마을 터닥그면 노래먹이죠/「에엥에라 터를닥거 조흔집짓자」/지심매고 씨쑤리면 노래 먹이죠/「어리얼렁 풍년들면 잘살어볼가」//밀째영감 밀째영감 노래도잘해/뒤딸호 며 놀려대도 성을안내죠/씽그리는 얼굴하면 누가보앗담/수염몃개 쌉아줘도 웃고 마는걸//뒤로살작 걸여가서 밀째모자를/홀싹홀싹 벗겨노코 다라나도요/에라요 놈 한마듸를 안하는영감/작란쑨이 어린애를 동무합니다//그리해도 부자녀석 무 서워안코/동네동네 대신하여 나선답니다./부자네집 삽살이에 쫏겨울면은/밀째영 감 돌을 들고 개를 쫏지요//밀째영감 하루라도 업고보면은/우리들은 심심해서 못 견된다요/밀째영감 우리마을 써나고보면/누가누가 대신동무 되여준다나

<밀째영감> 해강, 1930년 11월호

⑬ 으스름 달밤에/흰눈이 퍼얼펄/마을밧 길목마다/서잇는 동무들/고요튼 동리 서/개들이 짓는게/모앗든 아저씨들/헤여져 가나바/손발이 시려서/호호호 불면 서/오늘밤 우리들이/할 일도 다햇네

<눈오는 밤에> 朴 一, 1934년 2월호

⑭ 어머니 나는 구름이 되고십습니다/하늘에 날어다니는 구름이/그래서 저-/째여 진 불상한달을 만저주며/「엇던작란쑤럭이 아이가 너를 째처주엇느냐」고물어보겟 습니다//어머니 나는 별이되고십습니다/애기눈가칫감박어리는별이/그래서 저-/ 잠과쑴을실고오는 캄캄한밤이/어듸서왓다가 어듸가슴어바리는지/밤을 새여 직 히어 보겟습니다

<나의 所願> 朴芽枝, 1934년 11월

⑫의 '밀째영감'은 영웅적 전사의 모습이다. 이 동시는 투쟁의 모습이기도 하지만 한 사람의 모습을 그리고 있다는 점에서 투쟁의 모델로 제시되는 영웅으로 보인다. 부자를 무서워 않고 어린애를 동무하며 '이말 저말 돌아다니며/써덕써덕 일쑨들과' 섞여 지내는 너그러운 지킴이 같은 모습을 그리고 있다. ⑬은 '아저씨'의 투쟁 모습이고, ⑭는 깨어진 불쌍한 달을 만져주는 별이 되고 싶은 전사의 꿈과 기원을 그리고 있다. 李久月의 <별나라 8주년 기념가>(1934년 9월호, 1.)도 지도자로서《별나라》를 송축한다는 점에서 이와 유사한 내용으로 볼 수 있다.

라. 가난과 착취로 무너지는 가족과 사회

가난한 삶을 시적으로 형상화하고자 한 동시와 착취와 핍박의 장면을 형상화한 동시가 전제 214편 가운데 가장 많은 65편(30.37%)이다.

1) 가난

1930~1935년《별나라》에 수록된 동시는 가난한 삶을 살아가는 어린이들과 그 주변을 담아내고 있다. 시에 등장하는 무산계급은 일을 하고 또 일을 해도 가난을 벗어나지 못한다. 1930년에서 1935년까지 시기별로 골고루 가난하고 힘든 삶을 동시에 담아내고 있다.

① 해도아즉 써지안는 이른새벽에/긔지소리 들여오면 울아버지는/조고마한 배타시고 유선에 가죠/쌀가마니 실어내려 엇번수무번//선창가에 쌀가마니 산파갓해도/울아버지 실어내신 그살이라도/오늘아츰 우리집엔 양식이업서/울어머님 걱정하며 쌀구려갓죠//갈매기떼 울며나는 바다우으로/저녁노을 빗츨실고 울아버지는/고기만희 잡아갓고 돌아오서도/오늘저녁 우리집엔 포태장국분

<바다의 아버지> 金炳昊, 1930년 7월

② 형님은 수건쓰고/**일메고/일은아침 해 쓸때/일하러가요/쌈나는 더운날에/지게를지고/삭짐을 질까하고/거리로가오//해지고 달쓰면은/우리형님은/돈버리 *사가지고/드러온다네

<형님> 林炳道, 1931년 1.2월합호

③ 아츰하날 붉으레 햇님이웃고/참새들은 잠깨어 노래하는데/오는날의 세상상을 맹서하고서/우리옵바 공장에 쩌낫습니다//기름무든 헌양복 몸에 걸치고/다쓰러진 싸리문 후여닷고선/변도끼고 힘잇게 다만혼자서/고개넘어 일터로 쩌낫습니다

<공장옵바> 林永夏, 1933년 12월호

④ 흘너가는 저배는 누구벨가요/밥굶고 고기잡이 나간압바배/아버지는 힘업시 놀을안저도/맘씨고흔 바람이 솔솔불어서/흘너가는 물결에 잘두가누나//우리압바 고기만이 잡어오면은/그그리를 팔아서 쓸데만치요/엄마압레 약잠쓴 약갑을주고/어제왓다 못밧어간 그물갑주고/나머지는 좁쌀이나 하되사지요

<우리들의 노래> 林約書亞, 1931년 4월호

①에서는 쌀가마니를 수없이 나르는 일을 하면서도 쌀이 없어 쌀을 꾸러 다니고, 고기를 많이 잡고도 맛보지 못하는 살림을 그리고 있다. ②와 ③은 형님과 오빠가 새벽부터 밤늦게까지 공장에 다니고도 ④에서 보듯 밥을 굶고 일을 하고 약값과 그물값을 갚고 좁쌀을 산다. 韓相厚의 <나의동생>(1931년 4월호. 52.)은 조밥조차 제대로 먹기 어려운 살림을, 趙宗泫의 <콩밥>(1930. 11월호, 10.)은 제대로 먹지 못한 누나의 검은 얼굴을, 金春岡의 <가을>(1930년 11월호. 41)은 가을이 오면 밥을 먹게 될 것이라고 기다리는 가난한 마음을 그리고 있다.

⑤ 합개천이 얼어서 어름판되고/함박눈이 퍼억퍽 나리는날도/몽달잘퀴 내갈퀴 엽 헤다끼고/엉금엉금 뒤ㅅ산에 기여오르네//쏘다지는 눈빨이 딱가루라면/비인비인 뱃속을 채워나보지/칩고덥고 이러케 일을 하건만/우리들의 배ㅅ속은 못불러보네

<어린나무꾼> 李東珪, 1934년 1월

⑥ 부슬부슬 눈이오네/떡가루가 나리네/쩍가루면 오직조켓나/모아다 떡을비저/ 곱흔배 채우지//부슬부슬 눈이오네/솜반대기 나리네/솜반대기면 오직조켓나/모 아다 솜옷지여/쓰스하게 입으련만

<눈> 片絲鳥, 1934년 1월

⑦ 완득이집 퍽으나 가난하지요/도야지도 못먹는 비지를사다/한솟에다 물너어 퍽도스려서/맛잇게도 비지죽 먹는답니다.//남의집에 행랑방 살고살면서/하로세 끽 비지죽 먹고살어도/힘을드려 일하니 헌옷속으로 /비죽비죽 비지쌈 흘는답니 다//그리바도 비지죽 먹고살어도/방울방울 비지쌈 흘니드라도/오는세상 새세상 바라를보고/잘살째를 기다려 사러감니다

<비지죽과비지쌈> 金大昌, 1931년 4월호

⑧ 나무장사 영감님 긴-수염에/줄렁줄렁 고드름이 달녓다/장터까지 삼십리 머나 먼길에/얼마나 영감님은 썰면왓슬까?//나무팔이 수십년에 허리가굽고/까만철 그만이야 히여버렷다/인제는 나무짐이 힘에겹지만/하는수업시 오날도 장터로왓 네//나무사료?나무요 웨칠째마다/수엽에고드름이 제멋대로 흔들린다/눈에뵈는 집안근심에 흘린눈물이/수염까지 흘녀나려 고드름되네

<나무장사영감> 宋海光, 1934년 2월호

⑤, ⑥은 절대 빈곤에 허덕이는 이의 모습이다. 일하고 또 일해도 배를 곯는 이들의 마음이 잘 형상화되었다. ⑦과 ⑧은 이러한 절대 빈곤에 허덕 이는 이들이 가족을 보살피고 새 세상, 새날을 기다리며 견디는 모습이다. 열심히 일하고 가족을 사랑하는 이들이 가난해야 하는 이유가 없다는 독

자의 마음을 불러일으킨다. 長吉의 <짐실이군>(1930년 11월호. 41.), 박아지(朴芽枝)의 <두부파는 少女>(1931년 4월호, 9.)도 ⑤, ⑥과 마찬가지로 가난한 이를 바라보는 안타까움의 시선과 분노가 담긴 동시이다. 梁佳彬의 <알는 아기>(1934년 2월호, 7.), 朴星剛의 <쩨쓰지마라>(1931년 9월호. 54.)도 가난한 살림에 어린 아기가 앓고 가난해서 욕을 먹는 서러움을 형상화하고 있다. 가난한 아이들의 모습을 그린 南大祐의 <쌈백이>(1934, 11월, 38.)가 더 있다.

⑨ 서울의 거리는 싯그런거리/새벽부터 밤듕까지 싯그런거리/자동차 딴자쩨가 수백수천번/오고가고 가고오는 싯그런거리//서울의 거리는 몬지의거리/새벽부터 밤줌까지 몬지의거리/오는사람 가는사람 코와입막고/씽그리고 숨못쉬는 몬지의 거리//서울의 거리는 사람의거리/새벽부터 밤줌까지 사람의거리/녀름에도 *옷입고 힘하나업시/할 일서 빙빙도는 사람의거리//서울의 거리는 못쓰는거리/조흔 물건 산가터도 못쓰는거리/시골사람 촌사람 가난한사람/볼쩨마다 소용업는 못쓰는거리

<서울의 거리> 엄흥섭, 1930.7.

⑩ 한업시 보슬보슬 나리는눈은/화려한 왕궁이나 오막사리나/한업시 공평하게 *리주것만/세상이 귀찬어서 **업구나/돈잇는 그자들은 걱정도업시/소고기 하얀쌀밥 먹어대지만/오늘도 해지도록 긔게를지고/크나큰 장거리를 돌고돌지요

<귀찬은세상> 朴星剛, 1931년 5월호

⑪ 우리엄니 공장에 가기만하면/하로종일 햇님을 못본다는데/왼종일을 햇님과 입만마추는/해바래기 얼굴은 팔자도 조화/올치올치 고얼굴 싹둑잘라서/우리언니 얼굴에 붓처여주지/햇님보며 울언니 일하시라고/허어멀건 얼굴이 빨게지게요

<해바래기> 木古京, 1931년 9월호

⑫ 제사공장 콩구리트 놉흔굴둑이/연긔피우면 푹푹피우면/우리들은 공장에 간

다/(그때 해님은 바다속에 잠잔다)//일곱게 모-타가 폭발을하고/피대가돌면 핑핑돌면/ (그때해님은 집웅우에 숨는다)//일다하고 마즈막 고동소리가/놉히불면은 쒸- 쒸- 불면 은/우리들은 집에로온다/(그때해님은 서쪽산을 넘엇다)

<해님업는 직공들> 韓哲焜, 1933년 2월호

⑨와 ⑩은 절대 가난 속에 사는 자들이 느끼는 상대적 빈곤감이다. 서울 의 거리는 '조흔 물건 산가터도 못쓰는 거리/시골사람 촌사람 가난한 사 람/볼 째 마다 소용업는 못쓰는 거리'이다. '돈잇는 그자들은 걱정도 업시/ 소고기 하얀 쌀밥 먹어대지만/오늘도 해지도록 긔게를 지고' 장거리를 돌 아다녀야만 하는 가난을 형상화하였다. 1930년대 조선 사회 빈곤층의 삶 이 동시 속에 고스란히 담겨있다. 姜始桓의 <工場生活>(1931년 9월호, 54.), 박세영의 <품방아>(1934. 9월호)도 절대 빈곤과 상대적 가난의 고통이 담겨 있다. ⑪과 ⑫는 열심히 일을 해도 '해'를 보지 못하는 삶을 노래한다. 고된 일이 가난을 벗어나게 할 희망을 주지 못한다는 말이다.

결국 이런 좌절은 '봄'이나 '설' 같은 즐거운 날도 외면하는 목소리로 형 상화된다.

⑬ 뜻깁흔 새해는/차저왓건만/우리에겐 질거움/하나도업고/뀐집 심부틈에/이가 슴타네//아버지 내일부터/나물갈걱정/이몸도 함께가야/일이될텐데/해해라 아침 굶고/또엇지가나

<새해> 金桂煥, 1932년 1월호

⑭ 봄이 온다고들 써들지마라/三四月긴긴해에 점심 굶는 것/아침저녁숙죽에 헛 배부른 것/지긋지긋하지안나 무엇이 좃나//해마다 이봄에는 이를악물고/일하자 고하든동무 어대갓느냐/오늘도거지거지 원성만놉지/무엇하나 못해내나 봄바람 처럼

<봄> 金 彈, 1933년 4·5월합호

⑬은 설 명절에도 일하며 먹을 걱정을 하는 빈곤한 자의 걱정이 형상화되었다. 金聖道의 <우리들의 설>(1931. 1,2월합호, 53.)도 '우리들은 설이 되면 더욱 졸이지요/빗쟁이 독촉소래 듯기가 실허요/빗쟁이 박첨지게 도로 졸니지요'라며 설이 와서 오히려 고달픈 삶을 그린다. ⑭는 추운 겨울 뒤에 찾아온 봄이 반갑지 않다. 먹을 것이 없어 '三四月 긴긴해에 점심 굶는 것'이 지긋지긋하고 '거지거지 원성만' 높은 아무 일도 해결해내지 못하는 봄을 원망하고 있다. 金漢聲의 <봄>(1934년 4월호, 29.)도 '쌀 없고 나무 업서/우는 봄일세'라며 봄을 한탄한다. 이 동시들은 조직적 사회주의 운동의 실천이 몇 년이나 흘러도 눈에 보이는 성과가 없음을 안타까워한 노래로 볼 수 있다.

2) 핍박과 착취

1930년대 《별나라》수록 동시에는 일제강점기 조선 민족이 당한 착취와 핍박의 장면이 고스란히 담겨있다.

① 놉흔하날 싯업시 물오리가고……/넓은벌판 나날이 눈오리가고/가을한철 쇠골은 퍽도밧버요//우리엄마 비는콩 묵거세우며……/드나드는 열두골 우러콩밧헤/길절음한 콩누름 풍년이라우//풍년이야 들어도 배는 골코요/밧바서는 *써도 빗만 진대요/굶고벗고 일한갑 빗이랍니다//고의층에 손곳고 장죽불고서/오락가락 논들길 건이는××/일안해도 불은배 ××××××

<가을> 洪鐘麟, 1930년 11월호

② 우리언니 공장언니 가엽슨언니/아침마다 고동소리 *하고나면/찬밥먹고 변도들고 공장에 가선/배암압헤 개골이놈ㅂ 되어움가네//독사갓튼 공장쥔의 굴이는 혜압/눈종파고 잘못하면 짜귀한개에/한달겨우 四圓바든 울언니월급/일원엇치 손해낫다 일원감하네(씃)

<공장언니> 安邊 朴猛, 1930년 11월호

③ 쑤쑤쑤쑤 첫새벽 연초공장에/고동소래 나면은 우리형님은/잡수시든 그밥도 그대로 두고/변도들고 공장을 쌀리갑니다//쑤쑤쑤쑤 첫새벽 연초공장에/고동소래 듯고서 버리간형님/붉근햇발 서산에 사라진뒤야/비인변도 들고서 도라옵니다//우리형님 피쌈을 흘녀가면서/보름만에 버른돈 사원오십전/빗쟁이에 쌧기고 살갑주면은/보름이라 월급날 빈주먹일세.

<고동소래> 孔在圓, 1931년 1,2월합호

④ 작년가을 바위압바/멋쟁이들과/싸운죄로 큰집으로/들어가고는/올봄에는 참봉이네/간도갓는대/이제이제 우리는요/어데로 갈가//배쏭뚱이 지주영감 /집에 와서는/빗대신에 집안물건/모다쌔앗고/집세집세 못내엇다/내어쪼츠니/이제이제 우리는요/어듸로갈가

<어데로갈가> 沈禮訓, 1931년 9월호

⑤ 가마솟헤 끌은물에 발동을듸여/앗쓰거 소리치며 쌍충뒷지요//살마내인 곳치 냄새 속이 역거워/손가락에 코를 쥐고 씽그렷댓죠//알는엄마 주린동생 우리집식구/일싹타서 오기만을 기대립니다//여보 여보 쥬인나리 억울도해요/일쥬일의 일싹을 왜안준대요

<일싹날> 皙焰, 1931년 10·11월합호

①은 바쁘게 일해서 '풍년이야 들어도 배는 골코요/밧바서는 *써도 빗만진대요' 굶주리며 일하고도 빚을 지고, 고위층은 일을 하지도 않고 놀면서 '부른 배'라며 가을을 한탄하고 있다. 李東珪의 <베를 심어>(1932년 1월호, 28.), 閔丙均의 <농막쟁이의 한탄>(1932년 1월호, 44.), 南弼龍의 <눈(雪)>(1933년 12월호, 43.), 血海의 <내지게>(1931년 9월호, 9.)가 모두 농사를 지어도 곡식을 빼앗기고 굶주리는 삶을 그린 동시이다.

②, ③은 농촌뿐만 아니라 도시의 공장에서 일어나는 착취와 수탈이 그려져 있다. 뱀 앞의 개구리처림 일을 하고도, '눈종파고 잘못하면 싸귀 한

개에/한 달 겨우 四圓바든 울언니 월급/일 원엇치 손해 낫다 일 원 감하'는 핍박을 그리고 있다. 또 '피땀을 흘녀가면서/보름만에 버른 돈 사원오십전/빗쟁이에 뺏기고 살갑 주면은/보름이라 월급날 빈주먹'이다고 한탄한다. 金樂煥의 <공장누나>(1931년 1,2월합호 51.), 金鐘起의 <공장엄마>(1931년 1,2월합호, 52)도 이와 유사한 내용이다. ④는 힘없는 자가 삶의 터전을 잃게 되고 내쫓기는 모습을 형상화한 것이다. ⑤는 일을 하고도 품삯을 받지 못하는 착취의 실상을 그리고 있다.

> ⑥ 건너집 장속에/참새가 들엇네/아페와서 철그럭/뒤에가서 쿠ㄱ쿡/철사를 물어쎈다/머리를 찍는다/건너집 처마에 /참새께 몰녓네/마당에서 찍찍찍/마루올라찍찍찍/쪼차도 쏘온다/작구작구 더온다
>
> <참새> 이구월, 1931년 7·8월합호

> ⑦ 썩해벅자 부-헝/양식업다 부-헝//쌀곡간이 비엿느냐/둥구미채 비엿단다//농사제서 엇잿나/쌍임자가 다차갓네//어이업다 부-헝/긔맥힌다 부-헝
>
> <부헝> 李東珪, 1933년 2월

> ⑧ 개똥망태 에헤용/둘너메고 에헤용/새벽마다 주슨개똥/산떰이가 되어서/논밧으로 나가서/보리벼를 길너서/가을거름 하여서/섬안에다 너어노면 /아이구요놈의 벼ㅅ섬이/지주고방에 다빨여간다.(三行略)
>
> <개똥> 이향파, 1933년 2월

> ⑨ 英이야!/英이야!/오날밤도 너는 /야학교 가는 골목씰을 더듬어 나가야 되는구나!//하로의 끼니가 간데업고/한볼 옷이 애달파/너를 마음것 해줄수 업는 아비는오늘도 창자를쥐어 뜻기는 것 갓구나! (-이하 생략-)
>
> <오날 밤도 英이는> 尹昆崗, 1934년 9월호

⑥은 착취를 일삼는 힘 있는 자들을 참새에 비유한다. 참새가 얼마나 몰려왔던지 철사를 물어뜯고 쫓아도 자꾸만 달려든다. ⑦은 2음보 전통적 율격에 맞추어 농사지은 쌀을 모두 빼앗긴 기막힌 일을 동시로 형상화하였다. ⑧도 2음보의 율격으로 당시의 대부분이던 7·5조 리듬을 벗어나 있는 동시라는 점이 돋보인다. 오랜 시간 고생해서 벼를 길러도 가을걷이를 한 볏섬은 지주에게로 다 빼앗기는 안타까움이 드러난다. ⑨는 부모가 일하다 다치고 나서 열네 살 어린 가장의 노동마저 착취당하며 삶을 이어가는 아버지의 안타까움을 그리고 있다. 박세영의 <새보는노래>(1933년 2월, 7.)가 더 있는데 '베 비면은 뭣하나/어느 누가 다갓나/알맹이는 지주 것/쭉정이는 우리 것/추석마지 떡방아/하로종일 쿵덕쿵/지주네집 떡방아/우리 엄마 품방아'라고 한탄한다. 宋海光의 <불상한 曲藝女>(1933년 12월호 5.)도 이리같이 무서운 눈총을 쏘는 곡예단장에게 착취되는 곡예녀의 모습을 그린다.

3) 저항 의식

가난과 착취는 저항과 분노를 부른다. 1930년대 초반 착취당하는 백성의 삶과 그들의 분노하는 정서를 고스란히 담은 동시들이 있다. 이 동시들은 '미움과 분노의 표출'에서 보이는 투쟁 의식과 유사한 내용이기도 하다. 차이점은 가난하고 힘없는 자들의 착취 당하는 장면이 더욱 뚜렷이 그려져 있다는 점이다.

> ① 나무하러 들에갓다 주서온돌을/주머니에 곱게곱게 진엿습니다/팁석쑤리 그 영감이 보기실혀서/뭉실뭉실 차돌맹이 짓엿습니다./돼지처럼 쌧둑이는 쭝쭝보사리/배내밀고 나단이는 쭝쭝둥보사리/가난뱅이 죽는쏠이 보기조흔지/외양깐에 송아지도 쌔서갓다오//오늘** 저번일을 도리켜보면/분하고도 쏘분해요 정말분해

요/눈엣듸면 영감쟁이 머리를 처서/…… 우는 쏠을 보고말겠다

<돌맹이> 南宮浪, 1930년 11월호

② 신작로길 싹는곳에 싹품갓드니/가난뱅이 단칸집은 쏫기여가고/한데직이 보리밧도 길에드가네/업는놈은 이리저리 망해가는데/내손으로 가난뱅이 집쏫기실타//쑥닥쑥닥 집짓는데 싹품갓드니/올가을엔 멧섬이나 더글거바든/지주×의 셋재첩의 살님집짓네/우리들이 피쌈흘녀 지은 것으로/편히사는 지주×의 집짓기 실타

<싹품군의 노래> 南洋草, 1931년 3월호

③ 불가튼 녀름볏헤/굽히가면서/쏭퉁지고 김매고/지어논벼를/놀고서 먹을나는/못된심사/나무라다 지게를/밧치고는/압니를 악물고는/낫을 들어서/힘대로 소나무를/찌어보왓다/못된심사가하도분해서

<하도분해서> 吳夕帆, 1931년 9월호

④ 우리들 일년내 피쌈흘닌값/오늘은 싯막는 타작날이다/우리들 심은모 우리들 거둔벼/우리네 쌈열매 이것뿐이네//우리들 힘으로 지은 곡식/소작료 제하고 장릿벼주면/남을 것 무언가 하나도 업겟네/우리네 수고는 모다헛수고//벼흐는 타작마당 벼긔게소리/쏴르릉 쏴르릉 놉하갈스록/우리네 한숨은 더욱커지고/조고만 두주먹이 부들썰니네

<타작날> 高露岩, 1933년 12월호

①은 동시 전반이 '텁석쑤리 그 영감이 보기 실혀서' 분노하는 장면이다. 다만 '가난뱅이 죽는 꼴이 보기 조흔지/외양싼에 송아지도 쌔서갓다오'에서 착취의 장면이 선명하다. ②는 가난뱅이의 집을 뜯어내는 장면, ③, ④는 피땀 흘려 지은 농사의 소산을 놀면서 뺏어가는 장면이 선명하다. 그리고 이들 네 편의 동시 모두에서 분노와 저항의 정서가 잘 드러난다.

이 외에도 嚴興燮의 <겨을밤>(1931년 송년호, 52-53), 安平原의 <도급기계

잘도라간다>(1934년 1월, 20-21.), 李久月의 <분한 밤>(1930. 11월호, 9), 哲熖의 <허수아비>(1931년 송년호, 52.), 沈水山<노래>(1933년 4·5월합호, 27.)가 힘 있는 자에게서 착취당하는 장면을 구체적으로 형상화하면서 그에 대한 분노와 저항을 담은 동시들이다.

4) 무너지는 가족과 사회

결국 힘 있는 자의 힘 없는 자에 대한 핍박과 착취, 그로 인한 가난의 노래는 가족과 사회의 무너져 가는 모습을 형상화하는 동시로 이어진다. 특히 1934~1935년에 발표된 동시 가운데 가족과 이웃의 헤어짐과 이별의 아픔이나 기다림을 형상화한 작품이 많다.

① 누나!/누나가 가실때는 봄이엿습니다/강남제비 봄을 실고 도라오자/뫼씨슭엔 아지랑이 자우-ㄱ/시냇가 잔듸는 초록빗이엿습니다/두견화피고 장쉬꼿은 방긋/산과들엔 새싹이 파롯파롯/하늘 높히서 종다리소리!/봄의누리는 들녜엿습니다./새로운 생명의 외치는 소리로-//누나/그러나 우리들은 울기만 햇섯지요/아버지는 짓든 땅을 쩨이시고/농사가 헛턱이라고 걱정을 하시다가/쏜버리하신다고 지향업시 떠나신후/어머니는 병환으로 누으섯지요 (-중략-) 지금은 몸저눈 누나여/그럼은 도로오서요/지금도 눈을 동그라케쓰고 누나를 생각하나이다

<故鄕을 쩨난누나여> 朴 一, 朴世永, 1934년 1월

② 철아! 버러 그때가 아득한 옛일이로구나!/그때 너는 내가 …가면서도 얼골우에 우숨을 머금고 씩씩한 거름거리로 …을 지어 동무들과갓치 汽車에 몸을 실을째-//오오 그째 너는 몸부림치며 우럿드니라!/눈물조차 일허버린 늙으신 홀어머니 앙가슴에 (-중략-) 가슴은 쮜고…썰리것만/오오 四面八方 가로맥힌 벽과 벽!//그러타!/너는 이형이 이곳에서 마즈막숨을 쉬는 그날짜지라도/안이 이형이 한줌 흙이 되어 살어지는 그날짜지라도//오오- 사랑하는 동생 철아!

<달 밝은 밤에> 尹崑崗, 1934년 4월호

③ 기럭이 날어서 북으로가네/배향공중 놉히써서 북으로 가네/한 마리 두 마리 열스무마리/백마리도 넘-네 만히도가네//기럭이 훨훨훨 나라가는곳/북쪽나라 그곳에도 봄이왓나봐/옷바가 가섯다는 북쪽나라/그곳에도 싸뜻한 봄이왓나봐//기럭인 봄에갓다 갈이면오지/북쪽나라 그곳에 갈이면 오지/그러나 옵바는 못오신다네/봄이가고 갈이가도 못오신다네

<기럭이> 北原樵人, 1934년 4월호

④ 멀니간 순히야! 가을밤이면 생각나는구나!/가을밤 검풀은 뒷산 솔나무사이로 둥근달이 곱게 빗치여올 째, 밤은 길고 잠은 오지안코, 심심하면 옛날의 너이집, 지금은 다허무러지고, 자최조차업는 그배채밧 고랑의정자나무미테, 마을의 동무동무 짝을짓고 숨박꼭질에 달마지가는노래를부르며 작난하다가 (- 중략 -) 이밤도 너와놀든옛날과변함업시 둥근달은 창틈으로 고히빗치여오고, 뜰아래 귀쓰람이소리와 멀니서다듬이소리가 처량하게 들녀오는데 너는 멀니아지못하는곳으로 써나버리고, 영애마저죽엄의나라로가고 이제는 친한동무가하나도업스니 (이하 생략)

<순희> 韓相震, 1934년 12월호, 江景鄭泰元 兄에게)

⑤ 으스름달밤이나 별쓰든 밤에/레배당단일째에 건느든개울/할머니다리압허 쉬든이개울/개똥엄마만주로 이사를갈째/작별하기서러서 울든이개울

<개울> 박병원, 1934년 9월호

①에서 보듯 수탈과 핍박에 온 가족이 흩어진다. 꽃피고 새가 나는 아름다운 봄에 온 가족이 '울기만' 한다. 아버지는 돈 벌러 떠나고 어머니가 몸져누우시고 누나도 고향을 떠나 돈벌이를 간다. ②와 ③도 형제와 오누이가 서로 헤어져 다시 만나지 못하는 아픔을 그리고 있다. ④는 어린 시절 다정하던 친구들마저 마을을 떠나거나 세상을 뜨고 남은 자는 그리움에 젖어 있다. ⑤도 마을의 개울은 여전하나 이웃들이 떠나고 없는 허전함을 노래하고 있다. 그 외에도 桂光煥의 <설>(1934년 2월호, 11), 朴古京의 <구름

편지>(1934년 11월, 10.)가 멀리 떠난 형제를 보고픈 그리움을 노래하고 있다.

⑥ 언니가 들어간/살창방에도/쌀쌀한 이겨울/차저왔겟지//이겨울 그곳서/엇지 넘기나/생각사록 ××쒸네/분해죽겟네//그러나 튼튼한/언니몸이니/요까진 겨울은/겁내잔켓지

<언니잇는곳> 韓百坤, 1932년 1월호

⑦ 달낭달낭 방울소리 들니는밤은/작년겨울 추운아침 쓸녀간압바/소리업시 기운업시 생각깁니다.//달낭달낭 방울소린 들니지마는/우리압바 차든 방울 벽에 달녀서/귀먹어리 방울들이 되엿답니다//달낭달낭 압바가 보고십허서/귀먹어리 방울을 허리에차고/압바갓치 씽충씽충 쒸여보지요

<방울> 洪九, 1933년 4·5월합호

⑥, ⑦에서는 노동력이나 재산의 탈취만이 아니라 가족과 사회가 파괴되는 또 다른 모습을 그리고 있다. '언니가 들어간 살창방'의 겨울과, '작년 겨울 추운 아침 쓸녀간 압바'의 모습은 가족이 흩어지고 사회를 무너지는 억압 당하는 장면이다.

朴 一의 <엄마기달이는밤>(1933년 12월호, 4.)과 高露岩의 <쌀사러간 엄마>(1934년 11월, 39.)는 돈을 벌기 위해 떠난 엄마나 쌀을 사러 간 엄마를 기다리는 노래이다. 엄마 잃은 아이가 엄마를 기다리는 마음처럼 나라 잃은 백성의 간절한 기다림이 잘 드러나는 동시들이다. 동시 속의 '엄마'는 아이의 엄마이면서 온 민족과 가난한 사람들이 기다리는 '엄마'이다. 1930년대 이후 더이상 나아지지 않는 힘겨운 투쟁 속에서 애타게 부르는 '엄마'이다.

⑧ 나는 열 살이외다/목이 가늘고, 얼골이 여이고/두다리는 「저가락」같이 휘청거려도/나는 나히 열 살이외나/아─ 나를 흉보지 미소서//내 일직이 동무들이 그리워 한없이 울엇고 금심하기에 이같이 내/몸이 여위엇사외다/나는 나히 열 살이로되/

정이잇고, 열이잇고, 또 량심이굿사외다 - 그러나 동무여 나의 쓰라림은 못지마러
주소서/나는 오직 나의갈길만을 가려는 것이외다/함정이잇고 가시넝쿨에 걸닐지
라도!//나는 열 살이외다/그러나 나는 열 살이되도록 오직눈물의 삶을 싸엇슬뿐
(-중략) 아-나는 희망을 살니려고/왼몸을 용소슴처봅니다/새해아츰에!

<나는 열 살이외다-희망의 새해에-> 朴世永, 1935년 1·2월합호

⑨ 새해/첫아츰/붉은해는/새날을/우리의 앞에 가저옵니다//노래를 이저버린 가
난한 지붕밑에/사라날 걱정만이 조심스레 떨리거늘/새해라 복을빌며/반가이 차
저올이 뉘오리까/차저올이 업삽기로/문고리를 걸어잠구고/구들우에 떨기만하오
리까/슬퍼만하오리까//아버지/어머니/형아/아우야/누의야/차나 더우나/좋으나
나지나/말업시 차저오다 말업시 가버리는/- 오즉 하나/- 당신들의 친구, 그대들의
벗/붉은해는 잊지않고, 오늘도 차저줍니다

<새해마지> 金海剛, 1935년 1·2월합호

⑧은《별나라》가 창간된 지 10년째 되는 1935년 새해에 박세영이 쓴 동
시이다. '나는 열 살이 되도록 오직 눈물의 삶을 싸엇슬 뿐', '목이 가늘고,
얼골이 여이고/두 다리는「저가락」같이 휘청거려도' 열 살이 되었다며 새
희망을 '살니려고/왼몸을 용소슴'쳐보는 상황을 잘 형상화하였다. ⑨도
1935년 새해에 '노래를 이저버린 가난한 지붕밑에/사라날 걱정만이 조심
스레 떨리'며 안타깝게 계속되는 '엄마'를 기다리는 노래이다. 무너져가는
가족과 사회를 겨우 지탱하며 새 힘을 기다리는 노래이다.

마. 일상 속 정감의 표현

'무산계급의 어린이'를 위한다는 1930년대의《별나라》수록 동시에도
계급투쟁을 의도하는 프로파간다를 앞세운 동시만 수록된 것은 아니다.
시적화자의 일상 속 정감을 드러내는 동시가 있다. 현실의 아픔과 고통과

분노를 표현하려 하거나 투쟁 의식을 고취하려는 목적의식보다는 일상 속에서 느끼는 삶의 정감을 표현한 동시로 볼 수 있는 작품들이다. 물론 일제 강점기인 1930년대의 아동의 일상적 정서는 당시의 사회적 분위기를 전혀 배제한 것일 수 없기에 자연스럽게 가난과 고난의 면모를 드러내기도 한다. 또 일상의 정감을 표현한 동시로 분류되었으나 투쟁 의식을 깊이 감추어 둔 것으로 볼 수 있는 동시도 있다. 모두 44편(20.56%)이다.

---

① 우리엄마난 김매는 엄마 튼튼한엄마/어제도 웃음 오늘도 웃음 걱정이업서/언제라든지 놀지를 안코 일을한단다/아츰이면 일즉일어나 밧엘나가서/조밥한 그릇 다먹으 **를 파더니/저녁때이면 밥을 지으러 도라옵니다./홈파는 엄마 솟샌엄마 년 사랑의 엄마

<우리엄마> 樹 *, 1931년 4월호

---

② 1아가아가 우리아가 착한아가야/어머님 일터에서 오실째까지/자장자장 울지말고 잠잘자거라/우는애긴 흉본다 풀국새조차/풀국풀국 흉낸다 못난이라고//2아가아가 우리아가 착한아가야/아버님 일터에서 오실째까지/자장자장 울지말고 잠잘자거라/밧가시는 아저씨 노래소리에/엄매엄매 송아지도 잠이들엇다//3아가아가 우리아가 착한아가야/서쪽한을 샛별이 밝을째까지/자장자장 울지말고 잠잘자거라/엄마엄는 강아지 우리복시리/배골아도 잠을잘자 살이쩌간다

<자장노래> 李久月, 1931년 5월호

---

③ 뒤산에싸힌눈 압내에어름/녹고풀니며 먼산에 다즈랑이끼니/쓸쓸한만주들에도 봄이왓다/압내언덕 버들가지 뒷산에 진달내/희고누르고 푸르고 붉으니/가난방이 굶은봄 만주에도왓다

<만주의봄> 白文鉉, 1931. 5월호

---

④ 봄마닥 오는제비 싹트자왓네/흰옷에 외투입고 쏘차저왓네/모냥낸 고제비들

얄미웁다만/부자들숭내낸것 미웁다만은//하루도 오백마리 버렐잡으니/제비야 고마운새 잡질안켓네//쏘드덕 엽부게도 부는네좌리/가을돼 도라갈젠 나주고가렴

<제비> 세영, 1931년 별나라5주년기념호

⑤ 시시시리시시시/콩죽속혜짐난다/쑥싹쑥싹쑥싹/콩죽쓸는소리다//우리누나 쉬-쉬/콩죽섯난소리다//울달밋혜슨나무/못자랠것갓드니//시시시라시시시/콩죽 솟혜짐난다

<시시시라시시시> 廉不平, 1932년 2·3월합호

⑥ 시냇가의 버들이 그네를 쒸면/하늘하늘 날느는 버들개아지/주섬주섬 모아선 해솜이라고/할머니께 드리든 봄이 그립네//버들피리 불면서 냇물건느면/문네방 아 쿵덕쿵 도라가구요/쇠불쇠불 논쏘랑 도라갈내면/시집가신 누나집 은행나무 집//장날이면 멍하니 동산에 올나/아버지 오시길 기달르내면/붉은해만 뉘엿뉘 엿 넘어가구요/숭놀고갯 안개속에 잠이들어요//복순이와 나물캐며 피리불면은/ 쇠쏘리도 호옥고 차저오구요/강아지는 병아릴 쏘처다니는/나의 고향 녯봄이 그 립어지네

<고향의 봄> 朴世永 謠, 趙光鎬 曲, 1934년 4월호

①은 아침부터 저녁까지 쉴 새 없이 일하는 엄마의 모습을 그린 동시다. 들에서 집에서 흙 파고 밥 짓는 엄마를 노래한 동시는 계급투쟁의 노래라 고 단정하기는 어렵다. 어느 시대 어느 상황에서라도 엄마를 노래하는 동 시가 있기 때문이다. ②는 아기를 잠재우는 자장가이다. 그렇지만 당시의 삶의 상황은 고스란히 들어가 있다. 일상적으로 아기를 재우는 자장가인 데도 부모가 부재하더라도 '배골아도' 잘자라는 어르는 말에서 노래하는 이의 궁핍한 삶이 드러난다. ③은 만주에도 '가난방이 굶은 봄'이 왔다고 노래하고 있다. 만주라는 지명은 수탈과 핍박을 피해 한민족이 이주한 곳

일제강점기 동시 연구

이기에 특별한 의미가 있지만, 시적자아는 그곳의 봄의 정경을 그리면서 그와 대조되는 자신의 '가난방이' 봄이 왔다고 말할 뿐이다. 이것은 계급투쟁의 의도를 담았다기보다는 계절의 변화에 따른 정감의 묘사라고 보는 것이 온당하다. ④는 봄에 찾아온 제비를 보며 노래한다. 생김새가 부자 흉내를 내어 얄밉지만 벌레를 잡아주니 '고마운 새' 제비의 모습을 동시에 담았다. ⑤의 '시시시리시시시'는 콩죽에 김이 나는 소리와 모양이다. 이 동시 역시 그저 단순히 콩죽 솥이 끓는 정감을 담은 동시로 볼 수 있다. 물론 나무가 모자랄 것 같았으나 콩죽이 끓는다는 반가움 속에 어려운 가운데에서도 일이 잘 되어가고 있다며 계급투쟁의 힘을 북돋우는 다른 의미로 해석이 가능하기도 하다. ⑥은 그야말로 고향의 봄 정경을 노래하며 그리워하는 동시이다.

이와 유사하게 고향과 봄과 자연의 정경을 읊은 동시로 鄭靑山의 <봄을 마즈며>(1934년 4월호, 40-41.), 金泰午 謠, 趙光鎬 曲인 <江南제비야>(「율동학교」-陳泰潤의 율동 소개글 속의 동요, 1934년 9월호, 6.), 申孤松의 <잠자는 방아>(1934년 9월호, 12.), 韓晶東의 <고향생각>(1934년 9월호, 13.), 朴世永의 <메밀꽃>(1934년 9월호, 15.), 朴永夏의 <장날>(1934년 11월, 48.), 李東友의 <세발 달닌 황소>가 더 있다.

또 일상과 자연 속 정감을 표현한 듯하면서도 계급투쟁의 의지가 깊이 감추어지거나 표면에는 잘 드러나지 않는 동시로 金友哲의 <火車>(1933년 12월호, 4.)가 있다. 이 시는 중간에 '(一節略)'이라는 부분이 삭제되면서 그 의미가 모호해진 까닭에 분명하게 알 수가 없다. 朴古京의 <蹴球歌>(1932년 7월, 9.)도 '공장'의 아이들끼리 '쏠을 차고 뭉처나지고' 하는 장면이어서 표면적으로는 계급투쟁 의식은 거의 드러나지 않는다. 嚴興燮의 <산밋에 오막사리>(1934년 9월호, 14.)는 산 밑에 있는 오막살이집의 쓸쓸한 정경을 그리고 있다. 이 작품 역시 숲 그늘이 우거진 산골 오두막의 쓸쓸함에서 힘없는 자의 쓸쓸함을 느낄 수 있으나 투쟁이나 분노의 정감이 강하게 드러나지는 않는다. 金鐘起의 <우리우리동무들>(1931년 5월호, 42.), 木古京의 <다시살 난 동생의 깃째>(1930.6, 69), 姜尙興의 <오막사리>(1931년 9월호. 53.), 채택룡 의 <아가>(1932년 2·3월합호, 41.), 桂潤集의 <우리학교>(1932년 4월호, 15.), 鄭靑 山의 <줄대리기>(1933년 2월호, 15.), 金友哲의 <솔개미썼-다>(1932년 7월, 40.), 北原樵人의 <겨울밤>(1933년 12월호, 5.), 李春植의 <兄님바지>(1933년 2월호, 19.), 深泉의 <그림>(1933년 2월호, 19.), 金友哲의 <싹싹 숨어라>(1934년 12월호, 2), 朴牙枝의 <시집가신누나>(1935년 1·2월합호), 赤兒의 <반짝·반짝>(1933년 12월호, 42.), 도 어려운 살림 속에서 살아가는 일상이나 자연의 모습과 기다 림을 그리고 있어 계급투쟁의 의지를 표면에 드러내고 있지는 않다.

《별나라》에 수록된 외국 번역 동시 몇 편도 표면적으로 투쟁 의식을 드 러내는 동시는 아니다. 獨逸 동시인 리히얄드·데멜의 <飛行學校>(1934년 4월호, 2.), 佛蘭西 동시인 유벨·쥬다르의 <幼年音樂師>(1934년 4월호, 2.), 러 시아 동시인 시카푸스카야의 <할머니>(1934년 4월호), 英國 동시 <호도(胡 桃)>(1934년 4월호, 3.), 그리고 로셋틔의 <구름>(1934년 4월호, 28.)이 번역 동시인 데 아이들 일상의 장난감이나 할머니 등 아이들 눈높이에 맞는 노래들이다.

한편 계급투쟁 의식을 의도적으로 일상의 정감 표현 속에 깊이 숨겨둔 듯한 동시들도 있다. 이는 일제의 잡지 검열이 점점 더 심해져 《별나라》 발 행이 쉽지 않았음을 짐작하게 하는 부분이다.

⑥ 열가닭의 샛기줄을/열아저써 난화잡고/이여러차 이여러차/엉여러차 엉여러차/ 백근무게 큰쇠뭉치/올나갓다 나려갓다/물넝물석 물은쌍도/돌과가치 다져진다// 터를닥는 아저씨들/노래소리 한데합처/이여러차 이여러차/엥여러차 엥여러차

<이여러차> 李東珪, 1931년 송년호

　　　　　　　　　　　　　일제강점기 동시 연구

⑦ 비만오면 추녀섯혜/구슬병대들/배를타고 도리동실/쩌나를가네/뒷집의 추녀 섯혜/구슬병대도/배를타고 도리동실/마주나와서/반작반작 오줄오줄/싸움을 하 네/우리집의 병대들아/뒷집병대게/지지말고 힘섯힘섯/싸와익여라

<구슬병대들> 載寧 尹仁根, 1932년 2·3월합호

⑧ 겨울바람 앵-앵/풀닙삭을 비여버린다//그러나 풀닙들은/미테서 작고작고 자 란다//겨울바람 붕-붕/우리들의 뺨을 친다/그러나 우리들어린이는/무서안코 자 라간다

<겨울밤> 吳鐵榮, 1932년 2·3월합호

⑨ 아버지를 따라 밀밧에 왓드니/보이지도 안는 종달새가/하늘이 미여질 듯 울고 잇습니다/입이나 목구멍에서 나오는소리는 안인가봐요/창자에 덧는 핏방울까지 자아내는 노래인가봐요//아츰해가 천만가닥 금실을 쩌치고/이슬매친 동산수풀 에서 벙실거립니다/길과보리와 길까의 풀까지/구슬로 쑤민 장쾌한 아츰이외다/ 엇전지 가슴이 쩌근하여서/두 팔을 버리고 숨을 길게 마서봅니다/종달새 마음도 나와가튼가 봄이다/난들 엇더케 그냥 지내칠수가 잇겟습닛가/두팔을 버리고 숨 을 길게마서봅니다

<아츰> 朴芽枝, 1934년 9월호

⑥~⑨에서는 숨은 의미 속에서 계급투쟁의 이데올로기를 찾아내기가 비 교적 어렵지 않은 동시이다. ⑥은《별나라》동시에 자주 등장하는 '아저씨' 의 힘찬 외침이 힘없는 어린이의 삶을 격려하는 소리로 들린다. ⑦은 추녀 끝에 매달린 물방울의 싸움이라는 정경 속에 투쟁의 승리를 다짐하는 내 용을 상상하기가 어렵지 않다. ⑧은 힘들고 어려운 투쟁이지만 끊임없이 자라며 힘을 내는 '풀닙'을 그림으로써 힘과 용기를 북돋운다. ⑨는 밀밭의 종달새 울음이 '창자에 덧는 핏방울까지 자아내는' 노래라고 표현하고 있 어서 시적화자의 애끓는 의지를 드러내고 있다. 다만 이 동시들은 직설적

으로 계급투쟁 이데올로기를 형상화하고 있지 않다는 점에서 일상과 자연의 정감으로 포장된 동시로 볼 수 있다.

그 외에도 李東珪의 <일터의 노래>(1932년 4월호, 49), 박세영의 <가을들>(1931년 10·11월합호), 朴古京의 <主日날>(1932년 4월호, 48), 김해강의 <적은 죽엄을 노래로 불으는 吊詞>(1932. 4월호, 52), 南大祐의 <샛별>(1934년 2월호, 30), 金承河의 <야학선생>(1933년 12월호, 19.)이 더 있다.

이상으로 1930년대 《별나라》에 수록된 동시의 내용 및 형식 특성을 탐색하였다. 1925년 조선프롤레타리아예술동맹(KAPF)의 결성 이후 사회주의 계급투쟁을 대표하는 아동 잡지인 《별나라》였지만, 1920년대에는 아직 본격적 계급투쟁 의식을 담아내지는 못하였다. 1930년대 《별나라》는 일제강점기 한민족에게도 확산된 사회주의 계급투쟁을 반영한 동시를 수록하고 있다. 계급문학 운동에 대한 흔한 평가인 '이데올로기를 얻은 대신 예술 그 자체를 잃었다'는 막연한 비판으로 아동문학 작품에도 그대로 투영하여 방치할 것이 아니라, 작품의 구체적인 내용 및 형식적 특징과 면모를 살펴볼 필요가 있다.

1930년대 《별나라》에는 '동요' 외에 '동시', '소년시', '幼年童謠'. '詩', '散文詩', '連作敍事詩' 등 다양한 형태의 동시가 실린다. 7·조 정형률의 동요 외에 다양한 리듬과 내재율의 동시와 산문시가 그 용어와 함께 수록되어 작가들의 동시 형식에 대한 다양한 실험정신과 시적 성과를 보여준다. 1930년대 《별나라》 수록 동시의 주요 작가는 박세영, 정청산, 이동규, 이구월, 박아지, 박고경, 이주홍, 신고송 등이었다. 이들은 다양한 필명으로 《별나라》에 여러 작품을 수록하였다.

내용 면에서 계급주의 문학이 가지는 투쟁성 관련 내용이 압도적으로 많다. 그 구체적 양상으로 첫 번째 유형은 대상을 희화화하여 미운 감정을 표출하는 동시와 미움과 분노에서 투쟁의식의 발아를 보이는 동시이다. 두 번째 유형은 착취와 압박 속에서 고통스러운 현실을 직시하는 동시이다. 세 번째 유형은 계급투쟁의 노래이다. 가난과 핍박을 이기기 위한 투쟁의 외침을 담은 동시, 새날을 갈구하는 마음을 담은 동시, 단결 투쟁의 용기를 북돋우는 동시, 투쟁의 모습을 그린 동시가 여기에 속한다. 네 번째 유형은 가난과 착취로 무너지는 가족과 사회를 그린 동시이다. 다섯 번째 유형은 일상 속 정감을 표면화한 동시이다.

결론적으로 일제강점기 피지배 민족의 삶에 드리운 억압과 착취와 그로 인한 고통은 고스란히 1930년대 《별나라》 수록 동시에 형상화되어 있다. 그것이 민족주의 혹은 사회주의 계급문학운동 가운데 어떤 이름으로 의도되었거나 표면화되었든 간에 당시의 조선 아이들의 삶과 정서를 동시로 형상화하였다는 점에서 재평가되어야 한다.

같은 잡지이지만 시기별로 작품의 경향성이 다를 수 있다. 전체 《별나라》 수록 동시의 경향성 변화를 정리하는 연구가 필요하다. 같은 시기 다른 아동 잡지 수록 동시의 특성 연구와 비교 분석 연구, 작가별 작품 특징 연구도 이어져야 할 과제이다. 아동 잡지에 수록된 다양한 유형의 동시 장르의 변화 과정에 대한 통시적 연구도 더 이루어져야 한다.

일제강점말기
아동 잡지와 동시

3부

일제강점말기 아동 잡지와 동시

1930년대 말에서 1940년대 초반 일제 강점 말기의 조선은 국가 총동원법에 따라 식량 배급제, 전쟁 물자 공출, 강제징용, 징병제, 위안부 동원 등 수탈의 한가운데에서 허덕였다. 일제는 조선을 중국 침략의 병참 기지로 삼고, 조선에 주둔하는 군사력을 강화하였다. 조선 민족을 무력으로 탄압하고, 신사참배를 강요하며 창씨개명을 강제하였다. 한국어 사용을 금지하였고, 학교에서는 강제로 일본어 학습을 하도록 하였다. 일제는 식민지 젊은이를 강제 징용하였고 토목공사에 집단 강제 동원하였다. 1937년에는 중일전쟁을 일으켜 천진, 상해, 남경을 점령하고 중국 주요 도시를 점거하였다. 중일전쟁의 전선을 동남아로 확대하였고 이후 1941년에 진주만을 습격하여 태평양 전쟁으로 이어간다.

1930년대 후반의 동시를 찾아볼 수 있는 잡지는 《소년》과 《아이생활》이다. 《소년》은 식민지 수탈 시기에 조선일보사에서 펴낸 아동 교양 잡지이다. 《어린이》가 폐간되고 《별나라》, 《신소년》, 《새벗》 등 대다수 아동 잡지가 발간되지 못하는 일제 압박으로 인한 암흑기에 발간된 아동 잡지라는 점에서 1930년대 말에 발간된 《소년》의 의미는 특별하다. 일제의 압박을 말해주는 여러 가지 단서들을 찾아볼 수 있을 뿐 아니라, 그렇게나마 명맥을 이어간 아동문학의 변화 양상을 볼 수 있기 때문이다.

이러한 사회문화적 상황 속에서 일제강점기 최장수 아동 잡지는 다수의 외국인 선교사들이 발간하고 재정을 담당하였던 《아이생활》이었다. 이 잡지 또한 1930년대 후반뿐 아니라 40년대 초반까지 발행되었기에 당시 일제 강점 말기의 아동문학을 엿볼 수 있다는 점에서 의미가 크다. 물론《아이생활》은 기독교 포교의 성격을 띤 아동 잡지였다는 점에서 《소년》과 차이가 있긴 하다.

I. 《소년》에 담긴 동시

《소년》은 1937년 4월 창간되어 1940년 12월까지 발간된 잡지이다. 《소년》은 1920년대 방정환의 《어린이》(1923~1934)를 비롯한 다양한 잡지의 시대가 막을 내린 뒤에 창간된 아동 문예라는 점에서 의미가 크다. 특히 1920년대 후반에서 1930년대 초반 아동 문단에도 새바람을 일으킨 계급주의 아동문학 잡지인 《별나라》(1926~1934)와 《새벗》(1926~1934)마저도 모두 폐간된 시점에서 발간된 잡지이다.

《소년》은 1920년대 '동요의 황금시대' 이후 동시의 역사적 변화 과정을 세밀하게 살펴내기 위해서는 반드시 검토되어야 할 잡지이기도 하다. 1920년대 말 1930년대 초 신고송 등의 동요 및 동시 장르 개념 논란을 치른 이후의 동시 문단이 어떻게 변화되는지를 살펴보기에도 적합하다. '동요 황금기' 이후 1930년대 후반은 일제의 강력한 억압으로 많은 잡지들이 폐간되었으며, 그나마 명맥을 유지한 잡지들도 조선인의 황민화를 표방해야 하는 옹색한 모습으로 발간되었다. 그러나 그 시대의 아동문학을 엿볼 수 있는 주요한 창구임에는 틀림이 없다.

1920년대 일제의 문화정치 표방은 우리말로 된 다양한 신문과 잡지의 발간으로 이어졌으며, 개벽사의 《어린이》를 필두로 한 여러 잡지는 아동문학의 보급과 양적 확산에 기여하였다. 1920년대 소년운동 결사체의 동화와 동요 운동에 이어서 1920년대 후반의 사회주의 운동 확산으로 1925년 조선프롤레타리아예술가동맹(KAPE)이 결성된다. 이에 따라 문학도 프롤레타리아 계급의 해방에 참여하겠다는 의식으로 정치 지향적 색채를 강하게 띠게 된다. 이러한 프로 문학의 영향으로 '성인 문학보다 훨씬 극성스러운 고발적.선동적.행동적 아동지'인 1930년대 《별나라》는 《어린이》를 비판하며 계급의식을 짙게 드러내는 작품을 많이 실었다.

일제는 1926년 말부터 쇼와시대가 개막되는데, 1929년 발발하는 세계 대공황 속에서 일제 군부는 경제 위기를 제국주의의 파쇼적 방식으로 극복하고자 한다. 1931년 만주 사변을 일으켜 만주를 점령함으로써 중국 침략을 본격화하고, 1934년에 신 건설사 사건으로 카프의 핵심 인물을 체포하고 구금한다. 이 사건 이후 카프는 자진 해체하였으며 조직적 혁명 문학 운동은 더 이어지지 못하게 된다.

일제 강점 말기, 즉 1930년대 후반에서 1940년대 초반의 식민지 조선은 국가 총동원법에 따라 식량 배급제, 전쟁 물자 공출, 강제 징용, 징병제, 위안부 동원 등 수탈의 한 가운데에서 압제에 허덕일 수밖에 없었다. 《소년》은 바로 이러한 식민지 수탈 시기에 조선일보사에서 펴낸 아동 교양 잡지이다.

《소년》에 대한 선행 연구는 그리 많지 않다. 아직 한국 아동문학 및 동시 문학 연구는 거시적 안목으로 전체적 방향을 탐색하는 연구 단계에 있다. 일제강점기의 전반적인 동시에 대한 연구로 원종찬(2011), 김상욱(2013)이 대표적이다. 원종찬(2011)은 1920년대 이후 일제강점기 동요·동시론의 근원을 일본에서 수입한 것으로 바라본다. 한국적 특색의 바탕 위에서 일제강점기 동시는 동요에서 동시로 변화되었다고 보고 있다. 김상욱(2013)도 일제강점기 동시 문학이 전래동요와 놀이요에서 동요와 유년동요 프롤레타리아 동시, 동시 등으로 분화되어 왔음을 강조한다. 이들의 연구가 일제강점기 전반의 동시 변화 양상을 거시적으로 바라볼 수 있게 한다는 점에서 의의가 크지만, 거시적 체계화가 주는 의의 이면에는 필자의 손쉬운 재단과 문학사 단순화의 오류를 범할 가능성이 있다는 점에서 주의가 필요하다. 그래서 더욱더 세밀하고 작은 단위의 객관적 연구 성과가 축적되어야 하고 그것을 바탕으로 재체계화 하는 작업이 이어져야 한다.

한편 1930년대 동시에 대한 선행 연구는 박지영(2007)이 대표적이다. 박지영은 1920년대 이후 1930년대 우리 문단에서 '동요' 투고자를 작가로 추천하지 않았던 당시 문단 제도가 '동시'의 창작 의욕을 꺾은 것으로 보았다. 이에 윤석중 등은 동시의 장르적 변환을 시도하며 예술적 성취를 지향하였으며, 그것이 한국 근대 아동문학의 수준을 한층 높이는 데 기여한 것으로 보고 있다. 이는 1930년대에 동시의 발전적 성과에 대한 현실적 문단적 상황을 중심으로 설명한 것으로 그 의의가 있다. 이 또한 문단의 현실적 문제가 문학작품에 끼친 영향 차원에 한정되어 있다는 점에서 한계가 있다.

여기서는 1930년대 후반 일제 강점 말기의 억압 속에서 발간된 《소년》에 수록된 '동시'를 세밀하게 살펴보고자 한다. 이를 통해 1920년대 이후 1930년대 초반에서 이어지는 1930년대 후반의 동시 작품 및 작가의 변화를 면밀하게 살펴내고자 한다. 이를 위하여 《소년》에 수록된 기성작가 동시를 분석하여 당시 작가들이 가진 '동요' 및 '동시' 등 동시의 하위 장르에 대한 인식을 살펴본다. 그리고 동시의 내용 특성 탐색 및 분류로 일제강점말기의 《소년》 수록 동시에 드러나는 동심 특성을 설명하고자 한다.

본 연구의 대상이 된 《소년》 잡지는 1937년 4월 창간호부터 1940년 12월호까지 발행된 것 중에서 원종찬(2010)이 편찬한 영인본에 수록된 37권이다. 여기에는 1권 3호, 8호가 없으며 2권 4, 5, 7, 9, 12호가 빠져 있다. 또 4권 4호가 1940년 '5월호'로 발행되어 이후 4권 6호로 이어지기 때문에 4권 5호는 없다.

한편, 《소년》에는 독자 투고 동시도 205편이 수록되었다. 대부분이 '동요'로 장르 명칭을 밝히고 있는데, '소년시', '童詩'로 장르 명칭을 적은 것도 각각 1편씩 있고 '시조'라고 밝힌 것도 4편이 있다. 독자 투고 동시는 '동요-우리들 차지', '작품', '우리들의 노래', '우리들작품', '소년작품집' 이라는 코너명 아래에 게재하였다. 독자 투고 동시 205편 가운데 두 편 이상을 게재한 독자는 모두 19명이다. 이들 가운데 가장 많은 작품을 게재한 독자명은 '尹鐘厚(龜城館西面造岳洞)'로 모두 13편을 게재하고 있다. 李泰善(沙里院北里296)이 6편, 朴炳基(光州府社町53 童藝會)도 6편을 게재하고 있으며, 박화목(은종), 장동근, 임인수가 3편씩 게재하였다. 이는 《소년》의 애독자가 있었으며 같은 인물이 계속해서 독자 투고 코너에 응모하여 당선되었음을 말해준다.

독자 동시 투고자 가운데에서 기성작가의 동시 목록에서도 확인할 수 있는 인물이 있다. 全良鳳(洪原邑東桑里)과 장동근, 金岳子(龜城郡館西面造岳)이다. 이들은 독자투고란에 게재한지 얼마 지나지 않아 기성작가의 동시 코너에 작품을 싣고 있다. 또 《소년》지 독자동시 투고자 중에는 박화목, 임인수, 이태선 등 이후 아동문단에서 활동하게 된 인물들이 있다.

1. 동시 장르 인식

일제 강점 말기 《소년》 수록 기성작가의 동시를 분석함으로써 개화기와 1920~30년대 '동요의 황금기'로 불리던 시기 이후에 이어지는 동시 장르에 대한 작가들의 인식 변화를 살펴볼 수 있다. 《소년》에 수록된 기성작가 동시는 모두 90편이다. 《소년》의 편집주간이었던 윤석중이 16편의 작품을 수록하였고, 박목월의 동시는 18편이 수록되어 있다. 이원수 동시가 9편, 윤복진 동시가 7편, 최순애 동시가 4편이 실려 있다. 이들은 모두 1930년대 후반 아동 문단에서 가장 왕성한 활동을 한 이들이다. 그 외에도 김영일, 한정동, 강소천의 작품이 몇 편씩 실려 있으며, 동화작가 마해송의 동시가 한 편, 윤동주의 동시, 그리고 소설가 이광수의 자장가도 실렸다. 구체적인 작가별 작품 목록은 〈표 I -1〉과 같다.

〈표 I -1〉《소년》 수록 동시의 작가별 목록

순	작가	작품 제목	수
1	박영종 (목월)	○토끼길(박영종朴泳鍾), ☆잠자리, ☆집 보는 시계, ☆사슴네 삼칸집, ☆삼월삼짇날, ☆아버지와 나, ○저녁놀, ○새벽, ☆토끼방아 찧는 노래, ☆주막집, ☆나란이 나란이, ○興夫오막집, ☆논뚝길, ☆조고리, ○佛國寺, ○쥐, ○나룻배, ☆우리 아기 두 살	18
2	윤석중	○새양쥐(尹石重 謠), ○九月달노리, ※할멈과 도야지, ●신, ※말안들은 개고리, ☆샘, ○눈굴리기(尹石重 謠), ○눈받아먹기(尹石重 謠), ○얼음(尹石重 謠), ☆차장누나, ○체신부와 나무닢(尹石重 謠), ○대낮, ○해 질 때, ○이슬, ○자장노래, ○어깨동무(尹石重 謠)	16
3	이원수	☆오빠의 자전거(이원수 李元壽), ☆아카시아, ☆우는 소, ○참새(이원수 요), ○보-야, 넨네요, ☆설날, ○고향바다, ○자장노래, ○나무 간 언니	9
4	윤복진	○댑, 댑 댑사리-간난이에게 주는 자장가(尹福鎭), ☆산길, ○귀염, ○숨박꼭질, ○주막집강아지, ○자야자야 금자야, ○다람쥐	7
5	최순애	☆그림자(崔順愛), ○느림보 긔차, ○봄날, ☆가을	4
6	김영일	☆비행기(김영일金英一), ○별총총 나총총, ○구두발자국	3
7	이태준	☆바람(이태준李泰俊), ☆혼자 자는 아가, ☆약	3
8	아저씨	□혼자서(아저씨), □감나무(아저씨), □키대로 서-라(아저씨)	3
9	한정동	☆범나비(白民 韓晶東), ○장수뼈다구	2
10	강소천	○닭(童謠)(姜小泉), ○다람쥐의 노래	2
11	강승한	○공부간 누나(康承翰), ○바람이 심하다고	2
12	전량봉	☆당사실(全良鳳) ○대문열자	2
13	이광수	○자장노래(李光洙 요)	1
14	마해송	○당초밭(馬海松 謠)	1
15	윤동주	☆산울림(尹童舟)	1
16	임춘길	○봄이지(童謠)(林春吉)	1
17	송창일	○방울(宋昌一 謠)	1
18	배선권	○여름비(裵先權 요)	1
19	김규은	☆수공시간(金圭銀)	1
20	최기옹	○우리닭(崔基翁 謠)	1
21	이소부	☆닭과 보석(李蘇夫)	1
22	이정구	○외딴집(李貞求 謠)	1

순	작가	작품 제목	수
23	오세창	○달밤의피리(吳世昌)	1
24	이원형	○송아지(李元亨)	1
25	박인범	○편지장수(朴仁範)	1
26	한파령	○애기 兵丁(韓巴嶺)	1
27	장동근	☆수수깽이(張東根)	1
28	천정철	☆나뭇잎(千正鐵)	1
30	김악자	○이슬(金岳子)	1
31	남대우	○풋나물(南大祐)	1
32	琴南(譯)	◆구름((米國)H. C. 크류우 作)	1
		계	90

장르 표시: 동요-○, 동시-●, 표시가 없는 작품-☆, 얘기노래-※, 소년시-◆

《소년》에 실린 동시에는 장르가 여러 가지로 표시되어 있다. 악보와 더불어 실린 경우 동요임을 드러낸다. 가사만을 제시하였더라도 작곡자와 작사자를 병기한 경우에도 동요임을 표시한 것으로 보았다. 그 외 직접적으로 '동요', '동시' 등으로 표기하고 있다. 이들 장르 명칭을 살펴보면 '동요'로 표현한 경우가 가장 많다. 전체 90편 가운데 48편(약 53%)이 '동요'로 장르 명칭을 표현하고 있다. 나머지 41편 가운데는 장르 표시를 하지 않은 작품 34편(38%), '동시'로 표기한 작품 1편, '얘기노래' 2편, '소년시' 1편이 있다. 그 외에도 장르 표시가 없지만 그림과 함께 제시한 '아저씨' 저작의 율문 3편이 있다. '그림동요'로 봐야 하는지는 더 깊은 연구 검토가 필요하다.

주요 작가별로 장르 명칭을 어떻게 붙이고 있는지 살펴 그들의 동시 장르 인식의 차이와 특성을 정리한다.

가. 박영종

박영종(목월)은 게재한 작품 18편 가운데 13편에 장르 표시를 하지 않았다. 5편은 동요로 표기하였다. 그런데 그의 동시 18편은 '동요'라고 표시한 것이나 아무런 장르 표시를 하지 않은 것이나 형식상 크게 차이가 없다. 먼저 장르를 표시하지 않은 작품 가운데 두 편을 살펴보자.

① 나루에 잔물결 잔잔잔/고추쟁이 잔잔잔//사공 몰래 쟁이가 배를탔다/사공 등 뒤 앉아서/소르르 꼬박/손님은 단한분/눈머언손님,/사공도 노저으며 소르르 꼬 박//실바람 솔 솔/나룻배 스르스르르//사공몰래 쟁이가 배를나리고/쟁이따라 장 님도 배를나리고//나루에 나룻배 잔잔잔/꼬추쟁이 잔잔잔.

〈잠자리〉 朴泳鍾, 제1권 6호, 1937년 9월

② 쉬-/쉬-/쥐서방네 모였다./「애기까까 조깃네」/도적놈이 모였다.//짱! 한시,/기 둥시계가 「네 이놈」했다,/집 보는 시계가/「네 이놈」했다.//달강 상금/달강 상금/ 「어렵쇼, 어렵쇼」/쥐서방네 형 달아났다.

〈집 보는 시계〉 朴泳鍾, 제1권 제7호, 1937년 10월

①과 ②는 박영종의 작품 중에서 장르 명칭을 표기하지 않은 것이다. 1920년대 《어린이》 등에 실렸던 동요의 대부분이 7.5조와 4.4조의 음수율을 거의 정확하게 지켰던 것과 비교하면 많이 다른 형태이다. ①은 전통적 4.4조의 리듬이 남아있긴 하지만 파격이 크다. 무엇보다 한결같은 음수율을 따르지 않고 있으며 잔물결이 '잔잔잔'한데, 잠자리가 배를 타고 '소르르 꼬박' 졸며 사공도 함께 '소르르 꼬박' 조는 나룻배와 잠자리의 모습을 재미있게 표현하고 있다. ②에서도 4.4(3)조의 기본 율격 위에 의성어 '쉬-' 한 음절이 한 행을 이루며 파격을 보인다. 대화체 직접화법의 시적 표현과 '-다' 어미의 시적 활용이 기존의 외형률과는 달라서 새로움을 바탕으로 한 동시의 예술적 성취를 보여준다.

박영종이 '동요.'로 표기한 작품들도 위의 동시들 못지않은 변화를 보여

준다. 기존의 7.5조와 4.4조의 외형률 동요와는 매우 다른 느낌이다.

③ 福 바위길/토끼 길/초록길//낮, 나리꽃에/묻힌 길/감춘길//南산골 토끼/白서방/장가 가마/꽃가마/넘는 길/쉬는길//달밤엔/두세 차례/넘는 길/초록길

〈토끼길(童謠)〉朴泳鐘, 제1권 제1호

④ 아마 새벽에 도적 들겠지/印度 어느 城에 도적 들겠지//금한궤 은 한궤 훔치고/콩 한섬 팟 한섬 훔치고/말 한필에 실어서/이리댓둑 저리댓둑 달아나겠지.//아마 그림자도/이리댓둑 저리댓둑 따라가겠지.

〈새벽〉朴泳鐘, 제2권 제10호, 1938년 10월

⑤ 어니가 가많이 보고있으면/소록소록 고록쥐 쪼로록 와서/까가 한 개 냉큼 물어간데요.//요리조리 새양쥐 쪼로록와서/까가 한 개 냉큼 물어간데요.//주머니에 꼬옥꼭 넣고자도/까막까 조끼에 감추고자도/자기만 하며는 눈만 감으면//소록소록 소록쥐 쪼로록 와서/요리조리 새양쥐 쪼로록와서/까까 한 개 냉큼 물어간데요./까까 한 개 냉큼 물어간데요/까까 한 개 냉큼 물어간대요

〈쥐(동요)〉朴泳鐘, 제4권 제3호, 1940년 3월

⑥ 설흔 층계 돌다리에 눈이왔다/그믐날밤 가만가만 눈이 왔다//靑雲다리 아래서 치어다 보면/하얀 불국사 다./하얀 불국사 다./누나랑 나란히/새배 절 드리면//늙은중이 빙그레/보고 있었다./紫霞門 위에서/보고 있었다.

〈佛國寺(동요)〉朴泳鐘, 제4권1호, 1940년 1월

⑦ 소양버들 그늘에/늙은 나룻배./밧줄로 왼종일/달어두지 말고.//강물에 둥둥/띠워 보내라/달밤에 둥둥/흘려 보내라/달밤에 둥둥/흘려 보내

〈나룻배(동요)〉朴泳鍾, 제4권제4호, 1940년5월

③~⑦은 장르 명칭을 '동요'로 표기한 작품들이다. 장르 표시를 하지 않은 작품에 비해서 오히려 동요도 시로서의 예술성을 갖추어야 한다는 점을 더 잘 드러내어 보여주는 작품이 있다. ①〈토끼길〉은 이후 청록파 시인 박목월이 보였던 간결미를 그대로 보여주는 수작이다. 매 행이 명사형으로 마무리되면서 시어들이 나열되어있는 느낌을 주지만 '福'이라는 바위가 놓인 길에 토끼가 지나는 길을 떠올리게 되고 낮엔 지천으로 피어 있는 나리꽃에 묻혀 숨겨진 길이지만 장가가는 꽃가마가 지나는 길이고 달밤에도 토끼가 지나다니는 초록길을 선명하고 생생하게 그려내는 동시이다. ④~⑦은 7.5조를 근간으로 하고 있지만, 파격이 커서 잘 알아보기가 어렵다.

《소년》에 실린 박영종의 동시를 통해 1930년대 후반 그의 동시가 1920년대의 동시에서 한 걸음 나아간 시적 성취를 보여주고 있음을 확인할 수 있다. 특히 그의 작품은 동요 혹은 동시 그 무엇으로 표현되었든 시적 형상화 면에서 성취가 높은 것이어야 한다는 작가의 생각을 잘 드러내고 있다. 박영종은 동요.동시 논쟁 속에서 그것이 동요라고 표현되든 동시로 불리든 간에 아동문학으로서 동시도 엄연한 본격문학인 詩로서의 예술성을 지녀야 한다는 점을 의식하고 작품 활동을 한 것으로 판단된다. 그는 《소년》에 발표한 대부분 작품에 '동시' 혹은 '동요'라는 장르 명칭을 제시하지 않음으로써 동시나 동요나 모두가 시로서 지녀야 하는 예술적 성취가 중요하다는 생각을 드러내었다.

나. 윤석중

윤석중은 전체 16편의 작품을 실었는데, 장르 표시를 하지 않은 것은 3편뿐이고, '동요' 10편과 '애기노래' 2편, '동시' 1편을 게재하였다. 먼저 그가 《소년》에 수록하면서 단 한 편 '동시'로 표기한 작품을 살펴보기로 하자.

① 비 오는 날,/울며 진 땅을 걷는 신은-/돌부리에 부디쳐 코가 깨져도/아-무도/만저주지 않는 신은-/신기려장수 영감님이 가-끔/침을 놓고 가는 신은//밤마다 찬 대뜰에서/이불도 없이 잔다.

〈신(童詩)〉 尹石重, 제1권4호, 1937년 7월

①을 '동시'라고 표기한 윤석중의 마음은 어떤 것이었을까? 일단 아직 노래 곡조가 만들어진 작품이 아니었을 것이다. 또 하나는 1920년대에 흔히 볼 수 있는 동요의 7.5조나 4.4조 율격과 거리가 먼 작품이다. 그런 이유로 '동시'라고 표시하였을 것이라고 생각해 보고 나서, 윤석중이 '동요'로 명명하였던 다른 작품과 비교를 해보면 다소 의문이 풀리기도 한다.

② 눈, 눈, 눈,/받아먹자 입으로 /아, 아, 아, /코로자꾸 떨어진다/호, 호, 호 /이게 코지 입이냐.

〈눈받아먹기〉 尹石重, 제3권 제1호, 1939년 11월

③ 새양쥐 새양쥐/왜안자고 나왔나/하롯불에 묻은밤/줄가하고 나왔지//새양쥐 새양쥐/왜저러케 뿌연가/밤한톨이 탁튀어/재를홈빡 뒤썼지

〈새양쥐〉 부분, 尹石重, 제1권제1호, 1937년 4월

④ 九, 九, 九月山/九月山은 밤두 낮/달, 달, 달두 밝다/모두 나와 짝짝궁/우리들도 놀아보자/도리도리 짝짝궁

〈九月달노리〉 부분, 윤석중, 제1권제2호, 1937년 5월

⑤ 이슬이/밤마다 내려와/풀밭에서 자고가지요.//이슬이/오늘은 해가 안떠/늦잠들이 들었지요.//이슬이 깰가봐/바람은 조심조심 불고/새들은 소리없이 나르지요.

〈이슬〉 尹石重, 제4권제4호, 1940년 5월

⑥ 집집이서 아이들이 달려나와서/체신부 아저시를 졸랏습니다./「편지 한 장 주세요」/「편지 한 장 주세요」/「오늘은 없다/비켜라 비켜」/「안돼요」/「안돼요」/나뭇잎을 부욱뜯어 뿌려주면서/「엣다엣다, 나뭇잎편지」/아이들은 푸른 편지를 줍고, /체신부는 논뚝길을 지나갑니다.

〈체신부와 나무닢〉 尹石重, 제4권제1호¹⁾, 1940년 1월

②~⑥은 윤석중이 동요로 표기한 작품이다. ②, ③, ④는 모두 4.4조를 기반으로 하여 변형된 형태이다. 단순하게 음수율을 맞추기보다는 호흡을 계산에 넣어 리듬감을 살려 시적 즐거움을 더하고 있는 작품이다. ⑤는 정확한 음수율에 맞지 않는데도 '동요'로 명명하고 있다. 4.4조의 파격처럼 보이지만 파격이 커서 외형률로 보기에는 무리가 있다. ⑥은 7.5조의 기본 율격을 바탕으로 대화체를 사용하고 있어서 파격이 커 보인다.

⑦ 할멈이 집안치다/돈한푼을 얻어서/장에가서 도야지를 /사가지고 오는데//일-건 다와서는/문지방을 안넘어/할멈혼자 쏘다니다/강아지를 만났네//강아지야 강아지야 /도야지를 물어라//강아지가 할멈말을/들은체도 아니해/다시또 걸어가다/지팽이를 만났네//지팽이야 지팽이야/강아지를 때려라//지팽이가 할멈말을/들은체도 아니해/다시또 걸어가다/모닥불을 만났네 -이하 생략-

〈할멈과 도야지〉 부분, 윤석중 '얘기노래, 제1권제2호, 1937년 5월

⑧ 개골개골 개고리/말안듣는 개고리//앉으라면 스-고/스라면 앉-고/가라면 오-고/오라면 가고//물을길어 오라면/돌을날러 오-고//돌을날러 오라면/물을길어 오-고//에미에미 개고리는/하도- 속이상해/못살겠다 못살겠다/나는정말 못살겠다. -이하 생략-

〈말안들은 개고리〉 부분, 윤석중 이야기노래, 제1권 제5호, 1937년 8월

---

1) 제4권 12호에도 같은 작품이 악보와 함께 실린다.

⑦, ⑧은 윤석중이 '얘기 노래', '이야기 노래'라고 장르 명칭을 적은 작품이다. ⑦은 서양의 옛날 노래를 윤석중이 4.4조의 율격에 맞추어 우리 노래로 개작한 것이다. ⑧도 청개구리 이야기를 4.4조의 노랫말로 지었다. 이두 작품의 공통점은 모두 이야기를 담고 있고 4.4조의 율격을 선명하게 지킨 노래를 이어가고 있다는 점이다. 이 노래들에 대해서 곡조가 게재된 바는 없어서 곡조가 있을 것으로 보이지는 않는다. 그런데도 이야기 '노래'라고 칭한 것은 바로 4.4조의 율격 때문이라고 판단된다.

결국 윤석중은 《소년》에 작품을 게재할 당시에는 비교적 율격이 뚜렷한 것이나 곡조에 붙여진 것을 '동요'나 '노래'로 표현하였고, 내재율 작품만을 '동시'라고 불렀다는 것을 알 수 있다. 하지만 그는 '동요'조차도 앞에서 보는 바와 같이 1920년대의 동요와는 달리 파격이나 대화체 등을 사용함으로써 외형률에서 점차 벗어나 내재율 동시의 형상화를 이루기 위해 힘쓴 흔적을 보인다.

다. 이원수

이원수는 9편 가운데 5편에 장르 표시를 하지 않았고, 4편은 '동요'로 표시하였다.

---

① 달밤은 저녁에/학교 마당에/오빠가 자전거를/배우십니다/한발못가 넘어져/붓들어주면/두발가다 비틀비틀/또넘어져요//커-다란 자전거에/조꼬만오빠/뒤를 잡고 밀어주면/잘도가지요/넘어질듯 잡바질 듯/오빠자전거/여러바퀴 밀고나니/땀이다나네//학교학교 못가는/우리오빠는/어제부터 남의집/점원이 되어/쏜살같이 신부름/다니신다고/달밤에 자전거를/배우십니다

〈오빠의 자전거〉 이원수, 제1권제2호, 1937년 5월

---

② 참새가 운다 울밑에서/짹짹짹 하나둘/짹짹짹 셋넷/울안에 핀꽃/세면서 운다//
참새가 운다 울넘어서/짹짹짹 하나둘/짹짹짹 셋넷/꽃 꺾는 아이/세면서 운다

<참새> 이원수 요, 제1권제9호, 1937년 12월

③ 저녁이면 성뚝에 애기없고 나와서/「보-야 넨네요」「보-야 넨네요」//잔등에 업
은애기 칭얼칭얼 오냄이/해질녘엔 여기와서 「보-야, 넨 네요」/귀남아/귀남아//
너이집은 어디냐/저산넘어 말이냐/엄마아빠 다있니/나무나무 늘어선 /서산머리
는/샛빨간 샛빨간 저녁놀빛/귀남아 네눈에도 저녁놀빛

<보-야, 넨네요> 이원수, 제2권제10호, 1938년 10월

④ 봄이 오면 바다는/찰랑찰랑 차알랑/모래 밭엔 거이들이/살금살금 나오고/우
리 동무 뱃전에/나란이 앉아/물결에 한들한들/노래불렀지.//내 고향 바다/내 고
향 바다.//잘려고 눈감어도//화안이 뵈네./은고기 비눌처럼/반짝반짝 반짝이는/
내 고향 바다.

<고향바다> 이원수, 제3권 제4호, 1939년 4월

1937년에 게재한 ①<오빠의 자전거>, <아카시아>, <우는 소>는 장르를
표시하지 않았지만 7.5조 외형률을 정확하게 지키고 있다. 같은 해 12월
에 발표된 ②<참새>는 '동요'로 표기하고 있지만 4.4조의 음수율에서 다소
간 파격을 보인다. 이후 1938년에 발표한 '동요' ③<보-야, 넨네요>도 역시
4.4조를 기본 율격으로 하고 있지만 대화체를 사용하고 행과 연의 구분에
서 변화를 주었다. 1940년 발표한 <설날>, <고향바다>는 장르 표시를 하지
않았다. <설날>은 4.4조 율격인데 7.5조가 몇 군데 섞여 있고, <고향바다>
는 4.4조와 7.5조 율격이 섞여 있다. 1940년에 발표한 동요 <자장노래> 역
시 7.5조의 노래이다.

《소년》에 발표한 이원수의 작품에서 느낄 수 있는 점은 작가 자신이 율

격이나 시의 행과 연 등을 많이 고민한 흔적이 보이긴 하지만, 당시에는 율격면에서 크게 변화된 시를 발표하지 못하고 있다는 점이다. 이원수의 동시는 1930년대 후반에도 여전히 외형률에서 벗어나지는 못하였다. 하지만 그의 노력에서 엿볼 수 있는 것은 '동요'이건 '동시'이건 그가 외형률에서 벗어나 자유시를 구사하고자 애쓴 점이다. 이원수는 '동요' 혹은 '동시'의 구분을 형식적 차이에서 구별하려고 한 것은 아닌 것으로 보인다.

라. 그 외 작가들

> ① 파-란 하늘에/비행기떴네/한바퀴 돌고서/산넘어 가네/풀베는 아이가/이리오라고/비행기 보고서/손짓을하네
>
> 〈비행기〉 김영일, 제1권 제6호, 1937년 9월

> ② 별총총 나총총/나총총 별총총/하늘보고 별보고/별보고 하늘보고/큰별은 엄마별/고담별은 내-별/엄마별 총-총/내-별 총-총//구름다리 뵌-다/하늘나라 뵌-다/별총총 나총총/나총총 별총총//내일은 날좋다/엄마별 총-총/내-별 총-총
>
> 〈별총총 나총총〉 金英一, 제3권 제9호, 1939년 9월

①, ②는 김영일의 작품이다. 원종찬은 김영일에 대해서 '1937년에 자유시론을 주창'하였다고 하나 '자유시론을 발표한 적이 없다'(2011:90)고 단언한다. 자유시론에 대한 김영일의 공로에 대한 학계의 언급들과는 달리 《소년》에 실린 그의 동시는 내재율을 구사하고 있지 않다. ①은 7.5조의 변형인 6.5조인 외형률이며, ②도 3(4).3(4)조 외형률이다. 자유시론을 발표하였는지는 확실하지 않으나 특별히 내재율 동시를 창작하였던 흔적은 보이지 않는다.

성인 문학으로 그 이름이 널리 알려진 작가의 동시가 아동 문단의 외형

률 동시를 내재율을 동시로 이끌어간 흔적이 《소년》에 드러난다.

③ 시커멓고 쓴 약/아버지가 지어오신 약/한탕기나 되는 약/어머니가 대리신 약.//시커멓고 쓴 약/아버지도 먹으라고만 /한탕기나 되는 약/어머니도 먹으라고만.//눈 딱 감아도 시커먼 약/입 딱 벌리어도 안 넘어가는 약.

〈약〉李泰俊, 제4권 제12호, 1940년 12월

④ 코스모스가 살랑 살랑……/포푸라나무 잎들이 한들 한들……/수수깡에 앉았던 짬자리는/그만 파르르 날라갑니다./아마 바람이 부나보지요?//바람은 어디서 옵니까?/모릅니다./바람은 어디로 갑니까?/모릅니다./바람은 아침에도, 저녁에도, 밤중에도 늘 지나갑니다.

〈바람〉 이태준, 제1권 제7호, 1937년 10월

③, ④는 이태준의 작품으로 내재율 동시이다. 외형률에 구애받지 않았다. 앞에서 살펴본바, 1930년대 후반 박영종과 윤석중의 작품에서 내재율을 향한 노력이 돋보이지만, 오히려 이들 동시 작가들 보다 더 자유로운 율격의 동시를 아동문예지에 발표한 작가들이 1920년대에도 있었다. 1920년대 《어린이》에 〈옵바는 이제 돌아오서요〉라는 '동시'를 발표하였던 손진태, '동시' 〈세식구〉를 발표한 차칠선, 소년시라는 장르 명칭으로 〈언니여〉를 발표하였던 황순원 등이 그들이다. 1930년대 후반의 《소년》에도 이태준의 몇 편 작품이 우리 동시 문단이 외형률을 넘어서 내재율의 동시로 나아가는 데 크게 기여하였다. 이태준 외에도 〈수공시간〉의 김규은도 있다.

그 외 대다수의 작가들은 장르 명칭을 '동요'로 하여 작품을 게재하였다. 이 부분은 '동시'와 '동요'에 대한 작가 개개인의 장르 개념을 엿볼 수 있는 부분이다.

특이한 것은 1940년 10월부터 발행된 제4권 10호에서 12호까지에는 그림과 짧은 율문의 글이 실려 있다는 점이다. 장르를 명확히 하지는 않고 있지만, 그림과 함께 제시된 글은 반복과 음수율을 따르고 있어서 동요로 볼 수 있다. 글쓴이는 '(아저씨)'라고만 적혀있다.

2. 동시의 특징

일제 강점 말기에 발간된《소년》에 실린 동시는 그야말로 자기검열의 극에 달한 작품이다. 일제의 식민지 수탈과 억압은 도를 넘어 1935년부터는 신사참배를 강요하였다. 1939년에는 강제로 창씨개명을 강요하였으며, 조선어교육 금지를 넘어서 한글을 없애고자 하였다. 이런 상황에서 발간되는 《소년》에 실린 동시는 작가의 마음이나 정서, 그 시대의 동심을 자유롭게 표현하지 못하였음이 당연하다. 1920년대《어린이》에 담아낸 민족의식이나 저항의 목소리는 이제 더는 드러낼 수가 없었으며, 카프의 강제 해산 이후 계급주의 목소리도 동시에 담길 수가 없었다. 하지만 시와 노래가 가지는 비유·상징적 의미 속에는 은연중에 일제 강점 말기 식민지 조선인의 숨겨둔 정서가 드러나지 않을 수 없다.

전체 90편의 기성작가 작품을 분석한 결과 일제 강점 말기 '아이들 놀이와 생활'을 형상화한 작품이 약 37%, 현실의 안타까움과 고달픔을 형상화한 작품이 약 28%, 자연을 관조하고 계절을 노래한 작품이 약 22%, 삶의 희망과 각오를 표현한 작품이 약 6%, 그리움과 기다림을 노래한 작품이 약 4%이다. 각각의 작품 내용을 살펴보기로 한다.

가. 놀이와 생활

어떠한 어려운 시기일지라도 아이들은 놀며 자란다. 전체 90편 가운데

37%인 33편이 아이들의 말놀이, 손짓 몸짓 놀이 등 놀이하는 동심을 그리는 작품이거나 아이들의 생활을 그리는 동시이다. 그중 9편은 윤석중의 동시이다. 일제 강점 말기의 강한 압박 속에서 자유로운 표현이 어려운 상황이었지만 작가의 동시 창작열은 더 깊은 동심 속으로 교묘하게 숨을 수밖에 없었고, 아이들에게서 희망을 찾아내고자 했던 것으로 보인다.

① 九, 九, 九月山/九月山은 밤두 낮/달, 달, 달두 밝다/모두 나와 짝짝궁/우리들도 놀아보자/도리도리 짝짝궁//저기 저달 따오너라/한달 내내 달아두자/짝 짝궁 짝짝궁/모두 나와 짝짝궁//九, 九, 九月山/九月山에 진달래/달, 달, 달밤에/활짝 폈구나/우리들은 千年萬年/도리도리 짝짝궁

〈九月달노리〉 윤석중, 제1권제2호, 1937년 5월

② 개골개골 개고리/말안듣는 개고리//앉으라면 스-고/스라면 앉-고/가라면 오-고/오라면 가-고 (-이하생략)

〈말안들은 개고리〉 부분, 윤석중 이야기노래, 제1권 제5호, 1937년 8월

③ 꼭-꼭- 숨어라/꼭-꼭- 숨어라//터밭에도 안된다/상추씨앗 밟는다/꽃밭에도 안된다./꽃모종을 밟는다.//울타리도 안된다/호박순을 밟는다./꼭-꼭- 숨어라/꼭-꼭- 숨어라/종종머리 찾었네/장독대에 숨었네/까까머리 찾었네 /방아깐에 숨었네//빩안댕기 찾었네/기둥뒤에 숨었네.

〈숨박꼭질〉 尹福鎭, 제3권제9호, 1939년 9월

④ 별총총 나총총/나총총 별총총/하늘보고 별보고/별보고 하늘보고/큰별은 엄마별/고담별은 내-별/엄마별 총-총/내-별 총-총//구름다리뷘-다/하늘나라 뷘-다/별총총 나총총//나총총 별총총//내일은 날좋다/엄마별 총-총/내-별 총-총

〈별총총 나총총〉 金英一, 제3권제9호, 1939년 9월

⑤ 우리아기 두 살/방울만큼 적어서/그래서 숨박꼭질/애기 잘도 숨는다//엄마 등 뒤에/숨어도/(않뵈이네 않뵈이네)/장독 뒤에 숨어도/(않뵈이네 않뵈이네)//삼사 뒤에/숨고/(뒤귀 약간 뵈이네)

〈우리 아기 두 살〉 朴泳鐘, 제4권제9호, 1940년 9월

①~⑤는 모두 아이들의 놀이를 형상화한 작품이다. ①은 정확하게 일치하지는 않지만 전통 꽹과리 장단을 느끼게 하는 리듬이다. 윤석중은 이 작품에 대해 장르 표시를 하지 않았다. 달맞이 놀이에서 흔히 보이는 풍물패와 대중의 춤사위가 연상된다. ②는 윤석중이 '이야기 노래'라고 붙인 두 편 가운데 하나이다. ③은 윤복진의 작품으로 숨바꼭질을 하면서 술래가 부르는 노래이다. ④는 김영일의 작품으로 외형률의 동요이지만 적절한 2음보 리듬과 밤하늘에 반짝이는 별을 헤아리며 별빛으로 충만한 동심을 그린 아름다운 시다. ⑤는 아주 어린 아기의 숨바꼭질이다. "**이 없네!" 하며 등 뒤로 숨는 아기의 모습이 보인다.

일제 강점 말기의 팍팍한 삶 속에서도 아이들은 놀아야 하고 놀이하는 동심은 살아있다. 억압과 압박 속에서 놀이를 그리는 동심은 식민지 조선인의 삶을 위로할 수 있었을 것이다.

이 외에도 尹石重의 〈새양쥐〉, 〈샘〉, 〈눈굴리기〉, 〈어깨동무〉, 〈눈받아 먹기〉, 이야기 노래 〈할멈과 도야지〉등이 놀이하는 동심을 담고 있다. 또 한파령의 〈애기 兵丁〉, 金圭銀의 〈수공시간〉, 張東根의 〈수수깽이〉, 윤복진의 〈자야자야 금자야-서울금자동무에게-〉가 더 있다. 그림과 더불어 제시된 율문인 〈키대로 서-라〉도 여기에 해당한다.

⑥ 댑, 댑, 댑사리 댑사리는 한-살/울, 울, 울애기 울애기는 두-살//댑, 댑, 댑사리 이슬먹고 자라고/울, 울, 울애기 맘마먹고 자라고//댑, 댑, 댑사리 남새밭에 자라고/울, 울, 울애기 엄마품에 자라고//댑, 댑, 댑사리 하늘만큼 자라고/울, 울, 울애기

지붕만큼 자라고//댑, 댑, 댑사리 댑사리는 한-살/울, 울, 울애기 울애기는 두-살

〈댑, 댑 댑사리-간난이에게 주는 자장가〉 尹福鎭, 제1권제9호, 1937년 12월

⑦ 자장 우리 아기/울잖고 잘 자네/자면은 이쁜이/울면은 미움보//자장 우리 아기/사르르 눈 감네/자면은 이쁜이/울면은 미움보//자장 우리 아기/쌕쌕쌕 코 고네/자면은 이쁜이/울면은 미움보//자장 우리 아기/미움보 될리있나/울잖고 잘 자네/우리아기 이쁜이

〈자장노래〉 李光洙, 제2권제1호, 1938년 1월

⑧ 조고리 조고리 꼬마조고리/어쩌면 고처럼 엡부나./자장 자장 자장//반지고리 당사실 살살풀어서/빨간 띠옷고름 또옥달고./자장 자장 자장//우리아기 사마귀 복사마귀/통통한 횃볼에 깜안사마귀/자장 자장 자장//사마귀도 아기도 자는 틈에/삽사리가 한번만 입어보재지./자장 자장 자장//저처럼 아기는 꼬옥잠들어/삽사리가 하는말 못듣나봐./자장 자장 자장//조고리 조고리 색동조고리/어쩌면 고처럼 엡부나./자장 자장 자장

〈조고리〉 -엄마가 아기조고리 기우면서 아기 재운다- 朴泳鍾, 제3권제8호, 1939년 8월

⑨ 자장 우리애기 어서자거라/햇님도 잠자러 산넘어가고/언덕도 들도   이잠잔다/까아만 이불덮고 고히잠잔다/자장 우리애기 어서자거라/뒷산 기슭엔 노루가 자고/나뭇가지 가지마다 새들이잔다/목고개 꼬-박 새들이잔다//자장 우리애기 어서자거라/잠잘자면 오신다네 둥그런달님/우리애기 잠자는 벼개머리에/달나라 꿈을가득 실꼬온다네//자장 우리애기/어서 자거라

〈자장노래〉 이원수, 제4권제7호, 1940년 9월

⑩ 방울소리 절렁절렁/우리애기 깨겠네./나귀나귀목아지에/솔방울을 달아라.//자장자장 우리애기/잘도자네 자장자장.//삽살개가 콩콩콩콩/우리애기 깨겠네/버들버들 강아지야/네가네가 문봐라.//자장자장 우리애기/잘도자네 자장자장./뻐꾹시계 뻑꾹뻑꾹/우리애기 깨겠네./해바라기 금시계를/앞마당에 심어라./자장자장

우리애기/잘도자네 자장자장.

〈자장노래〉尹石重, 제4권 10호, 1940년 11월

⑥~⑩은 모두 자장가이다. 아기를 잠재우는 자장노래는 일정한 리듬으로 나직하게 반복하며 부르는 '자장자장' 소리 사이로 노래를 부르는 이의 기원과 상상력이 들어있다. ⑥에는 아기가 댑싸리처럼 잘 자라기를 바라는 마음을, ⑦에는 울지 말고 웃으며 살아가기를 바라는 기원이 담겼다. ⑧에는 아기의 고운 저고리를 기우면서 삽사리가 색동옷을 '한 번만 입어보자고' 짖어도 깨지 말고 잘 자라는 엄마의 당부가 담겼다. ⑨는 햇님과 언덕과 들판도 노루도 새도 모두 제 자리에서 잠을 자듯 우리 아기 '잠 잘 자면' 꿈을 가득 실은 달님이 온다고 노래한다. ⑩은 아기가 깨지 않게 나귀 목의 방울도 솔방울로 바꾸고 삽살개도 뻐꾹 시계도 아기를 깨우지 않게 주의하라며 조심스럽게 아기를 재우는 모습이다. 각각 윤복진, 이광수, 박영종, 이원수, 윤석중이 일제 강점 말기에 발간된 《소년》에 실은 자장노래이다. 식민지 조선의 암울한 삶 가운데서 삶의 의미와 희망이 잇닿을 수 있는 곳은 어린아이에 대한 기대였을 것이다. 표현의 자유가 억압될 때 자연스럽게 아기에 대한 노래가 많아질 수밖에 없다.

이 외에도 자장노래는 아니지만, 아기의 잠과 관련한 노래로 오세창의 〈달밤의 피리〉, 이태준의 〈혼자 자는 아가〉가 더 있다.

일제 강점 말기 식민지 조선의 동시는 아이들의 일상생활도 충분히 제대로 그려내고 있지는 않다. 아이들의 삶이라도 일제의 압박 속에서는 자유롭게 표현될 수 있는 것은 아니었기 때문이다.

⑪ 산모롱이 귀염낳게 귀염이 두 개/새까맣게 익어가는 귀염이 두 개//산골에 때

일제강점기 동시 연구

때중이 흔들어 보고/산밑에 까까중도 흔들어 보고//산모랭이 귀염낭에 귀염이 두 개/새까맣게 익어가는 귀염이 두 개

<귀염> 尹福鎭, 제2권제10호, 1938년 10월

⑫ 파-란 하늘에/비행기떴네/한바퀴 돌고서/산넘어 가네/풀베는 아이가/이리오라고/비행기 보고서/손짓을하네

<비행기> 김영일, 제1권제6호, 1937년 9월

⑬ 두손으로 연기를/잡아도 잡아도 아니잡혀//두발로 그림자를/밟아도 밟아도 아니 밟혀//심심한 대낮//아기는 짱아채를 들러메고/짱아를 잡으러 나갔습니다.

<대낮> 尹石重, 제4권제3호, 1940년 3월

⑭ 냉, 냉, 냉 상학종 쳤다./月城 소학교 一, 二학년./체조 시간이다. 一 二학년.//나란이 나란이 흰 모자 쓰고/나란이 나란이 빨강모자./나란이 나란이 나란이 하고/나란이 나란이 마당 한바퀴.//나란이 나란이 오리떼도/나란이 나란이 나란이 하고/나란이 나란이 마당 한바퀴.//나란이 나란이 해바라기도/나란이 나란이 나란이 하고/나란이 나란이 돌고 있다.

<나란이 나란이> 朴泳鐘, 제3권제3호, 1939년 3월

⑮시커멓고 쓴 약/아버지가 지어오신 약/한탕기나 되는 약/어머니가 대리신 약.//시커멓고 쓴 약/아버지도 먹으라고만/한탕기나 되는 약/어머니도 먹으라고만.//눈 딱 감어도 시커먼 약/입 딱 벌리어도 안 넘어가는 약.

<약> 李泰俊, 제4권제2호, 1940년 12월

⑯ 눈 위에 아침 해/밝기도 하다./새해니까 그렇지/설이니까 그렇지//오늘부터 나도 열 살/나이 하나 더 먹고,/오늘부터 너도 열 살/나이 하나 더 먹고,//모두 모두 키대보자/누가 많이 컸나./눈 밭에 뛰어보자/누가 힘이 세졌나.//울보도 골샌님도 하하하/이집에도 저집에도 하하하./새해니까 그렇지/설이니까 그렇지//오늘부턴

우리 모두/서로 좋게 지내고,/오늘부턴 우리 모두/착한 아이 된다네.

〈설날〉 李元壽, 제3권제1호, 1939년 1월

⑪~⑭는 모두 일제 강점 말기 식민지 조선의 아이들 일상을 엿볼 수 있는 작품이다. 이 작품들의 특징은 아이들의 일상생활을 그리고 있지만 그들의 정서를 적극적으로 드러내지는 않았다는 것이다. ⑮, ⑯을 제외한 나머지 네 편이 모두 아이들 삶의 삽화를 멀찌감치 바라보듯 묘사하고 있다. ⑪에서 고욤나무에 달린 열매를 바라보는 시적화자의 시선은 꽤 멀다. 익어가는 고욤 열매를 바라보는 시선은 아이가 아니고 '때때중', '까까중'이 흔들어 보기만 하고 간 '고욤'이 오히려 독자로 하여금 아이들의 시선을 상상하도록 만든다. ⑫또한 시적화자는 아이가 아니다. 아이가 풀을 베다가 지나가는 비행기를 바라보는 모습을 묘사하고 있을 뿐이다. ⑬도 심심한 아이의 모습을 그리고 있지만, 아이의 정서를 그리고 있는 이는 멀리서 바라보고 있을 뿐이다. ⑭도 아이들의 삶의 모습을 건조하게 그려낼 뿐이다. 아이들의 정서를 적극적으로 형상화하고 있지는 않다.

⑮는 약을 먹는 아이의 목소리가 들리는 작품이다. 시적화자는 아파서 약을 먹는 병든 아이임을 알 수 있다. 병든 아이를 그린 작가의 마음이 느껴진다. ⑯은 설날 아침의 들뜨고 기쁜 마음이 담겼다. '새해니까' 새해를 맞는 아이들의 마음을 형상화해 낸다. 이 두 편은 다른 네 편의 작품에 비하면 훨씬 더 적극적으로 아이의 목소리를 형상화한 작품이다. 일제 강점 말기 식민지 조선 아이의 일상은 '아픔'과 '새해'를 맞는 반짝 기쁨 외에는 솔직하게 표현할 정서랄 것이 없었는지도 모른다.

그 외에 한정동의 〈범나비〉, 최기옹의 〈우리닭〉, 박영종의 〈토끼방아 찧는 노래〉, 최순애의 〈느림보 긔차〉가 더 있다.

나. 현실의 고달픔과 슬픔

일제 강점 말기 식민지 조선의 삶에서 느끼는 고달픔을 드러낸 작품은 25편(28%)이다. 그 가운데 이원수의 작품이 6편으로 가장 많다. 이들 현실의 고달픔과 슬픔을 노래한 동시들은 1920년대의 고달픈 목소리와는 사뭇 다르다. 1920년대와 30년대 초《어린이》나《별나라》에 실린 동시는 삶의 아픔이나 안타까움의 탄식을 넘어서 저항과 울분을 담았다. 하지만《소년》에 실린 동시는 현실의 고달픔을 매우 은밀하고 조심스럽게 감추고 있다. 일제의 압박이 그만큼 더 강력하였음을 의미한다.

> ① 달밝은 저녁에/학교 마당에/오빠가 자전거를/배우십니다/한발못가 넘어저/붓들어주면/두발가다 비틀비틀/또넘어저요//커-다란 자전거에/조꼬만오빠/뒤를 잡고 밀어주면/잘도가지요/넘어질듯 잡바질 듯/오빠자전거/여러바퀴 밀고나니/땀이다나네//학교학교 못가는/우리오빠는/어제부터 남의집/점원이 되어/쏜살같이 신부름/다니신다고/달밤에 자전거를/배우십니다
>
> 〈오빠의 자전거〉 李元壽, 제1권 제2호, 1937년 5월

> ② 학교애들 쓰는모자 사달라다가/꾸중듣고 쫓겨난 이길까에서/울며울며 쳐다보던 아카시아꽃//부지깨로 쫓아낸 엄마가와서/'아가야가 우지마라' 업고달래며/꺾어주던 하-얀 아카시아꽃//올해도 희끚이 피었고나/나도 올핸 일학년, 모자를 쓰고/엄마가 보구싶다 아카시아야
>
> 〈아카시아〉 이원수, 제1권제7호, 1937년 10월

①, ②는 학교에 가지 못하고 일을 나가야 하는 현실의 아픈 정서가 담겨 있다. 이원수는 일제 강점 말기에 발간된《소년》에 삶의 고달픔을 시적으로 형상화한 동시를 발표하였다. 이 외에도 이원수의 〈우는 소〉, 〈보-야, 넨네요〉, 〈나무 간 언니〉, 〈참새〉는 일제 압박 속에서 살아가는 동심의 고

달픔을 잘 드러내고 있다.

③ 꼭두식전/차가 차가 다니기 전에/걸어 걸어서 전차 창고로/냉 냉 냉/냉 냉 냉/우리 누나는 전차 차장//깊은 밤중/차가 차가 끊어진 담에/걸어 걸어서 우리 집으로/냉 냉 냉/냉 냉 냉/우리 누나는 전차 차장

〈차장누나〉 尹石重, 제3권제10호, 1939년 10월

④ 하이얀 눈우에/구두발자국/바둑이와 같이간/구두발자국/누가누가 새벽길/떠-나갔나/외로운 산길에 /구두발자국//바둑이 발자국/소복 소복/도련님 따-라/새벽길갔나/길손드문 산길에 /구두발자국/겨울해 다가도 /혼자남엇네

〈구두발자국〉 金英一, 제4권제2호, 1940년 2월

⑤ 장독 뚜껑 없어서 비가 오면 어쩌나/장독 뚜껑 없어서 눈이 오면 어쩌나/쌀 함박을 덮재두 쌀 함박이 없구나/솥 뚜껑을 덮재두 솥 뚜껑이 없구나//장독 뚜껑 없어서 빗물 들면 어쩌나/장독 뚜껑 없어서 눈물 들면 어쩌나/아무거나 덮어라 있는 대로 덮어라/큰장독엔 밥가마 작은장독엔 국가마

〈다람쥐의 노래〉 姜小泉, 제2권제11호, 1938년 11월

⑥ 오늘 아침 창 밑에/나뭇잎이요/옹기종기 옹크리고/모여 앉아서/어제 저녁 바람은 /대단했다고/소근소근 하면서 /발발떱니다.

〈나뭇잎〉 千正鐵, 제4권제12호, 1940년 12월

③~⑥에서 보이는 고달픔은 이원수의 동시에 비하면 겹겹이 숨겨진 슬픔이다. ③에서 '꼭두식전', '깊은 밤중'에 걸어서 '냉냉냉' 가는 전차 차장인 누나의 모습, ④에서 보이는 '외로운', '길손 드문' 산길을 가는 겨울 눈길 위의 발자국, ⑤의 '장독 뚜껑', '솥뚜껑' 죄다 없어서 걱정하는 다람쥐, ⑥의 바람에 떨어져 '발발' 떠는 나뭇잎들은 모두 고달픈 현실 속의 동심을

표현한다. 일제 강점 말기에《소년》에 발표된 동시에 담긴 이런 고달픔은 '슬픈' 정조를 띠고 있고, 이는 감추려 해도 감출 수 없는 자연스러운 발로이다. 일제강점기 동시가 '슬프고 청승맞다'고 시비를 거는 것은 어불성설이다. 삶이 그러할진대 동심이라고 해서 그 정조를 감추는 것이 가능하지 않았을 것이다.

이 외에도 윤석중의 〈신(童詩)〉, 마해송의 〈당초밭〉, 宋昌一의 〈빗방울〉, 이태준의 〈바람〉, 朴泳鍾의 〈집 보는 시계〉, 〈사슴네 삼칸집〉, 〈興夫오막집〉, 〈쥐〉, 李貞求의 〈외딴집〉, 崔順愛의 〈그림자〉, 全良鳳의 〈당사실〉, 李元亨의 〈송아지〉, 尹福鎭의〈주막집강아지〉, 南大祐〈풋나물〉이 여기에 해당한다.

다. 자연과 계절 속으로의 침잠

인간이 삶에서 느끼는 정조를 자유롭게 표현할 수 없을 때 눈길을 두기 쉬운 곳이 바로 자연이다. 일제의 압박 속에서 자연을 관조하고 계절을 묘사하는 노래는 전체 90편 가운데 22%인 20편이다. 그중에 8편이 박영종의 작품이다. 박목월 시의 특징인 간결한 어휘의 나열을 통한 관조적 정서 표현이 그의 동시에서도 잘 드러난다.

① 福 바위길/토끼 길/초록길//낮, 나리꽃에/묻힌 길/감춘길//南산골 토끼/白서방/장가 가마/꽃가마/넘는 길/쉬는길//달밤엔/두세 차례/넘는 길/초록길

<토끼길(童謠)〉 朴泳鍾, 제1권제1호, 1937년 4월

② 꼬불꼬불/산길엔/길손도없지//석달하고/열흘만에/길손뵌다고//또록또록/산토끼/풀닢헤치고//요리조리/내다보며/소군거려요.

<산길〉 尹福鎭, 제2권 6호, 1938년 6월

③ 해가해가 자러간다/산넘어로 자러간다/해벼개는 황금베개/해이불은 황금이불.//황금소가 돌아온다/황금새가 날아간다/우리누나 이고오는/물똥이도 금동이다.

<해 질 때> 윤석중, 제4권 제3호, 1940년 3월

④ 까치가 울어서/산울림/아무도 못들은/산울림//까치가 들었다/산울림/저혼자 들었다/산울림

<산울림> 尹童舟, 제3권 제3호, 1938년 3월

①~④는 시적화자로서 아이의 목소리를 드러내고 있지만 자연을 관조하는 동시이다. ①은 박영종의 시적 특징이 잘 드러나는 간결한 어휘로 이루어진 짧은 행의 나열 속에서 산골의 토끼가 지나다니다 튀어나올 법한 길을 시각적으로 이미지화한 작품이다. ②도 윤복진의 산길인데, 7.5조 정형률에 인적이 드문 산길에서 토끼들의 소곤거리는 소리가 들리는 듯 묘사한 작품이다.

③, ④는 앞의 두 작품에 비해서 다소 관조적으로만 보지 않을 수도 있는 상징적 해석이 가능하다. 윤석중의 <해 질 때>는 표면적 문맥으로는 해가 기울어가며 서쪽 하늘이 붉은 금빛으로 물들다가 온 세상을 금빛으로 물들이는 모습을 상상하게 한다. 금빛 노을을 바라보는 시적화자가 그려진다. 일제 강점 말기의 사회문화적 상황을 좀 더 과하게 반영하여 시를 읽는다면 이 '해 질 때'는 매우 상징적인 이미지로 다가올 수도 있다. 일제가 만주와 중국 대륙까지 제국주의적 야욕으로 물들일 때 오히려 해가 질 때가 다가온다는 의미와 유사한 이미지를 떠올릴 수 있다. 일본제국주의의 군기는 욱일기인데 일본인은 아침에 떠오르는 해를 문장으로 사용하고 있다. 하지만, 윤석중의 <해 질 때>는 묘하게 욱일기와 오버랩되는 매력이 있

다. ④는 3음절 어휘의 절묘한 배합으로 행과 연을 구성한 윤동주의 〈산울림〉이다. 까치 울음소리가 산울림으로 울리는 시청각적 이미지가 뚜렷하다. 표면적 문맥으로는 깊은 산속 까치 울음과 산울림을 묘사한 관조적 작품으로 보이지만, 이 작품도 상징적으로 해석할 수 있는 '까치가 울면 반가운 소식이 온다'는 속설을 알고 있는 독자라면 아무도 듣지 못했으나 다가올 반가운 소식을 애타게 기다리는 모습이 떠오른다.

이 외에도 박영종의 〈잠자리〉, 〈새벽〉, 윤복진의 〈다람쥐〉, 김악자의 〈이슬〉, 윤석중의 〈이슬〉, 〈얼음〉, 강승한의 〈바람이 심하다고〉가 어린아이 목소리를 내지만 자연을 관조하며 무심하게 묘사하는 작품이다. 시적화자가 시에서 한걸음 떨어져 자연을 대상화하여 말갛게 그려내기만 한다는 점에서 일제 강점 말기의 억압 속에서 움츠러든 동심의 상황을 잘 보여준다. 이러한 자연 관조의 동시는 작가가 정서를 자유롭게 토로하지 못하고 억눌리고 있기에 그저 자연을 바라보며 동심을 통하여 위로를 받고자 하는 '퇴행적' 성격의 읊조림을 담고 있다.

일제의 압박 속에서 할 말을 회피하거나 참아내는 마음을 엿볼 수 있는 것으로 계절이나 절기의 풍광을 그리는 동시도 있다.

⑤ 봄이지/버들가지 물이 올라/호들기를/분-다//봄이지/병아리를 차가려고/소리개가 떴-다//꼭꼭꼭 어미 닭이 부른다/삐리리 어미 호들기를 분-다//봄이지 봄이지
〈봄이지(童謠)〉 林春吉, 제1권 제2호, 1937년 5월

⑥ 주룩- 주룩-/여름비 나려서/보리가/활짝 폈지요.//울 안 호박 순도/땅우에 솟았지오.//개고리 울고/나도 활짝/뛰어봤어요.
〈여름비〉 裵先權, 제1권 제5호, 1937년 8월

⑦ 댑사리나무 한아름/고염나무 한 폭이/뜰 앞에서 조으는 암탉 한 마리/우리집 마당은 고요합니다.//서리 맞아 시들은 풋고초 하나/햇볕 보고 다시 사는 호박순 아기/우리집 가을은 고요합니다.

〈가을〉 최순애, 제4권 제11호, 1940년, 11월

⑧ 삼월 삼지ㅅ날/닭 잔치 베프자/햇병아리, 솔병아리/닭 잔치 열자.//동내 닭은 모여라,/장닭관 쓰고,/앎닭 까신 신고,/닭알도 한목 드자,/대굴대굴 한목 끼자,/동 넘어 三寸집/꿩 서방도 청 해라.//삼월이 좋네,/삼지ㅅ날이 좋네.

〈삼월삼질날〉 朴泳鍾, 제2권 3호, 1938년 3월

⑤~⑦은 계절을 노래하는 작품이다. ①에서는 봄버들 가지를 잘라 부는 호들기 소리가 들리는 듯하다. 소리개로부터 병아리를 지키려는 어미닭의 소리와 호들기 소리가 겹친다. 봄을 노래하지만, '병아리를 차가려'는 '소리개가 떴다'는 풍광이 마냥 가볍고 단순하지만은 않은 심정을 보여준다. ③에서 가을의 마당 풍경이 '고요하다' '서리 맞아 시들은 풋고추 하나/ 햇볕 보고 다시 사는 호박순 아기' 어딘지 쓸쓸하고 기운이 없지만, 고요함 가운데 끈질기게 살아가는 생명력이 느껴지는 동시로 읽힌다. ⑧은 삼월 삼짇날 닭들의 잔치 풍경이다. 삼월의 따뜻하고 분주한 생명의 힘이 느껴진다. 잔치를 열며 '삼월이 좋네,/삼지ㅅ날이 좋네'라고 반복하여 노래하는 것은 무슨 연유인지 궁금해진다. 식민지 조선인의 가슴 속에 '삼월'은 '대한 독립 만세'의 소리가 들려오는 달임을 기억하는 것도 좋겠다는 생각이 들면서 단순한 절기의 노래 속에 감추어진 의미를 찾아내어 읽을 수 있겠다는 판단을 하게 된다.

자연과 계절을 관조하는 작품 속에는 최순애의 〈봄날〉이 더 있으며 박영종의,〈佛國寺〉, 〈주막집〉, 〈나룻배〉도 포함된다. 제목으로 드러나듯 사물이나 집과 절을 배경으로 하는 자연과 인간의 어우러짐을 관조하는 것

으로 보인다.

라. 희망과 각오

앞이 보이지 않는 암울한 시기에도 희망을 붙들고 싶은 마음이 실낱같이 표현되어 있는 동시가 있다. 전체 90편 가운데 5편(6%)이다. 1920년대와 1930년대 아동잡지에 발표되었던 동시에 비하면 분량 면에서 훨씬 적을 뿐 아니라, 희망이라고 말하기 어려울 정도로 실낱같다. 일제 말기《소년》의 동시에 담긴 동심이 얼마나 위축되었던가를 짐작할 수 있다.

① 아버지는/마차에 타고/말은/내가 몬다./낄, 낄, 낄 //말은 웃으며/두눈/부른 뜨고/헝 헝 하지만/낄, 낄, 낄//아버지는 /十里길 졸고 /말은 /내가 몬다/낄, 낄, 낄.

〈아버지와 나〉, 박영종

② 당나귀야 당나귀야/차랑차랑 가아자./꼬리에도 방울 한쌍/차랑차랑 달아서,/차랑차랑 달아서.//당나귀야 당나귀야/세계 한바퀴 돌자./논뚝길로, 논뚝길로/차랑차랑 돌자.

〈논뚝길〉 林泳鐘, 제3권 제5호, 1939년 5월

③ 동동 동대문 열자/바두기 눈감기고/동대문 열자//뒷집애기 듭신다/홍띠띄고 길비켜라/앞집애기 듭신다/돌띠띄고 길비켜라.//꽃신신고 모시자면/꽃신이 잇서야지/버선신고 모시자면/버선이 잇서야지.//우리동무 팔동무/모두모두 키대보자/다라단따 다라단따/가을낮은 고소하다.

〈대문열자〉 全良鳳, 제3권 제12호, 1939년 12월

④ 집집이서 아이들이 달려나와서/체신부 아저시를 졸랏습니다./「편지 한 장 주세요」/「편지 한 장 주세요」/「오늘은 없다/비켜라 비켜」/「안돼요」/「안돼요」/나뭇잎을 부욱뜯어 뿌려주면서 /「엣다엣다, 나뭇잎편지」/아이들은 푸른 편지를 줍고, /

체신부는 논뚝길을 지나갑니다.

〈체신부와 나무닢〉尹石重, 제4권 제1호, 1940년 1월

⑤ 눈이온다 함박눈/나려싸인다/하네바람 부누나/눈보래친다/學校에 가는이는/장수뼈다구/장수뼈다구!//가는길은 숫눈길/十里또五里/오는길은 모래길/十里또五里/학교에 갔다온이/장수뼈다구/장수뼈다구!

〈장수뼈다구〉白民 韓晶東, 제4권 제3호, 1940년 3월

①은 부자(父子)가 마차를 타고 가는 모습을 그리고 있다. '아버지는 十里 길 졸'지만 '나'는 말을 본다는 내용에서 희망을 엿볼 수 있다. ②도 표면적 문맥으로는 논뚝긴을 도는 모습이지만, '사랑 사당' 힘사세 '세계 한바퀴' 돌자는 마음은 《소년》에 실렸던 다른 어느 동시보다도 희망적이다. ③은 아이들의 놀이노래인 '대문'을 열자는 내용인데, 꽃신이 없고 버선이 없지만 힘찬 발걸음을 느끼게 한다. ④에서 '편지'는 그야말로 '좋은 소식' 반가운 일'이다. 우체부에게 '편지'를 달라고 보채는 아이들의 모습에서 언젠가 날아올 '푸른 편지'의 희망적 정서를 엿볼 수 있다. ⑤는 눈 내리고 바람 부는 길에 먼 학교에 다녀오는 이에게 '장수 뼈다구'라고 부르는 남다른 각오를 격려하는 마음을 담고 있다.

이 작품들은 1930년대 후반의 일제 강점 말기에 씌어진 것이 아니라면 결코 희망으로 읽어낼 수 없을지도 모른다. 또 《소년》에 실린 다른 작품들과 대비하지 않는다면 결코 희망이나 삶의 각오로 읽어내지 못할 수도 있다.

마. 그리움과 기다림의 노래

일제 강점 말기 식민지 조선인의 마음속에는 간절한 기다림과 그리움의 마음이 있어 《소년》 수록 동시에도 그대로 담겼다. 전체 90편 가운데 4편

(4%)의 동시가 그리움과 기다림을 노래하고 있다.

① 물한모금/입에 물고/하늘한번/처다보고.//또한모금/입에물고/구름한번/처다보고

〈닭(童謠)〉姜小泉, 제1권제1호, 1937년 4월

② 봄이 오면 바다는/찰랑찰랑 차알랑/모래 밭엔 거이들이/살금살금 나오고/우리 동무 뱃전에/나란이 앉아/물결에 한들한들/노래불렀지.//내 고향 바다/내 고향 바다.//잘려고 눈감어도/화안이 뵈네./은고기 비눌처럼/반짝반짝 반짝이는/내 고향 바다.

〈고향바다〉 이원수, 제3권 4호, 1939년 4월

③ 무던이는 아까아까부터/편지장수 기달리지요.//「우리언니 편지한장 사서줘야지!/중학교 붙은 편지, 이쁘단걸루!/오래 오래 읽을 걸루/두-ㅇ뚱한 걸루!」/무던이는 꼬박꼬박!/편지장수 기달리지요.//무던이는 아까아까부터/편지장수 기달리지요./「우리엄마 편지한장 사드려야지!/외할머니 오실편지 보기 조-ㄴ걸루!/두구! 두구! 밤새도록/읽을실걸루!」/무던이는 껌벅껌벅/편지장수 기달리지요.

〈편지장수〉 朴仁範, 제4권제7호, 1940년 7월

①은 강소천의 유명한 동요 〈닭〉이다. 닭이 물을 마실 때 고개를 들어 하늘을 보는 모습을 묘사한 것인데, '하늘'과 '구름'이 상징하는 밝고 높은 빛을 바라보는 모습 속에 조선 민족의 어두운 현실에서 빛을 갈구하는 마음이 읽힌다. 간결하면서도 아름다운 시적 형상화를 보이고 있다. ②는 이원수가 자신의 고향 앞바다를 노래한 것이다. 이 작품에서 이원수가 그리는 '은비늘처럼' 반짝이는 고향 바다는 현재의 고향 바다가 아니다. 눈감아도 보이는 과거의 고향 바다이다. 과거를 그리워하는 노래는 마음을 제대로 드러내지

도 못하는 현재의 아픔을 달래는 노래이다. 《소년》에 실린 동시는 '편지'를 기다리는 노래가 여러 편 있다. ③'좋은 소식'을 기다리는 편지를 편지 장수에게 사서 언니와 엄마에게 주겠다고 '꼬박꼬박' 편지 장수를 기다리는 무던이의 마음이 잘 형상화 되었다. 그 외에 강승한의 〈공부간 누나〉가 더 있다.

이상으로 1937년에서 1940년까지 발간된 《소년》에 수록된 동시를 분석함으로써 일제 강점 말기인 1930년대 후반 동시의 특징을 살펴보았다. 동요와 동시의 개념 논쟁의 와중에서 《소년》에 작품을 게재하였던 주요 작가들의 동시 장르 개념을 그들이 게재한 작품을 통해 살펴보았다. 박영종의 동시는 1920년대에 비해 1930년대 후반 우리 동시가 한 걸음 나아간 예술적 성취를 거두었음을 보여주는 대표적 동시이다. 특히 그의 작품은 동요 혹은 동시 그 무엇으로 표현되었든 동시도 엄연한 본격문학인 詩로서의 예술성을 지녀야 한다는 점을 의식하고 작품 활동을 한 것으로 보인다. 그는 《소년》에 발표한 대부분 작품에 '동시' 혹은 '동요'라는 장르 명칭을 제시하지 않음으로써 동시나 동요나 모두가 시로서 지녀야 하는 예술적 성취가 중요하다는 생각을 드러낸 셈이다.

윤석중은 《소년》지에 작품을 게재할 당시에는 비교적 율격이 뚜렷한 것이나 곡조에 붙여진 것을 '동요'나 '노래'로 표현하였고, 내재율 작품만을 '동시'라고 불렀던 것을 알 수 있다. 이후 '동요'도 점차 파격이나 대화체 등의 사용으로 외형률에서 벗어나 시적 형상화 위한 예술적 성취를 이루기 위해 힘쓴 흔적을 볼 수 있다.

이원수의 작품에서 느낄 수 있는 점은 작가 자신이 율격이나 시의 행연 등을 많이 고민한 흔적이 보이긴 하지만 외형적으로 크게 변화된 내재율 동시를 발표하지는 못했다는 점이다. 자유시론에 대한 김영일의 공로에 대한 언급들과는 달리《소년》에 실린 그의 동시는 모두 정형률이다.

　박영종과 윤석중보다 더 파격적 운율의 동시를 아동 잡지에 발표한 작가들이 있었는데, 소설가 이태준과 김규은 등이다. 이들은 1920년대《어린이》에서 손진태, 차칠선, 황순원이 그러하였던 바와 마찬가지로 우리 동시가 외형률을 넘어서 내재율의 동시로 나아가는 데에 크게 기여하였다.

　《소년》 수록 동시 작품의 내용 특성을 분석한 결과 일제 강점 말기 '아이들 놀이와 생활'을 형상화한 작품이 가장 많았다. 일제 강점 말기의 극한 압박 가운데 자유로운 표현이 어려웠던 상황에서 동시 창작열은 더 깊은 동심 속으로 교묘하게 숨을 수밖에 없었기 때문이다. 주로 아이들의 놀이, 아이를 재우는 자장노래, 아이들의 일상생활을 대상으로 하는 내용이다. 하지만 이 작품들도 더 적극적으로 동심을 형상화하지 못하고 아이들을 대상화하여 바라보는 면이 많다. 그다음은 현실의 안타까움과 고달픔을 내용으로 하는 동시가 있다. 이 작품들은 1920년대 저항과 울분의 목소리와는 달리 매우 은밀하고 조심스럽게 감추어진 슬픈 정조를 담고 있다. 일제 강점 말기에《소년》에 발표된 동시의 이런 '슬픈' 정조는 감추려고 해도 감출 수 없는 자연스러운 표현인데, 이는 눌러도 감출 수 없는 슬픈 삶에서 비롯된 동심의 표현으로 보인다. 인간으로서 삶에서 느끼는 정조를 자유롭게 표현할 수 없었기에 작가들은 자연을 관조하고 계절을 묘사하는 데로 눈길을 돌린다.

　앞이 보이지 않는 암울한 시기에도 희망과 각오를 붙들고 다지고 싶은 마음이 실낱같이 표현된 동시가 몇 편 있었다. 희망이라고 말하기 어려울 정도로 실낱같아서 일제 말기 동시에 담긴 동심이 얼마나 위축되었던가를 짐작할 수 있다. 또 일제강점기 전반에서 보이는 그리움과 기다림의 노래도 있다.

II. 《아이생활》에 담긴 동시

한국 아동 문학사상 가장 오랜 기간 발행된 장수 잡지인 《아이생활》은 일제강점기인 1926년 3월에 창간되어 1944년 1월까지 발간되었다. 창간 당시 발행인은 미국인 선교사 羅宜壽(Nash William L)이고 편집인은 목사 한 석원이었으며, 기독교 교단의 선교 사업을 목적으로 하는 기독교 교육 및 선교 잡지라는 성격을 분명히 하였다. 이후 잡지가 폐간되기까지 기독교가 편집을 담당하였으며, 폐간 직전 일제의 침략 전쟁기에는 한글과 일본어로 발행되면서 일제의 정책 홍보지로 전락하였다.

일제강점기 《아이생활》은 당시 사회문화적 상황 속에서 아동문학이 어떻게 기능하였는지, 어떠한 성서를 남아내고 있는지를 확인하기에 알맞은 잡지이다. 특히 기독교가 한국의 아동문학에 끼친 영향을 보여줄 수 있는 실증적 자료이면서 동시에 일제 강점 말기 침략 정책이 아동문학에 끼친 영향의 한 면모를 있는 그대로 보여 준다.

일제강점기에 발행된 여러 어린이 잡지와 비교해 보아도 《아이생활》의 특성과 의미는 분명하다. 《어린이》(1923~1934, 해방 후 복간), 《신소년》(1923~1934), 《별나라》(1926~1935), 《가톨릭소년》(1936~1938) 등 많은 아동 잡지들이 1930년대에 강제 폐간되었다. 하지만 《아이생활》은 그 이후에도 1944년까지 발행되었다. 특히 해방 직전의 전쟁 상황 속에서 우리 아동문학에 가해진 일제 만행을 어느 정도 살펴볼 수 있는 실증적 자료로서 매우 중요한 의미를 지닌다.

종교적 성격을 띤 《아이생활》에 대한 선행 연구는 많지 않다. 박영지(2019, 2020)는 기독교 교단과 《아이생활》의 관련성을 중심으로 창간주도 세력과 친일에로의 변화 과정에 대해 연구하였다. 또 최명표(2013)는 《아이생활》편집의 특징을 '미흡한 국자 의식', '서양 위인의 중시', '동요 운동의 동참과 기여도', '독자 우대 정책의 명암'을 중심으로 개괄적으로 정리하였다. 박금숙(2015)은 일제 강점 말기 《아이생활》에 일본어로 게재된 글들을 중심으로 연구하여 주로 친일적 이중언어 사용에 초점을 두었다. 《아이생활》 수록 문학 작품에 대한 연구는 충분히 이루어지지 않아 아동문학 장르별 구체적인 현황과 특징에 대한 논의가 더 깊이 있게 진행되어야 할 필요가 있다.

여기서는 《아이생활》에 수록된 동시 장르의 특징을 탐색하고자 한다. 특히 일제 강점 말기의 동시 수록 현황과 동심의 특징을 정리하기 위하여 당시의 시대적 상황과 기독교 교단의 동정 등과의 관련성을 살핀다. 수록 동시에 담긴 동심의 특징을 파악함으로써 한국 동시의 사적 변화 과정을 탐색한다.

1. 일제 강점 말기 사회문화적 상황과 《아이생활》

가. 일제 강점 말기의 사회문화적 상황

《아이생활》의 발행은 일제강점기의 급변하는 사회문화적 정치적 정황과도 매우 밀접한 연관성을 가지고 있었다. 종교는 정치적 문화적 변화와 불가분의 영향 관계에 있기 때문이다. 기독교 선교사의 목적은 종교적 선교 활동이었으나 실제로 이들이 조선에서 실행한 주요 활동은 의료기관이나 학교 건립, 정기간행물 발행 등과 함께 이루어졌다. 이러한 활동은 조선의 의료, 교육, 언론 등 사회문화적 근대화와 더불어 정치적 상황에도 큰 영향을 미쳤다. 당시 열강들의 침략 가운데에서 급변하던 국내 정치 상황 또한 이들 기독교 선교의 활동이나 방향에 지대한 영향을 주기도 하였다.

청일전쟁(1984-1895)과 러일전쟁(1904-1905) 등 나라가 정치적 혼란 속에서 위태롭게 열강에 휘둘리고 있을 때는 어려움에 처한 많은 민중이 종교적 위안을 받기 위해 교회로 모여들었다. 실제로 청일전쟁의 참화가 가장 극심한 곳에서 교회가 성장하여 조선의 개신교 교인은 폭증하였다. 개신교는 청일전쟁과 러일전쟁이 끝난 1906년에는 세례 교인이 감리교 4,027명, 장로교 13,597명으로 크게 증가한다. 러일전쟁의 길목으로 가장 황폐화되었던 평양에서 1907년 개신교의 '평양대부흥'이 일어났다.

이들 가운데 지식인 계층 민족 지도자들도 기독교로 개종하여 외국인 선교사나 관련 기관이 가진 치외법권적 특권에 기대어 개화 자강과 애국계몽운동을 추진하기도 하였다. 1896년 조직된 독립협회와 그 연관 조직은 기독교 기관이 아니었으며 「독립신문」은 정부의 재정지원을 받은 신문이었음에도 개신교인이 주도적으로 운영한 친기독교적 신문이었다. 서재필, 윤치호, 아펜젤러가 차례로 발행의 책임과 주필을 맡았으며 언더우드 학당 출신의 김규식이 취재기자를 맡았고 배재학당 학생 주시경이 회계와 한글 교열을 담당(류대영, 2018: 130)했다.

을사조약(1905)으로 일본의 감시가 심해졌을 때 선교사들은 일본을 한국의 새 주인으로 환영하였다. 그들에게는 자신들의 목적인 선교 활동을 자유롭게 하는 것만이 중요했기 때문이다. 한일합병(1910) 이후 일본은 식민지 조선에서 강력하고 잔혹한 무단통치를 이어갔다. 이때는 미국이 조선에서의 일본 사법권을 인정하면서 선교사에게도 치외법권 적용이 어려워져 외국인 선교사들도 일제의 눈치를 보며 활동에 제약을 받게 되었다. 일제는 1931년 만주를 점령하고, 1937년에는 중국 본토를 침략하였으며, 1938년에는 조선교육령, 육군지원병 제도를 도입하고 국민정신총동원조선연맹[2]을 결성하였다. 1939년에는 국민징용령을 내렸으며 1941년에는 미국 하와이 진주만을 침략하였고, 이어 1943년에는 학도동원령을, 1944년 여자정신근로령을 공포하였다.

일제는 침략 전쟁의 물자 조달과 조선인의 군대 동원을 위하여 '내선일체'를 강조하였다. 황국신민서사(皇國臣民誓詞)를 개신교의 예배에서조차 제창하도록 하였으며, 학교 등 기관과 개인에게 신사참배와 일본어의 상용, 창씨 개명을 강요하였다. 이때 조선의 기독교 교단은 소수를 제외하고는 대체로 신사참배를 수용할 수밖에 없었다. 유일신을 강조하는 기독교가 신사참배를 받아들이기는 어려웠으나, 대다수의 지도급 인사들과 교회 기관들은 살아남기 위해서 그저 국가적 의례일 뿐이라는 총독부의 말을 받아들여 친일에 가담한다. 하지만 일부 무명의 신앙인들은 신사참배 거부 등 저항운동을 벌였다. 신사참배는 실제로 단순한 국가적 의례가 아니었으며, 일제는 조선의 교회를 서구 교회와 단절시키고 일본 조직 산하로 통합시키고자 모략하였다. 일제는 1939년에는 종교단체법을 만들어 위협과 회유를 통해 일본 천황을 중심으로 하는 국체를 만드는 데에 종교계를 동원하였다.

기독교의 어린이 주일 학교 선교 잡지였던 《아이생활》이 1944년 초까지 발행될 수 있었던 것은 이러한 일제의 집요한 종교계 회유와 동원에 기독교가 가담하였기 때문이다. 대다수의 잡지가 폐간되고 이어지지 못한 상황에서 일제의 정책을 위한 수단으로 활용되지 않고는 가능할 수 없었다. 하지만, 비록 일제의 침략 정책의 수단으로 동원되었을지라도 잡지에 수록된 문학작품은 아동문학의 상황과 더불어 그 시대 동심의 정서를 어느 정도

---

2) 그 실천요목은 (1)매조황거요배(每朝皇居遙拜), (2)신사참배려행(神社參拜勵行), (3)조선제사려행(朝先祭祠勵行), (4)황국신민서사낭송(皇國臣民誓詞朗誦), (5)국기존중게양려행(國旗尊重揭揚勵行), (6)국어생활려행(國語生活勵行) 등 21개 항목이다.

파악할 수 있는 자료가 된다.

나. 《아이생활》 발간의 배경과 성격 변화

기독교 선교단체와 조선주일학교연합회가 발간한 《아이생활》은 1926년 3월 창간호가 발간된 이후 처음에는 조선 기독교의 민족주의적 성향을 드러내며 발행된다. 《아이생활》의 편집자인 정인과는 흥사단과 수양동우회를 기반으로 활동하는 기독교 중심적 민족주의자였다.

기독교는 일제의 민족말살정책에 대항하여 민족문화 수호 운동에 앞장섰다. 특히 주시경을 비롯한 안동교회 장로 이윤재, 정동교회 장로 김윤경, 새문안교회 집사 최현배 등이 한글학자들을 중심으로 조선어학회 활동 등 한글문화 발전에 끼친 공적이 크다. 일제가 날조한 식민사학에 저항한 남궁억, 안재홍, 홍이섭, 함석헌, 김원근, 백낙준 등 역사·지리학자들도 민족문화 수호에 앞장섰기에 일제강점기 기독교의 민족주의적 활동은 결코 가볍게 볼 수 없으며 그 의의가 크다.

일제 강점 말기로 갈수록 종교단체마저도 일제의 식민 정책에 대항하지 못하고 오히려 이용되었다. 많은 외국인 선교사들이 본국으로 돌아갔고, 혹독한 핍박을 견디지 못하고 친일에 가담하는 종교계 인사도 늘어났다. 1938년 이후 공식적으로 기독교 단체는 대부분 일제에 협력하였다.

한편 총독부 경무국 도서과는 <편집에 관한 희망 및 주의사항>을 제시하여, 일본 황실과 조선 왕실을 모독하는 것과 반일 사상을 고취하는 것, 내선일체 및 내선 융화에 반대되는 것 등은 출판을 금지시켰다(한국기독교역사학회 편, 2012; 291). 이후 한글 혹은 한국문화에 대한 글은 간행이 어려웠다.

일제 강점 말기 《아이생활》은 '일본식 기독교'인 천황 숭배를 중심으로 모든 종교가 국가신도(國家神道)에의 복속을 강요하는 정책에 굴복하고 만다. 1940년대 이후 《아이생활》에는 점차 일본어 원고가 많아지고, 일본 황실과 징병 예찬 등 부일 작품이나 친일을 권하는 내용이 많아진다. 기독교 관련 내용도 거의 사라져 본래의 편찬 의도가 무색하게 된다.

실제로 《아이생활》은 1930년대 중후반까지는 기독교 민족주의 잡지로서 성격을 유지한다. 특히 1931년 7월호는 '이순신 특집호'로 「거북선 세계에서 제일 처음 생긴 철갑선」, 「충무공 리순신의 인격」 등이 게재되었고, 같은 해에 국어학자 김윤경(金允經, 1894~1969)의 〔한글독본〕이라는 코너가 매호 게재되었는데 그 내용은 '조선의 역사', '단군', '부여', '신라의 건국', '고구려 건국' 등이었다.(오영식, 2019; 669-784), '白南, 〔강좌〕한글받침법'(1938년 12월 제13권 제10호, 54-55), '柳光烈선생, 〔특집란〕이순신의 戰績 남해안을 보라'(1936년 8월 제11권 제8호, 11-12) 등을 수록하였다. 이는 《아이생활》의 성격 변화가 1937년 중일전쟁 발발을 전후하여 1941년 태평양전쟁 발발을 거치며 1940년대에 급속하게 전환되었음을 보여준다.

중일전쟁에 이어 태평양 전쟁이 발발한 1941년 이후의 《아이생활》의 목차에는 일본어 제목이 급격히 늘어난다. 그 내용 면에서도 주일 공과가 사라지고, 애국을 부르짖는 잡지로 변모하며 일본어로 게재되는 내용이 많아진다. '〔시국독본〕 애국일이란 나라를 위해 움직여야 한다(6-7)', '시국뉴스(6-7)', '〔신앙실화〕병사의 성경(9)'(이상 1941년 6월호 목차의 내용임.) 등이 일본어로 제시되었다.

2. 동시의 특징

연구 대상은 일제가 중일전쟁을 일으킨 해인 1937년부터 잡지가 폐간되는 1944년 1월호까지 《아이생활》에 수록된 동시이다. 노래, 동요, 동시, 동화시 등의 장르명으로 혹은 장르명을 제시하지 않고 수록된 작품이며, 경희대아동문학센터에서 정리한 동시 작품을 근간으로 하였다.

가. 일제 강점 말기 수록 동시 개관

일제 강점 말기인 1937년 이후《아이생활》에 두 편 이상 동시를 수록한 것으로 확인되는 작가는 박영종, 임원호, 강승한, 김영일, 이종성 등이다. 전체 연구 대상 작품은 186편이다.

1939년 이후 일제가 조선어를 사용하지 못하도록 금하였지만,《아이생활》은 한자를 포함하는 한글로 편찬되었다. 다만 이후 갈수록 일본어 원고가 많아졌는데, 동시는 대부분 한글 원고로 게재되었고 작가의 이름은 한자로 표기하는 경우가 많았다. 1943년에는 동시도 일본어로 창작 게재한 것이 보인다. 강승한의 동시 <잠자리>가 일본어로 창작되어 1943년 통권 193호에 수록되었고, 이종성은 같은 해 통권 192호에 '國本鍾星'으로 창씨개명한 이름으로 동시 <군가가 울리는 거리>를 일본어로 발표하였다.[3] 물론 그 내용 면에서도 이들 일본어 동시는 부일작품으로 분류된다.

오늘날까지 유명한 동시 작가들의 동시도 수록되었다. 박영종, 윤석중, 정지용, 김영일, 목일신, 윤복진 등이다. 박영종은 1940년대 이전에도 많은 작품을 수록하였으며 한글 사용에 제한이 컸을 1940년대 이후에도 다수의 동시를 게재하고 있다. 그런데 이들 동시가 《아이생활》에 처음 발표

---

3) 본고에서는 '國本鍾星'을 '李鍾星과' 동일 인물로 보았다. 즉 '國本鍾星'을 창씨 이후의 이름으로 보았는데, 창씨의 사례들에서도 살펴볼 수 있을 뿐 아니라, 수록된 한글 동시 전반에서 창씨개명 이전과 이후의 분위기가 동일 인물의 것으로 판단되기 때문이다. 이는 창씨 개명의 사례를 몇 가지로 구분한 연구에서 대표적인 것으로 '보충형'에 해당한다. 이는 기존의 성에다 한자 하나를 더 붙여 창씨한 것이다. 가장 많이 나타나는 사례로, 金, 李, 朴 등의 기존 성에다 이에(家), 모토(本, 原) 등의 '가문'을 나타내는 글자나 야마(山), 카와(川) 등의 자연물을 나타내는 글자 등을 붙여서 만드는 경우이다. 정주수(2019), 『일제강점기 창씨개명 실태연구』, 동문. 참조.

된 작품이 아닌 경우도 포함하고 있다. 이를테면 1941년 통권 173호에 수록된 동요 <토끼길>은 이미 1937년《소년》지에 발표한 동시이다. 1941년 통권 175호에 수록된 윤석중의 <봄나드리>도 1939년『윤석중 동요선』에 발표된 것으로 '노래'의 형태로 수록되었다. '노래'라는 장르명으로 수록한 작품은 대체로 처음 발표되는 작품이 아닌 경우가 많다. 서덕출의 <봄편지>(노래, 통권 175호, 1941)는 1925년《어린이》에 발표된 것이고, 이원수의 <고향의 봄>(노래, 통권 175호, 1941)도 1926년《어린이》에 발표한 작품이다. 한편 정지용의 동시 <해바라기씨>(童詩, 통권156호, 1939)와 <산넘어 저쪽>(童謠, 통권186호 1943)도 1927년《신소년》에 이미 발표한 작품이 수록되어 있다. 일제 강점 말기에 발행된《아이생활》에는 유명 작가가 이미 발표한 동시를 가져다 수록하는 경우가 많았음을 알 수 있다.

일제의 압박이 더 극심하였다고 판단되는 1940년대에 여러 편의 동시를 수록한 작가는 박영종, 강승한, 김영일, 윤복진과 이종성, 임인수, 윤동향, 장봉안, 우효종, 이세보, 이윤선 등이다. 박영종, 강승한, 김영일, 윤복진은 그 이전부터 다수의 작품이 수록되었던 작가이지만, 이종성, 임인수, 윤동향 등은 1940년대에 주로 많은 동시를 수록한 작가들이다.

<표 Ⅱ-1> 일제 강점 말기(1937~1944년) 8편 이상 게재 작가별 동시 목록

작가	제목
박영종 (朴泳鍾)	내일 모래 열두살(童謠, 통권130호, 1937. 1), 所願 한 가지(童詩, 36호, 1937. 7), 달님(통권140호, 1937. 10), 여기 저기 파아릿(통권144호, 1938. 4), 흥부-흥부전 가운데 흥부 품파리 하는 것(통권153호, 1939. 2), 깜둥 송아지(통권156호, 1939. 5), 달무리(童詩, 통권 165호 3, 1940), 코끼리야 코끼리야(통권168호 7, 1940), 잘자는 우리 아기(통권170호 10, 1940), 소롱 소롱 이슬이(童謠, 통권 173호 1, 1941), 삼월삼질(童謠, 통권 173호 1, 1941), 집보는 시계(童謠, 통권 173호 1, 1941), 토끼길(童謠, 통권 173호 1, 1941), 흥부와 제비(童謠, 통권 173호 1, 1941), 잠자리(童謠,통권186호 3, 1943)

작가	제목
임원호 (任元鎬)	겨울 꽃밭(노래, 131호, 1937. 2), 늘뛰기(노래, 131호, 1937. 2), 새애기(노래, 통권132호, 1937. 3), 안개포장(노래, 133호, 1937. 4), 봄소식(노래, 133호, 1937. 4), 병아리(통권134호, 1937. 5), 바둑이 동무(통권135호, 1937. 6), 보름달(노래, 통권136호, 1937. 7), 연닢배(노래, 통권138호, 1937. 8), 달팽이(노래, 통권139호, 1937. 9), 궤아저씨(노래, 통권140호, 1937. 10), 살어름(노래, 141호, 1937. 12),꾀당나귀((선편이슘), 통권156호, 1939. 5), 누나의 편지(童謠, 통권172호 12, 1940)
강승한 (康承翰)	누나야……(버선 한켜레)……(童謠, 통권130호, 1937. 1), 보았대(童詩, 133호, 1937. 4), 늙어질라(통권138호, 1937. 8), 봄비(노래, 통권144호, 1938. 4), 間島 가는 馬車(童詩, 통권146호, 1938. 6), 검정말 콩을 주자(통권155호, 1939. 4), 송아지가 운다 배가 떠난다(통권164호 2, 1940), 집나간 도야지(통권166호 4, 1940), 봄바람(童謠, 통권167호 6, 1940), 안개(통권167호 6, 1940), 잠자리 사공(통권170호 10, 1940), 바람은 손두없는데(통권172호 12, 1940), 잠자리(일어)(통권193호 12, 1943)
김영일 (金英一)	오막사리집(童謠, 통권139호, 1937. 9), 꼬아리(141호, 1937. 12) , 빨강꿈 노랑꿈(노래, 통권146호, 1938. 6), 권투선수 오뚜기(통권155호, 1939. 4), 산골동네(통권156호, 1939. 5), 반디야 반디야(통권170호 10, 1940), 호랑이(아가童謠, 통권172호 12, 1940), 볼우물(아가 童謠, 통권172호 12, 1940), 고양이(아가 童謠, 통권172호 12, 1940), 大日本의 少年(통권184호 1, 1943), 다람쥐(童謠,통권194호 1, 1944)
이종성 (李鍾星 國 本鍾星)	귀두라미(李鍾星, 童謠, 통권184호 1, 1943), 풀밭에서(李鍾星, 통권190호9, 1943), 저녁마을(李鍾星, 통권190호9, 1943), 가을밤(李鍾星, 통권190호9, 1943), 가을 오는 날(李鍾星, 통권190호9, 1943), 산밑에 집(李鍾星, 童話詩, 통권192호11, 1943), 군가가 울리는 거리(일어)(國本鍾星, 통권192호11, 1943), 조용한 밤(國本鍾星, 통권193호 12, 1943), 눈온날 日記(國本鍾星, 童謠,통권194호 1, 1944)
윤복진 (尹福鎭)	애기 참새(童謠, 133호, 1937. 4), 나박머리 종종머리(童謠, 36호, 1937. 7), 봄나비 한쌍(童謠, 통권 165호 3, 1940), 종달새가 종종종(통권166호 4, 1940), 읍내가는 마차(童謠, 통권167호 6, 1940), 가을바람이지(통권170호 10, 1940), 진달레(童謠, 통권 175호 3, 1941), 다람쥐(童謠, 통권186호 3, 1943)
임인수 (林仁洙)	봄바람(통권166호 4, 1940), 별바다(童謠, 통권181호 10, 1941), 봄이 옵니다(童謠,통권 187호 5, 1943), 풀잎배(童謠, 통권188호 6, 1943), 들국화(童謠, 통권191호10, 1943), 눈오는밤-애기듣는밤(童謠, 통권194호 1, 1944), 나무닢 우는 밤(동요, 통권194호 1, 1944), 별이야기(童話詩, 통권185호 2, 1943)
윤동향 (尹童向)	설아 어서온(童謠, 통권 163호, 1, 1940), 눈보라 치는밤(童謠, 통권 164호 2, 1940), 심부름(童謠, 통권 165호 3, 1940), 제비 한 쌍(童謠, 통권167호 6, 1940), 하눌(통권 173호 1, 1941), 나뭇잎(통권 173호 1, 1941), 새벽(통권 175호 3, 1941), 꽃대문(통권188호6, 1943)

나. 동시에 담긴 동심

일제 강점 말기《아이생활》수록 동시에 담긴 동심의 시선은 현실을 바라보지 못하고 외면한다. 자연에 묻히거나 자연에서 위로를 받는 동심이 대부분이다. 일상 속에서 걱정과 가난으로 신음하지만, 어른의 눈빛으로 아이에게 희망을 거는 마음도 있다. 많지는 않으나 한글 혹은 일본어로 쓴 친일 동시들이 있다.

1) 현실을 떠나는 동심

일제 강점 말기《아이생활》수록 동시에 담긴 동심은 현실을 떠나 과거나 미래로 혹은 먼 우주와 꿈속과 옛이야기 속으로 시선을 돌린다. 전체 연구 대상 186편의 동시 가운데 49편(26.34%)에서 동심의 시선이 현실을 외면하고 있음을 확인할 수 있다.

가) 과거의 시공간으로 가는 마음: 옛고향과 빈집

1937년 이후《아이생활》에 수록된 동시에 드러난 동심은 시공간적으로 현재를 바라보지 않는다. 다른 장소나 다른 시간을 바라보고 있다. 과거속의 시간과 공간을 그리워하는 노래가 압도적이며 특히 고향 마을과 빈집을 바라보며 형상화한다. 시적화자의 마음이 과거의 공간 속에 머물러 상실한 고향 집과 부모를 그리고 있는 것은 지금 당하는 상실이나 아픔과 억압이 그만큼 커서 그것을 바라보지도 의식적으로 표현하지도 못하는 상황임을 말한다. 동시에 드러난 이러한 동심은 무의식적으로 상실을 드러내는 결과이다.

> ① 먼산에 진달내/옭옷붉옷 피고/보리밭 종달새/우지우지 노래하면/아득한 저산 넘어/고향집 그리워라/버들피리 소리나는/고향집 그리워라
>
> <望鄕> 金水鄕, 통권130호, 1937.

② 산골동네 옛동네 그리운 동네/울긋불긋 꽃동산 꾸며논 동네/어깨동무 짝짜궁 노래 부르고/버들피리 만들어 노래 부르고//산골동네 옛동네 떠나온지가/삼년하고 또한달 지났습니다/오늘도 산골동네 그리워서요/해지는 저산밑 바라봅니다

<산골동네> 金英一, 통권156호, 1939. 5

　　나라 잃고 전쟁으로 내몰리는 압박 속에서 형상화된 동시에 드러난 동심은 고향을 잃고 집을 잃은 자의 아픔과 과거로 향하는 그리움을 드러낼 수밖에 없다. 시간적 표현은 주로 '옛날', '나의 살던', '살든 때'이며, 공간적 표현은 '고향 집', '흥부골', '동네', '산골', '오막사리집'이다. 꽃 피고 새 우는 고향, 침침한 산골 고향에 대한 그리움을 형상화한 동시들에서 일제 강점 말기《아이생활》수록 동시에 담긴 동심의 현실회피적 시선과 그 시선의 끝에 머무는 고향과 집의 형상을 그려볼 수 있다. <흥부와 제비>(朴泳鍾, 童謠, 통권173호, 1941. 1), <고향의 봄> (李元壽, 노래, 통권175호, 1941. 3), <내고향은 꽃나라> (白川峻창, 童謠, 통권181호, 1941. 10), <오막사리집>(金英一, 童謠, 통권139호, 1937. 9)이 더 있다.

　　잃어버린 고향과 고향 집에 사는 이는 부모형제이다. 과거의 공간을 향하는 동심과 그 안에 머무는 가족의 모습이 시적으로 형상화된다.

③ 얼마나 울었니/적은새야/아버지 어머니/보고싶으냐//널따란 하늘을/마음끝 날어/산넘고 물건너/네집에 가거든//아버지 어머니/품에 안기워/귀엽게 짹-짹/울어나다오.

<적은 새> 朴明玉, 特選童謠, 통권131호, 1937. 2

④ 물오리 동동/가알갈 가알갈/물오리 동동/가알갈 가알갈/늬집이 어데냐/도랑천 건너서/생천을 건너서/우물목 지나서/도랑건너 뛰어서/앵두나무 선집이/우리집이란-다

<물오리> 金泰午, 童謠, 통권131호, 1937. 2

⑤ 동글 동글 꼬아리/입에다 물고/까드득 까드득/불어 보았네//우리언니 생각에/꼬아리 물고/까드득 까드득/불어보았네//우리언니 시집갈 때/한방에 앉아/까드득 하로밤을 /정답게 불었지//동글 동글 꼬아리는/언니꼬아리/오늘도 언니 방에서/혼자 불었네

<꼬아리> 金英一, 통권141호, 1937. 12

③에서 멀고 먼 고향으로 날아가는 마음은 '적은새'에 의탁된다. 적은 새는 하늘을 날 수 있으니 '집에 가거든' 부모님의 품에 안겨 울어달라고 하소연한다. ④에서는 물오리에게 '늬집이 어데냐' 묻고 답하는 가운데 '도랑천 건너서/생천을 건너서' 가야 하는 멀고도 먼 집을 그리며 찾을 수밖에 없다. ⑤에서 보듯 결국 현실 속 동심은 '혼자' 꽈리를 분다.

이런 동심은 현실로 잠시 시선을 돌려서 보아도 결국 '빈집'에 갇혀 있다.

⑥ 돌담 높이 높이/포도넝쿨이 엉금엉금 기어올랐다./밤자고나면 또 자라리-//마당 뜰 풀이 무성히 자라고/큰 쇠문엔 쇠가 잠겼다./푸른 하늘밑에 잠자는 붉은 빈집.//문, 문은 낡고/자물쇠마다 녹이갔다./아무도 없는 빈집/쥐랑 새들은 저기서 보금자릴 치라-//빈집 저기서 꿈을 꾸던 사람은 누구였을가//빈집은/대낮에 옛임자 꿈을 풀어본다.

<빈집> 禹曉鍾, 童謠, 통권165호, 1940. 3

⑦ 참새한쌍/포르르/울타리넘어/보화네집으로/잠자러가네

<참새 한쌍> 金城景黙, 童謠, 통권 177호, 1941. 5

⑥에서 보듯 폐허가 된 빈집은 '대낮에 옛 임자 꿈을 풀어본다.' 현실은 잡초가 자라고 낡고 녹이 슨 '잠자는' 빈집이다. 빈집도 '옛' 임자를 꿈꾼다. <집나간 도야지>(康承翰, 통권166호, 1940. 4)는 빈집을 남기고 떠난 이에 대

한 마음이며, 조금 더 힘을 낸 동심은 <이라낄낄 이소야>(南曙宇, 童謠, 통권 169호, 1940. 8)에서처럼 해지고 어둠이 짙어 오는 노을 속에서 '이소야 집에 가잔다'라고 하며 힘없이 일어서는 모습일 터이다. ㉠은 오히려 집을 버리고 '보화'네 집으로 가는 새로운 이미지를 담고 있는데, 이는 일제의 강제에 의한 '내선일체' 등 '집'을 바꾸는 이미지를 담고 있는 유일한 동시이다.[4] 이 동요의 작가 金城景默은 일제 강압에 의해 창씨 개명에 참여한 자신을 담은 것으로도 볼 수도 있다.

먼 고향과 상실의 텅 빈 이미지를 담은 동시로 그 외에도 <솔방울>(尹鍾厚, 童謠, 통권 165호, 1940. 3), <비 오는 밤에 (鈴 蘭, 통권166호, 1940. 4), <풀밭에서>(李鍾星, 통권 190호, 1943. 9), <골목길>(禹曉鐘, 통권189호, 1943. 8)이 더 있다. 집을 그린 동시 가운데 <우리집>(李世保, 童謠, 통권177호, 1941. 5)은 초가집 '우리집'을 문법적으로 현재 이미지로 그리고 있다. 그러나 시에서 그 현재적 이미지는 과거로 해석될 수도 있어서 이미지에 대한 해석마저도 애매성을 지니는 유일한 작품이다.

나) 미래 시공간 속 동심: '지금 여기'를 떠난 '먼 그날'

삶의 현실이 척박하고 괴로울 때일수록 동심의 시선은 현실이 아닌 미래의 어느 날 혹은 다른 장소를 향한다. 일제 강점 말기 《아이생활》 수록 동시의 현실 회피적 시선은 '지금 여기'를 떠나 먼 곳으로 자주 옮겨간다. 이 동시들에서 '지금 여기'는 잘 드러나지 않거나 드러나더라도 기다림으로 형상화된다. 때로는 기다림이 지나쳐 현실은 환청이나 착각이나 차가운 겨울로 그려진다.

---

4) 이 동시는 친일 동시로 분류할 수 있는 내용이다. 다만 여기서는 현실을 떠나 다른 곳으로 달아나는 동심에 초점을 두고 다루기로 한다.

① 래일모래 자고나면,/설이온다네,//이밤엔 어디쯤/설이 왔쓸까,//山水甲山 골짝쯤/설이 왓나보.//래일모래 설날에/열두살 먹네//이밤엔 열두살이/어디쯤 왔쓸까,//太白山 골짝이를/소를타고 넘나보.

<內일 모래 열두살> 朴泳鐘, 童謠, 통권130호, 1937. 1

② 二月의 세계는 히다./북악산 머리에도 흰눈이 덮였다./목을 음추리고 치움에 쪼껴가는/할머니를 보았다./아-처량한 그모양/(-생략-)/그곳에는 아버지도 계시고/사랑하는 어머니도 계시겠지/二月의 바람은 차다./누나야 문을 닫어라./봄은 아직 멀다.

<二月> 임홍은, 통권131호, 1937. 2

③ 떨, 떨, 떨/검정말 기운세다/아카시아 흰꽃핀 벼랑고개/잘 넘어 온다//술렁, 술렁/푸른 포푸라/그늘진 고갯길로/이삿짐 오늘도 세바리째/강건너 누구네 또 가나.//풀석, 풀석/몬지나는 길위에/마차가 멀어간다/누나는 간도간지 네헤/왜 편지도 않나.//떨, 떨, 떨/여기서 간도는 三백리/고향집 꿈에 보며/검정말이 사나흘 갈게다.//마찻군, 얼굴은/목단처럼 붉어도/서운한 생각에 누나와 나는/뻐꾹새 소리를 한종일 못들었다./여기서 간도는 三백리/꿈에 보는 간도는 三백리.

<間島 가는 馬車> 康承翰, 童詩, 통권146호, 1938. 6

①에서 시적화자는 '래일모래' 다가올 열두 살 설을 기다린다. 그런데 '래일모래'는 아주 먼 시각으로 느껴진다. 왜냐하면 오고 있을 설의 현재 위치가 '山水甲山', '太白山 골짝이'로 현실이 아니거나 이곳이 아닌 아주 먼 곳이기 때문이다. 시적 화자의 마음은 현실에서 멀리 떠나 설이 오고 있는 곳으로 가 있다. ②에서 기다리는 '봄'은 '아직 멀다'. 지금 이월의 바람은 차다. 기다리는 봄은 '집집 들창 불빛'이 따스하고 아버지 어머니가 계신 시공간이다. 동심은 그곳으로 가 있다. ③에서 시적화자의 시선이 머문 곳은 '삼백 리' 먼 곳 간도이다. 언니가 떠나간 곳이며 그곳으로 가는 검정말의

'사나흘' 걸음을 따라가며 먼 곳 간도로 가고 있다. <새벽>(尹童向, 통권175호, 1941. 3)은 아직 날이 새지 않은 지금 '새벽'을 묘사하고 있지만, 새싹은 잠자고 땅속 이불을 헤치고 있다. 역시 봄이 깨어날 날을 향하여 동심의 시선을 돌리고 있다. <설아 어서온>(尹童向, 童謠, 통권163호, 1940. 1)에서 기다림은 바다가 된다. 여기서도 시적화자의 시선은 언니가 떠나는 바다에서 해가 저무는 현실을 그리고 있지만, 언니가 돌아올 바다를 향하여 돌려지고 있다. <봄편지>(徐德出, 노래, 통권175호, 1941. 3)도 기다리는 동심을 형상화하고 있다.

이런 미래적 시공간을 향한 기다림의 애절함은 환청으로 들려온다.

④ 아마도/누가 오나보/저봐 옵빠/발소리가 나지않우?//온! 애는/헷소리를 하나.//아냐 꼭 누가와/그렇게 들녹은 눈우를/사픈 사픈/것는소리가 나지//온! 애는/잠꼬대를하나//아야난다-아러/언젠가 엄마가 그랬어/저것은 봄이것는/예쁜 발소리라구//온! 애는/옛날이야기를하나//그럼/우리내기할까?/잇다보지/할미꽃 이피질안나를

<누가 오나보-> 滿洲 嚴達鎬, 童詩, 통권132호, 1937. 3

⑤ 누구가 부는지 휘파람소리/봄바람 타구서 흘러오니까/행여나 오빠가 부는가보아/바구니 던지고 뛰어갑니다.//(-생략)/오빠를 부르며 뛰어갑니다.(一九三六 舊稿에서)

<휘파람> 嚴湖童, 童謠, 통권133호, 1937. 4

⑥ 국화꽃도/시들었다./심심한 겨울꽃밭에/고은눈 덮여있고나.//하얀방석/하얀 포장/꽃밭우에 개가다녀/송이송이 매화꽃그림

<겨울 꽃밭> 任元鎬, 노래, 통권131호, 1937. 2

④와 ⑤는 오빠를 기다리는 동심에 들리는 발소리와 휘파람 소리를 형상화한다. 시적화자의 시선은 과거와 미래로 떠난다. 옛날에 들었던 오빠

발소리와 휘파람 소리는 과거를 향하는 시선이며, 그 오빠가 다시 돌아온 환청이나 눈에 어린 오빠의 모습은 미래에 대한 기대가 깊어져 생긴 착시이다. 동시에 그려지고 있는 환청과 착시의 상태는 현재이긴 하지만, 시적 화자의 마음은 현실이 아닌 오빠가 돌아온 그 날, 아직 오지 않은 오빠를 만나는 그날인 미래에 가 있다. ⑥은 꽃을 기다리는 겨울 꽃밭을 형상화하였다. 하얀 눈이 덮인 꽃밭은 개가 그린 발자국만이 있을 뿐이지만, '매화꽃 그림'을 연상함으로써 매화꽃이 필 그날로 동심이 향하고 있다. 기다림의 동시는 <송아지가 운다 배가 떠난다>(康承翰, 통권164호, 1940. 2), <산넘어 저편>(鈴 蘭, 통권166호, 1940. 4)이 더 있다.

다) 초현실적 시공간의 동심: 꿈, 옛날, 하늘

현실에서 온전히 누릴 수 없는 고운 동심은 과거 및 미래의 시공간을 넘어 새로운 시공간에서 이루어지기도 한다. 바로 꿈의 공간, 옛이야기의 공간, 그리고 하늘 공간이다.

---

① 빨강 빨강 나비야/노랑 노랑 나비야//빨강 꿈을 꾸었니/노랑 꿈을 꾸었니//빨강 나비 어젯밤/노랑 꽃에 자다가/노랑 꿈을 꾸었대//노랑 나비 지난밤/빨강 꽃에 자다가/빨강 꿈을 꾸었대//빨강 빨강 나비야/노랑 노랑 나비야//빨강 꿈이 고웁디/노랑 꿈이 고웁디//나는 빨강꿈도 곱고/노랑 꿈도 곱드라

<빨강꿈 노랑꿈> 金英一, 노래, 통권146호, 1938. 6

---

② 아롱다롱 나비야./아롱다롱 꽃밭에/나풀나플 오너라./붉은꽃이 웃는다/노랑꽃이 웃는다/앞뜰우에 홀로핀/복사꽃이 웃는다./너를보고 웃는다.//아롱다롱 나비야/아롱다롱 꽃우에/사뿐사뿐 앉어라/송이송이 꽃속에/고히고히 잠들어/붉은 꿈을 꾸어라/노랑꿈을 꾸어라/오색꿈을 꾸어라

<아롱다롱 나비야> 睦一信, 통권133호, 1937. 4

①과 ②는 꽃과 나비의 꿈을 그리고 있다. 시적 화자는 훨훨 나는 고운 나비와 꽃을 보면서 꿈으로 시선을 옮긴다. 현실 속의 삶이 아닌 꿈속에서만 나비와 꿈의 고운 빛깔을 누릴 수 있기 때문이다. 현실에서는 꽃이 아무리 고와도 곱게 보이지는 않을 만큼 척박하기 때문이다. <흥부-흥부전 가운데 흥부 품팔이하는 것>(朴泳鍾, 통권153호, 1939. 2)는 현실의 동심처럼 가난하고 힘들지만 '강남 박씨' 흥부의 날품팔이를 생각하며 이야기 속에서 '돈 짐을' 진 상상 속에 시선을 두며 옛이야기 속에 살고 있다. <눈오는밤-얘기 듣는밤>(林仁洙, 童謠, 통권194호, 1944. 1)가 더 있다.

현실은 '땅'의 이미지를 갖는다. '하늘'은 현실을 넘어선 상상 속 희망의 세계다. 일제 강점 말기의 이 땅은 어둡고 힘듦을 간접적으로 드러내는 것으로 하늘 이미지를 그리는 동시가 유난히 많다. 특히 하늘과 구름과 별은 대표적인 현실회피의 시선이 가 닿은 곳이다.

③ 하늘은 바다,/구름은 육지,//거 누가/그리나,//이름도 모를 나라/지도를.

<지도> 姜小泉, 통권153호, 1939. 2

④ 하늘엔 흰눈이/얼마나 많은지/가보고싶어/봄바지 저고리/통통이 입구서/가보고싶어,//보이야 구름속/비행길 타구서/올라가볼까/하얀눈 임자를/살-살 꼬여서/놀다가올까,//누가루 파르르/바람에 날리기/재미날거야/싸래기날리고/함박꽃 날리고/재미날거야,

<눈나라> 金明善, 통권172호, 1940. 12

③에서 시적화자의 시선은 '이름도 모를 나라' 지도를 그리는 하늘에 가 있다. ④에서는 하늘에 올라가 달과 별과 함께 놀고 싶은 거리의 전등을 그리고 있다. <하눌>(尹童向, 통권173호, 1941. 1)도 하늘에서 소리개가 되고 비행

사가 되는 동심을 볼 수 있다. 하늘을 그리는 동심이 드러난 <전등과 애기별>(姜小泉, 통권169호, 1940. 8), <연기>(李世保, 童謠, 통권168호, 1940. 7)가 더 있다.

특히 밤하늘의 별은 현실이 아닌 새 삶에 대한 희망 이미지로 자주 사용된다. 현실이 어두울수록 더욱 밝게 보이는 별을 의미하는 '밤하늘', '별'과 '달'은 일제 강점 말기 《아이생활》에 수록된 동시에 자주 등장하는 시어이다.

⑤ 깜박 깜박 밤하늘엔/애기별이 놀고요/저하늘을 건너오는 바람소리는/아마득한 하늘에서 춤을 추어요/애기별이 깜박깜박/졸고 있는땐/멀리뵈는 저하늘이 그리워져요

<밤하눌> 金炳愛, 통권175호, 1941. 3

⑥ 은하수 강물가에 어린별들이/옹기종기 모여앉어 무엇을 하나/버레까지 잠자는 깊은 이밤에/소곤소곤 모여앉어 무슨말 하나

<어린별> 우리집, 통권175호, 1941. 3

⑦ 은빛모자 쓰고서/반짝 반짝/금빛모자 쓰고서/반짝 반짝//엄마도 아빠도/누나도 아가도/모두모두 나와서/바람쐬러 나와서/저녁노리 한 대요.//별하나 꽁-꽁/나하나 꽁-꽁/열까지 세이다가/아기가 잠들고/백까지 세이다가/누나도 잠들고//별바다의 등대불/은빛 별빛/별바다의 등대불/금빛 금빛//멀이갔든 동무도/꽁꽁숨었든 아기도/모두모두 모여서/소물소물 모여서/재미나게 잡니다.

<별바다> 林仁洙, 童謠, 통권181호, 1941. 10

⑧ 산넘어 저쪽엔/누가 사나//뻐꾸기 고개우에서/한나절 우름운다.//산넘어 저쪽엔/누가 사나//철나무 치는 소리만/서로 받어 쩌르렁//산넘어 저쪽엔/누가 사나//늘오든 바눌장사도/봄들며 아니오네.

<산넘어 저쪽> 鄭芝溶, 童謠, 통권100호, 1943. 3

⑤는 애기 별이 노는 밤하늘을 그리는 노래이며, ⑥은 어린 별이 모여 소곤거리는 형상을 그렸다. 또 ⑦은 온 가족이 나와서 별을 센다. 멀리 갔던 동무도 숨었던 아기도 모두 나와서 재미나게 잠자는 밤하늘을 꿈꾼다. 어두운 현실 속 동심이 밤하늘의 별을 헤아리며 살아가고 있다. <별이야기>(林仁洙, 童話詩, 통권185호, 1943. 2), <애기별>(尹泰雄, 통권153호, 1939. 2)이 더 있다. <달님>(朴永鐘, 통권140호, 1937. 10)은 밤하늘의 '달'을 바라본다. 구름에 들어갔다 나오기를 반복하는 형상을 그린다. 그 외에도 밤의 이미지 안에서 별과 유사한 '구슬'을 줍느라 잠 못 잔다는 동시 <소롱 소롱 이슬이>(朴泳鍾, 童謠, 통권173호, 1941. 1), 밤이지만 달이 떠 있어 밝은 하늘을 바라보는 <달밤의 뱃노리>(睦一信, 노래, 통권146호, 1938. 6)도 하늘과 달과 별의 세계를 바라봄으로써 현실의 어두움을 잊고자 하는 동시이다.

꿈이나 옛이야기나 하늘이 아닌 눈의 세계 혹은 산넘어 저쪽이라는 눈에 보이지 않는 세상으로 동심의 시선을 옮긴 동시로 <겨울밤>(金明善, 통권163호, 1940. 1)이 더 있다.

2) 자연 속 동심

일제강점기 여러 어린이 잡지들에서도 자연을 노래하는 동시는 다수를 차지하지만, 《아이생활》 수록 동시 가운데 자연을 노래한 작품은 양적으로 압도적이다. 전체 연구 대상 동시 186편 가운데 68편(36.56%)이 자연 속의 동심을 그린다. 언제 어떤 상황 속에서도 동심은 자연에 이끌리지만, 특히 삶이 아픔과 억압으로 자유롭지 못할 때 자연으로 시선을 돌린 작품이 많아지기 때문으로 판단된다. 자연에 시선을 둠으로써 현실의 아픔을 외면하는 점에서 앞 가) 항의 과거 혹은 미래로 시선을 향한 동시들과 공통적이다. 하지만 자연에 시선을 두는 것은 과거나 미래 혹은 현실을 초월한 시공간을 바라보는 것이 아니라, 지금 여기에서 자연을 바라보는 시선이라는 점에서 차이가 있다.

가) 자연의 응시와 관조

자연을 응시하고 관조하는 동시는 동심의 시선이 지금 자연에 머물러 있음을 형상화한 작품이다. 일상 삶에서 가까운 거리에 있는 자연만을 바라보고 있다.

① 산, 산, 높은산/웃둑웃둑 솟은산/산새들이 포르르/깃을찾어 가는산/길가마귀 떠돌며/까옥까옥 우는산//산, 산, 푸른산/아침햇님 뜨는산/아즈랑이 봄날엔/진달래꽃 피는산/종달새는 흥겨워/비리비리 우는산//산, 산 건너산/초생달님 솟는산/산시내물 졸졸졸/흘러나는 깊은산/깡충깡충 산톡긴/숲속에서 뛰는산

<산> 睦一信, 童謠, 통권134호, 1937. 5

② 다람쥐 다람다람/산골짝에 다람다람//봄아츰 풀잎에/이슬방울 한방울 똑따먹고//다람쥐 다람다람/산골짝에 다람다람//분홍꽃 진달래/꽃물 한모금 솔-솔 마시고//다람쥐 다람다람/산골짝에 다람다람//높다란 느티낭게/간드랑재로 멋지게 한번넘고.

<다람쥐> 金英一, 童謠, 통권194호, 1944. 1

③ 福바위 뒤/토끼 길 초록 길//낮엔 나리꽃에/묻힌 길 감춘 길//南산골/토끼 白서방/장가 가마/꽃 가마/넘는 길 쉬는 길//달밤에는/두세 차례/넘는 길 쉬는 길

<토끼길> 朴泳鍾, 童謠, 통권173호, 1941. 1

①은 산을 바라보며 그 안에 사는 산새와 꽃과 동물들의 삶을 응시한다. 현실 속 전쟁과 아픔의 문제는 전혀 보이지 않으며 눈에 보이는 산은 맑고

쾌청하다. ②는 산 속에서 살아가는 다람쥐를 응시한다. 산골짝 다람쥐는 이슬 먹고 꽃물 마시고 간드랑 재주를 넘으며 가볍게 살아간다. ③은 바위 뒤 숨겨진 길인 토끼가 장가가는 길의 정경이 보이는 등 <산골시내>(李世保, 童謠, 통권177호, 1941. 5), <들국화>(林仁洙, 童謠, 통권191호, 1943. 10) 가 모두 산속의 삶이다. <안개> (康承翰, 통권167호, 1940. 6)에서는 산골짜기 수줍게 핀 진달래, 할미꽃이 보인다.

산에서 들판으로 내려온 동심의 시선은 꽃 위를 나는 나비에 매혹되고 시냇물에 이르러 '잠자리 사공'을 응시한다.

④ 산넘어 꽃동리/봄나비 한쌍//살랑살랑 봄바람/타고왔습네//살랑살랑 봄바람/타고왔습네//산넘어 꽃동리/봄나비 한쌍//빨강빨강 꽃잎편지(-생략-)봄나비한쌍//파랑파랑 풀잎편지/가져왔습네//파랑파랑 풀잎편지/가져왔습네

<봄나비 한쌍> 尹福鎭, 童謠, 통권165호, 1940. 3

④는 봄바람을 타고 온 나비가 봄 편지를 가져오는 모습을 그렸다. <숨바꼭질>(尹石重, 통권175호, 1941. 3)은 나비가 안전하게 있기를 바라는 노래이다. <나비>(長鳳顔, 童謠, 통권181호, 1941. 10), <봄이 옵니다> (林仁洙, 童謠, 통권187호, 1943. 5)가 더 있다.

⑤ 잠자리 잔-잔-,/뱃머리서 잔-잔-,//사공잠든 나룻배는 잠자리배요/코빠진 손님 한분 모셨습니다.//잠자리 잔-잔-/돛을달고 잔-잔-//잠자리 사공은 노를안져도/헴치는 강바람이 밀고갑니다.//잠자리 잔-잔-,/한나절 잔-잔-,//다리아픈 나비님 어서오서요/나루삯이 없거던 그냥 타서요.

<잠자리 사공> 康承翰, 통권170호, 1940. 10

⑥ 나루에 잔물결 잔잔잔/꼬추쟁이 잔잔잔//사공몰래 쟁이가 배를 탔다/사공뒤

에 앉아서/소르르 꼬박//사공은 단한분 눈머언 손님/사공도 노저으며 소르르 꼬
박//실바람 솔솔/나룻배 스르 스르르//사공몰래 쟁이가 배를나리고/쟁이따라 장
님도 배를나리고/나루에 나룻배 잔잔잔/꼬추쟁이 잔잔잔

<잠자리> 朴泳鍾, 童謠, 통권186호, 1943. 3

⑤와 ⑥은 잠자리에 동심의 시선이 머물러 있다.《아이생활》수록 동시
에서 '잠자리'는 바람이 밀고 가는 배의 사공이다. 노를 젓지 않아도 바람
이 부는 대로 흘러가는 배와 잠자리 사공의 이미지는 일제 강점 말기 나라
잃은 백성의 신세와 서글픔을 형상화한다. 배에 탄 손님은 '코 빠진 손님',
'눈 머언 손님'으로 표현되어 아픔을 상징하고 있다.

특히 여러 편의 동시에서 '바람' 이미지와 그 바람이 부는 대로 정처 없이
흘러가는 '배'의 이미지를 담고 있다.

⑦ 아롱아롱/시냇물에 살어름갔다/동실동실/나뭇잎배 잠이들었다/쌀랑쌀랑/찬
바람 서리아침에

<살어름> 任元鎬, 노래, 통권141호, 1937. 12

⑧ 동실동실/연못 물에/연닢배 떴다/연닢배 사공/개고리 사공//살랑살랑/실물
결에/뱃노리 한다/어여라 디어/어여라 디어

<연닢배> 任元鎬, 노래, 통권138호, 1937. 8

⑦은 살얼음이 언 시냇물에 잠이 든 나뭇잎 배를 형상화하였고, ⑧은 연
못 물에 뜬 연잎 배를 형상화하였다. 봄바람에 밀려가는 종이배를 형상화
한 <봄바람>(長成根, 童謠, 통권177호, 1941. 5)과 산골 시냇물에 떠온 '꽃잎 배'
를 형상화한 <꽃닢>(鳳顔, 童謠, 통권188호, 1943.6)이 더 있다.

한편 배를 밀고 가는 바람이 아닌 계절을 담아오는 바람 이미지를 담은

동시로 <가을바람이지>(尹福鎭, 통권170호, 1940. 10), <겨울바람>(尹鍾厚, 入選 童謠, 통권153호, 1939. 2), <산바람 강바람>(尹石重, 통권146호, 1938. 6), <애기바 람>(禹曉鐘, 통권190호, 1943. 9)이 있다. 그 외에 밤을 빛내며 춤추는 반딧불을 형상화한 <반듸불>(睦一信, 童謠, 통권138호, 1937. 8)도 자연을 응시하는 일제 강점 말기의 동심을 잘 표현하고 있다.

⑨ 이슬비 색씨비/부끄럼쟁이/소리없이 몰래/나려오지오.//이슬비 색씨비/곱구 곱지오/빨강꽃에 빨강비/파랑닢에 파랑비

<빨강비 파랑비> 尹石重, 통권135호, 1937. 6

⑩ 봄 비는/새파란 비지./금잔디 물 들이는/고운 비 지요.//봄 비는/새파란 비지./ 버드 나무 물 드리는/고운 비 지요.

<봄비> 姜小泉, 통권144호, 1938. 4

하늘에서 내려오는 비는 생명의 근원이다. 특히 산과 들의 온갖 생명이 비를 맞고 제 빛깔을 선명하게 드러낸다. ⑨는 꽃에 내리는 비의 빛깔을 응 시하는 동심을, ⑩에서는 잔디와 버드나무에 내리는 '고운' 비를, <은구실 금구실>(南大祐, 통권156호, 1939. 5)에서는 구슬 같은 빗방울을 바라보며 같이 놀고 싶은 동심을 형상화한다. <종달새가 종종종>(尹福鎭, 통권166호, 1940. 4) 에서도 자연은 인간에게 끊임없이 말을 건다. 종달새가 잠들어 있는 동심 을 깨운다. 자연을 응시하기만 하려 하지만 자꾸만 마음이 끌린다. 자연은 일제 강점 말기 죽음 앞에 놓인 동심에 말을 걸어오는 생명이다. 가을 달이 놀러 와 동심을 부르는 <가을달>(睦一信, 童詩, 통권140호, 1937. 10), 금잔디 은 잔디에 노래하는 새들을 바라보는 <금잔디 은잔디>(李允善, 童謠, 통권191호, 1943. 10), 집을 지으려고 흙을 파러 날아가는 제비 한 쌍을 노래하는 <제비

한 쌍>(尹童向, 童謠, 통권167호, 1940. 6)이 더 있다.

자연을 응시하다 보면 어느덧 자연이 성큼 다가와 삶 속에 파고든다. 아무리 현실이 어려워도 그 안에 들어와 함께 하는 자연을 바라보게 된다.

⑪ 엄매…/엄매…//송아지 소리엔/젖내가 콜…콜//엄매…/엄매…//어미소 소리엔/풀내가 풀…풀

<소> 장인균, 童謠, 통권130호, 1937. 1

⑫ 달밤,/보름 달밤,//우리집/새하얀 담벽에//달님이/고웁게 그려놓은//나무/나무 가지.

<달밤> 姜小泉, 통권153호, 1939. 2

어느덧 자연을 응시하던 시선을 타고 자연이 집안으로 성큼 들어왔다. ⑪와 ⑫에서 같이 사는 송아지의 울음소리, 담벽에 그림을 그리는 달빛, 문턱에 턱을 괴고 자는 강아지를 바라보는 시선으로 이어진다. 동심은 먼 산과 하늘을 바라보다가 그 자연이 집안에도 있음을 본다. <강아지>(李允善, 童謠, 통권184호, 1943.1), <여기 저기 파아릇>(朴永鐘, 통권144호, 1938. 4), <깜둥 송아지>(朴泳鍾, 통권156호, 1939. 5), <나무잎>(尹童向, 통권173호, 1941. 1), <봄나드리>(尹石重, 노래, 통권175호, 1941. 3), <봄바람>(康承翰, 童謠, 통권167호, 1940. 6)이 더 있다. 또 번역시 -Robert Browning- <봄아침>(任鈴蘭, 노래, 통권144호, 1938. 4)도 이 유형에 가깝다.

나) 자연에 어우러진 삶

동심은 자연의 응시와 관조만이 아니라, 그 자연과 삶이 어우러지는 장면으로 형상화된다. 자연에 기대어 살고, 자연에 마음을 담아 삶의 의지를

이어갈 수밖에 없기 때문이다. 동심의 시선 속에 자연과 더불어 살아가는 인간의 모습이 함께 보이며 시적으로 형상화된 동시들을 살펴보자.

① 봄!/봄!/봄소식 왔다.//양지짝에/아장아장/애기손이 흙손이고나.

<봄소식> 任元鎬, 노래, 통권133호, 1937. 4

② 물깜비 사믈사믈/울타리에 나려서//노랑빛 노랑단지/단지단지 고이고//물깜비 사믈사믈/살구낡에 나려서//분홍빛 분홍주발/열두주발 고이고//물깜비 사믈사믈/아가신에 나려서//알락알락 꽃신에/한독두둑 고이고//물깜비 사믈사믈/바드낡에 나려서//파랑파랑 잎새에/파란초롱 달었다

<봄비> 강승한, 노래, 통권144호, 1938. 4

③ 저건너 갈미봉에/진달레 피였다//산모랭이 빙-빙/소리개도 몯봤다//소낡에 꾹-꾹/비들기도 몯봤다//천길만길 안개속에/진달내 피였다//산넘어 절간에/때때중도 몯봤다//산아래 글방에/까까중도 몯봤다//저건너 갈미봉에/진달레 피였다//사람앞에 시근새근/강아지도 몯봤다//지붕위에 꼭끼요/장기닭도 몯봤다//천길만길 안개속에/진달레 피였다//소꿉노리 꽃방석에/꼬마각시도 몯봤다//소꿉노리 꽃자리에/꼬마실랑도 몯봤다

<진달레> 尹福鎭, 童謠, 통권175호, 1941. 3

④ 오막집 아기도,/기와집 아기도,/신돌위에 삽사리도,/외양간 당나귀도,/귀넓은 당나귀도,/아랫마을 지름길도,/소롯한 지름길도,//오오 모다 잘자네,/소록소록 잘자네.//널따란 달무리 둥둥 떠서//「모다 잘 자네,/「모다 잘 자네,/소롯이 졌다.

<달무리> 朴泳鍾, 童詩, 통권165호, 1940. 3

⑤ 나물캐는 우리누나/머리위에다/봄바람이 살-랑/꽃잎뿌린다./봄바람이 살-랑/꽃잎뿌린다.//바구니 이고오는/누나목에다/봄바람이 슬-금/간지럼친다/봄바람이 슬-금/간지럼친다.

①은 봄이 오니 아기가 양지쪽에서 흙손으로 걷는 정경이다. ②에 드러나는 동심의 시선도 봄비에만 머물지 않고 봄비가 내리는 '단지'가 놓인 장독대와 아기의 꽃신과 살구나무와 버드나무에도 정겹게 내리고 있음을 바라보고 있다. ③에서 동심은 갈미봉에 핀 진달래를 아무도 못 봤다고 말하면서, 아무도 몰래 핀 진달래를 소리개와 비둘기와 때때중, 강아지와 닭과 소꿉놀이 하는 신랑 신부까지 시적으로 연결 지어 이미지화한다. ④에서 달무리는 아기와 삽사리와 당나귀와 지름길까지 걱정하며 바라보다가 지는 자연이며, ⑤의 봄바람은 누나에게 꽃잎을 뿌리고 간지럼치는 바람이다. 이때의 동심은 자연과 인간이 어우러져 분리되지 않은 상태이다. 일제 강점 말기 많은 동시들이 이 유형에 해당하는데 <안개포장>(任元鎬, 노래, 통권133호, 1937. 4), <개나리꽃>(任奎彬, 童詩, 통권134호, 1937. 5), <새ㅅ길굴>(嚴湖童, 童謠, 통권135호, 1937. 6), 할아버지가 편지를 읽는 나무 그늘을 노래한 <파랑 배달부>(金三葉, 애기노래, 통권136호, 1937. 7), <달팽이>(任元鎬, 노래, 통권139호, 1937. 9), <봄>(崔昶楠, 통권155호, 1939. 4), <아카시아꽃>(李湖影, 노래, 통권169호, 1940. 8), <봄바람>(鳳顔, 童謠, 통권187호, 1943. 5), <풀잎배>(林仁洙, 童謠, 통권188호, 1943. 6), <꽃대문>(尹童向, 童謠, 통권188호, 1943. 6), <병아리>(任元鎬, 통권134호, 1937. 5), <바람은 손두없는데>(康承翰, 통권172호, 1940. 12) 등이 있다.

자연과 인간을 바라보던 시선은 이제 자연에 의탁하여 삶을 살아가고자 하는 인간의 의지까지 담아내게 된다. 일제 강점 말기의 절박한 상황 속에서 자연은 인간의 삶을 이어주는 위로이고 구원이 되었음을 알 수 있다.

⑥ 끝 없이 파아란 하늘에/외로이 흐르는 흰구름 한쪼각/아아 타고싶어 날아가 타고싶어//(-생략-)저 구름 다시타고 돌아오리라.//밤하늘에 반짝이는 별아가씨랑/ 소군소군 속사기며 돌아오리라.

<구름을 타고 싶어> 徐英勳, 통권166호, 1940. 4

⑦ 보름달은/바람 땡땡이 넣은공./하늘로 더올렀단다/내가 한번 탁-친 것이

<보름달> 任元鎬, 노래, 통권136호, 1937. 7

⑧ 엄마엄마 이리와/요거보세요/병아리떼 삐용삐용/놀고간뒤에/미나리 파란싹 이/돋아났네요//엄마엄아 요기좀/바라보아요/노랑나비 호랑나비/춤추는밑에/ 문들레 예쁜꽃이 /피어났세요.

<봄> 高文求, 노래, 통권146호, 1938. 6

⑨ 해바라기 씨를 심자/담모퉁이에 참새 눈 숨기고/해바라기 씨를 심자//누나가 손으로 다지고나면/바두기가 앞발로 다지고/고양이가 꼬리로 다진다.//우리가 눈감고 한밤 자고 나면/이슬이 내려와 같이 자고 가고/우리가 이웃에 간 동안에/ 햇빛이 입마추고 가고.//해바라기는 첫시악씨인데/사흘이 지나도 부끄러워/고개 를 아니 든다.//가마니 엿보러 왔다가/소리를 꽥! 지르고 간놈이-/오오 사철나무 잎에 숨은/청개고리 고놈이다

<해바라기씨> 鄭芝溶, 童詩, 통권156호, 1939. 5

⑩ 새잡으러 갈가나/새잡으러 갈가나/버드나무 참새가/날보랐고 있-네//성이낫 다 불났다/버드낡에 불났다/요롱조롱 박조롱/물총으로 뿌뿌

<새 잡으러 갈가나> 김태오, 童謠, 통권133호, 1937. 4

⑥의 시적화자는 하늘의 구름을 바라보는 것을 넘어 구름을 타고 날고 싶은 욕망을 표현한다. 현실을 벗어난 먼 곳을 바라보는 시선뿐만 아니라

그곳으로 가고자 하는 의지를 목소리로 드러내고 있다. ⑦ <보름달>도 하늘에 뜬 보름달을 바라보는 시선의 형상화에 그치는 것이 아니라, '내가 한 번 탁' 친 것이라는 목소리를 낸다. ⑧ <봄>에서 민들레 노란 싹을 보러 오라고 엄마를 부르는 동심의 목소리가 표현된다. ⑨ <해바라기씨>에는 해바라기씨를 심어 온 가족과 햇빛과 청개구리 소리가 함께 기른다. <반디야 반디야>(金英一, 통권170호, 1940. 10)는 아빠의 길을 밝혀드릴 반딧불을 부르고, ⑩ <새 잡으러 갈가나>는 새를 잡으러 가는 행동으로 형상화된다. 말과 글과 목숨을 수탈당하는 빼앗긴 나라의 동심도 자연과 더불어 이어지고 있음을 알 수 있다.

자유로운 정서의 표현이 어려운 시기에 자연에 기대어 동심을 표현한 동시로 <보았대> (康承翰, 童詩, 통권133호, 1937. 4), <산으로 바다로> (李光洙, 통권136호, 1937. 7), <별> (全順禮, 노래, 통권146호, 1938. 6), <등불> (尹鍾厚, 入選童謠, 통권156호, 1939. 5), <굴뚝연기> (姜漢永, 통권153호, 1939. 2), <부두> (禹曉鍾, 童謠, 통권165호, 1940. 3), <이슬비> (임규빈, 노래, 통권135호, 1937. 6)가 더 있다.

3) 일상 속 동심

전체 연구 대상 186편 가운데 43편(23.12%)이 일상 속 동심을 형상화한다. 억압과 수탈 속에서 일상이 시적으로 형상화되기 어려워 보이지만, 동심은 걱정과 아픔과 더불어 아이다운 호기심과 놀이노래를 보여주고 있다.

가) 가난과 걱정의 동심

설과 대보름 등 전통적 절기의 모습이 동시로 형상화되어 있다. 가난한 삶의 어려운 사정이 명절을 맞는 동심 속에도 드러난다.

① 이번 설날은 참말기뻐요./빈대떡도 인절미도 없지만./때때옷도 못입고 남바우도 못쓰고/꽃버선도 신지못했지만./이번 설날은 참말 좋와요./세배도못대니고 꼬감도 못먹었지만/이번 설날은 참말 기뻐요./오래오래동안 병으로 누어게시든 어머니가/흐터진머리를 빗고 일어나 앉은 이번설날은……

<참 기쁜 설날> 마리아, 통권130호, 1937. 1

② 쿵더쿵/떵더쿵//정월이라 보름날/늘뛰기 좋다.//쿵더쿵 올러간다/울넘어 산이 보이고.//떵더쿵 네려졌다/하늘에 구름만 뱅뱅.

<늘뛰기> 任元鎬, 노래, 통권131호, 1937. 2

③ 절한토막에 밤한줌 주는/세배ㅅ날은 내일모렌데//옛이야기 해달래도 들은체만체/작은누난 밤을새워 버선깁는다//시침이를 쪽싸면 누가몰으나/설날신을 고흔 새버선이지머…//누나야 작은누나야/왜 두 개만 깁ㄴ니.//박게는 소복소복 하얀눈이/잠안자고 왔단다.//누나야 작은누나야/어쩌문 바둑이도 한켜레기워주렴/맨발벗은 바둑이 한켜레기워주렴.

<누나야……(버선 한켜레)……> 강승한, 童謠, 통권130호, 1937. 1

①은 한 가난한 아이의 설날 정서다. 먹을 것이 없고 입을 옷도 없어도 아픈 엄마가 일어나서 기쁜 아이의 마음이 드러난다. ② <늘뛰기>에서 보듯 정월보름의 널뛰기는 여전히 '좋다'. ③에서 설을 맞는 누나는 밤새워 버선을 만들고 추운 날씨에 바둑이를 걱정하는 동심이 쓸쓸하다. <삼월삼질> (朴泳鍾, 童謠, 통권173호, 1941. 1)에서 삼월삼짇날 봄을 맞은 잔치는 병아리 잔치다. 햇병아리 세상에 나와 봄을 즐기지만, 그 밝은 봄을 지켜보기만 하는 동심이다. 새해라고 강아지가 나이를 먹었다는 <새해> (裵 豊, 통권163호, 1940. 1)가 더 있다.

가난하고 억압받는 삶 속에서도 자신보다 남을 걱정하는 동심이 형상화된다.

④ 삐용 삐용/병아리야/어제밤은/어데서잣니/너이집은/이불도/없다는데/치워 어떻게잣니//안야 안야/우리엄마/날개속은/따스하단다./너이집에/비단이불보다도/단꿈더잘온단다.

<엄마품속> 朴齊盛, 童謠, 통권134호, 1937. 5

⑤ 반짝반짝 새하얀눈/쌓인 아침에/우리언닌 오늘도/물을 긴지요./둥그스런 물방구리/머리에이고/오뭉오뭉 발자욱을/눈위에 내며/바삭바삭 조용하게/걸어옵니다.

<물긷는 언니> 지일송, 入選童謠, 통권153호, 1939. 2

⑥ 쏴-/쏴-/눈보라 치는밤./애기장갑 뜨던 누나가/손을 입에다 대고 호-호-./연필 잡은 내손도 꽁꽁 시리다.//책상 우에 꽃병물이 소복소복 얼어붙고/아릿목에 애기도 꼬부리고 잠을 자는데,//이밤에/밖에서 자는 바둑인/얼마나 치울고-.

<눈보라 치는밤> 尹童向, 童謠, 통권164호, 1940. 2

④ <엄마품속>은 이불 없이 잠을 잔 병아리를 걱정하는 마음과 엄마 품속에서 단꿈을 꾸리라는 동심이 형상화된다. ⑤ <물긷는 언니>에서는 눈 쌓인 아침 길에 물방구리를 이고 걷는 언니의 모습을 그린다. ⑥ <눈보라 치는밤>은 추운 겨울 온 식구가 '얼어' 붙은 밤에 밖에서 자는 바둑이를 걱정하고 있다. 춥고 위험한 삶의 상황 속에서 견뎌내는 '바삭바삭 조용'한 걱정의 마음이다. <물 긷는 순이>(金起八, 통권153호, 1939. 2), <所願 한 가지>(朴泳鐘, 童詩, 통권136호, 1937. 7)가 더 있다.

나) 성찰과 눈물의 동심

춥고 위험한 삶의 길을 갈 때 누구나 말을 잃고 내면으로 들어가고 싶어 한다. 지금 자신의 모습을 바라보며 어느 길로 가야 할까 고민하게 되고,

불안과 두려움 속에서 갈 길을 찾아 헤매는 눈빛을 갖게 된다.

① 깡충깡충 내그림잔 토끼/깡충깡충 숭내쟁이 토끼/토끼야 토끼야/말좀해라 토끼야/깡충깡충 거북한테 지고서/깡충깡충 부끄러워 그러니

<토끼춤> 尹石重, 통권168호, 1940. 7

② 너 코 박았니/아아니.//그럼 누구하구 싸웠니/아아니.//그럼 괭이한테 긁혔니/아니야//오옳아 동생 솔개발톱에/긁혔단말이지.

<누나얼굴> 尹鍾厚, 入選童謠, 통권155호, 1939. 4

③ 바줏길/넘어 범던/호박순이//썩은바주/헤어질라/쳉쳉감았네

<호박순> 裵豊, 童謠, 통권164호, 1940. 2

④ 가도가도/끝없는 멀고머-ㄴ길/西山우에 저녁노을/구름꽃이 피였다.//손목잡고/아우와 걸어본 이길/까악깍 까마귀는/집찾어 간다.//푸릿푸릿/노릿노릿/엄돋는 이길/개아미 병정이 싸홈하러간다.

<끝없는 길> 이주훈, 童詩, 통권192호, 1943. 11

⑤ 툭빽이에 심은파/보름달이 밝어요/문틈으로 보지요/쪽제비 나오나//벽장에 석류냄새/서울댁서 들리네//노-랗게 자라는밤/눈구친 조용한밤/쪽제비 나오나/쪽제비를 궤인밤//소-ㄹ솔 품기는밤/홍부전 읽는소리-.

<조용한 밤> 國本鍾星, 통권193호, 1943. 12

①, ②는 지금 동심의 외적인 모습이다. ①에서 시적화자는 춤추는 토끼인데, '지고서' 말이 없어 답답한 '그림자'이다. ②도 긁힌 상처를 한 얼굴이며, ③ <호박순>에서는 '쳉쳉' 감은 호박순이 '썩은 바주'라도 꼭 잡고 헤어질까 두려워하는 마음이 드러난다. ④ <끝없는 길>에서도 불안한 동심

이 드러난다. '개아미 병정이 싸홈하러' 가는 끝없는 길에 서산 넘어 저녁노을이 지고 까마귀가 우는 그로테스크한 장면 속에 불안한 동심이 형상화된다. ⑤ <조용한 밤>도 겉으로는 조용하게 흥부전을 읽지만 쪽제비가 나올까 걱정하며 '문틈으로' 몰래 보는 불안한 밤이다. 저자인 國本鍾星은 이후 부일동시를 쓰게 된다. 그의 두려움과 불안함에 떠는 약한 마음이 잘 느껴지는 동시이다. <눈온날 日記>(國本鍾星, 童謠, 통권194호, 1944. 1), <가을밤>(李鍾星, 통권190호, 1943. 9), <가을 오는 날>(李鍾星, 통권190호, 1943. 9)이 모두 이 유형에 속한다. 또 백두산 이야기로 교훈을 찾는 <白頭山>(活葉, 童詩, 통권138호, 1937. 8)이 더 있다.

눈물을 흘리며 울음 우는 동심이 형상화된 동시를 쉽게 찾아볼 수 있다. 편 수가 그리 많지 않은 까닭은 울음도 마음대로 울 수 없을 만큼 억압이 큰 삶이었기 때문이다.

⑥ 아츰 새벽에/언니는 간다.//부엌에 밥만드는/등잔이 어둡다.//동리끗 주막까지/등불이 갓다와도//밖에는 아직밤이다./귀두라미 쓸쓸히운다.

<귀두라미> 李鍾星, 童謠, 통권184호, 1943. 1

⑦ 왜-ㅇ왱 물레야/잘두잘두 우누나/무에그리 서러워/목이메여 우느냐//왜-ㅇ왱 물레야/관등관의 불빛도/껌풋껌풋 조는데/그만그만 끊처라

<왱-왱 물레야> 故 李允善, 童謠, 통권194호, 1944. 1

⑥에서 형상화된 장면은 어두운 새벽에 언니가 어디론가 '간다.' 밥을 짓는 등잔이 어둡다는 것은 마음의 어두움과 쓸쓸함을 말한다. 등불이 있어도 여전히 밤은 깊어서 귀뚜라미의 울음이 쓸쓸하다. ⑦에서 불빛이 꺼져가는 상황에서 소리 내어 잘도 우는 물레의 울음이 오히려 얄미울 만큼 시

적화자의 마음속 울음은 극에 달한다. 바람 불고 춥고 바둑이마저 잠든 밤 시적화자는 홀로 깨어 나뭇잎처럼 울고 있다. 가장 깊은 슬픔이 울음으로 형상화되었다. 이즈음《아이생활》은 부일 잡지가 되었고, 얼마 지나지 않아 폐간된다. <나무닢 우는 밤>(林仁洙, 통권194호, 1944. 1), <연못>(金泳德, 童謠, 통권144호, 1938. 4)이 더 있다.

다) 놀이하며 웃는 동심

동심은 어떤 경우에도 호기심을 잃지 않으며 삶에의 끈을 놓지 않기에 아이들의 놀이는 전쟁 중에도 늘 이어져 왔다.《아이생활》에 수록된 동시들에서 아이들의 호기심과 놀이를 하는 동심이 다수 형상화된다.

① 칙칙푹푹 떠나간다/어서어서 올라타라/우리동무 우슴동무/조롱조롱 올라타라.//칙칙푹푹 다왔다네/어서어서 내려다우/□□졸망 우리동무/다음다음 또만나자.

<기차노리> 李波峰, 노래, 통권132호, 1937. 3

② 우리아빠 자전거/새자전거는/혼자들에 나갈 때/타고가시고//우리형님 자전거/아빠타든 것/업디며는 코달곳도/타고가고요//내자전거 제일좋은/세통자전거/두손놓고 빨리타도/안넘어져요.

<자전거> 朴齊盛, 童謠, 통권133호, 1937. 4

③ 쉬,/쉬,/쥐서방네 모였다/「애기 까까 조깃네」/도적쥐 모였다.//짱! 한시/기둥시계가 「네 이놈」했다./집보는 시계가/「네 이놈」했다.//달강 상금/달강 상금/어렵소 어렵소/쥐서방네 힝 다라났다.

<집보는 시계> 朴泳鍾, 童謠, 통권173호, 1941. 1

④ 우리애가 자앵구 세발자앵구/신작로랑 오랑이랑 막우달니죠/이웃집 할아버지
막떨거놓고/뜰에노는 강아지를 막떨거놓코/꽃밭이랑 풀밭이랑 막떨거놓고

<애가 자앵구> 長鳳顔, 童謠, 통권177호, 1941. 5

⑤ 거리거리 전보때/키다리 병정/우뚝우뚝 키대로/느러서서/하로종일 기척-만/
하고있지요.//앞에선 전보때는/키다리 병정/뒤에선 전보때는/꼬맹이 병정/하로종
일 기척-만/하고있지요

<전보때> 睦一信, 통권193호, 1943. 12

　힘들고 어려운 삶 속에서도 근대적 문물에 대한 호기심을 드러내는 동
시가 다수 있다. ① <기차노리>는 아이들의 기차놀이 노래이고, ②는 근대
적 교통수단이자 아이들의 중요한 놀이 수단인 자전거 자랑이다. ③ <집보
는 시계>는 새로운 문물인 벽시계에서 비롯되는 상상력이며, ④ <애가 자
앵구>는 세발자전거를 타고 신작로에서 빠르게 달리는 아기를 그리고 있
다. ⑤ <전보때>는 당시에는 새로운 문물인 전봇대이다. 늘어선 전봇대를
키다리 병정으로 비유한다. 그 외에도 <권투선수 오뚜기>(金英一, 통권155호,
1939. 4), <읍내가는 마차>(尹福鎭, 童謠, 통권167호, 1940. 6), <코끼리야 코끼리
야>(朴泳鍾, 통권168호, 1940. 7), <코끼리와 공주님>(影童, 이야기, 통권132호, 1937.
3) 등이 이제 막 들어온 서구의 문물이나 이야기에 대한 호기심을 보이고
있다.
　아이들의 전통 놀이 정경도 보인다.

⑥ 우리들을 부른다/눈덮인 산에서/가자 썰매 타러 가자.//아침해 비친 /저 산 언
덕/눈 부시게 반짝어린다.//우리들을 기다린다/눈쌓인 산에서/가자 썰매 타러 가
자.//깡뚱깡뚱 뛰노는/산토끼 따러/가자 썰매 타러 가자.

<썰매 타러 가자> 金泳德, 통권153호, 1939. 2

㉖<썰매 타러 가자>의 썰매 타기, <눈굴리기>(尹石重, 통권175호, 1941. 3)의 눈굴리기, <봄피리>(長鳳顔, 童謠, 통권181호, 1941. 10)의 피리불기, <팽이>(全順禮, 통권153호, 1939. 2)에서 팽이치기가 형상화되었다. 어렵고 아픈 상황 속에서도 아이들은 놀아야 하고 자라야 하기 때문이다. <심부름>(尹童向, 童謠, 통권165호, 1940. 3), <늙어질라>(康承翰, 통권138호, 1937. 8), <소꿉노리>(李世保, 童謠, 통권188호, 1943. 6), <모다피리ㅅ감>(閔大靈, 童謠, 통권189호, 1943. 8), <뜀뛰기>(李盛奎, 童謠, 통권177호, 1941. 5)가 더 있다. 그 외에 내용 면에서는 다른 종류이긴 하나 이솝이야기를 동화시로 엮은 <꾀당나귀>(任元鎬, 통권156호, 1939. 5)를 아이들의 놀이 소재로서 이야기로 보아 이 유형으로 보았다.

3) 아이에게 거는 희망

위태로운 삶 속에서도 아이는 삶의 희망이 된다. 일제강점기 동안 어린이는 민족의 희망이기도 했다. 이제 피지배 민족의 삶이 수탈과 억압으로 눌려있던 시기에 아이에게 희망을 거는 목소리를 담은 동시는 전체 연구대상 동시 186편 가운데 19편(10.22%)이다. 목숨이 달린 상황 속에서도 아이는 유일하고 귀한 희망이기에 아이의 모습은 귀한 축복 속에 있다.

① 새애기 우름운다./날로 힘이돋는/날로 정이붙는/새애기우름소리,/새우슴 집안에찬다!!-옥천이 백날에-

<새애기> 任元鎬, 노래, 통권132호, 1937. 3

② 안어도/업어도/방싯방싯//두 볼은 앵두알 같고/고 눈은 붕어입 같고//(-생략-)우리아가야/울안에 새루핀 한송이꽃아//그 향기 온집안에 퍼지고/그 향기 온세상에 퍼져라

<우리아기> 道峯, 통권155호, 1939. 4

①에서 아기의 울음은 집안의 힘이고 웃음이다. ②에서도 아기의 모습은 한 송이 꽃이고 향기로 형상화된다. <어린이 노래>(流星, 통권134호, 1937. 5)에서 어린아이는 '하느님의 보배별'이고 '샛별'이다. 나라 잃은 서러운 이들은 압박과 착취의 세월 속에서 아이에게 희망을 걸고 있다. 그래서 꽃과 별의 이미지로 형상화된다.

③ 엄마가 나갈 때/말하지 말나는걸//짹 짹 애기새가/말하고야 말지요.//우리엄마 앞마을에/쌀물느려 가고//송첨지 곡간에/쌀물느려 가고.//아빠가 나갈 때/말하지 말나는걸//짹짹 애기새가/말하고야 말지요.//우리아바 방앗간에/밀날느려 가고//쿵덕쿵덕 방앗간에/밀날느려 가고 (이른봄 시골서)

<애기 참새> 윤복진, 童謠, 통권133호, 1937. 4

④ 연필은 언니가깍-고/책보는 누나가 싸-고/모자람 구두는/엄마가 사-ㄹ작/씨워주고 신겨주-고/돌송돌송 내동생/글배러갑니다.

<일학년생> 黃慶守, 통권181호, 1941. 10

⑤ 보리가 내키만큼 자랐다.//병아리애기 종 종/마당을 한바퀴 돌-고/울애기도 아장 아장/마당 한바퀴 돌-고/하늘에 흰구름/동동 뜨고/마당에 아카샤꽃/활작 피고/보리가 내키만큼 자랐다.//병아리애기 종 종/거름마 배-고/울애기도 아장아장/거름마 배-고

<거름마> 禹曉鐘, 통권190호, 1943. 9

⑥ 해가지면 별애기 놀러나와도/울애기는 엄마품에 잠이들지요.//해가뜨면 우리애기 놀러나와도/별에기는 눈감고 잠이들지요.//애기하고 별하고 서로 맞나서/함께 웃고 노는게 보고싶어요

<애기와 별> 崔順愛, 통권193호, 1943. 12

아이가 자라는 모습이다. ③ <애기 참새>에서 아기는 말을 잘도 한다. ④ <일학년생>에서 보듯 아기는 온 집안 식구의 보살핌 속에서 학교에 가고 배우며 자란다. ⑤ <거름마>에서 아기는 보리가 자라듯 자라고 병아리와 함께 걸음마를 배우며 커간다. ⑥ <애기와 별>에서는 아기가 별을 보지 못하고 잠만 잔다. 어서 자라서 별을 볼 날을 기다리는 마음이 간절하다. 어렵고 가난해도 아이는 새처럼 자라고 병아리와 보리가 자라듯 쑥쑥 커간다. 별처럼 빛나는 희망을 바라볼 날을 기다린다.

<바둑이 동무>(任元鎬, 통권135호, 1937. 6), <나박머리 종종머리>(尹福鎭, 童謠, 통권136호, 1937. 7), <어린이>(柳仁俊, 통권134호, 1937. 5), <숨박꼭질>(任奎彬, 노래, 통권136호, 1937. 7), <아짜>(嚴達鎬, 讀者文藝, 통권139호, 1937. 9), <궤아저씨>(任元鎬, 노래, 통권140호, 1937. 10), <잘자는 우리 아기>(朴泳鍾, 통권170호, 1940. 10)가 아이가 자라는 모습을 형상화하고 있는 동시들이다.

한편 ⑦ <착한 옥이>는 아빠 없이 가난한 가장인 엄마를 도와 동생을 돌보는 옥이의 이야기를 담은 동시이다.

⑦ 착한옥이 아기업고 어정거리며/보채면서 우는동생 달래입니다.//『간질간질 간지럽지 안웃을테냐/일곱짐차 올라가야 엄마오실걸/웃고름짝 붙잡어라 말작란하자/고둥소리 들려와야 엄마오신다.//금두꺼비 얘기할게 울지마러라/네가울면 내가울고 엄마도운다/두부장수 지나가면 엄마오실걸/간질간질 간지럽지 안웃을테냐』//재재작년 가을저녁 잎떨어질제/옥이아빠 한숨쉬며 돌아가신뒤/바람소리 쓸쓸한밤 달밝어울고/비가오는 한맘이면 적적해울고/봄이되면 피릿소리 울었답니다./어떤날은 옥이혼자 자다깨면은/옥이엄마 자지않고 울고있지요/『엄마엄마 울지마러』옥이도울고/밤새도록 아빠생각 울었답니다.//아버지가 계실때는 큰집속에서/저녁마다 노래하며 유희도하고/인혀업고 자랑하며 소꿉질하고/아버지손 붙잡고서 구경하면은/보지못한 아저씨도 칭찬했는대/아버지가 없으니까 모두쓸쓸해/아이들도 짜꿍짜꿍 안놀아주고/냠냠냠냠 맛난것도 혼자먹지요//그렇지만

옥이엄마 맘이조니까/남의빨래 비누질도 해준답니다/옥이업만 치운것도 모르는
엄마/옥이엄만 더운것도 모르는 엄마//옥이얼굴 저렇게도 잘생긴 것은/아빠얼굴
꼭닮아서 그렇답니다//옥이동생 남 이는 사내어린애/한발두발 발걸음도 곧잘걷
구요/『엄마누나』말하는 것 똑똑하지요/요새와선 아버지도 안계시건만/어머니는
남이보구 좋아하시고/『우리남이 어서커라 대장이되라』/이말듣든 옥이맘도 좋아
진대요//옥이엄마 부끄럼도 몰르시고서/아빠처럼 공장에를 다니시는데/이번 봄
엔 착한옥이 학교간대요//착한옥이 어머니가 안계실때면/투덕투덕 어린남이 잠
을 재우고/앞뒷마당 가만가만 곧잘쓸지요/고무신이 찌어진걸 꼬매신구요/문구
멍이 뚫어진걸 바른답니다.//벤또끼고 어머니가 돌아오시면/웃으면서 반가웁게
맞아드리고/어머니가 아기젖을 먹이실때면/혼자나가 뚜껑열고 솿가시지요/옥이
엄만 옥이보고 착한옥이다/『아니아니 어머니가 착하신엄마』/엄마옥이 서로서로
웃는답니다.//잠잘때나 밥먹을 때 기도드리며/마리아의 얼굴처럼 평화하게도/주
일아침 찬미소리 씩씩하지요/세밤자면 착한옥이 학교간다고/잠을자는 아기옆에
혼자앉아서/옥이엄마 웃으시며 꼬까합니다.

<착한 옥이> 朴仁範, 童詩, 통권165호, 1940. 3

주목할 부분은 '잠잘때나 밥먹을 때 기도드리며/마리아의 얼굴처럼 평
화하게도/주일아침 찬미소리 씩씩하지요'라는 부분으로《아이생활》에 수
록될 만한 신앙인의 삶의 모습을 언급하는 동시이다. 그런데 기독교 계열
아동 잡지라는 정체성이 거의 사라져버린 일제 강점 말기에는 그 수록 편
수가 네 편에 불과하다. 任鈴蘭의 번역시 <봄아침>에서 '하느님이/하늘위
에 앉아계시니/이세상 모두가/평화롭구나' 구절이 보이고, 康承翰의 <바
람은 손두없는데>에서 '성탄찬송 들리는 창문을 흔들고'라는 구절이 기독
교적 신앙을 노골적으로 드러난 전부이다.

아기를 재우는 노래인 '자장가'는 어른의 마음으로 아기를 재우며 축복
한다.

⑧ 갖난아기/재우는/자장가소리,//들창 옆에/참새가/졸고있어요.

<자장가> 長鳳顔, 통권166호, 1940. 4

⑨ 울애기 웃는얼골/귀엽-지//호물닥 들어간게/귀엽-지

<볼우물> 金英一, 아가 童謠, 통권172호, 1940. 12

⑩ '울아버진/호랑이야//앙-하는/호랑이야'

<호랑이> 金英一, 아가 童謠, 통권172호, 1940. 12

⑧ <자장가>는 아기를 재우는 자장가 소리가 들리는 들창 옆에 있던 참새가 졸고 있는 광경이다. 아기를 재우는 자장가 소리에는 부르는 어른의 정성과 사랑이 가득함이 느껴진다. 또 아기와 놀면서 어른이 부를 듯한 동요로 김영일이 '아가 동요'라고 이름 붙인 동시가 통권172호(1940. 12)에 세 편이나 수록되어 있다. ⑨, ⑩에서 보듯 짧은 형태로 아기와 함께 놀면서 부르는 동시이다. <고양이>가 더 있다.

4) 부일 동시

1937년 중일전쟁을 일으킨 이후 일본은 황국신민화 및 내선일체를 앞세워 조선인을 전쟁에 강제 징용하였다. 1941년 태평양전쟁을 일으킨 일제는 1943년에는 학도동원령을 공포하였다. 1943년 이후 《아이생활》에 수록된 동시 가운데에는 이러한 일본의 침략 전쟁을 정당화하고 황국신민화 및 내선일체의 지배 정책을 돕는 부일 동시가 많아졌다. 전체 186편 연구 대상 동시 가운데 7편(3.76%)이 여기에 해당하는데 모두 1943년에 게재된 동시이다.

먼저 우리말로 지은 동시이지만, 일본의 침략 전쟁을 지지하는 작품을 살펴본다.

> ① 우리들은 大日本에 일꾼이란다./大日本을 빛내일 일꾼이란다./다같이 두팔것 고 앞으로가자/산이라 물이라도 거칠것없다./ (-중략-)에헤야 少年들아 大日本少年 들아/기운껏 힘있게 앞으로가자.
>
> <大日本의 少年> 金英一, 통권184호, 1943. 1

> ② 바다야!/「바다의 어룬이 돌아가셨다/는 부고(訃告)를 보내면서 얼마나 울었느 냐?//미친바람(英國) 노한파도(米國)가 잔잔한 바다(平和)를 꼬집고 거더차는 앙큼한 짓(行動)을./ (-중략-) 돌아가신 「산본혼(山本魂)」은 이천육백년동안에 뭉긴 「대화혼(大 和魂)」에 들어가서서 동아의 햇빛을 일우어(創造) 영원한 평화의 날을 건설하실 것이 다.// (-생략-)
>
> <바다야! 물새야! -山本五十六, 大將 榮靈앞에-> 香村薰, 통권189호, 1943. 8

> ③ (-생략-)/웅이는 두사발이나 먹고/또 먹었습니다.//「전은 셈방이라구유 대포알 이며 폭탄을 깎고 있어유, 미국 영국이 하나 만들동안에 우리는 두 개 세 개식이나 만들지 않으면 이 커드란 전쟁을 이길수 없어유, (-생략-)
>
> <산밑에 집> 李鍾星, 童話詩, 통권192호, 1943. 11

①은 '대일본의 소년'으로서 힘차게 나아갈 것을 외치는 소리이다. '우리 들은 大日本에 똑같은 少年'이라며 조선 소년을 향하여 일본 소년의 정체 성을 강조한다. '내선일체'를 역설하며 조선의 물자와 인력을 침략 전쟁에 활용한 일제를 옹호하는 내용이다. 작가인 김영일은 일제 지원병에 대한 친일 시 <愛國機 少國民號>를 1942년 12월호에 싣기도 하였는데, 일제의 태평양 침략 전쟁 시기에 어린아이에게서 모은 국방헌금으로 만든 비행기 로 '돈을 내어 비행기를 사는 것이 황군의 은혜에 보답히는 길'이라는 생각

이 들도록 하는 시(박금숙, 2015; 137)[9]라고 한다.

②는 1939년 일본이 하와이 진주만 공격하여 발발한 태평양전쟁의 연합함대 사령장관 야마모토 이소로쿠(山本五十六)의 죽음을 애도하는 노래이다. 그는 1943년 4월 남태평양에서 탑승 항공기 추락으로 전사하였다. 산본혼은 그의 영혼을 일컬으며, 대화혼은 일본이 침략 전쟁을 일으킬 때의 정신이다. 산본의 죽음을 애도하며 소년들에게 '우승으로 나아가는 용감한 날개를 가진 물새'가 되라고 호소하는 내용이다. 이는 일제의 침략 전쟁을 정당화하면서 지원병을 미화하고 권장하는 동시이다.

③은 산 밑에 있는 숙아네 집에 군수 물자 공장에 징용되어 일하던 '든든한 손/뻔적이는 이마'를 한 웅이가 잠시 다녀가는 정황이다. 엄마가 만들어주신 음식을 먹으며 대포와 폭탄을 만드는 자신이 맡은 일의 의미를 설파한다. 군인들이 전쟁에서 이길 수 있도록 '하로밤 자고/웅이는 밧비' 간다. 이후 조용해진 산밑의 집에는 감나무에 솔새도 오지 않고 찬바람만 불더니 첫서리가 왔다는 내용의 동화시이다. 일제의 침략 전쟁을 호도하는 웅이의 말이 포함되어 친일로 분류하지만, 시의 후반부에 흐르는 조용하고 차가운 첫서리의 이미지는 그 어두운 시대의 사실을 있는 그대로 담아내는 서글픔의 정조가 담겨 있기도 하여 애매한 조선인 작가의 마음을 엿볼 수 있기도 하다.

李鍾星의 <저녁마을>(통권 190호, 1943. 9)도 이슬에 젖은 꽈리 이미지와 해가 진 저녁 마을 풍경을 쓸쓸하게 그린 작품으로 이와 유사한 애매성을 보이고 있다. 앞에서 다룬 <참새 한쌍>(金城景黙, 童謠, 통권177호, 1941. 5)이 더

---

5) 박금숙은 《아이생활》의 후기에 김영일이 자신이 좋아하는 동요로 제시한 일본어 동시 몇 편과 1944년 1월호에 수록된 金山政夫의 <靑い 夢>도 수록 분석하고 있다. 오영식(2019) 따르면 天城村의 <海軍>과 李仁德의 <僕らは元氣な少年だ>이 있지만, 구체적 자료를 확보하지 못한 연유로 본고에서는 경희대한국아동문학연구센터(2012)에 정리된 자료만을 대상으로 하였다.

있다.

④와 ⑤는 한글이 아닌 일본어로 쓴 동시이다. 그 내용 또한 일제의 황국
신민화정책과 징병 및 지원병제도를 옹호하는 동시이다. ④와 ⑤를 우리말
로 번역한 전문은 아래 ⑥과 ⑦이다.[6]

⑥ 군가가 울리는 거리/나는 걸었다/규추규츠 구두를 울리면서//꽃집의 윈도우
에/구두가 비쳐요/자 보아라/번쩍 번쩍 빛나고 있어//「우리는 새롭게 천황의 영
광스러운 병사이다」//밝은 리듬이/흐르는 거리/내 구두가 울리고 있다/오가는
사람들의 얼굴이/모두 모두/사과 같다//「이 구두는 내가 샀다. 내가 소년공이 되
어 일한 돈으로 샀다.」/뛰어보고 싶다./달려보고 싶다/나는 기뻐서 기뻐서/참을
수가 없다//아름다운 하늘 아래/나는 걷는다/규츠규츠 구두를 울리면서//윈도우
에/내 구두가 빛나고 있다./군가가 울리고 있다.

<군가가 울리는 거리>, 國本鍾星, 통권192호, 1943. 11

⑦ 빨간 빨간 잠자리는/빨간 옷을 걸치고/전통의 나라에서 태어났다.//파란 파란
잠자리는/파도 소리를 들으며/일본해에서 태어났다//노란 노란 잠자리는/금의
별을 보면서/꿈의 나라에서 태어났다.

<잠자리>, 康承翰, 통권193호, 1943. 12

---

6) 일본어 동시의 한글 번역은 일본 오사카 시립대학 박사이며 연구자인 이승연 선생님의 도움을 받았다.

<군가가 울리는 거리>라는 동화시에서 웅이는 급기야 번쩍이는 군화를 신고 '천황의 영광스러운 병사'로 군가에 맞춰 달려보고 싶다고 노래한다. 일제가 발표한 학도동원령을 지원하는 동시이다. 시어 '잠자리'에서 주황색 칠을 한 일본 해군의 초보자용 비행 연습기를 아카톰보(빨강 잠자리)라고 흔히 불렀다는 점을 떠올려야 한다. 이 비행 연습기는 태평양전쟁 말기에는 실전에서 적에게 노출을 줄이기 위해 녹색으로 덧칠을 하고 폭탄을 장착하여 날아가 적진에 뛰어들어 전과를 올렸다고 대대적으로 자랑하였다는 점에서 일본어라는 점 외에도 그 내용 면에서도 친일의 내용을 담고 있다고 판단된다.

이상으로 중일전쟁이 발발한 1937년부터 잡지가 폐간되는 1944년까지 《아이생활》에 수록된 동시를 탐색하여 일제강점 말기 동시에 형상화된 동심의 특성을 논의하였다.

우리 말과 글을 통한 소통의 자유와 정체성이 억압받고, 민족에 대한 탄압과 경제적·육체적·정신적 수탈의 시기에 잡지에 게재된 동시에 드러나는 첫 번째 특징은 현실을 그대로 바라보기 두려워하는 동심이다. '옛고향'과 '빈집'의 이미지로 대변되는 과거와 기다림으로 달려가는 미래, 혹은 '하늘' '별과 달', '옛이야기', '꿈' 이미지로 그려지는 초현실적 시공간 속의 동심을 확인할 수 있다. 두 번째는 동시에서 보이는 시적화자의 시선이 자연에 머물고 있다는 점이다. 자연만을 응시하고 관조하거나 자연에서 위로를 받는 동시가 가장 많았다. 세 번째는 가난과 걱정 속의 일상을 형상화하여 울고 있는 동심과, 놀이와 문물에 대한 호기심을 잃지 않은 동심을 표현한 동심이다. 다섯 번째는 아이를 축복하고 보살피는 마음이 드러난 동시로 어둠 속에서도 희망을 담은 동시이다. 그리고 특히 주목해야 할 동시는 부일동시이다. 목숨을 부지하기 위한 한글 혹은 일본어로 창작된 친일 동시를 담음으로써 시대적 아픔의 상처를 볼 수 있었다.

부록

참고문헌
색인

참고문헌

〈자료〉

- 《少年》(1908. 11. ~1911. 5.) 영인본 4권
- 경희대학교 한국아동문학연구센터 편, 『한국아동문학 연구자료총서Ⅰ 어린이의 꿈1~3』, 국학자료원, 2012.
- 경희대학교한국아동문학연구센터 편(2012), 『어린이의 꿈2』, 국학자료원.
- 경희대학교한국아동문학연구센터 편(2012), 『어린이의 꿈3』, 국학자료원.
- 영인본 《어린이》1~10, 보성사, 1976.
- 원종찬 편(2010), 《붉은 져고리》, 《아이들보이》 영인본, 역락.
- 원종찬 편, 『한국아동문학총서, 별나라1~4』, 역락, 2010.
- 원종찬 편, 『한국아동문학총서, 소년세계1~5』, 역락, 2010.
- 원종찬 편, 『한국아동문학총서, 신소년1-5』, 역락, 2010.

〈도서 및 논문〉

- 강정구·김종회(2011), 「근대적 교육 주객의 분화와 아동의 발견-신문《붉은 저고리》를 중심으로」,《국제어문》제52집, 국제어문학회, 205~230.

- 구인서(2008), 「1910년대 아이들 독서물 연구-신문관 발행 정기 간행물을 중심으로」, 연세대학교대학원석사학위논문.

- 구인서(2011), 「1910년대 미성년 독서물의 한글 글쓰기 양상 연구-신문관 발행 정기 간행물을 중심으로」,《우리문학연구》우리문학회, 253-285.

- 권보드래 외(2007), 『《소년》과《청춘》의 창-잡지를 통해 본 근대 초기의 일상성』, 이화여자대학교출판부

- 권보드래 외(2008), 『1910년대, 풍문의 시대를 읽다』, 동국대학교출판부.

- 권영민(1998), 『한국계급문학운동사』, 문예출판사.

- 권태억 외(2007), 『한국근대사회와 문화III』, 서울대학교출판부.

- 권혁준(2012), 「《아이들보이》의 아동문학사적 의의에 대한 연구」,《한국아동문학연구》제22권, 한국아동문학학회, 5~60.

- 김봉희(2009), 『계급문학, 그 중심에 서서』, 한국학술정보(주).

- 김상욱(2013), 「일제 강점기 동시문학의 지형도」,《한국아동문학연구》제25집, 한국아동문학학회, 5~36.

- 김승태(1994), 「정인과 목사: (鄭仁果 , 창씨명: 德川仁果, 1988-1972)」, 『한국기독교와 역사』, 한국기독교역사연구소, 213~214.

- 김이구(2009), '어린이문학 장르 용어를 새롭게 짚어본다'《창비어린이》제7권 제3호, 창작과 비평사, 227~237.

- 김정의(1999), 『한국의 소년운동』, 혜안.

- 김제곤(2008), 「1920년대 창작동요의 정착과정 연구」,《아동청소년문학연구》제3호, 한국아동청소년문학학회, 61~87.

- 김종헌(2008), '한국근대동시문학: 1908년에서 1920년대까지', 《아동문학평론》 제33권 3호, 한국아동문학연구원. 54~65.

- 김종헌(2013), 「1930년대 초 계급주의 동시문학의 생태학」, 《한국아동문학연구》24, 한국아동문학학회, 43~87.

- 남진원(1995), 「《어린이》지에 나타난 동요의 변화 과정에 관한 연구」, 관동대학교대학원석사학위논문,

- 류 원(1996), '한국 동요의 변천과 시대적 특징' 《예체능교육연구》Vol. 1, 춘천교육대학교예체능교육연구소, 53~69.

- 류대영(2018), 『한국기독교의 역사』, 한국기독교역사연구소, 106~114.

- 류덕제(2010), 「《별나라》와 계급주의 아동문학의 의미」 《국어교육연구》제46집, 국어교육학회, 306~334.

- 류덕제(2014), 「1930년대 계급주의 아동문학론의 전개 양상과 의미」, 《한국아동문학연구》26, 한국아동문학학회, 135~172.

- 류덕제(2017), 『한국현실주의 아동문학 연구』, 청동거울.

- 류석환(2006), 「개벽사의 출판 활동과 근대잡지」, 성균관대학교대학원 석사학위논문

- 박경수(2012), '일제강점기 부산지역 아동문학의 형성과 전개 과정 연구-동시를 중심으로', 《향도부산》, 부산광역시시사편찬위원회, 1~59.

- 박경수, 「이구월(李久月)이 나아간 아동문학의 길과 자리: 광복 이전의 작품 발굴을 중심으로」《한국문학논총》, 한국문학회, 177~213.

- 박금숙(2015), 「일제강점기 《아이생활》의 이중어 기능 양상 연구」, 《동화와번역》제30집, 동화와번역연구소, 137.

- 박숙경(2007), 「신문관의 소년용 잡지가 한국 근대 아동문학에 끼친 영향」, 《아동청소년문학연구》제12, 한국아동청소년문학학회, 115~138.

- 박영기(2009), 「일제강점기 동시 및 동요 장르명의 통시적 고찰」, 《아동청소년문

학연구》 제4집, 한국아동청소년문학학회, 103~138.

- 박영기(2009), 『한국근대아동문학교육사』, 한국문화사.

- 박영기(2012), 「1910년대 잡지《새별》연구」, 《한국아동문학연구》 제22권, 한국아동문학학회, 89~121.

- 박영지(2019), 「어린이 잡지 아이생활의 창간 주도 세력 연구-아이생활 발간에 참여한 미국 기독교 선교사 집단을 중심으로」, 《아동청소년문학연구》, 한국아동청소년문학학회, 203~237.

- 박영지(2020), 「태평양전쟁기《아이생활》의 친일 변화 과정에 대한 연구-기독교 교단과《아이생활》 편집진의 전향을 중심으로」, 《아동청소년문학연구》 제26집, 한국아동청소년문학학회, 239~284.

- 박지영(2006), 「1920년대 '책광고'를 통해서 본 베스트셀러의 운명」, 《대동문화연구》제53권, 성균관대학교 대동문화연구원, 121~165.

- 박지영(2006), 「1920년대 근대 창작 동요의 발흥과 장르 정착 과정-『어린이』수록 동요를 중심으로」, 《상허학보》, 상허학회, 229~259.

- 박지영(2007), 「1930년대 '童詩' 작단의 장르적 모색과 그 의미」, 《반교어문연구》 제22집, 140~173.

- 박진영 엮음(2010), 『신문관 번역 소설전집』, 소명출판.

- 박진영(2010), 「어린이 잡지 『아이들보이』의 총 목차와 폐간호」, 《민족문학사연구》제42권, 민족문학사학회, 426~453.

- 박헌호(2000), 「동인지에서 신춘문예로-등단제도의 권력적 변환」, 《대동문화연구》제53권, 성균관대학교 대동문화연구원, 5~40.

- 박현수(2005), 「잡지 미디어로서 『어린이』의 성격과 의미」, 《대동문화연구》, 제50집, 성균관대학교대동문화연구원, 261~296.

- 송수연(2010), 「잡지《소년》에 실린 1930년대 아동소설의 존재양상과 그 의미」, 《아동청소년문학연구》7, 한국아동청소년문학학회, 7~25.

- 신현득(1982), 「한국 동요문학의 연구」, 건국대학교대학원석사학위논문.

- 오영식(2019), 「《아이생활》 목차 정리」, 《근대서지》 20, 근대서지학회, 669~784.

- 원종찬(2008), '한국아동문학 형성 과정 연구 - 《소년》(1908)에서 《어린이》까지-', 《동북아문화연구》 제15집, 동북아시아문화학회, 73~97.

- 원종찬(2011), '일제강점기의 동요.동시론 연구-한국적 특성에 관한 고찰', 《한국 아동문학연구》 제20호, 한국아동문학학회, 69~100.

- 원종찬(2011), 「일제강점기의 동요.동시론 연구」, 《한국아동문학연구》, 20호, 한국아동문학학회,

- 원종찬(2012), 「1920년대 《별나라》의 위상」, 《한국아동문학연구》 제23호, 한국 아동문학학회, 65-104.

- 원종찬(2016), 「《어린이》와 계급주의」, 《한국학연구》 제42집, 187~225.

- 이동순(2011), '1920년대 동요운동의 전개 양상', 《한국문학이론과 비평》 Vol. 53, 한국문학이론과 비평학회, 73~94.

- 이민주(2006), '1920년대 민간신문.잡지를 통해서 본 언론 상황' 《차세대인문사 회연구》 Vol. 2, 동서대학교일본연구센터, 199~216.

- 이성동(2009), 「1910년~1945년 동요 변천 경향 연구」, 한국교원대학교대학원 석사학위논문.

- 이윤미(2006), 『한국의 근대와 교육-서구적 근대성을 넘어』, 문음사.

- 이인영(2014), 「한국 근대 아동잡지의 '어린이' 이미지 연구-《어린이》와 《소년》 을 중심으로」, 석사학위논문, 이화여자대학교 대학원.

- 이재철(1978), 『한국현대아동문학사』, 일지사.

- 이재철(1982), 「아동잡지 《어린이》연구: 《어린이》지 영인본 분석을 중심으로」, 《논문집》, 단국대학교, 9~30.

- 이정석(1993), 「《어린이》지에 나타난 아동문학 양상 연구」, 전남대학교대학원 석사학위논문.

- 이현식(2011), 「정치적 상상력과 내면(內面)의 탄생-문학사적 관점에서 바라보는 1930년대후반 김남천의 문학」, 《한국근대문학연구》24, 한국근대문학회. 427~453.

- 장만호(2012), 「민족주의 아동잡지 《신소년》 연구」, 《한국학연구》43, 고려대학교한국학연구소, 209~228.

- 전송배(2011), 「아동잡지 《어린이》와 《赤い鳥》동요의 비교와 《어린이》 동요의 전개 양상」, 중앙대학교대학원 음악학과 박사학위논문.

- 전원범(2008), ‘한국 아동문학의 흐름과 앞으로의 과제’, 《아동문학평론》, 아동문학연구원, 40~56.

- 정용서(2020), 「《아희생활/아이생활》목차 정리(2)」, 《근대서지》22, 근대서지학회, 405~460.

- 정재걸(2001), 「전통 사회의 놀이와 교육」, 《東洋社會思想》제4집. 동양사회사상학회, 233~253.

- 정재걸(2005), 「복기초復基初의 의미에 대한 일 고찰」, 《東洋社會思想》제11집. 동양사회사상학회, 35~57.

- 정재걸(2008), 「‘산수몽山水夢’괘의 재해석」, 《東洋社會思想》제17집. 동양사회사상학회, 141~172.

- 정주수(2019), 『일제강점기 창씨개명 실태연구』, 동문.

- 정진헌(2013), 「일제강점기 한국 창작 동요 연구」, 건국대학교대학원박사학위논문.

- 정진헌(2014), 「1920년대 《신소년》동요 연구」, 『아동청소년문학연구』, 한국아동청소년문학학회, 141~168.

- 정진헌(2015), 「1920년대 《별나라》 동요 연구」, 《아동청소년문학연구》 제17호, 한국아동청소년문학학회, 105~141.

- 정혜원(2008), 「1910년대 아동문학 연구-아동매체를 중심으로」, 성신여자대학교대학원 박사학위논문.

- 조용만(1964), 『육당 최남선』, 삼중당, 91.

- 조은숙(2003), 「910년대 아동 신문《붉은 져고리》연구」, 《한국근대문학연구》 4권 2호, 한국근대문학회, 101~135.

- 조은숙(2009), 『한국 아동문학의 형성』, 소명출판.

- 진선희(2012), 「1910년대 아동신문『붉은 져고리』연구—수록 동요를 중심으로」, 《한국아동문학연구》 제22호. 한국아동문학학회, 123~167.

- 진선희(2013), 「《어린이》지 수록 동시 연구(1)-장르 용어 및 작가와 독자를 중심 으로」, 《국어국문학》 제165호, 국어국문학회, 281~318.

- 진선희(2014), 「《어린이》지 수록 동시 연구(2)-1923년~1934년 기성작가 작품의 내용적 특성을 중심으로」, 《한국아동문학연구》 제 26호, 한국아동문학학회, 155~206.

- 진선희(2014), 「《어린이》지 수록 동시 연구(2)-1923년~1934년 기성작가 작품의 내용적 특성을 중심으로」, 《한국아동문학연구》 제26호, 한국아동문학학회, 155~206.

- 진선희(2015), 「1950년대《소년세계》수록 동시 연구」, 《한국아동문학연구》 29, 한국아동문학학회, 183~215.

- 진선희(2016), 「일제 강점 말기《소년》지 수록 동시 연구」, 《청람어문교육》 제 58권, 청람어문교육학회 267~303.

- 진선희(2018), 「1930년대《별나라》수록 동시 연구」, 《아동청소년문학연구》, 41~106.

- 진선희(2020), 「1930년대《신소년》수록 동시 연구-수록 현황 및 목소리 유형 별 특징을 중심으로」, 《아동청소년문학연구》27, 한국아동청소년문학학회, 135~190.

- 진선희(2021), 「일제 강점 말기『아이생활』수록 동시 연구」, 《청람어문교육》 제 84권, 청람어문교육학회 147~183.

- 진선희(2021), 「백석의 동화시와 마르샤크의 동화시 비교 연구-웃음의 미학을 중

심으로」《새국어교육》제127호, 한국국어교육학회, 669~702.

- 진선희(2022), 「정상묵 동시 연구-1960년대 동시의 지향을 중심으로」, 《한국아동문학연구》43호, 한국아동문학학회, 195~205.

- 최기숙(2006), 『어린이, 넌 누구니?』, 보림.

- 최명표(2011), 『한국근대소년운동사』, 선인.

- 최명표(2013), 「《아이생활》연구」, 《한국아동문학연구》24, 한국아동문학학회, 5~42.

- 최배은(2009), 「근대 소년 잡지 『어린이』의 '독자담화실' 연구: 세대간 소통 양상과 기능을 중심으로」, 『세계한국어문학』제2호. 세계한국어문학학회, 71~105.

- 최지훈(1996), 「아동문학 장르, 다시 생각한다」, 《아동문학평론》제21집 1호, 한국아동문학연구원, 22~31.

- 최학주(2011), 『나의 할아버지 육당 최남선』, 나남.

- 필립 아리에스(2003, 문지영 옮김), 『아동의 탄생』, 새물결.

- 하타지마 기쿠오(2013), 「'소년시'와 '아동시'의 과거.현재.미래」, 《창비어린이》, 11권 제3호, 24, 창비.

- 한국기독교역사학회 편(2012), 『한국기독교의 역사Ⅱ』, 기독교문사.

- 한영란(2004), '동요 개념의 전개 양상 연구: 1910년대 이전의 문헌에 나타난 '동요' 인식을 중심으로', 《한국어문학회》Vol 85, 495~522.

- 한영란(2007), '1920-30년대 동요의 존재양상과 전승', 《동남어문논집》제23집, 217~250.

색인

일제강점기 동시 연구